Amanda Gruenschild

Eichen müssen her!
Teil 1 Das Dreigestirn

Real Fantasy Roman

Untschi-Verlag

Für unseren Planeten Erde ...

Klimaneutral
Druckprodukt
ClimatePartner.com/12518-1907-1001

Amanda Gruenschild

Eichen müssen her!
Teil I Das Dreigestirn

Real Fantasy Roman

Cover by ATG
Partnerdruckerei von Untschi-Verlag:

WirmachenDruck.de
Sie sparen, wir drucken!

2. Auflage November 2021, 1.Auflage August 2021

ISBN 978-39823606-1-4

Printed in Germany by

Untschi-Verlag

Inhalt:

Vorwort

Dieses Buch ist als Erstes meinen beiden Söhnen gewidmet, die von mir allzeit sehr geachtet und geliebt werden.
Des Weiteren gilt es den jungen Leuten, die freitags für das Klima und unseren Planeten auf die Straße gehen sowie jenen, die sich ebenfalls schon lange für unseren Heimatplaneten einsetzen und denen ich mit diesem Werk meine größte Hochachtung zolle.
Verneigen möchte ich mich vor allem vor unserer gemeinsamen Mutter, der Erde, mit all ihren Bergen, Tälern, Gewässern, Wüsten, Elementen, Tieren und Pflanzen sowie allen anderen Wesen, die auf ihr leben.
Ganz besonders möchte ich dabei meine Freunde, die Bäume, und darunter die phänomenalen Eichen, erwähnen.
Danke sagen möchte ich meinem Gefährten, der mir stets den Rücken freigehalten hat, damit ich schreiben konnte, und welcher mir immer wieder wertvolle Hinweise sowie technische Hilfen gab. Ebenfalls danke an die Freunde, die mein Buch zuerst gelesen und mich beraten haben. Merci an Florian für seine stete und uneigennützige Unterstützung bei allen PC-Angelegenheiten. Und noch ganz besonderen Dank an Marie Luise und Daniela, die mir mit ihren Rechtschreib- und manchen Inhaltskorrekturen sehr geholfen haben.
Alle Namen und manches Ereignis in dem Band sind vollkommen frei erfunden.
Die wahren Stellen und die tieferen Weisheiten im Buch zu entdecken, überlasse ich der Intelligenz und der Intuition des geschätzten Lesers.
Wenn mir jemand eine Freude bereiten will oder auch sich selbst und allen anderen, so helft bitte mit, die Erde als lebendigen Organismus zu erkennen, sie zu achten, zu heilen und sie samt ihrer so wundervollen Schöpfung zu bewahren. Dann hätte das Buch seinen höheren Zweck erfüllt.

Möge die Liebe uns stets leiten…

Amanda Gruenschild

Symbol des Druiden-Ordens von Soholit

Irland im Jahre 822

»Lia, wo bist Du? Lia, es nervt langsam. Wo bist Du?«
Hektisch sah sich der 12-jährige Finnbar um.
Sie waren sowieso schon sehr weit von der Burg des Vaters entfernt gewesen und plötzlich hatte Lia auch noch einen ihrer spontanen Einfälle, nämlich Verstecken zu spielen.
Das Ganze war jetzt schon eine Stunde her und er konnte sie einfach nicht finden.
Finnbar war nicht einmal mehr ganz sicher, in welcher Richtung überhaupt die heimatliche Burg lag.
Er würde es wohl nicht zugeben, aber er hatte langsam, aber sicher Angst.
Was wenn sie in einen Pilzkreis getreten war und für hundert Jahre oder gar für immer in der Welt der Feen verschwunden war?
So etwas kam immer mal wieder vor.
Finnbar versuchte, sich zu beruhigen und möglichst logisch zu denken. Wenn es ihr gut ging, dann gäbe es eine Möglichkeit, seine Schwester dazu zu bewegen sich zu zeigen.
Ein verschmitztes Lächeln umspielte seinen Mund.
»Lia, hör zu, Du hast gewonnen.
Ich bin nicht in der Lage, Dich zu finden, es wird schon langsam dunkel und wir sind weit weg von zu Hause.
Bitte zeig Dich. Ich möchte heim.«
Zehn Sekunden später hörte er ein lautes Rascheln über sich. Er blickte nach oben in den Baum und da saß seine Zwillingschwester, ein breites Grinsen auf dem Gesicht und ließ lässig ihre Beine nach unten baumeln.
Er war zu erleichtert, um sie zu schelten.
»Komm runter, Du Nervensäge.«
»Was heißt hier Nervensäge, ich war seit einer Stunde hier oben und du hast nicht einmal daran gedacht, Dich dieser dritten Dimension über Dir zuzuwenden.
Du hast nur ständig wie ein Maulwurf auf dem Boden herumgesucht.
Da hätte ich Dir aber mehr zugetraut.
Die Nervensäge bist also Du, mir war da oben inzwischen schon ganz schön langweilig.

Übrigens, da geht's lang und fang mich, wenn Du kannst.«
Lia begann, kaum war sie vom Baum geklettert, zu rennen und zu lachen.
Finnbars Ärger löste sich wie Rauch an der Luft auf und er beeilte sich, seiner Schwester zu folgen.
Diesen Wettbewerb würde er sicher gewinnen, er war schon immer viel schneller als Lia gewesen.
Völlig außer Atem kamen die Kinder gerade noch in der Dämmerung am äußeren Wachring der Burg Eichenfels an.
»Wer da?«, rief eine Wache.
Die Kinder gaben sich zu erkennen und wurden daraufhin zwar ziehen gelassen, nicht aber ohne ein paar gut gemeinte Ermahnungen, was sie um die Zeit noch allein im Wald verloren hätten.
In der väterlichen Burg beeilten sie sich, Ihre Zimmer zu erreichen und sich fix mit einem Krug frischen Wassers zu waschen, sich dann umzuziehen und danach schnell zu Tisch zu gelangen.
Heute waren der Vater und der ältere Bruder zu Hause – ein sehr seltener Umstand.
Besser, man kam an einem solchen Tag nicht zu spät zum Essen.
Der Vater blickte rügend auf seine Kinder.
»Wo kommt Ihr denn jetzt erst her?«
Finnbar verneigte sich demütig und erzählte vom Wald und wie sie das Wild dort inspiziert hatten.
Abgelenkt von einer riesigen Hirschherde, deren Standort sie noch vor der Heimkehr hatten genau ausfindig machen wollen, um bei einer späteren Jagd eventuell wertvolle Hinweise liefern zu können, sei es etwas später geworden, als sie es beabsichtigt hätten.
Er hoffe, dem Vater und der Burg damit dienlich gewesen zu sein und dass sie nicht seinen Unmut auf sich gezogen hätten.
Der Zorn des Vaters schmolz dahin, wie Schnee in der warmen Sonne. Sein jüngerer Sohn würde vielleicht nicht so ein guter Krieger werden, wie sein älterer Bruder, aber er wusste sich auszudrücken und für den Haushalt zu sorgen.
Er würde sicher einen guten Burg-Verwalter abgeben.
An seine Tochter verschwendete er keinen Gedanken.

Wie immer versuchte er, sie einfach zu ignorieren.
Viel zu schmerzhaft war ihr Anblick.
Viel zu schwer zu akzeptieren war, dass sie lebte, aber seine geliebte Aoife nicht.
Aoife- wie glücklich er hier mit ihr gewesen war.
Er hatte das schönste und klügste Mädchen des ganzen Túaths für sich gewinnen können. Er konnte damals sein Glück kaum fassen.
Sie gebar ihm einen gesunden Knaben und viele Jahre erblühte das Land unter ihrer beider Herrschaft mehr und mehr.
Aber dann, der Knabe war gerade 10 Jahre alt, war sie wieder guter Hoffnung.
Dieses Mal verlief die Schwangerschaft sehr viel schwieriger.
Die Hebamme sagte, dass sie Zwillinge zur Welt bringen würde.
Er hatte alles getan, um ihr das Leben zu erleichtern und sie am Ende nur noch zum Ruhen aufgefordert.
Als der Tag der Niederkunft nahte, machte die Hebamme ein beunruhigtes Gesicht.
»Beide Kinder liegen falsch herum, ich kann sie leider nicht mehr drehen.
Das wird nicht einfach werden.«
Die tagelangen Schreie seiner geliebten Frau würden ihm wohl nie mehr aus den Ohren gehen.
Nach drei qualvollen Tagen gebar sie zunächst einen gesunden Sohn.
Es fehlte aber noch das zweite Kind und im Geburtsraum wurde es erneut hektisch.
Frische Tücher und heißes Wasser wurden verlangt.
Irgendwann hörte er wieder ein Baby schreien.
Neue Hoffnung, dass nun doch noch alles gut ausgehen würde, wuchs in ihm, wie ein zartes Pflänzchen nach einem sanften Sommerregen.
Als er jedoch in das Gesicht der Hebamme blickte, die gekommen war, um ihn zu holen, stürzte dieser zarte Optimismus sofort wieder in sich zusammen, wie ein schlecht gebautes Kartenhaus.
Das Gesicht der Hebamme war aschfahl, die Augen schwarz

umrandet von dem langen Schlafmangel.
Tiefe Sorgenfalten gruben sich in ihre Wangen.
»Herr, ich tat alles, was ich konnte. Die Kinder, der zuerst geboren Junge und das Mädchen werden leben.
Aber Eure Frau-«, sie schlug die Augen nieder.
Ronan stieß die Hebamme unsanft zur Seite und rannte an das Bett seiner über alles geliebten Aoife.
»Liebste«.
Er versuchte sein Entsetzen über das eingefallene Gesicht seiner Gemahlin und den Berg blutiger Leinen in der Ecke zu verbergen.
Sie winkte ihm, heranzutreten.
Er hielt sein Ohr ganz in die Nähe ihres Mundes.
Sie flüsterte: »Es tut mir so sehr leid, dass ich Dich schon so früh verlassen muss, mein geliebter Ronan.
Du warst das Beste, was mir je im Leben passieren konnte und ich danke Dir für jeden gemeinsamen Tag.
Bitte kümmere Dich gut um die Zwillinge, Finnbar und Lia.
Lass Anne ihre Amme sein.
Bis auf ein Wiedersehen in der anderen Welt, mein Liebster.«
Dann schloss sie die Augen und tat ihren letzten Atemzug.
Es zerriss Ronan schier von innen. Er schwang sich aufs Pferd und ritt ohne Ziel wie ein Gehetzter durch die Nacht.
Als er im Morgengrauen langsam zur Burg Eichenfels zurückkehrte, war er ein anderer Mensch geworden.
Er tat, worum Aoife ihn gebeten hatte.
Die Kinder erhielten Anne, die eine gute Freundin von Aoife gewesen war, zur Amme.
Er ließ es ihnen an nichts fehlen, aber er konnte sie lange nicht einmal betrachten. Hatten sie ihm doch sein, über alles geliebtes, Weib genommen.
Vielleicht hätte sie Finnbar noch überlebt, aber die Geburt von Lia hatte ihr auf jeden Fall die letzte Lebenskraft genommen.
Ronan zog sich mehr und mehr in sich selbst zurück und war eigentlich nur noch mit dem Ausfechten von Grenzstreitigkeiten oder dem großen heiligen Kampf gegen die Briten beschäftigt.

Fanatisch betätigte er sich, nachdem er Gilian an seiner statt als Verwalter der Burg eingesetzt hatte, nur noch als Kriegsführer.
Es war ihm egal, ob er dabei sein Leben verlieren würde, vielleicht würde er dann ja seine Aoife endlich wiedersehen können.
Seit etwa einem Jahr war sein älterer Sohn so weit, ihn bei den Kriegshandlungen begleiten zu können.
Er war inzwischen ein sehr guter Krieger geworden. Das machte ihn stolz.
Nun gut, Finnbar konnte dann ruhig der Verwalter der Burg werden.
Aber Lia, er versuchte den Gedanken an sie schnell wieder wegzuschieben.
Selbst nach so vielen Jahren war es noch immer so schmerzhaft, dass er es kaum aushalten konnte.
Zu allem Überfluss wurde sie ihrer Mutter auch noch jeden Tag immer ähnlicher.
Morgen würde er wieder aufbrechen und dann für mindestens 6 Monate wegbleiben, so hatte er wieder den nötigen Abstand.
Sobald sie heiratsfähig wäre, würde er dafür sorgen, dass sie möglichst weit weg vom Tùath verheiratet werden würde.
Und damit ließ er es gut sein.
Nach dem Essen zog er sich sofort mit einigen Kriegern und dem älteren Sohn Angus ins Beratungszimmer zurück.
Lia blickte traurig zu Boden und ließ nun die, über die ganze Zeit krampfhaft zurückgehaltenen Tränen fließen.
»Was habe ich ihm nur getan, Finnbar?
Er sieht mich nicht einmal an. Das macht er nur mit mir.
Was muss ich nur für ein schlechtes Mädchen sein?«
Finnbar rückte näher an seine Schwester und legte seinen Arm um sie. »Nun, nun, bitte weine nicht mehr, meine liebe Schwester.
Es ist nicht Dein Fehler, glaub mir.
Das ist des Vaters Fehde mit dem Schicksal.
Das sollte Dich nicht so sehr betrüben.«
Dann öffnete er seiner Schwester seinen Geist und zeigte ihr wieder und wieder eine Auswahl der schönsten Erlebnisse,

die sie gemeinsam gehabt hatten.
Langsam versiegten die Tränen Lias. Sie atmete ruhiger und war dann bald bereit, sich zur Ruhe zu begeben.
Als sie am Morgen erwachten, waren der Vater und der Bruder schon längst fortgeritten.
Anne klopfte an die Zimmertüren der Kinder und rief sie zum Frühstück nach unten.
Binnen 10 Minuten waren beide Kinder in der Küche.
Zu verführerisch roch es in der ganzen Burg.
»Guten Morgen, liebe Herta.«
Die gut beleibte Köchin blickte kurz auf und schmunzelte.
Diesen Ton kannte sie gut.
Die Kinder hatten also den Honigkuchen gerochen und umschmeichelten sie, um so schnell wie möglich einen davon zu ergattern.
Aber klar würden sie Honigkuchen bekommen und sogar auch zwei oder drei.
Schnell hatten sich Lias Tränen gestern bei den Dienstboten herumgesprochen und Herta wollte den Kindern eine kleine Freude bereiten.
Das arme Ding, sie konnte doch nichts für den Tod der Mutter. Es war schlimm genug für sie, ohne Mutter aufzuwachsen und dann noch so ein kriegsvernarrter Vater.
Naja, er focht seine eigenen inneren Kämpfe aus.
Da konnte man nichts sagen.
Aber verflucht sollte sie sein, wenn sie nicht den Kindern so viel Freude machen würde, wie nur möglich.

Das Verborgene im Wald

Lia und Finnbar liefen am Morgen, noch fröhlich Hertas Honigkuchen kauend, aus der Burg in Richtung des Waldes. Da man mit vollem Mund schwer reden kann, verfielen sie ganz automatisch und wie selbstverständlich in die Sprache des Geistes, ohne dabei gesprochene Worte zu benötigen. Sie taten das schon auf diese Weise, solange sie zurückdenken konnten. Es war einfach ganz normal für die beiden.

»Du Finnbar?«

»Hm, was denn?« Finnbar unterbrach nur ungerne seine so angenehmen Gedanken an das kommende Mittagessen. Herta hatte da etwas von gefülltem Fasanenbraten, seinem absoluten Lieblingsessen, angedeutet.

Was mehr konnte man vom Leben verlangen?

Er war außerordentlich zufrieden.

»Du Finnbar, meinst Du, dass auch noch andere Menschen so miteinander kommunizieren können, wie wir?«

In der Burg kannten sie jedenfalls niemanden.

Und immer, wenn sie etwas in der Richtung fragten, reagierten alle etwas unwirsch.

Sie murmelten, dass sie niemanden wüssten und außerdem gerade keine Zeit hätten.

Danach begannen sie dann, hektisch irgendetwas zu erledigen, was den Kindern zum Teil komplett unnötig vorkam.

Auf jeden Fall waren diese Dinge nie so wichtig, dass man nicht vorher noch den Geschwistern eine vernünftige Antwort hätte geben können.

Finnbar war auch nachdenklich geworden.

Er runzelte die Stirn und ging still vor sich hin sinnend, mit gesenktem Kopf noch schweigend eine ganze Weile weiter.

»Alles Stopp!«, rief er plötzlich und blieb daraufhin abrupt stehen.

Was war das denn da auf dem Boden?

Finnbar hatte laut gesprochen und Lia machte auf der Stelle ebenfalls halt und blickte, wie Finnbar auch, mit weit

aufgerissenen Augen und Mund auf die gleiche Stelle auf dem Waldboden.
Da unten stand ein Männlein, das den beiden etwa bis zum Knie reichte und in welches Finnbar gerade beinahe aus Versehen hineingelaufen wäre.
Auf dem Kopf trug es eine lange Mütze
Es hatte ein waldgrünes Wams an, sowie eine graugrüne Hose.
An den Füßen trug es braune Lederstiefel.
Es war offenbar schon etwas älter, denn von seinem Kinn fiel ein prächtiger, weißer Bart fast bis auf den Boden.
Die Kinder waren von klein an oft im Wald gewesen, aber so ein Wesen sahen sie heute zum ersten Mal.
»Schließt den Mund, es könnten Insekten darin umkommen.«
Verdutzt schlossen die Kinder, beinahe gleichzeitig ihre, bis dahin vor Erstaunen immer noch weit geöffneten Münder.
»Man muss nur die richtigen Fragen stellen und das korrekte Verhalten an den Tag legen, dann kann man auch wirklich sehen«, sagte das Männlein.
Dann brummelte es noch in seinen Bart: »Nicht dieses oberflächliche Glotzen, das Eure Spezies gewöhnlich sonst so an den Tag legt.«
Laut sagte es dann mit einem leichten Senken des Kopfes:
»Mein Name ist Quiskan.
Ich gehöre zum kleinen Volk, das hier schon länger lebt, als ihr es Euch überhaupt vorstellen könnt.«
Leise flüsterte er nur für sich selbst: »Jedenfalls leben wir noch! hier, aber wer weiß, wie lange das noch möglich sein wird.«
Sein Gesicht nahm jetzt einen sorgenvollen Ausdruck an.
»Was nun Eure gute Frage betrifft: Gibt es noch andere, die sich so von Geist zu Geist unterhalten können?«
Die Kinder sahen sich wiederum verdutzt an, denn Quiskan hatte sich direkt in ihrem Geist ausgedrückt.
»Das wäre dann damit wohl geklärt«, murmelte das Männchen trocken.
Lauter sagte es: »Setzt Euch nieder und hört mir eine Weile zu.«
Die Kinder nahmen jeder auf einem, mit Moos bewachsenen

Baumstumpf Platz, aber nicht ohne sich vorher zu vergewissern, ob sie sich nicht zufällig auf ein Tier oder sonst ein empfindliches Wesen setzen würden.
Quiskan nickte ihnen wohlwollend zu und zündete sich gemächlich ein Pfeifchen mit etwas Pfefferminztee darin an.
Sinnend paffte er eine Zeit lang kleine Ringe in die Luft.
Die Kinder warteten still und geduldig, wenn auch sehr gespannt.
Dann holte Quiskan tief Luft und begann zu erzählen: »Wir hatten die Erde zuerst entdeckt.
Vor Äonen von Jahren mussten wir unser, sich in der kompletten Zerstörung befindliches Zuhause, den wundervollen Himmelskörper, die Platana, verlassen.
Unsere „Weltenbummler“ hatten zuvor schon auf ihren Astralreisen die Erde, als vollkommen für einen etwaigen Umzug unseres Volkes geeignet, erlebt
Viele Millionen Lichtjahre war diese von der Platana entfernt und wir waren trotz unserer Fähigkeiten, astral reisen zu können, sehr, sehr lange dorthin unterwegs.
Möglich war das sowieso nur durch die Unterstützung von höchster Stelle.
Wahrscheinlich wurden durch diese lange Reise durchs Weltall unsere Körper auf der Erde nie mehr so materiell, wie sie es einst auf der Platana gewesen waren.
Später holten wir in aufwendigen Zeremonien auch noch einige Dinge, die uns wichtig waren, auf die Erde nach.«
Finnbar konnte nicht mehr an sich halten und sah genauso verwirrt aus, wie Lia sich fühlte: »Es gibt tatsächlich noch andere Planeten, wie unsere Erde?«
Er sah Quiskan fragend an.
Der winkte unwirsch und nachdenklich ab, »Viele Kind, sehr viele, aber keiner ist so schön, wie es unsere Platana einst war.
Ich war damals zwar noch nicht geboren.
Wir können jedoch in der Zeit reisen und uns auch mit unseren Verstorbenen über den Geist unterhalten.
So habe ich auch durch sie die Bilder von dort gesehen.
Unser Planet, hatte ich schon erwähnt, dass er so wunderschön war, dass man es sich kaum vorstellen kann,

war komplett mit Pflanzen bevölkert, Tiere gab es nicht, nur noch unser kleines Volk.
Anfangs lebten wir alle so nachhaltig, dass Platana sich immer wieder regenerieren konnte.
Dann jedoch fingen einige Bäume an, wie sie selbst meinten, eine höhere „Intelligenz" zu entwickeln, und eine Weile später vermehrten sie sich ohne Unterlass.
Die Bäume bei uns, müsst Ihr wissen, waren innerlich mit einer Art sichtbarem Körper, dem Euren gar nicht so unähnlich, belebt.
Sie hielten sich offenbar für die Krone der Schöpfung und nahmen sich immer mehr und mehr Raum.
Eines Tages war Platana so durchwurzelt, dass wir wahrnahmen, wie sie langsam in viele kleine Stücke zu zerbrechen drohte.
Unser Volk hielt Rat und wir entschieden uns darauf, rechtzeitig vor dem, nicht mehr abzuwendenden Untergang der Platana, auf einen anderen Planeten umzusiedeln.
Die Erde schien uns ideal dafür und so wurde einstimmig beschlossen, sich gemeinsam dorthin auf den Weg zu machen.
Es waren auf der Platana aber nicht alle Bäume verrückt geworden.
Es gab auch etliche weise Bäume, die ihre Brüder immer wieder ermahnt und gewarnt hatten.
Diese mussten aber, weil sie den anderen wegen der ungebetenen Ratschläge längst lästig geworden waren, seit längerem auf einer kleinen Insel eingesperrt leben.
Diese weisen Bäume informierten wir im Geiste und sie entschlossen sich, ebenfalls mit umzusiedeln.
Allerdings stellte es sich für die riesigen, alten Bäume als nicht möglich heraus, selbstständig über eine so weite Strecke astral zu reisen.
Dabei helfen konnten wir ihnen wegen der Größe auch nicht.
Das war eine schlimme Sache damals…
Daher gaben uns die Bäume schweren Herzens jeweils einige kleine Jährlinge von sich mit, also ihre Baumkinder, die viel besser für diese ungewöhnliche Reise geeignet waren, weil

wir sie ganz leicht mitnehmen konnten.
Sie selbst mussten, dem Tode geweiht auf Platana zurückbleiben.
Das war sehr, sehr traurig!
Bei den Jährlingen, die auf die Erde umsiedeln konnten, handelte es sich hauptsächlich um Eichen.
Es waren aber auch einige Birken und Weidenbäume dabei.
Diese waren im Übrigen auch die einzigen Baumsorten auf Platana gewesen, von denen es noch vernünftige Wesen gegeben hatte.
Wir erlebten auf der Erde viele glückliche Jahrtausende.
Die Tier- und Pflanzenwelt war in einem komplett nachhaltigen ewigen Kreislauf miteinander verbunden und alles erschuf sich immer wieder neu.
Jeder der kleinen Bäume von Platana hatte einen guten neuen Standort bekommen und sie lebten friedlich mit den anderen Bäumen der Erde, die nicht von innen mit einem andersartigen Körper belebt waren, zusammen.
Diese besonderen Bäume waren inzwischen auch schon wieder gigantisch groß geworden.
Dann gab es eines Tages eine schwere Detonation. Niemand von uns hatte das kommen sehen.
Der gesamte Planet geriet aus den Fugen, die Atmosphäre veränderte sich und viele Tiere und Pflanzen starben nach und nach aus.
Uns betraf das zum Glück nicht.
Seit wir Platana verlassen hatten, waren unsere Körper, wie gesagt, mehr durchscheinend geworden und wir benötigen weder unbedingt Luft zum Atmen, noch Nahrung.
Es betraf auch nicht die Bäume von Platana, die ebenfalls sehr widerstandsfähig gegen die veränderten Bedingungen waren.
Aber, die auf der Erde schon immer heimischen Arten der Flora und Fauna verzeichneten durch die Veränderungen immense Verluste.
Es begann ganz langsam, dass wir die „Neuen“, die diese Detonation durch ihre Landung auf der Erde ausgelöst hatten, zu Gesicht bekamen. Sie nannten sich selbst das Elbenvolk.
Sie waren fast genauso durchscheinend wie wir, aber um

einiges größer gewachsen und von ebenmäßiger Schönheit.
Sie hatten ein großes Stück ihres untergegangenen Planeten mitgebracht und dieses inmitten des Meeres als neue Insel platziert.
Das hatte die Detonation auf der Erde bewirkt.
Um diese Insel herum hatten sie einen dichten Nebel entstehen lassen, damit diese verborgen bleiben konnte.
Offenbar hielten sie es anfangs nicht für nötig, bei ihrer Fortpflanzung Maß zu halten und sie wurden daher schnell viel mehr Lebewesen.
So wurde ihnen die eigene Insel bald zu eng und sie begannen auf dem Festland nach neuen Lebensräumen zu suchen.
Am Anfang wurden zuerst wenige und dann etwas später immer mehr von ihnen bei uns gesichtet.
Wir entschlossen uns, mit ihnen offiziell Kontakt aufzunehmen.
Sie erzählten uns, dass sie vom Planeten Osiria, der leider ebenfalls zerstört worden war, gekommen seien.
Während einer friedlichen Konferenz teilten wir ihnen ein sehr schönes Stück Land der Erde zu.
Die Bedingung war allerdings, dass sie von nun an ihre Anzahl nicht vergrößern durften und so wie wir auch, gut für den Planeten zu sorgen hatten.
Sie beherzigten das sofort und somit ging es über lange Zeit auf der Erde sehr gut weiter.
Es landeten in den Jahrtausenden noch einige Schiffsbrüchige aus dem Universum bei uns.
Für alle wurde ein schönes Fleckchen als Lebensraum auf diesem schönen Planeten gefunden.
Tja und dann entwickelte sich der Mensch.
Anfangs waren wir in engem Kontakt mit ihm.
Es gab dort sogenannte Schamanen, die für die Verbindung des Volkes mit dem Göttlichen und der großen Wahrheit verantwortlich waren.
Diese sorgten dafür, dass sich nur genommen wurde, was auch wirklich nötig war und dass man der Erde immer genug Zeit ließ, sich zu regenerieren, also der große natürliche Kreislauf nicht gefährdet würde.
Nach und nach kam es jedoch auf der Erde zu einer

Entwicklung wie auf unserem alten Planeten auch.
Der Mensch breitete sich aus Gier rücksichtslos immer weiter aus und zerstörte dabei seinen eigenen und den Lebensraum von Pflanzen und Tieren.
Sein Geist hatte sich uns längst verschlossen und sie können uns heute nicht einmal mehr sehen. Das ist auch besser so«, murmelte er noch vor sich hin.
»Noch dazu hatte diese Spezies auch angefangen, sich gegenseitig zu bekriegen, zu bestehlen und auch noch zu töten«, voller Abscheu schüttelte Quiskan den Kopf und sein Bart wippte dabei langsam hin und her.
»Wobei, nicht alle von ihnen hatten den Verstand verloren, einige Menschen waren und sind weise genug, nicht den Ast abzusägen, auf dem sie sitzen.
Dazu gehören in der heutigen Zeit zum Beispiel die Druiden. Viele von ihnen leben seit kurzem bei uns in der Anderswelt. Wir gewähren ihnen Exil und Schutz, denn sie müssen sich leider verborgen halten, weil sie inzwischen von den Kriegern des Christentums hier in Irland verfolgt werden. Diese bekämpfen heutzutage die alten Weisheiten der Erdmagie leider vehement und wollen nur ihre eigenen Ideologien durchsetzen.
Aber auch unter den Christen kenne ich gute Menschen. Jedoch zurzeit sind die meisten von ihnen völlig blind und fast nur noch fanatisch damit beschäftigt, Ihren Glauben auf Biegen und Brechen in anderen Ländern zu etablieren.
Ihr solltet aber wissen, es gibt Weise in allen Religionen und Völkern. Es hat nichts mit der Herkunft oder dem Glauben zu tun. Leider ist es jedoch oft so, dass die Masse einer Spezies zur Dummheit neigt und nicht so gerne auf die Weisen unter sich hören möchte.
Zumeist werden diese Wissenden im Übrigen bei Ihren Studien durch die Natur angeleitet.
Ich nehme an, Ihr könnt Euch noch an die Druiden, die zu solchen Weisen gehören, erinnern?
Sicher wisst Ihr noch, dass diese bei Eurem Volk immer die Jahresradfeste angeleitet und für die Einhaltung der rudimentären Regeln auf der Erde gesorgt haben?«, fragend wandte er sich den Kindern zu.

Finnbar schüttelte den Kopf.
»Hm, nun gut das ist sicher nicht Euer Fehler.
Also dann, erzähle ich Euch ein wenig darüber: Wo fange ich da am besten an?
Zuallererst muss man darauf achten, wenn man auf einem Planeten lebt, dass man genau aufpasst, dass es diesem gut geht, denn er allein ist die Grundlage allen Lebens. Das ist wirklich die wichtigste Regel und man müsste wohl meinen, dass das jedem Kind schon klar sein sollte.
Keinesfalls darf man die Erde oder andere Wesen dort einfach ausbeuten und sich mehr nehmen, als man benötigt.
Hier auf dem Planeten verläuft alles in perfekten Kreisläufen.
Zum Beispiel: Der Mensch isst die Pflanzen und Tiere.
Wenn er dann stirbt, wird er durch kleinste Lebewesen langsam wieder zu Erde.
Dabei ernähren sich die Pflanzen dann von den Nährstoffen, die dabei aus dem menschlichen Körper entstehen.
Danach kommt vielleicht ein Reh und frisst das Gras und die Kräuter, die dort gewachsen sind und so weiter und so fort.
Dieser Kreislauf ist heilig und darf nicht verändert oder verschoben werden.
Dann gibt es in der äußeren Zeit, die nebenbei so zwar nicht existiert, aber sei`s drum, dort gibt es also noch innerhalb eines Jahres einen Kreislauf des Werdens und Vergehens, den sogenannten Jahreskreis oder auch das Jahresrad genannt.
An 8 Feiertagen ändert sich dabei jeweils das Thema der Natur.
So wie sich die Themen in der Natur ändern, so sollte sich auch der Mensch in diesen Rhythmus einfügen und sich danach richten.«
»Wie meinst Du das?«, fragte Finnbar.
»Moment, ich erkläre es Euch: Das neue Jahr beginnt immer zuerst mit dem Sterben, also dem Loslassen zu Samhain, dem Beginn der dunklen Jahreszeit gegen Ende Oktober/ Anfang November.
In dieser Zeit wird Platz gemacht für Neues, es ist Loslassen angesagt.
Da kann man nicht einfach anfangen, ein Haus oder so etwas

zu bauen, das wäre vollkommen gegen den Rhythmus.
Dann kommt die Wintersonnenwende am 21.12., wo das neue Licht geboren wird, die Tage werden wieder länger.
Ende Januar, Anfang Februar wird mit dem Feiertag Imbolc, das bedeutet übersetzt „im Bauch", das Aufsprengen der Samenkörner im Bauch der Erde gefeiert.«
Quiskan hielt kurz inne, um Luft zu holen, sich zu sammeln und den Kindern Zeit zu geben, das Gehörte setzen zu lassen.
Dann fuhr er mit seinen Erklärungen fort:
»Am 21. März kommt der nächste Feiertag und dieser heißt Ostara. Zu Ostara durchbricht der Keimling, der zu Imbolc aus dem Samen kam, die Erdoberfläche und kommt ans Licht. An diesem Tag sind Tag und Nacht gleich lang, daher heißt Ostara auch die Frühlings-Tagundnachtgleiche.
Das wäre dann ein optimaler Zeitpunkt, mit dem Bau eines Hauses zu beginnen, um bei unserem Beispiel zu bleiben.
Anfang Mai wird Beltane begangen.
Beltane ist das Fest der Fruchtbarkeit. Hier wird die Blüte gefeiert und dass sich alles vermehrt und gedeiht.
Als nächstes kommt die Sommersonnenwende, diese findet am 21. Juni statt.
An diesem Tag hat man den längsten Tag des Jahres und die kürzeste Nacht, man nennt das Fest auch Johanni.
Durch die lange Sonneneinstrahlung haben die Kräuter in dieser Zeit sehr viel Kraft.
Danach folgt im August das Schnitterfest, auch Lughnasadh genannt, wo gefeiert wird, dass das erste Brot vom neuen Korn gebacken werden kann.
Am 21. September dann ist der Tag wieder, wie am 21.März auch, genauso lang, wie Nacht.
Das Fest nennt man dann die Herbst-Tagundnachtgleiche oder Mabon und dann schließt sich der Kreis und es folgt wieder Samhain.
Für die Einhaltung dieser Kreisläufe und die Ausgestaltung der Feiertage waren in dieser Gegend die Druiden verantwortlich und jeweils gemäß dem Feiertag belehrten sie das Volk über die Themen, die in der Natur und damit auch bei den Menschen, anstanden.

Sie segneten die Felder und das Vieh und kümmerten sich darum, dass alles nachhaltig verlief.
Einst waren die Druiden sehr geachtet und sie kamen nicht nur zu den Feiertagen aus dem Wald heraus, sondern sie wurden auch aufgesucht und um Rat befragt, wenn es Probleme, Krankheiten oder Zwistigkeiten gab.
Ansonsten lebten sie sehr zurückgezogen und sehr einfach im Wald.
Sie lernten vor allem von den Eichen und wie es sich zutrug waren das zum großen Teil auch die Eichen, die wir einst von Platana mitgebracht hatten.
So konnten die Druiden ebenfalls auf die Magie von Platana zurückgreifen und waren dadurch auch in der Lage, die Wesen der Anderswelt zu erblicken.
Ja Kinder, das also sind Druiden.«
Mit einem Seufzer beendete Quiskan seine ausführlichen Erklärungen.
»Trotz alledem, die gute Frage lautet immer noch, wieso könnt Ihr uns auch sehen, was sonst keiner außer den Druiden bei den Menschen heute noch kann?
Wieso konntet Ihr mich so einfach sehen?«
Er strich sich bedächtig über seinen Bart.
»Ich habe mich nie sonderlich um Eure Burg gekümmert und das Kommen und Gehen dort nicht verfolgt.
Wer sind Eure Eltern und Eure Großeltern?« Quiskan sah die Kinder fragend an.
Lia betrachtete ihre Schuhe und leise sprach sie vor sich hin:
»Wir kennen eigentlich nur unseren Vater.
Er heißt Ronan und führt viele Kriege.
Unsere Mutter starb bei der Geburt.
Einst sollen die beiden sehr glücklich gewesen sein, aber Vater hat den Verlust nie überwunden, sagt man.
Viel mehr konnten wir nie herausfinden.«
»Wie hieß Eure Mutter und aus welcher Gegend kam sie?«
Jetzt antwortete Finnbar: »Ich habe einmal ein Gespräch der Dienstboten in der Küche belauscht.
Es heißt, unsere Mutter Aoife sei seinerzeit das schönste und klügste Mädchen im ganzen Tùath gewesen und Vater hätte sein Glück kaum fassen können, dass sie sich ausgerechnet

für ihn entschieden hatte.
Sie sei aus einem guten Hause gewesen und ihre Mutter hätte lange Jahre nach dem tragischen Kriegs-Tod des Ehemannes die heimatliche Burg allein und in großer Weisheit geleitet.
Man munkelte auch, dass Aoife erst recht spät nach dem Tode des Ehemannes zur Welt gekommen wäre.
Vorher sei das Paar über Jahre kinderlos gewesen.«
»Hieß Eure Großmutter eventuell Katharina?«, fragend erhob Quiskan seine Stimme.
Finnbar antwortete überrascht: »Ich glaube ja, woher weißt Du das?«
Quiskan stand aufgeregt auf und lief wie aufgezogen hin und her.
»Das ist es, das ist die Lösung!« Lachend schlug er sich auf die Oberschenkel.
»Katharina hatte sich nach dem Tod ihres Mannes in den Wald aufgemacht, um dort um Hilfe zu bitten.
Absichtlich, obwohl allgemein bekannt war, dass ein Pilzkreis der Eingang zu einer anderen Welt sein könnte, trat sie dort ein und verlangte Einlass in unsere Welt.
Sie war genau in unserem Gebiet herausgekommen.
Wenn ein Mensch über einen Pilzkreis bei uns auf dem Territorium herauskommt, nimmt er automatisch unsere Größe an.
Katharina verlangte ziemlich barsch den Ältesten zu sprechen.
Naja das bin und war auch damals schon ich.
Sie wollte, dass ich ihren Mann wieder zum Leben erwecken würde und beklagte, dass sie stets kinderlos geblieben seien.
Da ich das nicht konnte, musste ich ihr leider, wenn auch voller Mitgefühl, ihren Wunsch abschlagen.
Sie blieb dann noch eine Weile bei uns und unsere Heiler kümmerten sich um ihre verwundete Seele.
Mein Sohn Querin, damals gerade erst 1111 Jahre alt, also noch ein Jungspund, war gerade bei den Heilern beschäftigt und kümmerte sich mit um eure Großmutter.
Es soll dabei wohl zu einer Liebesaffäre gekommen sein…
Das konnte ich nicht dulden.

Wir sorgten dafür, dass Katharina die Zeit bei unserem Volk vergaß und brachten sie wieder in den Wald in der Nähe ihrer Burg.
Kurz darauf kam Aoife, die auch das Kind von meinem Sohn Querin war, zur Welt.
Wir sind also verwandt!«, abschätzend betrachtete er die Kinder, als ob er sie gerade zum ersten Mal sehen würde.
»Ihr seid sozusagen meine Urenkel, das erklärt dann doch einiges«, murmelte er noch selbstgefällig vor sich hin.
Sprachlos saßen die Kinder auf ihren Baumstümpfen.
Lia sah sich skeptisch um, ob nicht gleich irgendwo jemand hervorspringen und laut: »Ätsch veralbert!«, rufen würde.
Verstohlen zwickte sie sich auch sicherheitshalber noch in ihren Arm, um auszuschließen, nicht sogar zu träumen.
Finnbar erging es ähnlich.
Er versuchte, das Gehörte zu verdauen.
Lange herrschte ein beredtes Schweigen zwischen den dreien.
Um einiges später ergriff Quiskan wieder das Wort:
»Ihr braucht eine angemessene Ausbildung, Kinder.
Ich werde mit Soholit, dem obersten der Druiden-Gemeinschaft sprechen, ob er Euch in die Lehre nehmen wird.
Wir werden die Sache allerdings ganz offiziell angehen lassen und zunächst Euren Vater diesbezüglich befragen.«
Lia ließ enttäuscht die Mundwinkel fallen.
»Er wird mich nie lernen lassen.
Er will mich nur so schnell wie es geht gut irgendwohin verheiraten, damit ich aus seinem Blickfeld verschwinde und dabei noch möglichst viel Nutzen für seine Kriegspläne erbringe«, brach es entrüstet aus ihr heraus.
Quiskan sah sie eine Weile an. »Du bist Deiner Großmutter gar nicht so unähnlich.
Wir werden schon eine angemessene Lösung für Dich finden.
Kommt Zeit, kommt Rat.
Für heute ist es genug, ihr müsst nach Hause.«
Lächelnd fügte er hinzu, »Finnbar kann ja kaum noch an etwas anderes denken, als an den gefüllten Fasan.

Wir treffen uns genau hier in einer Woche zur selben Zeit wieder.
Bis dahin sollte ich bereits einige Dinge in die Wege geleitet haben. Vielleicht bringe ich auch schon Soholit hierher mit. Seht zu, dass Ihr einen guten Eindruck macht.«
Abschätzend fiel sein Blick auf die zerschlissene und beschmutzte Kleidung der Kinder.
»Und Lia bitte kämme demnächst Dein Haar ordentlicher.«
Lia wusste nicht, ob sie sich über diese, bestimmt sehr gut gemeinten Hinweise nun ärgern oder freuen sollte.
Dann verblasste Quiskan plötzlich.
Sie hörten noch ein leises »Lebewohl« aus der Luft, wo eben noch Ihr Urgroßvater gestanden hatte und dann waren sie wieder allein im Wald.
Finnbar und Lia gingen sehr langsam zurück in Richtung Burg.
Es herrschte absolute Stille zwischen ihnen.
Jeder für sich musste erstmal darüber nachsinnen, welche außerordentliche Neuigkeiten sie soeben erfahren hatten.
Eine richtige Familie, wer hätte gedacht, dass sie zu so etwas gehören würden.
Und was für eine Familie! Ein glückliches Lächeln stahl sich in Ihre Gesichter.
Die Kinder hatten während der Abwesenheit des Vaters und der Brüder sehr viele Freiheiten.
Alle waren vollauf mit den Angelegenheiten des Haushalts beschäftigt.
So lange die Kinder also halbwegs ordentlich und vor allem pünktlich zu den Mahlzeiten erschienen, war alles in Ordnung.
Eine Zeit lang hatte es einen Privatlehrer auf der Burg gegeben, der den Kindern Lesen und Schreiben beibrachte.
Obwohl das für Mädchen eigentlich unüblich war, ließ man der Einfachheit halber Lia beim Unterricht ihres Zwillingsbruders stets dabei sein.
Sie lernten gemeinsam Lesen und Schreiben und ein wenig Geschichte. Das Beste aber war, dass der Lehrer sie in die alte Bibliothek der Burg einführte.
Dort gab es viele, viele Schriftrollen, die die Kinder mangels anderer Beschäftigung wie selbstverständlich in sich aufsogen.

Ihnen war gar nicht bewusst, was es für ein seltenes Privileg war, Zugang zu solch immensem Wissens-Reichtum zu haben.
Der Lehrer war nun schon lange fort.
Aber durch die, so überaus gut bestückte Bibliothek in der heimatlichen Burg, vermissten die Kinder ihn nie.

Soholit - der Älteste der Druiden

Schnell war die Woche vergangen.
Die Kinder konnten es kaum erwarten, zum vereinbarten Treffpunkt mit ihrem Urgroßvater zu kommen.
Sie liefen forsch drauflos.
Gesprochen wurde unterwegs dieses Mal gar nichts.
Jeder hing seinen eigenen Gedanken, Befürchtungen und Hoffnungen nach und jeder der beiden hielt diese sehr privaten Gedankengänge sorgfältig vor dem, vielleicht neugierigen, Geist des Zwillings geschützt.
Finnbar fragte sich hauptsächlich, wie denn der Vater überzeugt werden sollte, dass er bei jemandem unterrichtet werden würde, der doch ein Geächteter war.
Lia konnte sich nicht im Traum ausdenken, wie sie überhaupt die Erlaubnis erhalten könnte, bei der Ausbildung dabei zu sein, für den unwahrscheinlichen Fall jedenfalls, dass sie überhaupt stattfinden würde.
Sie sah dem Treffen daher nicht gerade optimistisch entgegen.
Beiden war die letzte Woche über jedoch klar geworden, wie sehr sie sich genau diese Unterweisungen wünschten.
Und darum waren ihre Befürchtungen, dieses wunderbare Angebot, am Ende doch nicht nutzen zu dürfen, auch so riesengroß.
An dem Platz angekommen, ließen sie sich wieder auf den Baumstümpfen nieder und warteten.
Es dauerte lange und niemand kam.
Irgendwann wurde es Lia zu bunt.
Sie hatte schon die ganze Zeit das Gefühl gehabt, ganz genau beobachtet zu werden.
Entrüstet stand sie auf und rief in die umliegenden Schatten:
»Es langt jetzt, kommt endlich raus.
Ihr habt uns jetzt doch schon lange genug aus dem Geheimen beobachtet. Wir sind nicht zum Spaß hier!«
Leises Gelächter kam aus der Luft und langsam formte sich aus dieser zuerst die Gestalt des Urgroßvaters und dann neben ihm noch die einer weiteren Person.

Die Kinder erblickten in ihr einen großen, aufrechtstehenden Mann, der in ein langes weißes Gewand gehüllt war.
Sein ebenfalls ganz weißes Haar fiel ihm in vielen kleinen geflochtenen Zöpfen über die Schultern.
»Seid gegrüßt, Lia und Finnbar.
Mein Name ist Soholit. Ich freue mich sehr, Euch endlich kennenzulernen.«
Die Kinder waren beindruckt.
Trotzdem fragte Lia provokativ: »Und warum hast Du dann so lange damit gewartet, Dich zu zeigen?«
Soholit lächelte: »Ich wollte Euch tatsächlich erst einmal eine Weile inspizieren.
Ich meine, das ist legitim, wenn ich Euch ausbilden soll, oder?«
»Bist Du denn so sicher, dass wir wirklich bei dir lernen werden?«, fragte Lia.
»Das hängt natürlich davon ab, ob Ihr überhaupt wollt. Wie sieht es damit aus Finnbar und Lia?«
Irgendwie war Lia total gereizt von dem ganzen Prozedere.
»Was denkst Du denn, wer Du bist?
Natürlich, ich will nichts sehnlicher als das. Aber ich werde niemals die Erlaubnis dafür bekommen.
Also frag uns nicht nach Dingen, die Du uns am Ende gar nicht geben kannst.« Traurig dreinblickend, ließ Lia sich wieder auf den Baumstumpf nieder.
»Und Du Finnbar?«, Soholit sah den Knaben fragend an.
»Natürlich möchte ich das auch Herr, lieber als alles auf der Welt.
Aber Lia hat Recht, unser Vater wird niemals die Erlaubnis dazu geben.«
»Die erste Regel, die Ihr Euch schon mal hinter die Ohren schreiben könnt, lautet: Sagt niemals nie.
Man muss das scheinbar Unmögliche nur lange genug anschauen, bis es dann schlussendlich zu einer leichten Angelegenheit wird.
Ein Wunder ist immer nur eine Sache des Trainings.
Da wo ein Plan in Gedanken entsteht, dieser dann in Worte gefasst wird, da kann er auch mit starker Konzentration ins Materielle gebracht werden.

Ich würde mal sagen, Ihr vertraut mir einfach, dass ich die Erlaubnis Eures Vaters erhalten werde, Finnbar zu unterrichten.«
»Und was ist mit mir?«, Lias Stimme überschlug sich vor Enttäuschung. Die Fäuste geballt, rannte sie auf Soholit zu.
»Setz Dich wieder hin Mädchen und hör mir noch ein wenig länger zu.« Mit gesenktem Kopf setze sich Lia aufs Neue.
Finnbar nickte ihr so aufmunternd zu, wie er es nur eben vermochte.
»Es ist wie bei dem Kampf eines Kriegers des Lichts«, begann Soholit erneut zu sprechen.
»Ein echter Krieger studiert seinen vermeintlichen Gegner genau.
Dann nutzt er dessen Energie und dessen Waffen für sich selbst, um letztlich zu siegen.
Was setzt Dein Vater gegen Dich für Waffen ein, Lia?«
Lia verstand nicht und schaute nur verständnislos drein.
»Er ignoriert Dich. Und genau das werden wir uns zu Nutze machen.
Ich werde Dich einfach auch ignorieren.
Ich werde ihm anbieten, Finnbar zu unterrichten und Dich gar nicht erst erwähnen.
Das wird ihm völlig normal erscheinen, denn das ist, was er schon viele Jahre genauso praktiziert.
Er wird Dich völlig aus seinem Bewusstsein verbannen und bevor er nicht einen Ehemann für Dich gefunden hat, wird er kaum von selbst an Dich herantreten.
Wenn Finnbar also die Lehre bei mir antritt, wirst Du heimlich immer dabei sein.
Dein Vater wird in der Zukunft, so wie bisher auch, sowieso viel zu selten zu Hause sein und niemand wird davon Notiz nehmen, wo genau Du Dich während Finnbars Unterrichtszeit befindest.
Wir werden außerdem immer weit weg von der Burg im Wald lernen.«
Stille trat ein.
Man hätte ein Haar zu Boden fallen hören können, so leise war es.
Finnbar ergriff als Ester wieder das Wort: »Das hört sich wie

ein guter Plan für Lia an, aber wie soll mein Vater Dich als meinen Lehrmeister akzeptieren?
Das Druidentum ist in der heutigen Zeit, wie wir alle wissen, leider geächtet. Er wird nicht wollen, dass ich mich später auch vor dem Gesetz verstecken muss.«
»Ich kann Dir nur versprechen, dass dafür gesorgt sein wird. Ich werde Euch aber sicherheitshalber im Vorfeld nicht mitteilen, was ich genau geplant habe, damit Ihr Euch nicht aus Versehen verratet.
Nur eines schon vorab:
Euer Vater wird sehr viel früher zurückkehren, als er es eigentlich wollte.
In einem Monat schon und nicht erst in sechs, wie er es zuletzt angekündigt hatte.
Dann wird unsere Stunde kommen.
Bis dahin bleiben uns noch etwa drei Wochen und ich schlage vor, dass wir solange eine Art Probe-Unterricht betreiben.
Dann können wir am Ende schauen, ob wir wirklich miteinander arbeiten wollen, bevor ich persönlich an Euren Vater herantrete. Abgemacht?«
»Abgemacht«, riefen die Kinder wie aus einem Munde.

Schweiß, Tränen und erste Erfolge

Die Kinder gingen jetzt täglich vom frühen Morgen bis zum Mittagessen in den Wald, um Soholit und manchmal auch Quiskan zu sehen und natürlich, um zu lernen.
Anfangs ging es viel um »Sehen« und »Spüren«.
Zuerst musste man lernen, seinen Geist komplett zu leeren bis keine störenden Gedanken mehr auftauchten.
Dann sollte der Blick unfokussiert geradeaus gerichtet sein.
Keinesfalls sollte man irgendetwas bestimmtes wahrnehmen, sondern nur diffus alles auf einmal.
Das würde anfangs am besten funktionieren, wenn der Körper total ausgepowert ist.
Daher führten sie, bis zur Erschöpfung, anstrengende Gymnastikübungen und Kurzsprints aus.
Danach hieß es wieder hin spüren und aufmerksam schauen.
Finnbar fragte sich nicht zum ersten Mal, was das alles sollte, als Lia plötzlich in die Hände klatsche und auf die, etwa 10 m entfernte, Eiche zeigte. Finnbar, der sogleich voll konzentriert auch dort hinschaute, sah dort eine Eiche. »Na und, was ist da schon besonderes dran?«, murmelte er missmutig vor sich hin. »Was ist das für ein Wesen dort in der Eiche?
Es sieht aus, wie ein Geschöpf zwischen einem Menschen und einem Baum.«
Lia sah zuerst fragend zu Soholit und dann wieder zur Eiche.
»Ähm, jetzt ist es weg.«
»Es ist nicht weg, es ist schon die ganze Zeit hier und es steht dort auch immer noch.
Das ist ein Baum-Mensch.
Es liegt daran, ob Du richtig hinschaust.«
Lia leerte ihren Geist aufs Neue und blickte nichts suchend in Richtung Eiche und Umgebung. »Jetzt sehe ich es wieder, es ist wunderschön. Faszinierend«, zischte Lia leise durch den Mundwinkel.
Finnbar war total genervt.
»Ich gehe jetzt heim, vergesse den ganzen Mist und werde einfach der Verwalter, den Vater sich wünscht«, dachte er

laut und ging langsam einige Schritte rückwärts.
»Ist es das, was sich die weiße Eule für Dich gewünscht hätte, Finnbar?« Soholit hatte Finnbar im Geiste angesprochen, für Lia war das Gespräch allerdings nicht zu hören.
»Habe ich jetzt denn gar kein Privatleben mehr?« Finnbar reagierte äußerlich patzig, aber im Inneren erbebte er bei der Erinnerung an die weiße Eule und sein Herz klopfte laut.
Es war lange her und es war sein sehr privater und geheim gehüteter Schatz.
Als Finnbar etwa 8 Jahre alt gewesen war, kam der prächtige weiße Vogel viele Abende durch das Fenster in sein Zimmer. Schnell waren sie richtig gute Freunde geworden und Finnbar nahm es fast, wie selbstverständlich hin, dass er sich mit dem Vogel über den Geist verständigen konnte.
Mit seinem neuen Freund konnte Finnbar über Dinge sprechen, die er selbst mit Lia nicht bereden wollte.
Unverhofft und von einem Tag auf den anderen verabschiedete sich jedoch die weiße Eule von dem Jungen.
»Wir werden uns bestimmt wiedersehen, Finnbar und dann werde ich Dich vieles lehren, was Du Dir heute nicht einmal erträumen kannst. Aber für jetzt muss ich leider fort.«
Wie gerne hätte er ihr geglaubt, aber Finnbar hatte bis heute nie wieder etwas von seinem guten Freund gehört.
Fast 5 Jahre waren inzwischen vergangen.
Als er jedoch zu Soholit schaute, stockte ihm der Atem.
Statt des Lehrers saß dort nun plötzlich die weiße Eule von damals und winkte ihm mit einem ihrer schneeweißen Flügel freundlich zu.
Finnbar wollte gerade aufschreien, als dann am gleichen Platz einen Moment danach nun doch wieder nur Soholit stand.
Finnbar war wie vom Donner gerührt, sollte Soholit auch gleichzeitig die weiße Eule von einst gewesen sein?
»Setzt Euch bitte mal hin Kinder, ich muss Euch etwas Wichtiges sagen. Wie lange üben wir jetzt?
Zweieinhalb Wochen?
Kinder diese kurze Zeit, das ist ein Witz für solche Unterweisungen.
Eine Druidenausbildung dauert normalerweise Jahrzehnte.

Bis jemand die Wesen der Anderswelt erblicken wird, wie z.B. Lia eben den Baum-Menschen, können bis zu fünf Jahren vergehen.
Bei Euch wird das alles sehr viel schneller ablaufen, weil in Euren Adern auch das Blut des kleinen Volkes fließt.
Trotzdem muss ich Euch um Geduld bitten.
Finnbar, hast Du nicht erst vor Kurzem als Erster Euren Urgroßvater erblickt?
Das kam, weil Du in dem Moment ganz ziellos, aber aufmerksam geschaut hast.
Die letzte Zeit hier wurdest Du immer stärker in Deinem Wollen und Drängen.
Es geht aber bei dem, was wir hier tun um absichtsloses Sein, darum nur zu nehmen, was freiwillig gegeben wird.
Wollen und Verbissenheit wird bei dieser Art von Arbeit nicht zum Ziel führen.
Es geht dabei eher um Unschuld, um Vertrauen und um absolute Loyalität zur höheren Wahrheit, manche nennen sie auch das Göttliche oder die Liebe.
Wir brauchen natürlich auch Disziplin, Durchhaltevermögen und Willenskraft.
Aber am meisten könnt Ihr auf die kindliche Unschuld und das stille Sein setzen.
Es ist eher so wie eine wache Wartehaltung, um mitzubekommen, wann einem eine neue Erfahrung oder neues Können geschenkt wird.
Später dann geht es auch viel um Demut und Bescheidenheit, denn alles, was Ihr lernen und können werdet, das müsst Ihr wieder abgeben, wenn sich Euer Lebenskreis einst schließen wird.«
Beschämt schaute Finnbar auf den Boden, eine Träne stahl sich heimlich aus seinem Augenwinkel.
Er hatte tausende Fragen auf den Lippen, hatte aber nicht den Mut, sie zu stellen.
Stattdessen beantworte Soholit nun einige seiner Fragen von allein:
»Ja, ich glaube an Euch.
Ich habe Euch schon länger beobachtet und Euch ganz gezielt ausgewählt.

Und – Kinder, ich brauche Euch auch.
Ich finde kaum noch Schüler und schon gar nicht solche begabten, wie Euch.
Unser Wissen darf nicht verloren gehen.
Daher bitte ich Euch von Herzen, tapfer und demütig, zielstrebig und trotzdem zufrieden mit dem, was ihr tatsächlich gerade erreicht habt, zu sein.
Ich brauche Euch und auch die Erde wird Euch brauchen.
Kinder, es gibt die Zeit nicht, wie Ihr sie bislang kennengelernt habt.
Es ist immer alles schon in diesem Moment verfügbar.
Ich bin in der Zeit weit in die Vergangenheit und die Zukunft gereist und ich möchte heute auch Euch einen Blick in den Brunnen der Zeit gewähren.
Sorgt Euch nicht, denn wenn wir wieder hier an diesem Platz sein werden, wird es genauso so spät sein, dass Ihr exakt zur rechten Zeit wieder in die Burg Eichenfels zurückgehen könnt.
Das ist heute vorläufig unser letztes Treffen.
Ich muss fort und ich werde danach mit Eurem Vater Kontakt aufnehmen.
In circa 14 Tagen wird er wieder mit Eurem Bruder zu Hause eintreffen.
Er wird Dich Finnbar für ein Jahr zu mir in die Lehre senden und Dich Lia wird er ignorieren.
Kurz darauf wird er erneut aufbrechen und dann wird es wieder so ähnlich sein, wie Ihr es jetzt kennengelernt habt.
Ein Jahr Ausbildungszeit ist aber viel zu kurz.
Daher werden wir die Zeit dehnen und in diesem Jahr dadurch so viel schaffen können, wie vielleicht in 10 Jahren.
Was Ihr gleich bei der Zeitreise sehen werdet, darf Euch nicht allen Mut nehmen.
Die Zukunft ist veränderbar.
Wir werden alles gemeinsam daransetzen, dass es nie so weit kommen wird.
Kein Wort zu niemand über Eure Erlebnisse.
Das ist oberstes Gesetz, wenn wir die Mission nicht gefährden wollen. Und nun folgt mir bitte.«
Eilig ging Soholit in Richtung der Eiche mit dem Baum-

Menschen darin, davon.
Beide Kinder beeilten sich, um mit ihm Schritt zu halten.
Der Wald wurde nebliger und dunkler.
Dann blieb Soholit an einer kleinen Felsquelle, auf die die Sonne schien, stehen.
»Das hier, Kinder ist ein Schwellentor.
Man findet es dort, wo die Elemente Licht für Feuer, Wasser, Erde, Luft und manchmal auch Stein sich treffen.
Zentriert Euch bitte und achtet dabei auf Euren Atem, so wie wir es geübt haben.
So und jetzt folgt mir bitte.
Plötzlich tat sich etwas, wie ein Torbogen aus belaubten Zweigen auf und die drei Menschen schritten forsch hindurch.
Den Kindern bot sich jetzt ein atemberaubender Anblick.
Bäume so hoch, dass man die Spitzen kaum noch sehen konnte. Unzählig viele bunte Farben gab es ringsumher.
Und in der Luft schwirrten, wie Insekten, wundersame kleine Wesen mit goldenen Flügeln umher
»Achtet auf Euren Atem.
Willkommen in der Anderswelt, Kinder.
Für dieses Mal müssen wir uns leider sputen.
Ich verspreche Euch aber, Ihr werdet später noch viel Zeit bekommen, Euch hier genauestens umzusehen.«
Soholit ging zielstrebig auf einen gemauerten Brunnen zu, den die Kinder jetzt in einigen Metern Entfernung erblickten.
Sie folgten ihm eilig.
Der Brunnen war bis oben an den Rand mit klarem Wasser gefüllt.
Mit leiser Stimme hörten sie Soholit vor sich hinmurmeln.
Es klang fast so wie ein Gedicht.
Plötzlich begann sich das Wasser zu bewegen.
Kleine Bläschen und Wellen wurden nach und nach zu einem großen Strudel.
»Seht genau hin Lia und Finnbar und fürchtet Euch nicht.
Ihr seid immer in Sicherheit und werdet bald unversehrt hierher zurückkehren.«
Aus dem Strudel tauchten zunächst nur einzelne Bilder auf.
Die Kinder erkannten darin auch ihre heimatliche Burg

wieder.
Sie beugten sich instinktiv tiefer in Richtung des Strudels.
Es war jetzt fast so, als wären die Kinder mitten im Geschehen.
Nicht weit sahen sie ein junges Paar, ausgelassen und sich an den Händen haltend, durch die Wiesen laufen.
Das Mädchen hatte bunte Bänder in den langen dunkelblonden Haaren. Es waren die gleichen Haare, wie Lia sie heute hatte, es musste ihre Mutter Aoife sein.
Der Bursche trug ein Festtags-Gewand. Das Lachen der beiden hallte weit über das Land.
Als sie näherkamen, erkannten die Kinder in dem Burschen ihren eigenen Vater in jungen Jahren.
Er war es und er war es auch wieder nicht, denn sein Gesicht war hier offen, hoffnungsvoll und voller Freude.
So hatten ihn Finnbar und Lia bislang nie kennengelernt.
Dann verschwammen die Bilder.
Die Burg verfiel und der Wald wurde immer lichter.
Statt der Burg standen nun dort mehr und mehr Gebäude aus Stein. Diese verfielen wieder und waren dann durch neue Gebäude, die viel höher und zahlreicher waren als ihre Vorgänger, ersetzt worden.
Bäume gab es nur noch hier und da.
Der gesamte Wald war inzwischen verschwunden.
Irgendwann bestand der ganze Boden nur noch aus Beton.
Pflanzen waren überhaupt keine mehr zu sehen.
Es wurde sehr heiß.
Im Himmel sahen die Kinder riesige Gefährte aus einem, ihnen unbekannten, Material umherfliegen.
Je weiter sich die Zeit in die Zukunft bewegte, desto heißer wurde es. Den Kindern lief der Schweiß in Strömen am Körper herunter.
Sie hatten außerdem den Eindruck, kaum noch atmen zu können.
Sie sahen keine Bewegungen mehr, weder waren Menschen noch irgendwelche Gefährte oder auch Pflanzen zu sehen.
Stattdessen sahen sie plötzlich heiße Lavaströme aus der Erde heraustreten.
Das war zu viel.

Instinktiv rissen sich Lia und Finnbar von den Ereignissen los und mit einem Ruck landeten sie rücklings vor dem Brunnen der Zeit auf dem Boden.
Verstört und atemlos sahen die Kinder einander an.
Sie hörten noch, wie Soholit ihnen zurief: »Wir sehen uns bald wieder.« Und dann fühlten sie sich wie durch einen mächtigen Luftstrom an den Platz zurückversetzt, wo am Morgen die heutige Unterweisung stattgefunden hatte.
Mit weit aufgerissenen Augen und zitternd, standen die Kinder jetzt in der Nähe ihrer Sitz-Baumstümpfe.
»Finnbar kann es sein, dass die Erde dieses Schicksal erleiden wird?«, fragte Lia ihren Zwillingsbruder. »Ich weiß es nicht Lia. Aber ich erinnere mich, dass Soholit gesagt hat, es muss nicht so weit kommen.
Man kann die Zukunft verändern.
Vielleicht können sogar wir einen Beitrag dazu leisten und deshalb brauchen wir die Ausbildung bei ihm.
Lass uns unsere Lippen fest verschließen, so dass kein Mensch von unserem heutigen Erlebnis erfährt.
Und lass uns daran nicht verzweifeln, kommt Zeit kommt Rat.
Jetzt gehen wir erstmal nach Hause und werden dort ein gutes Mittagessen zu uns nehmen.«
Die Kinder gingen ohne weitere Worte nachdenklich durch den Wald nach Hause.
Ab und zu sahen sie sich verstohlen an, dann reichten sie sich die Hände und fanden Trost einer an dem anderen.
Hand in Hand gingen sie zurück zur heimatlichen Burg.
Ihr Geburtstag stand kurz bevor. Sie wurden jetzt 13 Jahre alt.
Es war nicht geplant, dass der Vater zu diesem Datum zu Hause sein würde, denn der Geburtstag war schon in der nächsten Woche.
Lia und Finnbar freuten sich, so wie alle Kinder, schon sehr darauf.
An diesem Tag gab es immer schöne Geschenke und eine kleine Feier wurde ausgerichtet.
Herta übertraf sich jedes Mal mehr bei der Zubereitung von leckeren Gerichten.

So war es auch diesmal.
Morgens erwachten die Kinder schon früher als sonst.
Und noch bevor Anne, ihre Amme, an die Türen klopfte, waren sie schon fertig angezogen und standen, sich gegenseitig breit angrinsend, draußen im Flur.
Sie rannten gemeinsam in die Küche, wo sie sicher waren, dass Hertha bestimmt etwas Wunderschönes für sie gezaubert hatte und richtig es stand schon ein sehr schmackhafter Geburtstagskuchen auf dem Tisch. Kleine Kerzen, die Herta selbst gezogen hatte, waren oben auf dem Kuchen. Sie brannten schon. »Nun pustet sie aus und wünscht euch was, ihr zwei Racker.
Herzlichen Glückwunsch zum 13. Geburtstag.«
Alle Dienstboten klatschen und Anne blickte voller Stolz auf ihre, so geliebten Sprösslinge.
Die Kinder bliesen gemeinsam die Kerzen aus und dann wurde noch ein bisschen geredet und gefeiert.
Kurz bevor man sich zum Mittagessen niederlassen wollte, kam ein Bote schweißgebadet mit einem völlig erschöpften Pferd im Burghof an.
»Ich bringe eine überaus wichtige Nachricht vom Heer zu Ronan. Bringt mich zu ihm.« Alle sahen sich fragend an.
»Er ist doch noch im Krieg und wollte erst in zirka 5 Monaten zurückkehren«, sprach Gilean, der die Burg in Abwesenheit von Ronan leitete.
Der Bote ließ sich völlig erschöpft vom Pferd hinabgleiten.
Sein Pferd wurde in den Stall gebracht, um es zu tränken, abzutrocknen und ihm etwas Heu zu geben.
Dann wurde der Bote langsam nach drinnen geleitet.
Man gab ihm ein Glas Wasser zu trinken.
Betretenes Schweigen herrschte.
»Und jetzt bitte noch einmal Silvio, was hast du da eben gesagt?
Du bringst Botschaft für Ronan zu uns in die Burg?
Wie kann das sein, er ist doch gar nicht hier?«, fragend sah Gilean zu Silvio und setzte sich bedächtig neben ihn.
»Ronan war vor einigen Tagen in Richtung der Burg aufgebrochen«, antwortete Silvio.
»Er und Angus waren von einer vergifteten Klinge verletzt

worden und wollten beim Heilkundigen auf der Burg um Hilfe ersuchen.
Sie müssten doch längst hier eingetroffen sein?«, panisch sah sich der Bote in der Menge um.
»Nein sie sind nicht hier. Wir haben auch nichts gehört. Was sollen wir nun tun?«, sprach Gilean.
Da es keine Möglichkeit gab, sofort etwas zu unternehmen, zogen sich die Männer zu einer Beratung zurück.
Nachdem sich Silvio wieder erholt hatte, stieg er auf sein Ross, um zurück zu reiten und das Heer zu informieren, dass Ronan noch nicht zu Hause angekommen war.
In der Burg wusste man nicht genau, ob man das Schlimmste vermuten sollte oder ob sich alles noch aufklären würde.
Doch die meisten tendierten dazu zu glauben, dass Ronan und seinem Sohn etwas geschehen sein musste.
Da aber ein außergewöhnlich starker Nebel über dem Wald hing, entschied man sich, mit einer Suchaktion noch etwas zu warten.
Alle hofften, dass Silvio bei diesem Wetter gut bei den anderen Kriegern ankommen würde.
Er jedenfalls hatte sich trotz des dichten Nebels nicht aufhalten lassen.

Nebel und Visionen

Ronans Männer waren in einen, wilden Kampf gegen die Briten verwickelt gewesen.
Dabei wurde Ronan von einem Schwert eines feindlichen Kriegers am Arm schwer verletzt.
Sein Sohn Angus war darüber so außer sich vor Zorn, dass er sich mutig dem Feind entgegenwarf, um diesen zu töten.
Noch in seinen letzten Atemzügen schaffte es der Feind, Angus ebenfalls am Bein zu verletzen.
Zu diesem Zeitpunkt wussten sie noch nicht, dass diese Klinge vergiftet gewesen war.
Am Abend jedoch zeigte sich an den Wunden eine zornige Röte und beide bekamen hohes Fieber.
Der Heiler des Heers sprach aus, was alle schon befürchtet hatten: »Herr, die Klinge muss vergiftet gewesen sein.
Ich habe dies schon bei anderen Kriegern erlebt.
Wenn wir jetzt nicht alsbald etwas unternehmen, so werdet Ihr in drei Tagen tot sein.
Ihr müsst sofort nach Hause reiten, damit dort vom Heiler der Burg ein Kraut besorgt wird, welches ich hier unterwegs nicht finden kann. Dieses kann das Gift aus der Wunde herausleiten.
Er wird wissen, was dann noch weiter zu tun ist.«
Fünf fähige Krieger aus der Armee wurden als Eskorte ausgewählt.
Eine Weile konnten sich die beiden Verletzten noch auf dem Pferd halten, aber dann wurden sie zu schwach und es mussten für sie zwei behelfsmäßige Tragen gefertigt werden, die jeweils hinten an ein Pferd gebunden wurden.
Sie waren inzwischen schon einen Tag unterwegs und nur noch einen halben Tagesritt von der heimatlichen Burg entfernt.
Da kam urplötzlich im Wald ein tiefer Nebel auf.
Mystisches Flüstern und Wispern war von allen Seiten aus dem Nebel zu hören.
Jedem der Männer wurde es unheimlich zu Mute.
Solch einen dichten Nebel hatten sie dort noch nicht erlebt. Man konnte die Hand nicht mehr vor Augen sehen

und es dauerte nicht mehr lange, da wussten sie nicht einmal mehr, in welcher Richtung die beheimatete Burg überhaupt lag.
Daher wurde vorgeschlagen zu rasten und zu warten, bis der Nebel sich lichtete, denn was für einen Zweck würde es machen, sich jetzt in dem Nebel auch noch zu verirren.
Also wurde gerastet. Nach einem halben Tag hatte sich der Dunst noch immer nicht gelichtet und der Zustand von Ronan und Angus verschlechterte sich zusehends.
Man musste mit dem Schlimmsten rechnen.
Plötzlich tauchte aus der Ferne etwas Weißes aus dem nebligen Dunst auf und als das Weiße näherkam, sahen sie, dass es sich um eine männliche Gestalt handelte.
Sie war in ein weißes, langes Gewand gehüllt und vom Kopf hingen viele weiße, kleine geflochtene Zöpfe hinab.
Zur Eskorte der kleinen Schar gehörte auch ein, schon älterer Soldat.
»Ein Druide«, murmelte dieser ehrfurchtsvoll.
Er erinnerte sich gut an die Feste, die damals von den Druiden angeleitet worden waren und tief in seinen Adern saß noch die Ehrfurcht vor diesen Weisen.
Der Druide war Soholit und als er näherkam, sprach er:
»Seid gegrüßt liebe Brüder, was hat euch hierher verschlagen?«
Kurz wurde dem Druiden berichtet, was geschehen war.
Er entgegnete: »Wenn ihr erlaubt, würde ich mir die Kranken gerne ansehen.«
Er ging zu Angus und Ronan, besah sich die Wunden, schüttelte den Kopf und sah den Heiler direkt an.
Dieser senkte alsbald den Blick.
Dann wandte er das Wort an Ronan:
»Du weißt, wie es um Euch steht?
Ihr benötigt dringend Hilfe und für das Kraut, welches Dein Volk dafür immer benutzt, ist es jetzt leider schon zu spät.
Ich mache dir einen Vorschlag: Ich werde Euch beide heilen und als Lohn werde ich Euren jüngste Sohn Finnbar für ein Jahr unterrichten. Er wird diese Heilkunst und noch viele andere wichtige Dinge für Dein Volk bei mir erlernen, was ihm als Verwalter Deines Túaths in Zukunft sehr von

Nutzen sein kann.«
Soholit war einige Schritte zurückgetreten und erwartete Ronans Antwort.
Dieser bat sich eine kurze Bedenkzeit aus und fiel dann sogleich in eine tiefe Ohnmacht.
Ronan lief im Traum durch das Reich der Schatten.
Dort sah er in der Ferne von weitem immer wieder etwas aufblitzen. Er fühlte sich wie magisch davon angezogen.
Als er endlich näherkam, erblickte er seine geliebte Aoife.
»Warte Liebste, ich bin endlich wieder mit Dir vereint.«
Aoife blieb stehen und drehte sich um: »Ronan, Liebster, Deine Zeit ist noch nicht gekommen, Du musst wieder zurück.
Ich werde hier auf Dich warten. Für mich wird es nur einen Augenaufschlag dauern, bis wir hier wieder für immer vereint sind. Hier vergeht die Zeit anders.
Für Dich wird es sich noch etwas länger anfühlen.
Ich freue mich auf Dich.
Aber für jetzt kehr um und lass den Druiden wissen, dass er Finnbar für das eine Jahr unterrichten soll und lass Dich und Angus von ihm heilen. Es wird das Beste für alle sein.«
Dann verblasste sie langsam.
Ronan fühlte unbändigen Schmerz und wollte laut aufschreien.
Das war ihm aber nicht mehr möglich, denn er war gerade wieder von der Ohnmacht erwacht.
Schwach winkte er den Druiden näher.
Dieser wandte ihm sein Ohr zu und Ronan flüsterte:
»Ich bin einverstanden. Du kannst Finnbar unterweisen. Bitte heile meinen Sohn Angus als Ersten.«
Soholit beeilte sich, zu Angus zu gelangen und legte ihm seine beiden Hände auf die Brust. Ein leiser Singsang erfüllte die Luft.
Der Heiler blickte ehrfurchtsvoll und wie gebannt auf die Wunde, deren tiefrote Farbe nach und nach verblasste und die sich dann wie von selbst wieder schloss.
Langsam kehrte auch die gesunde Färbung in das blasse Gesicht von Angus zurück und alsbald öffnete dieser seine Augen und erhob sich vollkommen geheilt von seinem

Krankenlager.
Ein tiefes, ehrfurchtsvolles Raunen kam von den Kriegern.
Soholit aber trat gemessenen Schrittes auch zu Ronan und vollführte dort das gleiche Ritual, wie zuvor bei dessen Sohn.
Auch Ronan erhob sich alsbald wieder vollständig hergestellt.
Dieser wandte nun das Wort an Soholit:
»Hab Dank Du weiser Mann für das Leben meines Sohnes und das meine.
Dafür hast Du mehr gut bei mir, als meinen Sohn Finnbar zu unterweisen, was für mich nur noch eine weitere, unbezahlbare Gabe für uns ist. Hab Dank.«
Soholit verneigte sich lächelnd und sprach:
»Auch ich danke Dir für Dein Angebot, vielleicht werde ich es irgendwann einmal einlösen.
Für jetzt werde ich mich jedoch zurückziehen.
Sendet mir Euren Sohn zum nächsten Neumond im Morgengrauen an den Waldrand in der Nähe Eurer Burg.
Ich werde ihn dort erwarten.
Er wird täglich immer zur Mittagsstunde wieder zurück auf der Burg Eichenfels sein.«
Soholit ging nun einige Schritte rückwärts und verblasste vor den Augen der Krieger langsam im Nebel.
Kaum war Soholit fort, kam die Sonne heraus, der Nebel verschwand und die Männer sahen schon von weitem ihre heimatliche Burg liegen.
Sie bestiegen ihre Pferde und in weniger als einer Stunde wurde ihre Ankunft in der Heimat erleichtert gefeiert.
Es gab ein herrliches Festmahl und als abends Geschichten erzählt wurden, nahm Ronan seinen jüngsten Sohn Finnbar kurz beiseite, um ihn über seinen künftigen Unterricht bei einem Druiden in Kenntnis zu setzen.
Finnbar nahm die Information scheinbar demütig und erfreut entgegen und dankte seinem Vater dafür.
Sobald es ihm möglich war, wandte er sich jubilierend im Geiste an seine Zwillingsschwester.
»Lia, Lia, Soholit hat tatsächlich Wort gehalten.
Am nächsten Neumond werden unsere Unterweisungen

offiziell beginnen.
Ich bin so glücklich.«
Auch Lia schlug im Geiste vor Freude Purzelbäume.
Finnbar aber wurde jetzt nachdenklich.
»Du Lia, geh lieber sofort ins Bett, besser niemand erinnert sich an Dich, damit Du auch ohne Weiteres mitkommen kannst.
Nicht, dass Dir noch irgendeine andere Aufgabe zugeteilt wird.«
»Du hast Recht, Finnbar. Ich werde mich sofort zurückziehen und erst morgen früh, so spät wie möglich wieder herauskommen.
Ich hörte, dass die Männer schon morgen wieder zum Kampf zurückkehren wollen.
Der Bote von gestern hatte offenbar eine wichtige Botschaft, die dies nötig macht.
Gute Nacht Finnbar, auf einen neuen Anfang und ein großes Abenteuer.«
Lia machte kehrt und verschwand sofort in Richtung ihrer Schlafkammer.
Als auch Finnbar zu Bett gegangen war, lag er noch lange wach und sann über die Zeit nach, die sie beide nun erwartete.

Aller Anfang ist schwer

Es war der Abend vor Neumond. Lia und Finnbar unterhielten sich noch über ihren Geist, als sie schon längst in ihren Betten lagen. Keiner von beiden konnte einschlafen, so aufgeregt waren sie, weil morgen der offizielle Unterricht mit Soholit beginnen sollte.
Zum hundertsten Male begann Lia davon zu sprechen, wie das Erlebnis im Brunnen der Zeit gewesen war und welche Rolle sie in der ganzen Geschichte wohl spielen sollten.
Auch Finnbar wollte nichts sehnlicher wissen als dies, ihm war aber klar, dass man sich heute Abend mit dieser Frage nur endlos im Kreise drehen würde.
Darum sprach er zu Lia: »Komm lass uns die Augen zu machen, wir werden das jetzt ohne Soholit doch nicht lösen können.
Morgen ist auch noch ein Tag.
Schlaf gut.«
Mit diesen Worten drehte sich Finnbar auf die Seite und war auch schon bald eingeschlafen.
Lia benötigte dafür noch etwas mehr Zeit, aber irgendwann glitt auch sie ins Land der Träume hinüber.
Beide wurden am Morgen von Anna geweckt und waren noch gar nicht wirklich ausgeschlafen.
Wichtig war nun, dass Lia sich so unauffällig wie möglich verhielt, damit sie später zu Finnbar hinzustoßen konnte.
Anne hatte sich schon gefragt, was Lia wohl den ganzen Vormittag über machen könnte, denn die Zwillinge waren bislang immer unzertrennlich gewesen.
Dafür hatten sich die Kinder schon eine gute Ausrede zurechtgelegt.
Sie ließen in der Küche verlauten, dass Lia vorhatte, sich endlich wieder dem Flötenspiel zu widmen.
Sie wollte sich dafür in den Wald begeben, um nicht gestört zu werden.
Seinerzeit hatten Lia und Finnbar beide darin Unterricht bekommen. Finnbar war aber so untalentiert dafür gewesen, dass der Unterricht bald wieder abgebrochen worden war.

Lia war damals sehr enttäuscht gewesen, da ihr die Flöte durchaus gelegen hatte.
Jeder nahm ihr heute also diese Erklärung ohne Weiteres ab und Anne, ihre Amme, war insgeheim froh, dass es eine so gute Lösung für die Angelegenheit gab.
Sie ließ es damit gut sein und beschäftigte sich, wie an allen anderen Morgen auch, wieder mit ihrem Tagwerk.
Bald verschwendete sie keinen weiteren Gedanken mehr an die Kinder.
Diese machten sich, mit einem guten Frühstück gestärkt, jeweils getrennt auf den Weg in Richtung Wald.
Herta hatte jedem noch ein klein wenig Wegzehrung mitgegeben.
Als sie außer Sichtweite waren, trafen sie sich, wie vereinbart, an einer bestimmten Weggabelung, lachten glücklich darüber, dass ihr Plan so gut geklappt hatte und nahmen sich das letzte Stück Weg bis zum Unterweisungsplatz gemeinsam vor.
Sie hatten kaum auf ihren Baumstümpfen Platz genommen, da erschien auch schon Soholit, begleitet von Quiskan, wie aus dem Nichts vor den Kindern.
»Guten Morgen, Ihr beiden und herzlich willkommen zur ersten Stunde.«
Breit grinsend ging Soholit auf die Kinder zu und umarmte einen nach dem anderen.
Quiskan, der auf einem hohen Baumstumpf stand, tat es ihm sogleich nach.
»Ich bin sehr erfreut, wirklich außerordentlich erfreut, dass unser Plan so gut aufgegangen ist«, hörten sie Quiskan nun schon zum wiederholten Male sagen.
Nach einer kurzen Pause kam plötzlich eine ernstere Stimmung auf.
Lia durchbrach die Stille als Erste: »Wegen dem Brunnen der Zeit...«.
Soholit gebot ihr mit leicht erhobener Hand, noch zu schweigen und blickte fragend zu Quiskan.
Dieser erhob sich etwas schwerfällig und hob langsam zu sprechen an: »Auch wir sind sehr besorgt über die düsteren Zukunftsaussichten der guten Mutter Erde.

Aber Soholit hat Euch ja schon wissen lassen, dass die Zukunft auch veränderbar ist.
Was Ihr da am Ende in dem Brunnen gesehen habt, könnte eventuell so ungefähr 1400 Jahre von heute an geschehen, wenn es nicht vorher verhindert werden kann.
Ihr fragt Euch vielleicht, wie sollen wir etwas verhindern, das wir gar nicht mehr erleben werden?«
Er sah die Kinder nachdenklich nicken.
»Das hat mit der Unwirklichkeit der Zeit zu tun, wie sie durch die Menschen berechnet wird.
In Wirklichkeit existiert so etwas wie Zeit gar nicht.
Es ist immer schon alles in diesem Moment präsent.
Wenn man sich das zu Nutze macht, kann man auch durch die Zeit reisen und dann Einfluss auf die Geschehnisse nehmen.
Aber ich glaube, es ist besser, wenn Soholit Euch jetzt kurz einen groben Überblick gibt, was er alles für Eure Lehrzeit geplant hat.«
»Als Erstes einmal ist ein Jahr natürlich viel zu wenig, daher werden wir die Zeit, wie schon gesagt, verzehnfachen«, hob dieser an zu sprechen.
»Das wird auf der Burg niemandem auffallen, da ihr immer pünktlich mittags wieder dort sein werdet.
Wir werden 6 Tage in der Woche lernen, den 7. Tag sollt Ihr ruhen und das Gelernte sinken lassen.
Es wird immer wieder um richtiges Sehen und Wahrnehmen gehen, dann natürlich um die Kreisläufe, die Kräfte der Elemente und wie man sie sich zu Nutze machen kann, sowie das Gleichgewicht der beiden großen Mächte.«
Sie hörten, wie Quiskan scharf die Luft einsog, er sah Soholit kopfschüttelnd an: »Vergiss nicht, das sind meine Urenkel, wie sollen sie sich binnen 10 Jahren mit den Kräften der Herren der Finsternis und des Lichts messen können?
Das vermögen ja nicht einmal Mitglieder meines Volkes nach Tausenden von Jahren.
Erinnere Dich an die schlimmen Verluste, die uns einst schon nur einer seiner 16 Diener zugefügt hatte.«
»Indem sie die Kräfte des Lichts zu sich einladen und indem sie die Kräfte der Finsternis lieben lernen.

Es geht um das Gleichgewicht beider Kräfte und dadurch um die Liebe«, sprach Soholit.
»Die Liebe ist unbesiegbar.
Ich hätte auch gerne mehr Zeit, aber die haben wir nicht, das weißt Du doch!«, fügte der Druide noch hinzu.
Zu den Kindern gewandt, ergänzte er: »Aber Euer Urgroßvater hat Recht, es wird nicht ungefährlich sein und es ist keineswegs gewiss, dass wir Erfolg haben werden.
Die Kräfte der Finsternis haben auf der Erde sehr viel Macht und sie schrecken manchmal auch nicht vor Mord zurück.
Daher muss ich Euch der Fairness halber fragen, ob Ihr diese Gefahren überhaupt auf Euch nehmen wollt.
Niemand wird es Euch verdenken, wenn Ihr jetzt ablehnt.«
Soholit verstummte abrupt und wartete auf die Antwort der Kinder. Er bemühte sich um eine neutrale Erscheinung, aber es war genau zu erkennen, wie sehr ihn diese Angelegenheit mitnahm.
»Ich will das tun, trotz der Risiken«, platzte Finnbar heraus.
»Ich auch«, kam es sofort von Lia.
»Gut, dann hätten wir das geklärt«, die Erleichterung war aus Soholits Stimme deutlich herauszuhören.
»Wir werden uns also weiterhin sehr viel mit Liebe, Vergebung und Akzeptanz beschäftigen«, fuhr er, als wäre nichts gewesen mit seinem Überblick des Lehrplans fort.
Des Weiteren werden wir Zeitreisen, Traumwandeln ohne Körper und das astrale Reisen mit dem physischen Körper üben.
Für alle Fälle kommen noch ein paar Kampftechniken dazu, sowie die Erdmagie. Da lernt Ihr, alles zu nutzen und einfach nur zu verändern, was sowieso schon vorhanden ist.
Ob noch mehr dazu kommen kann, das werden auch unsere gemeinsamen Lehrer, die alten Eichen von Platana entscheiden, wenn die Zeit gekommen ist.
Das jedenfalls ist der grobe Plan.
Gibt es dazu noch Fragen?«
Die Kinder wirkten ziemlich beeindruckt und auch ein wenig erschlagen, von den vielen Dingen, die sie lernen sollten.
Lia erlangte als Erste die Fassung wieder.
»Alles klar, wenn's weiter nichts ist, wann fangen wir an?«,

grinsend wandte sie sich an Soholit und alle fingen an, laut über Lias schelmischen Einwurf zu lachen.
»Gut dann wollen wir heute zur weiteren Aufmunterung mit rudimentärer Erdmagie beginnen.
Es gibt vier Grundelemente und ein erweitertes, das wären: Wasser, Feuer, Erde und Luft, sowie der leere Raum als erweitertes Element. Wir wollen heute einmal probieren, mit der Luft zu arbeiten.
Seht einmal her.«
Soholit schloss kurz die Augen, zentrierte sich und streckte die Hand fast unmerklich aus.
Lia spürte einen angenehmen Luftzug im Gesicht und ihr Haar flatterte ganz leicht.
Soholit drehte sich ein wenig und eine heftige Windböe ergriff Finnbars Hut und trug ihn davon.
Im nächsten Moment kam der Hut zurückgeflogen und setze sich weder ganz sacht auf Finnbars Kopf.
Die Kinder waren beeindruckt.
»So nun kommt her, ich erkläre es Euch näher.
Und eines gleich vornweg, das lernt man keinesfalls an einem oder zwei Tagen, also Geduld und üben, üben, üben.«
Soholit lächelte die Kinder an und wissbegierig sogen sie die Hinweise ihres Lehrers in sich ein.
Stunden vergingen und die Kinder standen schweißgebadet mit ausgestreckten Armen da und bemühten sich vergeblich, die Luft in Bewegung zu bringen.
Quiskan hatte sich schon vor einiger Zeit mit dem Versprechen, sie hin und wieder zu besuchen, verabschiedet.
Wenig später sprach Soholit: »Schluss für heute, das waren jetzt 10 Vormittage, die ihr praktisch hintereinander geübt habt.
Ihr wart sehr fleißig. Aber jetzt wird es Zeit für Euer Mittagessen in der Burg.
Dort ist, wie Ihr wisst, nur ein einziger Vormittag vergangen.
Vergesst nicht, kein Wort darüber, was wir hier lernen, Finnbar.
Wenn du gefragt wirst, dann antworte, dass Du nicht darüber reden darfst.
Also bis morgen um die gleiche Zeit.«

Lia und Finnbar wollten sich gerade auf den Weg machen, als Soholit Lia zurückhielt.
»Lia, Du hast ja Deine Flöte vergessen!
Es ist extrem wichtig, dass Du im Kopf behältst, dass Du heute Morgen angeblich im Wald Flöte üben warst.
Und demnächst brauchst Du auch noch ein paar weitere Anlässe, um die Vormittage mit uns verbringen zu können.
Also dann«, Soholit hob nochmals die Hand zum Gruße und verblasste dann auf seine gewohnte Weise.
Die Kinder waren vollkommen erschlagen, aber sehr glücklich.
Und sie freuten sich diebisch auf Hertas leckeres Mittagessen.

Zwei Lehrjahre vergehen wie im Flug

Finnbar übte gerade sehr angestrengt, eine Eidechse in einen Fliegenpilz zu verwandeln, als er von hinten spürte, dass ihm eine große Heuschrecke langsam in den Kragen kroch. Abrupt drehte er sich um und bekam eine große Ladung Wasser ins Gesicht.

Schallendes Gelächter ertönte. Finnbar befreite sich vorsichtig von der Heuschrecke, hob lässig die Hand und sandte eine überaus starke Windböe in Richtung seiner Schwester Lia.

Diese fand sich überrascht daraufhin auf einem Ast, des in der Nähe stehenden Baumes wieder.

Elegant schwebte sie auf einer eigenen Windböe wieder zur Erde und hatte sich gerade eine weitere Schelmerei für ihren Bruder ausgedacht, als beide Kinder plötzlich von den Ästen der Bäume an den Beinen gepackt wurden.

Hilflos baumelten die Zwillinge mit dem Kopf nach unten etwa 2 Meter über der Erde.

»Wenn sich zwei streiten, dann freut sich der Dritte.« Lachend kam Soholit, der die Kinder schon eine Weile amüsiert beobachtet hatte, hinter dem Baum hervor.

Er klatschte kurz in die Hände und die Bäume ließen die beiden mehr oder weniger sanft auf den Erdboden fallen.

»Ihr habt in den letzten beiden Jahren wirklich sehr gute Fortschritte gemacht.« Die Kinder freuten sich riesig über das so seltene Lob ihres Lehrers.

Sie strahlten förmlich.

»Ihr beherrscht die Elemente schon recht gut, auch könnt Ihr Tiere dazu bringen, bestimmte Dinge für Euch zu tun.

Das Jahresrad habt Ihr auch gelernt.

Allerdings am Wahrnehmen können wir noch weiter feilen, denn man darf sich nicht so einfach von hinten überrumpeln lassen.

Ich glaube, ich möchte mit Euch eine kleine Zwischenprüfung veranstalten.

Zuerst werdet Ihr Euch dabei einzeln einigen Aufgaben stellen müssen und den zweiten Teil dürft Ihr dann gemeinsam lösen«, Soholit rieb sich, vor Vorfreude lächelnd,

die Hände.
»Nach bestandener Prüfung werden wir uns dann endlich dem Reisen zuwenden.
Wir üben zuerst das Traumwandeln ohne den physischen Körper, danach das astrale Reisen mit demselben.
Das wird wahrscheinlich einige Jahre in Anspruch nehmen, denn das astrale Reisen ist für Menschen sehr schwer zu erlernen, wobei…«, Soholit murmelte etwas, von auch das Blut des kleinen Volkes in sich tragen, leise vor sich hin.
»Wie dem auch sei, weit fortgeschrittener sind dann noch folgende Reisemöglichkeiten und ich weiß wirklich nicht, ob wir je so weit kommen werden.
Aber dennoch…
Etwas schwieriger also ist es, sich auf den Flügeln des Windes und über die Wogen des Wassers blitzschnell und unsichtbar an verschiedenste Teile des Landes zu begeben.
Danach könnte man das Gleiche auch über das Feuer und die Erde versuchen«, klärte er die Kinder auf.
»Ja das geht«, mischte sich Soholit nun in die Sprache des Geistes der Zwillinge, die sich dabei gerade ungläubig angesehen hatten, ein.
»Später könnte man sich auch noch an das erweiterte Element, den leeren Raum heranwagen. Das ist noch sehr viel fortgeschrittener und wird für das Reisen von Planeten zu Planeten über das Weltall gebraucht. Das ist die höchste Form des astralen Reisens überhaupt und es gibt kaum noch Überlieferungen darüber.
Gut, gut, jetzt aber noch einiges zu der morgigen Prüfung«, Soholit lief nachdenklich auf und ab.
Das tat er immer, wenn er mit etwas sehr Wichtigem beschäftigt war. Mit einer Mischung von Freude, Aufgeregtheit, aber auch einer leichten Besorgnis blickten die Kinder ihren Lehrer abwartend an.
»Also folgendes:«, Soholit schien seine Entscheidung offenbar getroffen zu haben, »für heute beenden wir unsere Unterweisungen.
Morgen, am Samstag kommt Ihr wieder hierher, wie gewohnt.
Finnbar wird für die Route, die er für die Prüfung nehmen

soll, blaue Bänder an den Bäumen vorfinden.
Lias Bänder werden rot sein.
Ihr werdet dadurch in entgegengesetzten Richtungen verschiedene Stationen durchlaufen, wo Ihr Euer bisher Gelerntes einerseits unter Beweis stellen könnt und andererseits aber auch selbst improvisieren müsst.
Das wird gut«, murmelte er weiter geheimnisvoll lächelnd vor sich hin.
»Irgendwann im Laufe der Prüfung werdet Ihr Euch hoffentlich treffen, denn für die letzte Aufgabe, solltet Ihr besser zu zweit sein.«
Soholit schlug sich lachend auf die Knie.
»Jedenfalls werden sich die roten und die blauen Bänder für die letzte Aufgabe treffen.
Am Sonntag nach der Zwischenprüfung habt Ihr dann Zeit, Euch zu erholen.
Bitte zieht Euch für morgen unbedingt gut gewählte Kleidung an, die für alle Gelegenheiten taugt und bringt auch etwas Proviant, vor allem auch Wasser zum Trinken mit.
Eine Waffe ist definitiv erlaubt, aber nutzt sie weise.
Jeder darf auch eine Art Talisman dabeihaben.
Diesen dürft Ihr vorher so präparieren, wie Ihr möchtet.
Auch dabei lasst bitte äußerste Sorgfalt walten.
Dann also bis morgen, wobei, Ihr werdet mich wahrscheinlich doch erst am Montag wiedersehen.
Ich muss nämlich kurzfristig verreisen.
Es ist zwar bestimmt eine Routine-Angelegenheit, aber ich weiß nicht sicher, ob ich noch bis zu Eurer Prüfung wieder hier sein werde.«
Mit diesen Worten verblasste er wie immer und die Kinder blieben auf einmal, mit noch tausend Fragen im Kopf, ganz allein auf der Waldlichtung zurück.
Sie brauchten noch ein Weilchen, bis sie in der Lage waren, einen vernünftigen Gedanken zu fassen und wieder zu sprechen.
»Ich denke, wir sollten sofort nach Hause gehen und die nötigen Vorbereitungen treffen.
Was er wohl mit dem Talisman meinen könnte und wozu soll der gut sein?«, meinte Finnbar.

Lia verfiel in tiefes Grübeln.
Irgendwann, als sie gar nicht mehr weit von der Burg weg waren und es Zeit wurde, auf getrennten Wegen nach Hause zurückzukehren, sprach sie: »Falls wir einen Talisman aus dem Wald wollen, dann sollten wir den jetzt noch schnell suchen oder hast Du zu Hause etwas Passendes?«, fragend wandte sie Finnbar ihr Gesicht zu.
Finnbar hatte auch die ganze Zeit darüber nachgedacht.
»Ich bin mir einfach nicht sicher, aber es scheint ja wichtig zu sein.
Ich habe noch keine Ahnung.«
Lia hatte eine Art Geistesblitz, »warte Mal ich versuche etwas.«
Sie streckte die Hand aus und sandte einen stummen Befehl in Richtung Wald.
Plötzlich flog ihr ein Tannenzapfen auf die Hand.
»Ähm, ein Tannenzapfen«, enttäuscht blickte sie auf den kleinen Gegenstand.
»Ich hatte den Wald um einen Talisman gebeten.«
Finnbar grinste breit, »nun ja, ich glaube, jetzt solltest Du den auch mitnehmen«, leise kichernd und ein ganz klein wenig schadenfroh, schlug er seinen eigenen Weg zur Burg ein.
Er beschloss, obwohl er auch schon daran gedacht hatte, jetzt keineswegs das Gleiche zu probieren, wie seine Schwester, sondern irgendwie anders zu seinem Talisman zu kommen.
Lia drehte den Tannenzapfen ratlos und nachdenklich in der Hand herum und ging dann auch in Richtung der Burg.
Mein Gott, hatte sie schon wieder einen Hunger!
Beide Kinder waren heute sehr nach innen gekehrt und konzentriert mit den Vorbereitungen der Prüfung beschäftigt.
Gott sei Dank fiel das niemandem auf der Burg auf, denn es war gerade die Zeit, das Korn vom Feld zu holen und Groß und Klein hatten damit alle Hände voll zu tun.
Lia und Finnbar hatten schon mit viel Bedacht die Kleidung, das Schuhwerk und die Verpflegung für den morgigen Tag zusammengestellt.
Sie hörten sich sicherheitshalber auch nochmals zu den

wichtigsten Themen, die sie gelernt hatten, gegenseitig ab.
»Ob wohl dort wohl so etwas wie Fragebögen sein werden, die wir ausfüllen müssen?«, murmelte Finnbar vor sich hin.
»Ich habe keine Ahnung, ich glaube aber, dass bestimmt auch viel Praxis drankommen wird.
Er hat was von improvisieren gesagt. Du, mir ist irgendwie ein bisschen schlecht«, Lia machte ein ziemlich besorgtes Gesicht.
Plötzlich platze es aus Finnbar heraus: »Und ich habe immer noch keinen Talisman. Was soll ich da nur machen?
Hast Du Deinen schon präpariert?« Lia schüttelte den Kopf.
»Ich wüsste nicht, wie.«
»Weißt Du was, ich gehe morgen einfach nicht hin und fertig«, Lia schmiss sich trotzig auf ihr Bett.
»Das wäre eine Möglichkeit«, Finnbar lächelte, »aber ich glaube Dir kein Wort«. Und dann schmiss er ihr ein Kissen an den Kopf.
Die Kinder fingen an, sich so ausgelassen zu balgen, wie schon lange nicht mehr und irgendwann ließen sie sich erschöpft zu Boden fallen.
»Ich weiß, was ich mache, komm mit.« Finnbar rannte zu seiner Kammer und Lia tat es ihm gleich.
Der Junge kramte in seiner Truhe und holte dort von ganz tief am Boden ein aus Holz geschnitztes Tier hervor.
Dieses war früher sein absolutes Lieblingsspielzeug gewesen.
Es war Theo, sein Holz-Eichörchen.
»Das wird mein Talisman sein«, verkündete Finnbar.
»Wenigstens passt der zu Deinen Tannenzapfen, oder?«
Sich wiederum vor Lachen krümmend fielen die Kinder auf den Boden und kringelten sich da eine Weile. Sie hatten inzwischen schon richtige Bauchschmerzen vor lauter Lachen.
»So und jetzt müssen wir die Talismane nur noch präparieren, was kann er damit nur gemeint haben?«, Lia war wieder ernst geworden.
Beide sahen ratlos aus.
»Komm, wir gehen jetzt ins Bett, vielleicht fällt uns noch was ein und vielleicht auch nicht.
Mehr, als morgen durchzufallen, kann uns doch nicht

passieren, oder?« Ein klein wenig ängstlich hatte diese Äußerung von Finnbar schon geklungen, aber Lia entschloss sich, das einfach zu übergehen.

»Ja, gut, Du hast recht, wir sehen uns dann morgen beim Frühstück, schlaf schön.«

Lia ging in ihre eigene Kammer und damit war dann jeder Zwilling für sich allein und sann noch eine Weile über die Angelegenheit mit dem Talisman nach.

Lia lag jetzt schon recht lange im Bett. Je später es wurde, desto verzweifelter grübelte sie über das Talisman-Problem nach.

Plötzlich überkam sie eine unmenschlich große Sehnsucht nach ihrer Mutter.

Diese Sehnsucht hatte seit dem Abenteuer im Brunnen der Zeit nun auch ein Gesicht, denn sie hatte dort Aoife, ihre Mutter zum ersten Mal erblickt.

Wie gerne hätte sie sich jetzt in die Arme der Mutter geworfen, ihr alles gebeichtet und sie um Rat befragt.

Sicher hätte sie Verständnis gehabt, dass auch Lia, als ein Mädchen, lernen wollte und sie hätte sie bestimmt nicht verraten.

Vielleicht, ja vielleicht hätte sie auch eine Lösung für den Talisman gewusst.

Lias Herz schmerzte immens und eine Träne stahl sich heimlich aus ihrem Augenwinkel.

»Fühlte sich so echte Liebe an?«, sprach sie zu sich selbst.

Lia saß plötzlich kerzengerade in ihrem Bett. Sie erinnerte sich, wiederholt von Soholit gehört zu haben, dass die Liebe die allerstärkste Kraft im Universum sei.

Nichts konnte sich ihr widersetzen, denn sie kämpfte nicht.

Sie liebte einfach alles und jeden.

Dem konnte niemand widerstehen.

Das musste die Lösung sein.

Sie wollte den Zapfen mit aller Liebe tränken, die sie aufbringen konnte. Sie hielt den Tannenzapfen ganz dicht an ihr Herz und ließ alle Liebe, die sie in sich finden konnte, auf den Talisman überfließen. Dann sprach sie zu den 5 Elementen und wandte sich zuletzt noch an das Universum, dass alle verfügbare Liebe dem Talisman zu eigen werden

sollte.
Sie wartete noch eine Weile und dann sank sie dankbar in ihre Kissen. Im Traum sah sie das Gesicht Ihrer Mutter Aoife, welche ihr freundlich und ermutigend zunickte- ein schöner Traum.
Auch Finnbar lag noch lange schlaflos in seiner Kammer.
Er zerbrach sich wieder und wieder den Kopf, über die Aufgabe mit dem Präparieren des Talismans.
Er hielt Theo in der Hand und erinnerte sich, wie lieb er das Spielzeug in frühen Kindertagen gehabt hatte und wie sehr er sich immer gewünscht hatte, Theo möge lebendig und sein bester Freund sein.
Nun kam auch ihm die erlösende Idee.
Er setze sich auf und rief die 5 Elemente, die Tier- und Pflanzenwelt und alle anderen Wesen des Universums auf, echtes Leben in Theo fließen zu lassen.
Dann schlief auch er, noch mit seinem Eichhörnchen auf der Brust, endlich ein.
Er träumte, wie er mit Theo, welches jetzt ein richtiges, lebendiges Tier war, auf den Bäumen herumkletterte.
Ein glückliches Lächeln breitete sich auf seinem schlafenden Gesicht aus.
Am nächsten Morgen ging alles ganz schnell.
Sie aßen und tranken ausgiebig und Finnbar machte sich als Erster auf den Weg zum Wald.
Tief versteckt in seinem Rucksack steckte neben einem Kurzschwert auch Theo, das Holz-Eichhörnchen.
Lia hatte gestern auf dem Heimweg viele Steinpilze gesehen und sich davon einen ziemlich großen Pilz mitgenommen.
Herta, wie Lia genau wusste, liebte diese Pilze über alles. Das Mädchen hatte der Köchin den Pilz ganz unschuldig gezeigt und gefragt, ob das wohl ein Steinpilz sei.
»Ja, das ist einer und das ist wirklich ein ganz besonders schöner.
Wo hast Du den denn gefunden?«, fragte Herta.
»Ich war gestern recht tief im Wald und dort waren noch ganz viele genau solche. Wenn Du möchtest, dann gehe ich sie heute holen und Du kannst sie für das Abendessen zubereiten.«

Und schon hatte Lia ihr Alibi und noch dazu eine tolle weitere Wegzehrung, die Herta ihr jetzt vorsorglich einpackte, für sich organisiert.
Nun machte sich auch Lia auf den Weg und an der vereinbarten Weggabelung, außerhalb der Sichtweite der Burg und deren Wachring, wartete schon ihr Bruder.
»Hast Du eine Waffe dabei, Lia?«, fragte Finnbar.
»Ehrlich gesagt nicht, ich wüsste nicht, wofür ich eine brauchen sollte.
Ich verlasse mich lieber auf die Instinkte einer Frau«, entgegnete sie mit einem Augenzwinkern.
Finnbar, der so etwas schon erwartet hatte, streckte Lia einen guten Holzstock entgegen.
»Hier, bitte schön, den habe ich unterwegs für Dich gefunden. Nimm ihn einfach an Dich, nur für alle Fälle.«
Lia nahm den Stock Finnbar zuliebe an, wusste aber nicht, wofür dieser gut sein sollte.
»Na dann, wollen wir mal«, sagte Finnbar und ging mutig voran in Richtung der üblichen Waldlichtung.

Die Zwischenprüfung

»SHAY! Herkommen, sofort!« Laut dröhnte der Schrei durch das dunkle Schloss.
Patros trommelte immer wieder mit seinen langen, spinnenartigen Fingern auf den Tisch, während er ungeduldig auf die Ankunft seines Dieners wartete.
Unterwürfig und total außer Atem betrat Shay das Allerheiligste seines Herrn.
Selten wurde er in diesen Raum gerufen, es musste wohl eine wichtige und sehr dringende Angelegenheit sein.
»Zu Euren Diensten, Herr«, sprach Shay scheinbar zu seinen eigenen Füßen, so tief hatte er sich verbeugt.
Patros betrachtete zunächst geschmeichelt, aber dann doch angewidert, seinen verschlagenen Diener.
»Herkommen und zuhören!«
Shay trat einige Schritte hervor.
»Näher, Du Tropf, niemand darf uns hören.«
Dann zischte Patros leise eine Zeit lang Befehle in das Ohr seines Untergegebenen.
»Es darf keine Spuren geben, hast Du verstanden?«
»Jawohl, mein Herr, es wird genau so geschehen, wie Ihr es befehlt«, entgegnete Shay und entfernte sich eilig.
Als Shay den Raum verlassen hatte, blickte Patros voller Sorge gen Himmel zum Dreigestirn.
Es musste wirklich sehr wichtig sein, sonst hätte sich der Herr niemals direkt an ihn gewandt.
Normalerweise hatte er bisher immer nur Kontakt mit einem seiner 16 Diener gehabt.
Diese waren aber nun offenbar komplett übergangen worden.
Hoffentlich würde er seinen mächtigen Herrn nicht enttäuschen, denn sonst gnade ihm Gott…
Er schüttelte diesen Gedanken zitternd ab.

Finnbar und Lia kamen sehr schnell am Unterweisungsplatz an.
Niemand außer ihnen selbst war zu sehen.
Aber sie sahen links und rechts, wie angekündigt, die blauen

und roten Bänder in den Bäumen hängen.
»Na dann, Brüderchen, ich wünsche Dir viel Glück.
Wir sehen uns ja bald wieder.
Ich gehe jetzt los«, sagte Lia und machte sich sofort auf den Weg.
Auch Finnbar brach nun in die entgegengesetzte Richtung, den blauen Bändern folgend, auf.
Lia folgte den roten und sah, etwa einen halben Kilometer entfernt, in der Krone eines Baumes eine Schriftrolle hängen.
Sie bat um eine Windböe, um diese nach unten zu holen, aber die Rolle kam leider nicht, so wie es Lia beabsichtigt hatte, ordentlich zu ihr nach unten geflogen.
Offenbar war sie fester verankert, als es von unten auf den ersten Blick aussah.
Hochklettern war unmöglich, denn die Äste der Baumkrone waren zu schwach.
Also wandte Lia alle Konzentration auf das Element Luft auf und ließ sich selbst nach oben schweben.
Sie ergriff die Rolle und gelangte auf dem gleichen Weg wieder nach unten.
Dann setzte sie sich auf einen umgefallenen Baum und öffnete die Schriftrolle.
Tatsächlich waren dort einige Fragen formuliert und in der Mitte steckten eine Feder und ein kleines Tintenfass.
1. Wie viele Feiertage im Jahreskreis der Natur gibt es, Lia lächelte und trug eine 8 ein.
2. Welche zwei Sorten der Feiertage kennst Du?
Lia überlegte kurz und schrieb dann:
Es gibt 4 Sonnenfeiertage.
Hier ist das Datum immer jedes Jahr gleich, weil es sich nach dem Sonnenstand richtet.
Dazu gehören die Frühlings- und Herbst-Tagundnachtgleiche am 21.3. und am 21.9., sowie die Sonnenwendfeste im Sommer am 21.6. und im Winter am 21.12.
Dann gibt es noch die sogenannten Kreuzfeiertage.
Diese richten sich nach dem Mondstand, nämlich dem Neumond und daher fallen sie jedes Jahr auf einen anderen Tag.
Dazu gehören Samhain Ende Oktober/Anfang November,

Imbolc Anfang Februar/ Ende Januar, Beltane Anfang Mai und Lughnasadh Anfang August.
So beantwortete Lia insgesamt 10 Fragen und war am Ende recht zufrieden mit sich.
Dann stand da noch, »nimm die Schriftrolle mit, Du wirst sie bei der nächsten Aufgabe benötigen.«
Lia folgte wieder den roten Bändern und kam an einen, gar nicht so kleinen Fluss.
In der Mitte lag ein großer Stein, auf dem eine zylinderförmige Lederhülle lag.
Lia wollte in den Fluss waten, um die Hülle zu holen. Der Untergrund war jedoch so glitschig und die Strömung so stark, dass ihr dies vollkommen unmöglich war.
Sie überlegte eine Weile. Dann probierte sie, das Element Wasser zu nutzen.
Sie versuchte praktisch, auf dem Wasser einher zu schweben, landete dann aber mitten im Fluss.
Sie schwamm an den Rand zurück, froh, der starken Strömung, die in Richtung des Steins sogar immer stärker geworden war, wieder entkommen zu sein
Das war also auch keine Lösung
In der Nähe hörte sie einen Falken rufen.
Sie nahm Kontakt zu dem Tier auf und bat darum, ob es ihr gerne die Lederhülle holen würde.
Lia hatte Glück.
Der Falke brachte ihr die Hülle. Sie bedankte sich und öffnete diese gespannt.
Sie war leer.
Ratlos blickte sie eine Weile auf den Gegenstand, drehte und wendete ihn, warf in die Luft und grub ihn zum Test kurz in die Erde ein.
Die Hülle blieb weiterhin leer.
Geistesgegenwärtig steckte Lia die Papierrolle der ersten Aufgabe hinein und plötzlich tat sich etwas.
Rauch stieg auf.
Lia holte die Rolle heraus und entdeckte, dass sich weiter unten auf der Seite neue Schrift entwickelt hatte.
Lia las: »Die nächste Aufgabe befindet sich unter dem großen Stein im Fluss.«

Na toll, ob Soholit das wohl mit improvisieren gemeint hatte?
Lia hatte keine Ahnung, was sie jetzt tun sollte.
Wie konnte sie unter den Stein gelangen? Das Element Wasser war weiterhin im Weg und der Stein lag auch gleichzeitig auf dem Element Erde.
»Nutze, was schon immer da war«, dachte Lia laut nach.
»Könnte man die Elemente auch gemeinsam nutzen, so wie beim Nebel etwa? Hier gehören ja Wasser und Luft zusammen«, Lia sprach mit sich selbst.
»Ich brauche einen Tunnel bis zum Stein und das Wasser muss ich weghalten.« Sie versuchte es, blieb aber ohne Erfolg.
Lia überlegte weiter. »Wenn ich ein Fisch wäre, der auch noch graben könnte.«
Aber das war Quatsch, sie konnte sich sowieso noch nicht in ein Tier verwandeln. Sie war nahe daran aufzugeben.
Im Geiste versuchte sie jetzt, ihren Zwillingsbruder zu erreichen.
Das funktionierte normalerweise selbst über sehr weite Strecken immer tadellos, aber Fehlanzeige.
Lia ärgerte sich ein wenig.
Wahrscheinlich hatte Soholit es irgendwie geschafft, diese Fähigkeit während der Prüfung auszuhebeln.
Nun gut, das war ja an und für sich auch verständlich, Lia gab das Schmollen auf.
»Ich frag mal meinen Talisman, das kann ja nicht schaden«, murmelte Lia vor sich hin.
Sie nahm den Zapfen nachdenklich in die Hand: »Jetzt wäre eine Möglichkeit, dass Du Dich mal nützlich machst«, sprach sie zu dem Gegenstand in ihrer Hand, ohne zu erwarten, dass von dort wirklich Hilfe kommen könnte.
Aber sie hörte ihn umgehend in ihrem Geist: »Du musst tief vertrauen, dass Dir stets gegeben wird, was Du wirklich brauchst.
Deshalb kannst Du Dich auch aus ganzem Herzen schon dafür im Voraus bedanken.«
Da ihr ansonsten auch nichts mehr Besseres einfiel, beschloss Lia, den Ratschlag einfach zu befolgen.

Sie schloss die Augen und versuchte aus ganzem Herzen, darauf zu vertrauen, dass der Stein, das was so Wichtiges darunter lag, auf irgendeine Weise von selbst freigeben würde.
Dann bedankte sie sich dafür, als wäre genau das schon geschehen.
Lia hatte eigentlich keine Lust, die Augen wieder zu öffnen.
Was, wenn es nicht funktioniert hatte?
Ihre Angst vor der Enttäuschung war groß.
Nach einer Weile öffnete sie dann doch ganz vorsichtig und zunächst auch nur ihr rechtes Auge einen ganz kleinen Schlitz weit.
Vor ihren Füßen saß ein kleiner Frosch und sah sie recht vorwurfsvoll an.
»Wie lange soll ich denn noch darauf warten, Dir meine Botschaft zu überbringen? Ich habe hier nicht ewig Zeit.«
Lia riss ihre beiden Augen sofort weit auf.
»Deine zweite Aufgabe lautet«, sprach der Frosch, »gehe bitte etwa 1000 Meter nach rechts über die nächste Brücke.
Dort werden Dich die roten Bänder weiterführen.
Du musst aber unbedingt spätestens in 10 Minuten über die Brücke gegangen sein, sonst gilt die Aufgabe nicht als erfüllt.«
Kaum hatte der Frosch das letzte Wort ausgesprochen, hüpfte er auch schon in Richtung Stein im Fluss, seinem aktuellen zu Hause, davon.
Überrascht schaute Lia auf den Tannenzapfen in ihrer Hand und murmelte: »Danke, das war echt toll!«
Wie geheißen rannte Lia sofort wie der Blitz in Richtung der Brücke los.
Finnbar war inzwischen auch bei der dritten Aufgabe, ganz in der Nähe des gleichen Flusses angekommen.
Auch er hatte ein Zeitlimit gehabt, um an einer bestimmten Felsformation am Fluss anzukommen.
Er konnte den Felsen schon sehen und legte deshalb nochmals einen Endspurt ein.
Da hörte er vom Boden ein leises Wimmern.
Finnbar stoppte kurz und sah seitlich vom Weg ein kleines weißes Häschen, das in eine böse Eisenfalle geraten war.
Es blutete und sah sehr mitgenommen aus.

»Hilf mir, sonst sterbe ich«, hörte Finnbar das Tier wispern. Finnbar musste sich schnell entscheiden, es waren nur noch wenige Sekunden Zeit, die Felsformation noch rechtzeitig zu erreichen.
Wie gerne wollte er die Prüfung bestehen.
Aber nein, er konnte dafür nicht einfach das Tier hier sterben lassen.
Er hielt an und beugte sich in Richtung der Falle. Sie ließ sich nicht öffnen.
Dann fiel ihm sein Schwert ein, wie gut, dass er es dabeihatte. Er benutzte es wie einen Hebel und konnte so das Bein des kleinen Hasen befreien.
Er riss ein Stück von seinem Taschentuch ab, reinigte die Wunde und verband anschließend mit dem übrig geblieben Stück Stoff das Bein des kleinen Häschens.
Dann holte er noch etwas Wasser aus dem Fluss und gab dem Tier zu trinken. Gierig nahm das Häschen das Wasser zu sich und sah dann fragend auf den Rucksack des Jungen.
»Ach ja, bestimmt hast Du auch Hunger.«
Finnbar holte eine große schöne Karotte von seinen Vorräten und gab sie seinem weißen Schützling. Der fraß genüsslich.
In dieser Zeit zerstörte Finnbar ganz gründlich die widerliche Falle, sodass zumindest mit diesem Gerät niemand mehr ein Tier derart verletzen konnte.
Traurig sprach Finnbar zu sich selbst und dem Tierchen: »So die Prüfung habe ich zwar nicht bestanden, aber Hauptsache, Dir geht es besser.«
Da hob zu Finnbars Erstaunen das Häschen an zu sprechen: »Lieber Finnbar, das war die Prüfung und Du hast Dich mit Deinem guten Herzen der Aufgabe mehr als würdig erwiesen, folge nun weiter dem Fluss.
Die Bänder werden Dich führen.
Hab Dank und auf Wiedersehen.«
Kaum hatte das Tier die letzten Worte gesprochen, verblasste es auch schon vor den Augen des Jungen.
Dieser ging hocherfreut weiter am Fluss entlang.
Hier waren inzwischen blaue und rote Bänder gemeinsam aufgehängt und er fragte sich, wann er wohl wieder auf Lia

treffen würde.
Lia hatte ebenfalls eine ähnliche Aufgabe mit einem, im Fischernetz gefangenen Fisch erlebt und war nun auch auf dem Weg der roten und blauen Bänder.
Endlich sahen sich die Kinder und liefen sich glücklich entgegen.
Sie tauschten kurz, mit vor Aufregung geröteten Wangen, die letzten Erlebnisse aus und machten sich dann aber schnell gemeinsam auf den weiteren Weg.
Die gemischten Bänder endeten an einem Teich.
Dessen Wasser war recht undurchsichtig und ziemlich trübe.
Die Kinder, die hier noch niemals zuvor gewesen waren, gingen einmal um das Gewässer herum und versuchten herauszufinden, was es hier wohl für sie als nächste Aufgabe zu tun gab.
Plötzlich wurde es ganz fürchterlich kalt und ein heftiger Wind kam auf. Das Wasser des Teichs fror auf der Stelle zu und eine starke Windböe trieb Finnbars Hut mitten auf das Eis.
Lia und Finnbar liefen in die Mitte des zugefrorenen Teichs, um den Hut zurückzuholen.
Dann geschah zunächst einmal zweierlei:
Erstens bildete sich am äußeren Rand des Teichs ein hoher und mächtiger Feuerring, der es Kindern unmöglich machte, wieder an Land zu kommen und zweitens begann das Eis des Teichs von außen jetzt, durch das heiße Feuer nach innen hin, immer weiter zu schmelzen.
Die Kinder standen mit vor Angst weit aufgerissenen Augen dicht aneinander gedrängt in der Mitte des Gewässers.
Das war irgendwie eine ganz andere Hausnummer als die Aufgaben von davor.
»Finnbar, um Himmels Willen, was ist das denn?«, schrie Lia plötzlich und wies mit dem Finger auf ein Wesen, das langsam aus den Tiefen des trüben Teichs genau dort auftauchte, wo das Eis schon geschmolzen war.
Finnbar traute seinen Augen nicht. »Das kann doch unmöglich wahr sein, das hier ist doch nur eine einfache Zwischenprüfung.
Soholit würde uns doch nie einer solchen Gefahr aussetzen.«

»Vielleicht ist es nur eine optische Täuschung«, wandte Lia ein, glaubte aber selbst nicht an das, was sie gerade gesagt hatte.
Zu echt und auch extrem bedrohlich wirkte die ganze Situation.
Lia stellten sich die Nackenhaare auf.
Aus dem Wasser erhob sich nun ein schrecklicher Kopf, der offenbar zu einer Art gigantischem Seeungeheuer oder Drache gehörte.
Das Ungeheuer blickte sich suchend um und als es die Kinder ausgemacht hatte, spie es einen riesigen Feuerstrahl in Richtung der Zwillinge. Dieser verfehlte die beiden nur um Haaresbreite.
Lia fing an zu schreien: »Soholit, wo bist Du, wir geben auf, hilf uns. Hilfe!!«
Es kam keine Antwort.
»Lia, hier stimmt etwas nicht, das passt nicht zu einer Prüfung.
Wir müssen sofort von hier weg. Irgendetwas Unvorhergesehenes ist passiert.«
Hektisch sah Finnbar sich in allen Richtungen nach einem Ausweg um.
Rings um den Teich loderte das riesige Feuer, also blieb nur die Flucht nach oben.
Finnbar wandte seinen Blick in diese Richtung und entdeckte zu seinem Entsetzen, dass sich inzwischen über dem ganzen Teich eine Art milchig-undurchdringliche Glocke gebildet hatte, die den Teich, inklusive dem Feuer zu einer Art, auch nach oben abgeschlossenem Arial werden ließ. Sie waren gefangen.
»Ich glaube, wir müssen kämpfen«, schrie Finnbar panisch.
Wieder kam eine Feuersbrunst auf die Kinder zu.
Hätte Finnbar Lia nicht im letzten Moment weggerissen, wäre sie jetzt tot und verbrannt gewesen.
Lias Herz pochte bis an die Schläfen, sie versuchte einen klaren Gedanken zu fassen, hatte aber durch den Schock einen totalen Blackout. Sie stand da, wie erstarrt.
»Lia, reiß Dich zusammen«, Finnbar schüttelte seine Schwester heftig. »Mach was gegen das Feuer, damit ich

näher herankann.« Er zog sein Schwert.
Lia dachte kurz daran ihren, für alle Fälle mitgenommenen Stock herauszuholen, verwarf diese absurde Idee aber sogleich.
Wie sollte sie etwas gegen das Feuer machen?
Alles Wissen war aus ihrem Kopf wie weggeblasen.
Als das Untier jedoch gerade versuchte, ihren Bruder durch ein weiteres Feuer zu töten, erfasste sie ein so starker Zorn, dass sie nur die Hand heben musste und schon kam statt Feuer aus dem Maul des Ungeheuers nur noch eine Wasserfontäne.
Lia war zurück im Spiel. Sie versuchte, sich die Elemente zu Nutze zu machen.
Zunächst einmal sorgte sie dafür, dass das Eis, auf dem sie standen, nicht weiter schmelzen konnte.
Gegen den äußeren Feuerring jedoch konnte sie nichts tun.
Dieses Feuer schien, wie nicht von dieser Welt.
Es reagierte nicht, wie das Element Feuer, das Lia kannte.
Daher verschwendete sie keine weiteren Kräfte in diese Richtung, sondern konzentrierte sich einzig und allein darauf, das Leben ihres Bruders zu schützen, während er mit dem Ungeheuer kämpfte.
Mit dem Mut der Verzweiflung näherte sich Finnbar der Bestie.
Dankbar dachte er an die Nahkampfübungen, die Soholit die Zwillinge wieder und wieder hatte durchführen lassen, obwohl Finnbar sich stets von Neuem dagegen gesträubt hatte.
»Ich werde sowieso nie das Schwert gegen ein anderes Wesen erheben, also was sollen diese dummen Übungen?«, hatte er immer wieder zu sagen gepflegt, wenn Soholit sie zum Kämpfen aufforderte.
»Sage niemals nie«, das waren dann oft dessen Worte gewesen.
Wie recht er hatte, schoss es Finnbar jetzt durch den Kopf.
Je näher Finnbar dem Ungeheuer kam, desto schwerer fiel ihm das Atmen.
Aus dem Maul des Drachen schossen schwefelhaltige Gase und auch der Gestank des ganzen Tierkörpers war schier

unerträglich.
Und dann noch die immense Hitze, die aus jeder Zelle des Feindes ausströmte.
Finnbar war binnen kürzester Zeit schweißnass und sein Schwert drohte ihm aus der feuchten Hand zu rutschen.
Lia bemerkte dies und sandte ihm sofort eine kühlende Brise.
Dankbar wagte sich Finnbar nun Schritt für Schritt weiter vor.
Das Feuerspeien hatte Lia durch das Element Wasser verhindern können, aber gegen die spitzen Zähne im Maul des Ungeheuers war sie mit ihrem Können machtlos.
Finnbar hatte geplant, dem Drachen den Kopf mit seinem Schwert abzutrennen.
Dieser tat ihm aber nicht den Gefallen, ihn so dicht heranzulassen.
Wie wild tänzelte er in gebührendem Abstand um Finnbar herum.
Erst jetzt bemerkte Lia, was der Drache vorhatte.
Allein durch seine Körpertemperatur wurde das Eis, welches er berührte, zu Wasser.
Er wollte Finnbar daran hindern, weiter zu kämpfen, indem er ihm buchstäblich den Boden unter den Füßen wegzog.
Da das Untier sowohl an Land als auch im Wasser gut atmen konnte, wäre es Finnbar in dem Gewässer haushoch überlegen gewesen und hätte ihn dort mit Leichtigkeit töten können.
Lia sprach ein Gebet an die Elemente und schaffte es, die Temperatur direkt über dem schwindenden Eis so weit abzusenken, dass der Untergrund für Finnbar stabil genug zum Kämpfen blieb.
Finnbar war so in den Kampf vertieft, dass er dies gar nicht bemerkte.
Aber der Drache war einen Moment irritiert, weil sein Plan offenbar von dem zweiten Menschenkind durchkreuzt wurde, sodass Finnbar nah genug herankam, um dem Ungeheuer seinen schrecklichen Kopf abzuschlagen.
Schnell zog er sich zu seiner Schwester zurück.
»Lass uns sofort von hier fliehen, Lia«, waren seine Worte.
Suchend sahen sich die Kinder um.

In alle Richtungen war ihnen jedoch die Flucht versperrt. Oben war die Glocke, die hart wie Panzerglas war, seitlich ganz um den Teich herum, befand sich das magische Feuer. Es gab kein Entrinnen.
Plötzlich hörten die Kinder ein fürchterliches Krachen und ein schmerzerfülltes Gebrüll. Dieses kam von dem Drachen. Wie gebannt blickten die Zwillinge zu dem grausigen Geschehen.
Neben der Stelle des abgeschlagenen Kopfes begann die Haut des Ungetüms laut krachend zu zerplatzen.
Langsam schoben sich dann an dort zwei, noch viel schrecklichere, Köpfe heraus.
Die spitzen Zähne waren doppelt so lang, wie die des abgeschlagenen Kopfes, der leblos, aber immer noch schaurig, in der Nähe zuckend auf dem Boden lag.
Rasend vor Zorn näherte das Ungeheuer sich Finnbar, um Rache für die soeben ausgestandenen Qualen zu nehmen.
Er packte den Jungen mit einem seiner neuen, riesigen Mäuler und schleuderte ihn wie wild in der Luft umher.
Lia war wie gelähmt.
Sie hörte mehrmals ein unschönes Knirschen, so als ob Finnbars Knochen gebrochen wurden.
Der Rucksack ihres Bruders flog herunter und zerriss.
Vor Lias Füßen landete mit einem Knall das Holz-Eichhörnchen Theo, Finnbars einstiges Lieblingsspielzeug.
Lia fühlte heiße Tränen an ihren Wangen hinunterlaufen, denn sie spürte instinktiv, wie das Leben aus ihrem Zwillingsbruder gewichen war.
Trotzdem setzte das Ungetüm seine grausige Arbeit weiter fort.
Er zerstörte Finnbars Körper immer weiter und ließ dabei seine immense Wut an dem völlig wehrlosen und hoffentlich schon verstorbenen Jungen aus.
Für Lia erschien dieses grausame Schauspiel endlos zu dauern und sie hatte das Gefühl, dadurch für immer innerlich zerbrochen zu sein.
Erst viel später warf die abscheuliche Kreatur Finnbar, wie eine unwichtig gewordene Puppe, achtlos beiseite und wandte sich nun gierig dem Mädchen zu.

Er hatte Blut geschmeckt und wollte jetzt nur noch weiter töten.
Lia hatte ihre zitternde rechte Hand um den Tannenzapfen, ihrem Talisman, in ihrer Jackentasche geschlossen.
Sie richtete mit laut klopfendem Herzen ein flehendes Gebet gen Himmel und bat inständig um Hilfe, dann schleuderte sie den Zapfen in Richtung des Ungeheuers.
Dieses hatte gerade Feuer spucken wollen.
Mit letzten Kräften wandelte Lia das Feuer wiederum in eine Wasserfontäne um.
Dadurch wurde aber auch der Tannenzapfen zurückgeschleudert, welcher dann ganz dicht neben dem Spielzeug-Eichhörnchen landete.
Dieses begann nun golden zu leuchten und dabei stetig zu wachsen. Es war lebendig geworden.
Theo stieß einen keckernden Ruf aus und als hätten sie nur auf diesen Befehl gewartet, stießen sofort tausende, kampfbereite Vögel vom Himmel auf die Schutzglocke über dem Teich herab. Die tapferen Spechte waren die ersten, die die harte Glocke erreichten.
Mit ihren spitzen Schnäbeln gelang es den gefiederten Freunden gemeinsam, die Glocke so zu beschädigen, dass mehr und mehr Vögel in das, jetzt nicht mehr ganz abgeschlossene Areal um den Teich eindringen konnten.
Das Eichhörnchen schrie Lia zu: »Flieh und nimm den geschundenen Körper Deines Bruders mit.«
Lia sprang zu Finnbar, hielt ihn umschlungen und erschuf für beide eine starke Windböe, die sie über das magische Feuer in eine sichere Entfernung von dem Teich beförderte.
Dann wandte sich Lia Finnbar zu.
Er lag dort wie eine verdrehte Gummipuppe, die meisten Knochen und vor allem sein Rückgrat waren gebrochen.
Arme und Beine lagen in unnatürlichem Winkel vom Körper abgespreizt und überall an ihm war Blut zu sehen.
Es war kein Leben mehr in ihm.
Lia warf sich über seine Brust und weinte bitterlich um ihren Bruder.
Danach sah sie rot und wollte nur noch Rache.
Blind vor Zorn lief sie, nur bewaffnet mit ihrem Stock,

zurück zum Teich.
Sie wollte das Ungeheuer sterben sehen, und zwar genauso grausam wie ihren Bruder.
Nichts als das war mehr wichtig, nichts anderes zählte noch.
Ihr eigenes Leben war ihr völlig egal.
So sehr sie aber auch wollte, sie konnte nicht mehr auf den Teich gelangen.
Das Feuer ließ weder jemanden heraus oder herein.
Die Glocke hatte sich inzwischen auch wieder geschlossen und erwies sich für Lia als undurchdringlich.
Wie von Sinnen rannte sie wieder und wieder um den Teich und hatte sich gerade entschlossen wie ein Kamikaze, einfach durch das magische Feuer hindurchzulaufen, als sie von hinten einen festen Griff an Ihrer Jacke verspürte.
Lia wirbelte, völlig wild geworden von dem Adrenalin, das gerade so zahlreich durch ihre Adern floss, angriffslustig herum, um dem vermeintlichen Angreifer mit ihrem Stock gehörig zuzusetzen.
Da fühlte sie eine weitere Hand sanft, aber bestimmt, ihr Handgelenk halten.
Lia hielt kurz inne und blickte jetzt in zwei braune, friedliche Mandelaugen. Diese gehörten zu einer schlanken und wunderschönen Frau.
Der Mann, der Lia von hinten an der Jacke gehalten hatte, trat nun ebenfalls hervor. Er war nicht minder schön als seine Gefährtin.
Plötzlich kamen von allen Seiten nun solche, in schlichtes Grün gekleidete und stark bewaffneten Krieger näher an Lia heran.
Einer lief sogleich zu Finnbars Körper, hielt die Hand prüfend an dessen Halsschlagader und dann seinen Kopf auf dessen Brust.
Traurig schüttelte er in Richtung seiner Kameraden den Kopf.
Die Frau, die Lia gegenüberstand, begann zu sprechen.
»Mein Name ist Selma, wir gehören zum Volk der Elben.
Wir wünschten, wir hätten Eure Hilferufe früher vernommen.
Es tut uns so leid um Deinen Bruder.

Was für eine Verschwendung von so jungem und vielversprechendem Leben.«

Lias Tränen begannen wieder zu fließen und damit senkte sich das Rot von ihren Augen und sie konnte plötzlich wieder klar denken.

Traurig ließ sie den, sowieso wahrscheinlich völlig nutzlosen, Stock ganz sinken.

Mit dem Verschwinden des übermächtigen Zorns, der sich Lias bemächtigt hatte, kam wie eine unaufhaltsame Lawine jetzt der Schmerz zurück.

Schier unmöglich war es ihr, zu akzeptieren, dass mit Finnbar ein Teil ihrer selbst gegangen war.

Lia war, als drohte das Leid ihr Herz in tausend Stücke zu zersprengen. Mit stockendem Atem fiel sie vor Schmerz auf die Knie und wollte nur noch eines: genauso tot wie ihr Bruder sein.

Nur so erschien es ihr, sich von der unerträglichen Pein befreien zu können.

»Schau zum Teich liebes Mädchen«, begann nun der Gefährte von Selma zu sprechen. »Der Tod Deines Bruders wird bald gesühnt sein.«

Lia wandte langsam den Kopf in Richtung des Kampfschauplatzes.

Abertausende Vögel bekämpften dort gerade zusammen mit dem, inzwischen riesig gewordenen Eichhörnchen, den Drachen.

Dieser war durch die zahlreichen Schnabelhiebe der Vögel inzwischen vollkommen erblindet und an vielen Stellen seines großen Körpers mit Wunden übersät.

Das Eichhörnchen, das ganz golden leuchtete, schien jedoch immer noch weiter zu wachsen.

Gigantisch, wie es nun war, stieß es inzwischen schon oben an die Glocke an.

Es war nun so gewaltig, dass es lediglich seinen Rachen zu öffnen brauchte und die Vögel, den vor Schmerz schreienden Drachen nur noch dort hineintreiben mussten.

Das Eichhörnchen schloss daraufhin sein Maul, schluckte und der Drache war verschwunden und besiegt.

Theo reckte sich danach noch weiter in Richtung Himmel

und gemeinsam mit den spitzen Schnäbeln der Vögel zerstörten sie die Schutzglocke über dem Teich gänzlich. Währenddessen hatten sich auch die Elben rings um den Teich verteilt.
Mit ausgestreckten Händen murmelten sie gemeinsam uralte magische Sprüche und es dauerte nicht lange, dann war auch das dämonische Feuer verschwunden.
Der Teich war jetzt wieder, was er immer gewesen war, einfach nur ein Weiher im Wald.
Die Vögel flogen nun in alle Richtungen davon und hatten dabei eine traurige Weise zu Ehren von Finnbars Tod auf den Lippen.
Dann watete das riesige Eichhörnchen in Richtung Ufer.
Das tiefe Wasser des Teiches reichte kaum an seine Waden, so gewaltig war das Tier inzwischen.
So traurig, wie noch nie in ihrem Leben zuvor, erwartete auch Lia die Rückkehr von Theo an Land.
Dieser nickte Lia kurz freundlich und voller Mitgefühl zu und ging dann weiter zu Finnbars Körper.
Er nahm seinen ehemaligen Freund zärtlich auf die Arme und setzte sich dann dorthin, wo eben noch Finnbars Körper gelegen hatte.
Nun begann zuerst ganz langsam und danach immer schneller, das goldene Licht, das Theo von innen her erhellte, sich in Richtung von Finnbar zu bewegen.
Je länger das anhielt desto kleiner wurde Theo wieder.
Als beide etwa gleich groß waren, ließ Theo Finnbars Körper sanft auf den Boden gleiten und legte sich ganz dicht daneben.
Je mehr Licht zu Finnbar floss, um so straffer wurde dessen Körper und es sah tatsächlich so aus, als würden seine Glieder wieder in die ursprüngliche Lage zurückkehren.
Lia wollte es zunächst nicht glauben, als sie wahrnahm, dass sich zuerst ganz wenig und dann mehr und mehr der Brustkorb des Bruders, so als ob er atmen würde, hob und senkte.
Das konnte doch nicht sein!
Als Theo dann wieder als das ursprüngliche Holzspielzeug, das er einst gewesen war, neben Finnbar lag, öffnete Lias

Zwillingsbruder seine Augen und sah sich ungläubig um.
Keine Sekunde verging und Lia war neben ihrem Bruder und hielt hoffnungsvoll und mit klopfendem Herzen seine Hand.
Finnbar setzte sich auf und Lia sah die unausgesprochenen Fragen in Finnbars Blick.
Leise erzählte sie ihm, was die letzten Stunden geschehen war.
Voller Dankbarkeit nahm Finnbar sein Spielzeug-Eichhörnchen auf die Arme und flüsterte leise: »Danke für alles, Du guter, guter Freund.
Ich werde Dich immer in Ehren halten und Dir niemals vergessen, was Du heute für mich getan hast. Uns kann nichts mehr trennen.«
Selma trat vor und sprach: »Was für eine sehr alte und tiefe Erdmagie Ihr da angewandt habt.
Ein Leben für ein Leben.
Das war sehr wirksam, wenn auch wohl nicht bewusst geplant, wie ich an Euren Reaktionen erkennen konnte.
Mein Name ist übrigens Selma und das ist mein Gefährte Angar.
Wir alle hier gehören dem Volk der Elben an.«
Sie verbeugte sich leicht in Richtung des Jungen.
Finnbar sagte nichts zu alledem, er hielt lediglich das Eichhörnchen und flüsterte dann leise zu seiner Schwester: »Ich möchte nach Hause.«
Selma und einige ihres Volkes begleiteten die Kinder bis kurz vor Sichtweite der heimatlichen Burg.
Ein Elbenmann reichte Lia augenzwinkernd zum Abschied einen großen Korb, gefüllt mit den besten Steinpilzen.
Das hatte Lia inzwischen ganz vergessen.
Sie wandte sich noch an Selma, »Wo sind eigentlich Soholit und Quiskan, warum kamen sie uns nicht zu Hilfe?«
»Sie wurden in einer offensichtlich ganz dringenden Angelegenheit abgerufen.
Soholit hatte die Aufgaben so gut vorbereitet, dass Ihr sehr gut allein damit hättet zurechtkommen müssen.
Er hatte ja schon angekündigt, dass er erst am Montag wieder für Euch da sein würde.
Mit so einem Vorfall, - so einer Manipulation der letzten

Aufgabe - hatte niemand von uns gerechnet.
Kommt am Montag wieder zu Eurem Unterweisungsplatz.
Wir werden auf alle Fälle in der Nähe sein, sollte etwas Unvorhergesehenes passieren.
So etwas wie heute wird sich nicht mehr wiederholen, dafür werden wir sorgen«, sprach die freundliche Elbenfrau.
Damit machten sich die Kinder auf das letzte Stück Weg.
Zu Hause angekommen verkündete Lia, dass Finnbar einen sehr anstrengenden Ausbildungstag hinter sich hatte und jetzt in seiner Kammer allein gelassen werden sollte.
Sie selbst schaute noch kurz bei Herta in der Küche vorbei und überbrachte, so munter sie es vermochte, die versprochenen Steinpilze. Herta freute sich sehr und wollte Lia ein großes Mittagessen servieren. Diese winkte jedoch ab, »Deine Wegzehrung war so groß bemessen, dass ich jetzt noch vollkommen satt bin.
Ich bin hundemüde und möchte mich gerne ein kleines bisschen niederlegen.«
Lia verschwand in Richtung ihrer Kammer und war heilfroh, als sie die Tür hinter sich geschlossen hatte.
Sie legte sich auf ihr Bett und sprach dann ihren Bruder von Geist zu Geist an: »Finnbar bist Du noch wach?«
»Weißt Du was?«, entgegnete Finnbar, »ich weiß nicht, ob ich nach dem heutigen Ereignis den Unterricht im Wald noch fortsetzen möchte.« »Ich auch nicht. Lass uns jetzt erst mal schlafen und morgen darüber beratschlagen«, antwortete Lia.
»Ich habe Dich sehr lieb und bin so froh, dass Du wieder da bist«, schob sie noch nach.
»Ich habe Dich auch sehr lieb, Gute Nacht, meine Schwester.«
Und damit überließen sich die Zwillinge dem wohlverdienten Schlaf.

Die Geschichte des Dreigestirns

Am nächsten Morgen wurden sie wie immer von Anne geweckt.
»Aufstehen, ihr kleinen Faulpelze. Das Frühstück ist schon längst fertig.«
Lia und Finnbar beeilten sich, in die Küche zu kommen.
Es war Sonntag und Herta hatte zur Feier des Tages leckeren Pfannenkuchen für die beiden bereit.
Danach suchten sie sich ein beschauliches Fleckchen innerhalb des weitläufigen Burggeländes für ihren Aufenthalt - den alten, friedlichen Kräutergarten ihrer Mutter.
Auf keinen Fall wollten sie heute auch nur in die Nähe des Waldes gehen.
Der Garten wurde immer noch bewirtschaftet, aber die Kinder hatten gehört, dass dieser zu Lebzeiten der Mutter sehr viel schöner und vielfältiger gewesen war.
Am Rande dieses Gartens stand auch eine junge Eiche.
Diese war, so hatten die Kinder es erzählt bekommen, zu Ehren ihrer Mutter nach deren Tod dort angepflanzt worden.
Die Kinder lehnten sich still an den Stamm der Eiche und suchten beieinander Trost.
Vor allem Finnbar, aber auch Lia waren noch sehr mitgenommen von dem gestrigen Erlebnis.
So saßen sie schon lange schweigend da, als Lia endlich das Wort ergriff: »Du, Finnbar, war es schlimm, als der Drache Dich auf so grausame Weise getötet hat?
Für mich sah es von außen unglaublich schrecklich aus.«
Finnbar ließ sich lange Zeit mit der Antwort.
»Am Anfang, als der Drache mich packte, war ich sehr erschrocken und es tat auch unglaublich weh.
Bald aber fiel ich in eine erlösende Ohnmacht.
Ich habe gar nichts mehr gespürt, bis ich wieder die Augen aufschlug. Da hatte mich Theo bereits geheilt und alles war schon vorbei.
Aber ich stelle es mir furchtbar vor, wie es für Dich gewesen sein muss, dabei zuzusehen und mich später zu betrauern.

Wenn ich mir ausmale, es wäre ich gewesen, der Dich sterben sah…
Ich kann diesen Gedanken kaum ertragen.«
Die Kinder verfielen wieder in langes Schweigen.
»Weißt Du Finnbar, ich wollte mich auch in den Tod stürzen, nachdem ich Dich gegangen wähnte.
Der Schmerz um Deinen Verlust erschien mir schier unerträglich.
Aber es kam Hilfe durch die Elben, die mich zurückhielten und mir dadurch das Leben retteten.
Und als dann später Theo das goldene Licht auf Dich strömen ließ, da war mir, als ob dieses Licht auch durch mich fließen würde und ich fühlte mich getröstet und als ob die inneren Wunden wieder heilen würden.
Ich glaube, dass es in Wirklichkeit nie ganz so schlimm ist, wie man es sich von außen vorstellt.
Es scheint mir, als gäbe es immer irgendeine Hilfe, so wie bei Dir gestern auch die rettende Ohnmacht.«
Finnbar nickte dazu, erwiderte aber nichts.
Ein plötzlich aufgekommener Windhauch ließ die Krone der Eiche, an der die Kinder saßen, leise wispern und es fühlte sich an, als wäre die Wahrnehmung der Kinder damit durch den Baum der Mutter bestätigt worden.
Als die Zeit zum Abendbrot gekommen war, ergriff Finnbar nochmals das Wort.
»Lia, ich schlage vor, wir gehen morgen früh zur Waldlichtung und hören uns an, was Soholit zu dem Vorfall zu sagen hat.
Dann können wir uns immer noch entscheiden, ob wir die Ausbildung fortsetzen wollen oder auch nicht.
Was meinst Du dazu?«
Lia antwortete ganz spontan: »Ja, das sehe ich genauso.«
Hungrig gingen die Zwillinge zum Abendessen.
Da Sonntag war, aßen viel mehr Menschen zusammen als sonst.
Deshalb wurde nicht in der Küche, sondern in der großen Burghalle gegessen.
Herta fragte später, was Lia wohl morgen Vormittag vorhätte.

Statt ihrer erhob sich Finnbar und antwortete für seine Schwester:
»Ich habe Lia für morgen zu meiner Ausbildung eingeladen. Es gibt von dort ein Angebot einer alten Dame, die Lia in allerlei wichtigen Haushaltsangelegenheiten ausbilden möchte.
Ich habe das zugesagt und sofern es Lia morgen gefällt, wird sie mich fortan begleiten.
Morgen ist sozusagen ein Probetag dafür.«
Finnbar setze sich wieder und aß ruhig weiter.
Keiner erwiderte etwas.
Finnbar hatte mit einer Autorität wie ein Burgherr gesprochen und genauso wurde seine Entscheidung auch von allen Anwesenden akzeptiert.
Als Finnbar und Lia am nächsten Tag in Sichtweite des Ausbildungsplatzes kamen, sahen sie schon von Weitem, jemanden ungeduldig hin und her laufen.
»Da seid Ihr ja endlich, ich habe bereits auf Euch gewartet«, diese Worte hörten die Kinder schon lange, bevor sie den Platz überhaupt erreicht hatten.
Sie waren ziemlich überrascht, da sie heute sogar viel früher dran waren als üblich.
Soholit jedenfalls hatte sie immer erst ein wenig warten lassen, bevor dann auch er erschien.
An diesem Morgen empfing sie jedoch zu ihrer Überraschung Querin, der Sohn des Quiskan und damit also auch ihr eigener Großvater.
Dieser war um einiges bunter und auffälliger gekleidet als sein Vater Quiskan, den die Kinder ja schon gut kannten.
»Setzt, Euch, setzt Euch.
Ich bin sehr, sehr froh, Euch endlich wieder gesund hier an diesem Platz zu sehen.«
»Wo ist Soholit?«, fragte Finnbar.
Querin antwortete, »das wissen wir leider auch nicht.
Quiskan und Soholit erhielten am Freitagmorgen einen dringenden Hilferuf der Inuit, über den sie mit uns nicht näher gesprochen haben. Die Inuit, das sind die Eskimos vom hohen Norden. Direkt nach dem Unterricht sind sie dann in diese Richtung losgezogen.

Ich nehme an, dass es in der Botschaft um den zukünftigen Rückgang des Eises am Nordpol ging.
Die Inuit werden auf jeden Fall die ersten sein, die es am Eis direkt bemerken müssen, wenn die Erde sich sichtbar in Richtung ihres Endes entwickelt. Sie haben sehr weise Schamanen unter sich, die regelmäßig Visionen empfangen, auch um ihr Volk vor möglichen zukünftigen Gefahren zu warnen. Vielleicht hatten sie in einer Vision eine ähnlich schlimme Botschaft erhalten, wie wir aus dem Brunnen der Zeit. Ihr habt das schreckliche Ende dort ja auch sehen können, worauf es im Moment hier auf der Erde leider noch hinausläuft.
Jedenfalls, wenn wir nichts dafür unternehmen, dass dies am Ende doch nicht geschehen wird.« Querin war ganz leise geworden, sodass nur der aufmerksame Zuhörer bemerken konnte, dass seine Stimme brach. Verstohlen wischte er sich eine Träne aus den Augen.
»Ich habe sie liebgewonnen, die Mutter Erde.
Ich bin hier geboren, ich nehme an, Ihr versteht mich.«
Während die Kinder nachdenklich und bejahend mit ihren Köpfen nickten, hatte sich Querin abgewandt, um sich erst wieder zu sammeln.
»Auf jeden Fall machten sich Soholit und Quiskan gemeinsam am Freitagabend schon auf den Weg.
Sie wollten auf jeden Fall spätestens 24 Stunden später wieder zurück sein.
Wir sind inzwischen wirklich sehr in Sorge.
Es ist absolut nicht normal, dass sie so gar keine Nachricht gesendet haben, in der sie uns ihre Verspätung erklären.
Wir müssen daher davon ausgehen, dass ihnen unterwegs etwas Ungewöhnliches passiert ist, was es ihnen offenbar auch unmöglich gemacht hat, uns zu informieren.
Möglicherweise ein Unfall oder sie wurden gefangen genommen.
An Schlimmeres möchte ich gar nicht erst denken«, Querin strich sich sorgenvoll und nachdenklich über seinen langen Bart.
»Und dann noch der schreckliche und für uns alle unerklärliche Vorfall während Eurer Prüfung am Samstag«,

fuhr er weiter fort.
»An und für sich war bei der letzten Aufgabe lediglich geplant, dass ihr aus der Mitte des Teiches nur noch eine alte Schatztruhe von dessen Grund heben solltet.
Dafür musstet Ihr zu zweit sein, denn einer allein hätte die Elemente nicht dazu bringen können, die schwere Truhe nach oben zu bringen.
In der Kiste wären dann einfach Euer bestandenes Zwischenzeugnis und ein paar nette Worte als Gratulation gewesen.
Hier wurde eindeutig von außen manipuliert, wenn Ihr mich fragt. Jemand wollte Euch absichtlich töten.
Ich nehme an, das plötzliche Verschwinden unserer beiden Reisenden hat definitiv auch damit zu tun.
Ein Ungeheuer im Waldteich, das hat es zuvor noch nie gegeben!«, murmelte er noch entrüstet vor sich hin.
»Ich habe da so einen Verdacht.
Habt Ihr schon einmal die Geschichte des Dreigestirns gehört?« Querin wandte sich wieder direkt an die Zwillinge.
»Nein, das haben wir leider nicht«, antwortete Lia für sie beide.
»Schaut mal zum Himmel, selbst bei Tag kann man die drei Sterne gut sehen, wenn man ganz genau hinschaut.«
Er wies mit dem Finger weit in Richtung Osten.
Die Kinder folgten der geforderten Blickrichtung und erkannten, erstaunlicherweise heute zum ersten Mal, die drei Sterne.
Die Himmelskörper waren ganz genau zu sehen.
»Komisch, diese Sterne sind uns früher noch nie aufgefallen«, sprach Finnbar.
»Das ist kein Wunder.« Querin lief wieder aufgeregt auf und ab. »Kein Wesen kann sie von allein sehen.
Das geht nur dann, wenn man sie von einem Eingeweihten gezeigt bekommt.
In der Mitte befindet sich der Mutterstern.
Dieser hat das Helle und das Dunkle komplett ins Gleichgewicht gebracht.
Er leuchtet angenehm golden.
Es heißt dieser Stern ist die Heimat der Schirm-Herrin der

höher entwickelten Planeten. Sie wird auch „Die Dienerin der Liebe“ oder auch „Die Eine“ genannt.«
»Den höher entwickelten Planeten?«, warf Finnbar überrascht ein.
Leicht irritiert und auch vorwurfsvoll schaute Querin zu den Kindern. »Ich hätte nicht gedacht, dass Ihr doch noch so schlecht informiert seid.«
Es folgte ein betretenes Schweigen.
Die Kinder schauten ein wenig beleidigt auf den Waldboden und beobachteten dort scheinbar mit großem Interesse das Leben der Ameisen.
»Nicht Euer Fehler, nicht Euer Fehler«, beeilte sich Querin zu sagen.
»Also gut: Es gibt niedrig entwickelte, Planeten und höher entwickelte. Ich spreche hier nur von belebten Planeten.«
Querin hob die Hand, um die Kinder schon vorab zum Schweigen zu bringen.
Beide waren gerade aufgesprungen, um erneut aufgeregt nachzufragen.
»Setzt Euch bitte wieder hin und hört mir wenigstens mal für eine Weile ruhig zu.«
Er schmunzelte, »ich höre mich schon genauso an, wie mein eigener Vater.
Es gibt selbstverständlich im Universum noch viele andere Planeten, die ebenfalls belebt sind.
Bei den niedrig entwickelten unterscheiden wir drei Sorten.
Niedrig entwickelte Planeten werden aus Unwissenheit immer mit der Zeit von selbst zerstört, müsst Ihr wissen.
Einmal gibt es also jene, die schon zu Grunde gerichtet wurden und schon gar nicht mehr existieren.
Dazu gehörte auch die famose Platana, über diesen, einstmals wundervollen Ort habt Ihr ja schon so einiges gehört?«
Lia und Finnbar nickten zum Zeichen, dass sie Bescheid wussten, still vor sich hin.
»Gut, gut, aber Platana war längst nicht der einzige weitere belebte Planet außer der Erde, die übrigens zur zweiten Sorte der niedrig entwickelten Planeten gehört.
Das sind nämlich diejenigen, auf denen einige Bewohner gerade noch dabei sind, sie zu zerstören.

Wo war ich stehen geblieben?
Ach ja, also es gibt erstens die Planeten, die schon zu Grunde gerichtet wurden und zweitens diejenigen, wo es gerade noch passiert.
Für diese Planeten ist der Herr der Finsternis, dessen Wohnort ist der linke Stern, der etwas dunkler ist, verantwortlich.
Er hat auf diesen Planeten die Macht und kann sein Zerstörungswerk von dort aus in Ruhe beobachten.
Er ist leider momentan auch für die gute Erde verantwortlich...
Dann sind da drittens noch belebte Planeten, die gerade im Aufbau sind.
Es gibt dort am Anfang kaum sogenannte Intelligenz oder diese befindet sich noch in einem sehr frühen Stadium, die fast dem Leben auf den höher entwickelten Planeten ähnelt.
Dafür ist der Herr des Lichts verantwortlich.
Er liebt es, zu erschaffen und lebt auf dem rechten Stern, der sehr viel heller erstrahlt als die anderen zwei.
Der Herr des Lichts und der Herr der Finsternis sind zweieiige Zwillinge und gleichzeitig auch die Kinder der Dienerin der Liebe, die, wie gesagt vom neutralen Stern der Mitte aus regiert.
Der Stern in der Mitte ist weder sehr hell noch sehr dunkel.
„Die Eine" hält alle Polaritäten weise im Gleichgewicht und unterteilt nicht in Gut und Böse.
Sie liebt einfach alles, was ihr Licht erreicht, aber auch alles, was im Dunkeln liegt.
Sie zieht auch keines ihrer beiden Kinder dem anderen vor und lässt sie in ihrem Tun stets gewähren.
Es gibt aber auch ein paar Regeln:
Die Bewohner der Planeten dürfen stets ihren freien Willen behalten und können immer wieder selbst entscheiden, ob sie ihren Lebensraum zerstören wollen, dort lieber im Aufbau sein möchten oder aber auch, sich zu höher entwickelten Wesen zu entfalten.
Seinen Himmelskörper zu einem höher entwickelten Planeten werden zu lassen und somit unter die Schirmherrschaft „Der Einen" zu gelangen, ist jedoch an

bestimmte Bedingungen geknüpft.
Das geht nur, wenn alle dort ausschließlich von der Liebe regiert werden, sich gegenseitig beistehen und mit allen Kreisläufen und Kräften komplett im Gleichgewicht sind.
So ein Planet kann sehr, sehr lange und vor allem immer in Frieden leben.
Die einzelnen Schirmherren können zwar ihre jeweilige Energie auf ihre Planeten, die zu ihnen gehören, senden, sie dürfen dort aber niemals direkt eingreifen.
Der freie Wille der Bewohner muss stets gesichert sein.
Offenbar gibt es einen Wettbewerb zwischen den Zwillingen, wer mehr zerstören oder aufbauen kann.
Dabei nehmen sie sich oft gegenseitig ihre Spielplätze weg.
So kann der Herr der Finsternis damit beginnen, einen fast fertig aufgebauten Planeten mit seiner Energie zu vergiften und damit dann wieder dessen Zerstörung einleiten.
Er braucht dafür den Wesen, die dort leben, nur die Gier ins Herz einzupflanzen.
Dann nehmen sich diese Kreaturen mehr als sie eigentlich brauchen und beginnen damit, sich gegenseitig und ihre Umwelt nach und nach zu vernichten.
Genau das passiert leider gerade mit unserer geliebten Erde.
Oder aber ein Planet wird zerstört und der Herr des Lichts verhindert, dass er letztlich ganz verschwindet und beginnt dann dort wieder erneut mit dem Aufbau von Leben in vielfältigster Couleur.
Soweit ich es bei meinen Blicken in die Zukunft erkennen konnte, scheint der Herr des Lichts genau das mit der Erde vorzuhaben, sobald einmal die gesamte Spezies Mensch und alles andere an Leben von ihrer Oberfläche getilgt wurde.
Offenbar sind sich beide Herren zumindest darin einig, dass die Spezies homo sapiens- also wir Menschen- früher oder später von der Erde verschwinden muss.
Jeder hat dafür jedoch seine eigenen Gründe.
Der Zerstörer will nicht nur die Menschen, sondern einfach alles, was er finden kann, sowieso zerstören:
Der Aufbauer hingegen kann sich auf jeden Fall nicht vorstellen, mit den Menschenkindern auf der Welt, wieder etwas Schönes und vor allem Längerfristiges auf der Erde

aufbauen zu können.
Er hält sie durch die Energie des Herrn der Finsternis für vollkommen verdorben und von ihrer Gier verblendet.
Die Dienerin der Liebe vom Stern der Mitte hingegen nimmt nur solche Planeten unter ihre Fittiche, auf denen bereits erkannt wurde, dass lediglich durch die Balance von Licht und Dunkel und durch die Liebe zu allem und jedem ein dauerhaftes Leben an einem Ort möglich ist.
Diese Planeten sind dann keine Spielplätze mehr für ihre Kinder.
Sie sind absolut tabu für die Zwillinge.
Es heißt, dass „Die Eine" auch schon einzelne Lebewesen von anderen, weniger privilegierten Planeten unterstützt haben soll.
Das passiert aber nur, wenn diese die absolute Wahrheit in sich verwirklicht haben, also ganz reinen Herzens sind oder besser gesagt, wenn sie zumindest vollkommen danach streben dies zu tun, denn offenbar kennt die Wahrheit und die absolute Reinheit niemand ganz genau.
Solchen Geschöpfen zeigt sie manchmal einen Weg heraus aus dem ewigen Auf und Ab durch Aufbau und Zerstörung.
Sehr selten ermöglicht sie diesen Individuen auch die persönliche Rettung, indem sie ihnen eine Umsiedlung auf höher entwickelte Planeten ermöglicht.
Sie soll auch schon ganzen Gruppen von würdigen Kreaturen neue Planeten zur Verfügung gestellt haben.
So war es auch damals mit unserem Volk auf der Platana gewesen.
Das kleine Volk durfte ja, wie Ihr schon wisst, vor vielen, vielen Jahren auf die Erde umsiedeln.
Es obliegt dann jedoch den jeweiligen Wesen wieder vollkommen selbst, den neuen Planteten zu ehren und zu bewahren.
Manchmal gelingt das auch auf Dauer.
Das ist bei den sogenannten höher entwickelten Planeten so.
Manchmal gelingt das aber auch nur auf Zeit, so wie jetzt abermals auf der Erde.
Diese ist nun doch wieder den Spielen des Herren der Finsternis ausgesetzt.

Aber, da der Wille aller Wesen ja unangetastet bleiben soll, ist es ziemlich lange offen, ob ein Planet am Ende wirklich zerstört wird oder ob er sich doch noch weiter entwickeln kann.
Tja und deshalb seid Ihr hier.
Ihr sollt, als Vertreter der Menschen, sozusagen dabei helfen, auf der Erde noch rechtzeitig das Ruder wieder herumzureißen.
Ich frage mich wirklich«, dabei begann Querin wieder an seinem langen Bart herunter zu streichen, »ich frage mich, ob hier nicht während Eurer Prüfung die universellen Regeln des Dreigestirns verletzt wurden, es sieht fast so aus, als ob der Herr der Finsternis Euch mit Absicht beseitigen lassen wollte, damit er in Ruhe sein Werk der Zerstörung fortsetzen kann.
Das ist eindeutig ein Regelbruch.
Er darf nicht direkt Befehle erteilen, sondern nur durch seine Dunkelheit die Seelen zur Habgier verführen.
Normalerweise zerstören sie sich dadurch sowieso schon alsbald ganz von selbst.
Aber so direkt, Euch anzugreifen, so einfach aus dem Nichts heraus - es erscheint mir undenkbar, dass dies von irgendjemand anderem geplant gewesen war.
Denn niemand weiß doch von Eurem Unterricht hier und gleichzeitig auch noch vom Brunnen der Zeit.
Außerdem sieht man um 822, also der Zeit, wo wir uns gerade auf diesem Planeten befinden, noch gar keine negative Veränderung auf der Erde.
Ich verwette meinen Bart darauf, dass der Herr der Finsternis hier auf die eine oder andere Weise, völlig gegen die Regel, persönlich eingegriffen hat.
Zwar haben alle drei, der Herr der Finsternis, der Herr des Lichts, sowie die Dienerin der Liebe jeweils 16 Diener zur Verfügung.
Aber auch diese dürfen nicht einfach so in die tatsächlichen Geschehnisse eingreifen.
Sie sind lediglich der verlängerte Arm ihrer Gebieter und dürfen auch nur deren Energien weiterverbreiten.
Trotzdem werde ich den Verdacht nicht los, dass am

Samstag gegen diese ehernen Gesetze gehandelt wurde.«
Querin war offenbar am Ende seiner Ausführungen angelangt und schwieg nun ganz abrupt.
Nach einer Weile, als die Kinder meinten, es wäre an der Zeit, auch wieder etwas zu sagen, fragte Lia: »Was soll denn jetzt weiter geschehen?«
Überrascht sah Querin die beiden an: »Ich dachte, es sei klar, dass Ihr das jetzt zu entscheiden habt.«
Betreten blickten die Kinder einander an.
Sie hatten ganz vergessen, dass sie ja heute darüber befinden wollten, ob sie die Ausbildung überhaupt fortsetzen würden.
Lia nickte Finnbar zu und dieser ergriff jetzt, stellvertretend für beide, das Wort.
»Es stimmt, wir wollten erst heute entscheiden, was weiter geschehen soll.
Die Erlebnisse am Teich waren wirklich sehr beängstigend und auch ungeheuer gefährlich für uns zwei.
Nur, wie durch ein Wunder, überlebten wir das Ganze überhaupt. Allein die Energie des goldenen Lichtes schützte uns davor, über all das den Verstand zu verlieren.
Wir sind uns mit unserer Entscheidung noch nicht sicher.
Welche Optionen hätten wir denn derzeit für die weiteren Unterweisungen und wie könnte in Zukunft während der Lehrzeit unser Schutz gewährleistet sein?«
»Das sind wirklich zwei sehr gut überlegte Fragen.«
Anerkennend nickte Querin mit dem Kopf.
»Wir wissen nicht, wann und ob wir mit der Wiederkehr Eures Lehrers Soholit und auch Eures Urgroßvaters, meinem Vater, rechnen können. Es sind verschiedene Truppen zu Fuß, per Traumreise oder auch in den höheren Sphären unterwegs, um nach den beiden zu suchen und wir warten täglich auf Nachricht von ihnen.
Bislang gelten sie aber noch als verschollen.
Daher haben wir uns überlegt, dass ich bis zu deren Wiederkehr Eure Ausbildung übernehmen könnte.
Unterstützung bekäme ich dabei, für den Fall, dass Euch das recht wäre, von meiner Frau.«
Als er das fragende Gesicht von Finnbar erblickte, fügte er hinzu: »Ich habe Lucinda, meine teure Gefährtin, etwa 10

Jahre nach meiner kurzen Zeit mit Katharina, Eurer Großmutter, kennengelernt. Sie ist mir nicht nur eine wundervolle Partnerin und Geliebte, sondern auch eine echte Freundin geworden und sie ist sehr modern in ihren Ansichten.
Dabei übertrifft sie mich noch bei Weitem«, bemerkte er noch spitzbübisch lächelnd.
»Meiner Ansicht nach benötigen wir unbedingt auch weibliche Energie für eine wirklich ausgeglichene Ausbildung. Allein schon für das Gleichgewicht, das, wie Ihr ja gehört habt, so ungeheuer wichtig für alles ist.
Dann ist es aber auch so, dass manche Dinge nur Frauen sehr gut können und manche nur Männer.
Daher ist eine Teamarbeit von Männern und Frauen zusammen die effektivste, wie wir in unserem Volk festgestellt haben.
Nun ja«, er blickte schmunzelnd zu den Kindern, »Ihr seid ja auch fifty-fifty.
Ich möchte bei der Ausbildung gerne zunächst mit dem Traumwandeln, und dann mit dem astralen Reisen fortfahren. Eure Sicherheit würde durch die wirklich fähigen Krieger der Elben, die sich extra dafür angeboten haben, mehr als gewährleistet. Damit wir mit dem Unterricht schneller werden, würde ich die Zeit gerne noch weiter strecken. Soholit hatte diese von 1 zu 10 verlängert.
Ich würde gerne auf 1 zu 100 gehen. Das bedeutet, dass wir an einem Vormittag, knapp zwei Monate Ausbildung veranstalten und somit länger am Stück arbeiten könnten. Ich denke, wenn Ihr dann mit den Reisefähigkeiten so weit seid, könnet Ihr auch beim Suchen nach den zwei Vermissten mithelfen, für den Fall, dass sie bis dahin immer noch nicht gefunden wurden. Die Elben haben ebenfalls angeboten, Euch für die fast zwei Monate, die Ihr dann immer in unserer Welt seid, bei sich ein schönes Obdach zu gewähren.
Sie besitzen einen wirklich wundervollen und gut geschützten Gäste-Wohnbaum, in dem sie Euch gerne zwei geräumige Kammern zur Verfügung stellen würden. Wir hätten Euch auch sehr gerne beim kleinen Volk untergebracht. Jedoch bei uns wäre Euer Aufenthalt längst nicht so komfortabel, wie

bei den Elben.
Allein schon die Deckenhöhe unserer Wohnhöhlen wäre Euch sicher viel zu niedrig.« Wiederum verstummte Querin urplötzlich und sah die Zwillinge wartend an.
Jetzt antwortete Lia: »Wir danken Dir, lieber Großvater Querin für das wirklich großartige und gut durchdachte Angebot. Gerne möchten wir jetzt nach Burg Eichenfels zurückgehen und das Gehörte erst einmal sacken lassen, dort gemeinsam alles überdenken und uns in Ruhe dazu besprechen. Morgen werden wir um die gleiche Zeit wie heute hier sein und Dir oder auch gleich Euch beiden«, Lia zwinkerte dem Großvater kurz zu, »unsere diesbezügliche Entscheidung verkünden.« »So soll es geschehen. Ich freue mich auf Morgen.
Habt noch einen schönen Tag. Die Elben werden Euch zu Eurem Schutz noch bis kurz vor Sichtweite der Burg begleiten.
Auf Wiedersehen meine Kinder und Gott behüte Euch.«

Die neuen Lehrer

Lia und Finnbar hatten sich nach dem Mittagessen wieder in den Kräutergarten hinter der Burg zurückgezogen.
Angelehnt sitzend an die Eiche der Mutter, wollten sie noch kurz Kraft tanken, um dann nochmals über ihre weitere Ausbildung bei den magischen Völkern des Waldes zu sprechen. Keiner von beiden wollte die Stille stören und keiner von beiden tendierte zu einem eindeutigen Ja oder Nein, was ihre anstehende Entscheidung betraf.
Irgendwann meinte Lia: »Ich weiß einfach nicht, was richtig ist. Einerseits möchte ich schon dabei helfen, dass die Erde eine Zukunft hat, andererseits ist das zu unserer Lebenszeit doch noch gar nicht relevant. Wir haben nur das eine Leben und der Schreck vom Teich sitzt mir noch immer in den Knochen.
Ich möchte ehrlich sein: Wir sind gerade erst 13 Jahre alt und hätten unter normalen Umständen noch ein ganzes, langes Leben vor uns.
Ich hatte noch eine Menge vor, wie zum Beispiel heiraten, eigene Kinder haben und vielleicht noch vieles mehr«, gestand Lia ihrem Bruder.
»Die Welt retten war bei meinen Plänen bislang nicht dabei. Das hört sich nicht so vergnüglich und außerdem ziemlich gefährlich an. Und überhaupt wollte ich nicht schon so schnell erwachsen werden.«
»Ich verstehe Dich, mir geht es ähnlich.
Ich dachte immer, mein Leben würde es sein, in einigen Jahren als Verwalter hier in diese Burg wieder mehr Leben, blühende Farben und auch Lachen zu bringen.
Ich weiß einfach nicht, wie wir uns entscheiden sollen.«
Eine Weile herrschte wieder Stille, aber die Zwillinge waren dieses Mal dabei in tiefes Grübeln getaucht.
Dann, fast gleichzeitig platzten sie heraus:
»Wir brauchen ein Zeichen, irgendeine Hilfe von außen. Wir können allein durch Nachdenken nicht mit dieser Angelegenheit zurechtkommen.«
»Aber was für ein Zeichen?«, fragte Lia
»Wir könnten einfach mal Verschiedenes ausprobieren«,

antwortete ihr Bruder.
»Lass uns als Erstes innehalten und dann die klare Frage ans Universum stellen:
Sollen wir die Ausbildung weiterführen?
Am besten wir sprechen diese Frage gemeinsam laut aus.
Mal sehen, ob eine Antwort kommt«, führte Finnbar weiter aus.
Lia und Finnbar erhoben sich von ihren Plätzen an der Eiche und traten einige Schritte zurück, dann sendeten sie ein stilles Gebet um Hilfe in den Himmel.
»Also gut, bei drei stellen wir gemeinsam und gut hörbar unsere Frage«, schlug Finnbar bald darauf vor.
Lia nickte stumm.
»Gut, eins, zwei drei.«
»Sollen wir die Ausbildung weiterführen?«, riefen die Kinder im Chor und warteten dann gespannt.
Zunächst tat sich gar nichts.
Enttäuscht schauten sich die Zwillinge an und zuckten mit den Schultern.
Dann aber spielte urplötzlich ein sanfter Windhauch in den Ästen von Aoifes Eiche, obwohl nirgends woanders in der näheren und auch weiteren Umgebung auch nur das kleinste Lüftchen wehte.
Aus den Blättern der jungen Eiche leuchtete daraufhin sanft das gleiche goldene Licht, das Finnbar und Lia schon von dem Eichhörnchen Theo kannten.
Je länger die Kinder in das Licht schauten, desto zuversichtlicher wurden sie, was die weitere Ausbildung betraf.
Ganz tief in sich wussten sie jetzt, dass genau das der einzig richtige Weg war, den sie beschreiten sollten.
Sie hatten tatsächlich eine eindeutige Antwort erhalten, wenn sie auch nicht wussten von wo und wieso.
Irgendwie war dazu jetzt nichts mehr zu sagen.
Morgen würden sie jedenfalls wieder auf der Waldlichtung erscheinen und weiter lernen.
Daran war nicht mehr zu rütteln.
Die Kinder blieben noch ein wenig im Garten und begaben sich dann zum Abendessen in die Burg.

Am nächsten Morgen entdeckten sie unweit des letzten Wachrings schon die Elben-Krieger, die ihnen, wie versprochen, sicheres Geleit zur Waldlichtung gaben.
Dort angekommen, erschien sofort mit ernstem und leicht besorgtem Gesicht Querin.
Höflich wartete er bis die Kinder bereit sein würden, Ihre Entscheidung kundzutun.
»Wir machen weiter, Großvater Querin«, sprach Finnbar schlicht.
»Das freut mich, das freut mich mehr, als Ihr es Euch vorstellen könnt und bitte lasst ab sofort den Großvater weg.
Querin wird völlig ausreichen.
Jeden Moment müsste auch Lucinda hier eintreffen.
Sie hat ihre eigenen Methoden von hier nach dort zu gelangen und lässt sich da von niemandem, inklusive mir, hereinreden.«
Wie aufs Stichwort hörten sie jetzt, wie sich leise Schritte aus dem Wald näherten.
In einem elastischen Laufstil kam Lucinda herangelaufen und schloss sich der kleinen Gruppe an.
Sie bot tatsächlich einen völlig anderen Anblick als ihr Gefährte oder dessen Vater.
Lucinda hatte fast die Statur einer Turnerin.
Sie war gut durchtrainiert und ihr gesamter Körper wirkte geschmeidig, wie der einer Katze.
Ihre neue Lehrerin sah sehr jung aus und trug von Kopf bis Fuß grüne Kleidung im Männerstil.
Ihren Kopf zierte ein verwegenes, ebenfalls grünes Hütchen und ihr Haar war in einem kecken Pferdeschwanz nach hinten gehalten.
An den Füßen hatte sie erdfarbene Stiefel, die offenbar so weich waren, dass sie kaum einen Laut erzeugten, wenn Lucinda über den Waldboden lief.
Bei den dreien angekommen, musterte sie die Kinder kurz und dann überzog sich ihr Gesicht mit einem bezaubernden Lächeln.
Freundlich streckte sie Finnbar und Lia ihre Hand zum Gruß hin:

»Ich freue mich, Euch endlich persönlich kennenzulernen.
Ich bin Lucinda und würde Euch gerne einiges über das Reisen beibringen.«
Als sie die verdutzten Gesichter der Kinder sah, brach sie in ein glockenhelles Gelächter aus.
»Keine Angst, wir werden nicht überall zu Fuß hinlaufen müssen.
Es gibt auch andere, noch schnellere Möglichkeiten der Fortbewegung.«
Ernster fügte sie noch hinzu, »aber die Ertüchtigung des Körpers durch Sport, zum Beispiel auch durch Laufen, ist unablässig und wird auch einen guten Teil unseres Trainings ausmachen.
Das hält jung und fit und nicht nur den Körper beweglich.«
Sie warf ihrem Gefährten einen liebevoll neckenden Blick zu.
Die Zwillinge mochten Lucinda auf der Stelle.
Besonders Lia freute sich über die weibliche Verstärkung in ihrem Bunde.
Sie hatte sich immer eine Frau gewünscht, die ihr ein Vorbild sein könnte und war gleich zu Anfang schon davon überzeugt, dass Lucinda dafür genau die Richtige war.
»Das ist also meine Gefährtin Lucinda«, stellte Querin völlig überflüssigerweise seine Frau den Kindern nochmals vor.
Lucinda grinste nur dazu.
Die Zwillinge warteten sehr neugierig darauf, was jetzt als Nächstes passieren würde und blickten gespannt von einem zum anderen.
Querin nickte Lucinda zu und diese ergriff daraufhin das Wort.
»Es ist mir eine Ehre, bei Eurem Unterricht meinen Anteil leisten zu dürfen.
Ich werde dabei für das Traumwandeln zuständig sein und auch für Eure sportliche Ausbildung.
Das Träumen und überhaupt die phantasievolle Vorstellungskraft sind Eigenschaften, die in der Regel den Frauen besser liegen.
An und für sich sollte der Sport eher eine Männerangelegenheit sein«, wieder blickte sie spitzbübisch auf ihren Gefährten.

Hatten sich die Kinder das nur eingebildet oder war Querin nach einem kurzen Blick auf seinen, noch im Wachstum befindlichen, aber auch schon jetzt recht üppigen Bauch, tatsächlich eine leichte Röte ins Gesicht geschossen? Taktvollerweise taten die Kinder so, als sei ihnen nichts weiter aufgefallen und hefteten ihren Blick nun ganz fest und weiterhin erwartungsvoll auf Lucinda.
»Andere Ausbildungsbereiche liegen im Großen und Ganzen den Männern besser.
Dazu gehört zum Beispiel das Kämpfen.
Diese Sparte und auch das astrale Reisen wird dann Querin als seinen Part des Lehrens übernehmen.
Ich denke, wir werden uns mit dem Unterricht immer wieder abwechseln?«, fragend wandte sie sich ihrem Gefährten zu und dieser nickte bejahend.
Lucinda bemerkte Lias inneren Widerstand und wandte sich dieser deshalb nochmals liebevoll zu: »In einer höher entwickelten Gemeinschaft, das könnte sogar einen ganzen Planeten betreffen, sollte jedes Individuum seine besten Fähigkeiten zum Wohle aller einbringen dürfen. Keine Fähigkeit wird dabei als besser oder schlechter bewertet und keine Eigenschaft oder Tätigkeit bleibt einer bestimmten Personengruppe verwehrt. Somit hat es niemand nötig, etwas anderes zu wollen, als er oder sie gut kann. Außerdem ist es undenkbar, dass jemand zum Beispiel nur wegen seines Geschlechts irgendetwas nicht tun dürfte. Wenn das also so organisiert ist, dann kann man als Frau ruhig zugeben, dass man etwas nicht so gut kann wie ein Mann. Wenn man aber in einer weniger entwickelten Gesellschaft lebt, so wie Du bisher, wo beispielweise Mädchen nichts lernen dürfen oder die Frau total unterdrückt wird, dann kann ich schon verstehen, dass das Thema für Dich im Moment noch ziemlich geladen ist.
Ich denke mit der Zeit wird sich das aber geben. Bei uns haben Frauen und Männer nämlich absolut die gleichen Rechte und wir setzen jeden im Team, gemäß seinen Fähigkeiten, bestmöglich ein.« Lucinda lächelte Lia freundlich zu und diese entspannte sich jetzt ein wenig.
Ihre neue Lehrerin ging inzwischen weiter zur Tagesordnung

über.
»Ich stelle es mir in Einzelnen bei meinen Unterweisungen folgendermaßen vor:«
Dann folgte ein üppiger Redeschwall von ausschweifenden Erklärungen der einzelnen Übungsschritte, die Lucinda für die kommende Zeit geplant hatte und die sich die Kinder, so sehr sie sich auch bemühten, einfach nicht alle merken konnten.
Langsam begannen sie mit ihren Gedanken abzuschweifen.
Finnbar bemerkte, dass er hungrig wurde und fragte sich, wann und was es eigentlich heute zu essen geben würde.
Lia dachte ziemlich angestrengt über die spannende Frage nach, wie alt Lucinda wohl sei.
Die zahlreichen Worte ihrer Lehrerin flossen wie warmer Regen über die Schüler und perlten, genau wie dieser an guter Regenbekleidung, einfach an ihnen ab, ohne dass er sie irgendwie tangieren konnte.
Ein recht deutliches Räuspern von Querin riss die Kinder abrupt aus ihren Tagträumen.
Auch Lucinda hielt plötzlich in ihren ausführlichen Erklärungen inne und wandte sich mit einem fragenden Gesicht überrascht an ihren Gatten.
Dieser musste ihr wohl von Geist zu Geist die Situation erklärt haben. Jedenfalls war es nun an Lucinda zu erröten und bei ihr geschah das sehr viel deutlicher als zuvor bei Querin.
Dieser lächelte ihr aufmunternd und sehr liebevoll zu, woraufhin Lucinda sich wieder fasste und sich erneut an die Kinder wandte.
»Das war jetzt ein sehr gutes Beispiel, wie hilfreich es ist, wenn wir im Lehrerteam Männer und Frauen gemeinsam haben.
Wir Frauen tendieren manchmal dazu, zu schnell und zu viel auf einmal zu reden.
Durch unser überschäumendes Temperament und die Schnelligkeit unserer Gedankengänge sind wir dem Moment oftmals viel zu weit voraus.
Damit erreichen wir, wie Ihr ja gerade gemerkt habt, nicht das, was eigentlich geplant war.«

Sie hatte wieder ihr spitzbübisches Lächeln auf den Lippen.
»Ich danke Dir, dass Du mich unterbrochen hast Querin.
Ich würde nun für circa eine halbe Stunde etwas Gymnastik mit Euch machen.
Dann, lieber Finnbar, gibt es auch endlich etwas zu essen, und zwar einen deftigen Bohneneintopf.« Verlegen blickte Finnbar wie fasziniert auf seine Schuhe.
»Für Dich liebe Lia noch folgende wichtige Information:
Ich bin genau 844 Jahre alt.
Das ist noch recht jung für uns vom kleinen Volk.
Ich wurde erst vor 44 Jahren in den Kreis der Erwachsenen aufgenommen.«
Nachdem nun jeder von uns einmal an der Reihe gewesen war, etwas zu erröten, ließ Lucinda noch lachend fallen, »folgt mir bitte und tut das Gleiche wie ich.«
Sie verfiel daraufhin in einen lockeren Dauerlauf, den sie ab und zu in kurze, schnelle Sprints steigerte, worauf dann einige interessante Gymnastikübungen folgten.
Die Zwillinge taten ihr Bestes, es ihr gleichzutun.
Sie spürten, wie sie schnell wieder munterer und aufnahmefähiger für weiteren Lernstoff wurden.
Erfrischt ließen sich alle zum gemeinsamen Essen nieder.
Nachdem sie das Mahl fast beendet hatten, materialisierte sich plötzlich ein Bote, wie aus dem Nirgendwo.
»Ich komme mit einer wichtigen Nachricht«, sprach dieser und sah Querin und Lucinda fragend an.
»Du kannst hier offen vor uns allen sprechen«, gebot ihm daraufhin Querin.
»Es hat überhaupt keine Botschaft der Inuit an irgendjemand vom kleinen Volk gegeben.
Weder wurden Soholit und Quiskan dort erwartet, noch sind sie jemals bei den Eskimos eingetroffen«, meldete der Bote.
»Alle sind in großer Sorge, wir wissen nicht, wo wir sie nun noch suchen könnten.
Deshalb haben wir weitere Späher in alle nur möglichen Richtungen ausgesandt, um sich zu erkundigen, ob irgendwer etwas über den Verbleib der Vermissten zu sagen hat«, fügte er noch hinzu.

»Das sind wahrlich schlimme Nachrichten, obwohl ich insgeheim, schon so etwas vermutet hatte«, sprach Querin. »Sucht überall, sie können sich nicht sofort in Luft aufgelöst haben.
Es muss einfach irgendwelche Spuren geben.
Danke für Deine Botschaft und haltet uns bitte weiterhin auf dem Laufenden.«
Damit verabschiedete Querin den Boten.
Ohne ein weiteres Wort und jeder für sich nachdenklich, beendeten die vier ihr gemeinsames Mahl.

Das Reisen ohne Körper

Der erste Unterrichts-Tag mit Lucinda und Querin war vorüber.
Selba, sowie einige andere Elben holten die Kinder am späten Abend ab, um sie sicher zu ihrem Wohnbaum zu begleiten.
Die Geschwister waren ziemlich müde, aber trotzdem auch sehr neugierig auf die Lebensweise des geheimnisvollen Volkes der Elben, von dem sie noch so gut wie gar nichts wussten.
Selba brachte die erschöpften Zwillinge direkt zu ihren Kammern.
Diese waren hoch oben in einem Baum und alles, was es dort gab, war aus dem Baum genauso gewachsen.
Ein Jammer, dass es schon so dunkel war, Finnbar hätte gerne gesehen, wie der Wohnbaum genau von außen und innen aussah.
Lia hatte ebenfalls noch so viele Fragen, aber die Elbenfrau schnitt diese mit den Worten: »Schlaft jetzt erst einmal und zu Tagesbeginn sehen wir uns bei der gemeinsamen Morgen-Mahlzeit wieder«, freundlich, aber bestimmt ab.
»Dort werdet ihr alle Fragen beantwortet bekommen.«
Kaum lagen Lia und Finnbar in ihren Betten, fielen ihnen auch schon die Augen zu und sie sanken in einen tiefen und traumlosen Schlaf.
Lia erwachte sehr früh und sprang sogleich auf ihre Füße.
Sie zog sich rasch an und wollte ihr Haar mit der goldenen Spange, die sie stets trug und die ein seltenes Erbstück von ihrer Mutter war, wie gewohnt zusammenfassen.
Sie konnte die Spange jedoch nirgends finden.
Sie war sich sehr sicher, sie gestern Abend neben ihr Bett gelegt zu haben. »Sehr, sehr merkwürdig«, sprach Lia zu sich.
Nachdenklich stieg sie die lange Hängeleiter, die von ihrer Kammer in der Baumkrone nach unten auf die Erde führte, hinunter.
Sie folgte dann einfach dem, deutlich zu hörenden, Stimmengewirr.
Auf einer bunten Blumenwiese stand eine lange Tafel, an der

viele Elben saßen, miteinander scherzten und gemeinsam aßen.
Auch Finnbar war schon dort und winkte seiner Schwester freudig, sich doch neben ihn zu setzen.
Lia nahm den vorgeschlagenen Platz gerne an.
Sofort wurden ihr ein Kelch mit köstlich süßem Blütennektar und ein außergewöhnlich schmackhaftes Brot gereicht.
Am Tisch herrschte eine wunderbare Atmosphäre der freudigen Leichtigkeit.
Von weitem hörte sie sehr sinnliche Harfenmusik herüber wehen.
Als sie näher hinsah, erblickte sie dort auch einige, in weiße lange und luftige Kleider gewandete Elbenfrauen, die sich anmutig zur Musik bewegten.
Es war der schönste Tanz, den Lia jemals erblickt hatte.
Sie entspannte sich sichtlich und glitt wie von selbst in die allgemeine paradiesische Stimmung mit hinein.
Als alle genug gegessen und getrunken hatten, wandte sich Selma freundlich an Lia: »Jetzt wäre ein guter Zeitpunkt, Deine Fragen zu stellen.«
Lia überlegte kurz und fragte dann: »Wir haben gehört, dass auch Ihr von einem fernen Planeten zu uns auf die Erde gekommen seid?
Wir würden gerne etwas über Eure frühere Heimat erfahren.«
Angar, Selbas Gefährte, räusperte sich kurz, trank noch einen Schluck von dem köstlichen Nektar und begann dann zu erzählen:
»Wir bewohnten einstmals einen wundervollen Ort, der voll von den schönsten Blumen und Bäumen war, die man sich überhaupt vorstellen kann.
Der Name unseres Planeten war Osiria.
Wir teilten ihn uns mit dem Volk der Osiriaten.
Diese hatten den Planeten schon bewohnt, lange bevor unsere Spezies überhaupt entstanden war.
Die Osiraten sind sehr einfache, aber unglaublich gutmütige Wesen, die niemals altern und etwas kleiner von Wuchs sind als wir.
Sie bekommen nur dann ein Kind, wenn dafür jemand anders

bereit ist, freiwillig den Planeten zu verlassen.
Osiriaten kennen die Bedeutung von persönlichem Besitz überhaupt nicht.
Sie teilen und nehmen sich einfach alles, was in ihrer Nähe ist.
Sie sind sehr freundlich und überraschend spontan.
Anfangs hatten wir alle unsere angestammten Plätze auf Osiria und es herrschte Frieden zwischen den beiden Spezies und auch die Natur wurde in Ehren gehalten.
Irgendwann, niemand könnte heute sagen, wie und wodurch das passieren konnte, begannen einige Elben zu glauben, dass sie mehr Platz benötigen würden.
Es kam auch in Mode, dass nicht mehr jede Familie weiterhin nur ein Kind bekommen durfte, was sehr wichtig war, damit der Planet nicht übervölkert wurde, sondern man entschied sich jetzt stattdessen für drei Kinder.
Dadurch wurden wir immer zahlreicher und irgendwann bildeten sich diese Elben ein, die Herrenrasse zu sein und vertrieben daraufhin die Osiriaten mit Waffengewalt von ihren angestammten Gebieten.
Sie mussten fortan in einem unfruchtbaren Teil von Osiria und dort noch dazu unter der Erde leben.
Nicht alle Elben teilten diese Meinung und es kam zu einer Spaltung unseres Volkes.
Es gab nun die Herren- und die Wildelben.
Die Wildelben wollten weiterhin im Einklang mit der Natur und in einer bescheidenen Personenanzahl in Frieden mit den Osiriaten leben.
Die Herren-Elben jedoch beuteten den Planeten mehr und mehr aus.
Um sich und ihre Gebiete zu schützen, entwickelten diese Elben immer ausgeklügeltere Waffen.
Eines Tages hatten sie so viele und gefährliche Kriegswerkzeuge angehäuft, dass sie den Planeten mehr als einmal hätten damit zerstören können.
Die Propheten der Wildelben sagten genau diese Zerstörung von Osiria auch innerhalb der nächsten 10 Jahre voraus.
Das Volk der Wildelben entschied sich gemeinsam daher schweren Herzens, von Osiria noch rechtzeitig vor der

Zerstörung auszuwandern.
Wir beteten alle zusammen und baten um eine Vision, wie wir dabei vorgehen sollten.
Diese wurde uns nach wochenlangen Gebeten und Meditationen auch zuteil.
Es war noch sehr viel Arbeit, im Geheimen ein Stück unseres Planeten abzutrennen und uns dann damit ins Weltall aufzumachen.
Den Rest der Geschichte hat man Euch ja schon erzählt.«
Atemlos hatten die Kinder dieser schier unglaublichen Geschichte zugehört.
Plötzlich sahen sie von weitem eine kleine Person in kunterbunten und ungewöhnlichen Kleidern näherkommen.
»Guten Morgen allerseits«, zwitscherte sie fröhlich.
Es war nicht zu erkennen, ob die Person männlichen oder weiblichen Geschlechts war.
Sie trug jedenfalls längeres Haar, das mit einer goldenen Haarspange zusammengehalten wurde.
»Ähm, Du hast da meine Haarspange im Haar«, meldete sich Lia zu Wort.
»Ups, ich dachte, es wäre meine«, antwortet die kleine Person munter, zog die Spange aus ihrem Haar und reichte sie strahlend, der verdutzt dreinschauenden Lia.
»Bitte schön, ich schenke sie Dir von Herzen gerne.«
Lia war sprachlos.
Sie konnte dem kleinen Dieb einfach nicht böse sein, so entwaffnend war seine verdrehte Logik.
Selma trat hinzu: »Darf ich vorstellen, das ist Karlao.«
Die kleine Person verneigte sich wiederum fröhlich.
»Sehr angenehm«, Karlao streckte Lia seine kleine Hand entgegen und schwubs hatte er auch schon Lias Armband am eigenen Arm.
Lia wusste zuerst nicht, was sie dazusagen sollte.
Dann hatte sie eine Idee.
»Du hast da aber wirklich ein sehr schönes Armband an.«
Karlao strahlte wiederum über das ganze Gesicht.
»Oho, ja das stimmt«, stolz betrachtete er »sein« Armband.
»Dieses wunderschöne Schmuckstück habe ich ganz besonders gerne.

Es wäre mir eine außerordentliche Freude, Dir dieses Armband zu schenken.«
Galant band er Lia ihr Armband wieder um.
Selma lachte und klatsche Lia Beifall.
»Du hast schnell gelernt, Lia.«
Erklärend fügte sie noch hinzu:
»Karlao wohnte damals, ohne dass wir es bemerkt hatten, in einer unterirdischen Höhle des Stücks unseres alten Planeten, den wir auf die Erde mitgenommen hatten.
Dadurch ist er mit uns zusammen hierher ausgewandert.
Er ist wahrscheinlich der einzige und letzte seiner Art.
Karlao ist ein Osiriat.
Bei den Osiriaten gibt es keine eindeutige Festlegung des Geschlechts. Sie können sich immer aussuchen, was sie in diesem Moment sein mögen und sie haben, wie Du ja schon bemerkt hast, eine völlig andere Auffassung von persönlichem Besitz.
Karlao ist schon unendlich alt und trotzdem noch so jung und spontan wie ein kleines Kind.
Vielleicht kommt das auch daher, dass er sich immer wieder neu erfindet und stets alles Materielle schnell wieder loslässt.
Er behält kaum etwas je länger als einen Tag.«
Lia und Finnbar waren sehr beeindruckt von den wundersamen und ungewöhnlichen Geschichten, die sie heute gehört hatten.
»Jetzt wird es aber wirklich Zeit, wieder an den Ausbildungsplatz zu gehen.«, sprach Angar.
Er stand schon eine Weile wartend bereit, um die Kinder wieder zum Unterricht zu geleiten.
Einige weitere Krieger gesellten sich zu deren Schutz zu der kleinen Gruppe dazu.
Auf der Waldlichtung angekommen, grinste Lucinda breit.
»Guten Morgen, Ihr Lieben, ich habe gehört, Ihr habt Karlao schon kennengelernt.
Ich finde, er ist ein wirklich faszinierendes Wesen.
Von ihm könnt Ihr eine ganze Menge lernen.
Ich mag ihn wirklich sehr gern.«
Heute begannen sie mit Theorie für Traumwandeln.
Lucinda hatte inzwischen einiges dazu gelernt.

Sie sprach maximal 10 Minuten und ließ Lia oder Finnbar dann wiederholen, was sie davon behalten hatten.
Gegebenenfalls wiederholte sie den Stoff so lange, bis sie sicher war, dass die Zwillinge ihn auch verstanden hatten.
Nach zwei solchen Blöcken gab es dann ein paar Gymnastikeinlagen oder anderen Sport.
Beim Traumwandeln ging es darum, sich zunächst einmal überhaupt an einen, seiner Träume zu erinnern.
Lia und Finnbar sollten deshalb von nun an ein Traumtagebuch führen.
Später sollte man sich im Traum bewusstwerden können, dass man träumt.
Dadurch wäre es dann im fortgeschrittenerem Stadium auch möglich, den Traum mit seinem Willen zu beeinflussen und dann am Ende dadurch auch zu reisen.
Offenbar ging das dann sogar so weit, dass man beim Traumwandeln durchaus von anderen Wesen wahrgenommen werden und mit ihnen kommunizieren konnte.
Bis dahin war aber noch ein langer Weg.
Finnbar konnte sich nicht einmal daran erinnern, überhaupt jemals geträumt zu haben und machte sich daher einige Sorgen, was er denn in sein Traumtagebuch schreiben könnte.
Dann war Nahkampf bei Querin an der Reihe.
Dafür hatten sich eigens zwei Elben, ein Mann für Finnbar und eine Frau für Lia, bereit erklärt, mit diesen zu üben.
Querin oder Lucinda wären dafür ja viel zu klein gewesen.
Keiner der Zwillinge konnte diesen Abschnitt der Unterweisungen gut leiden, denn das Kämpfen entsprach einfach nicht ihrem Naturell.
So stöhnten und schimpften sie dabei still vor sich hin.
Das entging dem Lehrer nicht und daher bat er die Zwillinge zu einem Gespräch beiseite.
»Ich verstehe, dass Ihr Euch nicht vorstellen könnt, jemals einen Kampf zu beginnen.
Hier geht es aber darum, dass Ihr in die Lage versetzt werdet, Euch selbst oder auch Euch gegenseitig und vielleicht auch einmal andere Wesen, die Ihr liebt, zu verteidigen und

dabei zumindest am Leben zu bleiben.
Gut wäre auch, wenn Ihr dann diese Freunde auch wirklich beschützen könntet.
Ich muss Euch doch nicht daran erinnern, wie gut es war, dass Du, lieber Finnbar, bei dem Kampf mit dem Drachen am Teich ein Schwert dabeihattest und dieses an diesem Tag Gott sein Dank nicht zum ersten Mal gezogen hast.
Und Du, liebe Lia, wie weit wärst Du mit Deinem Stock ohne jegliche Kenntnisse über das Kämpfen, nur mit blinder Wut als weiteres Hilfsmittel an diesem Tag gekommen?
Wem hätte Dein Tod genützt?
Bei diesem Teil der Ausbildung geht es darum, Euch zu wahren Kriegern des Lichtes auszubilden.
Dazu gehört viel mehr als die reine Kampfkunst an sich.
Eure innere Haltung ist hier das A und O.
Es geht zum Beispiel darum, sich niemals mit Zorn im Herzen mit jemandem anzulegen oder diesen gar zu töten.
Ihr müsst dazu fähig sein, mit Gnade und Liebe, aber trotzdem konsequent, Eure Waffe zu führen.
Dazu kann auch gehören, jemanden zu töten oder zu verletzten.
Das muss aber immer aus dem inneren Gleichgewicht heraus geschehen, auch wenn das zu den schwierigsten Aufgaben gehört, die ich kenne. Blinde Wut, Hass oder Zorn haben beim Kampf eines Kriegers des Lichtes nichts zu suchen.
Es gehört die direkte Verbindung zu Eurem Herzen und zum Göttlichen dazu, damit Ihr gelenkt werden könnt.
Wenn das eintritt, dann gibt es für Euch keine Bedenken und auch kein niemals.
Nur dann kann der Kampf zum Wohle aller stattfinden.
Alles, was Ihr tut, sollte sowieso stets zum Wohle aller geschehen. Aber, um zu wissen, was das genau ist, darf man nicht auf seine oder irgendjemandes Gedanken hören, sondern muss direkt mit Gott verbunden sein.
Ja, ja, ich weiß, Gott, das ist ein großes Wort.
Ich gebrauche es normalerweise nie.
Wer sollte schon wissen, was oder wer das ist.
Vielleicht wäre Liebe oder Unendlichkeit oder sogar „Das Nichts“ ein besserer Ausdruck für dieses Namenlose.

Auf jeden Fall erreiche ich sicher nicht mit meinem Vortag aus Worten, Euch zu vermitteln, was ich meine. Möglicherweise könnt Ihr die Bedeutung zwischen den Lücken meiner Worte erspüren.«
Querin hielt kurz inne und es entstand eine ganz besondere Atmosphäre.
Am ehesten war diese noch mit der Situation zu vergleichen, als das goldene Licht, das die Kinder jetzt schon zweimal erlebt hatten, sich in ihnen ausgebreitet hatte.
»Also Schluss für heute mit den praktischen Übungen. Danke Jeora und Mandavar für Eure große Hilfe«, Querin verbeugte sich ehrfurchtsvoll vor den beiden Elben, die so geduldig bei der Kampf-Ausbildung der Kinder behilflich gewesen waren.
»Wir würden Euch morgen gerne erneut hier begrüßen, wenn es Euch recht ist.«
Die beiden Elben verneigten sich nun ebenfalls freundlich in Richtung Querin und der Zwillinge und mit einem wissenden Lächeln auf den Lippen zogen sie sich fast lautlos zurück und verschwanden alsbald in den Schatten des Waldes.
»Was ich jetzt von Euch möchte ist, dass Ihr Euch ein möglichst bequemes Plätzchen sucht und Euch dort hinsetzt. Dann möchte ich, dass Ihr Euren Gedanken keinerlei Beachtung schenkt. Lasst sie kommen oder auch wieder gehen, wie Wolken, die am Himmel vorbeiziehen.
Stellt Euch vor, sie wären einfach wie diese Wolken, ohne bleibende Bedeutung oder Form.
Sie kommen von selbst und gehen auch wieder von allein. Konzentriert Euch auf die stillen Lücken zwischen zwei Gedanken.
Eine Hilfe könnte auch sein, den eigenen Atem bewusst wahrzunehmen.
Ach so Finnbar, Du kannst vorher gerne Deine Pausenverpflegung noch zu Dir nehmen und Lia, ja Du kannst noch kurz in den Wald verschwinden, um Dich zu erleichtern.
Es ist wichtig, dass bei einer solchen Übung, zumindest am Anfang nichts wirklich Störendes im Weg ist, das Euch abhalten könnte, mühelos in der Stille zu versinken.«

Breit grinsend reichte er daraufhin Finnbar seine Verpflegung.
Als Lia zurück war und Finnbar aufgegessen hatte, ging es los.
Auch Querin lehnte sich bequem an einen Baum und begann mit der Übung.
Anfangs waren die Zwillinge völlig verwirrt.
Es schien, als würden plötzlich tausende Gedanken, einer wichtiger als der andere, auf sie einstürmen.
Dann erinnerten sie sich an das Bild mit den Wolken.
Lia legte sich sogar auf den Rücken und schaute sich den Himmel direkt an.
Langsam aber sicher wurden die Kinder ruhiger und ruhiger.
Nach etwa einer Stunde ließ Querin die Geschwister die Übung beenden und bat sie aufzustehen.
»So nun schüttelt Euch noch ein wenig und macht mal 10 Kniebeugen.
Und jetzt möchte ich nur noch, dass Ihr zu den Elben zurückkehrt.
Der Nachmittag und der Abend sind heute frei.
Habt einfach ein wenig Spaß.
Ich kann Euch nur empfehlen, Euch mit Karlao näher anzufreunden.
Wir sehen uns morgen wieder«, freundlich nickend verschwand Querin vor den Augen der Zwillinge.
Wie aufs Stichwort erschien sodann eine Gruppe bewaffneter Elben, um die Kinder in ihr Gebiet zurückzubegleiten.
Es war zunächst ungewohnt für Finnbar und Lia, so viel freie Zeit zur Verfügung zu haben.
Als Erstes betrachteten sie ihren und auch die Wohnbäume der Elben näher.
Sie waren unglaublich hoch und mächtig.
Die jeweiligen Wohnbereiche waren auf natürliche Weise in den Bäumen untergebracht.
Es sah fast so aus, als ob das schon immer so gewesen wäre.
Zwischen den Wohnbäumen gab es auch eine ganze Menge von Bäumen, die einfach nur Bäume waren.
Alles hier war wunderschön und alles war umgeben von einer friedlichen und harmonischen Schwingung.
Ziellos schlenderten die Kinder umher.

Da hörten sie von weitem, das ihnen schon bekannte Stimmchen von Karlao:
»Wartet mal kurz, ich habe etwas ganz, ganz tolles für Euch.«
Aus seinem, für seine Größe recht umfangreichen, Rucksack fingerte er mit einer feierlichen und extrem gönnerhaften Miene ein wundervolles Diadem hervor.
Das Schmuckstück war aus purem Gold gearbeitet und mit vielen, in allen Farben schimmernden, Diamanten besetzt.
Es war ein meisterhaftes handwerkliches Unikat und musste wohl unglaublich wertvoll sein.
Vielleicht ein jahrtausendealtes Erbstück, dachte sich Lia.
Betreten lächelnd ließ sie sich das Diadem aufs Haar setzen.
Hektisch sah sie sich sofort nach dem eigentlichen Besitzer um.
»Du kannst es gerne geschenkt haben«, sprach Karlao unschuldig zu Lia.
Schon war er wieder durch vorbeifliegende Schmetterlinge abgelenkt und hatte die Kinder ganz vergessen.
Finnbar und Lia sahen sich beunruhigt an.
Keiner wollte wegen Diebstahl eines so wertvollen Kleinods Ärger mit den Elben bekommen.
Da weit und breit niemand zu sehen war, liefen sie Karlao hinterher.
»Habt Ihr diese bemerkenswerten Schmetterlinge gesehen? Toll, oder?« Begeistert hüpfte Karlao auf und ab.
Sein Haar hatte er heute mit einer anderen Spange zu einem kurzen Pferdeschwanz zusammengebunden.
Dieser wippte beim Hüpfen ständig hin und her.
»Oh, Ihr wollt mich begleiten, das ist aber ganz prima.«
Munter ging der Osiriat voran.
Dann blieb er stehen und fischte etwas aus seinem Rucksack heraus.
Er hielt einen recht unscheinbaren kleinen Kieselstein in den Fingern.
»Ist der nicht beeindruckend?
Wollen wir tauschen Finnbar?« Schon hatte er von Finnbars Hals dessen Amulett, das an einem starken Lederband befestigt war, abgenommen und es sich selbst umgehängt.
Der verdutzte Finnbar hatte stattdessen nun den besagten

Kieselstein in der Hand.
»Ähm Karlao, das Amulett ist das Einzige, was mir von meiner verstorbenen Mutter hinterlassen wurde.«
»Da ist das Amulett ja wirklich etwas ganz Besonderes! Ich freue mich jetzt umso mehr, dass wir getauscht haben.«
Munter lief Karlao weiter die Blumenwiese entlang.
»Schaut mal, was hier für glänzende Käfer herumfliegen. Die sind ja schillernd grün.«
Jetzt wippte nicht nur sein Pferdeschwanz, sondern auch das neue Amulett, lustig an Karlao herum.
Finnbar war einfach nur sprachlos, dachte sich aber, dass Karlao ja nicht so weit mit dem Amulett kommen könnte.
Die Kinder ließen Karlao nicht aus den Augen und folgten ihm immer weiter.
Finnbar hielt seinen Blick stets auf das Amulett gerichtet und Lia blickte sich wieder und wieder besorgt um, ob sich eventuell jemand näherte, der auf der Suche nach seinem gestohlenen Diadem war.
Karlao jedoch genoss das Leben scheinbar in vollen Zügen. Sie hörten ihn mal hier und mal da vor Entzücken laut jauchzen, wenn er etwas, für ihn Herausragendes, gesehen hatte. Und anscheinend war so gut wie alles für ihn etwas ganz Besonderes.
Von weitem sahen sie eine Elbenfrau kommen, welche sie noch nicht näher kannten.
Karlao rannte wie der Blitz auf diese zu, Lia versteifte sich in Erwartung der eventuell kommenden Strafe für den Diebstahl des wertvollen Diadems.
Abwartend blieben die Zwillinge stehen.
Das ungleiche Paar kam, in ein Gespräch vertieft, näher.
Die Elbenfrau grüßte die Kinder sehr freundlich und würdigte das Diadem auf Lias Haupt keines besonderen Blickes.
»Schaut mal das ist meine liebe Freundin Patra, und das sind meine besten Freunde Lia und Finnbar«, stellte Karlao sie einander vor.
»Patra und ich haben gerade beschlossen zu tauschen.«
Freudig hielt er einen frisch gewundenen Blumenkranz empor.

Mit Entsetzen erkannte Finnbar jetzt sein geschätztes Amulett am Hals der wunderschönen Elbenfrau wieder. Diese hatte es offenbar eilig und verschwand alsbald in entgegengesetzter Richtung.
Den Blumenkranz trug nun Karlao stolz auf seinem Kopf. Bald schon hatte er den Kranz vergessen und war von einem Mäuschen, das munter an einer Walnuss nagte, komplett hingerissen.
»Wie wunderschön sie ist, schaut doch nur.«
Langsam entspannten sich Finnbar und Lia ein wenig.
Die kleine Maus war wirklich ganz entzückend.
Immer mehr übernahmen sie Karlaos unschuldiges Wesen und bald waren sie zu dritt von den einfachen Wundern der Natur gefesselt.
Die Kinder verbrachten mit Karlao einen wundervollen, magischen Nachmittag und waren nach und nach, so wie Karlao, von den einfachsten Sachen komplett fasziniert.
Sie fühlten sich am Ende des Tages reicher beschenkt, als sie es durch ein Diadem oder Amulett je hätten sein können.
Als es langsam dunkel wurde, verkündete Karlao, dass er mächtigen Hunger hätte.
»Wollt Ihr auch an dem prächtigen Abendessen teilnehmen?«, lud er die Kinder ein, so als ob er allein das Mahl eigens für die beiden zubereitet hätte.
Dankbar nickten die Kinder Karlao zu.
Besonders Finnbar, der schon wieder heftigen Hunger hatte, war von dieser Idee mehr als begeistert.
Das Amulett hatte er inzwischen total vergessen.
Auch Lia war sich des Gewichts des wertvollen Diadems auf ihrem Haupt gar nicht mehr bewusst.
Als sie später mit den Elben und Karlao, wie am Vormittag auch, wieder an dem großen Tisch Platz genommen hatten, nahm niemand auch nur die geringste Notiz, von dem Schmuckstück auf Lias Haar.
Als alle am späten Abend mehr als satt waren, bot sich Selma an, die Kinder in ihre Kammern zu begleiten.
Ganz spontan erinnerte sich Lia an das wertvolle Kleinod und reichte es Selma mit den Worten:

»Ich habe da ein wundervolles Diadem, ich würde es Dir wirklich sehr gerne schenken.«
Selba nahm es still lächelnd entgegen.
Als Lia und Finnbar endlich müde in ihren Betten lagen, schliefen sie mit einem glücklichen Lächeln ein.
So einen schönen Tag hatten sie schon ewig nicht mehr erlebt.
Die Ausbildungstage und auch -wochen vergingen wie im Flug.
Die Körper der Zwillinge hatten sich verändert.
Sie waren viel durchtrainierter und sie hatten jetzt einen fast so elastischen Gang wie Lucinda.
Sie kamen alles in allem gut voran.
Nur das Traumwandeln fiel Finnbar sichtlich schwer.
Nachdem er sich lange Zeit nie an seine Träume erinnern konnte, hatte Lucinda die Nachtwache gebeten, Finnbar zweimal pro Nacht zu wecken.
Das hatte zwar insoweit geholfen, dass Finnbar sich dann tatsächlich an seine Träume erinnern konnte.
Er musste sie allerdings sofort aufschreiben, sonst waren sie am Morgen wieder aus seinem Gedächtnis verschwunden.
Aber weiter war er noch nicht gekommen.
Lia konnte schon bewusst auf ihre Träume einwirken, allerdings war auch sie noch meilenweit davon entfernt, ihren Körper zum Reisen verlassen zu können.
Querin hatte kürzlich in Aussicht gestellt, dass sie ab heute mit dem astralen Reisen beginnen würden.
Mit großer Sorge dachte Finnbar auf dem Weg zum Ausbildungsplatz an diese neue Aufgabe.
»Es geht darum, dass Ihr ganz einfach Euren Körper im Geiste in seine kleinsten Bestandteile zerlegt, in Licht verwandelt und dann am Ort Eurer Wahl den Leib in umgekehrter Reihenfolge wieder genauso aufbaut, wie er sich gehört«, begann Querin zu erklären.
»Eure Körper sind sozusagen zuerst einmal aus Fleisch, Blut und Knochen.
Es gibt dort Organe, Blutgefäße und so weiter.
Diese sind jeweils aus einem bestimmten Gewebe aufgebaut.
All das besteht aus kleinsten Molekülen und diese wiederum

aus ganz verschieden aufgebauten Atomen«, bemühte sich Querin weiter redlich, den Kindern das astrale Reisen zu erklären.
»In einem Atom, sagen wir mal das wären kleine Kugeln, gibt es drei Sorten von noch kleineren Teilchen.
Die nennt man Elementarteilchen und diese sind das kleinste, was überhaupt bekannt ist.
Dazu gehören einmal die Elektronen, die sind in der Hülle der Kugel und dann noch die Neutronen, die sind im Kern.
Dann gibt's auch noch die Protonen, auch diese sind meist im Kern.«
Querin wischte sich den Schweiß aus dem Gesicht und blickte hilfesuchend zu Lucinda, die sich bisher dezent im Hintergrund gehalten hatte.
Diese nickte ihm ermutigend zu und langsam fuhr Querin nun fort.
»Also nochmal, der Körper muss zuerst in seine aller kleinsten Teilchen zerlegt werden, die sogenannten Elementarteilchen.
Je nachdem, wie diese angeordnet sind, so ist dann auch der jeweilige Körper beschaffen. In einem Atom ist zu 99 % gar nichts, also leerer Raum, nur weniger als ein Prozent sind dann diese Teilchen.
Die Sache ist nun die, wenn man auf diese Elementarteilchen schaut, sind sie auch als Teilchen zu erkennen.
Wenn man sich aber von ihnen abwendet, dann werden sie zu Wellen, also zu Licht.
Das machen wir uns beim astralen Reisen zu Nutze.
Ihr müsst zunächst also ganz tief in Euch hineinspüren und alle Teilchen und ihre exakte Position genau wahrnehmen.
Wenn Ihr ganz sicher darin seid und nur dann, könnt Ihr Euch abwenden, und die Teilchen zu Licht werden lassen.
Dann verschwindet Ihr vor den Augen der anderen.
Jetzt müsst Ihr Euch nur noch den Ort und die Zeit vorstellen, wo Ihr hinmöchtet und dort dann die Teilchen ganz genau wieder so zusammensetzen, wie es sich für Euren Körper gehört.
Ich mache es Euch einmal vor.«

Die Zwillinge sahen Querin vor ihren Augen verschwinden und etwa 10 Meter weiter wieder auftauchen.
»Es ist gar nicht so schwer, wie man vielleicht denken würde. Natürlich braucht es viel Zeit und Übung, bis Ihr das beherrschen werdet.
Das Wichtigste ist die richtige Position aller Teilchen, sonst kann es passieren, dass Lia verschwindet und zum Beispiel als rostiger Nagel oder sonst irgendetwas Verrücktes wieder erscheint.
Also dürft Ihr noch so lange nicht verschwinden, bis absolut sicher ist, dass Ihr Eure Körperanordnungen bis ins Kleinste realisiert habt.
Gibt es dazu noch Fragen?«
Es entstand eine kurze Pause, dann schauten sich die Zwillinge in die Augen und prusteten los.
Sie lachten, wie schon lange nicht mehr und fielen dabei sogar auf den Boden. Sie konnten sich ewig gar nicht mehr einkriegen.
Lucinda und Querin sahen sich ratlos an.
Irgendwann, als den Kindern schon die Bäuche vom Lachen wehtaten, stand Finnbar auf und sprach:
»Es tut mir leid Querin, wir tun wirklich alles was wir können.
Aber unser Gehirn könnte sich niemals, und das meine ich auch so, wirklich niemals so etwas umfassendes, wie die Anordnung aller Atome mitsamt ihren Elementarteilchen in unseren Körpern merken.
DAS IST UNMÖGLICH«, sprach Finnbar ganz laut und deutlich.
Lia nickte nur bestätigend dazu.
Querin setzte sich und wirkte jetzt ziemlich niedergeschlagen.
»Ich wünschte so sehr, Soholit wäre hier bei uns.
Er ist auch ein Mensch, so wie Ihr.
Er wüsste, was zu tun ist.
Ich habe ihn einmal genau das Gleiche zu einem anderen Schüler sagen hören und dieser hatte es tatsächlich auf diese Weise gelernt.

Wisst Ihr, wir vom kleinen Volk müssen solche Sachen nicht erlernen. Wir werden schon mit diesen Fähigkeiten geboren. Wenn wir alt genug sind, werden wir von einem nahen Verwandten, der das gleiche Geschlecht hat, in einer sogenannten Tandemreise nur noch eingeführt und an alles erinnert.
Wenn ich ehrlich sein soll, ich weiß nicht, wie ich Euch das astrale Reisen beibringen könnte.
Es wäre aber extrem wichtig, dass Ihr es beherrscht.
Schon allein, um nach Soholit und Quiskan suchen zu können.«
Lange herrschte betretenes Schweigen.
Irgendwann durchbrach Lucinda die Stille:
»Und wenn Du Finnbar einfach zu einer Tandem-Reise mitnimmst.
Ihr seid beide männlich und auch noch sehr nah verwandt.
Was meinst Du?«
»Das Risiko ist groß, stell Dir vor, er käme komplett verändert wieder zurück.«
»Fragen wir ihn doch selbst, wie er dazu steht.« Lucinda sah Finnbar fragend an.
Dieser räusperte sich mehrmals, als ob er zu sprechen beginnen wollte, überlegte sich es aber jedes Mal wieder anders.
»Ach was soll´s, ich möchte ehrlich sein.
Ich bin schon länger total frustriert, dass ich das Traumwandeln nicht erlernen kann.
Jetzt auch noch diese verzwickte Sache mit dem astralen Reisen.
Ich brauche dringend ein Erfolgserlebnis.
Ich bin auf jeden Fall für einen Tandem-Versuch.«
Lia war angstvoll aufgesprungen, »und was soll aus mir werden, wenn Dir etwas passiert?«
Finnbar legte liebevoll seinen Arm um Lia, »ich muss es einfach versuchen, ansonsten sind wir vielleicht auf immer in einer Sackgasse gefangen.
Es erscheint mir als die einzige Möglichkeit.
Ich habe ein gutes Gefühl dabei und dem möchte ich jetzt auch trauen.«

Nachdem Lia verstummt war, übernahm Querin wieder die Führung.
»Also ich würde sagen, wenn es weiter keine Einwände mehr gibt, lasst es uns sofort versuchen.
Es bringt nichts, die Sache noch unnötig weiter aufzuschieben.«
Er sah noch mal jedem fragend ins Gesicht und als kein weiterer Widerspruch kam, bat er Finnbar ganz nah zu sich heran.
»Stell Dich bitte vor mich, Finnbar.«
Er umfasste Finnbar von hinten um die Beine, höher konnte er wegen seiner kleinen Körpergröße nicht kommen und dann verblassten sie auch schon beide vor Lias und Lucindas Augen.
Lucinda setze sich neben ihre Schülerin und nahm tröstend deren Hand in die ihre.
Finnbar war wie berauscht.
Es war ein Wahnsinns-Gefühl, so ganz plötzlich jegliches materielle Gewicht zu verlieren und so frei wie das Licht zu sein.
Es war mit Abstand das Schönste, was er bisher jemals erlebt hatte und er fühlte sich noch dazu wie in seinem Element.
Kurze Zeit später bemerkte er, wie die Schwere des Körpers wieder in seine Wahrnehmung eintrat.
Querin und Finnbar hatten sich gerade an einem entfernten Platz des Waldes erneut materialisiert.
Eilig trat Querin vor Finnbar, betrachtete diesen forschend und fragte dann: »Wie geht es Dir, ist alles bei Dir richtig?«
Finnbar verstand die Sorge seines Lehrers zuerst gar nicht, doch dann kam die ganze Erinnerung zurück.
Nun betrachtete auch er seinen Körper ganz genau.
Er bewegte seine Finger und Zehen und ging ein paar Schritte hin und her.
Er hüpfte sogar mehrmals in die Luft.
»Es scheint alles völlig normal zu sein. Wie sehe ich aus?«, fragte er seinen Lehrer.
»So wie immer«, antwortete dieser trocken.
»Ich glaube, Du hast es gepackt.
Lass es uns zur Sicherheit nochmals versuchen.«

»Und Lia, sie wird sich ängstigen?«
Keine Sorge, wir können auf diese Weise auch in der Zeit reisen.
Diese Art Licht ist frei von Ort und Zeit.
Wenn wir zu den beiden zurückkehren, werden dort nur wenige Sekunden vergangen sein.
Ich schlage vor, wir üben noch ein wenig, bevor wir das freudige Ergebnis verkünden werden.«
Finnbar war einverstanden.
Querin trat erneut hinter ihn und sie wiederholten das Prozedere von eben.
Erneut durchströmte Finnbar die Schwerelosigkeit des Lichts wie flüssiges Gold.
Er fühlte sich unsagbar glücklich und frei.
Urplötzlich verstand er auch ganz tief im Inneren, was Querin ihnen beiden vorher hatte erklären wollen.
Er sah die Anordnung all der verschiedenen Bereiche seines Körpers bis ins Detail und voller Staunen nahm er selbst die kleinsten Teilchenanordnungen der Atome, die ihn als Person ausmachten, wahr.
Es war ganz einfach.
Gerade erschienen sie wieder in ihren materiellen Körpern in der Nähe des Teichs, wo, so erschien es Finnbar, vor Urzeiten der Kampf mit dem Ungeheuer stattgefunden hatte.
Wiederum trat Querin vor seinen Schüler und musterte ihn von Kopf bis Fuß.
»Es scheint alles in Ordnung zu sein«, meldete er.
Finnbar hatte es diese Mal nicht nötig zu überprüfen, ob das wahr war. Er wusste es einfach, denn er fühlte, dass alles am richtigen Ort war, bis auf das kleinste Teilchen.
Querin war sehr erfreut.
»Ich meine, Du könntest es nun einmal allein ausprobieren. Allerdings musst Du den ganz festen Willen aufbringen, Dich von dem Glücksgefühl des Lichts wieder zu lösen und genau hier neben mir wieder in dieser Zeit zu erscheinen.
Meinst du, Du kriegst das hin?«
Finnbar dachte kurz nach.
»Ich denke ja, auch wenn ich am liebsten für immer so schwerelos bleiben würde.

Aber ich möchte Lia so etwas nicht antun.«
»Gut, dann los, ich warte hier und komm mir ja gesund und in einem Stück zurück.«
Finnbar besann sich auf den Atlas seines ganzen Körpers und prägte sich jeden Ort und Konstellation bis auf Kleinste genau ein.
Dann wandte er sich von dem Anblick ab und tatsächlich spürte er, während er vor Querin verblasste, wie sein Körper zu Licht wurde.
Er genoss kurz diesen Zustand und stellte sich dann den Ort und die Zeit von eben, sowie seinen Körper in seiner gesamten Zusammensetzung vor und siehe da, er erschien wieder vor Querin, nur einen Meter davon entfernt, wo er gerade zuvor verblasst war.
»Gut gemacht, Junge.
Lass uns das Ganze noch eine Weile festigen.«
Finnbar verschwand noch viele Male und tauchte immer wieder im Stück an der richtigen Stelle auf.
Querin experimentierte nun noch ein wenig mit Zeitverschiebungen mit Finnbar und als er auch dies bravourös gemeistert hatte, sprach er:
»Jetzt ist es genug.
Wir werden nun wieder bei Lia und Lucinda auftauchen, und zwar genau acht Sekunden nachdem wir vorhin verschwunden sind.
Du zuerst und ich zwei Sekunden später.
Komm auf drei.« Finnbar nickte zustimmend.
»Eins, zwei, drei.«
Finnbar gab sich kurz dem berauschenden Gefühl der Freiheit hin und konzentrierte sich dann auf den richtigen Ort, die richtige Zeit und seinen Körper.
»Finnbar!«
Das Gewicht seiner glücklichen Schwester, die sich ihm sofort an den Hals geworfen hatte, riss ihn fast um.
Neben ihm materialisierte sich gerade Querin.
»Das sind ja ganz famose Neuigkeiten,« sprach Lucinda, die sofort bemerkt hatte, dass Finnbar für sich allein zurückgereist war.
Sie hatte sich ebenfalls erhoben und war, wenn auch etwas

ehrwürdiger als Lia, inzwischen auch zu der Dreiergruppe gegangen.
»Lia, Mensch Lia«, platzte es aus Finnbar heraus.
»Das war mit Abstand das Beste, was ich je erlebt habe.
Du musst das unbedingt sofort auch ausprobieren«, erwartungsvoll sah er Lucinda an.
»Das wird so einfach nicht gehen«, entgegnete Lucinda.
»Die erste Tandemreise kann man nur mit einem ganz nahen Verwandten des gleichen Geschlechts vollziehen.
Du vergisst offenbar, dass ich nicht mit Euch blutsverwandt bin.
Es mag vielleicht ganz Erfahrene von unserem Volk geben, die das auch so vollbringen könnten.
Mir fehlen jedoch leider dafür noch die nötigen Fähigkeiten«, sagte Lucinda schlicht.
Finnbar war wie vor den Kopf geschlagen.
»Das ist aber sehr, sehr traurig«, sagte er und setzte sich langsam hin.
»Gibt es denn gar keine andere Möglichkeit für Lia?«
»Meine Mutter, die Gemahlin von Quiskan ist leider schon vor Jahren von uns gegangen, antwortete Querin.
Deren Mutter, die berühmte Orlana, die auch schon bei dem Wechsel von der Platana zur Erde zugegen war, lebt zwar noch, ist aber wirklich schon unglaublich alt.
Ich weiß nicht, ob sie sich so eine Tandemreise noch zutrauen würde. Sie wäre allerdings die einzige, lebende Verwandte, die dafür noch in Frage käme.
Wenn Lia es möchte, werde ich sie für Morgen hierherbitten und dann können wir ja sehen, wie sie dazu steht.« Er sah Lia fragend an.
»Ja, ich würde unsere Ur-Urgroßmutter sehr gerne einmal kennenlernen.
Alles andere sehen wir dann morgen.«
»So sei es, dann Euch eine angenehme Nacht, wir sehen uns hier morgen, wie gehabt.«
Querin und auch Lucinda, welche den Zwillingen noch kurz: »Und habt auch schöne Träume«, zurief, verblassten und waren alsbald verschwunden.
Finnbar sprach den ganzen Rückweg zum Wohnbaum über

sein Erlebnis beim körperlosen Astralreisen als Licht.
Selbst als sie schon in ihren Betten waren, sprach er Lia wieder und wieder über den Geist an.
Diese musste irgendwann ein wirkliches Machtwort sprechen, um endlich Ruhe zu haben.
Sie hatte ihre eigenen Kämpfe zu kämpfen, denn morgen würde sich entscheiden, ob sie je das astrale Reisen erlernen könnte und ob ihr erster Versuch auch so gut verlaufen würde, wie der von Finnbar.
Sie schlief daher sehr unruhig und träumte immer wieder von riesigen Spinnennetzten, die sie beim Fliegen bedrohten.
Lia wachte ziemlich gerädert und auch schlecht gelaunt auf.
Finnbar war offenbar schon beim Frühstück.
»Bestimmt erzählt er dort schon allen von seinen wundervollen Reiseerlebnissen«, dachte Lia laut und missmutig.
Am Tisch angekommen, erkannte sie jedoch ihren Irrtum, denn Karlao war gerade der Mittelpunkt aller Aufmerksamkeit.
Offenbar hatte eine Elbenfrau gestern ihr Haustier, einen noch sehr jungen Waschbären, verloren und sie war untröstlich darüber.
Sie hatte schon überall nach ihm gesucht und auch die hilfsbereiten Mitbewohner hatten das Bärchen nirgends finden können.
Karlao hatte davon Wind bekommen und fragte der Dame nun Löcher in den Bauch.
Die Fragen kamen allerdings allen recht unsinnig vor, aber höflicherweise wurden sie beantwortet.
Er fragte zum Beispiel: »Was hat das Tierchen als Letztes gegessen, welche Farbe hatten seine Mutter und sein Vater, wie fühlte sich sein Bauch an, was war sein Lieblingsfutter, woher kam seine Kuscheldecke?«, und vieles mehr in dieser Richtung.
Am Ende bat er noch darum, das Spielzeug des Waschbären zu sehen.
Mit dem Spielzeug in der Hand drehte sich Karlao wie wild im Kreis, murmelte unverständliche Dinge und lief dann ohne ein weiteres Wort davon.

Obwohl hier die größtmögliche Toleranz herrschte, so schüttelte der ein oder andere doch den Kopf, denn das Verhalten von Karlao hatte hiermit heute eine neue Dimension erreicht.
Man fuhr mit dem Frühstück fort und Lia setzte sich, wie immer zu Finnbar.
Dieser war heute ziemlich nach innen gekehrt und sprach kaum ein Wort.
Für Lia, die mit sich selbst beschäftigt war, kam das gerade recht. Schweigend, jeder in seine eigenen Gedanken versunken, aßen die Zwillinge und als sie gerade zum Ausbildungsplatz aufbrechen wollten, sahen sie von weitem Karlao zurückkommen.
Er hatte etwas bei sich, das er ganz feierlich vor sich hertrug.
Als er näherkam, erkannte die Dame ihren jungen Waschbären in seinen Armen.
»Ich habe da etwas ganz Schönes, möchtest Du es geschenkt bekommen?«, fragte Karlao mit seinem brillantesten Lächeln.
Dankbar und sehr beeindruckt, nahm die Dame ihren Liebling beglückt wieder an sich.
Im nächsten Moment war Karlao auch schon wieder freudig woandershin unterwegs, denn er hatte auf der Wiese eine besonders ungewöhnliche Blume entdeckt.
Die Zwillinge brachen schweigend in Richtung Ausbildungsplatz auf.
Lia war wegen der bevorstehenden Ereignisse innerlich total in Aufruhr.
Querin und Lucinda waren schon vor ihnen am Platz angekommen.
Auf einem riesigen Sessel saß heute aber noch, wie gestern schon angekündigt, eine weitere, sehr beeindruckende Person.
Der Körper der Ur-Urgroßmutter Orlana erschien auf den ersten Blick zwar schon sehr gebrechlich.
Aber eine Aura von ungewöhnlicher Kraft, die fast zum Greifen war, umgab die eindrucksvolle Erscheinung.
Ihre tiefblauen Augen blickten wach und gütig in Richtung ihrer Urenkel.
»Das ist meine Großmutter Orlana«, stellte Querin, die

ehrfurchtgebietende Matriarchin den Kindern vor.
»Sie war viele Jahre die Anführerin unseres Volkes und hat damals sogar die Umsiedlung von der Platana auf die Erde geleitet.«
Orlana sah Finnbar eine Weile aufmerksam an und sprach dann zu ihm: »Möchtest Du uns nicht erzählen, was Dich heute so bedrückt?«, lieber Finnbar.
Finnbar fühlte sich komplett ertappt und blickte hilfesuchend zu Querin.
Dieser nickte ihm aufmunternd zu.
Da gab sich Finnbar einen Ruck und begann zu erzählen.
»Gestern Abend war ich so glücklich, weil das astrale Reisen mein bestes Erlebnis war, das ich jemals erfahren durfte.
Dann aber in der Nacht hatte ich einen furchtbaren Traum.
Es ging darum, dass Lia genau bei diesem Reisen tödlich verunglückt war.«
Lia zog die Luft scharf ein und sah ihren Bruder erschrocken an.
»Ich möchte keinesfalls, dass Lia etwas zustößt, und würde ihr am liebsten verbieten, diesen Versuch heute mit Dir, verehrte Orlana, zu wagen.
Andererseits hat sie mich gestern, mit den gleichen Ängsten, die ich heute habe, doch auch gehen lassen.
Dieser Kampf in mir, zerreißt mich fast von innen.«
»Und was bekümmert Dich, liebe Lia?«, sprach Orlana nun die Zwillingsschwester an.
»Ich mache mir einerseits große Sorgen, dass ich diese Art von Reisen niemals erlernen könnte.
Andererseits hatte auch ich heute Nacht schreckliche Alpträume.
Ich war im Traum tatsächlich genauso am Reisen, wie Finnbar es mir beschrieben hatte, da wurde ich zuerst von einem sehr, sehr hellen Licht geblendet.
Daraufhin fühlte ich mich von einem riesigen Spinnennetz wie magisch angezogen, obwohl mir klar war, dass die gigantische Spinne darin mein sicherer Tod sein würde.
Jedoch hatte ich nicht die geringste Chance, dagegen anzukämpfen.
Zitternd und schweißgebadet erwachte ich am Morgen und

war total erschlagen.«
Orlana hatte sich erhoben, ihr Gesicht sah sehr besorgt aus.
»Das allerdings sind sehr schlechte Nachrichten mein Kind, denn diese Gefahr könnte eine sehr reale sein.
Ein helles, sehr weißes Licht, sagtest Du?« Lia nickte stumm.
Orlana verfiel eine geraume Zeit in tiefes Grübeln.
Als sie dann erneut zu sprechen begann, hatte sie ihre frühere Zuversicht wiedergewonnen.
»Eure Ängste beschäftigen sich mit offenbar dem gleichen Problem.
Das zeigt mir, wie eng Ihr doch miteinander verbunden seid.
Lia, wenn Du es möchtest, werde ich gerne mit Dir Deine erste Tandemreise durchführen und Dich einiges lehren.
Dir Finnbar verspreche ich, dass ich Deine Schwester wieder heil und in einem Stück zu Dir zurückbringen werde.
Außerdem werde ich sie mit dem bestmöglichen Schutz ausstatten, der im Universum überhaupt erreichbar ist.
Ich schlage vor, dass ihr Euch jetzt beratet und uns dann Eure Entscheidung mitteilt.«
Die Zwillinge brauchten nur einen kurzen Blick auszutauschen und schon teilte Lia den Versammelten ihren Entschluss mit.
»Ich möchte sehr gerne mit Dir reisen, liebe Orlana«, war alles, was Lia dazu zu sagen hatte.
»Sehr mutig von Euch beiden«, Orlana nickte den Kindern anerkennend zu.
»Wir werden es genauso machen, wie Querin und Finnbar am Tag zuvor.
Für diejenigen, die hier warten, werden nur wenige Sekunden verstreichen, bis wir hierher zurückkehren.
Wir beide jedoch, liebe Lia werden einige Zeit miteinander unterwegs sein.
Komm stell Dich vor mich, wir gehen besser sofort los.«
Lia tat, wie ihr geheißen.
Orlana umfasste Lias Beine und schon verblassten die zwei und ließen die anderen allein am Ausbildungsplatz zurück.
Es war genauso, wie Finnbar es beschrieben hatte, nur noch tausend Mal besser.
Lia genoss die Erfahrung in vollsten Zügen.

Die Reisenden tauchten alsbald in einem unbekannten Waldstück wieder auf.
So wie zuvor Querin mit Finnbar, ließ auch Orlana Lia immer wieder üben, bis diese mit Lias Fortschritten ganz zufrieden war.
Lia gefiel das Reisen genauso gut, wie ihrem Bruder.
»So mein liebes Kind, ich glaube, Du hast es verstanden.
Jetzt möchte ich Dir noch eine sehr alte Freundin von mir vorstellen.
Lass uns dazu aber bitte wieder zusammen reisen.«
Kurz darauf materialisierten sie sich an einem höchst wunderlichen Ort.
Lia sah überall nur roten Sand.
Die recht karge Gegend war einzig durch Dünen aus weiterem rötlichem Sand aufgelockert.
Es gab keinerlei Vegetation, bis auf einige gedrungene Flechten, die versuchten, sich am Boden vor der unerbittlich heißen Sonne gegenseitig zu verstecken.
Von weitem näherte sich langsam eine Gestalt.
Sie sah alt und verschrumpelt aus und hatte einen leicht gebückten Gang.
Ihre Bekleidung war mehr als spärlich, doch ihr Körper war trotz des Alters sehnig und gesund.
»Orlana, was für eine große Freude, Dich zu sehen.
Was verschafft mir denn die Ehre und wen hast Du uns denn da mitgebracht?«, sprach die Gestalt, die sich inzwischen als alte Frau entpuppt hatte.
»Liebste Kamila, auch ich freue mich unglaublich, Dich noch einmal wiedersehen zu können.
Das hier ist meine Ur-Ur-Enkelin.
Sie hat heute das astrale Reisen gelernt.
Stell Dir vor, sie hat vorher geträumt, ein sehr weißes Licht hätte sie geblendet und daraufhin sei sie magisch von einem gefährlichen Spinnennetz angezogen worden.«
Kamila zog die Augenbrauen ganz weit nach oben, ihre Augen blickten wachsam.
»Ist es denn wirklich sicher, dass es ein weißes Licht war?«
»Ja, dieses Mal war es weiß, ich war auch sehr erstaunt darüber.

Die Absicht scheint mir allerdings die Gleiche zu sein, wie damals.
Ich möchte Dich um Deinen Schutz für Lia bitten, liebste Kamila.
Meine Enkeltochter ist reinen Herzens.
Sie ist mit ihrem Zwillingsbruder Finnbar in einer sehr wichtigen Mission für uns unterwegs«, entgegnete Orlana
»Nun ja, Du hast mindestens noch einen Wunsch gut bei mir.
Wenn es Dein Wille ist, dann löse ich ihn hiermit ein.
Das muss allerdings unter uns bleiben.
Und noch mal so ganz nebenbei bemerkt«, Kamilla kicherte spitzbübisch, »hatte ich auch schon längst einen Narren an ihr gefressen gehabt, bevor ich wusste, dass sie Deine Enkelin ist.
Sie hat etwas ganz Besonderes an sich, möchte ich mal sagen.«
Orlana nickte wissend.
»Also gut Lia, Du stehst fortan unter meinem persönlichen Schutz und wenn Dein Bruder bei Dir ist, so wird auch er dadurch in Sicherheit sein.
Du wirst das hier aber alles wieder vergessen müssen.
Einen Rat von mir darfst Du jedoch im Gedächtnis behalten.
Suche auf der Erde die Hilfe eines bestimmten Volkes, nämlich der Aborigines, wenn Ihr in Gefahr seid.
Sie werden das letzte höher entwickelte Volk auf diesem Planeten sein, wenn Ihr dereinst wieder zur Erde zurückkehren werdet.
Sie verfügen noch über geheimes Wissen und Riten, die sie Euch lehren können.
Der gut versteckte Ort, an dem sie leben, ist tief in der Wüste Australiens zu finden.
Er ist diesem Gebiet, das Du hier gerade siehst, nicht so unähnlich.
Wenn Ihr einmal gar nicht mehr weiterwisst, wirst Du Dich an meinen Rat erinnern.
Grüße sie von Kamila, dann werden Dir alle Türen offenstehen.
Ich liebe es, von Zeit zu Zeit so zu leben und so auszusehen,

wie sie. Mich verbinden wunderbare Erlebnisse mit diesem weisen Volk.«
Sie kicherte wiederum schelmisch.
»Ich glaube fasst, wir beide werden uns in dieser Form so nicht mehr wiedersehen, liebe Orlana.
Aber Formen haben uns noch nie sonderlich interessiert, was meine alte Freundin?«
Jetzt kicherte auch Orlana.
»Es ist Zeit meine Lieben, ich muss wieder.«
Vor Lias Augen verschwand der ganze rote Sand mitsamt den Dünen und Kamila verwandelte sich von der alten Frau in ein wundervolles, aber unscheinbares goldenes Licht.
Lia war, als würde sie dieses schon seit Urzeiten ganz genau kennen.
Dann flog das Licht hinaus ins Universum und blieb in der Ferne als kleiner, nicht sonderlich heller Punkt am Firmament kleben. Orlanda wedelte mit ihrer zierlichen Hand einmal kurz in der Luft herum und schon vergaß Lia alles, was sie die letzten Minuten erlebt hatte.
Zwei Sekunden später materialisierten sich die beiden wieder am Ausbildungsplatz und wurden von Finnbar, Querin und Lucinda stürmisch und freudig begrüßt.
»Es war genauso wunderbar, wie Du es beschrieben hast, Finnbar«, Lia lag ihrem Bruder, vor Glück bebend, in den Armen. Finnbar wirkte sichtlich erleichtert und brauchte noch einen Moment, um sich zu fassen und um zu verdauen, dass alles so gut gelaufen war.
Querin hob bedächtig seine Hand, woraufhin die Zwillinge allmählich verstummten.
»Nachdem Ihr diese wichtige Hürde genommen habt, ist es endlich Zeit geworden, mit Euch näher über das Verschwinden von Soholit und Quiskan zu sprechen.
Aus unseren regelmäßigen Berichten wisst ihr ja schon, dass die beiden bislang noch nicht zu finden waren.
Was ich noch nie so direkt ausgesprochen habe ist, dass wir tatsächlich mit unserem Latein am Ende sind.
Keiner, aber auch keiner hat bislang nur die geringste Spur Eurer Lehrer entdecken können.«
Die weise Orlana bestätigte nickend die Aussage ihres

Enkels.
»Wir hatten gehofft, dass vielleicht Ihr mit frischen Ideen und Eurem jugendlichen Schwung, uns bei der Suche irgendwie weiterhelfen könntet.
Wenn auch das nichts bringen sollte, so befürchte ich, dass wir die Nachforschungen schon sehr bald erfolglos abbrechen müssen.« Querin war sehr leise geworden.
Die Zwillinge waren überrascht.
Einerseits wegen der Ernsthaftigkeit der Situation und andererseits wegen der Hoffnungen, die allgemein in sie gesetzt wurden.
»Wo habt Ihr denn bis jetzt schon gesucht?«, fragte Finnbar
»Frag mich lieber, wo wir noch nicht nachgeschaut haben. Da hätte ich eine kurze Antwort: Ich glaube nämlich nirgends.« Verzagt ließ Querin seinen Kopf hängen.
»Das ist allerdings sehr, sehr schlimm«, entgegnete Lia mit bekümmerter Miene.
»Es macht wohl kaum Sinn, jetzt einfach nochmals überall aufs Geratewohl hinzureisen und die gleichen Stellen wiederum zu kontrollieren, wo Ihr vielleicht zuvor schon mehrfach gewesen seid.
Daher schlage ich vor, dass Finnbar und ich uns für heute zurückziehen und eine andere, für uns altbewährte Methode ausprobieren werden.«
Finnbar schaute nicht unbedingt sehr wissend drein, denn er hatte, genauso wie die anderen drei auch, überhaupt keine Ahnung, was Lia wohl damit meinen könnte.
»Gut, dann hoffen wir, dass Eure Methode, etwas mehr Licht ins Dunkel bringen wird.«
Trotz des Ernstes der Lage brachte es Querin noch fertig, Finnbar, dessen Mund vor Überraschung immer noch offenstand, ein wenig schelmisch zuzuzwinkern und demonstrativ seinen eigenen Mund zu schließen.
Finnbar errötete leicht und schloss dann ganz dezent den seinen.
»Bevor wir uns heute verabschieden, noch bitte auf ein ernstes Wort, liebe Kinder.«
Orlana hatte sich wieder von ihrem Sessel erhoben.

»Ich habe Lia mit einem hoch effektiven Schutz versehen und dieser erstreckt sich auch auf Dich, lieber Finnbar, solange Du mit Lia zusammen bist.
Aber merkt Euch eines unbedingt: Dieser Schutz wirkt nur, solange Ihr reinen Herzens seid und Eure Taten zum Wohle aller geschehen.
Daher übt Euch unbedingt weiterhin emsig in den Regeln der Krieger des Lichts.
Wenn Ihr danach handelt, dann kann Euch gar nichts passieren.
Aber habt Acht!
Solltet Ihr jemals von diesem Pfad abweichen und egoistisch handeln, sei es für Euch selbst oder auch nur für eine bestimmte Gruppe, dann erlischt dieser Schutz sofort.
Lasst es bitte nie so weit kommen, denn Ihr geht einen höchst gefährlichen Pfad.
Mächte von höchstem Einfluss sind offenbar bereits auf Euch aufmerksam geworden.
Ich werde, solange ich kann, hin und wieder im Geiste nach Euch sehen.
Ich bin wirklich sehr froh, Euch in unserer Familie zu haben.
Und nun lebt wohl meine Lieben.«
Orlana, Querin und Lucinda verblassten langsam.
Nachdenklich gingen die Zwillinge mit einer Gruppe von Elbenkriegern alsdann in deren Territorium zurück.

Wer hätte das erwartet?

Es war noch etwas Zeit bis zum gemeinsamen Mittagsmahl. Daher schlenderten die Geschwister noch eine Weile ziellos in der wunderbaren Welt der Elben umher.
Lia konnte sich nie an den kleinen bunten Wesen mit ihren goldenen Flügeln sattsehen, die wie Insekten herumflogen, aber in Wirklichkeit ganz kleine Feen waren.
Finnbar gefielen die vielen verschiedenen herrlichen Düfte in dieser Welt außerordentlich.
Im Moment war er besonders vom Geruch frisch gebackenen Brots begeistert.
In Vorfreude auf das kommende Mittagsmahl fragte er Lia: »Was genau hast Du mit „die, für uns altbewährte Methode ausprobieren" eigentlich gemeint?
Hast Du da nicht mehr in Aussicht gestellt, als wir später auch halten können?«
»Ich glaube nicht«, entgegnete Lia.
»Erinnerst Du Dich noch, als wir nicht wussten, ob wir unsere Ausbildung weiterführen sollen?
Da haben wir doch einfach die Frage ans Universum abgegeben und eine eindeutige Antwort erhalten.«
Finnbar war sprachlos, »Du glaubst doch nicht wirklich, dass wir einfach fragen: Wo sind Soholit und Quiskan und dann kommt so eine Art Karte vom Himmel gefallen, in der der genaue Standort eingetragen ist? Das kann doch wohl nicht Dein Ernst sein?
Du hast uns ja total vor den anderen blamiert.«
Lia war beleidigt.
Aber langes Schmollen war nicht ihr Ding und so wandte sie sich kurz darauf wieder an ihren Bruder.
»Glaubst Du, nur die komplizierten und anstrengenden Wege können die richtigen sein?
Warum sollte es nicht auch einfach gehen?
Ich nehme nicht an, dass tatsächlich eine Karte vom Himmel fallen wird. Aber wir könnten es doch einfach mal versuchen. Was haben wir schon zu verlieren?«
Finnbar war froh, dass Lia wieder mit ihm sprach und

entgegnete halb scherzend: »Na gut, aber erst nach dem Mittagsmahl.«
Lia lachte und entgegnete: »Natürlich nach dem Essen, ich brauche doch einen entspannten Kompagnon für unseren Versuch.«
Lachend rannten die Kinder zur Tafel, die schon reich mit den köstlichsten Speisen gedeckt war.
Es gab das wundervoll aromatische Brot, das Finnbar vorhin schon gerochen hatte, köstlichen Blütennektar zum Trinken und verschiedenen Pudding aus Getreide, Nüssen und Honig. Tierische Produkte gab es bei den Elben weder zu essen, noch wurden sie für irgendetwas anderes verwendet.
Das wäre völlig gegen ihr Verständnis des Miteinander von Menschen, Elben und Tieren gewesen.
Selbst bei Pflanzennahrung verlegten sie sich auf solche, die freiwillig, wie zum Beispiel Samen, Obst oder Nüsse, von den Pflanzen gegeben wurden.
Nur beim Honig machten sie eine kleine Ausnahme.
Die Bienen hatten ein Abkommen mit den Elben und genossen im Austausch für einen kleinen, für sie entbehrlichen, Teil des Wintervorrats von ihrem Honig den Schutz des Elbenvolkes.
Nachdem die Geschwister endlich fertig waren, Lia schien am Ende ungeduldig jeden weiteren Bissen in Finnbars Mund zu missbilligen, entschlossen sich die Zwillinge mit ihrem Projekt zu beginnen.
Finnbar hätte zwar noch eine Weile weiteressen können, gab sich aber unter den ungeduldigen Blicken von Lia letztlich geschlagen.
»Gut, dann lass uns loslegen«, sprach er grinsend zu seiner Schwester, »sonst ersticke ich noch an irgendeinem Bissen.« Er lachte fröhlich.
Sie wollten sie sich zuerst ein Stück von dem allgemeinen Versammlungsort entfernen und dieses Mal ihre Bitte nach Informationen über den Verbleib ihrer Lehrer dort im Stillen und jeder für sich ans Universum senden.
Gesagt, getan.
Der Wunsch war bereits von beiden, unhörbar für andere, ins Universum gesendet worden.

Sie waren daraufhin kaum ein paar Schritte weitergegangen, da hörten sie hinter sich das aufgeregte Stimmchen von Karlao.
»Huhu Finnbar, warte mal. Schau mal, was ich hier wirklich Wundervolles habe.«
Er hielt das Amulett von Finnbars Mutter mit einer Miene, als ob er selbst eine wunscherfüllende Fee in Person wäre, strahlend vor das Gesicht des Jungen.
»Möchtest Du es geschenkt bekommen?«, fragte er munter.
Finnbar war überhaupt nicht in Stimmung für diese Art von Spielen und reagierte nicht so, wie Karlao es sich erhofft hatte.
»Was ist denn mit Dir los?
Ich dachte, das sei das einzige Erbstück, was Dir von Eurer verstorbenen Mutter noch geblieben ist?«
Die Zwillinge sahen sich überrascht an.
»Das hast Du Dir gemerkt?«
Lia sah Karlao nachdenklich an.
»Hör mal, wie hast Du das übrigens gestern gemacht, als Du als Einziger den kleinen, vermissten Waschbären finden konntest?«
Karlao betrachtete Lia, als ob sie ihn gefragt hätte, ob er schon jemals einen Elben gesehen habe.
Freundlich, aber ganz langsam und deutlich antwortete er ihr so, als ob sie geistig etwas zurückgeblieben wäre:
»I n d e m   i c h   d e n   F u ß a b d r ü c k e n   f o l g t e.«
»Karlao, da waren auf dem Erdboden überhaupt keine Fußabdrücke zu sehen oder denkst Du, dass dann nicht irgendjemand anderes auch das Bärchen hätte finden können?«, entgegnete Lia.
»Doch nicht auf dem Fußboden, Du Dummerchen«. Karlao war es schon wieder leid geworden, so langsam zu sprechen.
»Ich rede von dem astralen Fußabdruck.
Den kann man gar nicht verfehlen.
Jedes Wesen hat da einen ganz individuellen.«
Ein ganz kleines bisschen verdrehte Karlao, bei so viel Einfältigkeit der Kinder, nun doch die Augen.
»Gut, noch einmal, damit wir Dich auch richtig verstehen.
Du könntest also anhand des astralen Fußabdrucks jedes

Wesen wiederfinden?«
»Ja natürlich, was denkt Ihr denn?«
»Und warum hast Du Dich dann nie angeboten, bei der Suche nach Soholit und Quiskan zu helfen?«, fragte Lia streng.
Karlao hatte offenbar jetzt den Glauben an die Zurechnungsfähigkeit der Zwillinge komplett verloren. Er schüttelte mitleidig den Kopf, murmelte noch so etwas Ähnliches wie: »Mein Gott diese armen Kinder«, und schickte sich danach an, wieder nach einer interessanteren Beschäftigung zu suchen.
Hatte er da nicht eben auf der Wiese ein ganz besonders wunderbares Insekt gesehen?
Lia hielt ihn an seiner Jacke fest, »Bitte Karlao warte noch einen Moment.
Warum also hast Du nun nicht beim Suchen geholfen?«
Ein ganz kleines bisschen genervt antwortete Karlao: »Ich werde doch den zweien nicht ihr Versteckspiel verderben. Offenbar haben sie sehr viel Spaß daran, sonst wären sie doch schon längst wieder herausgekommen.«
Die Kinder verstanden Karlao noch immer nicht.
Dieser versuchte nun direkter zu werden, »warum soll ich jemanden suchen helfen, der gar nicht weg ist??« Er betonte die Frage ganz besonders.
Nachdem die Zwillinge wiederum keinerlei Anzeichen gaben, dass sie ihn verstanden hatten, fasste Karlao mitfühlend den Entschluss, noch einen letzten Versuch mit den beiden, »etwas Zurückgebliebenen« zu wagen.
»Kommt mit, ich zeige es Euch.«
Schnell hüpfte er in Richtung des Ausbildungsplatzes voraus.
Die Zwillinge folgten ihm ungläubig.
Sie glaubten wirklich nicht, dass diese verrückte Idee überhaupt etwas bringen könnte.
Ungefähr 500 Meter vom Platz entfernt, blieb Karlao abrupt stehen, deutete in die leere Luft und sprach:
»Bitte schön, da sind sie doch.
Es ist mir sowieso ein Rätsel, wieso sie während so einer langen Zeit noch keiner der anderen Mitspieler da oben entdeckt hat.«

Etwas leiser murmelte er noch, »bei uns auf Osiria wäre uns keiner mit so einem klobig simplen Trick beim Versteckspiel durchgekommen.«
Lia entschloss sich, einfach ganz ehrlich zu sein:
»Danke lieber Karlao.« Gnädig sah dieser die kleine »Zurückgebliebene« an.
»Leider können meine Augen Soholit und Quiskan nicht erkennen und Finnbar geht es genauso.«, dieser nickte ein wenig übertrieben mit dem Kopf, damit Karlao es ja auch verstehen würde.
»Jetzt wollt Ihr mich aber auf den Arm nehmen?«, fragte Karlao misstrauisch, blickte aber gleichzeitig auch sehr mitleidig in Richtung des, offenbar sehr minderbemittelten, Finnbars.
»Nein, das ist die absolute Wahrheit. Ich nehme mal an, dass kein anderer außer Dir sie sehen kann und wahrscheinlich können sie sich auch nicht mehr sichtbar machen, sonst hätten sie bestimmt alle schon längst das Spiel beendet.«
Einen Versuch war es ja wert, dachte sich Lia und tat so, als würde sie Karlao tatsächlich Glauben schenken.
Dieser dachte sich etwas Ähnliches und überlegte, was er tun könnte, um den »armen Blinden« das Sehen zu ermöglichen.
»Was hätte meine Großtante Giseao an meiner Stelle jetzt wohl hier getan?«, fragte sich Karlao im Stillen.
Die alte Tante Giseao war nämlich für ihn der Inbegriff von Weisheit.
»Einen kleinen Moment bitte, ich muss noch überlegen«, sagte er wieder ziemlich langsam und deutlich zu dem Geschwister-Paar.
Dann schien er eine Eingebung zu haben.
Mit weit aufgerissenen Augen, damit er sich der Aufmerksamkeit der zwei »Armen« gewiss sein konnte, artikulierte er so deutlich es ihm mit seinem kleinen Mund möglich war, eine Botschaft und hoffte inständig, von den Kindern auch verstanden zu werden:
»Ich«, dabei zeigte er mehrmals mit dem Finger auf sich, »gehe jetzt zu den beiden nach oben«, er deutete mit noch weiter aufgerissenen Augen nach oben in die leere Luft.

Die Kinder bemühten sich, einfach nur still sitzen zu bleiben und ganz normal zu gucken.
Sie kamen sich allerdings vor, als hätten sie es mit einem komplett Durchgedrehten zu tun.
Karlao fuhr fort, »ich muss erst die beiden Mitspieler fragen, ob es Ihnen recht ist, dass ich sie an Euch und die anderen verrate.
Je nachdem wie die Antwort ausfallen wird, sehen wir weiter.
Ihr bleibt derweil hier sitzen«, er zeigte jetzt erst auf Finnbar, dann auf Lia, dann auf sein eigenes Gesäß und dann sehr eindringlich auf den Boden, wo die Kinder saßen.
»Ich werde dazu kurz weg sein, ihr bleibt bitte unbedingt hier, bis ich zurückkomme.
Ich möchte nicht daran schuld sein, wenn Euch hier etwas passiert. H a b t I h r d a s v e r s t a n d e n ?«, rief er so laut er konnte und versuchte dabei seine Mundbewegungen so deutlich, wie möglich ausfallen zu lassen?
Die Kinder nickten sicherheitshalber auch recht übertrieben zurück.
»Wie traurig, wie traurig, was es alles Schlimmes auf der Welt gibt, die armen Kinder«, hörten sie Karlao noch murmeln und dann verschwand er vor ihren Augen.
»Wenn Du mich fragst, der ist doch völlig durchgeknallt«, flüsterte Finnbar leise seiner Schwester zu.
Diese nickte grinsend.
»Stimmt, aber wir haben sowieso nichts Besseres vor und das hier werden wir bestimmt nicht so schnell vergessen.«
Beide versuchten krampfhaft, das, schon die ganze Zeit unterdrückte, Lachen, mit Macht zurückzuhalten.
Und dann geschah das Unerklärliche.
Karlao tauchte nach etwa 5 Minuten mit ernster Miene wieder auf, hektisch zischte er, »kommt sofort her und helft mir.«
Der Ton ließ keine weiteren Fragen zu.
Binnen Sekunden standen Lia und Finnbar an seiner Seite.
»Helft mir ziehen.«
Er drückte ihnen ein unsichtbares Seil in die Hand.
Wenn sie nicht genau gespürt hätten, dass es sich um ein Seil

handeln musste, so hätten sie Karlao wieder nicht geglaubt, denn das Seil war für sie absolut nicht zu sehen.
»Ich hätte nicht gedacht, dass es den zweien so schlecht geht.
Wir brauchen sofort weitere Hilfe.
Lia kannst Du bitte im Geiste Querin und noch einige Helfer herrufen. Es ist sehr dringend.«
Lia tat, wie ihr geheißen, dann zog sie weiter mit den anderen aus Leibeskräften an dem Geisterseil.
Schon waren Querin, Lucinda und noch einige andere zur Stelle.
Karlao fasste nun für alle zusammen.
»Soholit und Querin hängen dort oben schon, seit sie damals verschwunden sind.
Ich dachte das Ganze wäre ein Versteckspiel und wollte ihnen die Freude nicht verderben.
Daher tat ich immer so, als ob ich sie auch nicht sehen könnte.
Das war aber ein Trugschluss.
Man hat die beiden gelähmt. Sie können sich gar nicht mehr bewegen oder sprechen.
Außerdem wurde ihr Aussehen komplett der äußeren Umgebung angepasst.
Daher konnte sie keiner außer mir sehen.
Uns Osiriaten kann man nicht so leicht täuschen, wir sehen immer das, was wirklich ist.
Naja fast immer«, fügte er noch mit einem Seitenblick auf die Zwillinge hinzu.
»Bei Euch zweien dachte ich, dass Ihr wirklich ein wenig, naja schwachsinnig oder geistig unterentwickelt seid.« Er zwinkerte Lia und Finnbar zu.
»Auf jeden Fall habe ich von Geist zu Geist Kontakt zu Soholit aufnehmen können. Es steht sehr schlecht um seinen Körper.
Nur durch ein Wunder konnte er seinen Stoffwechsel so weit herunterfahren, dass er noch nicht ganz verdurstet oder verhungert ist. Aber es steht auf Messers Schneide mit ihm.
Quiskans Geist hat offenbar unter der Einsamkeit enorm gelitten.

Ich konnte ihn überhaupt nicht mehr erreichen.
Vielleicht ruft Ihr auch noch die weise Orlana, alle verfügbaren Heiler und einige Elben mit Wasser und Nahrungsmitteln her.
Wir anderen müssen versuchen, den Lähm-Zauber zu brechen.
Ich habe ein starkes Seil, das ich in ihren Sachen gefunden hatte, an den beiden befestigt und hoffe, wenn sie den Boden berühren, dass dann die Verwünschung aufgelöst wird.«
Nach und nach traf weitere Verstärkung ein und inzwischen saß auch Orlana auf ihrem Sessel in der Nähe des Geschehens und verfolgte auf, die ihr eigene ehrfurchtgebietende Art, still den weiteren Verlauf des Geschehens.
Unter Aufwendung aller magischen und auch der vorhandenen Muskelkräfte der anwesenden Helfer schaffte es die Gruppe gemeinsam, die Vermissten auf den Boden zu bringen.
Dort wurden sie, wie von Karlao vermutet, für jeden wieder sichtbar.
Es dauerte aber noch bis zum frühen Morgen bis der Lähm-Zauber von ihnen gelöst werden konnte.
Zuvor hatten die Heiler schon angefangen über eine dünnes, sehr langes Röhrchen Soholit Honigwasser in kleinen Portionen einzuflößen.
Anfangs konnte er nicht schlucken und die Helfer ließen das nahrhafte Wasser direkt in seinen Magen fließen.
Er war ganz fürchterlich abgemagert und sah fast so verschrumpelt wie eine ägyptische Mumie aus.
Nachdem der Lähm-Zauber endlich von den zweien abgefallen war, konnte Soholit wieder selbständig schlucken.
Dadurch wurde die Prozedur, ihm kleine Mengen von weiterem Honigwasser zu verabreichen, für alle einfacher.
Quiskans Körper schien zwar äußerlich unversehrt, denn er benötigte ja keine Nahrung und Flüssigkeit, so wie Soholit.
Aber er war leider überhaupt nicht mehr ansprechbar. Es war, als hätten sie nur seine leere Hülle geborgen.
Er wurde in einen separaten und ganz geschützten Genesungsbereich gebracht.

Auch Soholit benötigte noch Betreuung, es reichte aber aus, ihn in einen öffentlichen Teil des Genesungsortes der Elben zu bringen.
Alle waren sehr müde und auch Karlao schickte sich deshalb still an, die Gemeinschaft jetzt zu verlassen.
»Hab tausend Dank, lieber Karlao«, sprach ihn Orlana freundlich an.
Dieser drehte sich kurz um, »dankt nicht mir, dankt lieber den zwei Kindern«, entgegnete Karlao und wollte nun wirklich gehen.
Finnbar rannte zu ihm und sprach: »Vielen, vielen Dank auch noch mal für das Amulett, ich habe mich sehr über dieses wundervolle Geschenk gefreut.«
Über Karlaos Gesicht breitete sich sein gewohntes Strahlen aus, verschmitzt antwortete er: »Aber immer gerne doch.« Schelmisch lächelnd drehte er im Gehen noch kurz seinen Kopf so in die Richtung der Kinder, dass die Zwillinge die goldene Spange Lias in seinem Haar aufblitzen sehen konnten.
Das junge Mädchen winkte ihm mit offenem und im Wind wehendem Haar noch so lange freundlich zu, bis er am Horizont verschwunden war.

Ein langer Weg zurück

Nach der großen Rettungsaktion hatte das normale Leben wieder begonnen.
Die Kinder gingen daher morgens, wie gehabt, zum Unterricht.
Viel Lob hatten sie von ihren Lehrern für die simple, aber wirksame Methode, einfach das Universum bei der Suche nach den beiden Vermissten um Hilfe zu bitten, geerntet.
Und viel gelacht wurde auch über das Missverständnis, das es zwischen den Zwillingen und Karlao gegeben hatte.
Aber dann hatte der Alltag sie endlich wieder.
Neue Kampfkünste, weiteres Reisen, Wahrnehmen und in ein bis zwei Monaten sollte nun auch noch die eigene Verwandlung dazu kommen.
Darauf freuten sich die Zwillinge schon sehr.
Heute ging es aber nochmals ums Traumwandeln.
Durch das astrale Reisen hatte sich deren Unterbewusstsein um einiges geweitet und sie waren jetzt auch schon alle beide im Traumwandeln sehr gut geworden.
Diese Methode, so hatte Lucinda ihnen erklärt, konnte sehr wichtig sein, wenn man beabsichtigte, dass der Körper schlafend an Ort und Stelle bleibt und man trotzdem unterwegs sein wollte.
In Gefangenschaft beispielsweise, wo astrales Reisen manchmal durch einen Schutzwall oder Fesseln verhindert würde, wäre das eine gute Alternative.
Offenbar war die Kunst des Traumwandelns noch nicht so allgemein bekannt, wie das astrale Reisen.
Das leuchtete den Kindern zwar ein, aber das mit dem Gefangennehmen erschien ihnen dann doch ein wenig weit hergeholt.
Täglich nach dem Mittagsmahl gingen die Kinder jetzt zum Genesungsort der Elben, um dort Soholit und Quiskan zu besuchen.
Soholit machte gute Genesungs-Fortschritte.
Er konnte sich jetzt schon auf seinem Lager aufsetzen und führte lange Gespräche mit den Zwillingen.
Er ließ sich wieder und wieder alles erzählen, was während

seiner Abwesenheit passiert war und fragte die Kinder stets aufs Neue nach deren Alpträumen vor Lias erster astraler Reise aus.
Er hoffte wohl auf ein, bisher übersehenes wichtiges Puzzleteil zu stoßen, das es ihm möglich machen würde, das Ganze zu verstehen.
Er konnte sich nicht helfen, aber genau diese Träume erschienen ihm als ein ganz wichtiger Schlüssel, alles bisher Geschehene richtig einordnen zu können.
Er selbst konnte überhaupt nichts Erhellendes dazu beitragen, wer ihn und Quiskan gelähmt und verzaubert hatte und wieso.
Es war alles unglaublich schnell und lautlos vonstattengegangen.
Er konnte sich nur noch daran erinnern, dass er sich plötzlich nicht mehr bewegen konnte und dort in der Luft hing, wo sie seinerzeit gefunden worden waren.
Gott sei Dank hatte sich die Lähmung nicht auch auf die inneren Organe ausgewirkt, sodass er zumindest noch atmen konnte.
Für heute war der Besuch lange genug gewesen und Soholit, der noch immer leicht ermüdete, legte sich erschöpft in seine Kissen zurück.
Anschließend schauten sie, wie immer, auch bei Quiskan herein.
Finnbar war es nie sehr wohl dabei, wenn sie Quiskan besuchen gingen.
Dieser lag stets völlig teilnahmslos auf seinem Lager und hätte auch ohne Weiteres als eine Spielzeugpuppe durchgehen können.
Das war Finnbar total unheimlich. Daher hatte er immer eine Ausrede parat, um den Raum möglichst schnell verlassen zu können.
Heute murmelte er etwas davon, dass er vollkommen vergessen hatte, seinen neuen Bogen ordentlich wegzuräumen.
Seit kurzem bekamen die Zwillinge nämlich auch Unterricht in der Kunst des Bogenschießens.
Angar war nicht nur ein hervorragender Lehrer dafür, er war

auch, so wie alle Elben, unübertroffen gut darin.
Als Finnbar sich eilig zurückgezogen hatte, bemerkte Lia den Sessel von Orlana in einer versteckten Ecke des Genesungsraumes.
Die Geschwister hatten Orlana schon manches Mal an Querins Genesungslager getroffen.
»Komm setz Dich ein wenig zu mir und leiste mir ein bisschen Gesellschaft, liebe Lia«, sprach sie das Mädchen jetzt in ihrer freundlichen Art an.
Lia setzte sich auf einen freien Stuhl neben Orlana und hing eine Weile ihren eigenen Gedanken nach.
»Vielleicht ist das der Grund, warum ich so alt werden durfte«, begann Orlana nach einer geraumen Zeit zu sprechen.
»Ich glaube, ich bin die Einzige, die die Kraft besitzt, Quiskan jetzt noch so tief in seinem Inneren zu erreichen.
Aber er will nicht wieder herauskommen.
Das alles hier ist sehr traurig, sehr, sehr traurig«, sprach Orlana weiter.
»Warum will er denn nicht wieder herauskommen?«, fragte Lia überrascht.
»Er hält den ganzen Kampf für sinnlos und ist sich sicher, dass wir alle sowieso dem Untergang geweiht sind.
Das miterleben zu müssen, ginge über seine Kräfte.
Darum hat er sich entschlossen, lieber freiwillig schon vorher zu gehen.
Nicht mehr lange, dann hat er das auch geschafft.
Er liegt im Sterben, liebe Lia.«
»Wenn ich irgendetwas tun kann?«, fragte Lia schüchtern.
»Ich hoffe Du kannst, denn ich bin gerade am Ende mit meinen Ideen.
Nicht einmal mehr zwei Tage und er wird die Schwelle zwischen Leben und Tod überschritten haben.
Dann kann auch ich ihn nicht mehr erreichen«, bekümmert verstummte die weise Frau.
»Vielleicht fällt Dir ja etwas ganz Simples ein, so wie damals, als Du Soholit und Quiskan mit Finnbar und Karlao zusammen gefunden hast?«
»Ich werde darüber nachsinnen und morgen wieder zu Dir

und Quiskan hierherkommen«, versprach Lia.
»Darf ich Dich mal etwas ganz anderes fragen, weise Orlana?«
»Aber selbstverständlich mein liebes Kind.«
»Wie hast Du das gemacht, dass Du so alt werden konntest?«, fragte Lia mit Ehrfurcht in ihrer Stimme.
»Oh, das Altern«, erwiderte Orlana.
»Das ist so eine Sache.
Als Erstes solltest Du wissen, dass jedes Ding, das einen Anfang, also zum Beispiel eine Geburt hatte, auch wieder ein Ende haben wird.
So wird das auch bald mit mir geschehen.«
Sie hob die Hand, um Lias Einwände im Keim zu ersticken.
»Ich bin bereit dafür, ich freue mich auf einen langen, ruhigen Schlaf oder aber auch vielleicht auf viele neue Abenteuer in einer anderen Form.
Was ich sagen wollte ist, dass sich das Altern nicht gänzlich aufhalten lässt.
Das liegt an dem sogenannten „Entropiegesetz".«
»Woran?«, warf Lia gerade ein.
»Ich schlage folgendes vor, Du lehnst Dich zurück und hörst mir erst einmal aufmerksam zu und solltest du am Ende immer noch Fragen haben, so wird dann später Zeit dafür sein, ja?«
Lia war errötet und nickte jetzt zustimmend.
»Also wo waren wir gleich stehengeblieben, ach ja das Entropiegesetz.
Dieses Naturgesetz besagt, dass alle Teilchen danach streben, sich möglichst unordentlich im Raum zu verteilen.
Unsere Körper sind für dieses Bestreben der Teilchen viel zu ordentlich.
Also wird sich der physische Leib irgendwann wieder in winzige Staubkörnchen verwandeln und später in noch kleinere Teilchen, die überall schön unordentlich herumfliegen können.
Das heißt übersetzt, der Körper altert, stirbt und zersetzt sich dann.
Solange das Wesen noch lebt, wird also sehr viel Energie benötigt, um die Teilchen in der Ordnung des Körpers

halten zu können.
Diese Energie muss der Körper selbst aufbringen.
Und es braucht, wie gesagt, wirklich eine ganze Menge Kraft dafür. Deshalb kommt es darauf an, seinen Körper dabei bestmöglich zu unterstützen.
Man muss ihn also sehr gut behandeln. Das heißt, man darf ihn nicht vergiften.«
Jetzt sah Lia überrascht auf.
»Gift ist nicht nur ein Pulver oder Ähnliches, das man schluckt und dann vergiftet wird.
Gift befindet sich mehr oder weniger in jeder stofflichen Nahrung.«
Nachdem Lia immer noch nicht überzeugt aussah, änderte Orlana ihre Strategie.
»Pass auf ich erkläre es Dir nochmals anders. Sagen wir einmal, Ihr habt ein leckeres Mahl bei den Elben gegessen. Dann müsst Ihr Euch danach doch auf die eine oder andere Weise erleichtern, oder?
Beim Menschen filtern unter anderem die Haut, der Darm und die Nieren die Gifte aus der, zu sich genommenen, Nahrung heraus.
Dadurch kann der Mensch anschließend die Gifte als Schweiß, Stuhlgang oder Urin wieder ausscheiden.
Diese Gifte hinterlassen jedoch trotzdem ihre Spuren im Körper und schwächen diesen im Laufe der Zeit immer mehr.
Wenn dann auch noch ein Mensch absichtlich schlimmere Gifte, die nun wirklich nicht zur Nahrung gehören, wie zum Beispiel Rauschgifte oder sogenannten Alkohol zu sich nimmt oder aber auch in einer vergifteten Luft atmen muss, dann geht das Altern viel, viel schneller.
Das Volk der Elben wird auch schon sehr alt, aber längst nicht so alt wie wir.
Das liegt daran, dass die Elben noch stoffliche Nahrung zu sich nehmen.
Allerdings ist deren Nahrung gute stoffliche Nahrung.
Sie essen keinerlei tierisches Eiweiß und auch nur solche Pflanzen, die sich ihnen gerne schenken und die Freude am Wachsen in einer schönen Umgebung hatten.

Daher nehmen die Elben viel weniger Gifte als zum Beispiel die Menschen, zu sich.
Ein weiterer Punkt für schnelles Altern ist es, sich ständig Sorgen zu machen.
Die Elben leben in einer wundervollen, friedlichen Atmosphäre und in einer intakten Natur.
Dadurch unterstützen sie ebenfalls den Kräftehaushalt ihres Körpers sehr.
Ein Wesen, das andauernd grübelt, nachdenkt, sich sorgt oder vor allem auch im Stress lebt, verliert stetig an Kraft und wird deshalb schon viel früher seinen Körper wieder hergeben müssen als etwa die Elben.
Unser kleines Volk und auch andere ähnliche Völker, die ich aus dem Universum noch kenne, haben das Verzehren von stofflicher Nahrung auch wegen der Gifte darin, komplett aufgegeben.
Sie ernähren sich, ähnlich wie die Pflanzen, nur noch von Licht.
Dieses Licht hinterlässt keine Gifte im Körper und ist stets genügend verfügbar.
Solche Völker können daher noch sehr viel älter werden.
Aber auch sie müssen irgendwann ihren Körper, der immer nur geliehen ist, wieder zurückgeben.
Achte also stets darauf, was Du zu Dir nimmst und womit Du Dich umgibst.
Welche Nahrung isst Du, wo lebst Du, mit welchen Wesen umgibst Du Dich, was tust Du für Dich, um ein erfülltes Leben zu führen? Wie sieht die Natur aus, in der Du lebst?
Hast Du überhaupt noch genügend Kontakt zur Natur?
All das sind sehr wichtige Fragen, wenn Du das Altern verlangsamen möchtest.
Auch ein kreatives Hobby kann hilfreich sein, aber auf jeden Fall sollte Dir Dein tägliches Tun Freude bereiten.
Nicht zu unterschätzen ist das Bedürfnis eines Körpers nach Bewegung, also Sport ist auch sehr wichtig.
Ein letzter wichtiger Punkt bei der Lebensspanne ist noch der höhere Wille.
Selbst ein Wesen, das Gifte zu sich nimmt, kann ganz alt werden, wenn das Göttliche es so für es plant.

Und auch ein noch so gesund lebendes Geschöpf kann früh sterben, wenn sich sein Schicksal bereits früher erfüllt hat.«
Orlana legte eine kurze Verschnaufpause ein.
»Ich fasse es nochmal für Dich in Kürze zusammen«, fuhr sie nun weiter fort.
»Von folgendem hängt ab, wie alt man werden kann:
1. vom höheren Willen
2. von einer gesunden Ernährung, möglichst ohne tierische Eiweiße oder gar nicht stofflich
3. von innerer Ausgeglichenheit, keinen oder nur guten Gedanken, Freude und einer schönen Umgebung
4. von genügend Bewegung
Lass mich am Schluss noch eine wichtige Sache bemerken.
Ein Wesen, dessen Körper auf normale stoffliche Nahrung eingestellt ist, kann sich nicht einfach so auf Lichtnahrung umstellen.
Es besteht die Gefahr zu verhungern und zu verdursten.
Es mag da einige Ausnahmen geben, aber diese sind extrem selten.
Bei so einen tiefgreifenden Übergang muss eine höhere Kraft helfen.
Bei uns geschah das durch die Umsiedlung auf die Erde und durch die Hilfe einer sehr alten Freundin.
Andere Völker erhielten dafür bestimmte göttliche Geschenke.
Aber einfach so, geht das fast nie.
Ach eines noch: Selbst das Leben einer Eintagsfliege kann total erfüllt und das Leben eines Hundertjährigen mag die reinste Qual gewesen sein.
Es liegt nicht an der Dauer des Lebens in einem Körper, sondern an dem, was jeder daraus macht.
Ich für meinen Teil hatte ein wirklich sehr langes Leben in diesem Körper. Ich glaube, es wird bald Zeit, diese Form gehen zu lassen.
Also geh nun und genieße Dein Leben, meine liebe Lia.
Lass meine Worte ein wenig auf Dich wirken.
Wir treffen uns morgen hier wieder und dann magst Du Deine, noch verbliebenen Fragen gerne stellen.

Hoffentlich hast Du morgen auch eine Idee für meinen lieben Sohn Quiskan.
Auf bald und gehab Dich wohl.«
Mit diesen Worten verschwand Orlana aus dem Genesungsraum.
Lia trat noch eine Weile still an Quiskans Lager und hielt dessen Hand.
Wie könnte sie hier nur behilflich sein, fragte sie sich.
Dann ging auch sie und machte sich auf, Ihren Bruder zu suchen.
Lia fand ihn beim Nachmittagstee an der langen Tafel.
Mit Genuss verspeiste er gerade einen köstlichen Dattelkuchen.
»Ach da bist Du, hast Du Deinen Bogen schon weggepackt?«, fragte Lia.
Finnbar sah betreten zu Boden, das hatte er ganz vergessen.
»Ähm, das habe ich total vergessen«, gestand er kleinlaut.
»Gehen wir eben gleich zusammen hin, ich muss Dir auch unbedingt etwas ganz Wichtiges erzählen«, sagte Lia und nahm sich auch einen Kuchen.
Nicht lange darauf waren die Kinder in Richtung ihres Wohnbaums unterwegs, wo Finnbar zuletzt mit dem Bogen geübt hatte.
»Weißt Du was?«, kam er Lia mit dem Reden zuvor.
»Ich habe heute an zu Hause, an Burg Eichenfels gedacht und mich geschämt, dass ich alle Menschen dort total vergessen hatte.
Wir sind einfach schon zu lange und auch zu oft hier.
Weißt Du noch, wann wir das nächste Mal zurückgehen werden?«
»Nein ich habe auch den Überblick verloren.
Diese fast zwei Monate hier, gegen einen halben Tag dort, sind einfach zu übermächtig.
Wir können ja morgen früh Lucinda fragen, sie wird es sicher wissen.
Und dann machen wir für Herta und für Anna ein paar schöne Geschenke zurecht, die wir ihnen mitbringen können.
Wollen wir?«, fragte Lia
»Oh ja, das ist eine sehr gute Idee.«

Finnbar war mal wieder überrascht, wie Lia durch einfache Dinge alles wieder ins Lot bringen konnte.
»Was ich auch noch sagen wollte«, fuhr er weiter fort: »Ich habe über den Begriff „Genesungsort" nachgedacht. Dieser gefällt mir sehr viel besser als das Wort „Krankenhaus".
Die Menschen werden diese Plätze, wie ich hörte, später, so nennen.
Wenn man von dem Gesetz ausgeht, dass ein Gedanke und ein Wort der Anfang des Erschaffen von Materie und Ereignissen sind, dann ist der Begriff Genesungsort sehr viel optimistischer und vielversprechender für jemanden, dem es nicht so gut geht, als der Ausdruck Krankenhaus.
Meinst Du nicht auch?«
Lia nickte geistesabwesend und Finnbar erinnerte sich, dass er anfangs seine Schwester unterbrochen hatte, als sie ihm etwas Wichtiges hatte mitteilen wollen.
»Was wolltest Du mir eigentlich vorhin erzählen?«, fragte Finnbar daraufhin etwas beschämt.
Lia erzählte ihm in groben Zügen, was sie alles von Orlana erfahren hatte.
»Das ist ja furchtbar, hast Du irgendeine Ahnung, was Quiskan noch helfen könnte, Lia?«
»Nein, ich komme mir viel zu klein für eine so große Aufgabe vor. Wenn schon die weise Orlana keinen Rat mehr weiß, was soll ich denn da tun?«
Finnbar überlegte kurz und antwortete ganz schlicht: »Wenn hier noch jemand etwas richten kann, dann bist es Du!«
Lia war total verblüfft über so viel Vertrauen seitens ihres Bruders und sie freute sich auch sehr darüber.
»Hat Orlana gesagt, dass Quiskan es nicht aushalten könnte, wenn seine Freunde alle untergehen müssen und dass er deshalb nicht mehr an dem Kampf, den er schon verloren glaubt, teilnehmen möchte?«, fragte Finnbar.
»Ja, so in etwa hat sie es ausgedrückt.«
»Weißt Du, an so einem ähnlichen Punkt waren wir doch auch schon mal, damals als wir gegen das Seeungeheuer gekämpft hatten.«
Lia dachte nach, »Du hast recht. Vielleicht ist das die Lösung.«

Am nächsten Tag konnte Lia kaum erwarten, am Nachmittag ins Genesungshaus zu gehen.
Sie sagten Soholit nur kurz guten Tag und gingen dann geradewegs zu Orlana und Quiskan.
Orlana sah müde aus.
Wahrscheinlich wollte sie in den letzten Tagen der Entscheidung, ob ihr Sohn Quiskan leben oder sterben würde, jetzt keine Minute mehr mit etwas anderem vergeuden, als an seiner Seite zu sein.
Fragend sah sie zu den Kindern.
»Es war gestern Finnbars Idee«, begann Lia zu erzählen, »dass wir einmal in einer ähnlichen Situation waren, wie es heute Quiskan ist.
Finnbar und ich stehen uns selbst für Zwillinge sehr nahe«, still nickte Orlana vor sich hin.
»Jedenfalls mussten wir bei dem schrecklichen Kampf mit dem Seeungeheuer sehr schlimme Dinge aushalten.
Ich sah hilflos mit an, wie Finnbar auf bestialische Weise von dem Untier getötet wurde und Finnbar stellte sich später vor, wie schlimm das wohl für mich gewesen sein müsste.
Wir waren fast so weit, unseren Unterricht komplett aufzugeben, damit keiner von uns je wieder solche Schmerzen erleiden müsste.
Aber dann sprachen wir darüber und stellten fest, dass es gar nicht so furchtbar war, wie wir es uns als Außenstehende vorgestellt hatten.«
Orlana blickte fasziniert von einem zum anderen, schwieg aber weiterhin.
»Es war immer Hilfe da, als wir sie brauchten.
Finnbar fiel in eine gnädige Ohnmacht, sodass er nicht mehr spüren konnte, wie ihm alle Knochen gebrochen wurden und ich wurde später von einem wunderbaren goldenen Licht getröstet.
Dieses Licht oder sollte man es eher als eine liebevolle Kraft bezeichnen, war es auch, welches uns später die Gewissheit gab, dass wir den Mut haben können, den Unterricht und damit auch den Kampf für unsere Mutter Erde fortzuführen.
Denn wir konnten darauf vertrauen, dass wir mit Hilfe dieser Kraft alles aushalten könnten, was das Schicksal für uns

vorgesehen hatte.«
Lia war mit ihren Ausführungen am Ende und schwieg nun bescheiden.
Orlana hatte sich erhoben.
»Ich danke Euch beiden von ganzem Herzen.
Diese Informationen sind vielleicht genau das Heilmittel, wonach ich gesucht hatte.
Jetzt hat er zumindest noch eine kleine Chance.
Ich werde mein Bestes tun, aber Ihr solltet wissen, dass er bereits schneller gegangen ist, als ich es gestern noch glaubte.
Er steht nun schon mit einem Fuß auf den Pfaden des Todes.
Ich werde mich sofort aufmachen, um ihm Eure Erfahrungen noch zu vermitteln.
Es mag sein, dass ich dabei Hilfe brauchen werde.«
Lia antwortete sofort: »Ich werde bei dir bleiben.«
Finnbar trat verlegen von einem Fuß auf den anderen.
»Lias Hilfe reicht vollauf, lieber Finnbar.
Du hast doch bestimmt noch etwas Wichtiges zu tun, oder?«, kam ihm Orlana zu Hilfe.
Dankbar nickend, verließ Finnbar schleunigst den Raum.
Orlana schloss die Augen und versenkte sich tief in sich selbst.
Lia nahm an, dass sie über den Geist nun versuchte, in Kontakt mit Quiskan zu kommen.
Daher setzte sich auch Lia möglichst gedankenfrei hin und versenkte sich nach innen, um im Notfall sofort zur Hilfe bereit zu sein.
Sie schloss dafür ebenfalls ihre Augen
Plötzlich nahm sie ganz verschwommen und sehr weit weg in ihrem Geist ein Bild wahr.
Sie versuchte sich mit aller Kraft darauf zu konzentrieren, woraufhin sich die Situation langsam schärfer einstellte.
Offenbar hatte Orlana sie bereits hinzugerufen.
Lia sah Quiskan an einem dunklen Fluss stehen.
Der Fluss teilte das riesige Land, auf dem sich dieser befand, in hell und dunkel.
Auf der Seite, wo ihr Lehrer noch stand, war es hell und man konnte eine, wenn auch nur noch spärliche Vegetation wahrnehmen.

Jenseits des Flusses war alles in Schatten gehüllt.
Lia sah verschiedene Gestalten dort im Dunkel auf und ab gehen. Offenbar warteten auch sie gespannt auf den Ausgang des Geschehens.
Lia nahm Orlana wahr und bemerkte, dass Quiskan sofort näher zum Fluss ging, wenn Orlana sich näherte oder ihren Sohn ansprach. Inzwischen hatte er schon einen Fuß im Wasser.
Orlana wich daraufhin wieder etwas zurück und sah Lia hilfesuchend an.
Lia wusste überhaupt nicht, was sie hier noch tun könnte. Daher beschloss sie die Entscheidung komplett an eine höhere Kraft abzugeben.
Im Stillen fragte sie daher: »Wenn ich jetzt wüsste, was zu tun wäre, was könnte das sein?«
Sie war bereit, alles auszuführen, was ihr als Erstes in den Sinn kommen würde.
Eine kleine Stimme in ihr wisperte: »Sing ein Lied«, und schon hörte sie die ersten Zeilen eines alten Wiegenliedes, das ihnen Anne, ihre Amme, immer vorgesungen hatte, als sie noch ganz klein waren, in sich erklingen.
Lia begann nun zart dieses Lied zu singen.
Es war eine sanfte Weise, dazu gedacht, kleine Kinder in einen behüteten Schlaf zu begleiten.
Anfangs sang Lia sehr zaghaft, dann aber wurde ihre Stimme fester und sie legte alle Zuversicht, die sie aufbringen konnte, mit hinein.
Sie sang für Querin und erzählte ihm, allein durch das Gefühl, welches sie in dieses einfache Wiegenlied legte, eine lange Geschichte von Vertrauen und Liebe, und von Mut und Trost.
Quiskan hatte inzwischen seinen Fuß wieder aus dem Fluss gehoben, war ein Stück zurückgegangen und nahm auf einem alten, bemoosten Baumstumpf Platz.
Lia sah, wie von seinem Gesicht langsam Tränen tropften.
Irgendwann hatte er dann sein Antlitz in seine Hände gelegt und weinte so sehr, als ob in ihm der Kummer der ganzen Welt stecken würde. Und vielleicht war das ja auch so.

Lia sang immer weiter und konzentrierte sich innerlich ganz fest auf das tröstende goldene Licht, das ihr einst so sehr geholfen hatte.
Nach einer Weile wurde das Schluchzen von Quiskan leiser und er nahm seine Hände wieder von seinem Antlitz.
Das war der Moment, wo Orlana es wagte, langsam auf ihren Sohn zuzugehen.
Lia sang und sang und dachte dabei weiterhin, so konzentriert, wie sie nur konnte, an Liebe, an Vergebung, an Leid und vor allem an Trost. Orlana war nun bei Quiskan angekommen. Einen kurzen Moment schreckte dieser noch zurück, aber dann nahm er die Hand, die seine Mutter ihm gereicht hatte, an und zusammen gingen sie in Richtung des Lichtes zurück.
Lia getraute sich nicht, mit dem Singen aufzuhören.
Selbst als alle Bilder schon längst verschwunden waren, sang sie immer noch weiter.
Dann fühlte sie eine warme Hand auf der eigenen und hörte eine leise Stimme:
»Liebste Lia, Du kannst jetzt aufhören zu singen und Deine Augen wieder öffnen.
Es ist alles gut.
Quiskan ist zurück.
Das hast Du gut gemacht. Ich danke Dir wiederum von ganzem Herzen.«
Vorsichtig öffnete Lia ihre Augen und von Quiskans Genesungslager blickten sie zwei wache Augen, die noch ein wenig verweint aussahen, freundlich an.
Lia vergaß alle Etikette und warf sich ihrem Urgroßvater stürmisch an den Hals.
»Du bist zurück, oh Du bist endlich wieder zurück.«
Und dann ließ auch sie ihren Tränen freien Lauf.
Quiskan brauchte noch ein einige Zeit, bis er auch noch für weitere Begegnungen bereit war und von da an konnte er sich vor Besuchern gar nicht mehr retten.
Verstohlen wischte er sich am Abend eine Träne aus dem Gesicht, so gerührt war er von der allgemeinen Anteilnahme.
Die Geschichte von der Rettung Quiskans hatte sich schnell herumgesprochen und Lia war die Heldin des Tages.

So viel Aufmerksamkeit war gar nicht ihre Sache und daher verkrümelte sie sich sehr bald allein an einen versteckten Platz in der Natur.
Für den kommenden Sonntag war ein riesiges Freudenfest zu Ehren der Rückkehr und der Gesundung von Soholit und Quiskan geplant.
Alle waren emsig mit den Vorbereitungen beschäftigt und zur Feier des Tages wollte dann auch Soholit sein Genesungslager wieder vollständig verlassen.
Als Lia in ihrem Versteck einfach so die Seele baumeln ließ, sah sie plötzlich von Weitem Lucinda herankommen.
Diese hatte sie offenbar schon erspäht.
Lia musste daher also wohl oder übel ihre Ankunft abwarten.
Lucinda grinste über beide Ohren.
»Hier hast Du Dich also versteckt.
Keine Sorge, von mir kommt kein weiteres Wort über Deine unglaublich tollen Heldentaten.« Sie lachte nun noch breiter. Lia verdrehte demonstrativ ihre Augen.
»Was hältst Du davon, wenn wir zusammen einen kleinen Spaziergang machen?«
Lia willigte ein und die beiden schlenderten langsam los.
Es wurde ein richtig schöner Ausflug von zwei Freundinnen und Lia fühlte sich am Ende dadurch total gestärkt.
Lia hatte unterwegs auch Lucindas Rat eingeholt, bezüglich der Geschenke für Herta und Anne.
Grundsätzlich fand Lucinda dies eine tolle Idee, warnte aber davor, das Ganze zu groß ausfallen zu lassen.
Immerhin waren die Kinder für die Bewohner der Burg ja nur etwa drei Vormittage in Folge weg gewesen und immer am Nachmittag desselben Tages gleich wieder nach Hause gekommen.
Lia war froh, dass Lucinda sie an diese Tatsache erinnert hatte, denn daran hatten die Zwillinge überhaupt nicht mehr gedacht.
Sie kamen sich eher wie Menschen vor, die lange in der Fremde waren und dann nur für eine kurze Zeit nach Hause zurückkehren konnten.
Und aus ihrer Sicht war das ja auch so.
Endlich war Sonntag.

Das Fest war schon in vollem Gange.
Zu Finnbars großer Freude gab es überall die köstlichsten Speisen und glücklich aß er so viel er nur konnte.
Das gesamte Gelände war auch mit wunderschönen Blumengirlanden geschmückt.
Von Zeit zu Zeit hingen sich dort immer wieder bunt schillernde Feen dazwischen und gaben dadurch der Dekoration noch eine ganz besondere Note.
Es gab im Laufe des Tages die verschiedensten Darbietungen.
Lieder wurden vorgetragen, Kunststücke vorgeführt, Spiele gespielt und vieles mehr.
Karlao lockerte alles noch weiter auf, indem er immer wieder seine, gerade brandneu erstandenen, Geschenke verteilte und dadurch für sehr viel Gelächter sorgte.
Es wurde noch bis in die tiefe Nacht getanzt und sich vergnügt.
Das Fest war ein voller Erfolg und hatte die Gemeinschaft noch mehr zusammengeschweißt, als sie es vorher schon war.

Lucindas Geschichte

Weil der gemeinsame Spaziergang Lucinda und Lia so gefallen hatte, beschlossen sie, dies von nun an regelmäßig zu wiederholen.
Oft waren sie über weite Strecken schweigend miteinander unterwegs und schöpften lediglich durch das reine Zusammensein von zwei Frauen neue Kraft für die Aufgaben, die sie täglich erwarteten.
Zu anderen Zeiten jedoch erzählten sie sich, was sie gerade bewegte oder was sie in der Vergangenheit schon alles erlebt hatten.
So kam es, dass Lia eines Tages während eines Spaziergangs Lucinda nach ihrer Kindheit beim kleinen Volk befragte.
Lucinda schwieg sehr lange und Lia dachte schon, sie würde überhaupt nicht mehr antworten.
Doch dann hob sie an zu sprechen.
»Ich rede normalerweise nicht von früher, denn die Erinnerungen daran sind immer noch sehr schmerzhaft für mich.
Aber es könnte an der Zeit sein, nochmals einen Versuch zu starten, darüber zu sprechen.
Ich wurde vor 844 Jahren in genau dem Tal geboren, wo auch jetzt noch das kleine Volk zu Hause ist.
Meine Eltern bewohnten damals eine schöne kleine Wohnhöhle, unweit der anderen Familien.
Da wir sehr alt werden und unsere Population aus Rücksicht auf die Erde, nicht zu groß werden lassen wollen, bekommen wir höchsten ein Kind pro Familie. Nachwuchs ist daher ein recht seltenes Ereignis.
Deshalb gab es in meinem Alter auch keine Spielgefährten für mich.
Ausgeglichen wird das aber dadurch, dass wenn schon einmal ein Baby geboren wird, plötzlich alle Frauen der Umgebung aus allen möglichen wichtigen oder auch sinnlosen Gründen zu Besuch kommen, nur um das Baby zu sehen oder es einmal halten zu dürfen.
Wie alle Babys des kleinen Volkes war ich also eine kleine Sensation und wurde mit Liebe und Aufmerksamkeit von

allen Seiten nur so überschüttet.
Meine Eltern waren seinerzeit sehr, sehr glücklich miteinander und auch ganz besonders froh über ihren kleinen Nachwuchs.
Meine Mutter hatte sich für die erste Zeit vorgenommen, ihre Arbeit aufzugeben, um diese einmalige Gelegenheit des Mutter-Seins vollends auszukosten und zu genießen.
Sie hatte früher mit meinem Vater zusammen einen kleinen Handel zwischen unserem Volk und den Menschen, die zu dieser Zeit noch rege miteinander in Kontakt waren, gehabt. Diesen betrieb mein Vater seit meiner Geburt nun allein weiter.
Bei dem Handel wurden von unserer Seite zumeist Metallwerkzeuge, wie Hämmer oder Äxte, die wegen ihrer sehr guten Qualität weit über die Grenzen hinaus berühmt waren, angeboten.
Die Menschen offerierten dagegen gewebte Kleidung, genau in unserer Größe oder auch Lebensmittel zum Tausch.
Über viele Jahre lief dieser Tauschhandel sehr fair und zum Wohle beider Seiten ab.
Es herrschte Freundschaft und gegenseitiger Respekt vor.
Dann tauchte irgendwann in einer Menschen-Taverne ein, in einen schwarzen Mantel gehüllter, großer Mann auf.
Sein Antlitz hatte er mit einer schwarzen Kapuze, die er tief in sein Gesicht gezogen hatte, komplett verborgen.
Ängstliche jedoch berichteten, dass er über gar keines verfügen würde, sondern anstelle des Gesichts sei da nur pure Dunkelheit gewesen.
Dieser Bursche fing an, nach und nach die Waren des kleinen Volkes schlechtzureden und den Menschen den Floh ins Ohr zu setzen, dass ihre Produkte sehr viel wertvoller seien.
Sie müssten dringend das Dreifache dafür verlangen.
Darüber waren unsere Leute sehr empört und es kam zu einem handfesten Zerwürfnis.
Das ging sogar so weit, dass einige Menschen bewaffnet in unser Tal einfielen und für, bereits früher getauschte Waren, noch horrende Nachforderungen stellten.
Mein Vater und meine Mutter hatten die Idee, dass man den Mann mit dem schwarzen Mantel dafür zur Rechenschaft

ziehen sollte, dass er solche Zwietracht zwischen unseren beiden Völkern gestiftet hatte.
Meine Mutter gab mich, um dieses eine Mal ihren geliebten Gefährten begleiten zu können, in die Obhut einer Nachbarin, die sich sehr über diese Gelegenheit freute und machte sich dann mit meinem Vater auf, die besagte Taverne aufzusuchen.
Der Bursche war auch tatsächlich dort und schwang gerade wieder seine bösartigen Reden.
Mutig ging mein Vater geradewegs zu dem schwarzen Mann hin und stellte ihn zur Rede.
Dieser machte sich über ihn lustig und verhöhnte meine Eltern auf das Übelste.
Schlimm war auch, dass einige der früheren guten Handelspartner, die gerade auch in der Taverne zugegen waren, dabei sogar mitmachten.
Mein Vater wurde zornig und forderte den Fremden auf, ihm wenigstens ins Gesicht zu sehen, wenn er schon solche Lügen verbreitete.
Als dieser sich nicht um die Aufforderung kümmerte, stieg mein Vater auf einen Stuhl, der neben dem Burschen stand und riss diesem beherzt die Kapuze vom Kopf.
Alle waren wie vom Donner gerührt, denn unter der Kapuze befand sich gar nichts.
Aus diesem „Gar nichts“ ergoss sich nun eine undurchdringliche Dunkelheit, die zuerst meinen Vater und dann meine Mutter auf Nimmerwiedersehen verschlang.
Dann begann diese Kraft, auch Menschen in seiner Umgebung in sich aufzunehmen.
Panisch vor Angst flohen die anderen aus der Taverne und konnten dadurch gerade noch so dem Tod entkommen.
Diese Nachricht veränderte sich, je öfter sie weiter erzählt wurde, immer mehr und letztlich lief es dann darauf hinaus, dass das kleine Volk das Unglück über die Menschen gebracht haben sollte.
In aller Eile entschied unser Ältester, Quiskan, dass wir von nun an für alle Menschen unsichtbar sein würden und unser Land für diese, auch nicht mehr zu finden sein sollte.
Seither waren sich die Menschen und das kleine Volk

spinnefeind.
Ich, jedoch, hatte meine beiden Eltern verloren und war nun eine Waise.
Alle im Dorf wollten mich an der Stelle meiner Eltern nun großziehen.
Da man sich nicht friedlich einigen konnte, wer mich nehmen durfte, entschied Quiskan, dass ich ein Kind des ganzen Dorfes werden sollte.
Jede Familie richtete mir nun einen kleinen Wohnbereich in seiner Wohnhöhle ein und ich lebte immer abwechselnd einen Monat bei jeder Familie.
So war ich tatsächlich eine Art Vagabundenkind geworden.
Auf diese Weise bekam ich aber sehr viele verschiedene Ansichten über das Leben mit.
Die Entscheidung von Quiskan war sicherlich nicht zu meinem Schaden.
Aber meine Eltern habe ich dennoch sehr vermisst.«
Lucinda schwieg und ging eine Weile schweigend neben Lia weiter.
»Was ist aus dem dunklen Burschen geworden?«, fragte Lia.
»Der war plötzlich verschwunden und wurde niemals wieder gesehen.
Orlana machte sich darüber ihre eigenen Gedanken und sprach über ihren Verdacht mit einer alten Freundin.
Gemeinsame Nachforschungen ergaben, dass der dunkle Mann einer der 16 Diener des „Herrn der Finsternis“ gewesen war.
Er hatte im Auftrag seines Herren direkt auf der Erde gehandelt und damit eindeutig gegen die ehernen Gesetze des Universums, die besagen, dass sich die Herren des Dreigestirns nicht persönlich auf ihren Planeten einmischen dürfen, verstoßen. Offenbar war es dem Herrn der Finsternis ein Dorn im Auge gewesen, dass zwischen unseren Völkern große Freundschaft herrschte und wir nicht offen waren für die Gier, mit deren Hilfe er stets die Planeten zerstörte, die unter seiner Schirmherrschaft standen.
Es gab großen Ärger auf dem Dreigestirn deswegen und man hat so einen dunklen Burschen seitdem nie wieder gesehen.«
»Meinst Du, dass der jetzt wieder am Werk ist?«, fragte Lia

ängstlich und dachte an die ganzen mysteriösen Vorfälle der letzten Zeit.
»Wir nehmen es ganz stark an, haben aber keine Beweise, die ein Eingreifen der „Dienerin der Liebe“, die die Macht auf dem Dreigestirn innehat, so wie damals möglich machen würde.«
Die beiden jungen Frauen machten sich schweigend auf den Rückweg.
»Es wird Zeit, dass wir nach Hause kommen.
Ihr wollt doch morgen auf die Burg Eichenfels.
Sicher habt Ihr dafür noch einiges vorzubereiten«, sagte Lucinda.
Eilig schritten die beiden nun aus und kamen daher schon bald zu Hause an, wo sie sich ganz herzlich voneinander verabschiedeten und Lucinda noch viel Spaß für den morgigen Tag wünschte.

Abschied, Erinnerungen und ein Plan

Die Zwillinge waren nach einer, gefühlt endlos, langen Zeit wieder in der heimatlichen Burg Eichenfels zurück.
Es war gar nicht einfach, so zu tun, als seien sie nur für wenige Stunden zur allmorgendlichen Ausbildung im Wald gewesen.
Sie versuchten sich in der Burg so leicht und fröhlich wie früher zu bewegen, aber es wollte ihnen nicht so recht gelingen. Zu viel war inzwischen schon passiert und zu schwer lasteten die ausgestandenen Erlebnisse, sowie auch die Verantwortung für zukünftiges Tun auf den Kindern.
»Weißt Du Finnbar, ich werde den Eindruck nicht los, dass die Zeit der unbeschwerten Kindheit endgültig vorüber ist. Außerdem belastet mich die Vorstellung, dass wir vielleicht nie mehr hierher zurückkehren könnten«, sprach Lia, die gerade liebevoll ihre Bettdecke in ihrer Kammer streichelte, am Abend im Geiste zu Finnbar.
Finnbar, der ebenfalls schon zu Bett gegangen war, antwortete: »Ich glaube, Du hast recht.
Ich trage auch so ein tiefes Abschiedsgefühl in mir.
Lia, wir müssen deshalb unbedingt Vorsorge treffen.
Wir werden den anderen morgen früh eine Geschichte erzählen, die sie zumindest schon im Vorfeld etwas beruhigt und wir sollten schauen, ob es hier noch wichtige Dinge gibt, die wir mitnehmen möchten.
Ich habe mir gerade Theo, das Eichhörnchen eingepackt und auch noch einige andere kleine Erinnerungsstücke an glückliche Zeiten.
Gut, dass wir gestern so schöne Geschenke für Anne und Herta dabeihatten.
Es war wirklich an der Zeit, sich einmal für alles Gute zu bedanken, was sie in all den Jahren für uns getan haben.«
Lia hatte jetzt Tränen in den Augen.
Irgendwie hatte sie gehofft, mit ihrer Wahrnehmung der Abschiedsstimmung, danebenzuliegen.
Umso mehr war sie davon betroffen, dass Finnbar es genauso empfand wie sie und bereits mit konkreten Maßnahmen für ein unabänderliches Lebewohl beschäftigt

war.
Finnbar fühlte den Schmerz in Lia und tröstend sprach er weiter: »Sieh mal Lia, wir können doch so unmöglich weitermachen.
Anne und Herta haben sich heute Mittag zwar wirklich sehr über die kunstvoll gearbeitete Haube und das meisterhaft bestickte Deckchen, das wir für jede von ihnen mitgebracht hatten, gefreut.
Aber sie haben bereits Verdacht geschöpft.
Ich habe Herta gehört, wie sie zu Anne flüsterte: „Wenn ich es nicht besser wüsste, würde ich sagen, ich hätte die Kinder ewig nicht gesehen. Sieh doch nur, wie sich ihre Körper verändert haben.
Der Gang ist vollkommen anders, sie sind muskulöser und erwachsener. Ich könnte schwören, dass Finnbar allermindestens einen Kopf größer geworden ist.
Das gibt's doch gar nicht.
Und dann das Benehmen.
Was machen die da mit den Kindern im Wald?
Ist das ein Kriegs-Ausbildungslager, wo sie auf Streckbänken die Kinder größer ziehen, damit sie schneller erwachsen werden?
Gilean ist leider heute nicht da, aber morgen werde ich ihn deswegen auf ein Wort zur Seite nehmen.
Soll er doch übermorgen einmal mit in den Wald reiten und dort nach dem Rechten sehen."
Siehst Du Lia, wir können nicht hierher zurück. Mir tut es auch sehr weh.
Aber erinnere Dich an den Brunnen der Zeit.
Die Burg wird letztlich vergehen und es gibt im Moment Wichtigeres, als unsere gutmütige Köchin und unsere geliebte Amme.
Aber auch mir zerreißt es das Herz, unsere treuen Beschützerinnen zu verlassen.
Ich habe mir deshalb überlegt, dass wir sie des Nachts beim Traumwandeln besuchen könnten und ihnen dann mitteilen, dass alles bei uns in Ordnung ist, wie lieb wir sie haben und wie dankbar wir für alles sind, was sie uns Gutes getan haben.

Morgen früh werde ich ganz am Schluss kurz fallen lassen, dass wir dieses Mal über Nacht wegbleiben werden.
Dann gehen wir ganz schnell los, sodass keiner mehr Zeit hat, uns aufzuhalten.
Das verschafft uns ein wenig Vorlauf, das mit dem Traumwandeln in Ruhe vorzubereiten.
Dadurch werden auch Herta und Anne kaum Zeit haben, sich um uns Sorgen zu machen.
Gut, dass Gilean gerade nicht da ist, denn dann hätten wir jetzt ein großes Problem.
Bist Du einverstanden, Lia?«
Lia nickte stumm. Sie war wieder aufgestanden und blickte sich voller Wehmut in ihrer kleinen Kammer um.
Ihr wurde jetzt erst klar, was sie, trotz des frühen Verlustes der Mutter, doch für schöne Kindheitserlebnisse auf der Burg, der näheren Umgebung und auch in dieser Kammer gehabt hatte.
Suchend schaute sie umher.
Was könnte sie noch mitnehmen?
Es musste klein sein, denn die Kinder konnten sich während ihres bevorstehenden Abenteuers nicht auch noch mit großen Dingen beschweren.
Sie wählte etwas Wäsche und ihr bestes Kleid. Das war zwar für den Zweck ein recht großes Kleidungsstück, aber Lia konnte es einfach nicht hier zurücklassen.
»Wer weiß, wofür ich es noch benötigen werde«, flüsterte sie leise zu sich selbst.
Sie bemerkte, wie Finnbar, der all ihre Emotionen aufmerksam verfolgte, im Geiste freundlich Zustimmung bekundete.
Dann blieb sie an ihrer Kommode stehen und betrachtete ihre Sammlung an Haarspangen, Broschen und Bändern.
Lächelnd dachte sie an Karlao und packte sie alle zum Kleid in ihre robuste Wandertasche.
Zuletzt nahm sie noch eine Kette mit einem kleinen Medaillon zur Hand und öffnete es.
Darin war eine schon sehr verblichene, filigrane Zeichnung von Aoife, ihrer verstorbenen Mutter.
Dieses hängte sie sich noch um den Hals und war dann mit

ihrer Auswahl zufrieden.
Lia ging zurück in ihr Bett:
»Bist du noch wach Finnbar?«
»Ja, Lia, was ist denn?«
»Ich wollte Dir nur sagen, dass ich bereit bin. Und das mit dem Besuchen unserer Lieben im Traum finde ich eine total tolle Idee von Dir.
Ich habe Dich lieb. Ich bin so froh, dass wir uns haben.
Gute Nacht Finnbar, schlaf gut.«
»Ich habe dich auch lieb, schlaf gut und bis morgen Lia.«
Daraufhin schliefen die Zwillinge die letzte Nacht in ihren heimatlichen Betten.
Am Morgen ging dann alles ganz schnell.
Frühstück und ein rascher Aufbruch.
Draußen umarmten sie Anne und Herta heftig und gaben ihnen noch einen dicken Kuss.
»Wenn ich es nicht besser wüsste, würde ich sagen, das hier war ein richtiger Abschied«, murmelte Herta leise in Richtung ihrer Freundin. Anne nickte mit dem Kopf und wischte sich eine Träne mit dem Ärmel ihres Kleides aus dem Gesicht.
Als die Kinder schon ein Stück gegangen, aber noch in Hörweite waren, rief Finnbar den winkenden Frauen noch zu: »Heute schlafen wir im Wald, erwartet uns bitte erst übermorgen Mittag zurück.
Auf Wiedersehen Ihr beiden.«
»Diese zwei Strolche«, flüsterte Anne leise und schickte sich an, wieder nach drinnen zu gehen. Das reiche Tagwerk wartete auf sie.
Als die Kinder am Ausbildungsplatz ankamen, waren sie in bedrückter Stimmung.
Lucinda und Querin waren zunächst ratlos, was wohl passiert sein könnte, wollten aber abwarten, ob sich die Zwillinge ihnen von selbst anvertrauen würden.
Nach einer Weile begann dann auch tatsächlich Lia damit, das auf der Burg Erlebte zu schildern und weinte dabei bitterlich.
Lucinda legte tröstend einen Arm um sie und sprach:
»Wenn alle damit einverstanden sind, schlage ich folgendes

vor: Wir lassen den Unterricht für heute ausfallen.
Lia und Finnbar könnten zu ihrem Wohnbaum gehen, in Ruhe ihre Sachen auspacken und sich dort einfach ganz gemütlich für dauerhaft einrichten.
Dann ist also bis morgen früh Freizeit. Unternehmt etwas Schönes Ihr beiden.«
Lucinda sah sich noch fragend um, ob jemand Einwände dagegen vorbringen würde, dann machte sie sich mit Querin ebenfalls auf den Heimweg.
Lia und Finnbar schlenderten mit einigen Elben zusammen in deren Gebiet zurück.
Unterwegs hatten sie besprochen, heute alles gemeinsam zu tun.
Sie gingen als Erstes in Finnbars Kammer und dieser begann mit dem Auspacken.
Zuerst kam Theo auf das Bett und danach legte Finnbar noch den einen oder anderen »Schatz« seiner Kindheit auf seinen Nachtschrank.
Dann kamen noch ein Wechselhut und ein wenig Wäsche in den Schrank und schon war er fertig.
Danach war Lia dran und auch sie brachte recht schnell alles unter, was sie aus der Burg mitgebracht hatte.
Inzwischen war es, wie Finnbar an seinem Magenknurren feststellte, schon wieder Zeit für das Mittagsmahl.
»Ich habe Hunger, wollen wir zum Essen gehen?«, fragte er seine Schwester.
»Wie kann man nur so verfressen sein?«, entgegnete Lia lachend.
»Ich bin halt in einem Wachstumsschub«, erwiderte Finnbar und rannte eilig zur Mittags-Tafel der Elben.
Die beiden verbrachten einen angenehmen Nachmittag.
Auch Karlao leistete seinen Beitrag dazu, indem er begeistert einige von Lias neuen Schätzen freudig überall verschenkte.
Lia und Finnbar waren froh, dass sie hier in der Anderswelt eine neue Familie gefunden hatten, denn das half ihnen über den Verlust von heute Morgen etwas hinweg.
Lucinda nahm sich in den kommenden Tagen sehr viel Zeit, um mit den Zwillingen das Traumwandeln so weit zu festigen, dass diese zur rechten Zeit sicher zu ihren

ehemaligen Ziehmüttern gelangen und auch unversehrt wieder zu ihren Körpern zurückfinden konnten.
Dabei erfuhren die Kinder auch die Neuigkeit, dass das Traumwandeln, wie auch diese Art des astralen Reisens nur immer innerhalb des eigenen Planeten funktionierte.
Es war offenbar unmöglich, auf diese Weise von einem Planeten zum anderen zu gelangen. Es sei denn eine höhere Macht würde sich einschalten, hatte Lucinda noch ehrfurchtsvoll hinzugefügt.
Um im Universum zu reisen, musste das erweiterte Element des leeren Raums unbedingt noch dazu kommen und das hatten die Zwillinge auf jeden Fall noch nicht gelernt.
Lucinda fügte noch hinzu, dass man auch ihr noch nicht gezeigt hätte, wie das bewerkstelligt werden könnte.
Allerdings habe es in der Geschichte schon den einen oder anderen Fall gegeben, wo besonders begabte Wesen das geschafft haben sollten. Genau wie, darüber gab es leider nur noch ganz wenige Überlieferungen.
Soholit sei dem Ganzen aber, vor seiner und Quiskans Entführung, schon ganz dicht auf den Fersen gewesen.
Die Geschwister beschlossen, noch heute Nacht Anne und Herta aufzusuchen.
Beim Traumwandeln war eine Zeitverschiebung sehr leicht möglich und daher konnten sie genau die Nacht abpassen, an der sie am nächsten Mittag auf der Burg zurückerwartet wurden.
Sie teilten den beiden ganz vorsichtig mit, sie wollten ja keinen Herzanfall provozieren, dass es ihnen gut ginge, dass sie leider nicht mehr wiederkommen könnten, weil sie eine sehr wichtige Aufgabe zu erledigen hätten und wie dankbar sie für alles seien, was Anne und Herta für sie im Laufe der Zeit getan hatten.
Als Herta und Anne am nächsten Morgen erwachten, hielten sie das Ganze zunächst für einen intensiven, aber ganz normalen Traum.
Als dann die Kinder jedoch nicht, wie angekündigt, zum Mittagessen erschienen, fasste sich Herta ein Herz.
Sie nahm Anne zur Seite und sprach: »Ich habe da so eine Ahnung, als ob die zwei nicht mehr wiederkommen werden

und ich glaube, dass das gut so ist. Was meinst Du?«, unsicher und mit fragender Miene sah Herta ihre Freundin an.
Anne entgegnete entwaffnend ehrlich: »Ich hatte heute Nacht einen Traum, in dem sie mir genau das mitgeteilt haben. Ich glaube auch, dass das gut so ist.«
Und damit ließen sie die Sache auf sich beruhen.
Neben dem Traumwandeln bei Lucinda hatten sie inzwischen parallel auch schon mit eigener Verwandlung bei Querin begonnen.
Wie immer war der Anfang sehr schwer und Querin zerbrach sich den Kopf, wie er den Kindern die Angelegenheit noch effektiver erklären könnte.
Nachdem ihm nichts mehr einfallen wollte, ließ er ganz nebenbei die Information fallen, dass ab nächster Woche Soholit und Quiskan den Unterricht wieder übernehmen würden und er hoffe, dass diese eine bessere Idee hätten, wie man den Zwillingen die Verwandlung beibringen könne.
Plötzlich trat eine Stille ein, die man hätte schneiden können.
»Was hast Du da gerade gesagt?«, fragte Lia.
Panik war in ihrer Stimme zu hören. Es war nicht so, dass sie den Unterricht bei Soholit und Quiskan nicht mochte, sie wollte nur nicht Lucinda, ihre einzige Lehrerin verlieren.
Lia schmollte und Querin ließ ratlos seine Hände herunterhängen.
»Aber wir waren doch nur die Vertretung«, hob er hilflos an zu sprechen.
»Ich möchte aber unbedingt auch bei Lucinda weiterlernen.«, stieß Lia etwas bockig hervor.
»Gut, ich werde mal fragen, ob Lucinda vielleicht bei Euren beiden Lehrern als dritte im Bunde mitmachen darf«, entgegnete Querin.
»Und ich will auch weiterhin bei Dir Unterricht haben, das ist irgendwie viel moderner, als bei den beiden anderen«, warf Finnbar jetzt, ziemlich ungnädig gegenüber Soholit und Quiskan, ebenfalls noch ein.
»Oje, ich sehe schon, wir haben da ein waschechtes Problem«, stellte Querin fest.
»Am besten wir treffen uns am Montag hier zu sechst und

gehen die Sache gemeinsam an. Wir werden schon eine Lösung finden, die für alle gut ist.
So Finnbar und jetzt zeig mir bitte auch mal, dass mein ganzes Tun hier nicht völlig umsonst ist und verändere wenigstens einmal Deine Haarfarbe.«
Finnbar tat wirklich, was er konnte, aber am Ende hatte er lediglich und für sich selbst auch völlig überraschend, ein paar ganz andere Stiefel an.
Kopfschüttelnd trat Querin zu Lia und forderte sie auf, ihre Augenfarbe zu verändern.
Nachdem dann als einziges Ergebnis ein, nahe auf dem Tisch stehender Krug in tausend Einzelteile zersprang, raufte sich Querin die Haare und meinte nur trocken:
»Das war genau das, was ich anfangs meinte.«
Am Montag waren, wie vereinbart, alle 4 Lehrer und die beiden Zwillinge am Platz angekommen.
Zuerst herrschte eine sehr gespannte Stimmung.
Es schien, als hätte jeder etwas Unangenehmes zu sagen.
Quiskan ließ die Katze als Erster aus dem Sack:
»Ich muss Euch leider etwas, eventuell für Euch Unerfreuliches, mitteilen.
Es ist so«, er stand auf, strich sich über seinen langen, weißen Bart und druckste ein wenig herum.
»Ähm es ist so, ich sehe mich nicht mehr in der Lage, den Unterricht hier weiter fortzuführen. Ich fühle mich dafür einfach zu alt.«
Querin war total verblüfft und dies war in seinem Gesicht wirklich für niemanden zu übersehen.
»Schau mal etwas intelligenter drein, mein lieber Sohn, sonst überlege ich es mir doch noch anders, Dir die Kinder weiterhin anzuvertrauen.«
Alle schwiegen erstaunt und ließen die Neuigkeit erst einmal sacken.
Dann meldete sich als nächster Soholit zu Wort.
»Also ich wollte noch fragen, natürlich nur, falls es nicht zu viel wird, schließlich seid Ihr ja noch so jung und habt das Ganze nur zur Aushilfe angeboten«, stammelte er.
»Also, ich wollte fragen, da die Kinder so tolle Fortschritte bei Euch gemacht haben, ob Ihr nicht weiterhin noch einen

Part bei den Lernaufgaben übernehmen würdet, lieber Querin und liebe Lucinda?«
Die Stimmung verbesserte sich von einem Moment auf den anderen schlagartig.
Querin und Lucinda sahen sich kurz in die Augen und dann trat Lucinda vor: »Wir würden wirklich ungeheuer gerne noch am Unterricht der Zwillinge beteiligt sein.
Wir freuen uns aber auch sehr, dass Du, Soholit, jetzt wieder da bist, denn Deine großen Erfahrungen haben wir längst nicht. Wir respektieren natürlich, dass Du, Quiskan, in Zukunft etwas kürzertreten möchtest, wären aber ebenfalls sehr froh, wenn Du immer mal wieder vorbeischauen und uns beratend zur Seite stehen könntest.«
Lia und Finnbar klatschten freudig in die Hände.
»Das ist eine exzellente Lösung«, rief Finnbar aus und Lia nickte eifrig dazu.
»Nachdem wir uns so gut und schnell zur weiteren Lehrtätigkeit einigen konnten, habe ich Euch noch etwas anderes mitzuteilen«, hob Quiskan erneut an zu sprechen.
»Es geht um den Überfall, als Soholit und ich gefangengenommen wurden.
Bei mir ist das nicht so, dass ich mich nicht mehr daran erinnern kann.
Ich weiß noch alles ganz genau und das ist für mich so schlimm gewesen, dass ich eigentlich gar nicht mehr in diese Welt zurückkommen wollte, wie Ihr sicher alle bemerkt habt. Ich würde Euch sehr gerne davon erzählen, dann können wir diese Bürde vielleicht in Zukunft gemeinsam tragen.
Ich wage nicht zu glauben, dass uns eine Idee kommt, was wir dagegen unternehmen könnten. Aber einen Versuch wäre es wert.«
Alle nickten zum Zeichen, dass sie die Geschichte von Quiskan hören wollten.
Quiskan nahm wieder bequem Platz, sammelte sich kurz und begann dann zu berichten:
»Es fing, wie Ihr ja wisst, damit an, dass wir morgens eine Nachricht der Inuit erhielten.
Auch das war schon sehr ungewöhnlich, denn die Nachricht

erschien und verschwand zeitgleich in Soholits und meinem Geist und es gab keinerlei Möglichkeit der Nachfrage für uns.
Es war am späten Nachmittag jenes Tages, als wir uns ein paar Schritte vom Ausbildungsplatz entfernt hatten, um uns wegen der bevorstehenden Reise nochmals zu besprechen, als ich plötzlich eine übermächtige Präsenz bemerkte.
So etwas hatte ich noch nie zuvor erlebt.
Die Kraft erschien vollkommen körperlos, war aber trotzdem in der Lage, uns sofort und allumfassend zu lähmen. Es war inzwischen unendlich hell ringsum geworden.
Kurz darauf dröhnte in meinem Kopf ein lautes Gelächter und ich vernahm die Worte: „Ihr werdet mir niemals meine Pläne durchkreuzen."
Dann fühlte ich einen fürchterlichen Druck auf meiner Brust und wäre ich ein atmendes Geschöpf gewesen, so wäre ich wahrscheinlich daran alsbald jämmerlich erstickt.
Der Druck ließ aber kurz darauf wieder nach und ich hörte erneut die körperlose Stimme in mir ertönen: „Damit Ihr noch ein wenig vom Sterben habt..." und dann hörte ich schreckliches Gelächter.
Jetzt wurden wir mit einer Leichtigkeit in die Luft gehoben, als wären wir nur vertrocknete Herbstblätter im Wind und dort oben, ich kann nicht sagen, wie so etwas möglich war, wurden wir dann fest in der Luft verankert.
Danach fühlte sich mein Körper an, als ob er in eiskaltes Wasser getaucht wäre und ich konnte plötzlich meine eigenen Körperteile nicht mehr sehen.
Daraufhin dröhnte mein Kopf so, als würde er in tausend Stücke zerbrechen.
Ich hörte noch: „Frohes Sterben" und dann war auf einmal alles vorbei.
Ich brauchte eine Weile, um zu realisieren, dass wir auch für alle anderen nicht mehr sichtbar waren.
Es war eine schreckliche Folter, dort so lange zu hängen und nichts tun zu können.
Irgendwann bemächtigte sich meiner eine tiefe Trostlosigkeit und auch die Gewissheit, dass wir gegen diese gewaltige Macht überhaupt nichts zu tun vermögen.
Und in der Angst um die meinen und unseren wundervollen

Planeten, verlor ich nach und nach jeglichen Lebenswillen. Allein durch Lias Gesang dort unten am Grenzfluss zum Land der Schatten, konnte ich den immensen Schmerz darüber aushalten und dadurch wieder zu Euch zurückkehren.
Ich kann mir nicht vorstellen, wie man sich so einer Macht entgegenstellen könnte.«
Langes Schweigen breitete sich aus.
»Aber was haben wir zu verlieren?«, fragte Soholit anschließend. »Auch wenn wir gar nichts unternehmen, steuert dieser Planet mit all seinen Bewohnern in den sicheren Untergang. Ich würde es zumindest versuchen. Sind wir nicht alle noch am Leben, obwohl für Finnbar und Lia am Teich und für mich und Quiskan hier vor Ort der sichere Tod geplant war?
Ganz so übermächtig kann diese Kraft dann doch nicht sein, sonst ständen wir jetzt nicht mehr so gesund hier beisammen.«
Quiskan nickte bedächtig. »Da hast Du wirklich recht, so habe ich das Ganze noch gar nicht betrachtet.
Was schlägst Du denn vor, was wir tun könnten, Soholit?«, wandte er sich fragend an seinen Freund.
Interessiert und gespannt rückten alle näher zusammen.
Soholit sprach:
»Nachdem ich vor vielen Jahren das zukünftige Schicksal unseres Planeten zum ersten Mal im Brunnen der Zeit gesehen hatte, begab ich mich auf eine lange Reise.
Ich wanderte durch die Zeit, wie andere im Wald spazieren gehen.
Um unbemerkt zu bleiben, nahm ich des Öfteren die Gestalt von Tieren an.
Eine meiner Lieblingsrollen war eine kleine weiße Eule.«
Lächelnd sahen sich Finnbar und Soholit an.
»Ich habe unterwegs wirklich sehr viel Schreckliches gesehen. Es würde Jahre dauern, Euch von all dem Elend und Leid, dessen Zeuge ich wurde, im Einzelnen zu berichten.
Daher werde ich Euch stellvertretend nur von einigen, besonders schlimmen und wichtigen Ereignissen erzählen.
Es gab immer wieder sehr, sehr dunkle Zeiten in der Geschichte dieses Planeten, von denen ich mich schäme, sie

heute vor Euch auch nur zu erwähnen, denn ich gehöre ebenfalls zur Spezies Mensch, die dafür verantwortlich war. Zum Beispiel wurden in der Zeit bis etwa 1500 im Rahmen der Inquisition der christlichen Kirche unzählige weise Frauen und Männer bei lebendigem Leibe verbrannt, nur weil sie über Dinge Bescheid wussten, die die Kirche aus den Köpfen der Menschen unbedingt vertreiben wollte.
Die Christen schafften es, in dem Zeitraum, fast alles geheime Wissen über die Zusammenhänge der Erdmagie und der wichtigen Erdkreisläufe zu vernichten.
Diese Verfolgungen haben auch hier und heute schon längst begonnen und deshalb wurde ich ja auch vom kleinen Volk aufgenommen, um mich verstecken zu können.
Dann war da auch noch der furchtbare Brauch, andere Völker zu versklaven.
So gab es beispielsweise unendliches Leid bei der schwarzen Bevölkerung aus Afrika, die von weißen Menschen aus Amerika wie Vieh gehalten und zu unmenschlich schwerer Arbeit gezwungen wurden.
Das dauerte fast 400 Jahre, das muss man sich einmal vorstellen.
Immer wieder gab es schlimme Kriege auf der ganzen Welt. Niemand gönnte dem anderen etwas und man stritt sich um Land, um Bodenschätze, Ansichten in der Religion und vieles mehr. Je weiter die Zeit voranschritt, desto schlimmere Waffen wurden entwickelt.
1914-1918 zum Beispiel war nahezu die gesamte Welt miteinander im Krieg.
Dabei töteten sich etwa 17 Millionen Menschen gegenseitig. Daraus wurde offenbar gar nichts gelernt, denn 1939 bis 1945 wurde das Ganze nochmals so ähnlich wiederholt.
Nur dass dieses Mal mit noch viel wirkungsvolleren Waffen etwa 70 Millionen Menschen den Tod fanden.
Dabei töteten sie sich nicht nur gegenseitig, sie zerstörten auch die Behausungen und die ganze schöne Infrastruktur der jeweiligen Gegner.
Was ich aber als mindestens genauso schlimm empfand, war, was in all der Zeit der Mutter Natur angetan wurde.
Abermillionen Pflanzen und Tiere verloren bei Kriegen oder

durch Umweltverschmutzung oder durch invasives Wachstum von Städten und Dörfern ihr Leben.
Die Wälder, die wir heute kennen, wurden vernichtet, mit allem, was darin war.
Das Wasser wurde verseucht, die Luft verpestet und das Meer mit Müll übersät. Es war eine Schande!
Ich glaube, ich habe bei meinen Reisen auch nicht nur einmal einen Zeitpunkt erwischt, währenddessen es nicht irgendwo auf der Erde einen Krieg gab.
Die Menschen zerstörten die Natur, wie gesagt, nicht nur während der Kriege, sondern ihr ganzes Leben war darauf aufgebaut, die Erde auszubeuten und zu verschmutzen.
Ich kann mir so viel Dummheit einfach gar nicht vorstellen. Wie kann man nur den einzigen Ast absägen, auf dem man sitzt? Was ich auch sehr tragisch finde, ist, dass sich die Menschen mit dem Voranschreiten der Zeit für immer klüger hielten und nicht erkannten, dass sie von Jahrhundert zu Jahrhundert immer unwissender wurden.
Die Weisen ihres Volkes, die sie wieder lehren könnten, hatten sie inzwischen fast alle ausgerottet und von der Natur, die ebenfalls in der Lage ist, wahres Wissen zu vermitteln, entfernten sie sich immer weiter.
Sie verwechseln offenbar den technischen Fortschritt mit wirklicher Weisheit.
Es ist ein Jammer!
Sie kannten irgendwann die einfachsten Gesetze nicht mehr. Ihnen ist zum Beispiel nicht klar, dass sie sich genau zu dem entwickeln werden, was sie in sich hineinlassen.
Nehmen wir mal ihre Nahrung. Sie essen arme, gequälte und mit Medikamenten und schlechtem Futter vergiftete Tiere. Sie nennen das effektive Massentierhaltung.
Ihr macht Euch keinen Begriff, wie schlimm diese Tiere leben und später auch sterben.«
Soholit hate sich erhoben und schritt in tiefer Betroffenheit auf dem Platz hin und her, um sich wieder zu beruhigen und die schrecklichen Bilder abzuschütteln.
Nach einer Weile hatte er sich wieder gefasst und konnte weitersprechen:

»Auch die Pflanzen, die sie essen, sind durch sogenannte Pflanzenschutzmittel vergiftet und manche sind sogar noch niemals mit echter Erde oder Sonnenlicht in Berührung gekommen.
Da müssen sich die Menschen nicht wundern, wenn auch sie krank an Leib und Seele werden.
Ihnen fehlt mehr und mehr die Verbindung zu ihren Wurzeln in der Natur und sie betrachten sich nicht mehr als das, was sie in diesem Kreislauf sind: Nämlich nur ein kleines, noch dazu für das Große und Ganze recht unwichtiges, Puzzleteil in der Schöpfung der Erde.
Im Gegenteil, sie denken offenbar, sie seien die Krone der Schöpfung und dadurch etwas Besseres als die anderen Wesen. Sie erkennen nicht, wie verwoben alles miteinander zusammenhängt und dass niemand vom anderen wirklich getrennt ist. Das ist sehr traurig, wenn Ihr mich fragt.
Aber ich fand in allen Zeiten auch immer noch gute und weisere Menschen, die diesen Irrsinn erkannten.
Allerdings war deren Anzahl zu gering und die Zeit zu früh, um sich gegen die Vernichtung der Erde wirksam aufzulehnen.
Als ich aber im Jahr 2000 ankam, veränderte sich dies stetig.
Ab diesem Zeitpunkt wurde langsam, aber sicher eine Generation geboren, die bereit war, wirklich etwas zu ändern und das machte mir Hoffnung.
Diese braucht aber Beistand. Die jungen Leute benötigen jemanden, der ihnen hilft, sich das alte Wissen wieder zugänglich zu machen.
Daher war es mein Plan, eine geeignete Gruppe von Menschen zu finden und dann genau in diese Zeit und zu diesem Zweck, dorthin zu reisen.
Auf der Suche nach diesen Menschen habe ich Euch, die Ihr heute beisammen seid, nach und nach gefunden.
Ich möchte dieser neuen Generation ab dem Jahr 2000 helfen, dass sie es schafft, aus eigener Kraft, den Untergang der Erde abzuwenden.
Ich meine, es wäre sinnvoll, noch zu warten, bis aus den kleinen Kindern junge Erwachsene geworden sind.
Also schlage ich das Jahr 2018 als unseren Ausgangspunkt

vor. Ich will Euch nicht verschweigen, dass mir folgendes unterwegs auffiel: Je stärker die Kräfte für die Erhaltung der Erde wurden, desto stärker und einfallsreicher wurden auch die Gegenkräfte dazu.
Es ist also keineswegs sicher, dass die Rettung unseres Planeten erreicht werden kann.
Aber es gibt eine reale Chance und die möchte ich nicht ungenutzt verstreichen lassen.«
Damit war Soholit am Ende seiner Ausführungen angelangt und schwieg.
Wäre jetzt eine Nadel zu Boden gefallen, man hätte sie gehört, so intensiv war die nun folgende Stille.
Finnbar brach als Erster das Schweigen:
»Ich, für meinen Teil, möchte unbedingt bei dieser Gemeinschaft dabei sein und mit Euch reisen.
Aber ich glaube«, und er blickte dabei fragend zu Lia, »für mich und auch für Lia sagen zu können, dass wir noch nicht ganz so weit sind. Allermindestens beim eigenen Verwandeln haben wir noch einige Steigerungsmöglichkeiten.«
Er sah Querin jetzt grinsend auf seine Schuhe blicken und errötete leicht.
»Finnbar hat Recht. Die Angelegenheit ist zu wichtig, als dass wir uns erlauben könnten, mit noch nicht ganz ausgebildeten Mitgliedern loszuziehen«, sprach nun auch Lia.
»Das stimmt«, entgegnete Soholit.
»Aber Ihr seid schon viel näher am Ziel, als Ihr es selbst denkt. Ich meine in etwa sechs Monaten könnte es losgehen.«
Lia und Finnbar war ein wenig schlecht in der Magengegend, aber sie nickten bestätigend.
Auch die anderen Anwesenden verkündeten ihre Bereitschaft.
»Da muss ich aber sehen, dass ich schnell wieder in Form komme«, murmelte Quiskan und machte sich sofort und ohne ein weiteres Wort in Richtung der Elben auf.
Finnbar fragte sich, ob dieser sich wohl dort eine Waffe schmieden lassen wollte, denn er konnte nicht verstehen, warum Quiskan sofort und ausgerechnet in jene Richtung verschwand.

»So und wir anderen machen uns jetzt am besten mal daran, Euch Verwandlung beizubringen«, sprach Soholit in Richtung der Zwillinge.
Der Druide wandte dabei tatsächlich völlig andere Methoden an als die, mit denen es Querin zuvor bei den Kindern versucht hatte.
Er war der Meinung, dass die eigene Erfahrung immer über der Theorie stünde.
Schließlich hätten die zwei ja auch das astrale Reisen erfolgreich durch einen Tandemversuch erlernt.
Daher nahm er sich die Freiheit, Lia und Finnbar kurzerhand in zwei Rehe zu verwandeln.
Finnbar erkannte man jetzt an seinem kleinen Geweih.
Man muss dazusagen, dass bei den Tierverwandlungen der verwandelte Mensch sein menschliches Bewusstsein immer behalten konnte.
Da die Kinder bereits genügend Theorie bei Querin gelernt hatten und hier niemand Tiere jagte, wollte Soholit so lange warten, bis die Zwillinge sich von selbst wieder zurückverwandeln würden. Er jedenfalls hatte Zeit.
Lächelnd stand er am Platz und unterhielt sich leise mit Querin und Lucinda.
Die Rehe trippelten unentschlossen hin und her und stupsten sich gegenseitig an.
Soholit verkündetet jetzt laut und deutlich: »Wir gehen besser mal schnell zum Mittagessen, sonst verpassen wir noch das köstliche Mahl.«
Dann gingen sie auch schon in Richtung Elbengebiet los.
Querin achtete gut darauf, dass die beiden Rehe auch mithielten.
Die Elben hatten sich heute wieder einmal selbst übertroffen und freudig nahmen die drei Lehrer an der reichlich gedeckten Tafel Platz.
Hatte Soholit es sich eingebildet oder hatte sich die Fellfarbe des Rehbocks gerade ein wenig verändert?
Schmunzelnd bestrich sich Soholit eine Scheibe Brot dick mit einem herzhaften Getreideaufstrich und biss voller Genuss hinein.
Jetzt war er sich sicher, das Fell des Böckchens war deutlich

noch heller als zuvor geworden.
Soholit ließ sich nichts anmerken und plauderte, während er mit viel Genuss weiteraß, angeregt mit zwei Elbendamen, die rechts und links von ihm Platz genommen hatten.
Jetzt kam auch Karlao freudestrahlend zu den dreien angehüpft.
»Schaut mal, was ich hier tolles habe.« Er zog gerade wieder einmal Lias goldene Haarspange hervor.
»Wer von Euch möchte sie denn geschenkt bekommen?«, erwartungsvoll blickte er von einer zur anderen.
Beide Damen hoben amüsiert die Hand.
»Oh«, Karlao war kurz etwas verlegen.
Er trat von einem Fuß auf den anderen.
Dann hatte er einen Geistesblitz: »Ja natürlich, ich breche sie einfach durch und dann kann ich jeder von Euch die Hälfte schenken.«
Er machte sich gerade daran, die Spange in zwei gleiche Teile zu zerbrechen und gab sich dabei alle Mühe, der Gerechtigkeit halber, auch genau die Mitte zu erwischen.
Plötzlich gab es einen lauten Knall und Lia tauchte, zum Erstaunen aller, unweit von Karlao auf.
Eilig hatte sie ihn mit einigen Schritten erreicht und nahm ihm die Spange mit den Worten aus der Hand: »Weißt Du was, wir drei werden die Spange einfach abwechselnd tragen, dann brauchen wir sie nicht kaputt zu machen.«
Karlao war sehr erfreut. »Das ist ja eine wirklich tolle Idee, aber schau mal, was ich auch noch Wunderbares dabeihabe.«
Er zog ein Mobile aus Federn und getrockneten Blumen heraus und hielt es Lia vor die Nase.
»Wie schön«, antwortete diese und quetschte sich noch neben eine der Elbendamen mit an den Tisch.
Hungrig zog sie sich eine große Puddingschüssel heran und begann die Süßspeise schnell in sich hineinzuschaufeln.
»Das ist die letzte Schüssel, oder?«, fragte sie in die Menge und verbarg dabei ein spitzbübisches Grinsen.
Wumm, Finnbar tauchte wie aus dem Nichts mit einem lauten Plopp auf, nahm Lia freundlich, aber bestimmt die Puddingschüssel aus der Hand und begann ohne Worte neben seiner Schwester, diese schnell und mit Appetit

auszulöffeln.
Soholit und Lia brachen in schallendes Gelächter aus.
»Seht Ihr, ich habe es Euch doch gesagt, es geht alles schneller, als Ihr dachtet«, hörten sie ihren, sehr erfreuten, Lehrer sagen.

Vorbereitungen auf eine große Reise

In den nächsten Monaten bereiteten sich Schüler, wie auch die Lehrer gleichermaßen auf das kommende Abenteuer vor.
Die Kinder verfeinerten die Künste der eigenen Verwandlung bis ins Allerkleinste.
Sie lernten auch, wie man unbelebten Gegenständen Leben einhauchte oder diese mit bestimmten Eigenschaften ausstattete.
Das hatte ein wenig Ähnlichkeit damit, wie Lia und Finnbar damals ihre Talismane präpariert hatten.
War dies seinerzeit rein instinktiv geschehen, so wussten sie heute ganz genau und präzise, wie so etwas zu bewerkstelligen war.
Dazu kamen noch bestimmte Schutztechniken, wie beispielsweise sich oder andere, mit einem unsichtbaren Schutzschild zu versehen oder ganz ausgeklügelte Möglichkeiten, sich gegenseitig geheime Nachrichten zu überbringen.
Außerdem war es unabdinglich, sich mit der Geschichte der Menschheit bis ins 21. Jahrhundert zu befassen und mit den neuesten Erfindungen und wissenschaftlichen Erkenntnissen vertraut zu sein. Als sie in dem Zusammenhang den sogenannten Fernseher gezeigt bekamen, wollte Finnbar andauernd die Kochsendungen, die in den Programmen der Menschen recht häufig vorkamen, anschauen.
Lia war wiederum war sprachlos über die zweckmäßige Kleidung, die es für Frauen dort zu kaufen gab und konnte sich an bestimmten Werbekatalogen einfach nicht sattsehen.
Lange hatten sie alle gerätselt, was wohl Quiskan trieb, denn er war oft über längere Zeit spurlos verschwunden gewesen.
Finnbar war es, der es herausfand. Er hatte rein zufällig gesehen, wie Quiskan in einem abgelegenen Waldstück mit einem riesigen Hammer komplizierte Übungen absolvierte.
Als Quiskan ihn bemerkte, winkte er ihn zu sich und sprach verstohlen: »Das ist der Hammer meines verstorbenen Vaters. Orlana hat ihn mir schon vor vielen, vielen Jahren zu meiner Volljährigkeit vererbt.
Er besitzt zahlreiche magische Eigenschaften.

Bisher konnte ich nie viel damit anfangen, aber jetzt dachte ich, er könnte bestimmt hilfreich sein.
Allerdings bin ich wahrscheinlich bislang nur hinter einen Bruchteil seiner Fähigkeiten gekommen.«
Finnbar war beeindruckt.
»Darf ich ihn einmal kurz festhalten?«, fragte er sehr interessiert.
Quiskan reichte dem Jungen bereitwillig den Hammer.
Dieser knickte kurz unter dem immensen Gewicht der Waffe ein.
Voller Achtung schaute er nun zu seinem Urgroßvater.
Es war kaum zu glauben, wie dieser es mit seiner kleinen Körpergröße schaffte, solche schwierigen Übungen mit der ungewöhnlichen und so schweren Waffe zu vollführen.
Auch Finnbar wollte den Hammer einmal schwingen, fiel aber dabei heftig auf seine Nase, welche sogleich zu bluten anfing.
Er versuchte danach, nochmals, gemeinsam mit der Waffe aufzustehen und berührte dabei versehentlich kurz den Hammerkopf mit seiner ramponierten Nase.
Wie durch ein Wunder hörte diese sofort auf zu bluten und tat auch auf der Stelle gar nicht mehr weh.
Perplex schaute Finnbar abwechselnd vom Hammer auf seinen Urgroßvater.
Dieser war nicht minder überrascht.
»Ich glaube, du bist da gerade auf eine neue, wundervolle Eigenschaft dieses magischen Gegenstandes gestoßen.
Wer weiß, vielleicht werden wir eines Tages noch sehr froh über das Ergebnis Deines kleinen Missgeschicks von heute sein.«
Nachdenklich gingen die beiden zusammen zum Gemeinschaftsareal, wo bereits alle anderen versammelt waren.
Quiskan hatte sich entschlossen, dass nun alle in das Geheimnis mit dem Hammer eingeweiht werden dürften und hatte ihn deshalb ganz sichtbar bei sich.
Es war ihm eine große Lehre gewesen, dass Finnbar etwas entdeckt hatte, was ihm vorher verborgen geblieben war.
»Viele Augen sehen mehr als zwei«, murmelte er leise vor sich hin.

Aufgeregt berichtete Finnbar am Tisch sein Erlebnis und alle blickten voller Respekt zu Quiskan mitsamt seinem wundersamen Hammer.
Fünf Monate waren seit dem langen Bericht von Soholit über seine Zeitreisen vergangen.
Langsam rückte also die geplante Mission immer näher.
Sie hatten jetzt nur noch einen Monat Zeit, sich fertig vorzubereiten.
Das war aber noch immer ein Zeitpunkt, der in relativ weiter Ferne lag und niemand war daher in Eile.
»Bitte bereitet Euch auf eine baldige Abreise vor«, wandte sich Soholit, für alle vollkommen unerwartet, schon an diesem Tag an die kleine Gemeinschaft.
»Ich möchte, dass Ihr Euch einen Rucksack mit allem Nötigen schon jetzt bereithaltet und innerlich auf eine kurzfristige Abreise vorbereitet seid.
Ich bitte darum, dass Ihr diese Sachen und auch Eure Waffen von nun an stets in Eurer unmittelbaren Nähe habt.
Wenn es noch wichtige Dinge zu erledigen gibt, dann tut das bitte sofort.
Schiebt nichts mehr auf, denn es könnte ansonsten zu spät dafür sein. Es mag so kommen, dass wir von einer Minute auf die andere losziehen müssen.
Ich habe Berichte, die das nötig machen könnten.«
Erschrocken blickten die Zwillinge zu ihrem Lehrer Soholit.
Auch die anderen waren sehr überrascht.
Jeder hing kurz seinen eigenen Gedanken nach.
Wie viele Abschiede waren doch noch zu nehmen und wie viele Dinge zu klären.
Bisher hatte das alles noch so weit weg ausgesehen.
Nun war es in greifbare Nähe gerückt.
»Was für Berichte sind das genau, die Dich glauben lassen, dass wir schon bald losziehen müssen?«, fragte Querin, nachdem Soholit offensichtlich mit seinen Ausführungen zu Ende gekommen war.
»Ihr müsst wissen, dass auch ich in der letzten Zeit nicht untätig war.
Meine Bruderschaft, also die anderen Druiden, die ebenfalls bei den Elben und dem kleinen Volk im Exil leben und ich

haben es geschafft, von hier aus einen Zeittunnel zu errichten.
Dieser führt genau in das Jahr 2018 an die gleiche Stelle, also nach Irland.
An der anderen Seite des Tunnels haben wir ein unterirdisches Lager in einer Felsengrotte errichtet.
Dieses ist immer besetzt.
Wir unterhalten auch noch weitere Zweigstellen an vielen anderen Plätzen in unterirdisch versteckten Höhlen auf der gesamten Erde verteilt.
Von dort aus senden wir regelmäßig Späher in Tiergestalt aus, um über die Machenschaften unserer Gegenspieler informiert zu sein.«
»Wer sind denn unsere Gegenspieler?«, fragte Finnbar.
»Das ist eine sehr gute Frage«, entgegnete Soholit.
»Wir denken, dass dies wahrscheinlich der Herr der Finsternis mit seinen 16 untergebenen Geistern und deren Helfershelfer sein müssen.
Das wäre nur logisch, denn die Erde ist gerade in seiner Hand.
Er will sie zu Grunde richten.
Das ist sozusagen sein liebster Daseinszweck und auch seine Aufgabe.
Dabei hat er aber normalerweise aber keine Eile, er kostet jeden Moment bis zum Ende aus.
Er ist ein echter Genießer mit sehr viel Zeit.
Da er nicht direkt eingreifen darf, begnügt er sich an und für sich damit, immer wieder nur Gier und Finsternis in den Geist der Menschen zu bringen.
Dann muss er sich nur noch zurücklehnen und beobachtend den Untergang abwarten.
Alles andere, also sein geplantes Zerstörungswerk, geschieht dann später wie von selbst.
Er hat zwar auch schon gegen die ehernen Gesetze verstoßen, was unsere liebe Lucinda damals leider zu einem Waisenkind gemacht hatte, aber wir hatten gehofft, dass die schwere Rüge, die er dafür von seiner Mutter, „Der Einen“ erhalten hatte, ihn von solchen weiteren Taten zurückhalten würde.

Die direkte Einmischung am Tag der Zwischenprüfung von Lia und Finnbar und dann der Überfall auf mich und Querin waren daher mehr als ungewöhnlich und lassen vermuten, dass hier gerade wieder etwas Ähnliches geschieht.
Unsere Späher hatten schon eine Weile ein finsteres Geschöpf namens Shay im Visier.
Er wurde stets von seinem grausigen Herren Patros entsendet, um die Zerstörung von bestimmten Dingen enorm zu beschleunigen.
Diese zwei beherrschen ebenfalls die Kunst des Zeitreisens. So haben wir zum Beispiel beobachtet, dass sie ein weiträumiges Waldstück, das sowieso in den nächsten 20 Jahren wegen einer kommenden Dürre abgestorben wäre, angezündet haben und dadurch die Vernichtung viel schneller als geplant vonstattenging.
Vieles in dieser Art wurde uns inzwischen von den beiden finsteren Gestalten berichtet.
Wie gesagt, diese Eile ist für den Herrn der Finsternis nicht typisch. Und dann auch noch das direkte Eingreifen. Das wurde von uns schon lange nicht mehr beobachtet und wir sind sicher, dass das auch wieder gegen die kosmischen Regeln verstößt. Wer genau dies aber anordnete, ist uns leider nicht klar. Möglicherweise gibt es also neben dem Herrn der Finsternis noch einen weiteren unbekannten Gegner.
Gerade erst geschah etwas, das uns sehr zu denken gibt: Patros und Shay lebten mit noch einigen anderen zwielichtigen Bösewichtern in einer weit abgelegenen Burg. Diese Burg stand etwa 10 Tagesritte von hier entfernt und war hauptsächlich während unserer Zeit bewohnt.
Jenes Anwesen wurde nun vor zwei Tagen von unbekannten Feinden dem Erdboden gleichgemacht, wie uns gestern berichtet wurde.
Es gab keinen einzigen Überlebenden.
Wir nehmen an, dass es sich um eine Art Bestrafung handelte.
Immerhin hatten uns die Bewohner der Burg nicht töten oder aufhalten können, sollten das wirklich ihre Befehle gewesen sein. Wir haben großen Grund zur Annahme, dass

Patros und Shay hinter der Aktion mit dem Ungeheuer am Teich gestanden hatten und vorgestern für ihr Versagen mit dem Tode bestraft wurden.
Wir glauben, dass, wer immer auch der Auftraggeber dafür gewesen ist, sich jetzt bereits neue, bessere Diener gesucht hat, die eventuell effektiver versuchen werden, uns zu blockieren und zu töten, sowie die Zerstörung des Planeten Erde weiter zu beschleunigen.
Wir alle hier sind diesem unbekannten Feind mit Sicherheit ein großer Dorn im Auge, da wir ja die Vernichtung der Erde verhindern möchten.
Der Herr der Finsternis hat es aus unerklärlichen Gründen plötzlich sehr eilig mit der Zerstörung der Erde.
Oder aber es gibt, wie gesagt, noch eine weitere Macht, die uns bislang noch völlig unbekannt ist und die ebenfalls den Untergang unseres Planeten mit Macht vorwärts treibt.‘
Derjenige jedenfalls, der das so schnell vorhat, scheint sich offenbar so klug und so sicher zu fühlen, dass er sich ohne Weiteres getraut, einfach die ehernen kosmischen Gesetze zu übergehen.
Dass es sich dabei vielleicht um Menschen handelt, haben wir inzwischen vollkommen ausgeschlossen.
Niemand von diesen verfügt über solche enormen Fähigkeiten, wie wir sie hier bei dem Überfall auf mich und Quiskan erlebt haben.
Die wenigen Menschen, die über bestimmte magische Begabungen verfügen, sind mit Sicherheit auf unserer Seite.
Daher müssen wir ab sofort bereit sein.
Die eventuell neuen Diener unseres unbekannten Gegenspielers werden vielleicht keine Zeit mehr verlieren wollen.
Alles ist möglich.«

Der letzte Abend

Lia und Finnbar kehrten alsbald zu ihrem Wohnbaum zurück und packten gemeinsam und sehr aufmerksam ihre Sachen. Viel konnte davon abhängen, dass sie jetzt nichts Wichtiges vergaßen.

Sie hatten einige ihrer persönlichen Gegenstände und Kleidung besonders präpariert, damit diese ihren Schutz gewährleisten würden oder als eine überraschende Waffe dienen konnte.

Schon wieder stand den Zwillingen ein bitterer Abschied bevor.

Ihnen war sehr schwer ums Herz.

Mit wem wollten sie vor der Abreise noch reden?

Sie einigten sich, zuerst Selma und Angar, den beiden freundlichen Elben und gleichzeitig Ihren Lehrern im Bogenschießen zu danken.

Dann wollten sie unbedingt noch Karlao besuchen und Lia wollte sich auch noch von der weisen Orlana verabschieden.

Die Elben hatten schon von den neuen Umständen gehört.

Offenbar waren sie mehr in die ganze Geschichte involviert, als die Kinder es wussten.

Lia und Finnbar bekamen von dem Elbenpaar jeweils einen wunderschönen Bogen, der genau auf Ihre Größe abgestimmt war, geschenkt.

Da beide noch im Wachstum waren, war in die Bögen sogar eine verstellbare Vorrichtung eingebaut, mit deren Hilfe, die Waffen mit den Kindern mitwachsen konnten.

Die Zwillinge waren sehr ergriffen und wussten gar nicht, wie sie sich bei den zweien bedanken sollten.

Sie nahmen sie daher einfach nur ganz fest in die Arme und mit Tränen in den Augen sagten sie ihnen Danke und Lebewohl.

Dann machten sie sich auf die Suche nach Karlao.

Sie fanden ihn auf einer duftenden Blumenwiese, umgeben von Hunderten kleiner Feen.

Er sah, wie immer sehr glücklich aus.

»Schaut mal, wer mich heute alles besucht.« Fröhlich deutete er auf die Feenschar. »Das sind alles meine Freundinnen.«

Als Finnbar dann nach einem langen, unbekümmerten Wortschwall auch einmal zu Wort kommen konnte, sprach er zu Karlao:
»Schau mal, was ich hier Tolles habe, möchtest Du es geschenkt bekommen?«
Mit einem Ausdruck im Gesicht, den er sich von Karlao abgeschaut hatte, überreichte er sein wertvolles Amulett mit strahlender Miene an den gemeinsamen Freund.
Dieser reagierte überraschenderweise sehr nachdenklich.
»Das ist ein Abschied, oder?«, fragte er traurig.
Lia nickte ihm, mit Tränen in den Augen bejahend zu.
Karlao hängte sich die Kette feierlich um den Hals und sprach: »Ich werde das Amulett in Ehren behalten und wenn es mir irgendwie möglich sein wird, dann gebe ich es Dir dereinst zurück.«
Und damit schlang er seine kurzen Arme erst um Lias und dann um Finnbars Bauch, um sich zu verabschieden.
»Ich wünschte, ich könnte Euch begleiten, aber Kämpfen, das ist einfach nicht meine Sache.
Möge alles Glück der Welt mit Euch sein.
Bleibt gesund und fröhlich und passt gut aufeinander auf.
Ich muss jetzt leider weiter, da drüben warten noch einige andere Freunde auf mich.«
Er zeigte wage auf eine Ansammlung von riesigen grün glitzernden Käfern und machte sich dann schnell auf den Weg.
Die Kinder meinten zu bemerken, dass Karlaos Gang ein bisschen weniger beschwingt war als sonst.
Mit blutendem Herzen gingen Lia und Finnbar nun noch in Richtung des Wohnbereichs von Orlana.
Diese saß draußen in einem großen Sessel unter einer mächtigen Eiche, so als hätte sie die Kinder schon erwartet.
Von weitem hörten sie eine muntere Quelle plätschern.
»Nun ist der Tag des Abschieds gekommen, liebe Lia und lieber Finnbar.
Bedenkt bitte noch eines: Nur der kann glücklich und erfolgreich sein, der immer wieder loslässt und sich den äußeren Begebenheiten anpasst.
Merkt Euch, dass man in jeder Situation immer auch gute

Dinge erkennen kann und gewöhnt Euch an, diese am Abend eines jeden Tages aufzuzählen.
Dann werden andere gute Dinge wie Magnete zu Euch angezogen werden.
Hütet Euch aber vor Pessimismus und dem ständigen Nachdenken über die schlimmen Dinge im Leben, denn dadurch vermehrt Ihr dann diese.
Es werden große Prüfungen auf Euch zu kommen, aber ich bin sicher, dass Ihr das beste Fundament habt, um diese zu bestehen.
Vergesst nie, was davon abhängt.
Es geht um die Zukunft unseres Planeten.
Sie stand auf und umarmte die Kinder einen nach dem anderen.
Dann überreichte sie jedem ein kleines Fläschchen, welches an einer starken Lederschnur befestigt war und an dem jeweils eine kleine Eichel hing.
Dieser Trank ist für den Tiefpunkt Eurer Reise vorgesehen.
Trinkt ihn nur, wenn größter Kummer oder Not sich Eurer bemächtigt hat.
Die Eicheln pflanzt ein, wenn Ihr dereinst dringend Bäume benötigt.
Sie werden die Kinder dieser alten Eiche hier sein.
Sie stammt noch von unserer guten alten Platana.«
Die Kinder nahmen die kostbaren Geschenke dankend entgegen und hingen sich die Lederbänder samt dem Fläschchen sogleich um den Hals.
»Ich werde von Zeit zu Zeit im Geiste nach Euch sehen und versuche so gut ich kann, über Euch zu wachen, solange mir das noch möglich ist.
Auf Wiedersehen und gehabt Euch wohl«, und damit verblasste Orlana vor den Kindern und verhinderte damit, dass sich diese traurige Abschiedsszene noch endlos hinziehen konnte.
Die nächste Station für die Zwillinge war nun noch der allgemeine Aufenthaltsbereich, wo es jetzt ein Abendessen gab.

Dort herrschte zum ersten Mal, seit die Geschwister sich erinnern konnten, eine recht melancholische und auch sehr angespannte Stimmung.
Außerdem sahen sie heute dort nur noch bewaffnete Krieger an der Essens-Tafel und auf dem Areal verteilt.
Keine einzige Elbendame war, wie gewöhnlich, schön gewandet anwesend und es gab auch nicht, wie sonst jeden Abend, etwas entfernt vom Tisch, Musik und Tanz.
Als die Zwillinge jedoch genauer hinsahen, erkannten sie die beiden Elbendamen von dem Tag, als sie sich zum ersten Mal allein von einem Reh in einen Menschen verwandelt hatten und Lia gerade noch hatte verhindern können, dass Karlao ihretwegen Lias goldene Haarspange zerbrach.
Nicht nur diese Elbendamen waren gekommen.
Es waren alle Elben, genau wie an jedem Tag erschienen.
Jedoch war jede und jeder wie ein Krieger gekleidet und hatte seine Waffen bei sich.
Die Geschwister hatten ganz vergessen, dass bei den Elben Männer, wie auch Frauen gleichermaßen im Kampf ausgebildet waren.
Trotz alledem langte Finnbar auch heute beim Essen kräftig zu, denn er war, wie immer, sehr hungrig.
Lia packte für beide noch sicherheitshalber etwas Wegzehrung und Wasser zum Trinken in ihre Rucksäcke.
Beide löffelten gerade nachdenklich und still ihren Nachtisch, als sich der Himmel ganz plötzlich verdunkelte.
Gleichzeitig hörten die Anwesenden einen fürchterlichen Lärm.
Alle schauten in Alarmbereitschaft nach oben.
Soholit war aufgesprungen und hatte bereits einen magischen Spruch auf den Lippen.
Auch er hatte seinen Reisebeutel dabei und neuerdings begleitete ihn immer auch ein großer Eichenstab, den er präpariert und als seinen Kampfstab erkoren hatte.
Quiskan, Querin und Lucinda hatten sich ebenfalls schnell zu ihnen gesellt.
Die Zwillinge sahen, wie Selma und Angar mit gespannten Bögen und Nerven in ihrer Nähe standen.
Langsam konnte man am Himmel große schwarze fliegende

Objekte erkennen.
Soholit schrie: »Das sind ja Kriegsmaschinen der Menschen. Wie kann das sein, sie können doch nicht in die Anderswelt eindringen?«
Sofort wirkte er einen starken Schutzschild um alle Anwesenden.
Aus den Maschinen wurde nun das Feuer eröffnet.
Das waren keine Waffen, wie die Anwesenden sie kannten oder erwartet hatten.
Eiserne kleine und große Kugeln prallten von dem Schutzschild ab.
Die Maschinen waren jetzt so nah, dass man ins Innere blicken konnte.
Niemand saß darin. Das war gespenstisch.
»Das erklärt, warum sie hier eindringen konnten. Diejenigen, die sie lenken, sind definitiv keine Menschen«, rief Soholit gegen den Lärm an.
»Aber ich kann kein Wesen darin erkennen«, rief Lucinda, die sich bemühte, den Schrecken aus ihrer Stimme herauszuhalten.
»Ich kann sie spüren, das sind Teile der Präsenz, die mich und Quiskan damals überfallen haben«, rief Soholit beunruhigt. Quiskan nickte bestätigend und umschloss seinen Hammer mit fester Hand. »Wir müssen auf alles gefasst sein, wappnet Euch gut«, schrie Soholit noch und dann fiel als Erstes der Schutzwall. Scharfe Munition traf in die Menge und einige der Elben-Krieger, die auf so etwas nicht vorbereitet gewesen waren, sanken zu Tode getroffen zu Boden.
Lia und Finnbar hatten ihre Wäsche, die sie trugen,S so präpariert, dass sie wie kugelsicheren Panzerhemden wirkten. Genauso vorbereitet waren auch ihre Hüte.
Das hatten sie in der Gruppe nach dem Geschichtsunterricht und der Waffenkunde der Menschen so verabredet.
Somit war die kleine Schar fürs Erste geschützt.
Auch die Elben hatten sich nun in Deckung begeben und boten dem Feind keine so leichte Angriffsfläche mehr.
Schwieriger war es, sich zu wehren, denn es war kein Gegner zu sehen, den man hätte angreifen können.
Und dann spürten sie den Lähm Zauber.

Noch waren sie nicht vollkommen davon überwältigt, aber es fehlte nicht mehr viel.
»Rückzug«, brüllte Soholit aus Leibeskräften.
Alle Elben verschwanden auf der Stelle.
»Verwandelt Euch in Bienen und fliegt mir hinterher«, schrie Soholit gegen den Motorenlärm an.
Da Bienen selbst voller Gift sind, das ihre Opfer zum Teil auch lähmen kann, hatte der böse Zauber des Feindes nun kaum noch Macht über die sechs Freunde.
Wie im Unterricht für den Notfall verabredet, trafen sie sich jetzt in einer kleinen, nahegelegenen, aber gut versteckten Höhle.
Dort verwandelten sie sich zurück.
Angstvoll sahen sich alle um. Sie waren noch vollzählig und unversehrt.
Offenbar hatte auch jeder seine Reiseutensilien und die Waffen mitnehmen können.
»Wir müssen jetzt auf der Stelle losgehen, wir können nicht mehr zu den Elben zurück.
Unsere Mission beginnt sofort und hier.
Uns ist leider der Weg zum Zeittunnel meiner Bruderschaft abgeschnitten.
Daher müssen wir jetzt jeder allein auf eine Zeitreise gehen.
Wir treffen uns genau hier im Jahr 2018.
Von hier aus ist es nicht so weit, bis zu dem Stützpunkt, wo unsere Leute uns weiterhelfen können.
Ich werde uns dorthin führen.
Ist so weit alles klar? Alle nickten.
Lia schlang im letzten Moment noch ein Seil um sich und Finnbar, denn das hatten sie sich ausgedacht, um unterwegs nicht getrennt zu werden.
»Wir müssen sofort los, auf drei«, schrie Soholit.
»Eins, zwei, drei«.
Lia und Finnbar hielten sich jetzt zusätzlich noch an den Händen.
Alles verschwand und drehte sich.
An und für sich hatten sie das astrale Reisen in der Zeit schon ganz oft geübt und normalerweise war man binnen Augenblicken am gewünschten Ort.

Aber dieses Mal war es anders.
Die Zwillinge fühlten zunächst ein Ziehen, das sich dann in einen Sog, ähnlich einem Strudel, verwandelte.
Sie hatten vollkommen die Kontrolle verloren und waren jetzt hilflos einer unbekannten Kraft ausgeliefert.
Krampfhaft hielten die Kinder sich gegenseitig fest und waren sehr froh, dass ihnen das Seil dabei behilflich war.
Lia war schon immer ein sehr vorsichtiger und vorausschauender Mensch gewesen und hatte das Seil daher so präpariert, dass es niemals reißen konnte.
Der Sog versuchte aber mit aller Macht, die Kinder zu trennen.
Lia bekam daher kaum noch Luft, so sehr schnitt ihr das Seil in die Hüfte. Finnbar erging es ähnlich.
Außerdem hatte er in dem Tumult den wunderschönen Bogen der Elben verloren.
Es war, als hätte es sich der Sog plötzlich anders überlegt.
Das Seil erschlaffte.
Dafür wurden die Geschwister nun gemeinsam in Richtung eines sehr hellen Lichts gezogen.
Lia verkrampfte sich vor Angst.
Genau das hatte sie dereinst vor ihrer ersten Tandem-Astralreise mit Orlana geträumt.
Und da erblickte sie auch schon das, von ihr so sehr gefürchtete, Spinnennetz.
Mit aller Kraft versuchte sie sich dem Sog entgegenzustemmen und schrie Finnbar zu, das Gleiche zu tun.
Genauso gut hätten sie aber auch versuchen können, den Mond vom Himmel zu pflücken.
Sie hatten nicht die geringste Chance.
Näher und näher kamen sie dem gefährlichen Netz.
Finnbar schrie, er war schon gefangen.
Kurz darauf ging es Lia genauso.
Hektisch sah sie sich um und erblickte, wie auch schon zuvor im Traum die riesengroße Albino-Spinne.
Das Untier machte sich sofort auf den Weg zu den Kindern, um diese zu töten.
Lia war noch in der Lage, ihre Arme so weit zu befreien,

sodass sie gerade noch ihren Bogen spannen konnte.
Sie zielte genau auf die Augen der Spinne.
Es war, als hörte sie in ihrem Bewusstsein ein schauriges Gelächter.
Der Sog zerbrach ihre Pfeile einfach wie Streichhölzer.
Die Spinne kam immer dichter an Lia heran.
Sie war kaum mehr einen halben Meter von ihr entfernt.
Angstvoll sahen die Kinder die Mundwerkzeuge der gigantischen Spinne arbeiten.
Weißer Schaum lief daraus hervor.
Gerade als das Untier Lia mit einem Biss lähmen wollte, zog Finnbar sein Schwert und hieb ihr die beiden Mundwerkzeuge ab.
Die Spinne schrie in einem schrecklichen hohen Ton ihren Schmerz heraus. Es war schier nicht zum Aushalten.
Daraufhin erschienen alsbald zwei weitere weiße Spinnen.
Diese näherten sich von rechts und links den Geschwistern.
Lia war wie gelähmt vor Schreck.
Auch Finnbar hatte allen Mut verloren, denn beide sahen, dass zusätzlich etwa zehn, noch viel größere Spinnen auf dem Weg zu ihnen waren.
Lia schloss in Erwartung des Todes die Augen.
Sie drückte die Hand ihres Bruders noch einmal ganz fest zum Abschied und ergab sich in ihr unausweichliches Schicksal.
Sie roch einen schrecklich fauligen Gestank, der aus dem Spinnenmaul kam und schon fühlte sie die Mundwerkzeuge auf ihrer Brust.
Da hörte sie plötzlich eine strenge und ehrfurchtgebietende Stimme.
»Jetzt ist es aber genug!!«
Lia und Finnbar spürten im gleichen Moment, wie der Sog nachließ, sie aus den Spinnennetzen gezogen wurden und sie sich wieder um sich selbst drehten, so wie es bei einer Zeitreise üblich war.
Nur dauerte die Prozedur dieses Mal um einiges länger.
Lia hatte nun auch den guten Bogen der Elben verloren.
Die Kinder waren immer noch durch das starke Seil miteinander verbunden, hatten sich aber nicht mehr an den

Händen halten können.
Lia war es schon ganz übel von dem stetigen Drehen und nach einer gefühlten Ewigkeit begannen sie plötzlich zu fallen.
Irgendwann stürzten sie hart auf allen vieren auf einen steinigen Boden.
Lia hatte sich dabei arg an ihrem Ellenbogen gestoßen und rieb sich diesen vor Schmerz.
»Wo in Gottes Namen sind wir denn jetzt hier gelandet?«, rief sie laut aus.
Als sie sich verstört umblickte, sah sie viele verschiedene und sehr erstaunte Augenpaare auf sich gerichtet.
»Cerafine, weißt Du, wer das ist?«, hörte sie jemanden verwundert rufen.

Cerafine aus Aquarius

- Planet Aquarius -, etwa 11 Jahre zuvor. -
Ein Dutzend Kleinkinder von etwa zwei Jahren tummelten sich gerade vergnügt auf einer frühlingshaften Wiese im Sonnenschein.
Viel gab es dort für sie zu tun und zu entdecken: Einen Sandkasten, ein Kletterbäumchen, eine Wanne mit Lehm zum Kneten, sogar ein kleines, natürliches Wasserbecken zum Spielen war vorhanden.
Genau da war momentan der Andrang am größten.
Munter bespritzten sich die Kinder gegenseitig und zusammen mit den lehmbeschmierten Händchen ergab das eine wunderbare Matscherei.
Glücklich blickten einige der Kleinen zu Tante Lisa, die ihre heutige Betreuerin war.
Sie stand etwas abseits mit einem Grüppchen von Eltern, die an diesem Tag dazugekommen waren.
Immer mal wieder schauten die Eltern ihren Kindern hingerissen und freudig zu, dann aber drehten sie sich auch wieder in eine andere Richtung.
Die Kinder waren hier absolut sicher und gut aufgehoben und zu viel Aufmerksamkeit war bekanntlich auch nicht gut für die Kleinen.
Nach einer Weile wandte sich Arsentos an seine Gefährtin Saphira: »Schau doch mal, was Cerafine da merkwürdiges tut.« In seinem Gesicht spiegelte sich eine Mischung aus leichter Besorgnis und Belustigung wider.
Auch Saphira blickte nun zu ihrer gemeinsamen Tochter.
Diese hatte begonnen oder versuchte es zumindest, die anderen Kinder in einer Reihe hinter sich aufzustellen.
Dann ging sie leicht in die Knie und hob und senkte die Ärmchen schnell auf und ab.
Sie blickte sich um und stellte verärgert fest, dass die anderen Kinder es ihr nicht gleichtaten.
Daher drehte sie sich um und machte das Ganze nochmals vor.
»Nochmal«, kommandierte sie mit ihrem Kinderstimmchen und wedelte wieder recht hektisch mit den Armen, wie ein

Vögelchen, das Fliegen lernt, hoch und wieder herunter.
Tatsächlich standen da nun insgesamt zwölf Zweijährige hintereinander und hoben und senkten ziemlich schnell im Takt ihre Ärmchen.
Tante Lisa war die Überraschung von Cerafines Eltern aufgefallen.
Sie trat zu ihnen und erklärte leise:
»So etwas Ähnliches habe ich schon öfter bei Cerafine beobachtet.
Gestern war doch das große Tha-Chi-Fest.
Ich glaube Cerafine hat sozusagen gerade eine eigene „Thai-Chi Übung“ angeleitet.
Nur an dem Drosseln der Geschwindigkeit sollte sie noch etwas arbeiten, würde ich sagen.«
Leise lachend wandten sich die drei dezent von dem Geschehen auf der Spielwiese ab.
Kurz darauf hakte Arsentos noch einmal nach.
»Du hast so etwas schon öfter beobachtet?«, wandte er sich leise fragend an die Betreuerin.
»Es scheint, als würde Cerafine es mögen, andere mit diesem oder jenem anzuleiten.
Vor kurzem hat sie zum Beispiel versucht, die große Ratsversammlung mit den anderen nachzuahmen.
Sie muss wohl sehr beeindruckt von dem letzten Besuch bei der Versammlung gewesen sein«, antwortete Tante Lisa freundlich.
Saphira und Arsentos nahmen diese Information ohne weitere Bemerkungen auf und schauten wieder zu dem Treiben der Kleinen.
Die Kinder hatten die Thai-Chi-Übungen schon längst wieder vergessen und waren eifrig damit beschäftigt, den Lehm im Wasserbecken zu waschen.

Meine ersten Erinnerungen

sind ein fürsorgliches Gesicht, das mich staunend betrachtet und warme verlässliche Arme, die mich halten und wiegen.
Saphira, meine Mutter, war eine wunderschöne, gutmütige und weise Frau.
Meine Eltern hatten mir nach meiner Geburt liebevoll den Namen „Cerafine“ gegeben.
Wenn ich so weit zurückdenke, wie ich nur kann, dann erblicke ich immer die umsorgenden Augen meiner Mutter und ihr tiefes, sehr schönes Gesicht.
An meinem kleinen Körper spüre ich ihre haltenden Hände und ich fühle mich sicher.
Das ist mein absolutes Fundament, auf das ich stets in meinem Leben zurückgreifen kann.
Sehr oft lag ich auch mit ihr draußen in der Sonne in der Nähe eines kleinen Weihers und sie legte mich unbekleidet auf ihren nackten Bauch. So sog ich mit jeder Zelle die Gewissheit ein, dass ich immer geborgen und umsorgt bin und dass alles verfügbar ist, was ich je benötigen könnte.
Meine Mutter sang mir viele wunderschöne Melodien vor und für mich war sie dann immer die schönste und beste Frau der Welt.
Ganz am Anfang drehte sich mein ganzes Universum nur um sie.
Sehr früh schon zeigte sie mir, zu meinem Entzücken, auch die Pflanzen und kleinen Tiere, die den Wald bevölkerten, in dem wir lebten.
Ich liebte diese Spiele sehr.
Meine Mutter hatte praktisch alle Zeit der Welt für mich, denn einen Lebensabschnitt wie diesen, konnte sie nur einmal in ihrem Dasein so direkt erleben.
Bei uns auf Aquarius kann nämlich jede Familie immer nur ein Kind bekommen, denn wir werden sehr, sehr alt und würden sonst zu viele Wesen auf unserem Planeten werden.
Damit dieses eine Kind kein Einzelkind sein muss, erwarten immer so circa zehn bis zwölf Familien zur ziemlich ähnlichen Zeit ein Baby.

Diese Gruppe von Kindern wächst zusammen auf, spielt gemeinsam und wird auch später in einer Klasse unterwiesen.
Erst nach frühestens sieben oder vierzehn Jahren ist dann wieder ein neues Kinderjahr für weitere zehn bis zwölf Familien möglich.
Es wird auch immer darauf geachtet, dass zumindest innerhalb von 49 Jahren die gleiche Anzahl von Mädchen und Jungen geboren werden. Dies wird, wie alles hier auf Aquarius, nur durch die reine und gerichtete Konzentration des Geistes in der Gegenwart erreicht.
In der ersten Zeit treffen sich die Mütter oft zusammen mit ihren kleinen Kindern, damit diese sich kennenlernen und zusammen spielen können.
Später sind dann nur noch einige Mütter dabei und irgendwann nur noch eine Unterweiserin.
Auf unserem Planeten werden die Kinder am Anfang, wenn sie noch nicht laufen können, immer getragen und sind stets am Körper der Mutter.
Den Vater nimmt man zu Beginn als eine liebevolle Präsenz und schützende Kraft hinter der Mutter wahr.
Nach und nach kommt er dann mehr ins Spiel.
Ab dem achten bis zum vierzehnten Lebensjahr des Kindes beschäftigt er sich mit dem Heranwachsenden dann sehr viel öfter.
Arsentos, mein Vater, war auch damals schon ein stattlicher Mann und man sagte ihm nach, dass er ganz besonders stabil im ewigen Gleichgewicht ruhte.
Er war absolut verlässlich und gerecht.
Daher ist er, so wie auch meine Mutter, Mitglied im »Großen Rat des Planeten«.
Das Leben wird bei uns in Sieben-Jahresabschnitten eingeteilt.
In den ersten sieben Jahren leben die Kinder einfach komplett ihr kleines »Ich« und zeigen dadurch ganz intuitiv, was sie in dieses Leben an Eigenschaften und Besonderheiten mitgebracht haben.
Man kann so nach und nach erkennen, was ihnen in ihrem neuen Körper an Talenten und auch Fähigkeiten mit auf den

Weg gegeben wurde.
Dabei ist praktisch alles erlaubt, was nicht dem Kind oder jemand anderem Schaden zufügen würde.
Die Kleinen können sich auf diese Weise ganz frei entfalten und sich den Erwachsenen genauso offenbaren, wie sie sind.
Die Eltern nehmen ohne jegliche Wertung einfach nur liebevoll wahr, was für ein neues Wesen sich in ihrem Kind hier und jetzt offenbaren möchte.
Die Kinder lernen spielerisch und vor allem durch das Vorbild ihrer Eltern.
Sie dürfen so gut wie überall dabei sein.
Wenn die Erwachsenen gemeinsam in der Stille Kraft und Reinheit tanken oder der Große Rat tagt – dann sind die Kinder ganz natürlich auch mit an dem Ort.
So tauchen sie wie selbstverständlich in die Schwingung der friedlichen und wertungsfreien Liebe, die bei uns auf dem ganzen Planeten vorherrscht, ein.
Diese Grundeinstellung aller Wesen bei uns drückt sich in der Sprache auch in der »Ode der Weisheit« aus.
Diese Ode hörten wir zu den verschiedensten Ereignissen und an allen möglichen Orten wieder und wieder.
Unsere frühe Kindheit war genau das, was sie sein sollte, ein abenteuerliches Paradies für die Kleinen und eine große Freude für die Erwachsenen.

Die anfänglichen Unterweisungen

Vom achten bis zum vierzehnten Lebensjahr werden wir Gleichaltrigen alle zusammen in einer Klasse in den verschiedensten Fächern und Bereichen unterwiesen.
Im Gegensatz zu den ersten sieben Jahren, wo es mehr um die Intuition geht, wird jetzt der Verstand der Heranwachsenden mehr gefördert und hat auch einen sehr wichtigen Platz.
Vom 15. bis zum 21.Lebensjahr gibt es, jeweils in kleineren Gruppen von Jugendlichen, die ähnliche Interessen auf bestimmten Gebieten haben, eine intensivere Ausbildung.
Jeder darf nun stets genau das lernen, was ihm liegt und wozu er am meisten Lust hat.
Es ist die Zeit des Ausprobierens und des Sich Findens.
In dieser dritten Phase wird der Verstand wieder unwichtiger.
Er wird dann sozusagen an den Platz des willigen Dieners verwiesen, wofür er uns im Leben ja auch mitgegeben wurde.
Er soll jetzt nur noch unser Werkzeug sein, um Dinge intelligent tun und gestalten zu können.
Nicht aber unser Herrscher, der uns und unsere Umgebung ständig bewertet und rein rationale Entscheidungen ohne Liebe vorschlägt.
Nach und nach wird durch Übungen der Zentrierung im Moment dann auch das Verweilen im Großen »Ich« zwar noch spielerisch, aber viel intensiver als früher, geübt.
Es ist nicht so, als ob wir das nicht sowieso schon seit der Geburt wie mit der Muttermilch eingesogen hätten.
Aber es wird uns jetzt klargemacht, wie wirklich viel wichtiger das »Wir« vor dem »Kleinen Ich« ist.
Bei diesem »Wir«, das wir auch das »Große Ich« nennen, ist rein gar nichts ausgeschlossen.
Weder Gut noch Böse, Hell oder Dunkel, Laut oder Leise, jegliches Wesen, Element oder auch gar nichts sind vom »Großen Ich« ausgeschlossen.
Wir lernen also in dieser letzten Ausbildungsphase, was für den Bestand unseres Planeten total überlebenswichtig ist, nämlich wirklich intelligente Entscheidungen zu treffen, die

aber stets zum Wohle aller sein müssen.
Dies ist immer automatisch so, wenn aus der tiefen, allumfassenden Liebe oder aus dem Herzen und nicht aus dem Verstand gehandelt wird.
Nach dem 21. Lebensjahr ist dann für alle genau sichtbar geworden, was für Lebensaufgaben für den jungen Menschen möglich sind und sie werden dann langsam erwachsen.
In den folgenden sieben Jahren sammeln sie weitere Erfahrungen, in dem Gebiet, auf das sie sich spezialisiert haben.
Mit 28 Jahren wird man dann in den Kreis der Erwachsenen aufgenommen.
Dafür gibt es wunderschöne Rituale bei uns.
Unser Jahrgang konnte das schon einmal miterleben, als wir sieben Jahre alt waren.
Besonders feierlich habe ich empfunden, als wir alle zusammen die »Ode der Weisheit« gesungen haben und dann später jeder neue Erwachsene sie nochmals für sich gesprochen hat.
Irgendwann werde ich sie Euch auch einmal vortragen, aber jetzt dauert das mir gerade zu lange.
Natürlich endet mit dem Erwachsenwerden dann nicht das Lernen für uns, das hört nämlich niemals auf.

Frühe Kindheit und das zweite Jahrsiebt

Aber, ich glaube, ich muss wohl der Reihe nach berichten, damit Ihr mir auch folgen könnt.
Meine Mutter hat mir erzählt, dass sich bei mir als Erstes meine Schnelligkeit in den Vordergrund drängte.
Ich war bei allem viel früher dran als die anderen und konnte auch schwer etwas abwarten.
Kein Wunder, dass in dem Ritual, während dessen unsere Krafttiere bestimmt wurden, ich den Otter hatte.
Das ist ziemlich selten für Aquarius und auch nicht unbedingt das, was man sich freiwillig aussuchen würde.
Aber ein Gesetz bei uns ist: »Wie es von selbst geschieht, so ist es heilig«, also wurde das bei mir wohlwollend akzeptiert.
Bei uns wird immer alles, was sowieso schon da ist und sich nicht ändern lässt, wohlwollend akzeptiert, denn es geht stets darum, dass wir im inneren Gleichgewicht sind.
Nur so können wir uns und unseren Planeten durch reine Konzentration immer wieder so erschaffen, wie wir ihn uns wünschen.
Wenn die Unterweisungen im achten Lebensjahr beginnen, lernen wir zuerst, ganz still und in innerer Aufmerksamkeit zu sein.
Dadurch kann man seine Identifikation von dem »Kleinen Ich« langsam in Richtung des »Großen Ich« verschieben.
Dabei erlebt man dann ganz direkt in einem selbst, dass alle Wesen im Ursprung gleich sind.
Nicht nur auf Aquarius, sondern einfach überall und dass wir daher sozusagen alle ein gemeinsames großes »Ich« haben.
Deshalb müssen wir nicht nur für uns selbst, sondern auch gleichzeitig für alle anderen sorgen.
Ziemlich langweilig, wenn Du mich fragst.
Aber offenbar soll das die absolute Grundlage für eine höher entwickelte Zivilisation sein, weil dann alle einander achten, aneinander denken und steter Frieden herrscht.
Wir lernen aber auch Mathematik, lesen und schreiben, Geschichte und vieles mehr.
Da wird der Kopf ganz schön angestrengt.
Damit uns das nicht zu viel wird, können wir dazwischen

immer wieder auch handwerkliche oder künstlerische Dinge tun.
Sport spielt auch eine große Rolle.
Es gibt aber keine Bewertungen darüber, ob jemand etwas gut oder schnell begriffen hat.
Es geht bei uns eher um das Team und um die Freude.
Eigenschaften, wie hilfsbereit zu sein oder zu teilen, werden eher honoriert als alleiniges Vorpreschen bei einer bestimmten Aufgabe.
Es ist auch ganz egal, wer zum Beispiel am weitesten springt.
Es geht einfach nur darum zu springen und dabei glücklich zu sein.
An dieser Stelle möchte ich Euch endlich einmal meine erweiterte Familie, nämlich die kleine Gruppe von gleichaltrigen Jahrgangs-Geschwistern, mit denen ich zusammen aufwachse, genau vorstellen.
Wir sind, wie schon gesagt, alles in allem zwölf Kinder.
Das wären: Basilica, Senta, Seline, Paula, Andaria und Cerafine, das bin ich, als die Mädchen und Siegmund, Thalion, Leander, Danton, Distiros und Andor, unsere Jungen.
Wir kannten uns, wie Ihr ja bereits wisst, schon von klein an und hatten, wie selbstverständlich gelernt, uns mit unseren verschiedenen Fähigkeiten und äußeren Erscheinungen komplett so hinzunehmen, wie wir eben so waren.
Nach und nach liebten wir uns so sehr, wie Geschwister oder gar Zwillinge es tun und wurden eine verschworene kleine Gemeinschaft.
Nach den Unterweisungen verbrachten wir unsere freie Zeit stets zusammen.
Mal trafen wir uns bei der einen oder anderen Familie zum Spielen oder wir gingen an ganz andere Orte, wie an den Strand oder in den Wald.
Zum Schlafen ging, zumindest in den ersten zehn Lebensjahren, dann jeder wieder in seine kleine Ursprungsfamilie zurück.
Unsere Unterweisungen fanden stets draußen in der Natur statt.
Heute hatten wir beispielsweise zuerst »Naturgesetze«.
Unsere Unterweiserin sprach gerade darüber, wie materielle

Dinge erschaffen werden können.
»Materielle Dinge können durch folgendes Gesetz erschaffen werden: Aus einem Gedanken wird ein Wort, daraus eine Tat und dann daraus später die Materie, die erschaffen werden soll.
Es geht einfacher, wenn möglichst viele Wesen dabei mitwirken und wenn diese materielle Sache dem Großen und Ganzen dient, also von der Liebe auch so gewünscht wird«, sprach sie weiter.
Auf Aquarius wird alles, was uns umgibt, wie schon erwähnt, durch reine Konzentration aus dem inneren Gleichgewicht immer wieder neu erschaffen.
Das folgt dann genau dem oben gerade behandelten Gesetz.
Wir haben dadurch zum Beispiel stets tolles Wetter und kein Wesen muss bei uns ein anderes verstoffwechseln, also aufessen, um leben zu können.
Unsere Energie beziehen wir alle aus dem ovalen Kristall.
Das ist ein weiß strahlender, durchsichtiger, riesiger Stein, dessen größtes Stück in der Mitte vom heiligen Platz steht.
Es reicht, kurz in die Nähe zu gehen, um für mindestens einen Monat lang, gut ernährt zu sein.
Es gibt am heiligen Platz in der Nähe des Kristalls Orte für die Zweibeiner, also für uns, für Tiere und für alle anderen Wesen, die voneinander geschützt sind.
Es gibt aber auch Mischplätze, wo Begegnungen zwischen den Spezies stattfinden können.
Der Kristall gehört niemandem speziell, aber doch allen zusammen.
Das ist eine weitere Grundlage für den Frieden, den wir im Inneren und Äußeren auf unserem Planeten haben.
Die alte Geschichte besagt, dass den ersten Bewohnern auf Aquarius der Kristall als ein Geschenk aus dem Universum übergeben wurde.
Die ersten Bewohner waren auch gleichzeitig die letzten, die nach einer schlimmen Naturkatastrophe – einer großen Überschwemmung - übriggeblieben waren.
Es heißt, dass die ganz frühen Vorfahren den Planeten durch Gier komplett zu Grunde gerichtet hatten.
Nur ganz wenige der Bewohner von Aquarius, nämlich die,

welche sich schon lange zuvor auf einen kleinen, völlig unbekannten hohen Inselberg mitten im Meer zurückgezogen hatten, ertranken bei der großen Überschwemmung nicht.
Auf diesem Berg lebten schon etwa tausend Jahre vor der Katastrophe viele weise Lebewesen zusammen in völliger Eintracht mit der Natur.
Sie waren auch sehr eng mit der großen Liebe im Himmel verbunden.
Diese letzten Einwohner unseres Planeten fanden eines Morgens den großen weißen Kristall am Strand.
Alsbald hatten sie auch die Bedeutung herausgefunden.
Sie teilten den Stein in mehrere Stücke und einige ausgewählte Vertreter machten sich daraufhin über das Meer auf, um auch der restlichen Bevölkerung etwas von diesem großen Schatz abzugeben.
Sie waren sehr betrübt, als sie die Spuren der Verwüstung an Land sehen mussten.
Das Wasser hatte sich zwar schon längst wieder zurückgezogen, aber es gab dort keinen einzigen überlebenden Aquarianer mehr.
Nur einige wenige Tiere und Pflanzen waren noch zu finden.
Die weisesten der Weisen der Insel versenkten sich nun tagelang nach innen und brachten dann einstimmig die Botschaft zu den verbliebenen Aquarianern, dass sie alle die Möglichkeit erhalten hätten, auf Probe einen höher entwickelten Planeten zu bewohnen.
Das ist jetzt schon tausende Äonen her und wir haben die Probe schon längst bestanden.
Vom ovalen Kristall gibt es jetzt überall auf dem Planeten einige Exemplare, denn nicht alle Lebewesen möchten oder können zu dem oben beschriebenen und recht bevölkerten Platz kommen.
Auch im Meer sind mehrere Stellen vorhanden, wo dessen Geschöpfe Energie tanken können.
Auch jeder See oder Teich, wie klein oder groß er auch sein mag, hat einen solchen Ort für seine Wasserbewohner, die ihr Umfeld ja nicht verlassen können.
In der großen Bibliothek werden auch noch zusätzlich eine große Anzahl kleinerer Kristalle aufbewahrt, die sich

Reisende ausleihen können, um länger unterwegs sein zu können.
Es heißt auch weiterhin, dass sich der Kristall durch die Liebe, die bei uns herrscht immer wieder von selbst auflädt. Somit ist das Ganze ein perfekter Kreislauf.
Auf Aquarius ist das Wichtigste für jeden Bewohner stets, das Sich nach innen Besinnen auf das »Große Ich«.
Daher praktizieren wir das natürlich auch täglich immer wieder während der Unterweisungen.
Für mich als »Otter-Kind« ist dieses lange Besinnen eine ziemliche Quälerei. Ich kann es nämlich nicht leiden, ewig still zu sitzen oder mich ganz, ganz langsam zu bewegen.
Unser Unterricht findet, wie schon erwähnt, immer draußen statt.
Heute sind wir gerade auf einer großen Blumenwiese mit schönen alten Bäumen dazwischen, in der Ferne sehe ich den Wald.
Das gefällt mir.
Am liebsten würde ich jetzt rennen, was das Zeug hält und in den Wald laufen.
Ich liebe den Wald. Da wohnen wir auch.
Meine Familie lebt in einem natürlich so gewachsenen Baum, der unser Haus wurde.
Offenbar haben meinen Eltern lange gesucht, bis sie einen Baum fanden, bei dem alles stimmte: Er gefiel ihnen, er liebte sie und er war bereit, so zu wachsen, wie meinen Eltern es ihm durch ihre innere Aufmerksamkeit zeigten.
Mir gefällt das sehr. Selbst die Möbel sind aus dem Baum geformt.
Die Natur hat uns alles freiwillig gegeben, was wir für unsere Behaglichkeit benötigen.
Müll gibt es bei uns nicht.
Woher ich das Wort Müll dann überhaupt kenne?
Das haben wir in Planetenkunde gelernt (Langweilig!).
Da nehmen wir nämlich auch andere Planeten durch.
Es existieren offenbar mehrere Sorten:
Es gibt erstens einige, die so ähnlich sind wie unserer.
Die nennt man höher entwickelt. Dort leben die Wesen einträchtig in Frieden miteinander und der Planet kann sehr,

sehr lange Bestand haben.
Aber es gibt auch zweitens viele, völlig unterentwickelte Zivilisationen im Universum.
Manche von diesen haben sich schon zu Grunde gerichtet und manche sind gerade noch dabei.
Die dritte Sorte der Planeten sind noch in einem frühen Stadium des Aufbaus, da kann man noch nicht genau sagen, wohin sie sich einmal entwickeln werden.
Leider zeigt die Geschichte, dass viele Himmelskörper durch die Gier ihrer Bewohner nach und nach zerstört werden, also zur zweiten Sorte gehören.
Zum Beispiel die Erde, die gibt es zwar noch, aber die Menschen, die dort leben, haben bereits mit ihrer eigenen Zerstörung begonnen. Daher kenne ich auch das Wort »Müll« und noch vieles mehr, was es dort für Probleme gibt – Wie kann man nur so blöd sein??
Unsere Unterweiserin hat gerade eine Projektion in der Luft entstehen lassen, wo links die unterentwickelten Zivilisationen, die sich schon zu Grunde gerichtet haben und rechts die, die noch dabei sind, zu sehen sind.
Ein Blick von mir und ich habe den ganzen Inhalt erfasst.
So ist das immer, ich bin viel schneller als die anderen und muss dann auf diese warten und dann langweile ich mich.
Dafür habe ich mir seit kurzem das Träumen ausgedacht.
Ich erwecke im Äußeren den Anschein, konzentriert mit der jeweiligen Aufgabe beschäftigt zu sein und im Inneren fliege ich zum Beispiel gerade zur Erde.
Ich stelle mir vor, wie es da wohl aussieht.
Blöderweise drängen sich andauernd die Bilder in den Vordergrund, die uns der Unterweiser gezeigt hat.
Zugemüllte Meere, eine Atombombendetonation, verhungernde Kinder und im Gegensatz dazu viel zu fette und daran erkrankte Menschen in einem anderen Teil der Erde.
Ich verscheuche diese Bilder und versuche mir Jugendliche vorzustellen, die auch gerade dreizehn Jahre alt sind, so wie ich.
Ob sie wohl auch träumen?
»Cerafine«, ich zucke kurz zusammen. »Könntest Du mal

kurz den anderen erklären, was Du durch diese Projektion gelernt hast?«
Das kann ich und eifrig erzähle ich, was ich alles behalten habe.
Am Ende lasse ich noch einfließen, dass wir doch versuchen könnten, die Planeten von der rechten Seite davor zu bewahren, auch auf die linke zu rutschen, sich also selbst zu zerstören.
Die Unterweiserin sieht mich merkwürdig prüfend an.
»Cerafine das tun wir doch, wir senden täglich gute Energie in ihre Richtung.«
»Aber das reicht doch nicht, wir müssten hingehen und direkt helfen«, entgegnete ich.
»Das wurde mehr als einmal versucht, ist aber nie gut gegangen. Diejenigen, die sich gierig an den anderen bereichern wollen, sei es an anderen Wesen oder am Planeten selbst, würden versuchen, Dich zu zerstören. Die Bewohner müssen das selbst schaffen.«
»So wie bei uns?«, frage ich.
Immerhin waren auch wir vor langer Zeit nahe an der vollkommenen Zerstörung von Aquarius gewesen und hatten aus dem Universum Hilfe bekommen.
»Ja so wie bei uns, Cerafine. Man kann nur Lebewesen helfen, die auch Hilfe empfangen möchten.
Die Bewohner auf dem Inselberg waren damals bereit dafür.
Die Menschen auf der Erde sind es jedoch noch nicht.«
»Aber das glaube ich nicht.
Du hast doch gesagt, dass es immer und überall Wesen gibt, die der großen Liebe dienen, unabhängig vom Lebensort oder der religiösen Einstellung.«
»Ach Cerafine, wir reden beim nächsten Mal darüber.
Für heute ist es genug.«
Wir Kinder hielten noch kurz inne (ich war in Gedanken schon am Rennen), bedankten uns bei der Unterweiserin und beim Universum für alles, was wir heute erhalten hatten und dann waren die Unterweisungen für diesen Tag auch schon vorüber.
Toll, morgen würden wir Fliegen haben, mein Lieblingsfach.
Jetzt aber erstmal spielen.

Wir hatten viele Wettbewerbe.
Dabei ging es, wie gesagt, aber nie ums Gewinnen, es ging immer nur um Freude, darum Gutes zu tun oder und das war meistens so, beides zusammen zu vereinen.
Aber jetzt rannten wir erst mal gemeinsam zum Meer.
Ab und zu konnte man dort die Selkies sehen.
Das waren Wesen, die vor langer, langer Zeit von der Erde zu uns ausgewandert waren, weil es für sie dort keine Zukunft mehr gegeben hatte.
Sie waren halb Seehund und halb Mensch. Sie konnten sich nach Wunsch in das eine oder andere verwandeln.
Je nachdem, wie sie erscheinen wollten.
Heute wünschte ich mir sehnlichst, sie zu sehen, denn es dauerte mir entschieden zu lange bis übermorgen auf die Antwort der Unterweiserin bezüglich der Erde zu warten.
Die Selkies könnten das ja aus erster Hand wissen, wie es genau auf der Erde so läuft, dachte ich mir.
Wir tollten eine Weile am Meer herum, von Selkies leider keine Spur, dann ließen wir uns nieder.
Ich sprach das Thema nochmal in unserer Gruppe an.
Was, wenn wir dahin reisen könnten und dort so einen Planeten gründen könnten, wie hier?
Das wäre doch voll cool.
Wir lachten und planten noch eine Zeit lang unsere »Rettungs-Mission-Erde« und dann wollten wir nach Hause.

Begegnung mit dem Meer

Ich wachte am nächsten Morgen auf und mein erster Gedanke war, heute haben wir Fliegen. Mit Elan sprang ich aus dem Bett und dann in den kleinen Weiher neben unserem Wohnbaum.
Während ich schwamm, ging ich in Gedanken nochmal den Stoff der letzten Flugstunden durch.
Fliegen hat man ab dem dreizehnten Lebensjahr und beim letzten Mal durften wir es endlich in der Praxis versuchen.
Ich war in meinem Element.
Man musste sich nur abstoßen und fest vorstellen, dass man flog und dann passierte es.
Es war das mit Abstand schönste Gefühl, das ich jemals gehabt hatte. Ich beschloss, es gleich nochmals für mich allein auszuprobieren.
Aber zuerst brachte ich unserem Wohnbaum etwas Wasser aus dem Weiher, das mochte er.
Ich umarmte ihn und dankte ihm, rief meinen Eltern zu, dass ich zur Flug-Unterweisung gehen würde und dann flog ich.
Es war ein unendliches Gefühl der Freiheit und ich konnte nicht verstehen, wie ich hatte früher ohne Fliegen leben können.
Ich fühlte mich leicht und sehr, sehr glücklich.
Von oben konnte man gut erkennen, auf was für einem wunderschönen Planeten wir lebten.
Er sah so unglaublich perfekt aus in seiner Vielfältigkeit.
Und schon war ich am Unterweisungsplatz, natürlich wieder mal als Erste und das hieß warten.
Ich legte mich ins Gras und träumte vor mich hin.
Neben mir hüpften einige Frösche, ich nahm einen auf die Hand und spendete ihm meine liebste Energie, die ich hatte.
Der Frosch blühte regelrecht dabei auf.
Ich liebe Frösche, aber nicht nur die, sondern eigentlich alle Tiere und Pflanzen.
Da kam auch schon Brenda, unsere Unterweiserin im Fliegen. Strahlend begrüßte ich sie.
Brenda ist cool. Sie ist erst 27 Jahre alt.
Das ist sehr jung für eine Unterweiserin.

»Hi Brenda, wir haben noch dreißig Minuten Zeit, wollen wir mal zu zweit fliegen?
Ich möchte Dir etwas über dem Meer zeigen.«
Brenda zog die Augenbrauen hoch.
»Übers Meer, das kommt doch erst übernächstes Jahr dran, das ist noch nichts für Anfänger.« Ihr verschmitztes Lächeln ermutigte mich aber, nicht gleich aufzugeben. »Ach komm, Du bist doch dabei, es ist ja nicht so, als ob ich allein fliegen würde. Und außerdem habe ich extrem viel geübt.«
»Also dann, ausnahmsweise, aber nur fünfzehn Minuten. Dann zeig mir mal, was da so Tolles über dem Meer ist. Und vergiss nicht, zentrieren und vertrauensvoll im inneren Gleichgewicht bleiben, das ist das A und O.«
Die Worte flogen durch mich hindurch, ohne dass ich sie verstanden hätte, viel zu aufgeregt war ich. Was sollte ich ihr denn zeigen? Eigentlich wollte ich nur mal über das Meer fliegen.
Ich hatte nicht ganz die Wahrheit gesagt, das war nicht in Ordnung. Ach, sei`s drum.
Ich stieß mich kräftig ab und wir flogen in Richtung Meer. Wieder überkam mich dieses riesengroße Glücksgefühl von unendlicher Freiheit und Leichtigkeit.
Da vorne war das Meer.
Mein Herz klopfte so laut, dass ich es bis in die Fingerspitzen fühlen konnte.
Brenda war dicht neben mir. Je weiter wir flogen, desto mehr fiel mir der enorme Wind über der See auf.
So war das an Land nicht gewesen.
Weit unten sah ich einen Wal auftauchen, er grüßte uns mit einer Wasserfontäne. Super, das konnte ich Brenda zeigen.
»Schau mal da unten der Wal, ist das nicht wunderschön?«
Ich zeigte mit den Fingern nach unten.
Brenda nickte und rief mir etwas zu, sie sah besorgt aus.
Ich konnte bei dem Höllenlärm aber überhaupt nichts verstehen.
Plötzlich fühlte ich mich von einer starken Windböe nach unten gedrückt.
Das machte mir große Angst. Ich nahm aus dem Augenwinkel wahr, wie Brenda vergeblich versuchte, sich mir

zu nähern. Sie schrie fortwährend etwas in meine Richtung und gestikulierte wie wild. Ich konnte aber weiterhin weder etwas hören, noch verstand ich, was sie mir mitteilen wollte. Ein unheilvoller und beängstigender Gedanke durchzuckte mich und setzte sich in mir fest: »Was, wenn ich jetzt ins Meer falle?« Kaum war der zweifelnde Gedanke in mir, da wurde er auch schon Wirklichkeit und ich begann, tatsächlich zu fallen.
Ich konnte einfach nicht mehr fliegen.
Brenda war offenbar vom Wind zu weit abgedrängt, um mir zu Hilfe zu eilen. Ich konnte sie jedenfalls nicht mehr sehen. Hart und schmerzhaft tauchte ich ins Wasser ein, welches sofort kalt und unnachgiebig über meinem Kopf zusammenfiel.
Ich konnte nicht mehr atmen.
Panik und Angst überkamen mich in ungeahnter Heftigkeit, denn so etwas hatte ich bisher noch niemals erlebt.
Fühlte sich so sterben an?
Wir hatten gelernt, dass dann loslassen angesagt ist und nicht kämpfen.
Aber wie soll das gehen, wenn die Lungen nach Luft schreien und Du noch so jung bist?
Also kämpfte ich wie verrückt ums Überleben.
Ich paddelte mit Armen und Beinen und bekam dadurch hin und wieder in dem, wie verrückt schäumenden Meer, den Kopf kurz über Wasser, um zu atmen.
Dann kamen aber auch schon die nächsten Wellen und der verzweifelte Kampf um etwas Sauerstoff begann wieder von vorne.
Die Wogen wurden immer stärker und höher. Das Meer glich jetzt einem, wild gewordenem Ungeheuer, das meinen Tod unbedingt wollte.
In dem Moment schlug mir eine, noch viel heftigere Welle brutal gegen meinen Kopf.
Augenblicklich verlor ich das Bewusstsein.
Alles wurde dunkel und ich sank langsam, aber sicher, in Richtung Meeresboden.
Brenda sah mit großem Entsetzen, was ihrem Schützling geschehen war und erkannte, dass sie dem Tosen, des

hemmungslos brausenden Wassers, nun nichts mehr entgegenzusetzen hatte. Überall hatten sich unter ihr tiefe und unheilverkündende Strudel aufgetan, die es hier früher niemals gegeben hatte. Unter ihr dröhnte es, wie in einem riesigen Mahlstrom. Es musste dringend Hilfe her, denn sie allein konnte nichts mehr tun.
Daher zentrierte sie sich mit aller Kraft und formierte den Wunsch: »Hilfe an alle Wesen, Hilfe.«
Dieser Hilferuf tauchte nun zeitgleich im Geist aller Bewohner von Aquarius auf und sie erfuhren durch Brendas Bewusstsein auch sofort bis ins kleinste Detail, was geschehen war.
Saphira und Arsentos, Cerafines Eltern, traf die Nachricht wie ein Schlag.
Sie begaben sich auf der Stelle mittels des astralen Reisens ans Meeresufer, wo sich auch schon andere Mitbewohner versammelt hatten.
Es war ein noch heftigerer Sturm aufgekommen, Fliegen war jetzt unmöglich.
Auch daran, ein Boot zu Wasser lassen, war absolut nicht mehr zu denken. Brenda rannte zitternd und aufgelöst am Ufer auf und ab und formulierte nun den Hilferuf direkt an die Bewohner des Meeres. Tränen rannen ihr über die Wangen.
Murmelnd fragten sich die Bewohner, wo der Sturm so plötzlich hergekommen war.
Niemand konnte sich an so etwas erinnern.
Normalerweise war das Wetter immer herrlich, auch über dem Meer.
Saphira und Arsentos verneigten sich in Richtung des Meeres. Vor Sorge bebend sprachen sie: »So wie es geschieht, ist es heilig. Aber wenn unsere Tochter irgendwie noch zu retten ist, dann bitte, oh bitte, rettet sie.«
Danach fielen sie demütig auf die Knie, denn es gab hier nichts anderes mehr für sie zu tun, als zu beten.
Alle anderen taten es ihnen gleich.
Einer ging und holte Brenda dazu.
Liebevoll den Arm um sie gelegt, kehrte er mit ihr zu den anderen zurück. Brenda aber konnte nicht aufhören, Ihren

Hilferuf auszusenden. Kam denn keiner zu Hilfe?
Das kann doch nicht sein.
Etwa 15 Minuten waren vergangen, »so lange kann doch niemand in Cerafines Alter ohne Luft auskommen«, dachte sie laut. Die Zeit verging unendlich langsam und doch zu schnell, 30 Minuten, jetzt schon 45. Brendas Hoffnung sank. Keine Sekunde beschäftigte sie sich damit, welche Folgen das vielleicht für ihre weitere Berufsausübung als Flug-Unterweiserin haben könnte. Sie dachte immer nur: »Hilfe, oh bitte, bitte Hilfe, rettet Cerafine!« 60 Minuten jetzt schon, langsam erhoben sich die Ersten und gingen zu Saphira und Arsentos, um ihnen in dieser schwierigen und schmerzhaften Situation, Trost zu spenden.
Da plötzlich tauchte von weit hinter dem Horizont im Wasser ein Selkie auf. Er hielt etwas auf den Armen und näherte sich schwimmend dem Ufer. Alle, doch besonders Saphira und Brenda, schauten, wie hypnotisiert auf den kommenden Selkie.
Sollte er vielleicht Cerafine gerettet haben oder hatte er sie nur noch tot geborgen?
Es war bisher nicht möglich gewesen, ihre Tochter über den Geist zu erreichen. War sie wirklich gestorben?
Saphira rannen die Tränen in Strömen über die Wangen. Der Schmerz um ihr geliebtes Kind, erschien ihr fast unerträglich. Nichts konnte sie mehr halten, sie musste wissen, ob ihr Kind lebte oder gestorben war. Mit wehenden Haaren lief sie dem Selkie in Richtung Meer entgegen.
Dieser dachte gerade nochmals daran, was auf dem Meer soeben geschehen war. Er hatte hautnah Cerafines Gedanken, Erlebnisse und Gefühle miterlebt:
Er hielt Cerafine fest in seinen Armen, als diese noch mitten im Meer die Augen aufschlug und hustend nach Luft schnappte.
Ihre Lungen schmerzten.
Wo war sie, was war geschehen?
Sie konnte sich an nichts mehr erinnern.
Dann fühlte sie die Wellen, die inzwischen fast wieder normal geworden waren, an ihren Körper klatschen.
Mit Macht kam nun die Erinnerung zurück und der

Überlebenskampf spielte sich erneut in ihrem Gedächtnis ab. Sie begann wie wild zu zittern und blickte sich panisch um. Jemand hielt sie offenbar sicher über Wasser.
Es war ein Selkie. Er hatte ein wunderschönes Gesicht mit glühenden braunen Augen. Mit wohlklingender Stimme sprach er: »Hallo Cerafine, mein Name ist Atlantus. Heute habe ich Dich gerettet, aber wir werden uns bald an einer ganz anderen Stelle in weiter Ferne wiedersehen. Dann wird es an Dir sein, mir zu helfen. Bis dahin achte gut auf Dich. Gott segne Dich.«
Cerafine fiel hierauf in seinen Armen erschöpft zurück und glitt erneut in die Schatten der Ohnmacht.
Die Sätze des jungen Selkies jedoch sanken tief in ihr Unterbewusstsein ein.
Mit angehaltenem Atem sahen Cerafines Eltern und die anderen Bewohner von Aquarius, die inzwischen ebenfalls den Meeresrand erreicht hatten, den Selkie in Menschengestalt aus dem Meer steigen und das Mädchen vorsichtig am Strand ablegen. »Sie lebt.«
Von Geist zu Geist wurde die Nachricht von Atlantus zu den anderen übertragen. Cerafines Eltern nahmen ihre Tochter liebevoll in die Arme. Diese schlug nun die Augen auf und schmiegte sich weinend und zitternd an ihre Mutter, die außer sich vor Freude über die Rückkehr ihrer Tochter war.
»Hab tausend Dank Atlantus«, sprach Arsentos.
»Wir werden auf immer in Deiner Schuld stehen und Dir zu danken haben.« Der Selkie verneigte sich ehrfürchtig und lächelte freundlich. »Das habe ich von Herzen gerne getan. Achtet von nun an gut auf sie.« Er verneigte sich nochmals vor allen Anwesenden.
Dann ging er zurück in die See und wenig später sah man dort nur noch die Flosse eines Seehunds, wie zum Abschied winkend, aus dem Meer ragen.

»Atlantus,

was hast Du getan?«
Kedir richtete seine grünen Augen auf Atlantus und zog fragend die Augenbrauen weit nach oben.
Atlantus verneigte sich demütig vor dem »Ältesten der Selkies«.
»Vater, ich hatte nichts Böses im Sinn. Ich will nur helfen. Ich ertrage die flehentlichen Rufe der Meeresbewohner auf der Erde nicht mehr, ohne etwas zu tun. Du hast die Rufe doch sicherlich auch gehört, ich kann das doch nicht einfach so geschehen lassen, ohne etwas dagegen zu unternehmen!
Ich höre die Hilferufe unserer Wal-Verwandten von der fernen Erde sogar nachts im Traum.
Sie werden sterben, wenn ihnen keiner zu Hilfe eilt.«
Atlantus hob den Kopf und sein Vater, der auch gleichzeitig das Oberhaupt der Selkies war, blickte nun in Augen, wie er sie noch nie zuvor gesehen hatte.
Es standen zwar Tränen darin, aber tiefer war dort eine wilde Entschlossenheit, die fast an Fanatismus grenzte, zu sehen.
Mit großer Trauer im Herzen erkannte Kedir, dass sein Sohn nicht mehr aufzuhalten war.
Er musste bereits einen konkreten Plan haben.
»Atlantus, was genau hast Du vor?«
Der Vater legte alle Entschlossenheit und Stärke, die er aufbringen konnte, in seinen Blick.
Atlantus presste die Lippen fest aufeinander und blickte schweigend wieder zu Boden.
Doch dann brach es aus ihm heraus:
»Vater, es muss gelingen, es darf nicht verdorben werden.
Jeder Mitwisser ist eine Gefahr für meine Mission.«
Kedir traf innerlich eine Entscheidung:
»Sohn, ich liebe Dich und ja ich höre diese Rufe von der Erde auch.
Ich werde Deine Mission niemandem verraten, außer Deiner Mutter. Du kannst uns beiden vertrauen und vielleicht haben wir noch den einen oder anderen Rat für Dich.
Dieses Versprechen gilt aber nur, wenn Du nicht mutwillig

ein anderes Wesen damit ins Unglück bringst, dann schweige lieber. Falls du heute mit dem Sturm etwas zu tun hattest, war das mehr als dicht daran, würde ich sagen.«
Atlantus nahm langsam neben seinem Vater Platz und begann leise zu erzählen:
»Ich träume andauernd von der Erde, Papa und dann sehe ich die Meere, wie sie heute sind und auch wie sie in naher Zukunft noch sein werden.
Es wird dort immer schlimmer.
Da ist bald kein Lebensraum mehr – nicht nur so, wie es einst für uns Selkies keinen geeigneten Lebensraum mehr gab und wir nach Aquarius ins Exil gehen mussten.
Sondern heute gilt das für alle Bewohner des Meeres.
Unsere weisen Verwandten, die Wale und auch unsere Brüder, die Seehunde und Robben, sie leiden und sie rufen stetig nach Hilfe ins All.
Ich war in der geheimen Bibliothek von Aquarius, man ließ mich gewähren.
Ich habe dort in die Zukunft der Erde geschaut.
Wenn niemand bald etwas unternimmt, sind die Meere und auch die gesamte Erde dem sicheren Untergang geweiht.
Ich habe darüber auch mit den Schildkröten, die die ältesten Wesen in unserem Heimat-Ozean sind, geredet.
Diese haben mir einen gangbaren, wenn auch beschwerlichen und gefährlichen Weg aufgezeigt.
Ich bin bereit, diesen zu gehen und mein Leben, der Rettung der irdischen Meere und der gesamten Erde zu widmen.
Cerafine wird in irgendeiner Form, die ich Dir nicht näher erläutern möchte, auch darin verwickelt sein.
Das wird mir dereinst helfen, unterwegs eine Verbündete zu haben, wenn ich mit meiner Aktion beginnen werde.
Ich habe daher heute tatsächlich den Sturm absichtlich beschworen, um mich mit Cerafine durch das Retten ihres Lebens fest und unabänderlich zu verbinden.
Niemand kam zu Schaden Vater«, floss es aus Atlantus, dem der erschrockene Blick seines Vaters nicht entgangen war.
»Man wird auch Brenda vergeben, denn sie hat sich vorbildlich verhalten.
Ich hätte nichts gewagt, was Brenda oder Cerafine ernstlich

gefährdet hätte. Das musst Du mir glauben!
Du weißt, wie sehr ich Brenda schätze.
Wir waren im gleichen Kinderjahr.
Sie ist wie eine Schwester für mich.
Und Du kannst mir vertrauen, auch für Cerafine wird das heutige Ereignis eher ein Segen als ein Fluch sein, denn auch ich werde ihr in der Fremde sehr von Nutzen sein können. Ich muss mich ab jetzt sehr intensiv in bestimmten, sehr anspruchsvollen und fortgeschrittenen Techniken des astralen Reisens üben, denn es wird nicht mehr sehr lange dauern. Die alte Schildkröte hat mir das Geheimnis offenbart, wie ich zur Erde kommen könnte. Es gibt zwei Möglichkeiten und ich bin mir noch nicht ganz sicher, welche ich wählen werde…
Vater, mein derzeitiger Körper wird möglicherweise hier zurückbleiben müssen, bis mein Lebenskreis auf der Erde sich wieder schließen wird.
Dann hoffe ich, dass ich die Stärke und die notwendigen Kenntnisse besitzen werde, hierher in diesen Körper zurückzukehren.
Ich bitte Dich darum, bis dahin dafür Sorge zu tragen, dass es meinem Körper, der zwar leben, aber trotzdem ohne Lebenszeichen sein wird, gutgehen wird.«
Kedir erhob sich zu Atlantus und schloss ihn fest in seine Arme.
»So wird es geschehen, mein Sohn.
Bitte pass auf Dich auf!«
Nachdenklich und auch bedrückt, kehrte Kedir allein in sein Wohnriff zurück.
Der 27-jährige Atlantus hatte bereits seinen eigenen Wohnplatz im Meer gefunden und entfernte sich langsam in die entgegengesetzte Richtung.
Kedir wollte nur noch bei Undine, seiner Frau, sein und mit ihr gemeinsam durch Akzeptanz des Unvermeidlichen, endlich wieder Frieden finden.
Er hatte ihr schon unterwegs seinen Geist offenbart und sie fiel ihm in die Arme, sobald er in ihr gemeinsames Wohnriff eintrat.
Tränen glitzerten in ihren grünen Augen, aber er konnte

dort auch ganz tiefes Vertrauen erkennen.
»Liebster, wir wissen, dass das Universum gütig ist und dass die absolute Wahrheit sich keinem Sterblichen ganz zeigen kann.
Ich glaube, dass Atlantus gerufen wurde und sich nicht verweigern kann.
Er muss sein Schicksal erfüllen und wir müssen einfach ins Leben vertrauen.
Komm, lass uns mit dem Zentrieren beginnen.«
Sie legte ihren Arm um ihn und er merkte, wie sich langsam liebliche und heilende, friedliche Glückseligkeit in seinem Geist ausbreitete.

Das vierzehnte Jahr

Arsentos und Saphira brachten Cerafine dankbar so schnell wie möglich zum Wohnbaum zurück und betteten sie sanft auf ihren Schlafplatz.
Saphira streichelte Cerafine, während sie dabei leise und beruhigend ein Schlaflied summte, noch so lange zärtlich über das Haar, bis diese erschöpft eingeschlafen war.
Dann trat sie in den weiteren Wohnbereich zu ihrem Partner.
Arsentos legte seinen Arm um Saphira und sprach: »Der große Rat muss umgehend tagen, das war keine Kleinigkeit.
Der Sturm kann nur mit Absicht heraufbeschworen worden sein.
Ich verstehe das nicht.
Wir haben doch die Mächte der Finsternis und des Lichtes liebevoll in unser Dasein integriert.«
Saphira schüttelte den Kopf: »Ich glaube nicht, dass hierfür die Kräfte der Finsternis verantwortlich sind.
Es kam ja niemand zu Schaden.
Hinter der Sache steckt mehr.
Vielleicht sollten wir, bevor der große Rat tagt, noch in die Bibliothek gehen und die Geschichten durchsehen.
Vielleicht finden wir die Antwort in der nahen Vergangenheit oder in der Zukunft. Was meinst Du?«
Arsentos schwieg lange und suchte zunächst in der Stille nach Antworten.
Aber er erhielt keine Hinweise.
Endlich sprach er: »Ich denke, wir sollten zuerst morgen früh mit dem großen Rat tagen und auch Brenda, sowie Cerafines Großeltern Amma und Artasan dazu bitten.«
Als er seine Frau zustimmend nicken sah, verfasste er schon von Geist zu Geist die Einladung an alle Beteiligten.
Cerafine erwachte sehr früh am Morgen und schlagartig kam die Erinnerung an das gestrige Erlebnis zurück.
Sie war nur ein klein wenig erschüttert, denn das sehr gute Fundament ihrer unbeschwerten Kindheit behütete sie vor allzu schweren seelischen Verletzungen.

Aber trotzdem, es war einem ziemlich aufgeschlagenen und schmerzenden Knie sehr ähnlich und auch so etwas hatte Cerafine bisher noch nie erlebt.
Saphira kam gleich nach dem Erwachen zu ihrer Tochter und verkündete ihr, dass die heutigen Unterweisungen in zwei Stunden hier in der Nähe des Wohnbaums stattfinden würden.
Cerafine war froh, nicht irgendwohin zu müssen, und freute sich auch sehr auf ihre Kameraden.
Nachdem sich Saphira davon überzeugt hatte, dass Cerafine so weit in gutem Zustand war, zog sie sich taktvoll zurück und überließ ihre Tochter für die zwei, noch folgenden Stunden, einfach sich selbst.
Cerafine überlegte, was sie tun könnte.
Fliegen wollte sie nicht und baden im Weiher schon gar nicht.
Also legte sie sich einfach in die Sonne und blickte in den friedlichen, blauen Himmel.
Kleine weiße Wölkchen zogen von Zeit zu Zeit vorbei und langsam erlangte Cerafine das innere Gleichgewicht zurück.
Alsbald hörte sie auch schon von weitem fröhliches Lachen.
Die Gruppe war also im Anmarsch.
Cerafine erhob sich, um die Teenager zu begrüßen.
»Toll, dass Ihr da seid.« Die Kinder umarmten Cerafine und sahen sie dann neugierig an.
Natürlich hatte sich der Vorfall längst herumgesprochen, vor allem, weil gestern die Flugunterweisungen ausgefallen waren.
Cerafine blickte fragend zur Unterweiserin, die nun ebenfalls eingetroffenen war.
Diese nickte ihr freundlich aus ihrem rundlichen und gutmütigen Gesicht zu.
»Wir haben noch 15 Minuten Kinder, dann geht's los mit Körperkunde.«
Tante Lisa war die älteste Unterweiserin überhaupt.
Es hieß, dass sie schon die Eltern vieler Mitglieder dieser Gruppe unterwiesen hatte.
Sie begleitete die Kinder bereits, seit sie ganz klein gewesen waren. Zurzeit war sie für Körperkunde zuständig.

Sie lehrte die Kinder, wie sorgsam man mit seinem Körper umgehen soll und dass der Körper wie ein Tempel ist, in dem die eigene Seele wohnt.
Dabei wurde genau behandelt, was dem Körper alles so guttut.
Dazu gehörten beispielsweise ausreichend Bewegung, genügend Schlaf, glückliche Erlebnisse, gute Freunde, eine liebe Familie, intakte Natur, Lachen, die Seele baumeln lassen und auch viel gedankenlose Zeit.
Tante Lisa hatte zwei dicke rötliche Bäckchen in ihrem Gesicht, vertrauensvolle Augen und war einfach nur das Abbild einer ganz lieben Oma oder Tante.
Für eigene Kinder hatte sie sich nie entscheiden können, denn dann hätte sie ihre Arbeit mit den Kindergruppen für eine Weile an den Nagel hängen müssen, was sie sich einfach nicht vorstellen konnte.
Alle liebten Tante Lisa abgöttisch, obwohl sie keineswegs so cool war, wie zum Beispiel Brenda, die Flug-Unterweiserin.
Aber sie war eben einfach »Ihre Tante Lisa« und das sagte alles aus.
Die Kinder bildeten einen Kreis und Cerafine erzählte ihnen alles, an was sie sich bei ihrem gestrigen Erlebnis noch erinnern konnte.
Danach herrschte Schweigen.
Es gab einfach nichts zu sagen oder zu fragen.
Nach einer Weile fragte Basilica doch noch: »Wie geht es Dir heute, Cerafine?«
»Es geht mir wieder gut,« antwortetet Cerafine schlicht und damit war die Angelegenheit erledigt.
Tante Lisa kam wie aufs Stichwort dazu und begann mit ihren Unterweisungen.
Die Zeit verging wie im Fluge.
Am Ende der Unterweisung sagte Tante Lisa noch zu den Teenagern: »Ihr werdet jetzt bald 14 Jahre alt.
Das ist das letzte Jahr im zweiten Lebens-Jahrsiebt.
Ihr solltet wissen, dass das eine spezielle Zeit ist.
Ihr müsst dann ganz besonders sorgsam mit Eurem Körper umgehen, weil ihr noch nicht über die erforderliche Reife des inneren Zentrierens verfügt.

Also bitte keine übereilten Entscheidungen in diesem Jahr. Wir sehen uns nächste Woche zur gleichen Zeit, macht`s gut Ihr Lieben«.
»Tschüss Tante Lisa«, riefen die Kinder, wie in frühen Jahren im Chor. Irgendwie wollten sie sich dieses kindliche Ritual nicht abgewöhnen und gutmütig ließ Tante Lisa sie gewähren.
Der gute Rat von Tante Lisa wurde von den Kindern, wie bei allen Teenagern aufgenommen.
Kaum war die Tante gegangen, war er auch schon wieder vergessen.
Thalion rief: »Kommt, lasst uns zum Meer laufen, vielleicht sehen wir heute einen Selkie.«
Cerafine fühlte kurz ein Zurückschrecken, aber binnen Sekunden war es auch schon verflogen und die Kinder rannten gemeinsam zum Strand, um dort zu spielen.
Der große Rat tagte auf einem speziell dafür vorgesehenen Platz in der Nähe des ovalen Kristalls.
Als alle Mitglieder und auch die drei Gäste eingetroffen waren, versenkten sich alle gemeinsam in eine tiefe Meditation, um in der Stille Kraft zu finden.
Etwa 30 Minuten später ergriff Arsentos leise, aber bestimmt das Wort.
»Der Vorfall gestern, das war kein Zufall.
Das Wetter ändert sich nicht in dieser Weise, ohne dass es von jemandem beeinflusst wurde.
Saphira und ich hatten überlegt, ob man die Bibliothek der Zeit zu Rate ziehen sollte?«
Es kam keine schnelle Antwort, denn alle ließen zunächst die Frage tief in sich sinken, dann diese wieder gehen und lauschten danach in sich hinein, was für eine Botschaft aus der Stille auftauchen würde.
Nach einiger Zeit erhob sich Amma, Cerafines Großmutter. Sie und ihr Gefährte Artasan waren die Ältesten am Platz. Ammas Haar war schon schneeweiß.
»Du hast Recht Arsentos, ich glaube auch, dass diese Aktion geplant war.
Ich kann aber keine böse Absicht dahinter spüren, eher einen edlen Plan.
Ich meine, wir sollten dem Schicksal einfach seinen Lauf

lassen und darauf vertrauen, dass Gutes daraus erwachsen wird.«
Mit einem gütigen Blick zu ihrer Tochter Saphira, fügte sie noch hinzu: »Ich werde an Deiner Seite sein, denn Cerafine scheint mir in diese Angelegenheit sehr tief verwickelt zu sein.«
Nun erhob sich Saphira, »Ihr wisst, dass Cerafine kurz vor dem 14. Jahr steht. Das ist eine komplizierte Zeit.
Ihr Verstand ist praktisch auf dem Höhepunkt seiner Macht und sie ist noch nicht gestärkt genug, um wirklich die innere Balance zu halten. Noch dazu ist sie immer so schnell, ein echtes „Otterkind" eben.« Brenda nickte ihr zustimmend zu und lächelte schüchtern. Abermals senkte sich minutenlanges Schweigen über die Gruppe.
Man ließ Saphiras Einwand wirken.
Nach einer Weile hob Glen, Saphiras Freundin aus der Kinderzeit, sie waren im gleichen Kinderjahr geboren und ebenfalls wie Geschwister zusammen aufgewachsen, an zu sprechen: »Ich glaube nicht, dass wir in die Bibliothek der Zeit gehen sollten. Die Gefahr unseren Willen über das Schicksal zu stellen ist zu groß.
Ich fühle, dass es hier um sehr gewaltige Dinge geht, die aber nicht direkt die Unseren sind. Letztlich scheint es mir aber wichtig zu sein, dass es so geschieht, wie es geschehen soll.«
Alle in der Runde nickten zustimmend und damit war die Sache beschlossen.
Arsentos wandte sich noch an Brenda und dankte ihr für ihren Einsatz und ließ sie wissen, wie froh sie alle waren, dass Brenda in diesem Jahrgang die Kinder im Fliegen unterrichtete, obwohl sie noch nicht einmal bei den Erwachsenen aufgenommen war.
Brenda wurde daraufhin ganz rot vor Freude.
Dann war die Versammlung beendet.
Amma nahm ihre Tochter Saphira in die Arme und sprach ihr Mut zu. Arsentos und Artasan unterhielten sich leise in der Nähe noch eine Weile. Dann gingen auch sie nach Hause.

Eine unerwartete Ankunft

Das Leben verlief wieder in ganz normalen Bahnen.
Da wir stets versuchen, immer im gegenwärtigen Moment zu leben und uns daher so gut wie nie mit der Vergangenheit oder der Zukunft beschäftigen, war der Vorfall mit meinem Flugabenteuer über dem Meer recht schnell in Vergessenheit geraten.
Lediglich meine Mutter Saphira hatte mich noch einige Male zur Seite genommen und mir ans Herz gelegt, in diesem Jahr sehr vorsichtig zu sein.
Sie meinte, dass der Unfall durch den Sturm nur der Anfang für etwas Größeres, das mir eventuell zustoßen könnte, gewesen sei.
Sie bat mich inständig darum, ihr alles Ungewöhnliche sofort zu erzählen.
Da aber nichts weiter Besonderes passierte, reduzierte sie ihre Kontrollen nur noch auf einen prüfenden Blick, den ich von Zeit zu Zeit auf mir spürte.
Als eines Tages etwas wirklich sehr Spektakuläres geschah, geriet dann mein damaliges Abenteuer komplett in Vergessenheit.
Einmal im Monat haben wir auch Kristallkunde und unsere Unterweisung findet dann immer auf dem Platz der Begegnung am ovalen Kristall statt.
Das war dieses Mal an einem Dienstag und wir hatten gerade am frühen Morgen mit der Unterweisung angefangen, als sich plötzlich dort, direkt neben dem ovalen Kristall, ein schon älterer, sehr großer Mann wie aus dem Nichts materialisierte.
Er hatte längere graue Haare, die zu einem Zopf zusammengebunden waren, mandelförmige Augen, sowie eine rötliche braune Haut.
Langsam stand er auf, erhob seine Hände zum Zeichen des Friedens und wartete lächelnd und gelassen auf das, was nun passieren würde.
Zuerst war das mal gar nichts, denn die umliegenden Wesen, verdauten das soeben Geschehene für eine Weile.
Dann löste sich Sigar, welcher auch zum großen Rat gehörte

und der zufällig gerade in der Nähe gewesen war, aus der verblüfften Menge und trat auf den Besucher zu.
»Sei gegrüßt guter Mann. Wer bist Du, wo kommst Du her und was ist Dein Begehr?«
Der Angekommene ließ langsam seine Hände nach unten fallen und verstärkte sein Lächeln.
»Mein Name ist Pix Hunter Quick Deer.
Ich gehöre zum Volk der Lakota und ich komme vom Planeten Erde aus dem Jahr 2002.
Ich habe Euren Himmelskörper in meinen Träumen entdeckt und ich bitte Euch, hier leben zu dürfen.«
Sigar sandte einen telepathischen Ruf an alle Mitglieder des großen Rates, die sich daraufhin binnen kürzester Zeit ebenfalls am ovalen Kristall materialisierten.
Es folgte eine recht kurze Zeit des gemeinsamen Besinnens und des stillen sich Abstimmens, dann wandte sich Sigar nochmals an Pix Hunter.
»Warum möchtest Du die Erde verlassen?«
»Ich habe mir schon immer gewünscht, an einem ähnlichen Ort zu leben, wie dem Euren.
Eure Ansichten und Lebensgewohnheiten, so wie ich sie beim Träumen und in meinen Visionen gesehen habe, sind mir sehr vertraut.
Auf der Erde jedoch ist es nicht möglich, so zu leben.
Ich habe es dort einfach nicht mehr ausgehalten. Dann habe ich lange gefastet und gebetet und wie durch ein Wunder durfte ich mich beim Traumwandeln heute, bei Euch in meinem physischen Körper materialisieren«, entgegnete Pix.
Sigar und seine Gefährtin Alore traten jetzt mit vorgestreckten Händen und einem freundlichen Lächeln vor, um Pix Hunter zu umarmen und herzlich willkommen zu heißen.
Alle Anwesenden und auch wir Kinder klatschen begeistert Beifall. Pix Hunter freute sich augenscheinlich.
Sein Lächeln wurde noch breiter und die dunkelbraunen Augen in seinem rötlich braunen, vom Wetter gegerbten Gesicht wurden noch ein wenig schmaler.
Alore und Sigar, die als Paar beide zum großen Rat gehörten, waren dort auch für die Integration von Auswärtigen

zuständig und entfernten sich nun mit dem neuen Mitbürger.
In Gesprächen würden sie sehr bald herausfinden, was dieser Bewohner für Ansprüche an seinen Lebensraum stellte und dann für ihn eine passende Bleibe finden.
Sie würden ihm später auch dabei behilflich sein, sollte er sich in das soziale Gefüge von Aquarius einfügen wollen.
Das war nicht selbstverständlich, denn wir hatten auch schon Auswärtige aufgenommen, die einfach irgendwo als Eremit ganz allein leben wollten.
Auch das wurde bei uns vorbehaltlos respektiert.
Wir waren also durchaus auf solche Ereignisse, wie das heutige Erscheinen von Pix Hunter, dem Lakota von der Erde, vorbereitet.
Aber alles in allem passierte so eine Ankunft doch recht selten.
Daher wurde es auch heute wieder als ganz besondere Begebenheit wahrgenommen.
Umso spektakulärer war es, als kaum, dass Sigur, Alore, Pix und alle anderen Ratsmitglieder den Platz am ovalen Kristall wieder verlassen hatten, plötzlich zwei, etwa 13 Jahre alte Teenager, ein Mädchen und ein Junge, ziemlich ungeschmeidig auf den gleichen Ort purzelten.
Die noch Anwesenden hielten den Atem an.
Das hatte es noch nie gegeben.
Die beiden schauten genauso verdutzt drein, wie wir uns fühlten.
Das Ganze sah auf den ersten Blick nicht, wie eine beabsichtigte und gut geplante Reise aus.
Das Mädchen, welches mit einem dicken Seil an den Jungen gebunden war, rieb sich den schmerzenden Ellenbogen und sah sich verwirrt um: »Wo in Gottes Namen sind wir denn jetzt hier gelandet?«, hörten wir sie überrascht ausrufen.
»Cerafine, weißt Du, wer das ist?«, fragte mich Basilica total verwundert und riss ihre Augen vor Erstaunen ganz weit auf.
Wir waren allesamt total fasziniert und da niemand mehr vom großen Rat vor Ort war und die Angekommenen noch so jung waren, fühlte sich irgendwie Tante Lisa, die unsere heutige Unterweiserin war, verantwortlich und trat hervor.
»Guten Tag, liebe Kinder.

Wer seid Ihr, wo kommt Ihr her und was möchtet Ihr hier?«, fragte sie in ihrer freundlichen und vertrauenserweckenden Art.
Die Kinder standen langsam auf und sahen sich ein wenig ängstlich um. Sie sahen ziemlich mitgenommen aus.
Der Junge fasste sich ein Herz und sprach:
»Mein Name ist Finnbar und das ist meine Zwillingsschwester Lia.«
Er deutete auf das Mädchen neben ihm.
»Wir waren in das Jahr 2018 unterwegs, hatten während der Reise Probleme und haben dann wohl einen Fehler gemacht. Das hier sieht nicht nach dem Ort aus, wo wir ursprünglich hinwollten.«
Soholit hatte den beiden eigentlich eingeschärft, bloß nicht die Wahrheit über das Zeitreisen zu verraten, schon gar nicht im Mittelalter. Sie würden ansonsten große Gefahr laufen, als Ketzer verbrannt zu werden.
Diese Frau jedoch, die sie eben angesprochen hatte, sah so gar nicht böse aus, sodass Finnbar bereit war, das Risiko der Wahrheit einzugehen.
Tante Lisa war kurz etwas verwirrt und konnte mit der Jahreszahl 2018 überhaupt nichts anfangen.
Da hörten sie plötzlich von weitem ein unverwechselbares Stimmchen:
»Lia, Finnbar, was macht ihr denn hier?«
Karlao rannte die beiden beinahe vor Freude um.
Völlig außer Atem drehte er sich in Richtung der immer mehr überraschten Zuschauer und verkündete, während dabei Finnbars Amulett munter an seinem Hals hin und her baumelte, in seiner strahlenden Art: »Das hier sind meine beiden besten Freunde.
Wir haben uns vor langer Zeit auf der Erde kennengelernt. Sie sind absolut vertrauenswürdig.
Allerdings kann ich mir gerade gar nicht erklären, was sie hier wollen könnten.«
Nachdenklich drehte er sich zu den Zwillingen um.
»Was wollt Ihr denn auf Aquarius, solltet Ihr nicht die Welt retten?«
»Wir sind heute Morgen nach dem Angriff mit allen

zusammen in Richtung 2018 aufgebrochen, wurden unterwegs überfallen und sind dann hier gelandet.
Aber was hast Du denn hier zu suchen?«, antwortete Finnbar.
»Also ich bin schon seit etwa 1000 Erd-Jahren auf Aquarius. Kurz nach dem Angriff im Jahr 822 entschieden sich einige der Elben und manch einer vom kleinen Volk, sowie auch ich, die Erde zu verlassen.
Wir fühlten uns dort nicht mehr sicher.
Orlana hatte da etwas über „eine alte Freundin" eingefädelt, wohin wir umsiedeln konnten.
Sie selbst ist dann aber gar nicht mit hier angekommen.
Im letzten Moment erklärte sie, dass sie doch ein anderes Ziel hätte.
Jedenfalls wurden wir hier ganz prima empfangen.
Das ist ein wirklich toller Ort, wenn Du willst, kann ich Dir alles zeigen?«
Karlao zog Finnbar am Ärmel und wollte mit ihm den Platz verlassen.
»Moment mal Ihr beiden«, Lia war nun auch nähergetreten.
»So schnell geht das nicht Karlao, wir müssen vorher noch einiges klären.
Sind Soholit, Quiskan, Lucinda und Querin auch hier?«
Nun war es an der Zeit für Karlao, verwirrt zu schauen.
»Moment mal, die sind doch mit Euch zusammen los, hier sind sie jedenfalls nicht.«
»Das ist aber schlimm«, Lia ließ traurig den Kopf hängen.
Tante Lisa hielt nun den Zeitpunkt für gekommen, sich auch einmal wieder zu Wort zu melden.
»Ich fasse einmal kurz zusammen: Ihr seid also heute Morgen auf der Erde im Jahr 822 überfallen worden und habt Euch danach mit vier weiteren Freunden in Richtung des Jahres 2018 auf Eurem Planeten aufgemacht.
Ich nehme an durch astrales Reisen?«, fragend sah sie zu den Zwillingen.
Lia und Finnbar nickten bejahend.
»Dann wurdet Ihr unterwegs während der astralen Reise wiederum überfallen, seid von Euren Freunden getrennt worden und dann hier in dieser Zeit bei uns auf Aquarius

gelandet, ja?«
»Ja genau, so war es in groben Zügen«, bestätigte Finnbar.
»Das ist eine höchst ungewöhnliche Geschichte.
Es ist sehr selten, dass man von einem auf den anderen Planeten gelangt und dann auch noch in Eurem Alter«, Tante Lisa sah aufmerksam von einem zum anderen.
»Das ist wirklich sehr, sehr außergewöhnlich.«
»Wo ist denn eigentlich Aquarius, sind wir denn nicht mehr auf der Erde?«, warf Lia ängstlich fragend ein.
»Nein mein liebes Kind Ihr seid unvorstellbar weit weg von der Erde. Ich fürchte, dass es für Euch auch keine Möglichkeit der Rückkehr mehr gibt. Diese Art von astralem Reisen von Planeten zu Planeten ist hier schon ganz lange in Vergessenheit geraten und wahrscheinlich für Kinder in Eurem Alter auch noch nicht erlernbar.
Aber diese Angelegenheit gehört dringend vor den großen Rat. Ich werde diesen jetzt benachrichtigen.«
Tante Lisa, der gerade die ängstlichen Mienen der Kinder auffielen, fügte noch gutmütig hinzu:
»Ihr braucht Euch nicht zu fürchten, wir werden unser Bestmögliches für Euch tun.
Aber jetzt rufe ich erst einmal die Mitglieder des großen Rates hierher.«
Es war eine ziemlich große Sache.
Tante Lisa hatte bereits die gesamte Angelegenheit im Geiste übermittelt und binnen weniger Sekunden materialisierten sich alle außer Sigur und Aloe, die noch mit Pix Hunter beschäftigt waren, wiederum beim ovalen Kristall.
Tante Lisa, die nun weiter die Führung übernahm, wandte sich an meine Mutter:
»Liebe Saphira, diese Kinder haben einiges durchgemacht und sind deshalb sehr verstört.
Ihr wohnt doch ganz nahe an einem unserer Gäste-Wohnbäume. Könntet Ihr nicht vorrübergehend die Schirmherrschaft über die beiden außerhalb der Unterweisungszeiten übernehmen?
Ich schlage vor, da sie im gleichen Alter wie Eure Tochter Cerafine und die anderen dieses Jahrganges sind, dass wir sie erst einmal bis auf weiteres der Kindergruppe zugesellen.

Wäret Ihr damit einverstanden?«
Die Mitglieder des Rates verständigten sich kurz miteinander und man kam überein, dass Tante Lisas Vorschlag sehr gut war.
Diese wandte sich dann an die Geschwister und fragte:
»Wäre das denn in Eurem Sinne?«
»Ja, ich denke schon, oder?«, fragend blickte Lia ihren Bruder an.
Dieser war zwar gerade gar nicht hungrig, meinte aber eine wichtige Sache noch vorher abklären zu müssen.
»Ähm, wann und wo finden denn hier die gemeinsamen Mahlzeiten statt?«
Jetzt schlug sich Karlao lachend auf die Knie, »Mensch Finnbar, hier gibt es nichts zu essen. Die essen hier nur Licht.«
Unsere Gruppe hatte sich im Laufe des Gesprächs immer näher an die beiden Neuen herangewagt.
Ich fasste mir jetzt ein Herz und sprach:
»Hallo, mein Name ist Cerafine und das ist unsere Jahrgangsgruppe.
Das sind: Basilica, Senta, Seline, Paula, Andaria, Siegmund, Thalion, Andor, Leander, Danton und Distiros«, stellte ich kurz alle namentlich vor.
Da die zwei ja bei uns wohnen sollten und ich annahm, dass die Unterweisungen für heute beendet waren, ergriff ich nun beherzt die Leitung der Aktion.
»Kommt wir gehen erst einmal nach Hause, dann können wir in Ruhe über alles reden.«
Meine Mutter sah mich nachdenklich an und folgte uns zusammen mit Tante Lisa. Sie flüsterten leise miteinander.
Mir waren Finnbar und Lia von Anfang an sehr sympathisch gewesen.
Daher wagte ich nun auch noch den Einwand: »Wollt Ihr nicht mal das komische Seil zwischen Euch lösen?
Hier werdet Ihr bestimmt nicht auseinandergeweht.«
Die beiden lachten und verstauten das Seil in Lias Rucksack.
Dann gingen wir mit meinen Eltern, der Gruppe, die nun aus 14 Teenagern bestand und Tante Lisa zu uns nach Hause.

Untschi Ta

Lia und Finnbar bekamen ihren Wohnbereich gezeigt, machten sich dort ein wenig frisch und dann verbrachten wir einen sehr schönen Nachmittag bei uns am Weiher.
Es war eigentlich sofort so, als ob die Zwillinge schon immer zu unserer Gruppe gehört hätten.
Tante Lisa verabschiedete sich nun und versprach, morgen wieder hierher zu kommen.
Eine Woche lang sollten, in Anbetracht der neuen Lage, die Unterweisungen hier bei uns stattfinden und zu Anfang wollte Tante Lisa diese weiterführen.
»Tschüss, Tante Lisa«, riefen wir wie immer im Chor.
Finnbar und Lia sahen sich heimlich grinsend an.
Hatte Lia auch noch die Augenbrauen hochgezogen?
Das konnte ich nicht auf uns sitzen lassen und erklärte ihnen kurz die Lage.
»Wir haben auch noch coolere Unterweiser, zum Beispiel Brenda, die gibt Fliegen, aber Tante Lisa ist und bleibt unsere liebe Tante Lisa.«
»Ihr lernt fliegen?«, warf Finnbar jetzt ein.
»Ja klar«, kurz flog ich zum Beweis einmal um den Weiher.
Beeindruckt und auch ein bisschen neidisch schauten die Geschwister zu Cerafine.
»Für mein Leben gerne würde ich das auch lernen«, sprach Finnbar und Lia nickte stürmisch dazu.
»Tja, vielleicht wird Brenda es Euch erklären, soll ich sie gleich mal fragen?«
»Warte mal kurz Cerafine, das wird mir für einen Tag alles ein bisschen zu viel.
Diese letzten 24 Stunden waren für uns mehr als anstrengend«, wandte Lia ein.
»Aber eine kurze Nachfrage noch dazu«, hakte Lia nochmal nach. »Wolltest Du die Brenda gerade über den Geist fragen, könnt Ihr das auch?
Bei uns auf der Erde, unter den Menschen, gibt es nur sehr, sehr wenige, die das beherrschen.«
»Ja, das wollte ich, in Aquarius ist das ganz normal, sich über den Geist zu verständigen«, antwortete ich.

»Ja und Entschuldigung, ich habe nicht daran, gedacht, dass Ihr vielleicht zu müde sein könntet.
Ich bin immer ziemlich schnell mit allem, mein Krafttier ist nämlich der Otter.«
Ich nahm an, dass damit alles gesagt wäre, aber Lia und Finnbar sahen jetzt recht verständnislos in die Runde.
»Jeder von uns bekommt in einem Ritual, wenn wir noch ganz klein sind, mitgeteilt, welches Krafttier er oder sie hat. Diese sind der Grund für viele unserer Eigenschaften.
Mein Krafttier zum Beispiel ist der Widder«, erklärte Basilica den Zwillingen jetzt lächelnd.
Als sich wiederum auf den Gesichtern der Zwillinge nur Fragezeichen und kein Verstehen abzeichnete, ließ sich Basilica noch zu weiteren Erklärungen herab.
»Also der Widder ist eine Art Schafbock, er hat zwei große gebogene Hörner...«
»Ähm, wir wissen durchaus, was ein Widder ist«, warf Lia ein klein wenig beleidigt dazwischen.
»Ach so, natürlich, ähm ja klar«, jetzt war Basilica ein weinig unsicher geworden.
Mir ging das mal wieder alles viel zu langsam und so beschloss ich, die Sache jetzt besser selbst in die Hand zu nehmen.
Was würden die nur alle ohne mich machen?
»Es geht um die Haupteigenschaften der Tiere«, sprach ich laut und deutlich, um sicher zu gehen, auch verstanden zu werden.
»Der Widder ist mit seinen Hörnern sehr dickköpfig.
Was dieser sich in den Kopf setzt, das bringt er ohne Rücksicht auf Verluste auch durch.
Er rennt immer wieder so lange mit den Hörnern gegen einen Widerstand, bis er diesen erledigt hat.
Diese Eigenschaft hat so ähnlich auch Basilica.
Böse Zungen würden das auch als stur bezeichnen.«
Ich lächelte Basilica liebevoll an.
Ich wusste, sie wäre nicht beleidigt, denn wir lehnen uns gegenseitig niemals ab und bewerteten auch nichts als besser oder schlechter.
»Der Otter wiederum ist ein schneller und quirliger Gesell.

Sehr oft schießt er deshalb auch über sein Ziel heraus.
Das macht ihm aber nichts aus, dann versucht er es einfach nochmals. Diese Schnelligkeit ist es, die bei mir sehr ausgeprägt ist.
Jeder von uns verfügt über den ein oder anderen, besonders ausgeprägten Wesenszug, der sich dann in unserem Krafttier widerspiegelt.
Alle zusammen ergänzen wir uns daher optimal.
Nichts ist besser oder schlechter, alles wird benötigt, damit wir hier ein schönes Leben zum Wohle aller führen können.
Ich nehme mal an, dass man Euch Euer Krafttier noch nicht offenbart hat, oder?
Ich könnte gleich Tante Lisa mal fragen…«
Basilica räusperte sich laut hörbar.
»Ach so, ja ähm, stimmt«, jetzt war es an mir herumzustottern.
»Ich erinnere mich, Ihr wart ja schon müde.
Aber vielleicht könnte ich Tante Lisa für morgen danach fragen?«
Lia lachte, »danke Cerafine, wir haben jetzt verstanden, worum es hier geht. Aber bitte lass uns noch ein wenig Zeit, hier richtig anzukommen.
Wir sagen es Euch rechtzeitig, wenn wir unser Krafttier wissen wollen.«
Jetzt meldete sich noch Finnbar zu Wort, »es gäbe da noch etwas, dass ich aber heute noch unbedingt wissen möchte: Habt Ihr denn nie Hunger? Vermisst Ihr es denn gar nicht, dass Ihr nichts zu essen bekommt?
Ich, zum Beispiel liebe es, zu essen, sodass ich mir gar nicht vorstellen kann, wie ich ohne das leben soll.«
»Ich glaube, ich weiß jetzt, welches Finnbars Krafttier ist: Der Vielfraß«, rief Lia herzlich lachend aus.
Bald waren alle, inklusive Finnbar von der herzlichen Heiterkeit angesteckt und kugelten sich vor lauter Übermut und Freude auf der Wiese herum.
Einige machten sich einen Spaß daraus, Ihr Krafttier nachzuahmen und zu hören, ob Lia und Finnbar es erkennen konnten.
Am lustigsten aber war der Auftritt von Leander, der die

Schlange zum Krafttier hatte.
Es dauerte ewig, bis die beiden Neuen darauf kamen, denn Leander, der sich zwar redlich bemühte, hatte so gar kein Talent, eine Schlange nachzuahmen.
Die Kinder konnten sich nicht mehr halten vor Lachen als Lia und Finnbar mit ihren Rate-Versuchen, wie zum Beispiel: Walfisch, Aal oder Regenwurm andauernd völlig daneben lagen.
Es war schon spät geworden und deshalb erschien nun Saphira, um der ausgelassenen Schar mitzuteilen, dass es für heute Zeit zum Schlafen wäre.
Der Abend war ein sehr schöner Ausklang für einen unglaublich ereignisreichen Tag gewesen.
Die Zwillinge waren sehr froh und nun wirklich auch restlos erschöpft. Sie fielen wie Steine in die Betten und versanken sofort in einen tiefen, traumlosen Schlaf.
Die erste Woche mit Lia und Finnbar verging so schnell wie im Flug.
Mit Tante Lisa zusammen herrschte bei uns stets eine sehr harmonische Stimmung.
Lia und Finnbar hatten inzwischen ihre gesamte Geschichte erzählt und wir Kinder von Aquarius hatten unsererseits den Zwillingen auch schon eine ganze Menge berichtet.
Ich hatte natürlich bereits Brenda eingeladen, um ihr von den Flugwünschen von Lia und Finnbar zu berichten.
Sie versprach, ihr bestmöglichstes dafür zu tun.
Sehr enttäuscht waren Lia und Finnbar über die Aussicht, niemals mehr auf die Erde zurückkehren zu können.
Sie brannten regelrecht für ihre Mission, den Planeten vor dem Untergang zu bewahren.
Aber jeder Erwachsene, den sie befragten, antwortete immer das Gleiche.
Es war bisher nicht bekannt, dass in der Neuzeit jemals jemand eine Möglichkeit gefunden hatte, bewusst zwischen den Planeten hin und herzureisen.
Morgen sollten nun unsere normalen Unterweisungen wieder beginnen und natürlich waren Finnbar und Lia jetzt mit von der Partie.
Als es so weit war, machte ich mich mit den Zwillingen

gemeinsam auf den Weg.
Selbstverständlich verkniff ich mir zu fliegen, wie ich es normalerweise getan hätte.
Wir streiften gerade recht gut gelaunt durch den Wald, da hörten wir von Weitem einen sehr schönen Gesang in einer, uns unbekannten, Sprache.
Neugierig traten wir näher und sahen Pix Hunter Quick Deer, der mit gebeugtem Haupt unter einer großen Eiche stand und diese wunderbare Weise sang.
Uns wurde dabei ganz wohl ums Herz.
Freundlich drehte er sich um und lächelte uns an.
»Mein Name ist Quick Deer«, er streckte uns seine riesige Pranke, die zu einem Mann, so groß wie ein Bär gehörte, freundlich entgegen.
»Guten Tag, wir sind Lia, Finnbar und ich bin Cerafine«, antwortete ich sogleich für uns alle.
»Wir sind gerade auf dem Weg zu unseren Unterweisungen, aber ich glaube, wir würden Dich gerne näher kennenlernen.«
Zu Lia und Finnbar gewandt, ließ ich noch kurz fallen:
»Das ist der andere Mensch von der Erde, welcher nur einige Minuten vor Euch bei uns eingetroffen war.«
Finnbar hob sehr interessiert den Kopf und wandte sich nochmals selbst an Quick Deer.
»Wir sind auch von der Erde, wir kommen aus Irland aus dem Jahr 822 und Du?«
»Ich komme aus Amerika aus dem Jahr 2002.
Das ist ja sehr erstaunlich, dass Ihr schon in so einem Alter den Planeten wechseln konntet.
Das würde mich wirklich sehr interessieren.
Was haltet Ihr davon, wenn wir uns hier nach Euren Unterweisungen wieder treffen und dann mit etwas mehr Zeit über alles in Ruhe reden können?
Gerne könnt Ihr auch all Eure Kameraden mitbringen.
Ich liebe die Gesellschaft von jungen Menschen.
Und Ihr könnt mich gerne Pix nennen, das ist einfacher.«
Die Kinder berieten sich kurz und dann sprach Finnbar.
»Ja sehr gerne, also dann bis nachher Pix.«
Daraufhin beeilten wir uns, noch rechtzeitig zur

Unterweisung zu erscheinen.
In der Pause besprachen wir die Einladung durch unsere neue Bekanntschaft mit den anderen.
Wir konnten es kaum erwarten, zur Verabredung eilen zu können.
Kaum war die Unterweisung vorbei, machten wir uns auch schon auf dem Weg dorthin, wieder zu Fuß…
Ich wäre gerne schneller da gewesen, aber was kann man machen.
Es war uns untersagt worden, allein das astrale Reisen und noch dazu mit Finnbar und Lia zu praktizieren.
Man wollte erst genauer herausfinden, ob keine weiteren Überfälle während dem astralen Reisen zu erwarten waren.
Naja und fliegen wäre auch nicht gerade die sozialste Lösung gewesen, also ruhig Blut, kleiner Otter, dachte ich mir.
Als wir in die Nähe des vereinbarten Platzes kamen, hörten wir Pix wieder singen. Das hörte sich sehr, sehr schön an.
Dieser saß inzwischen auf einem ziemlich bequem aussehenden Sessel unter der Eiche von vorhin und war gerade mit seinem Lied fertig geworden.
Freundlich winkte er uns zu.
Wir setzten uns im Halbkreis um ihn und warteten.
Pix ergriff dann auch das Wort und fragte die Zwillinge ganz genau nach ihren Erlebnissen aus.
Dann erzählte auch er, wie es in den letzten Lebensjahren auf der Erde bei ihm gewesen war.
Mit Tränen in den Augen berichtete er über die Umweltsünden der Menschen und den unmöglichen Zuständen auf dem Planeten.
Betroffen sagte eine Weile keiner mehr ein Wort.
Bis Finnbar es nicht mehr aushielt und Pix frei heraus fragte, wie genau er es geschafft habe, mit Absicht nach Aquarius zu kommen.
Er gab zu, dass er und Lia unbedingt wieder zurück und zwar in das Jahr 2018 müssten, um den Untergang der Erde noch aufhalten zu können.
Pix lehnte sich zurück und erwiderte:
»Ich habe diesen wunderschönen Planeten hier zuerst in einer Vision und Träumen gesehen und war sehr ergriffen

davon.
Dann suchte ich ihn aktiv in meinen Träumen auf und sah ihn mir genauer an.
Ich musste aber immer in meinen Körper auf der Erde bleiben, so wie die Gesetze beim Traumwandeln oder auch dem einfachen Träumen ebenso sind.«
Wissend nickten wir alle eifrig.
»Eines Tages hatte ich das Gefühl, es nicht mehr auf der Erde aushalten zu können und ich betete während einer Fastenperiode im Wald sehr lange zu Wakan Tranka, das ist unsere Verbindung zum Höheren.
Ich bat mit ganzem Herzen darum, auf Aquarius leben zu dürfen.
Dann traumwandelte ich wieder dorthin und es klappte.
Ehrlich gesagt weiß ich auch nicht ganz genau, wie ich das letztendlich bewerkstelligt habe. Ich nehme an, dass dies nicht ich vollbracht habe. Es war wohl eher ein Geschenk.«
»Kennst Du eine Möglichkeit, wie man von hier aus auf der Erde etwas nachsehen kann«, fragte Finnbar weiter.
»Wir vermissen nämlich vier von unseren Freunden und sind darüber sehr in Sorge.«
»Bisher weiß ich das auch noch nicht so genau, aber wir könnten ja daran arbeiten und das als ein gemeinsames Projekt starten.
Wie wäre es, wenn wir uns dafür täglich am Nachmittag hier treffen würden?«
Das wurde beschlossen.
Sogleich meldetet ich mich zu Wort und hatte einen tollen Vorschlag:
»Dann sind wir ja so etwas wie eine Gemeinschaft, die sich für das Wohl des Planeten Erde einsetzt.
Wie wäre es, wenn wir uns einen guten Namen für uns ausdenken?«
Diese Idee stieß auf allgemeinen Anklang und wir hatten total viel Spaß mit den Namen, die jeder so vorschlug.
Lia und Finnbar waren für »die Erdlinge«, Basilica schlug »die unbesiegbaren Kämpfer für den Planeten Erde« vor, typisch Widder, dachte ich mir dabei schmunzelnd.
Mir selbst wollte irgendwie überhaupt nichts Vernünftiges

einfallen.
Den Namen »die schnelle Hilfe« vorzuschlagen, verkniff ich mir noch rechtzeitig.
Ich wollte ja nicht mit dem Otter aufgezogen werden.
Ich hörte noch »Planetenretter«, den Namen könnte man gleich noch benutzen für andere Planeten, wenn die Erde dann gerettet wäre.
Der lustigste Vorschlag war, »Geheime Mission der edlen Retter«.
Wir lachten uns halbtot über solche geschwollenen Ideen.
Lia sprach dann Quick Deer an: »Hast Du nicht eine Idee, vielleicht etwas in der Lakota-Sprache?«
Quick Deer, der gerade Tränen in den Augen hatte vor lauter Lachen, wurde wieder ein wenig ernster und dachte eine Weile nach.
»Was haltet Ihr denn von „Untschi Ta"?« »Das ist eine Abkürzung für „Zur Erde hin"«, fragte Pix nach einer kurzen Zeit. Das fanden alle toll, vor allem auch, weil uns die Lakota-Sprache so faszinierte.
Jetzt hatten wir einen echt coolen Namen für unsere verschworene Gemeinschaft.
Und so entstand langsam, aber sicher, eine feste Freundschaft zwischen unserer Teenager-Gruppe und Quick Deer. Wir rätselten nicht nur darüber, wie wir Neuigkeiten von der Erde erfahren oder diese retten könnten, Pix erzählte uns auch ganz viel über seine Arbeit, die er auf der Erde früher geleistet hatte.
Er hatte dort nämlich junge Menschen in die alten Traditionen seines Volkes eingeführt.
Er war ja bekanntlich ein Lakota aus dem Gebiet Dakota.
Diese gehörten zu den Ureinwohnern von Amerika und hatten dort stets im Einklang mit der Natur gelebt.
Der weiße Mann, der irgendwann das Land einfach beanspruchte, hatte die Lakota später vertrieben, sich ihr Land komplett angeeignet und beutete nun dort gnadenlos die Erde aus.
»Kennst Du eigentlich schon Karlao?«, fragte Lia.
»Der kommt vom Planeten Osiria und gehörte dort auch zu den Ureinwohnern.

Seinem Volk ist so etwas Ähnliches passiert.
Osiria gibt es jetzt nicht mehr, die Invasoren haben ihn total zerstört«, erwähnte Lia.
Nachdem sie die versteinerte Miene von Pix sah, fügte sie noch schnell hinzu: »Das muss ja jetzt nicht heißen, dass es auf der Erde nicht besser laufen könnte.«
Dieser hatte sich aber schon wieder gefangen und meinte, dass das jetzt nicht zu den Dingen gehörte, die wir gerade ändern können und schlug vor, dass wir uns besser wieder etwas Schönerem zuwenden sollten.
Pix war sehr lustig, er erzählte ständig Witze, wovon manche auch recht derb waren.
Das war ziemlich neu und auch recht gewöhnungsbedürftig für uns.
Dies war dann aber nur noch lustiger für ihn.
Pix lachte einfach über alles und jeden und sein Lachen war extrem ansteckend.
Zum Beispiel zeigte er zum Himmel und behauptete, dort steif und fest einen Adler zu sehen und konnte sich dann nicht mehr einkriegen, wenn wir alle vergeblich den Himmel nach dem Tier absuchten.
Solche Art von Humor war uns völlig fremd.
Wenn bei uns jemand etwas sagte, dann stimmte das in der Regel auch.
Pix jedoch wurde nicht müde, uns andauernd auf die Schippe zu nehmen und sich dann krumm und schief über uns zu lachen.
Unsere Gruppe wurde mit der Zeit immer mehr zusammengeschweißt.
Lia und Finnbar waren genauso zu einem Teil von uns geworden, als wären sie schon von Geburt an bei uns gewesen und auch Pix war inzwischen nicht mehr weg zu denken.
Ich konnte mir gar nicht vorstellen, wie es wohl sein müsste, wenn man ganz allein wäre, ohne eine solche Truppe, wie wir sie waren, um sich haben zu können.
Pix hatte in der Gruppe eher so eine Funktion wie ein Lehrer für uns.
Jedenfalls sagte er das immer wieder und verglich uns mit

den jungen Menschen, die er auf der Erde früher unterrichtet hatte.
Sehr oft kam es vor, dass er nur von der guten alten Zeit, als er noch ein Kind war und frei in der Prärie mit seinem Großvater gelebt hatte, schwärmte.
Sein Großvater hatte ihn vieles gelehrt.
Zum Beispiel, wie man in der Natur überlebt, also was man essen konnte und was nicht oder welche Pflanzen heilen konnten und welche giftig waren.
Von dem Punkt an war es nie weit zu der Geschichte, wie sehr er das Büffelfleisch geliebt hatte.
Der gute alte Büffel, Tatranka, wie er in seiner Sprache in Lakota hieß, war für die Lakota einfach alles gewesen.
Er war ihre Nahrung oder gab ihnen Dinge für den täglichen Bedarf, wie Gefäße, Werkzeuge und Ähnliches.
Aber auch Bekleidung oder die Behausungen wurden aus seinem Fell gemacht.
Heutzutage hatten die Weißen ihn fast ausgerottet, so hörten wir. Aber es gab noch einige Exemplare des Büffels, Gotts sei Dank.
Pix sprach sehr viel über das Essen.
Uns sagte das überhaupt nichts, aber Finnbar hing dann schier, wie gebannt an seinen Lippen.
Finnbar war es auch, der immer wieder davon anfing, dass man die Mutter Erde retten muss und dass sie daher dringend auf die Erde zurückmüssten.
Wir hatten den Zwillingen schon längst von unserem Ausflug am Meer berichtet, wo auch wir die Idee gehabt hatten, helfend bei dem Planeten Erde einzugreifen.
Und wieder einmal rätselten wir über Möglichkeiten, dorthin zu gelangen und wieder einmal kam nichts dabei heraus.
Wir drehten uns immer nur im Kreis.
Daher brauchten wir dringend frischen Wind.
»Wir müssen eben mal noch jemand anderen fragen, wenn wir es nicht allein herausbekommen«, warf ich deshalb eines nachmittags in die Runde.
»Gibt es denn nicht noch jemand, der von der Erde gekommen ist?«, fragte Lia.
»Nicht, dass ich wüsste«, antwortete Basilica.

Die letzten 1000 Jahre oder so gab es nur Pix, Euch und Karlao mit seiner Truppe.«
»Hört mal, die Elben hatten uns doch damals ihre Geschichte erzählt, wie sie von Osiria auf die Erde ausgewandert waren. Wir könnten die doch mal aushorchen, vielleicht kommt dabei etwas Nützliches heraus«, schlug Finnbar den anderen vor.
»Die Elben habe ich schon gefragt«, antwortete Pix.
»Bei denen hatte das damals auch über das Beten funktioniert und sie waren dann über Visionen angeleitet worden, was sie zu tun hätten.
Und jetzt, als sie nach Aquarius kamen, hatte wohl die weise Orlana die Hand im Spiel.
Leider weiß niemand genau, wie sie das bewerkstelligen konnte und ihr derzeitiger Aufenthaltsort ist bedauerlicherweise auch unbekannt.
Wir können sie also gerade leider nicht danach fragen.«
Ratlos verstummte die Gemeinschaft.
»Kommt Kinder, ich bringe Euch ein Lakota- Lied bei.
Das Büffellied, das kennt Ihr noch nicht«, wechselte der optimistische Pix nun abrupt das Thema.
»Tatranka wamanie«, fing Pix an zu singen und nach und nach vergaßen wir die Enttäuschung von eben wieder.
Am Ende eines Liedes betete er dann immer auf Lakota:
»Ate, ate Wanka, Tranka, untschimalaja…«
Wir mochten die Melodie seiner Sprache und auch was dazwischen noch so zu uns transportiert wurde.
Die ersehnte Hilfe kam dann schneller, als wir gedacht hatten.
Wir waren gerade nach der Unterweisung wieder zum Treffpunkt mit Quick Deer unterwegs, da blieb Finnbar plötzlich abrupt stehen.
»Lia, Lia! Soholit ruft nach mir, was soll ich machen?«
Lia war mit einigen Schritten bei ihrem Bruder, »das, was man dann eben so tut, antworte ihm, und zwar schnell Finnbar.
Antworte ihm über den Geist, so wie er Dich auch angesprochen hat, rasch, bevor Du ihn wieder verlierst.«
Finnbar war so aufgeregt, dass ihm Lia jedes Wort vorsagen

musste, denn er konnte keinen klaren Gedanken mehr fassen.
»Sag ihm folgendes: Wir sind beide gesund, wir wurden auf der astralen Reise angegriffen und sind auf einem anderen Planeten gelandet, auf Aquarius.
Wieso, wissen wir auch nicht. Und jetzt frag ihn sofort, wie es den anderen dreien und ihm geht.«
Finnbar tat, wie ihm geheißen.
Wie gebannt warteten alle auf die Antwort.
Aber es kam keine.
»Lia, ich habe ihn wieder verloren, so ein Mist.
Ich kann nicht einmal sagen, ob er meine Antwort überhaupt gehört hat.«
Finnbar sprach jetzt mit tränenerstickter Stimme.
Lia konzentrierte sich mit aller Macht nun selbst darauf, Soholit im Geiste zu erreichen.
Sie rief und später schrie sie sogar nach ihm, sofern man bei so einer Sprache überhaupt von Schreien sprechen konnte.
Aber alles blieb ohne jeglichen Erfolg, auch Finnbar probierte es vergeblich immer weiter.
Dann hatte Lia eine Idee.
Sie stellte sich ganz fest Quiskan vor und begann im Geiste das alte Wiegenlied zu singen, womit sie ihren Lehrer einst vom Fluss der Schatten zurückgeholt hatte.
Nach etwa fünf Minuten hatte sie das Gefühl nicht mehr allein im Äther zu sein.
»Lia, Lia wo bist Du«, konnte sie Quiskan sehr leise, aber deutlich hören.
»Wir sind beide wohlauf, wir wurden überfallen und sind dann auf einem Planeten, namens Aquarius gelandet.
Dort ist man sehr nett zu uns, aber wir kommen hier leider nicht mehr weg, denn niemand weiß, wie das gehen könnte.
Wie geht es Euch?«
Lia bebte fasst, in Erwartung, der doch auch so sehr gefürchteten Antwort.
Was, wenn einer oder gar mehrere von Ihrem Anfangsteam umgekommen wären?
Sie bemerkte das Zögern Quiskans und ihre Sorgen wurden immer größer.

Lia hatte Finnbar und die anderen schon über die Situation informiert. Alle warteten nun gemeinsam auf die Antwort und starrten gebannt auf Lia, um vielleicht aus ihrer Miene schon die eine oder andere Antwort abzulesen.
Diese wandte sich nun nochmals an Quiskan.
»Bitte sag uns, wie es Euch geht, sind alle am Leben?«
Es war, als würde sie Quiskans Tränen über den Geist fühlen können und dann meldete sich plötzlich Soholit statt seiner.
»Lia, mein Mädchen, wie froh ich bin, zu hören, dass es Euch so weit gut geht.
Am besten erzähle ich Dir der Reihe nach, wie es uns ergangen ist.
Ich mache immer eine kleine Pause von Zeit zu Zeit, dann kannst Du es Finnbar gleich weitererzählen. Ist das gut so?«
Lia warf die neue Information kurz laut in den Raum und wandte sich dann, nachdem sie ihm ihr »Ja« übermittelt hatte, wieder aufmerksam Soholit zu.
Alle nahmen auf dem Waldboden Platz, denn es schien eine längere Geschichte zu werden.
Dann begann Soholit mit seinem Bericht:
»Wir haben uns, genauso wie Ihr per Astralreise auf den Weg nach 2018 gemacht.
Kaum waren wir im Zeitstrudel, da bemerkten wir auch wieder genau die gleiche, gewaltige Präsenz, die uns damals unsichtbar so lange in der Nähe des Ausbildungsplatzes gefangen gehalten hatte.
Diese Macht stoppte abrupt unsere Reise und wir landeten alle zusammen auf einer Art Zwischen-Zeitebene.
Dort kamen dann plötzlich vollkommen leere Rüstungen mit riesengroßen schwarzen Schwertern auf uns zu und griffen uns an.
Wir wehrten uns mit allen Mitteln.
Jedoch war der Feind nicht verwundbar, denn er war ja praktisch nicht vorhanden.
Es war zwar schon möglich, eine Rüstung zu zerstören.
Da aber in ihr augenscheinlich niemand war, spielte das keine Rolle für den Feind.
Binnen kürzester Zeit reparierten sich die Rüstungen danach wieder und griffen dann erneut an.

Ich hatte eher den Eindruck, dass es immer mehr, statt weniger Feinde wurden.
Das Schlimme war auch, dass wir langsam ermüdeten, die gespenstischen Rüstungen aber nicht.
Sie kämpften mit unerschütterlicher Härte weiter gegen uns und obwohl wir wie die Berserker dagegenhielten, so war es nur eine Frage der Zeit, bis jemand von uns erwischt werden würde.
So war es dann auch.«
Soholit legte eine erste Pause ein, damit Lia die anderen mit den ersten Nachrichten versorgen konnte.
Sie beeilte sich damit, so schnell sie konnte und wandte sich dann wieder, bis aufs Äußerste gespannt und sehr nervös, Soholit zu.
Dieser fuhr fort: »Als Erster wurde Quiskan schwer am Bein verletzt. Wir mussten ihn stark blutend aus dem Kampfgeschehen holen und Lucinda versuchte ihn, so gut sie konnte, ein wenig abseits zu versorgen.
Dadurch brannte bei Querin eine Sicherung durch.
Ohne Rücksicht auf das eigene Leben bekämpfte er die leeren Eisenhüllen so sehr, dass es kurz so aussah, als ob diese sogar besiegt werden könnten.
Dann aber hörten wir von der Seite, wo Lucinda und Quiskan waren, einen schrillen verzweifelten Schrei.
Mehrere Rüstungen hatten Lucinda, die sich mit allen Mitteln, wie eine wild gewordene Katze gegen den übermächtigen Feind wehrte, gefangengenommen.
Ihr blieb nicht die geringste Chance, denn die Bestien hatten sie ohne ihre Waffe erwischt und waren in der Überzahl.
Sie schlugen sie ohnmächtig und verschwanden dann mit ihr von einem auf den anderen Moment unsichtbar in der Luft.
Querin schrie, wie ein Tier, das in einer Falle die schlimmsten Qualen erleidet und versuchte die Geflohenen zu verfolgen, aber das war ihm unmöglich.
Er drehte sich immer wieder wie wild geworden im Kreis und blickte dabei suchend nach oben.
Es war nun ein leichtes für die verbliebenen Feinde, Querin jetzt tödlich zu verletzen.
Sie hieben ihm zuerst eine beträchtliche Wunde in den

rechten Arm, was Querin sofort kampfunfähig machte und schlugen ihn dann anschließend so brutal nieder, dass ihn nun der sichere Tod erwartete.
Danach sahen sie sich nach mir um.
Es waren etwa 50 Rüstungen gegen einen.
Ich umschloss meinen Eichenstab und machte mich und die beiden verbliebenen und schwer verletzten Freunde in Windeseile unsichtbar.
Mit klopfendem Herzen, wartete ich jetzt das weitere Geschehen ab.
Nachdem sie uns nicht mehr finden konnten, schienen sie sich zu beraten und hielten dann die Arme weit nach oben in die Luft.
Von dort kam dann eine Art weißes Licht in die Rüstungen geflossen, so als ob diese wie Antennen dafür wären.
Das dauerte einen Moment, dann bündelte sich das gesamte Licht und sammelte sich zu einem gewaltigen Strom.
Dieser wehte noch eine Weile auf dem Platz umher und verfehlte mich nur um Haaresbreite.
Dann verschwand er in die Richtung, wo er hergekommen war.
Kaum war das Licht verschwunden, fielen die Rüstungen in sich zusammen, so wie es sich für eine leere Rüstung normalerweise auch gehören würde.
Wir waren wieder allein.«
Erneut legte Soholit eine Pause für Lia und die anderen ein.
Lia gab schnell das Geschilderte wieder und wartete gespannt auf die Fortsetzung.
»Quiskan und Querin waren beide, wie gesagt, lebensgefährlich verletzt«, fuhr der Druide fort.
»Ihr könnt Euch kaum vorstellen, wie es für mich war, als einziger unserer Gruppe unverletzt übrig geblieben zu sein und nichts mehr für die anderen tun zu können.
Ich gab innerlich unsere Mission als gescheitert auf und fühlte, dass unsere Gruppe nun tödlich geschlagen war.
Quiskan versuchte die ganze Zeit, mir etwas zu sagen.
Erst als ich ganz nahe an sein Gesicht kam, vernahm ich immer wieder die Worte: „Mein Hammer."
Ich brachte ihm seine Waffe und dachte, er wolle mit der

Waffe in der Hand dahinscheiden.
Er zeigte aber immer wieder in Richtung seines Beines.
Ich legte also den Hammer darauf und dann geschah etwas Wundervolles.
Die Wunde begann sich langsam von außen nach innen zu schließen.
Am Ende war dort, wo die schlimme Verletzung gewesen war, nur noch ganz gesunde Haut zu sehen.
Quiskan war noch sehr schwach und flüsterte mir leise zu:
„Schnell geh und tue das Gleiche bei Querin.
Heile bitte, so rasch wie möglich, auch die Wunde an Querins Arm und vor allem an dessen Kopf."
Ich tat, wie mir geheißen.
Panisch nahm ich den Hammer und führte ganz genau aus, was mir Quiskan aufgetragen hatte.
Auch hier geschah die Wunderheilung wie zuvor bei Quiskan, sowohl an dem Arm wie auch an dem Kopf von Querin.
Quiskan konnte inzwischen wieder ganz unsicher auf seinen Beinen stehen und bewegte sich auf seinen Sohn zu.
Dieser war nun zwar körperlich wieder vollkommen intakt, aber es musste etwas schreckliches mit seiner Seele geschehen sein.
Er erkannte uns nicht mehr und er hatte auch keinerlei Antrieb, sich wieder von dem Erdboden zu erheben.
Er lag die ganze Zeit ohne jegliche Zeichen davon, dass er irgendetwas von seiner Umwelt wahrnahm, auf seinem Lager.
Des nachts quälten ihn schlimme Alpträume.
Manchmal konnte man hören, wie er nach seiner geliebten Partnerin Lucinda rief.
Das war das einzig klare Wort, dass wir seit dem Kampf und der Entführung von Lucinda von Querin jemals wieder gehört hatten.
Er war schrecklich, dabei zusehen zu müssen und nicht helfen zu können.
Viel schlimmer ist das noch für Querin.
Er leidet sehr darunter, was seinen Familienmitgliedern passiert ist und er sieht sehr, sehr schlecht aus.«

Soholit hielt inne, um kurz Atem zu schöpfen und Lia Zeit zum Erzählen zu geben.
»Wenn ich das Gefühl hatte, die beiden einmal kurz allein lassen zu können, habe ich nach Lucinda gesucht.
Ich hatte bisher jedoch keinen Erfolg.
An dem Platz, wo wir zurzeit sind, habe ich versucht, so hoch ich eben nur gelangen konnte, die Luft mit meinen Händen überall zu prüfen, um auszuschließen, dass sie nicht auch hier irgendwo, so wie wir damals, unsichtbar aufgehängt wurde.
Aber ich konnte nichts entdecken.
Auf die Rufe von Geist zu Geist reagiert sie nicht.
Ich war auch schon in verschiedenen Zeiten und Orten, um nach ihr zu suchen.
Weder war sie in ihrem alten zu Hause im Jahre 822, noch irgendwo an unseren Stützpunkten im Jahre 2018.
Ich habe natürlich auch noch andere gebeten, nach ihr zu fahnden.
Bisher leider ohne Erfolg.
Ich bin am Ende meiner Kräfte und weiß gerade nicht mehr, was wir noch tun könnten.
Vor allem muss ich dafür sorgen, dass wir drei erst einmal von dieser merkwürdigen Zwischenebene wegkommen.
Das scheint mir kein guter Ort zu sein.
Querin ist jedoch gar nicht reisefähig und sein Zustand verbessert sich auch nicht.
Morgen möchte ich nochmals ins Jahr 822 und dann mit einigen Helfern hierher zurückkehren.
Vielleicht können wir ihn mit einer gut organisierten Tandemreise nach Hause bringen.
Unser zu Hause ist leider auch nicht mehr so, wie wir es nach dem Überfall verlassen haben.
Viele sind inzwischen von der Erde fort gegangen.
Darunter auch Orlana.
Selbst Karlao ist verschwunden.
Niemand weiß, wohin sie gezogen sein könnten.
Die wenigen, die noch bleiben wollten, haben sich tief in den Wald zurückgezogen.
Ich glaube, dass wir aufgeben müssen.«

Soholit war mit seinen Ausführungen am Ende und schwieg nun.
Lia informierte noch schnell die anderen und dann erwiderte sie sofort:
»Das sind wirklich sehr, sehr schlimme Nachrichten und ich kann mir kaum vorstellen, wie schrecklich das alles für Dich und Euch gewesen sein muss.
Doch bei allem Respekt vor dem, was Ihr durchgemacht habt, möchte ich sagen, es ist jetzt noch nicht an der Zeit zu kapitulieren, denn ich habe auch einige gute Nachrichten für Euch.
Die Elben, die die Erde verlassen haben, leben inzwischen auf Aquarius und es geht ihnen hier sehr gut.
Auch Karlao ist hier und ist unversehrt.
Es heißt, Orlana hätte sich in letzter Minute um entschlossen und wäre noch woandershin gereist.
Sie sei aber bei der letzten Begegnung ganz und gar wohlauf gewesen.
Wir sind außerdem auf diesem Planeten eine größere Gruppe von Personen, die momentan intensiv genau damit beschäftigt sind, der Erde zu helfen.
Wir wissen zwar noch nicht im Einzelnen wie, aber wir arbeiten täglich hart daran.
Wir werden hier auch von einem heiligen Mann der Lakota aus dem Jahr 2002 der Erde unterstützt, dem die Zukunft des Planeten Erde ebenfalls sehr am Herzen liegt.
Er heißt Pix Hunter Quick Deer und lebt hier schon ganz genauso lange wie wir.
Er hatte es geschafft, absichtlich von der Erde nach Aquarius zu reisen, um fortan hier zu leben.
Du siehst also, Du bist nicht ganz allein und wir alle sind noch längst nicht am Ende angelangt.
Das Scheitern unserer Mission ist also keinesfalls sicher.
Und weißt Du was, Orlana hat uns einmal gesagt, dass es wichtig ist, immer die guten Dinge aufzuzählen, weil diese dann wie ein Magnet für andere gute Dinge wirken.
Gute Nachrichten sind auch, das Finnbar, Du und ich wohlauf sind, dass Quiskan und Querin auf Grund der wundervollen Eigenschaften des Hammers zumindest wieder körperlich

gesunden konnten.
Selbst, dass Lucinda noch nicht gefunden wurde, ist besser, als wenn wir sicher sein würden, dass sie getötet wurde.«
Lia endete nun ganz plötzlich.
Sie hatte diese Worte sowohl von Geist zu Geist zu Soholit, der es sofort Quiskan weitererzählt hatte, gesprochen, als auch sogleich laut in die Runde im Wald.
Das war recht anstrengend gewesen und deshalb musste sie sich erst einmal kurz erholen.
Auch Soholit hatte kurz geschwiegen und bedächtig wählte er nun seine Antwort:
»Du kannst es Dir nicht vorstellen, wie froh ich über Deine guten Nachrichten bin. Das erfüllt mich mit neuem Mut.
Wir sollten uns ab sofort regelmäßig austauschen und unseren Wissensstand vergleichen.
Vielleicht finden wir ja gemeinsam einen Weg, Lucinda aufzuspüren, was möglicherweise auch die Gesundung Querins nach sich ziehen könnte.
Und es mag sein, dass wir auch zusammen herausfinden können, wie es möglich ist, doch willentlich von Planeten zu Planeten zu reisen.
Dann können wir unsere Mission weiter fortführen und haben noch größere Chancen als zuvor.«
Ich war total begeistert.
Aufgeregt hüpfte ich auf und ab und kaum, dass Lia mit ihren letzten Ausführungen geendet hatte, warf ich auch schon ein:
»Wir könnten doch täglich am Nachmittag, wenn wir unser „Untschti Ta"-Treffen zusammen mit Quick Deer haben, Kontakt zu Euren Freunden aufnehmen.
Jetzt geht es richtig los, wir fangen am besten sofort an, praktisch zu üben, wie man auf einen anderen Planeten kommen kann. Irgendwann werden wir die verschollene Lösung dafür schon finden. Du lieber Himmel, bin ich aufgeregt«, ließ ich die anderen unnötigerweise noch wissen.
»Wenn wir nur so viele Varianten wie möglich ausprobieren, wer weiß, eventuell landen wir irgendwann einen Treffer und entdecken aus Versehen das Geheimnis wieder, sich gezielt im Universum bewegen zu können. Das muss doch gehen, ich bin mir sicher.

Darf ich auch mal probieren, mit Soholit zu sprechen?«, fragte ich ganz ungeduldig. Lia sah mich überrascht an.
»Naja, ich weiß ja nicht genau, wie Ihr das auf Aquarius mit dem „von Geist zu Geist sprechen“ macht.
Aber wir müssen uns zuerst unser Gegenüber ganz fest vorstellen, nur so ist ein Kontakt über den Äther möglich.
Du und Soholit, Ihr habt Euch doch nie gesehen.«
Ich schwieg und musste wohl sehr enttäuscht ausgesehen haben.
Jedenfalls beeilte sich Lia noch zu sagen, dass sie das gerade mal Soholit mitteilen wolle, mal schauen, ob der erfahrene Druide eine Möglichkeit sähe. Ich schöpfte neuen Mut.
»Und, was hat er gesagt?«, warf ich sogleich ein.
»Ach, Du…«, Lia lachte, »liebes Otter-Cerafinchen, ich bin noch gar nicht dazu gekommen zu fragen.
Bitte gedulde Dich nur noch einen Moment länger.«
Ungeduldig scharrte ich mit den Hufen und blickte mehr als gespannt auf Lias Gesicht, als könnte ich mir die Infos selbst daraus hervorziehen.
Nach gefühlt 100 Jahren, drehte sie sich endlich um und sprach:
»Soholit hat gesagt, dass er schon einmal davon gehört hat, dass es auch möglich sein kann, miteinander über den Äther zu kommunizieren, ohne, dass man sich je zuvor von Angesicht zu Angesicht gesehen hat.«
Lia hob kurz die Hand, um mich aufzuhalten.
Ich war bereits erwartungsvoll aufgesprungen und schon fast bei ihr angelangt.
»Noch nicht heute Cerafine, er muss sein Wissen darüber erst noch auffrischen.
Es könnte gefährlich sein, wenn wir nicht wirklich sicher wären, wie es genau funktioniert.
Es bestünde die Gefahr, dass der Feind mithören kann.«
»Ach, ja na klar«, ich nickte Lia zu, das leuchtete mir ein, wieso war ich da nicht selbst draufgekommen?
»Aber Soholit lässt fragen, ob Du nicht über mich kurz mitteilen könntest, was Du zu sagen hast,« ließ Lia mich wissen.
13 Augenpaare waren neugierig auf mich gerichtet und ich

wusste auf einmal gar nicht mehr, was ich überhaupt hatte mitteilen wollen.
Nimm Dich zusammen, Cerafine, konzentrier Dich, ermahnte ich mich selbst.
»Ja, also, das ist sehr nett.
Ich schlage vor ich spreche einige Sätze und Du gibst sie dann weiter und wenn ich fertig bin, kann dann ja Soholit etwas dazusagen.
Sollte es wichtige Zwischenfragen geben, kann er diese natürlich auch vorher stellen«, fügte ich gnädigerweise noch hinzu. »Ja?«
Lia nickte und jetzt musste ich loslegen und begann mit meinem Monolog.
»Guten Tag ehrwürdiger Soholit«, ich hoffte inständig, dass die Anrede angemessen war.
»Ich habe vorhin nicht hören können, was Lia Dir alles mitgeteilt hat und hoffe, dass ich jetzt nicht zu viel wiederhole.
Mein Name ist Cerafine und ich lebe mit meinen 11 gleichaltrigen Kameraden auf Aquarius.
Wir sind alle 13 Jahre alt und werden hier zusammen unterwiesen.
In diesem Jahr haben wir das astrale Reisen zu lernen begonnen. Traumwandeln haben wir schon seit etwa 5 Jahren.
Wir werden auch in Planetenkunde und Geschichte unterrichtet und haben in dem Zusammenhang schon viel über den Planeten Erde gehört.
Schon länger, auch schon bevor Lia und Finnbar hier angekommen waren, hatten wir uns mit der Absicht getragen, die Erde vor ihrem Untergang zu bewahren«, stellte ich an dieser Stelle zwar wahrheitsgetreu fest, dachte aber, dass das bestimmt etwas übertrieben war, denn unsere Pläne in dieser Richtung waren ja noch mehr als recht wage gewesen.
Aber trotzdem, irgendwie stimmte es doch.
»Allerdings wurde uns von den Erwachsenen gesagt«, fuhr ich weiter, etwas atemlos fort, »dass wir uns als Bewohner eines höher entwickelten Planeten immer neutral verhalten

müssten.
Es wäre allerdings in Ordnung und sogar wünschenswert, stets gute Energie in Richtung der Erde zu senden.
Wir hatten uns eigentlich mehr vorgestellt und als Lia und Finnbar, sowie am gleichen Tag auch Quick Deer von der Erde bei uns eintrafen, wurde das Ganze viel aktueller.
Wir treffen uns schon länger täglich mit Quick Deer, um gemeinsam zu überlegen, was wir für die Erde tun könnten.
Unsere Gemeinschaft hat auch einen Namen.
Wir heißen „Untschi Ta" was die Abkürzung auf Lakota-Sprache für „Zur Erde hin" ist.
Zurzeit versuchen wir herauszufinden, wie wir willentlich ins Jahr 2018 auf die Erde kommen könnten.
Ich jedenfalls und ich glaube sagen zu können, dass das für uns alle genauso ist, werde alles tun, um Euch zu helfen.«
Lia endetet mit Ihren Ausführungen kurz nach mir und gespannt wie Flitzebögen warteten wir auf die Antwort des Druiden.
Dieser ließ sich für meine Begriffe reichlich Zeit, etwas dazu zu sagen.
Endlich öffnete Lia ihren Mund, um uns zu informieren:
»Also Soholit sagt, er sei sehr ergriffen von der großen Unterstützung, die es hier auf Aquarius für die Erde gibt und dankt Euch allen ganz herzlich dafür.
Er findet den Vorschlag, dass wir täglich kommunizieren, sehr gut.«
Ha, dachte ich und freute mich sehr darüber.
»Am besten wir beginnen schon morgen damit.
Er wird sich weiter umhören, was das astrale Reisen von Planeten zu Planeten und die Kommunikation im Äther von, sich unbekannten, Wesen untereinander betrifft.
Für jetzt verabschiedet er sich von uns. Er muss noch los, um Querin sicher von der Zwischenebene weg zu transportieren.«
Lia war fertig und sah sich in der Runde der Teenager um.
Wir hatten alle vor Aufregung gerötete Wangen und brachen dann in einen kräftigen Beifall aus. Es war fast so, als hätten wir die Mission schon erfolgreich beendet.
Ich meldete mich wieder zu Wort:

»Ich fliege schon mal vor und berichte Pix, was sich eben ereignet hat. Dann weiß er schon alles, wenn Ihr auch ankommt und wir sparen Zeit.«
Ich ließ den anderen keine Zeit mehr zum Antworten und flog sofort los.
Oh, wie ich das Fliegen vermisst hatte!
Sehr aufgeregt sprudelte ich bei Pix alles heraus, was sich vorhin zugetragen hatte. Aufmerksam hörte dieser mir zu und stellte hier und da noch eine kleine Rückfrage.
Als er vollständig informiert war, trafen auch schon die anderen zu Fuß an unserem Treffpunkt ein. Alle nahmen Platz und blickten erwartungsvoll zu Pix. Dieser blieb total gelassen und stimmte in aller Ruhe erst mal ein Lied an.
Irgendwann hatten auch wir wieder einen klaren Kopf bekommen und hatten keine Eile mehr, dass Pix endlich etwas sagen würde. Anscheinend hielt dieser jetzt erst den Zeitpunkt für gekommen, mit uns über alles zu reden.
»Ich denke das Vordringlichste ist, dass Soholit, Quiskan und Querin in Sicherheit gebracht werden. Das wird, wie ich verstanden habe, gerade unternommen. Das zweitwichtigste ist die Suche nach Lucinda. Je länger wir damit warten, desto größer ist die Gefahr, sie nicht mehr lebend finden zu können.
Dazu habe ich eine Idee. Darüber möchte ich aber erst morgen berichten, ich benötige vorher noch mehr Informationen.
Ich möchte übrigens nicht, dass Ihr sofort mit ziellosen Versuchen des astralen Reisens im Universum beginnt. Das wäre viel zu gefährlich. Lasst uns das erst in Ruhe und mit Bedacht vorbereiten.
Aber wie wäre es mit einem sehr schönen indianischen Märchen?
Ohne eine Antwort abzuwarten, begann er uns eine Geschichte über Inyan, das Steinkind, zu erzählen.
Am Ende waren wir allesamt sehr ruhig und es war Zeit, nach Hause zu gehen.
Eine Weile gingen wir alle gemeinsam und dann ging jeder in Richtung seines Wohnplatzes allein weiter.
Ich lief mit Lia und Finnbar zusammen. Morgen sollte die

erste Flugstunde mit Brenda sein und ich brachte das Thema auf. Angeregt unterhielten wir uns und schon bald waren wir zu Hause angekommen.

»Dann bis morgen Ihr beiden«, verabschiedete ich mich, denn ich war sehr, sehr müde.

Die Tragödie

Als ich am Morgen, die Augen aufschlug, freute ich mich sofort auf die kommenden Flug-Unterweisungen.
Ich war auch ziemlich gespannt darauf, wie Brenda wohl den Zwillingen das Fliegen beibringen würde.
Ich lümmelte noch ein bisschen in meinem Bett herum, denn ich war heute wirklich sehr früh aufgewacht.
Ich war in einer merkwürdigen Stimmung und suchte deshalb nach meinem Lieblings-Teddy Susana, an den ich schon lange nicht mehr gedacht hatte.
Der musste doch hier irgendwo unter der Decke sein.
Komisch, der war einfach nicht zu finden.
Von weitem hörte ich meine Mutter näher kommen.
Mir fiel ein, wie wenig Zeit ich während der letzten Woche mit ihr verbracht hatte.
Daraufhin bekam ich einen Anhänglichkeitsanfall und bat meine Mama, zu mir ins Bett zu kommen, um mit mir zu Kuscheln.
Hocherfreut kam diese meiner Bitte nach und legte sich ganz dicht zu mir.
Ich kuschelte mich in ihre Arme und trank die Liebe, die auch durch das stetige Streicheln ihrer Hand, in mich hineinfloss.
»Ich vermisse Dich, Mama«, gestand ich und war selbst darüber verwundert, dass mir das bisher noch gar nicht aufgefallen war.
»Ich vermisse Dich auch«, sprach Saphira leise in das Ohr ihrer Tochter.
»Du bist so schnell so groß geworden. Wenn Du möchtest, dann komme ich jetzt jeden Morgen vor den Unterweisungen her und wir wiederholen das Ganze.«
»Ja Mama«, schnurrte ich zufrieden und war froh, dass es noch so früh am Morgen war und ich daher diese Situation noch eine ganze Weile genießen durfte.
»Was macht Ihr denn immer dort bei dem Pix Hunter?«, fragte meine Mutter leise. »Gefällt es Dir da?«
»Ja Mama, da ist es echt toll.«
Und ich erzählte ihr, während ich mich ausgiebig dabei

schmusen ließ und ihre Liebe währenddessen, wie ein trockener Schwamm aufsaugte, von »Untschi Ta«, von den Geschichten und den Liedern und vielem mehr.
Allerdings ließ ich instinktiv unsere Pläne mit dem astralen Reisen auf Verdacht und auch die neuesten Nachrichten von Soholit aus.
Meine Mutter lauschte gespannt und sprach: »Ich freue mich, dass Ihr so viel Spaß habt.
Seid aber bitte vorsichtig.
Du erinnerst Dich doch noch, was ich Dir nach dem Unfall auf dem Meer gesagt habe, oder?«
»Klar Mama«, antwortete ich, war aber eigentlich schon wieder mit meinen Gedanken ganz woanders.
»Bitte sei vorsichtig, mein liebes Kind und lass mich unbedingt wissen, wenn etwas Unvorhergesehenes von außerhalb von Aquarius auf Dich zu kommt.«
Ich horchte kurz auf, dachte aber, dass sie ja wohl kaum Soholit meinen könnte und nickte gehorsam vor mich hin.
Leider war es nun langsam, aber sicher Zeit zum Aufstehen geworden.
Wenn ich gewusst hätte, dass dies heute meine letzte Begegnung mit meiner geliebten Mama für eine sehr, sehr lange Zeit oder vielleicht sogar für immer, gewesen war und was mir in Zukunft alles Schreckliches und Furchtbares zustoßen würde, so hätte ich die heutigen Unterweisungen sausen lassen und wäre den ganzen Tag mit ihr hier kuschelnd liegen geblieben.
Fliegen hin oder her.
Aber so freute ich mich auf die Flug-Unterweisungen und auch wieder auf morgen früh vor dem Aufstehen, wo wir die Prozedur ja wiederholen wollten.
Ich küsste meine Mama stürmisch ab, »Du bist die beste und allerliebste Mama von der ganzen Welt und ich habe Dich so, so sehr lieb.«
Während ich sprach, war ich schon wieder fast fertig damit, in meine Hosen zu schlüpfen und mir schnell ein T-Shirt überzuwerfen.
»Bis später Mama.«
»Bis später mein Liebes, mein Augenstern, ich habe Dich

auch, sehr, sehr lieb.«
Noch ein kurzer Kuss und schon war ich unterwegs und winkte, ohne es zu wissen, meiner geliebten Mama das letzte Mal zum Abschied zu.
Ich schlenderte mit Finnbar und Lia in Richtung Ausbildungsplatz.
Mein Erlebnis von heute Morgen mit meiner Mama behielt ich als großen Schatz ganz allein für mich.
»Freut Ihr Euch auf die Flugstunden«, fragte ich die zwei.
»Naja, ich kann mir nicht vorstellen, dass wir das jemals lernen können«, meinte Lia verdrossen.
»Mit so einer Einstellung wird das sowieso nichts«, erwiderte ich altklug.
Jeder für sich, mit seinen eigenen Dingen im Kopf beschäftigt, gingen wir sehr langsam weiter.
Trotzdem waren wir schneller am Platz als erwartet.
Brenda war schon vor Ort und begrüßte uns freundlich.
Als alle anderen angekommen waren, konnte es losgehen.
Wir begannen, wie immer, mit dem Besinnen auf die innere Mitte.
Als wir alle im Gleichgewicht und ganz friedlich waren, ging es los.
Brenda erklärte etwa 15 Minuten für Lia und Finnbar nochmals die Grundlagen des Fliegens und bat dann mich, immer praktisch vorzuführen, was sie gerade erklärte.
»Also als Erstes zentriert Ihr Euch«, ich versuchte ein ganz besonders zentriertes Gesicht zu machen und hörte Leander leise kichern.
Dann stellt Ihr Euch innerlich vor, dass Ihr fliegen könnt und zwar ohne jeden Zweifel.
Auch hier wusste ich nicht genau, wie das auszusehen hatte und versuchte, wie jemand dreinzublicken, der auf jeden Fall fliegen kann und zwinkerte dann Lia kurz vertraulich zu.
Leander und auch Distiros prusteten jetzt so laut los, dass sie sich sofort einen mahnenden Blick von Brenda einfingen.
Wir wurden daraufhin alle drei, jeder aus seinen eigenen Gründen, scharlachrot
»Und jetzt«, fuhr Brenda weiter fort, »stoßt Ihr Euch ganz fest vom Boden ab und beginnt zu fliegen.

Die Arme sind dabei vollkommen frei und können tun und lassen, was sie wollen.
Nur die Beine müsst Ihr, so ähnlich wie beim Brustschwimmen, immer wieder zum Abstoßen benutzen, solltet Ihr an Höhe verlieren.«
Inzwischen flog ich, dabei recht übertrieben mit den Beinen arbeitend, gut sichtbar um das Ausbildungsgelände herum.
»Danke Cerafine, das genügt.
Du kannst Dich gerne wieder zu den anderen setzen.
Habt Ihr noch eine Frage?«, wandte sie sich jetzt an Lia und Finnbar.
Diese verneinten, man sah ihnen aber ganz genau an, dass sie recht pessimistisch in dieser Angelegenheit waren.
»Gut, dann dürft Ihr nun ein wenig umherfliegen, aber bleibt unbedingt in Sichtweite.
Ach so, und das Meer ist absolut tabu.«
Hatte ich es mir eingebildet oder hatte Brenda mir gerade einen beunruhigten Seitenblick zugeworfen?
Wie schon befürchtet, kamen die Zwillinge tatsächlich nicht vom Boden.
Brenda nahm sich dann einen nach dem anderen vor und flog zumindest einmal mit ihnen zusammen herum.
Danach sahen die zwei schon viel glücklicher aus.
»Wenn Ihr wollt, dann kann ich Euch am Nachmittag ein paar extra Stunden erteilen«, bot Brenda an?
»Das wäre doch gelacht, wenn Ihr das nicht auch erlernen würdet.«
Brenda sah die Geschwister fragend an.
Es entstand eine unangenehme Stille, die ich besser schnell überbrückte.
»Das ist ja ein tolles Angebot von Dir Brenda, es ist nur so, dass wir heute Nachmittag schon eine Verabredung mit Quick Deer haben.
Aber ich denke, Lia und Finnbar könnten etwas früher gehen und danach noch Stunden bei Dir nehmen.
Wir wäre das?«, fragte ich in die Runde.
Der Vorschlag wurde mit Freude aufgenommen.
Wir hielten noch unsere tägliche Dank-Zeremonie ab und machten uns dann munter auf den Weg zu Pix.

Dieser saß schon auf seinem Sessel und hatte daneben allerlei Utensilien liegen.
Ich konnte eine große Decke und verschiedene Seile ausmachen.
Neugierig sah ich in die Runde.
Jetzt fiel mir auch auf, dass unweit von uns eine kleine Kammer aus Decken entstanden war.
»Setzt Euch, setzt Euch.«
Bildete ich es mir ein oder war Pix heute etwas aufgeregt?
»Also ich komme gleich zur Sache. Wir wollten doch herausfinden, wo sich Lucinda befindet.
Bei unserem Volk gibt es eine heilige Zeremonie namens Yuwipi oder übersetzt in etwa „Finde-Stein-Träumer".
Ich hatte Euch ja erzählt, dass mein Leben auf der Erde, neben dem Heilen, vor allem der Inipi-Zeremonie, also der Schwitzhütte und auch der Hanbletschia Zeremonie, der sogenannten Visionssuche, gewidmet war.
Mein Vater war auch ein geübter Yuwipi-Mann. Ich hingegen nutzte diese Zeremonie nur sehr selten. Kurz bevor mein Vater starb, übertrug er auf mich all seine Kraft und sein Wissen.
Ich hoffe nun, dass auch ich die Yuwipi-Zeremonie so gut wie er durchführen kann, wenn ich es versuche.
Das Ganze ist allerdings ein Experiment.
Ich muss leider umständehalber hier und heute die Zeremonie sehr vereinfacht und verkürzt abhalten.
Jedenfalls kann man bei einer Yuwipi- Zeremonie unter anderem auch nach verschwundenen Personen suchen.
Und genau das habe ich vor.
Vielleicht kann ich auf diese Weise den Aufenthaltsort von Lucinda herausfinden.
Ich habe dort hinten eine kleine Kammer aus Decken vorbereitet, die wir ganz verdunkeln können.
Es ist wichtig, dass es ganz dunkel während der Zeremonie ist, hört Ihr!
Dort gibt es vorne einen Altar, auf den muss ich später gelegt werden.
Alles, was ich brauchen werde, habe ich schon in meinen Kleidertaschen verstaut.

Zuerst muss ich von Euch gebunden und danach ganz fest in eine Stern-Decke gewickelt werden.
Danach muss ich nochmals gebunden werden, so dass ich mich gar nicht mehr bewegen kann.
Dann bringt Ihr mich auf den Altar, verdunkelt den Raum und lasst Euch um mich nieder.
Haltet bitte einen stillen und heiligen Raum für die Zeremonie.
Betet und singt das eine Lakota-Lied, das Ihr schon gelernt habt, immer wieder. Es wäre mir lieber, wir könnten noch mehr und vor allem ganz bestimmte Lieder singen, aber Ihr könnt ja bislang nur das eine. Ich werde daher im Geiste das Nötige, was noch fehlt, allein veranlassen.
Normalerweise müssten wir auch vorher noch eine Schwitzhüttenzeremonie durchführen und uns alle zusammen viel mehr darauf vorbereiten.
Aber erstens habe ich ein ganz dringendes Gefühl, dass Lucinda in schlimmster Gefahr schwebt und es höchste Eisenbahn ist, sie zu retten und zweitens sind wir hier alle von Herzen recht rein.
Es muss jetzt einfach so gehen.
Bitte betet ganz intensiv und helft mir dabei, denn ich werde alle Hilfe benötigen, die Ihr geben könnt.
Das Ganze dauert gewöhnlich recht lange und deshalb habe ich auch noch an der Zeit moduliert.
Ich sollte daher bereits nach ca. 30 Minuten mich selbst entfesselt, alles Nötige absolviert haben und hoffentlich dann auch über die gesuchten Informationen verfügen.
Ihr müsst diese im Anschluss sofort an Soholit übermitteln.
Er wird weiterwissen, was zu tun ist.
Mir wird es nach der Zeremonie wahrscheinlich nicht so gut gehen und ich werde mich deshalb sofort in meinen Wohnbereich zurückziehen, um mich ein wenig auszuruhen.
Deshalb werden wir heute hier früher fertig sein als sonst.
Ihr könnt ja dann ohne mich noch etwas anderes unternehmen.
Wir sehen uns morgen um die gleiche Zeit am gleichen Ort und können dann alles in Ruhe besprechen.

Ist so weit alles klar?«
Wir nickten, obwohl wir nur die Hälfte von dem begriffen hatten, was Pix uns eben so schnell erklärt hatte.
»Na dann los, macht schnell, wir haben es sehr eilig.«
Wir gingen hin und banden Pix die Hände hinter dem Rücken zusammen.
Dann legte er sich zu Boden, sodass wir ihn von Kopf bis Fuß mit der Decke einwickeln konnten.
Dann verschnürten wir das Quick-Deer-Bündel nochmals ordentlich und legten ihn unter Aufbringung aller Kräfte sanft auf den Altar.
Danach verdunkeln und beten und singen.
Schneller ging es wirklich nicht.
Ich konzentrierte mich mit aller Kraft darauf, dass Pix Lucinda finden und sich auch wieder selbst befreien konnte.
Als wir gemeinsam das Büffel-Lied immer wieder sangen, entstand eine ganz besonders heilige Atmosphäre in der stockdunklen Kammer.
Wir hielten nun inne und warteten.
Kurz darauf hörten wir Pix ächzen.
»Öffnet die Tür, schnell und hört mir zu.«
Er erhob sich, inzwischen auf wundersame Weise völlig entfesselt und sprach:
»Lucinda ist an einem Platz, wo früher einmal eine sehr finstere Burg gestanden hatte.
Körperlose Rüstungen haben sie dorthin geschleppt und planen, sie an diesem Ort in Kürze zu töten.
Ich habe sie gerade sagen hören, dass sie Lucinda bald genauso töten würden, wie sie es vor Tagen mit Patros an der gleichen Stelle gemacht hatten.
Ich hoffe Soholit kann mit diesen Informationen etwas anfangen.
Noch ein Wort zu den gespenstischen Rüstungen.
Sie sind unbesiegbar, wenn man gegen sie kämpft.
Wenn man sie jedoch einfach nicht beachtet, dann werden sie genau zu dem, was sie ursprünglich waren, nämlich einer Illusion.
Es geht darum, an ihnen vorbeizugehen, als wären sie Luft.
Sie können nur verletzten, wenn man an sie glaubt.«

Damit brach Pix kurz ohnmächtig zusammen.
Basilica ließ sich neben ihm nieder und sah, was sie für ihn tun konnte.
Ich rief: »Lia, schnell, rufe Soholit und lasst uns alle beten, dass er verfügbar und sofort einsatzfähig ist.
Schildere ihm rasch das Gehörte.«
Lia konzentrierte sich mit aller Kraft und suchte nach dem Druiden im Äther.
»Ich habe ihn, rief sie bald darauf.«
Dann verging noch eine kurze Zeit des inneren Dialogs und dann wandte sich Lia wieder an uns:
»Er wusste sofort, wo der Ort ist.
Das muss die Burg gewesen sein, die kürzlich mitsamt den zwielichtigen Bewohnern, wovon einer tatsächlich Patros hieß, dem Erdboden gleichgemacht wurde. Davon hatte er uns noch kurz vor dem Angriff auf der Erde erzählt.
Er hat sich sofort mit Quiskan, der seinen heilenden Hammer dabeihat, zu dem Ort aufgemacht.
Gott sei Dank war Querin schon gestern sicher nach Hause gebracht worden.
Er will sich wieder morgen um die gleiche Zeit bei uns melden, um zu berichten, ob alles gut gegangen ist.«
Gerade war auch Pix wieder erwacht und nahm dankbar einen Schluck Wasser an, den Basilica ihm gereicht hatte.
»Ich gehe jetzt nach Hause, ich brauche dringend Ruhe.
Wart Ihr erfolgreich?«, fragte er.
Lia antwortete: »Ja Soholit wusste genau, wovon Du sprichst.
Sie haben sich sofort auf den Weg gemacht und danken Dir für alles von Herzen.
Vor allem über den Tipp, wie man mit den leeren Rüstungen umgehen muss, waren sie sehr froh.«
»Das freut mich mehr, als ich es Euch sagen kann.
Dann bis morgen Kinder.«
Mit diesen Worten verschwand Pix müde in Richtung seiner Wohnstätte.
Wir waren alle noch sehr erfüllt von der eben erlebten Yuwipi-Zeremonie.
Ich hatte das Gefühl, wie elektrisiert zu sein und dass im Moment einfach alles möglich wäre.

»Wollen wir nicht in unsere alte Grotte gehen?«, fragte ich die anderen und in meinem Geist hatte sich plötzlich eine unglaubliche Idee gebildet.
Lia und Finnbar allerdings verabschiedeten sich und machten sich auf den Weg in die entgegengesetzte Richtung, denn sie hatten ja noch die extra Flug-Stunden mit Brenda vor sich.
Der Rest folgte mir willig und gut gelaunt zur alten Grotte.
Unsere alte Grotte war ein wirklich zauberhafter Ort.
Ein moosbewachsener, alter Felsen bot von außen eine kleine, zunächst recht unscheinbare Höhle an.
Trat man aber ein, dann erkannte man innen ein hohes, geräumiges Gewölbe aus hell glitzerndem Gestein.
In der Mitte gab es einen kleinen, klaren Teich.
Rings um den Teich waren noch unsere alten Lager, die wir bis vor Kurzem hier immer benutzt hatten.
Denn früher, bevor »Untschi Ta« uns komplett in Beschlag genommen hatte, hatten wir hier öfter gespielt.
Jeder von uns setzte sich auf das kleine, mit eine Bastmatte belegte Podest, das zu ihm gehörte.
Dann begann ich meine ungeheuerliche Idee zu erzählen.

Soholit und Quiskan machten sich augenblicklich nach Lias wertvollen Hinweisen auf den Weg zu der alten, inzwischen nicht mehr existenten Burg.
Sie hofften inständig, dass die jetzige Zeit genau die Richtige sein würde, um Lucinda dort noch rechtzeitig zu finden und befreien zu können.
In dem Moment, als sie dort ankamen, hörten sie auch schon die schrecklichen Schreie ihrer gemeinsamen Freundin.
Umsichtig versuchten sie schnell den Ort des Geschehens zu erreichen.
Als sie um die Ecke bogen, bot sich ihnen ein Anblick des Grauens.
Lucinda war an einen schweren Pfahl gebunden und von etwa 50 der leeren Rüstungen umgeben.
Diese machten sich einen Spaß daraus eine, auf Lucindas Bein gemalte Zielscheibe mit ihren Messern zu treffen.
Jedes Mal, wenn Lucinda getroffen wurde, ertönte wieder dieser schreckliche Schrei.

Was genau die grausame Schar weiter vorhatte, wollten sich die beiden Gefährten keinesfalls vorstellen.
Soholit wandte sich an Quiskan: »Und vergiss nicht, wir gehen da jetzt einfach hin, als ob niemand da wäre, holen uns Lucinda und reisen sofort wieder mit ihr zusammen über den Äther nach Hause.
Wir dürfen keine Angst haben und kein Erkennen zeigen.
Das darf auch nicht nur für einen Moment vergessen werden.«
Quiskan nickte ihm verstehend zu.
»Was machen wir, wenn Lucinda Angst hat, das wird, nachdem was sie gerade durchmacht, denke ich, nicht zu ändern sein?«, fragte Quiskan seinen Begleiter.
Dieser dachte kurz nach. »Du hast vollkommen Recht. Das habe ich überhaupt gar nicht bedacht.
Wir müssen sie dann wohl oder übel betäuben.
Aber komm jetzt, es eilt.
Es ist nur noch eine Frage der Zeit, bis sie tödlich getroffen wird.«
Wieder erklang ein Schrei, der den beiden durch Mark und Bein ging.
Vollkommen aufrecht und sichtbar gingen die zwei Gefährten nun auf die leeren Rüstungen zu.
Diese ließen von Lucinda, die soeben das Bewusstsein verloren hatte, ab und stürzten sich auf Soholit und Quiskan.
Die beiden Gefährten zuckten nicht mit der Wimper und gingen mutig voran.
Die erste Rüstung erhob ihr Schwert und versuchte, Soholit vom Kopf beginnend in zwei Teile zu spalten.
Soholit nahm alle Willenskraft zusammen und ging unbeirrt weiter.
Schon schnellte das Schwert ungebremst auf seinen Kopf hernieder.
Es ging durch ihn hindurch wie Luft.
Soholit blieb unversehrt und die betreffende Rüstung fiel sofort in sich zusammen und wurde zu einem leblosen Häufchen Metall.
Eine Rüstung nach der anderen nahm das gleiche Schicksal.

Die letzte Verbliebene jedoch rannte zu Lucinda und hielt der ohnmächtigen Frau vom kleinen Volk sein Schwert an die Kehle. »Noch einen Schritt weiter und Eure kleine Freundin hier stirbt«, zischte es aus der Rüstung.
Quiskan schreckte alarmiert zurück.
Sofort begannen sich, die bereits erledigten Rüstungen wieder zu regen.
»Ruhig Blut mein Freud, selbst wenn er Lucinda für jetzt tötet, wir haben doch den Hammer. Ich bin sicher, dieser kann auch das heilen. Bleib standhaft Bruder, sprach Soholit.«
Quiskan gab sich einen Ruck und ging sicheren Schrittes weiter. Soholit und Quiskan erreichten gleichzeitig Lucinda und beachteten die letzte Rüstung nicht.
Wie die anderen fiel diese nun in sich zusammen.
Soholit ergriff Lucinda und machte sich mit einem letzten Blick auf Quiskan, welcher signalisierte, dass auch er bereit war, mit Lucinda auf die Tandemreise in Richtung zu Hause auf.
Kurz darauf kamen sie gemeinsam am Ausgangsort an.
Sie wurden schon von den Heilern erwartet.
Quiskan nahm aber als Erstes den Hammer und heilte damit die sichtbaren Wunden seiner Schwiegertochter.
Dabei hoffte er inständig, dass es keine schweren seelischen Verletzungen gegeben hatte, denn das konnte, wie man an Querin gesehen hatte, mit dem Hammer nicht geheilt werden.
Man hatte sich inzwischen darauf geeinigt, Lucinda an den gleichen Ort im Genesungsbereich zu bringen, wo auch schon ihr Gefährte Querin lag, und stellte ihr Bett ganz dicht neben das von diesem.
Dann warteten alle gespannt.
Ein Heiler schickte sich an, Lucinda, die ganz aufgesprungenen Lippen hatte, denn offenbar war sie halb verdurstet, einige Tropfen Wasser zu verabreichen.
In das Wasser hatten sie eine Tinktur zum Heilen von seelischen Schocks gegeben.
Lucinda schluckte gierig und nach einer kurzen Zeit öffnete sie ihre Augen.

Panisch und voller Angst sah sie sich um.
Als sie Soholit, Quiskan und neben sich Querin äußerlich unversehrt erblickte, verzog sich ihr Mund zu einem breiten Lächeln. Das war für alle Anwesenden der schönste Moment seit langem. Als sich Lucinda ein wenig erhob, um Querin einen Hauch von einem Kuss auf die Wange zu geben und leise: »Mein Liebster, mein Liebster«, zu flüstern, öffnete auch Querin seine Augen.
Er blickte sich verständig um und griff nach der Hand von Lucinda.
Quiskan liefen die Tränen der Freude in Strömen über die Wangen und dankbar ließ er es einfach geschehen.

Zur gleichen Zeit saßen die 12 Teenager in der alten Grotte im Kreis und blickten gespannt auf Cerafine.
Diese war gerade dabei, ihre Idee zu erläutern.
»Ich dachte mir, wir legen uns hier auf unsere Lager.
Wir starten dann nur zum Testen eine gemeinsame, kurze astrale Zeitreise und stellen uns dabei ganz fest vor, auf der Erde im Jahr, sagen wir mal 2004, in Dänemark in Skagen zu landen (diesen Ort hatte unsere Unterweiserin kürzlich erst wegen des tollen Lichts dort einmal erwähnt und uns ein wundervolles Bild davon gezeigt, welches wir uns jetzt alle gemeinsam vorstellen konnten). Dann bleiben wir kurz dort und kommen sogleich wieder zurück. So was in der Art wollten wir doch schon länger einmal üben und heute bietet es sich an, weil wir noch so viel Zeit haben. Wir sind außerdem gerade total mit Energie aufgeladen, da muss uns einfach alles gelingen. Was meint Ihr?« Alle nickten zustimmend und Basilica sagte: »Super Idee, das machen wir Cerafine. Was meinst Du, wie die anderen staunen werden, wenn wir dann eine Möglichkeit gefunden haben, auf andere Planeten zu reisen. Heute ist bestimmt unser Glückstag!«
»Gut, dann legt Euch alle hin und stellt Euch ganz fest die Erde und das Jahr 2004 in Skagen vor.
Wenn Ihr so weit seid, hebt kurz die Hand.
Dann gehen wir auf drei los.
Ich werde vorausgehen, in Ordnung?«
Alle nickten und legten sich still hin.

Ich beobachtete sie genau.
Einer nach dem anderen hob etwas seine Hand.
Dann legte auch ich mich nieder, dachte ganz fest an die Erde, an das Jahr 2004 und dass ich ja vorausgehen sollte. Dabei fiel mir lästigerweise andauernd eine bestimmte Burg ein, weil Finnbar gestern so viel von seiner Heimat-Burg erzählt hatte. Burg Eichenstein oder wie hatte die gleich noch geheißen? Ich schweifte ab, so geht das aber nicht, sagte ich mir und riss mich wieder zusammen, ich muss mich doch auf Skagen konzentrieren. »Eins, zwei, drei, los geht's!«.
Ich nahm augenblicklich die gewohnten Drehungen einer astralen Reise wahr.
- Ach du meine Güte, was aber, war das denn?
Ich fühlte mich plötzlich, wie durch einen riesigen Staubsauger in einen unendlich erscheinenden Tunnel gezogen. Ich konnte mich dem Sog nicht widersetzen. Unheimlich schnell flog ich, es war jetzt ziemlich hell dort, besonders am Ende des Tunnels.
Sollte mir jetzt schlecht werden oder konnte ich das genießen? Es war fast so wie in einer riesigen Rutschbahn. Nun sah ich so etwas wie eine große Burg-Festung unter mir und es war, als ob ich dort in ein kleineres Gebäude von oben hineingezogen würde. Dann wurde die Geschwindigkeit langsamer und langsamer und es wurde auch wieder dunkler. Nach und nach wurde ich abgebremst, bis ich zuletzt in einer Art dunkler Höhle ganz stillstand.
Was war das bloß? War aber eigentlich auch egal, denn ich war jetzt sehr müde und schlief ein.
Als ich wieder erwachte, sah ich rötliches Dämmerlicht und hörte vertraute und beruhigende Geräusche.
Es gluckert überall und eine Art Pumpe wiederholte in immer wieder gleichen Zeitabständen: Bumm-Bumm, Bumm-Bumm, Bumm-Bumm. Es ging mir gut.
Sanft gewiegt schlief ich sicher und behütet als Fötus in meinem neuen Mutterleib wieder ein und das stetige und restlose Vergessen meines vorherigen Lebens auf Aquarius begann. -

Kummer und viele Tränen

Lia und Finnbar waren am Ende eines langen Tages nicht so recht mit sich zufrieden.
Die extra Flug-Unterweisungen mit Brenda hätten sie sich auch sparen können.
Na gut, sie waren noch einige Male mit Ihr zusammen über den Wald geflogen, aber ansonsten gab es keinerlei Fortschritte.
»Gut Kinder, für heute reicht es, wir werden es schon noch schaffen«, versuchte Brenda aufmunternd, ein geeignetes Abschiedswort für die Zwillinge zu finden.
»Wir sehen uns dann nächste Woche hier wie gewohnt wieder. Vielleicht hilft es ja, wenn Ihr abends vor dem Schlafen noch ein wenig im Geiste das Fliegen übt.
Dann einen schönen Abend noch Ihr beiden, Tschüss.«
Winkend hatte sich Brenda auf den Heimweg gemacht.
Finnbar und Lia gingen nun auch in Richtung ihres Wohnbaumes zurück.
»Irgendwie nicht dasselbe, wenn Cerafine nicht dabei ist«, meinte Finnbar verdrossen.
»Sollen wir vor dem Schlafen gehen nochmal kurz bei ihr vorbeischauen?«, fragte Finnbar seine Schwester.
Diese nickte, »ja klar, ich hätte auch Lust.«
An Cerafines Platz angekommen, klopften die Zwillinge höflich an den Baum-Eingang.
Weiter oben schaute bald darauf freundlich Saphira aus einer der Öffnungen des Baumes.
»Was gibt's denn meine Lieben?«, fragte sie die Geschwister.
»Wir wollten nur eben mal noch Cerafine besuchen«, antwortete Lia.
»Na so was, ich dachte, Ihr wäret gemeinsam unterwegs.
Sie ist noch gar nicht heimgekommen.«
Saphira schaute jetzt ein klein wenig besorgt drein.
»Keine Sorge, liebe Saphira, wir hatten heute extra Flugstunden bei Brenda und Cerafine wollte mit den anderen der Gruppe noch ein wenig in die alte Grotte gehen.
Wahrscheinlich sind sie noch dort.«, versuchte Finnbar die inzwischen sichtlich beunruhigt aussehende Mutter zu

beruhigen.
»Wisst Ihr was, lasst uns doch geschwind zusammen astral zur Grotte reisen.
Dann könnt Ihr das auch mal wieder üben.
Ich werde gut auf Euch achten«, schlug Saphira vor.
Lia und Finnbar waren einverstanden und alle drei machten sich gemeinsam auf die Reise.
Sie waren binnen weniger Sekunden am äußeren Eingang der alten Grotte angelangt.
Als Saphira eilig hineinsah, hörten die Zwillinge sie hörbar aufatmen.
»Schaut Euch das an, die schlafen da friedlich auf ihren Lagern, die kleinen Racker. Na, so was!«
Saphira trat als Erste ein und ging auf Cerafine zu.
»Aufwachen mein lieber Schatz, es ist Zeit nach Hause zu gehen«, flüsterte sie ihrer Tochter liebevoll ins Ohr.
Keine Reaktion -, Saphira rüttelte Cerafine zunächst ganz leicht am Arm und dann immer stärker.
Alarmiert legte Saphira ihren Kopf auf die Brust des Kindes.
Kein Herzschlag, keine Atmung.
Ein Blick in die Runde zeigte ihr, dass es bei allen anderen Kindern genauso war.
Sofort benachrichtigte sie alle Mütter und Väter, den großen Rat, sowie auch ihre eigenen Eltern.
Kurz darauf war die Grotte mit vielen Personen bevölkert.
Lia und Finnbar waren, um Platz zu machen, nach draußen gegangen.
Auch sie waren zutiefst besorgt und verstört und hörten jetzt Stimmen nach draußen dringen: »Sie sind tot!«
Jetzt vernahmen sie auch das herzzerreißende Weinen der Mütter.
Es war einfach nur schrecklich.
Vorsichtig und schüchtern schauten sie in die Grotte, ob sie irgendwie helfen könnten.
Niemand beachtete die beiden.
Sie sahen, dass Amma ihre schluchzende Tochter Saphira tröstend in den Armen hielt, während ihr selbst die Tränen in Strömen über die Wangen flossen.
Viele Mütter und Väter waren am Boden über ihre Kinder

gebeugt und versuchten noch immer verzweifelt, von diesen ein Lebenszeichen zu bekommen.
Es war eines der traurigsten Bilder, die Finnbar und Lia jemals gesehen hatten.
Unschlüssig traten sie von einem Fuß auf den anderen und beratschlagten, ob sie sich jetzt nicht doch lieber taktvoll zurückziehen sollten.
Lia hatte die Idee, Quick Deer zu benachrichtigen und hoffte, dass dieser sich schon ein wenig von der Yuwipi-Zeremonie erholt hatte.
Pix antwortete jedoch sofort.
»Diese dummen Kinder. Ich hatte ihnen doch ausdrücklich gesagt, dass sie nicht allein mit dem astralen Reisen experimentieren sollen.
Ich komme sofort, nur einen kleinen Moment noch.«
Wenige Minuten später erschien er vor den Augen der Geschwister.
Er trug ein Lederbündel bei sich, das er ehrfürchtig an seine Brust drückte.
»Lasst mich bitte mal schnell durch.«
Er drückte sich an den Zwillingen vorbei und eilte in das Innere der Grotte.
Suchend fand er Cerafine und ließ sich an deren leblosen Körper nieder.
Er packte das Lederbündel aus und es kam eine mittelgroße, schon sehr alt wirkende, indianische Pfeife daraus hervor.
Die Stimmung in der Höhle änderte sich schlagartig.
Es wurde stiller und die jammervollen Schluchzer, der zutiefst traurigen Eltern verstummten nach und nach.
Es schien, als ob von der Pfeife eine heilige und tröstende Atmosphäre ausging.
Quick Deer fing an, auf Lakota zu beten: »Großer Geist, ich stehe hier demütig mit der heiligen Pfeife vor Dir und bitte Dich um Verzeihung dafür, dass ich in meiner begrenzten Form immer wieder so viele Fehler begehe.
Ich erflehe deinen Segen für alle Wesen des Universums.
Insbesondere trete ich heute mit der Bitte vor Dich, für diese 12 Kinder Dein Allerbestes zu tun, um ihre noch so

jungen Leben zu behüten und zu beschützen und sie wieder gesund zu uns zurückzubringen.«
Dann zündete er die heilige Pfeife an und rauchte sie schweigend.
Ein aromatischer Duft, wie nicht von dieser Welt, entfaltete sich in seinem Umkreis.
Der Rauch der Pfeife stieg in den Äther und nach einer Weile kam auf dem gleichen Weg offenbar eine Antwort zu ihm zurück.
Quick Deer erhob sich und wandte sich an die Eltern:
»Liebe Eltern und Anwesende, ich bin zutiefst erschüttert von dem, was heute hier passiert ist.
Ich nehme an, dass die Kinder mit dem astralen Reisen experimentiert haben.
Sie wollten schon länger in das 21. Jahrhundert auf der Erde gelangen, um dort den Planeten vor seinem sicheren Untergang zu bewahren.
Ich hatte sie gestern noch eindringlich davor gewarnt, einfach dahingehend mit dem astralen Reisen zu experimentieren.
Leider haben sie sich wohl darüber hinweggesetzt.«
Ein leises Raunen war in der Grotte zu hören.
Quick Deer hob seine Hand.
»Hört mir bitte noch weiter zu.
Die Kinder sind nicht tot.
Ihre Körper leben, sie sind noch warm und werden es auch bleiben, obwohl es keine weiteren sichtbaren Lebenszeichen, wie Atmung, Herzschlag oder Reaktionen mehr gibt.
Ich habe soeben vom großen Geist erfahren, dass die Kinder sich auf der Erde neu inkarniert haben.
Es ist mir ein Rätsel, wie das passieren konnte, denn das bringen nur die allergrößten Heiligen unter hohem Kraftaufwand fertig.
Es besteht die Möglichkeit, dass sie dereinst, wenn sich ihr Lebenskreis auf der Erde wieder geschlossen hat, in diese Körper zurückkehren können.
Daher müssen die Körper hier in der Grotte gut gehütet und gepflegt werden.
Sie dürfen auch keinesfalls an einen anderen Ort gebracht werden, denn ansonsten kann die Seele später ihre alte Hülle

nicht mehr finden.
Die Kinder können aber nur dann hierher zurückkommen, wenn sie während ihres neuen Lebens auf der Erde gelernt haben, wie das astrale Reisen dieser besonderen Art funktioniert und wenn sie außerdem noch an ihre frühere Zeit auf Aquarius erinnert wurden.
Mit der neuen Inkarnation werden die Kinder bei ihrer Geburt auf der Erde alles über ihr letztes Leben vergessen haben.
Das Einzige, was passieren kann, ist, dass sie auch in ihre neuen Menschenkörper einige ihrer alten prägnanten Eigenschaften von der Zeit auf Aquarius mitbringen könnten.
Wo und wann die Geburten stattfinden werden, wurde mir nicht mitgeteilt.
Es hieß aber, dass ihr das in der Bibliothek der Zeit in Erfahrung bringen könnt.
Und eins noch, ein Tag auf Aquarius entspricht etwa einem halben Jahr auf der Erde.
Aus irgendeinem Grund ist der heutige Tag hier dem Jahr 1963 auf der Erde zuzuordnen.
Theoretisch könnten wir schon ab morgen mit den ersten Geburten rechnen.
Wenn wir von einer maximalen Lebensdauer von etwa 90 Erdjahren ausgehen, sollten in unserer Zeit ungefähr 180 Tage, also circa 6 Monate vergehen, bis die Lebenszeit der ersten Kinder auf der Erde wieder zu Ende ist und sie hierher zurückkommen könnten.
Das geht aber wie gesagt nur, wenn sie an ihre alte Inkarnation auf Aquarius erinnert werden und das besondere astrale Reisen bis dahin erlernt haben.
So etwas ist auf der Erde sehr ungewöhnlich, gibt es aber auch dort in seltenen Fällen, wie ihr ja an meinem Beispiel seht.
Ich möchte Euch noch sagen, dass Ihr mit meiner Hilfe definitiv rechnen könnt.
Ich werde alles, in meiner Macht stehende tun, um dabei zu helfen, dass die Kinder heil nach Aquarius zurückkommen können.
Jetzt aber eilt zur Bibliothek der Zeit und informiert Euch

umfassend.
Benachrichtigt mich bitte, wenn Ihr Wichtiges in Erfahrung gebracht habt.«
Es trat eine Pause ein, während derer die Anwesenden zunächst das soeben Gehörte verdauten.
Saphira meldetet sich danach als Erste zu Wort.
»Wir benötigen eine kleine Abordnung, um in die Bibliothek zu gehen. Ich möchte das auf jeden Fall übernehmen, wer möchte mit?«, fragend sah sie in die Runde.
Es meldeten sich noch Glen, ihre Freundin und Amma, ihre Mutter.
»Auf unserer letzten Versammlung des großen Rates war ich dagegen, dass wir die Bibliothek der Zeit zu Rate ziehen würden«, meldete sich nun Glen zu Wort.
»Heute jedoch sehe ich das vollkommen anders.
Wir werden auf jeden Fall darauf achten, uns nicht direkt in die Belange des Planeten Erde oder dessen Bewohner einzumischen.
Aber wir werden versuchen, unsere Kinder zu schützen und dann deren mögliche Rückkehr nach Hause vorbereiten.
Seid Ihr damit einverstanden?«
Sie sah alle Anwesenden bejahend nicken.
»Gut, dann schlage ich vor, dass wir drei uns sofort auf den Weg machen, denn die Zeit eilt.«
Saphira, Glen und Amma verblassten augenblicklich vor den Augen der anderen.
»Wir brauchen auch eine große Gruppe von Freiwilligen, die hier bei den Kindern Dienst macht, um die Körper der Kinder zu beschützen und zu pflegen«, sprach Arsentos, Cerafines Vater.
Es meldeten sich dafür genau 14 Aquarianer, darunter auch viele Eltern der betroffenen Teenager.
Es wurden immer je zwei Personen, die sich drei Mal täglich ablösen sollten, dafür eingeteilt.
Einige andere boten sich an, die Lager der Kinder, etwas zu verbessern und auch einen bequemeren Aufenthaltsort für die Diensttuenden in der alten Grotte zu erschaffen.
Saphira, Amma und Glen waren inzwischen schon in der Bibliothek angekommen.

Sie machten sich sofort in den Bereich:
»Andere Planeten – Gegenwart und Zukunft« auf und steuerten dann den Raum, wo außen: »Planet Erde« dranstand, an.
Sie nahmen sich als Erstes das Jahr 1963 vor.
Vor jeder Jahreszahl stand immer eine kurze Zusammenfassung der Geschichte der letzten 200 Jahre, die leider fast nur aus Kriegen und Katastrophen bestand.
Die drei Frauen erblassten.
Es war superschwierig, Cerafine auszumachen.
Die Aquarianer können zwar sehr schnell lesen, ein Blick auf eine Seite genügt und sie haben den Sinn bereits erfasst.
Aber selbst so gab es solche Unmengen von Geschichten, dass sie sich entschlossen, jetzt getrennt zu lesen, um noch schneller zu sein.
Sie lasen einfach alles über das Jahr 1963 in allen Ländern der Erde.
Es waren Unmengen kleiner Schicksale und großer Geschichten – aber Fehlanzeige.
»Wir müssen weiter ins nächste Jahr nach1964. Vielleicht finden wir dort etwas.
Außerdem müssen wir auch noch andere Methoden ausprobieren.«, schlug Glen vor. »Ich hätte da eine Idee.«
Sie zeigte auf ein Pult, das sie vorhin entdeckt hatte, auf dem »Personensuche« stand.
»Hat jemand etwas bei sich, woran sich etwas Erbmaterial von Cerafine befinden könnte?«, fragte Glen noch.
Saphira zog einen bunten Schal aus ihrem Beutel, den sie vorhin mitgenommen hatte, für den Fall, dass Cerafine beim Abholen gefroren hätte.
Glen legte den Schal auf das Pult, in dem ein Scanner eingebaut war und drückte den Startknopf:
Sofort erschien auf einem Display das Datum 24.02.1964
Tanja Jadd, Koblenz am Rhein-Deutschland-Planet Erde.
Mit zitternden Händen schlug Saphira die entsprechende Seite auf und die drei Frauen begannen zu lesen.
Niemand war glücklich über das unschöne Schicksal, das Tanja offenbar erwarten sollte.
Sie waren inzwischen schon im Jahr 2004 angelangt und

hatten dort auch endlich die anderen Kinder entdeckt.
Sie sollten in diesem Jahr an verschiedenen Plätzen verstreut in dem Land Dänemark auf die Welt kommen.
Deren, zu erwartende Bestimmungen waren um einiges besser, als das von Tanja.
Saphira weinte leise und Amma legte liebevoll ihren Arm um sie.
»Vergiss nicht, meine Tochter, die Zukunft ist durchaus veränderbar.
Es muss nicht so kommen, wie es hier geschrieben steht.«
Von ständigen Schluchzern unterbrochen erwiderte Saphira:
»Selbst wenn wir alles tun, was nur möglich ist, ohne in das Leben anderer und die Geschicke des Planeten einzugreifen, können wir von Glück reden, wenn Cerafine oder jetzt ja Tanja, älter als acht Jahre alt werden wird.
Ihr habt die Tragödie doch auch gelesen.
Ich kann es kaum ertragen, wenn ich an dieses schlimme Schicksal auch nur denke.
Wie furchtbar muss es wohl für Tanja sein, dies alles persönlich erleben zu müssen.«
»Nur Mut Saphira, wir berufen jetzt erst einmal eine große Volksversammlung ein, und zwar in einer Stunde auf dem Platz der Begegnung, denn die Zeit drängt.
Dann sehen wir, welche weitere Hilfe wir finden können«, tröstete Amma ihre Tochter.
Sofort informierte sie absolut jedes Geschöpf von Aquarius über die bevorstehende Volksversammlung und setzte alle über den Verlust der Kinder des gesamten Jahrgangs durch ihren Geist in Kenntnis
Bedrückt machten sich die Frauen auf den Heimweg.
Unterwegs schon ließen sie die anderen Eltern in ihrem Geist die, zum Teil entsetzlichen, Neuigkeiten lesen.
Es war noch Zeit bis zur Versammlung und daher machten die drei noch eine Rast im Wohnbaum von Saphira.
Amma wandte sich hier liebevoll an Ihre Tochter, die noch immer weinte:
»Mein liebes Kind, ich bitte Dich, halte ein, so viel Kummer tut Deinem wundervollen und so wertvollen Körper gar nicht gut.

Verliere Dich nicht in den Geschichten.
Überlege einmal wie viele, unzählige Bände in der Bibliothek über Äonen von Jahren über unzählige Planeten mit deren unendlich vielen Geschichten beschrieben sind.
Die meisten davon haben sich schon längst wieder dorthin aufgelöst, wo sie einst herkamen, nämlich ins Nichts.
Lass Dich nicht von der Scheinwelt narren, auch wenn das jetzt sehr schwer für Dich ist, weil es Dich so direkt betrifft.
Erinnere Dich daran, was wir alle einst erfahren haben:
Die Welt, so wie sie uns im Äußeren erscheint, ist nur eine Illusion.
Sie kann nur dann gefährlich sein, wenn man daran glaubt.
Bei allem Respekt für Deine derzeitigen Gefühle möchte ich Dich trotzdem bitten, diesen Geschichten jetzt den Rücken zu kehren und wieder Du selbst zu sein.
Daher schlage ich vor, dass wir die verbliebene Zeit nutzen werden, um uns zu zentrieren und innerlich wieder nach Hause zur Liebe zu finden.
Wir müssen vertrauen.
Das Universum ist gütig.
Im schlimmsten Moment gibt es auch immer Hilfe und etwas Gutes.
Selbst der Tod eines Wesens ist letztlich nur die Heimkehr seiner Seele ins Licht.
Wir sind viele, die Dich und Euch mit allen Mitteln unterstützen werden und wer weiß, vielleicht ist Cerafine in sechs Monaten auch schon wieder zurück in ihrem Leben auf Aquarius.
Wahrscheinlich wird sie dann nicht mehr der unbeschwerte, quirlige Wildfang von einst sein.
Aber dafür wird sie eine Menge an Tiefe, Erfahrung und liebevollem Mitgefühl dazugewonnen haben.
Vergiss bitte auch nicht, dass jede Heilung oder Rettung sowieso immer nur ein Aufschub des Sterbens ist, denn es gibt nichts Materielles, das ewig sein kann.
Das muss es auch nicht, denn die Essenz von allem geht niemals verloren.
Diese Essenz ist es, wer wir eigentlich sind.
Keine, auch noch so schlimme Geschichte könnte daran

etwas ändern.
Sei standhaft und stark meine Tochter und lass Dich nicht verführen, vom Pfad der Liebe abzukommen.«
Saphira umarmte ihre Mutter dankbar und liebevoll für Ihre weisen Worte.
Alsbald waren die Frauen tief in Meditation versunken und tankten neue Kraft und Zuversicht im unendlichen Meer der Liebe.
Pünktlich trafen sich alle direkt Betroffenen und sehr viele andere, die sich von der Einladung angesprochen gefühlt hatten, am Platz der Begegnung.
Ganz weit hinten und gut in der großen Menge versteckt, stand auch der Selkie Atlantus, der einst Cerafines Leben im Meer gerettet hatte.
Saphira, links und rechts flankiert von Amma und Glen, trat vor die Menge, um zu sprechen.
Sie hatte ihre alte Zuversicht zurückgewonnen und war wieder vollkommen im Gleichgewicht.
»Wie Ihr alle mitbekommen habt, hat es in unserer jüngsten Kinder-Jahrgangsgruppe einen tragischen Unfall gegeben.
Die Kinder wollten den Planeten Erde vor dem Untergang bewahren und übten wahrscheinlich das astrale Reisen ins Jahr 2004.
Dabei haben sie sich möglicherweise versehentlich als neue Wesen auf dem Planeten Erde inkarniert.
Ihre Körper von Aquarius haben sie in der alten Grotte zurückgelassen.
Wenn die Kinder während ihrer Erdenlebenszeit diese Art des astralen Reisens erlernen könnten und an ihr Leben auf Aquarius erinnert würden, bestünde die Möglichkeit für sie, wieder in ihren Leib bei uns zurückzukehren.
Daher kümmern wir uns so lange gut um ihre ursprünglichen Körper, die in der alten Grotte geblieben sind.
Ein Jahr auf der Erde entspricht in etwa 2 Tagen hier bei uns.
Das bedeutet, dass die Teenager schon innerhalb eines halben Jahres zurück sein könnten.
Es ist allerdings eine große Herausforderung, die Kinder so lange auf der Erde zu behüten und auch noch für ihre nötige spirituelle Ausbildung zu sorgen.

Eine Komplikation ist noch, dass Cerafine offenbar zu schnell war und als Einzige schon 1964 geboren werden wird, also 40 Jahre früher als die anderen elf Mit-Geschwister.«
Erschrocken blickte sich Atlantus, der Selkie, in der Menge um. Das hatte er so nicht eingeplant.
Dies war auch für seine Mission viel zu früh.
Er müsste seine Pläne nun ganz umschreiben.
»Außerdem hat sie auf Grund der früheren Zeit sehr unreife Eltern erwischt und ist daher extrem gefährdet.
Cerafine wird schon morgen als Tanja Jadd auf der Erde in Deutschland in der Stadt Koblenz am Rhein geboren werden.
Die anderen Kinder werden erst in circa 80 Tagen nach unserer Zeitrechnung das Licht der Welt, allerdings an ganz anderen Orten in Dänemark, erblicken.
Dann wird Cerafine, alias Tanja auf der Erde schon 40 Jahre alt sein.
Die Kinder werden sich nicht mehr an ihr Leben auf Aquarius erinnern können.
Eine neue Inkarnation bringt leider das totale Vergessen der Vorherigen mit sich.«
Dieses Mal war Atlantus tief getroffen – das durfte einfach nicht wahr sein!
Das brachte all seine Pläne ernsthaft in Gefahr.
Aber gut, dass er gekommen war, denn es wäre sehr tragisch gewesen, wenn er blind in diese Gefahren gelaufen wäre.
Es blieben ihm noch ungefähr 50 Tage, um sich um eine hieb- und stichfeste neue Lösung für sein Projekt zu kümmern.
»Wer immer uns helfen kann, die Kinder sicher auf der Erde zu begleiten und auf die Rückkehr hierher vorzubereiten, der möge sich bitte im Anschluss an diese Volksversammlung bei mir melden.
Ich möchte dann alles Weitere in einem kleineren Kreis besprechen.«
Es folgten jetzt noch einige Wortmeldungen, in denen Bedauern und Mitgefühl für den tragischen Verlust ausgesprochen wurde, sowie viele Versprechen, gute Energie in Richtung Erde und der Kinder zu senden.
Danach war die große Volksversammlung beendet.
Der Platz lehrte sich zusehends und auch Atlantus hatte sich

zurück zum Meer aufgemacht.
Am Ende standen dort nur noch Saphira, Pix Hunter Quick Deer, Karlao, sowie Finnbar und Lia.
Pix nickte den Zwillingen freundlich zu, sodass Lia sich ein Herz nahm und als erste zu sprechen begann:
»Es gibt da so eine Art Neuigkeit, die wir noch nicht öffentlich gemacht haben.
Vor einigen Tagen ist es uns gelungen, Kontakt mit unseren, auf der Erde verbliebenen Freunden aufzunehmen.
Zwei von ihnen sind wohlauf, einer ist krank und Lucinda wurde entführt, ist aber hoffentlich inzwischen schon wieder befreit.
Das werden wir heute Nachmittag erfahren.
Diese Personen sind unter anderem in der Lage, auf der Erde frei in der Zeit zu reisen und wären sofort verfügbar, um erste Schritte für Cerafine, sprich Tanja zu unternehmen.
Finnbar und ich stehen ebenfalls zur Verfügung, falls wir es mit Hilfe unserer Freunde fertigbringen sollten, auf die Erde zurückzukehren, Cerafine jeden möglichen Schutz zu gewähren.«
Nachdem Lia geendet hatte, trat Pix Hunter hervor.
»Ich bin bereit, sofern die Spirits es mir erlauben werden, via Zeitreise nochmals in mein altes Leben auf der Erde zurückzugehen. Ich werde sofort dafür um Hilfe beten.
Ich könnte, wenn es gelingt, bis zu meinem Lebensende auf diesem Planeten im Jahr 2002 Cerafines Lehrer werden.
Dann muss ich allerdings hierher zurückkommen.«
Alle Augen blickten jetzt auf Karlao.
Dieser räusperte sich verlegen und trat nervös von einem Bein auf das andere.
»Ich hätte da ein tolles Geschenk, vielleicht möchtet Ihr es ja haben.« Entgegen seinen sonstigen Gewohnheiten strahlte er nicht, sondern blickte verschämt auf den Boden.
Umständlich nestelte er einen Gegenstand aus seinem Beutel und hielt in die Höhe.
Zum Vorschein gekommen war Cerafines alter Lieblings-Teddybär, namens Susanna, den sie zuvor schon sehnlichst vermisst hatte.
»Ich dachte, er würde nicht mehr gebraucht«, stotterte

Karlao verlegen herum, »und darum wollte ich mit ihm mal etwas unternehmen, damit er sich nicht immer so sehr allein in Cerafines Bett langweilt.
Auf jeden Fall habe ich das Bärchen jetzt mit allen möglichen besonderen Eigenschaften und einer unüberwindlichen Schutzmagie versehen.
Wenn Tanja den bei sich hat, dann kann ihr nichts passieren.«
Mit leicht geröteten Wangen überreichte er Saphira verlegen das Spielzeug.
Saphira war sehr gerührt und umarmte Karlao stürmisch.
»Das könnte eine sehr große Hilfe sein, jetzt müsste er nur noch auf die Erde gelangen«, murmelte sie etwas leiser.
Karlao hatte von einem Moment auf den anderen seine alte unbeschwerte Art wiedererlangt und baute sich, von einem Ohr zum anderen grinsend, und vor Vorfreude schier bebend, vor den anderen Anwesenden auf.
»Ich hätte da noch ein ganz, ganz tolles Geschenk.
Vielleicht möchtet Ihr es ja haben?«
»Ja gerne«, antwortete Saphira und sah erwartungsvoll auf Karlaos Beutel.
Karlao trat einen Schritt hervor.
»Das ist es«, verkündete er stolz.
Alle blickten sich verwundert um.
»Was meinst Du denn?«, fragte Finnbar etwas irritiert und hoffte jetzt inständig, dass der Teddy wirklich so gut präpariert war, wie Karlao es soeben prophezeit hatte.
»Ich bin das Geschenk«, verkündete Karlao stolz und drehte sich demonstrativ einmal ganz langsam im Kreis herum.
Er sah wiederum nur in acht, nicht gerade verständig blickende Augenpaare.
Jetzt erinnerte er sich an den Vorfall, als sie damals Soholit und Querin gefunden hatten und beschloss, dass es bei Nicht-Osiriaten besser sei, auf eine etwas einfachere Sprache zurückzugreifen.
Er stellte sich gut sichtbar vor die anderen und riss seine Augen weit auf, um sich deren Aufmerksamkeit gewiss zu sein.
Dann zeigte er mehrmals übertrieben deutlich auf sich selbst,

öffnete weit den Mund und sprach mit gut sichtbaren Mundbewegungen:
»Ich komme ja von Osiria«, er deutete wage in Richtung Himmel.
»Wir können uns unsichtbar machen«, er bildete aus den Armen ein Kreuz vor seinem Oberkörper und hoffte sehr, von den »weniger bemittelten anderen«, verstanden zu werden.
»Außerdem können wir uns auch schon immer bewusst von Planeten zu Planeten bewegen.« Er ging jetzt schnell hin und her und hüpfte auch einmal mit hoch erhobenen Armen in Richtung Himmel.
»Wir können dabei Dinge oder auch Personen mit uns nehmen.«
Jetzt nahm er Saphira den Teddy aus den Armen und sprang mit diesem ein paar Mal in Richtung Kosmos.
Dann riss er seine Augen noch ein wenig weiter auf und formulierte langsam und deutlich: »Konntet Ihr das soweit verstehen?«
Es ertönte lauter Beifall von den Zuhörern und Finnbar schnappte sich Karlao und hob ihn hoch.
Er drehte sich mit ihm wie wild im Kreis und schrie immer wieder:
»Du bist der Beste, Du bist der Beste…«
Nachdem er Karlao atemlos abgesetzt hatte, hörte er diesen murmeln: »Na also, es geht doch, man muss es ihnen nur langsam und deutlich erklären.«
Auch Saphira ließ es sich nicht nehmen, Karlao heftig zu umarmen und dabei mehrmals dankend ihre große Freude zum Ausdruck zu bringen.
»Liebe Freunde, ich danke Euch allen von ganzem Herzen für Euere Geschenke und Angebote«, sprach Saphira und sah dabei Lia, Finnbar, Karlao und Quick Deer der Reihe nach bewundernd an.
»Ich möchte Euch jetzt noch einige wichtige Details zu Cerafines neuem Leben geben.
Der Vater, namens Johannes, hat noch den zweiten Weltkrieg auf der Erde erlebt und wurde während dieser Zeit und auch danach so sehr in seiner Seele verletzt, dass er

heute psychisch ein wenig versehrt ist.
Ich nehme an, dass er unter einer leichten Borderline-Störung leidet.
Tanja wird also einen Vater haben, der alles andere als verlässlich oder im Gleichgewicht ist.
Er könnte in einem Moment sehr nett und eine Sekunde später äußerst gemein zu Tanja sein.
Außerdem ist er extrem egoistisch.
Als sehr schlimm empfinde ich, dass er unbedingt nur einen Sohn und auf gar keinen Fall eine Tochter bekommen möchte.
Die Mutter, Belinda, ist sehr jung und dadurch natürlich noch unreif und recht flatterhaft.
Sie interessiert sich momentan noch etwas zu viel für Partys und Vergnügungen und ist von ihren Eltern, besonders ihrer Mutter, alles andere als liebevoll aufgezogen worden.
Zurzeit hat sie kaum etwas zu geben und ist überhaupt noch nicht reif für ein eigenes Kind.
Die Familie wird in der ersten Zeit auf der Festung Ehrenbreitstein in Koblenz am Rhein leben.
Tanjas Eltern haben dort ein kleines Restaurant gepachtet, das sie gemeinsam betreiben wollen.
Tanja wird bereits mit acht Jahren und auch später immer wieder in akute Lebensgefahr geraten und braucht daher ständigen Schutz.
Wir als Bewohner dieses Planeten dürfen uns aber von Aquarius aus nicht in die Geschicke der Erde und in die persönlichen Schicksale anderer Menschen einmischen.
Für Erdbewohner gilt dieses Gesetz nicht und deshalb bin ich mehr als froh, von Euren Freunden auf der Erde gehört zu haben.
Ein weiterer, sehr großer Vorteil ist, dass wir sogar Kontakt mit ihnen halten können.
Das gibt uns viel mehr Möglichkeiten, als ich anfangs erwartet hatte.
Aber das Geschenk von Karlao ist einfach das allerbeste.
Er könnte unsichtbar in Tanjas Nähe sein und sie beschützen, er kann Lia und Finnbar zurück zur Erde bringen und das Wichtigste ist, dass das Ganze auch umgekehrt funktioniert.

Sprich er kann zurückkommen und auch Dinge und Personen nach Aquarius bringen.«
Karlao nickte bestätigend dazu.
Gar nicht so dumm kombiniert für eine Nicht-Osiriatin, dachte er sich dabei.
»Ich habe mich schon die ganze Zeit gefragt, ob hinter dem Unfall nicht mehr steckt, als wir es im Moment sehen können«, fügte Saphira ihren Ausführungen noch hinzu.
»Finnbar und Lia, könntet Ihr nicht sofort Eure Freunde kontaktieren?«
Die Zwillinge nickten und Lia rief auf der Stelle nach Soholit. Dieser war sogleich erreichbar und wollte gerade voller Enthusiasmus von der erfolgreichen Befreiung Lucindas und der wundersamen Gesundung von Querin berichten, als Lia ihm zuerst mit den schlechten Nachrichten von Aquarius und danach mit Karlaos Angeboten zuvorkam.
Seine erste Reaktion war, dass dies möglicherweise auch das Werk der unbekannten Macht gewesen sein könnte, denn auch er bezweifelte sehr, dass die Kinder etwas so Schwieriges, wie eine neue Inkarnation auf einem fremden Planeten allein und auch noch gleich beim ersten Mal hätten zustande bringen können.
Er wollte morgen früh bereits gestaltlos nach Koblenz im Jahr 1964 reisen, die Lage dort auskundschaften und den Gefährten danach sogleich davon berichten.
Dann gab er Lia noch einen kurzen Überblick über die erfolgreich gelungene Befreiung von Lucinda und die anschließende Gesundung von Querin.
Als Pix Hunter davon hörte, freute er sich sehr, dass die Yuwipi Zeremonie bei der Rettungsaktion so gut weitergeholfen hatte.
Außerdem wurde für morgen Mittag ein Treffpunkt mit Karlao, dessen erste Reise auf die Erde noch »unbemannt« sein sollte, verabredet.

Koblenz 1962 - Festung Ehrenbreitstein

»Tja Johannes, ich würde Ihnen das Restaurant hier auf der Festung Ehrenbreitstein ja gerne verpachten, aber sie wissen ja, ich will nur einen verheirateten Mann als Pächter.
Gibts da nicht eine Frau in ihrem Leben, sodass sie das noch irgendwie hinbekommen könnten?
Eine kleine Wohnung für Ihre neue Familie wäre gleich neben dem Lokal mit dabei.
4 Wochen noch, länger warte ich nicht mehr auf sie, dann ist das Restaurant anderweitig weg.«
Johannes schlenderte durch die Straßen. Wie gerne würde er seinen Eltern beweisen, was wirklich in ihm steckte.
Während er sich deren Gesichter vorstellte, wenn er mit einem fetten Schlitten vorfahren würde und sie dann auch noch zu einer Bootstour im eigenen Schiff einlüde, schleicht sich ein genüssliches Grinsen auf sein Gesicht.
22 Jahre war er jetzt alt, geboren 1940 mitten im zweiten Weltkrieg.
Die dramatische Geschichte, dass er und seine Mutter die Geburt nur knapp überlebt hatten, weil es in der Nazizeit den Hebammen verboten war, helfend in den Geburtskanal einzugreifen, hatte er nun schon hunderte Male gehört.
Und was war aus dem einzigen »Stammhalter« der Familie geworden?
Jäher Zorn stieg in ihm auf.
Niemals konnte er es seiner Mutter und seinen zwei, um einiges älteren, Schwestern recht machen.
Er hatte oft Angst gehabt, als er klein war.
Am schlimmsten waren die Sirenen vor den Bombenangriffen während des Krieges und dann das stundenlange Bangen im Keller gewesen.
1944 waren sie, die Mutter mit ihren drei Kindern, dann auf der Flucht vor den Russen zu Fuß nach Thüringen unterwegs gewesen, nicht daran denken - bloß nicht!
Trotzdem schlichen sich wieder die ungebetenen Fetzen seiner Erinnerungen an die Oberfläche.
Er dachte an die Todesmärsche aus den KZs der Nazis, die er unterwegs gesehen hatte.

Es war als spürte er noch immer die schlimmen Schläge, die er bekam, nur weil er für alle hörbar seine Mutter danach gefragt hatte.
Wie hätte er sich auch erklären können, warum die Menschen auf diesem Marsch so furchtbar elend aussahen.
Und wie könnte ein kleines Kind auch ahnen, wie gefährlich es war, als Zeuge von so etwas aufzufallen.
Schnell hätte auch die eigene Familie auf der Flucht von den Nazis erschossen werden können.
Die Mutter hatte mit den derben Schlägen den Jungen ein für alle Mal mundtot gemacht. Überleben war wichtiger.
Dass auch dies, wie vieles andere in jener schrecklichen Zeit nur aus reiner Angst um das eigene Leben geschehen war, konnte der damals vierjährige Junge noch nicht verstehen.
Für ihn blieben diese unverdienten Schläge nur eine weitere Narbe in seiner ohnehin schon so verwundeten Seele.
Dann noch der junge Mann, der, als sie endlich in Thüringen angekommen waren, Johannes heimlich überfiel und ihn brutal missbrauchte.
Er drohte ihm an, ihn zu töten, wenn er das Geschehene jemand anders verraten würde.
Ganz tief hatte er daraufhin diese Schande in sich verschlossen.
Erst lange nach Kriegsende kam der eigene Vater aus der Gefangenschaft zurück - ein völlig fremder harter und schwer gezeichneter Mann.
Hasserfüllt erinnerte sich Johannes, wie er aus dem Bett seiner Mutter, wo er seit seiner Geburt immer hatte schlafen dürfen, vertrieben wurde und er spürte wieder die heimlichen Tränen, weil er nun ganz allein in einer kleinen Kammer bleiben musste.
Er hatte seine Mutter immer abgöttisch geliebt -diese Verräterin!
Das erste Opfer für seinen heiß entflammten Hass auf das weibliche Geschlecht war seine neue, kleine Schwester, die ein Jahr nach des Vaters Rückkehr geboren wurde.
Und jetzt brauchte er ausgerechnet so eine dumme Frau, um das Restaurant seiner Träume zu bekommen.
Er überlegte, wen er wegen der Heirat fragen könnte.

Weiber - Gesichter voll von Emotionen und Frauen mit hysterischem Auftreten tauchten in seinem Bewusstsein auf und erzeugten ihm eine Gänsehaut nach der anderen.
Aber wie wäre es mit Irma?
Er erinnerte sich an ihr beherrschtes und überlegenes Auftreten.
Eine große intelligente Frau.
Ja, die würde er fragen.
Am Abend trugt er ihr sein Anliegen vor.
Sie schaute erst völlig ungläubig, warf dann ihren Kopf zurück und brach in ein hartes, schallendes Gelächter aus.
»Verschwinde, Du armseliger Wicht!«
Wie er die Weiber hasste!
Später in einem Supermarkt sah er ein circa 18-jähriges Mädchen hinter einer Fleischtheke stehen.
Sie warf ihm einen kecken Blick zu und schwang verführerisch die Hüften: »Was soll's denn sein, junger Mann?«
Eine Woche später nahm Belinda erfreut und geschmeichelt seinen Heiratsantrag an.
Sie war froh, endlich von zu Hause wegzukommen.
Sie, das überflüssige und kaum geliebte dritte Kind von vieren.
Sie würde ihrer Mutter jetzt beweisen, was wirklich in ihr steckte.
Dann würde diese bestimmt bereuen, dass sie Belinda niemals richtig geliebt und jahrelang gezwungen hat, still an einem Platz sitzen zu bleiben.
Es war leicht gewesen, sie so wegzusperren, brauchte man doch nur einige Federn vor Belinda zu legen und diese traute sich dann wegen ihrer Feder-Phobie nicht mehr aus der jeweiligen Ecke heraus.
Alles ging ziemlich schnell. Bei der Hochzeit war sie schon schwanger.
Einen Kredit, die kleine Wohnung direkt neben ihrem frisch gepachteten Restaurant auf der Festung Ehrenbreitstein, einen neuen Wagen und sogar ein Boot hatte ihr frisch gebackener Ehemann sich bereits angeschafft.

Johannes war sehr mit sich zufrieden.
Zwar störten ihn die skeptischen Bemerkungen seiner Verwandten, dass er etwas sparsamer mit dem geliehenen Geld umgehen solle, aber die würden schon noch sehen, wozu er fähig war.
Jetzt war erstmal sein Sohn unterwegs.
Er freute sich schon unbändig auf ihn.
Er würde ihn immer beschützen, respektvoll behandeln und ihn alles lehren, was er wusste.
Seine Züge würden weich. Ein zärtliches Lächeln umspielte sein, ansonsten stets beherrschtes, Gesicht.
Tief innen war ihm zwar klar, dass die Gefahr, eine Tochter zu bekommen, bei 50% lag, aber das verdrängte er bislang erfolgreich.
Er schaute voller Hoffnung in die Zukunft.
Die würden alle schon sehen...
Endlich war es so weit. Im Februar 1964 brachte er seine Frau mit Wehen in den Marienhof, ein von Nonnen geführtes Krankenhaus, in Koblenz.
Stundenlang lief er aufgeregt im Gang des Krankenhauses auf und ab. Nach einer gefühlten Ewigkeit wurde er schließlich geholt.
Ihm fiel sofort auf, dass hier etwas nicht stimmte.
Wieso sah ihn Belinda nur so schuldbewusst an?
Eine muntere Schwester meinte: »Herzlichen Glückwunsch, Sie haben ein gesundes Töchterchen bekommen.«
Johannes war fassungslos. Ungläubig und verwirrt schaute er auf das kleine Bündel in Belindas Armen.
Langsam sank die Wahrheit in ihn ein, kein geliebter Sohn, sondern ein weiteres Weib.
Unbändiger Zorn ergriff ihn.
Er stürmte aus dem Zimmer, knallte die Tür hinter sich zu und lief ziellos auf die verschneite Straße hinaus.
Es brauchte fast ein Jahr, bis er seine Tochter endlich akzeptieren konnte.
Er hatte inzwischen viel Streit mit Belinda gehabt.
Seit das Restaurant nicht mehr so gut lief, war er oft im Büro der kommunistischen Partei, der DKP, gewesen.

Neuerdings war er dort ein sehr engagiertes Mitglied und schöne Frauen gab es da auch.
Belinda war sehr eifersüchtig und machte ihm ständig hysterische Vorhaltungen.
Als er sie deshalb ohrfeigte, rannte sie ihm für etwa 6 Monate davon. Das Töchterchen ließ sie zurück.
Tanja hatte er sie genannt, ein schöner russischer Name, passend zu seiner neuen kommunistischen Laufbahn.
Er brachte Tanja, nachdem Belinda durchgebrannt war, mit 8 Monaten zu seiner Mutter. Diese verliebte sich in das süße Baby auf den ersten Blick.
Da hast du ja mal wirklich etwas ganz Wunderschönes fabriziert, mein Sohn.
Johannes Wangen färbten sich vor Freude über das seltene Lob der Mutter rötlich.
Verwundert betrachtete er seine Tochter genauer.
Hübsch war sie ja, da hatte sie wohl recht und als er in ihre unschuldigen Augen sah, begann er ganz tief in seinem Herzen so etwas wie Liebe für Tanja zu empfinden.
Unterwegs dachte er dann noch weiter über seine Tochter nach.
War es nicht so, dass auch andere große Männer außer einem Sohn ebenfalls noch eine ganz erbauliche Tochter gehabt hatten? Er würde sich um ihre Ausbildung kümmern.
Das Bild der gebildeten Irma stieg in ihm auf.
Genau, sie sollte intelligent, gebildet und möglichst nicht so voller Emotionen werden. Dafür würde er höchst persönlich sorgen. Einen Sohn würde er eben beim nächsten Versuch bekommen.
Tristan, so sollte er, der so sehr erwartete Sohn, einmal heißen, käme einfach erst als zweites Kind in der Familie an.
Je später der Abend, desto schöner die Gäste…
Lächelnd und voller Optimismus ging Johannes zur Arbeit.

Zurück auf der Erde

Finnbar, Lia, Quick Deer, Karlao und Saphira hatten sich am nächsten Tag vor dem Wohnbaum der Zwillinge versammelt.
Es war bereits Mittag und ziemlich aufgeregt kontaktierte Lia, wie gestern verabredet, Soholit.
Dieser war ebenfalls schon vorbereitet und stand mit Quiskan, Lucinda und Querin bereit.
»Was gibt es Neues?«, fragte Lia ihn ein wenig atemlos.
»Tanja wurde heute Morgen gegen 4 Uhr in einem Krankenhaus in Koblenz geboren.
Sie ist ein hübsches Baby.
Mutter und Kind sind wohlauf.
Nur Johannes, Tanjas Vater, ist sehr zornig, weil er nicht den erhofften Sohn bekommen hat.
Ich habe mir auch schon das zukünftige Lebensumfeld der kleinen Familie auf der Festung Ehrenbreitstein angesehen.
Das ist gar nicht so schlecht für den Anfang.
In der näheren Verwandtschaft konnte ich nur eine Person finden, die vielleicht, wenn wir viel Glück haben, eine gute Bezugsperson für das Mädchen werden könnte.
Das ist die Oma Anna, die Mutter von Johannes.
Alle anderen sind nicht die Bohne an der jungen Familie interessiert.
Ich bin dort eher auf Missgunst und Neid gestoßen.
Wie sieht es bei Euch aus?«
Nachdem Lia den anderen alles mitgeteilt hatte, antwortete sie ihm:
»Karlao ist bereit, zu Euch zu kommen.
Er würde es gerne sofort tun.«
»Na dann los, wir sind sehr gespannt, ob es funktionieren wird«, erwiderte der Druide und gab Lia die Orts- und Zeitkoordinaten ihres Standpunktes durch.
Karlao verabschiedete sich daraufhin höflich und ein wenig bedrückt von seinen Kameraden aus Aquarius.
Als er bei Saphira angelangt war, drückte diese ihm, den so wertvollen ehemaligen Teddybär Susana von Cerafine freundlich in die Hand.

»Ich vertraue Dir, dass Du es schaffen wirst«, sagte sie schlicht.
Karlao steckte diesen wortlos in seinen kleinen Reise-Rucksack.
»Ich gehe dann am besten sofort.
Ich habe Euch sehr lieb«, winkend hob Karlao die Hand und verblasste vor den anderen.
»Er ist weg«, informierte Lia ihren ehemaligen Lehrer.
Mit klopfenden Herzen und schweigend warteten alle, die Augen fest auf Lias Gesicht gerichtet.
Endlos langsam verstrichen die Minuten.
Finnbar begann, nervös auf und ab zu laufen.
Pix war leise am Beten. Man sah, wie sich seine Lippen immerfort bewegten.
Dann huschte ein Strahlen, das Karlao alle Ehre gemacht hätte, über Lias Gesicht.
»Er ist tatsächlich heil und mit all seinem Gepäck bei den anderen angekommen.«
Lia packte ihren Bruder bei den Händen und führte einen ausgelassenen Freudentanz auf.
»Eine so kleine Person mit so großen Fähigkeiten«, sagte Quick Deer und alle nickten bejahend dazu.
»Karlao«, Lucinda fiel ihrem alten Freund in die Arme.
Dieser sah noch ein wenig blass, aber sehr erleichtert aus.
»Komm setz Dich erstmal hin.« Soholit schob den benommenen Osiriaten sanft auf einen Baumstumpf.
Querin reichte ihm einen Schluck Wasser, den dieser dankend annahm.
»Wie war die Reise, gab es besondere Vorkommnisse unterwegs?«, fragte Quiskan nach einer Weile.
So langsam bekam Karlaos Gesicht wieder ein wenig Farbe und er konnte seinen Freunden antworten.
»Ich fand den Hinweg sehr viel einfacher und schneller.
Dieses Mal war da plötzlich so etwas wie eine Barriere.
Es fühlte sich so an, als ob ich vom rechten Weg weggesaugt wurde, fast so wie ein Angriff, würde ich sagen.
Gott sei Dank sind wir Osiriaten sehr beharrlich und ich konnte dem Sog daher gerade so widerstehen.

Aber es wäre gelogen, wenn ich nicht zugeben müsste, dass mir das allerhand abverlangt hat. Nochmal und auch noch mit einer weiteren Person zusammen, würde ich mir das so schnell nicht wieder zutrauen.
Auf jeden Fall freue ich mich riesig, Euch alle gesund wiederzusehen. Und ich bin auch froh, endlich wieder Erdenluft schnuppern zu dürfen.
Cerafine wurde als Tanja wiedergeboren sagst Du?«, er wandte sich fragend an Soholit.
»Ja, heute am ganz frühen Morgen. Sie ist ziemlich niedlich«, antwortete ihm der Druide.
»Wann kann ich sie sehen?«, fragte Karlao mit einem Anflug seiner gewohnten Heiterkeit.
»Im Moment ist sie noch mit der Mutter im Krankenhaus. Ich schlage vor, dass wir uns in Zukunft beim Bewachen der Kleinen abwechseln.
Ich denke, dass wir aber morgen Abend beim ersten Mal ausnahmsweise alle zusammen nach ihr schauen können. Mutter und Kind sollen morgen Vormittag aus dem Krankenhaus entlassen werden«, antwortete Soholit.
Später tauschte man sich noch über die aktuelle Lage auf der Erde, die Bedrohung durch eine unbekannte Macht und einige Dinge des täglichen Lebens aus.
Danach brachten sie Karlao zu der neuen Heimat der magischen Bevölkerung des Waldes.
Alle dort freuten sich sehr, Karlao wieder unter sich zu haben und dieser badete regelrecht in dieser freundlichen Willkommens-Energie.

Tanja

»Na kumm as ma her, mei leev Dea.«
Meine Omi nahm mich liebevoll auf den Arm.
»Dat iss enne leev Dea, dat sohn ich dia.«
»Mama, Du weißt doch ganz genau, dass Tanja nur hochdeutsch sprechen soll, lass also bitte das Koblenzer Platt sein, wenn sie bei Dir ist, ok?«
»Ja, ja, ist ja gut, ich hab's verstanden«, rief meine Omi noch und ging mit mir ins Haus.
»Du hast vielleicht einen Papa kleine Tanja. Meint wirklich, er sei etwas Besseres.« Sie schüttelte gedankenverloren ihren Kopf.
»Heute gehen wir zusammen Schlittenfahren meine Kleine. Hast Du Lust?«
Ich nickte freudig.
Wir zogen uns ganz warm an und dann fuhr meine Oma mit mir einen kleinen Hügel in der Nähe wieder und wieder herunter, bis die Dunkelheit uns zwang, nach Hause zu gehen.
Meine Omi Anna war für mich die liebste Person auf der ganzen Welt.
Hier fühlte ich mich angenommen und geliebt, und zwar immer.
Ich war recht oft und auch sehr gerne im Haus meiner Großeltern.
Zu Hause wohnten wir nämlich in einer winzigen Mietswohnung direkt an einer stark befahrenen Straße.
Es gab immerzu Streit, entweder wegen Geld oder weil Mama dachte, der Papa hätte auch andere Frauen lieb.
Offenbar war früher ein Geschäft pleite gegangen und man musste nun ganz viel Geld zurückbezahlen, was uns jetzt zum Leben fehlte.
Die Mama konnte gerade nicht mitarbeiten, denn ich hatte vor kurzem noch eine kleine Schwester bekommen.
Erstaunlicherweise machte auch das meinen Papa sehr wütend.
Ich aber freute mich.
Britta-Mascha, so hieß sie, war unglaublich klein, denn sie

wurde viel zu früh geboren.
Ich sah sie zum ersten Mal, als sie auf unserer kleinen Küchenwaage lag. Sie sah gar nicht aus wie ein Kind. Eher wie ein Vogel, der zu früh aus dem Nest gefallen war. Jedenfalls war Mama immerfort nur mit dem kleinen Baby beschäftigt.
Einmal herrschte bei uns ganz freudige Stimmung.
Ich war auf dem Arm meines Papas.
Auf einer Wäscheleine über unserem Kohle-Ofen hingen zwei 1000 DM-Scheine aufgehängt.
Offenbar war mein Vater darauf mächtig stolz.
Er hielt mich ganz lieb an sich gedrückt und summte leise vor sich hin.
Seit langem sagte er mir immer wieder, dass ich sein Lieblingskind sei und es auch für immer bleiben würde.
Ich verstand das zwar nicht so ganz, aber es schien ja etwas Gutes zu bedeuten, denn er war dann immer sehr nett zu mir.
»Die Kratzers«, das waren unsere Nachbarn, »hän gesode…«, hob ich gerade zu sprechen an.
Wumm mein Vater schmiss mich auf den Boden, packte mich ganz derb am Oberarm und schlug mir heftig ins Gesicht.
»In unserer Familie wird nur Hochdeutsch gesprochen«, merk Dir das endlich, Tanja!
Er holte zu einem erneuten Schlag aus.
Dabei beugte er den Arm ganz unnatürlich immer weiter nach hinten, ich hörte es knirschen und dann meinen Vater aufschreien.
Er hatte sich fast seinen Arm ausgekugelt.
Plötzlich schien er wieder zu sich zu kommen, sah meine angeschwollene hochrote Wange und die Wunde, die er mir durch seinen harten Griff am Oberarm beigebracht hatte.
Schweigend legte er mir ein Pflaster auf, gab mir einen flüchtigen Kuss auf die unversehrte Wange, knallte die Tür und war bis zum Morgen verschwunden.
Ich weinte mich in den Schlaf.
Im Bett war mir, als würde ich aus der Ferne ein leises Wiegenlied hören können.
Ich hatte komischerweise sowieso andauernd das Gefühl, als

wäre immer jemand da, der mich beschützten würde.
So etwas wie heute, als Papa von einem zweiten Schlag sozusagen abgehalten wurde, war nämlich nicht zum ersten Mal passiert.
Später, als ich etwa vier Jahre alt war, es hatte gerade wieder einen großen Streit gegeben und Mama war wutentbrannt aus dem Haus gelaufen, fragte mich mein Vater:
»Wen hast Du eigentlich lieber, mich oder die Mama?«
Ich druckste eine Weile herum.
»Na, los, sag schon«, drängte mein Vater ungeduldig.
»Ein ganz kleines bisschen habe ich die Mama lieber«, antwortete ich etwas schuldbewusst.
Mit versteinerter Miene schob er mich beiseite und beachtete mich nun nicht mehr.
Als ich dann kurz darauf mit einer Rheumasalbe auf Pfefferbasis gespielt und mir diese versehentlich in die Augen gerieben, dadurch furchtbare Schmerzen hatte und wie verrückt schrie, half er mir nicht.
»Lass Dir doch von Deiner Mutter helfen, wenn die wieder kommt, da Du diese ja offenbar lieber hast als mich.«
Die Lektion hatte ich gelernt: Manchmal musste man also lügen, um einer späteren Strafe zu entgehen.
Langsam wurde meine Schwester etwas größer und wir konnten zusammen auf den Spielplatz in unserer Nähe gehen.
Wir waren heute die einzigen Kinder dort und ich sah schon weitem, dass auf dem Karussell ein kleiner Teddy saß.
Dieser winkte mir ganz definitiv zu.
Ich winkte schüchtern zurück, da zwinkerte er auch noch.
Ich lief sofort hin und nahm ihn mir.
»Den werde ich behalten«, sagte ich zu Britta.
Wieder zu Hause angekommen, sollte ich den Teddy wegen der »Persönlichkeitsbildung« unbedingt zurückbringen, denn bestimmt hätte ein anderes Kind das Kuscheltier auf dem Spielplatz verloren.
Ich wehrte mich mit Händen und Füßen dagegen und brüllte:
»Der Teddy ist lebendig, der hat mir zugewinkt.
Den muss ich behalten, denn der will nur bei mir sein.«
»Ich habe dir schon hundert Mal gesagt, dass Du nicht lügen sollst«, schimpfte mein Vater und gab mir eine Ohrfeige.

Schmollend zog ich mich mit meinem neuen Teddy unter die Bettdecke zurück.
»Susi«, so hatte ich das Bärchen genannt, »wir bleiben auf alle Fälle zusammen, komme, was da wolle«, flüsterte ich ihr leise zu.
»Ich werde mich gut um Dich kümmern und wir werden die besten Freunde sein.
Wenn sie mich zwingen, Dich wieder wegzubringen, dann hauen wir einfach ab.«
Ich schielte auf meinen winzigen Kinder-Spielkoffer, den ich für diesen Fall schon vorsorglich mit etwas Unterwäsche und Strümpfen gepackt hatte.
So weit kam es aber gar nicht.
Meine Eltern machten mehrere Male einen Anlauf, mit mir den Teddy zum Spielplatz zurückzubringen.
Erstaunlicherweise kam aber jedes Mal im letzten Moment etwas dazwischen und irgendwann vergaßen sie die Angelegenheit mit Susi ganz.
Durch Susi jedoch veränderte sich mein Leben.
»Ich will ein Märchen hören«, sagte ich, als wir zusammen im Bett lagen. »Es war einmal vor langer, langer Zeit eine wunderschöne Prinzessin…«, ertönte Susis Geschichte direkt in meinem Kopf und niemand außer mir konnte ihre Stimme hören.
Friedlich schlummerte ich über das Märchen ein.
Bald darauf bekam ich von meiner Omi einen kleinen Rucksack geschenkt, in den Susi haargenau hereinpasste.
Sie hatte ihn auf einem Flohmarkt spottbillig von einem komisch aussehenden Mann gekauft.
»Der hatte lauter kleine, lange, weiße Zöpfe auf dem Kopf.
Was es alles für Spinner gibt, ich sag es Dir«, sprach meine Oma zu mir.
Für Susi und mich war der Rucksack wunderbar.
Ich trug sie nun stets unsichtbar auf meinem Rücken herum und sie unterhielt sich weiterhin mit mir direkt über meinen Kopf.
Meine kleine Schwester und ich wurden mit der Zeit und je älter wir wurden, unzertrennlich.

Britta war ein richtiger Wonneproppen.
Sie lachte viel und konnte superschnell mit jedem in Kontakt kommen. Außerdem war sie von klein auf sehr sportlich und extrem gelenkig.
Jedem, der es hören wollte erzählte ich: »Meine kleine Schwester, die kann Spagat«, und bemühte mich, dabei nicht allzu stolz auszusehen, was mir aber nie gelang.
Inzwischen hatten wir ein kleines Haus mit Garten in Koblenz gemietet und Britta und ich hatten auf dem Dachboden, wo wir oft ganz allein und uns selbst überlassen waren, je ein Bett.
»Hunger«, brülle Britta eines Abends und strampelte lachend mit ihren Beinen auf ihrem Bettchen umher.
»Bitte sehr, meine Dame«, ich schmiss ihr zwei Hände voll Bonbons auf ihr Lager.
Unter unseren Betten hatten wir unglaublich viele Bonbons gehortet, die wir alle beim Karnevalsumzug gesammelt hatten.
Genüsslich lutschen wir so viele davon, bis wir satt waren.
»Ich habe Durst«, jammerte Britta jetzt.
»Keine Sorge, kommt sofort«.
Ich griff unter das Bett, wo wir außerdem noch zahlreiche alte Biergläser, die aus dem früheren Restaurant noch übrig gewesen waren, mit Wasser gefüllt, stehen hatten.
»Bitte schön mein Schatz.«
Ich reichte ihr ein Glas mit, seit Wochen abgestandenem, schalem Wasser.
Britta trank es in einem Zug aus, rülpste und lachte und dann schliefen wir, natürlich wie immer, ohne die Zähne zu putzen, friedlich ein.
Während die Eltern arbeiten gingen, waren wir beiden Mädchen meistens allein zu Hause.
Wir waren jetzt etwa 5 und 2 Jahre alt.
Einmal spielten wir im Besenschrank in der Küche und fielen mit diesem um, genau auf dessen Tür. Wir waren darin hilflos gefangen, denn die Tür ließ sich nun natürlich nicht mehr von innen öffnen.
»Hilfe, Hilfe«, Britta geriet total in Panik in dem kleinen, dunklen Schrank.

Auch mir schlug das Herz bis zum Hals und auch ich wollte wie wild um mich schlagen.
Da hörte ich in meinem Kopf eine liebevolle weibliche Stimme:
»Immer schön ruhig bleiben, hol ein paar Mal ganz tief Luft. So ist´s gut. Ich verspreche Dir, es wird Euch nichts passieren.
Bleibt einfach ruhig liegen und erzähle Du Deiner Schwester ein paar Geschichten. Ich kümmere mich um alles Weitere.«
Als ich merkte, wie durch viele kleine Löcher an der Rückwand des Schranks plötzlich frischer Sauerstoff hereinfloss, beruhigte ich mich wieder und glaubte der körperlosen Stimme.
»Aber Moment mal, die Löcher waren doch eben noch nicht da gewesen?«, dachte ich noch, hatte es aber bald schon wieder vergessen.

Erleichtert atmete Lucinda, die gerade Dienst bei Tanja hatte, auf.
Sie war sehr froh, dass die Mädchen jetzt erst einmal außer Gefahr waren.
Aufgrund ihrer kleinen Körperhöhe hätte sie, selbst wenn sie nicht unsichtbar gewesen wäre, den Schrank nicht allein hochheben oder umdrehen können.
Jetzt rief sie im Geiste nach Verstärkung und schon war Soholit in Richtung der Arbeitsstelle der Mutter Belinda unterwegs.
Er arrangierte dort etwas, damit Belinda früher als gewöhnlich nach Hause kommen konnte.

Nachdem Tanja schon einige Geschichten im Schrank erzählt hatte, kam Belinda in der Küche an und befreite ihre Kinder entsetzt aus dem gefährlichen Gefängnis.
Die Löcher im Schrank waren aber dann erstaunlicherweise wieder verschwunden.
Komisch, es gibt Wunder, dachte ich mir, nachdem Mama uns aufs Sofa gesetzt und jedem mehrere Stücke Schokolade gegeben hatte.

Aber darüber reden, das durfte man nicht, das hatte ich inzwischen gelernt.
Ein andermal, nachdem wir beiden auch wieder einmal stundenlang allein zu Hause gewesen waren, wagten wir uns auf die Straße und wurden von freundlichen Menschen in deren Haus geholt und bewirtet.
Am Abend brachten diese uns wieder nach Hause.
Ich hatte leider versäumt, vor dem Weggehen die Haustür abzuschließen.
Mit stählernem Gesicht verprügelte mich der Papa dafür mit einem Kochlöffel bis dieser, völlig unerklärlich, dabei zerbrach.
Wütend warf er ihn in eine Ecke.
Ich war am nächsten Tag aber trotzdem grün und blau und konnte mich lange nicht mehr setzen.
Ich sollte bald zur Schule kommen, denn ich war nun schon sechs Jahre alt.
Mein Papa ging mit mir kurz davor im Wald spazieren und hielt mir einen Vortrag darüber, wie wichtig das Lernen sei und dass ich unbedingt in der Schule die Beste werden müsste, damit einmal etwas Ordentliches aus mir würde.
»Du wirst einmal studieren, hast Du gehört? Dann wirst Du von allen unabhängig sein!«
Ich versprach es und fragte dann: »Papa, erzählst Du mir eine Geschichte?«
Mein Papa konnte nämlich ganz tolle Erzählungen erfinden, die ich stets sehr liebte.
An diesem Tag erzählte er mir das wunderbare und unglaublich lange Märchen über die Baummännlein.
Das waren so eine Art Pilzmännchen, die tagsüber wie Baumpilze aussahen. Diese Geschichten gefielen mir immer sehr.
Ich fühlte mich im Wald wie zu Hause und hatte dort stets das Gefühl, dass dieser noch von mehr Wesen, als nur Mensch, Tier und Pflanze bewohnt sein musste.
Es gab bestimmt wirklich so etwas Ähnliches wie die Baummännlein, da war ich mir sicher.
Ich sah sie zwar nicht, aber ich fühlte ihre Anwesenheit.
Darüber konnte ich natürlich nicht mit meinem Papa reden,

denn das waren nur wieder meine »Spinnereien«.
Also behielt ich dieses Wissen ganz für mich. »Richtig so«, ertönte es in meinem Kopf aus Richtung Rucksack auf meinem Rücken.
Das erste Schuljahr wurde eine furchtbare Qual.
Mein Vater hatte sich vorgenommen, dass aus mir, wie gesagt, einmal etwas Vernünftiges werden sollte.
Beim kleinsten Fehler schlug er mir an einem Tag immer wieder an den Kopf, bis ich wirklich gar nichts mehr wusste.
Meine Mama stellte sich vor mich: »Jetzt lass doch mal die Kleine in Ruhe, Du siehst doch, dass du so nur alles viel schlimmer machst«, sagte sie ganz aufgebracht.
»Geh mir aus dem Weg, was weißt Du schon von Bildung oder willst Du, dass Tanja so wie Du hinter einer lausigen Fleischtheke oder einem Tresen landet?«, fuhr mein Vater sie an.
Beschämt zog sich Belinda ohne ein weiteres Wort zurück.
Nach einigen Monaten hatte ich auf die harte Tour begriffen, dass Fehler nicht passieren dürfen und hart bestraft werden.
Ich war nun die Klassenbeste geworden, so wie der Vater es sich gewünscht hatte.
Eines Abends hörten wir die Eltern im Erdgeschoß streiten.
»Ich habe solche Angst«, jammerte Britta und hatte sich zitternd ganz fest an mich gekuschelt.
Vollkommen verschreckt lagen wir in unseren Betten und hörten von unten das laute Geschrei unserer Eltern.
Sie stritten sich wirklich sehr heftig.
»Das kannst Du doch nicht machen, Du kannst mich doch hier nicht allein mit den Mädchen sitzen lassen«, brüllte unsere Mutter.
Ihre Stimme überschlug sich, weil sie auch gleichzeitig weinte und hustete.
»Ich habe Dir gesagt, dass die Partei sich finanziell um Euch kümmern wird.
Ich will mich weiter entwickeln.
Ich lasse mir doch nicht von Euch Weibern meine ganze Zukunft verbauen.
Ein Studium für mich, das habe ich mir immer schon erträumt.

Da gibt's nichts mehr zu bereden.
Ich fahre übermorgen weg.«
Wir hörten, wie die Tür geknallt wurde und unsere Mutter noch lange weiter weinte.
Johannes war seine Frauen-überlastige Familie nach und nach einfach zu viel geworden.
Daher hatte er das Angebot der DKP, in die DDR zu gehen, um in Ost-Berlin Gesellschaftswissenschaften zu studieren, freudig angenommen.
Alle Tränen von Mama halfen nichts, nun waren wir allein.
Lebenskünstlerin wie sie war, vermietete Belinda ein Zimmer im Haus unter und ging weiter in einer Kneipe arbeiten.
Sie rappelte sich schnell wieder auf und fand zu ihrer alten Lebenslust zurück.
Aus ihr und dem neuen Untermieter wurde sehr schnell ein Paar.
Auch Johannes, jetzt 32Jahre alt, hatte neben zahlreichen unwichtigen Affären in Ost-Berlin eine 16 Jahre junge, angehende Krankenschwester ernsthaft im Auge.
Die Scheidung von Johannes und Belinda wurde daher ganz einvernehmlich beschlossen.
Man einigte sich darauf, jeder ein Kind zu nehmen und dass es von da an nie mehr Kontakt untereinander geben würde.
Ich erfuhr, dass ich zum Vater sollte und Britta zur Mama.
Ich war erschüttert darüber, meine geliebte kleine Schwester Britta nie wieder sehen zu dürfen.
»Das ist ja genauso wie beim „doppelten Lottchen" aus dem Erich Kästner-Film, den wir letztens gesehen haben«, regte ich mich auf. Aber was wir dazu zu sagen hatten, interessierte niemand. Beide Eltern waren nur mit sich und ihrer neuen Liebe beschäftigt.
Ich versuchte Britta so gut zu trösten, wie ich konnte.
Schon bald wurde meine Schwester von unserer Mutter weggebracht.
Meine Mutter und Britta gingen mit dem Mann von der Untervermietung zu dessen Familie, um dort ein neues gemeinsames Leben zu beginnen.
Als Mama und Britta weg waren, brachte mich Papa jeden Tag zur Oma.

Trotz alledem war es dort immer noch schön für mich.
Meine Omi war für mich mein Anker.
Eines Abends hörte ich einen Streit zwischen Papa und Oma. Papa wollte für mehrere Monate zurück nach Ostberlin und die Oma weigerte sich, mich für so lange Zeit, ständig bei sich zu behalten.
Von da an begannen die Alpträume.
Ich träumte wieder und wieder, dass der Vater mich aus einem fahrenden Auto werfen und an der Autobahn aussetzen wollte.
Nacht für Nacht weckte ich die Großeltern mit meinen Schreien.
Nach zwei Wochen zwang die Oma den Papa dann, mich mitzunehmen.
Sie hoffte wohl, ihn so davon abzuhalten, wieder nach Ostberlin zu verschwinden.
Da hatte sie aber die Rechnung ohne meinen Vater gemacht.
Dieser versuchte noch vergebens allerlei, um mich woanders unterbringen zu können.
Dann nach weiteren zwei Wochen hatte er im DKP-Büro ein Ehepaar aufgetan, die bereit waren, in unser Haus zu ziehen und mich dort als meine Pflegeeltern zu betreuen.
Die Gerüchte, die umgingen, dass bei diesen schon mehrere Pflege-Kinder gestorben waren, schienen meinen Vater nicht von seinem Vorhaben abhalten zu können, sofort wieder nach Ostberlin zu gehen und mich für viele Monate mit diesen Leuten in Koblenz ganz allein zu lassen.

Lucinda lief gerade aufgeregt hin und her und wiederholte wohl zum hundertsten Mal: »Sie ist doch erst 7 Jahre alt.
Wir können das doch nicht einfach so dulden.
Wir könnten sie vielleicht entführen und Karlao bringt sie gleich jetzt nach Aquarius zurück.
Wir können das doch nicht ohne Weiteres geschehen lassen, was jetzt als Nächstes ansteht.
Ohne Eltern sein zu müssen, ist doch schon schlimm genug.
Aber selbst so etwas könnte sehr viel milder ablaufen als jetzt bei Tanja.
Ihr habt mich beim kleinen Volk doch auch alle zusammen

sehr liebevoll ohne meine Eltern großgezogen.
Die, die jetzt für Tanja verantwortlich sind, das sind doch Kinderschänder und Mörder!
Querin sag doch auch mal was dazu!«
Querin blickte hilfesuchend zu Quiskan und Soholit.
Müde erhob sich Quiskan und sprach anstelle seines Sohnes.
»Lucinda, wir alle verstehen Dich sehr gut.
Als Frau und auch als früheres Waisenkind muss Dich das ganz besonders betroffen machen.
Leider können wir Tanja jetzt nicht nach Aquarius bringen, so funktioniert das leider nicht.
Sie muss am Ende ihres Lebens hier auf der Erde von selbst und ganz gezielt in ihren Körper auf Aquarius zurückkehren.
Alles andere würde letztendlich ihren viel zu frühen und endgültigen Tod bedeuten.
Wir versprechen Dir, dass wir auf alle Fälle ihr Leben schützen werden. Aber wir können sie nicht vor jedem Schmerz bewahren.
Wir werden unser Bestes tun.
Aber manches werden wir nicht verhindern können.
Es tut mir mehr leid, als ich es Dir sagen kann.
Aber was wir tun können, ist ihre Seele davor zu beschützen, in die totale Verzweiflung zu rutschen.
Wir werden ihre Seele behüten, das verspreche ich Dir.
Tanja wird später, wenn diese Phase vorbei sein wird, noch ein sehr schönes Leben haben, trotz alledem, was die nächste Zeit geschehen wird.
Ich bitte Dich, uns bei unserer Arbeit, sie zu bewachen, weiterhin mit aller Kraft zur Seite zu stehen.
Wir können uns ihr noch nicht direkt nähern, aber unsere Zeit wird kommen.
Sie spürt uns schon, das weiß ich aus ihren Gesprächen mit dem Teddy.«
Querin legte tröstend den Arm um seine Gefährtin und dann begaben sich alle zur Ruhe.

Karlao hatte gerade Dienst bei Tanja, als es begann.
Erst in zwei Stunden sollte er von Soholit abgelöst werden.

Ich kam aus der Schule nach Hause.
Es war mir so unendlich unangenehm, dass nun fremde Menschen in unserem alten zu Hause herumstolzierten und sich wie die Hausherren aufspielten.
Die Frau hatte einen gemeinen Zug um den Mund und sie zuckte immerzu im Gesicht. Sie nannte das Gesichts-Gymnastik.
Als ich heute heimkam, da badeten die beiden gerade.
Die Badezimmertür stand weit offen und mir lief ein eisiger Schauer über den Rücken, bei dem Anblick, der sich mir bot und der wirklich nicht für meine Augen bestimmt sein sollte.
»Komm Tanja bade doch mit uns...«
Grob zerrte der Mann mich ins Bad und verschloss die Tür von innen.
Und von da an war meine Kindheit zu Ende.
Ich durfte es keinem sagen, sonst würden sie mich töten, hatten sie mir angedroht.
Selbst daran zu denken, war mir unter Strafe verboten.
Strafen gab es jetzt so viele.
Am schlimmsten war es, wenn ich in dem winzig kleinen Raum, den es im Haus gab, tagelang im stockdunklen eingesperrt war.
Ich versuchte, mich zusammenzureißen, schmerzhaft hatte ich schon gelernt, dass lauter Protest oder Weinen alles nur verschlimmerte.
Ich fragte mich oft, was genau wohl mein Fehler gewesen war, der meine Eltern veranlasst haben könnte, mich zu verlassen und dann so schlimme Strafen an mir zuzulassen.
Ich musste wohl ein sehr böses Kind gewesen sein.
Vielleicht, wenn ich ganz tapfer wäre, würde die Strafe bald vorüber sein und alles könnte dann wieder so werden, wie es früher einmal gewesen war.
Die ständigen Aufenthalte in der Dunkelheit veränderten mich langsam.
Obwohl ich es dort einerseits hasste und auch eine ausgeprägte Platzangst entwickelt hatte, begann ich andererseits auch gewisse Sinne zu entwickeln, die man normalerweise sonst bei sich übersieht.
Ich horchte tief in mich und die Dunkelheit hinein, es gab ja

sonst nichts anderes, höchstens noch meinen Atem, den ich beobachten konnte.
Und obwohl ich mich sehr verlassen und gemein behandelt fühlte, war da auch so etwas wie eine Quelle tief in mir selbst, aus der ich schöpfen konnte.
Manchmal dachte ich, dass es irgendwo so etwas wie einen Engel gibt, der mich liebt und mich stets beschützt.
Erstaunlicherweise war seit Kurzem, wenn ich in das dunkle Loch gesperrt wurde, mein Teddybär Susi immer schon vor mir da.
Diese hatte jetzt damit angefangen, mir noch schönere und noch längere Märchen zu erzählen.
So eine gute Freundin zu haben, war mir ein großer Trost.
Viele Monate später sagten sie mir: »In zwei Wochen kommt dein Vater zu Besuch.
Du weißt, was passiert, wenn du nicht den Mund hältst.«
Ich hielt den Mund jedoch nicht.
Ich erzählte meinem Vater nicht alles.
Zu viel Scham hatte ich und vor allem hatte ich auch große Angst, dass wenn er alles wüsste, ich ihm wieder zu viel werden würde.
Aber es war genug, um zu erreichen, dass die beiden für immer gehen mussten.
Erstaunlicherweise passieret mir daraufhin auch nichts von alledem, was sie mir zuvor für diesen Fall an schrecklicher Rache angedroht hatten.
Mein Vater, über beide Ohren in Ost-Berlin in eine gewisse Siena – eine blutjunge Krankenschwester- verliebt, wollte aber gleich wieder weg nach Berlin und meldete mich daher umgehend in einem christlichen Kinderheim in der Nähe von Koblenz an.
Kein Arzt, keine psychologische Hilfe für mich, sondern gleich die nächste Katastrophe.
Eine ältere, abgearbeitete Nonne übernahm mich in dem Kinderheim von meinem Vater, der sich sehr schnell verabschiedet hatte und kurz darauf auch schon wieder verschwunden war.
»Na dann zieh Dich mal um und übergib mir all Deine Sachen.«

Ich bewegte mich nicht und starrte die Nonne ungläubig an.
»Schau mal, da liegen Deine neuen Kleider.
Siehst Du, da ist überall ein Sternchen eingenäht, denn Deine neue Familie ist jetzt die Sternchengruppe«, versuchte sie es nochmals.
Langsam tat ich, wie mir geheißen, aber ich umklammerte Susi ganz fest und blickte die Nonne mit aller Entschlossenheit an.
»Ich glaube, ich kann hier eine Ausnahme für Dich machen.
Tanja, Du darfst den Teddy bei Dir behalten.
Das geht aber auf eigenes Risiko.
Komm ich zeige Dir Deinen neuen Schlafplatz.«
Sie brachte mich zu einem riesengroßen Schlafsaal, in dem ganz dicht beieinander viele kleine Pritschen standen.
Sie zeigte auf eine ziemlich in der Mitte.
»Das hier ist Dein Bett, merk es Dir gut.
Zuerst aber gibt es Abendessen.
Da musst Du immer pünktlich sein, denn wir beginnen stets mit einem Gebet.« Ihr Ton war nun ein wenig schneidend geworden und ich fröstelte.
Die christlichen Schwestern bemühten sich wohl.
Einige waren sogar recht nett.
Aber es gab dort zum Beispiel auch Putzkräfte und Handwerker, die, wenn sie unbeaufsichtigt waren, mit den kleinen Heimbewohnern alles machten, was sie wollten.
Gewalt und Missbrauch bei anderen Kindern zu beobachten oder dies auch am eigenen Leibe zu erfahren, gehörte im Heim zum täglichen Brot.
Es war mir persönlich Gott sei Dank noch nie passiert, dass ich für diese demütigenden Handlungen ausgesucht wurde, denn wie durch ein Wunder, übersahen mich die gemeinen Monster jedes Mal.
Es war, als wäre ich für sie unsichtbar.
Zitternd lag ich dann auf meinem Feldbettchen und presste mir dort mein kleines Kopfkissen auf die Ohren, um die schrecklichen Geräusche der Not der anderen und der ganzen Prozedur auszublenden.

Ein heimtückischer Überfall

Lucinda kam gerade von ihrem Dienst bei Tanja, die sich in dem Kinderheim gerade, jämmerlich weinend das Kissen auf die Ohren presste, zurück.
Querin, ihr Gefährte, hatte sie soeben mit versteinerter und entsetzter Miene am Bettchen von Tanja abgelöst, sodass Lucinda zur heimatlichen Höhle zurückkehren konnte.
Sie hatten bei der Ablösung beide kein Wort herausgebracht.
Zu eindeutig war die grauenhafte Szene, die sich im Schlafsaal gerade abspielte.
Lucinda war fix und fertig.
»Ich bin so froh, dass wir Tanja davor schützen können.
Wie gut, dass so viele Kinder dort sind und es dadurch niemals jemand von den gemeinen Perverslingen auffällt, dass Tanjas Bettchen stets leer bleibt.
Ich danke Dir, Quiskan, dass Du auf die Idee gekommen bist, Tanja für diese Stunden in der Nacht, einfach unsichtbar zu machen.
Aber die anderen Kleinen, besonders der dreijährige Maik...
Mir ist aufgefallen, dass Tanja ihn besonders mag.
Was sie denen antun, das ist doch nicht zu fassen.
Wieso nur, fällt das denn niemandem auf?
Die Verletzungen am Körper zum Beispiel von Maik, aber auch an dessen Seele, dass müsste doch unter den Nonnen gehörig Staub aufwirbeln.
Ich verstehe das nicht!«
Es entstand eine angespannte Stille in der Höhle.
Karlao hatte sich ganz bis in die hinterste Ecke der gemeinsamen Behausung verkrümelt und versuchte, alle Worte, die gewechselt wurden, komplett zu überhören.
Er war mit der Situation vollkommen überfordert und baute daher körperlich und seelisch mehr und mehr ab.
Er sehnte sich sehr nach den unbeschwerten Tagen seiner Vergangenheit.
Das hier war wirklich nichts für ihn!
Aber wie könnte er nach Aquarius zurückkehren, wenn doch eine unbekannte Kraft, solche astralen Reisen mit dem Körper derzeit unmöglich machte.

Er war sehr, sehr traurig.
Allerdings wollte er dies keinesfalls vor seinen Kameraden ansprechen, denn was war seine Trauer schon im Gegensatz zu dem, was die armen Kinder im Heim erdulden mussten…
»Ich habe auch schon öfter darüber nachgedacht, warum diese katastrophalen Umstände den Nonnen nicht zumindest an den Körpern mancher Kinder auffallen«, antwortete Soholit jetzt bedrückt auf die letzte Aussage von Lucinda.
»Zumindest die äußeren Verletzungen sind doch total offensichtlich.
Die Nonnen kommen mir wirklich so vor, wie die drei Affen, wovon sich einer die Augen, ein anderer die Ohren und der dritte den Mund zu hält.
Was nicht sein kann, das nicht sein darf…
Ich glaube, so läuft das momentan in der Kirche.
Wie uns unsere Informanten zugetragen haben, wird Gott sei Dank Tanjas Aufenthalt in dem Heim in etwa einem Monat wahrscheinlich zu Ende gehen.
Johannes, ihr Vater, plant sie bald dort herauszuholen, um mit ihr aus der BRD gemeinsam in die DDR, also nach Ostdeutschland, auszureisen.
Ich wäre sehr froh, wenn wir sie bis dahin, weiterhin vor tätlichen Angriffen schützen können.«
»Ich freue mich sehr, dies zu hören«, antwortete Lucinda.
»Könnten wir nicht auch etwas für den kleinen Maik tun?«, fragte nun Quiskan, dem der Kleine ebenfalls unglaublich leid tat.
»Ich bin da schon dran«, antwortete Soholit.
»Ich glaube, ich habe eine gute Pflegefamilie für ihn gefunden.
Wenn sich alles so entwickelt, wie geplant, wird er nur wenig später als Tanja aus dem Heim entlassen werden.
Ich habe übrigens bemerkt, dass zur Zeit jeder, der in dem Heim neu angestellt wird, über solche schrecklichen Neigungen, Freude an Gewalt und Missbrauch von Kindern zu haben, verfügt.
Diese ungewöhnliche Häufung kommt mir wirklich langsam spanisch vor.
Ich frage mich, ob da nicht jemand oder etwas Tanja absichtlich Schaden zufügen will oder sie gar ganz aus dem

Weg räumen möchte.
Aber sei es, wie es sei, diesen einen Monat müssen wir noch wachsam sein, dann hätten wir es tatsächlich geschafft, sie erfolgreich zu beschützen.
Von da an, wird es kaum noch Möglichkeiten für solche Vorfälle in ihrem weiteren Lebenslauf geben.«

Dieser Umstand war nicht nur Soholit aufgefallen.
Bösartige Mächte, die im Auftrag ihres Herren, die Zerstörung der Erde vorantreiben sollten, hatten wirklich schon alles versucht, um Tanja zu beseitigen.
Jedoch lief ihnen nun die Zeit davon.
»Wir müssen die 5 Beschützer von der kleinen Göre unbedingt dauerhaft ausschalten.
Noch ist Zeit genug«, kam es aus einer Kapuze, die das Gesicht eines unbekannten Mannes komplett verbarg.
»Unser Herr schäumt vor Wut.
Er hat nun einige sehr gefährliche Kreaturen, die ihm treu zu Diensten sind, in deren Richtung gesandt.
Unsere Aufgabe ist es, zu verhindern, dass sie irgendwie Hilfe ordern können.
Wir sollen lediglich den fünften im Bunde, der gerade Dienst bei dem Kind hat, zurückkommen lassen, damit dieser auch liquidiert werden kann.
Daher muss dafür gesorgt werden, dass es im Schlafsaal des Kinderheims ab jetzt für heute Nacht absolut ruhig und friedlich bleibt, sonst wird sich dieser Abschaum nicht von dort weg bewegen.
Vertröstet die Männer auf später.
Ihre Zeit wird kommen, das kannst Du ihnen heute schon versprechen.
Und jetzt los, die Zeit drängt!«
Von den widerwärtigen Rekruten des Kapuzenmannes machten sich einige in Richtung Kinderheim auf und die Hauptstreitmacht begab sich eilends zur Wohnhöhle der Leibgarde von Tanja.

Soholit hatte die erste Wache übernommen und die anderen drei schliefen schon fest.

Er hatte sich an eine alte Eiche, die unweit des Eingangs zur Höhle stand, gelehnt, um sich auch mit deren Hilfe zu zentrieren und neue Kraft in der Stille, wo es keine stofflichen Dinge gab, um die man sich vielleicht Sorgen machen müsste, zu tanken.
Der Druide merkte, wie er nach und nach zu neuen Kräften kam und die Unterhaltung von eben aus seiner Seele abschütteln konnte.
Die Meditation war wie eine warme, angenehme Dusche, die ihn Stück für Stück von den Kümmernissen des Tages befreite.
Als es dann am Horizont ein wenig heller wurde, schrieb Soholit das zunächst dem angenehmen inneren Prozess zu und ließ sich von diesem Umstand nicht in seiner angenehmen Meditation stören.
Nachdem er sich eine Weile aufmerksam versichert hatte, dass im nahen Umfeld auch wirklich alles in Ordnung war, schloss er erneut seine Augen, um konzentriert wieder in die Chronologie der Zentrierung zurückzufinden.
Das Nächste, was er daraufhin spürte, war ein sehr schmerzhafter Stich und dann sank er in eine sofortige Ohnmacht.
Nachdem eine erste riesige Spinne Soholit sehr wirksam ausgeschaltet hatte, seilten sich vom Berghang etwa 10 weitere gigantische Albino Spinnen, die in grellem weiß leuchteten, lautlos ab.
Zwei von ihnen schlichen sich geräuschlos in die Höhle und schalteten einen nach dem anderen der schlafenden Kameraden auf die gleiche aus.
Alle anderen versteckten sich im dichten Gebüsch vor der Höhle.
Lucinda und Quiskan waren nun, wie Soholit, ebenfalls schon durch den giftigen Spinnenbiss betäubt und gelähmt.
Nur Karlao, der in der äußersten, etwas versteckten Ecke der Höhle ruhte, wachte rechtzeitig auf, um mit Grauen zu sehen, was seinen Mitstreitern geschah.
Er nahm zwei riesige Spinnen wahr, die sich, zu seinem Entsetzen, gerade daran gemacht hatte, Quiskan in einen Kokon aus tausenden Spinnenfäden zu wickeln.

Dass die Spinnen ihn längst erblickt hatten und nur verschonten, damit er das noch fehlende Mitglied auch noch in die Falle lockte, konnte er nicht ahnen.
Über den Geist wandte er sich daher zunächst an Soholit und als dieser nicht antwortete, rief er nach Querin, der gerade noch Dienst bei Tanja tat.
Er schilderte ihm kurz die Situation, dass zwei Spinnen sie im Schlaf überwältigt hatten und er noch unerkannt in der Höhlenecke versteckt sei.
Da bei Tanja bereits seit mehreren Stunden erstaunlicherweise vollkommene Ruhe herrschte und der Morgen bald kommen würde, entschloss sich Querin, sie allein zu lassen, um den Freunden zu Hilfe zu eilen.
Unterwegs orderte er noch weitere Hilfe von den Druiden, die unweit im Wald in einer anderen Höhle stationiert waren.
In Sekundenschnelle war Querin nun an der Seite von Lucinda, um diese gerade noch rechtzeitig davor zu bewahren, ebenfalls in einen Spinnen-Kokon eingewickelt zu werden.
Er hob seine Axt und stellte sich mutig den beiden Ungeheuern.
Karlao wollte ihm unbedingt zu Hilfe eilen, war aber nicht in der Lage, auch nur eines seiner Glieder zu bewegen.
Außerdem besaß er auch keine Waffe, denn für seine Art war es undenkbar, eine solche zu führen.
Zitternd verblieb er nun in seinem Versteck und schämte sich voller Sorge um seine Kameraden für seine Unzulänglichkeit.
Plötzlich strömten von hinten durch den Eingang, die zuvor versteckten Spinnen auch noch in die Höhle.
Obwohl Querin wie ein Berserker den Körper seiner Gefährtin zu verteidigen suchte, war er binnen kurzer Zeit ebenfalls überwältigt und durch den Lähm-Stich einer der Spinnen komplett ausgeschaltet worden.
Der Stich, den Karlao nun erhielt, erlöste diesen von der Pein seiner eigenen Gegenwart.
Die Spinnen wickelten nun auch alle anderen der Gruppe fest mit ihren Spinnenfäden zu und hängten sie in einer Reihe

vor der Höhle auf.
Sie freuten sich schon unbändig auf diese Mahlzeit aus frischem Fleisch.
Sie wollten gerade mit dem Fressen beginnen, als der Mann mit der Kapuze auftauchte und sie barsch dazu aufforderte, die Kokons sofort an einen anderen Ort zu transportieren.
Je eine Spinne schnappte sich daraufhin einen eingewickelten und durch das Spinnengift betäubten Gefangenen und dann verblassten alle zusammen, um sich an dem anderen Platz, der ihnen genannt worden war, wieder zu materialisieren.
Die Eiche, an der Soholit vorher gelehnt hatte, begann sich zu regen.
Sie war eine der alten Eichen, die als Jährlinge dereinst von der Platana gekommen waren.
In ihr lebte eine uralte Baum-Frau.
Sie hatte alles mit angesehen und sorgte sich sehr.
Über den Geist sandte sie nun einen Hilferuf weit über den Äther hinaus.

Auf Aquarius saßen gerade mehrere Personen zusammen und sahen bei einem Spiel, das Quick Deer kürzlich auf dem Planeten eingeführt hatte und das sich Schach nannte, zu.
Solche Art der Spiele gab es normalerweise auf Aquarius nicht, da es einen Gewinner und Verlierer geben würde und auch deshalb, weil Schach den Verstand mächtig anschwellen ließ.
Das war doch recht kontraproduktiv zu dem, was sonst hier so praktiziert wurde.
Quick Deer meinte, man solle nicht alles immer so eng sehen und hatte tatsächlich einen Vertreter vom kleinen Volk, namens Startan gefunden, der ebenfalls auf Aquarius im Exil lebte, welcher sich bereit erklärt hatte, mit ihm zu spielen.
Drum herum als Zuschauer standen noch weitere Personen vom kleinen Volk und auch einige Elben, allesamt, so wie auch Pix Hunter, von der Erde kommend.
Plötzlich hielten sich die Mitglieder des kleinen Volkes zur gleichen Zeit, völlig erschrocken, die Ohren zu.
»Was ist denn mit Euch los, ist das ein Ablenkungsmanöver,

weil Euer Vertreter gerade am Verlieren ist?«, fragte Pix zunächst noch amüsiert.
Für einen guten Scherz war er ja bekanntlich immer zu haben.
Startan antwortete: »Still bitte, wir empfangen gerade einen Hilferuf von der Erde.
Der Ton ist aber so schrill, dass es in unseren Köpfen kaum auszuhalten ist.«
Das Schlimmste ahnend, versuchte Quick Deer nun Soholit über den Geist zu erreichen. Fehlanzeige.
Auch bei Quiskan, Querin, Karlao oder Lucinda bekam er keinerlei Lebenszeichen.
Alarmiert erhob er sich und wartete auf die hoffentlich gleich konkreteren Nachrichten von Startan.
Kurz darauf nahm dieser auch die Hände vom Kopf und sprach:
»Es hat sich eine Baum-Frau von der Erde gemeldet.
Sie hatte ein SOS an alle gesendet, die dies hören könnten.
Da wir, so wie ihre Vorfahren auch, von der Platana abstammen, konnte sie uns auf diese Weise erreichen.
Folgendes hat sich zugetragen…«, Startan setzte alle über den heimtückischen Angriff der Spinnen in Kenntnis.
Ich befürchte, dass wir in der ganzen Geschichte schon eine kleine Zeitverzögerung haben.
Man muss bedenken, dass zwei Tage auf Aquarius ein Jahr auf der Erde bedeuten.
Die Baum-Frau meinte, sie hätte schon eine ganze Weile um Hilfe gerufen.
Ich nehme an, wenn jetzt jemand zu Hilfe eilt, dann ist auf der Erde vielleicht bereits ein Monat vergangen.
Quick Deer antwortete, »wir könnten auch in der Zeit zurückreisen, das wäre vielleicht nicht das Problem.
Aber wir wissen ja nicht genau wann und vor allem wohin unsere Freunde gebracht wurden.
Das ist die eigentliche Schwierigkeit meiner Meinung nach.«
Alle schwiegen betroffen.
»Ich werde mich jetzt sofort mit meinem Traumkörper auf die Erde begeben. Wanka Tranka sei Dank funktioniert dieses Reisen für mich auch von hier in Richtung Erde.

Bitte haltet hier an meinem physischen Körper Wache und sorgt während meiner Abwesenheit gut für diesen«, sprach Pix Hunter.
Startan nickte bejahend.
Quick Deer hatte soeben schon Verbindung mit den anderen Druiden aus Soholits Gemeinschaft aufgenommen und von ihnen die Information erhalten, dass sie bereits vor Ort seien, da Querin sie zuvor dorthin zu Hilfe gerufen hatte. Leider hatten sie nicht rechtzeitig dort sein können, da sie kurz vor der Höhle von mehreren weißen Spinnen aufgehalten worden waren.
»Ich gehe jetzt sofort los, bitte informiert den großen Rat über die neuen Tatsachen.
Das könnte schlimme Folgen für Cerafine, alias Tanja haben, da sie ja nun in dem Kinderheim keine Beschützer mehr hat.«, sprach Quick Deer besorgt zu seinen Kameraden auf Aquarius und kurz darauf lag sein Körper auch schon wie schlafend am Boden.

Die Zeit zu sterben

In dieser Nacht erwischte es zum ersten Mal auch mich. Brutal bemächtigte sich meiner ein widerwärtig stinkender Mann und er tat mir sehr weh.
Ich schrie aus Leibeskräften.
Aber außer den anderen, die sich wahrscheinlich gerade verzweifelt ihre Kopfkissen ganz fest auf die Ohren pressten, hörte mich wohl niemand.
Von da an lief ich wie ein Zombie im Kinderheim herum und in meinem Kopf gab es fast nur noch ein tiefes schwarzes Loch. Es fühlte sich an, als wäre etwas Wichtiges aus mir verschwunden.
Jede Nacht wiederholte sich nun das gleiche Schauspiel wieder und wieder.
Längst hatte ich aufgehört, mich zu wehren, denn das verschlimmerte meine Schmerzen nur noch umso mehr.
Mir wurde von der Bestie dabei auch noch andauernd eingeredet, dass ich der letzte Abschaum sei und mir all das nur recht geschehen würde.
Nach und nach glaubte ich ihm, denn es musste ja wohl so sein. Auch ich hatte vorher schon den Verdacht gehegt, dass ich ein sehr böses und schlechtes Mädchen sein müsste.
Warum sonst hätten meine Eltern mich verlassen und es würden mir solche schlimmen Strafen auferlegt?
Mein Schulzeugnis aus der Zeit zeigte nur noch lauter Sechsen. Die tadelnden Worte der Lehrerin konnten mein Inneres nicht mehr erreichen. Dort drinnen war nichts mehr außer Dunkelheit, die scheinbar alles verschlang.
Die blauen Flecken am Morgen auf meinem Körper übersahen die Nonnen, als wäre nichts Besonderes zu sehen.
Ich war jetzt acht Jahre alt und fing an, jeden Tag lethargisch über Stunden am Fenster zu stehen und traurig auf irgendeine Rettung zu warten.
Mein Papa oder auch meine Mama sollten mich endlich von diesem fürchterlichen Ort wegholen kommen. Aber sie kamen einfach nicht...
Ich hatte sehr, sehr große Angst, nie mehr von hier abgeholt zu werden, so wie es vielen anderen Kindern in meiner

Umgebung im Heim auch schon passiert war. Diese hatten das Warten längst aufgegeben.
Selbst Susi, mein Teddybär, erreichte mich nicht mehr, so tief hatte ich mich inzwischen in mich selbst zurückgezogen.
Nachdem ich irgendwann die demütigende und unerträgliche nächtliche Schmach nicht mehr aushalten konnte, plante ich zu sterben.
Dafür kletterte ich eines Nachts heimlich vom Dachboden des Hauses aus auf das Dach und wollte mich von dort herunterstürzen. Barfuß und nur in mein Nachthemdchen gehüllt, stand ich zitternd schon fast am Rand des Dachs und holte vor dem tödlichen Sprung nochmals ganz tief Luft.
Mein Papa, meine Schwester und auch meine Mama tauchten plötzlich in meinem Geist auf und ich hauchte ihnen wehmütig ein leises Lebewohl zu.
Ich war jedoch fest dazu entschlossen, dieses Leben im Heim nicht mehr weiterzuführen, koste es, was es wolle.
Alles war besser, als was mich heute Nacht wieder in meinem Bettchen erwarten würde, wenn ich jetzt zurückgehen würde...

Die Tat des edlen Hirschen

Quick Deer traf bei den Druiden ein, die noch immer recht ratlos vor der Höhle ihrer Verbündeten standen.
»Wir wissen absolut nicht, wo wir noch suchen sollen«, sprach deren Anführer Kelo den Traumkörper von Pix Hunter an.
»Wir haben die ganze Umgebung bereits kontrolliert, es gibt keine sichtbaren Spuren, denen wir folgen können.
Sie sind wahrscheinlich mit den Gefangenen astral von hier weggereist.«
Quick Deer überlegte angestrengt, was zu tun sein könnte.
Zuerst verneigte er sich vor der alten Eiche, die den Hilferuf abgesetzt hatte und bedankte sich bei ihr von Herzen.
Die alte Baum-Frau zeigte sich und sprach:
»Ihr könnt das mit den Sinnen, über die ihr Menschen verfügt, so nicht allein schaffen.
Ihr benötigt dringend Hilfe.
Ich habe bereits alle Baum-Menschen der Umgebung über den Vorfall informiert.
Aber niemand von ihnen hat etwas gesehen oder gehört, was uns weiterhelfen könnte.
Ich würde deshalb vorschlagen, dass wir in der Tierwelt um Hilfe bitten.
Die Vögel könnten von der Luft aus Erkundigungen einziehen, die Vierbeiner auf der Erde und die Mäuse und Maulwürfe unter der Erde.
Ich würde mich gerne als eine Art Nachrichtenzentrale anbieten.
Kein Tier darf zu Schaden kommen, das sollte ja selbstverständlich sein, oder?«
Quick Deer verneigte sich wiederum vor der alten Baum-Frau und versicherte ihr, dass alle Tiere geachtet würden und selbstverständlich in Sicherheit wären.
Die Druiden seien ohnehin Vegetarier und er selbst wäre in seinem Traumkörper ohne Nahrung sowieso völlig zufrieden.
Nun hieß es warten.
Hin und wieder kamen Vögel oder vierbeinige Tiere vorbei, hatten aber leider keinerlei Erfolge zu vermelden.

Quick Deer streifte gerade suchend ein wenig auf eigene Faust durch den Wald und ließ sich dabei rein von seiner Intuition treiben.
Nachdem er eine Weile gelaufen war und außer einigen beeindruckenden Eulen bislang noch nichts weiter Interessantes gesehen hatte, sah er auf einmal in der Ferne einen prächtigen Hirsch. Es war ein Vierzehnender.
Quick Deer blieb regungslos stehen und genoss den Anblick dieses, Ehrfurcht gebietenden, Tieres.
Der Hirsch spielte in seiner Familie von je her eine große Rolle, denn sein Name war ja bekanntlich Quick Deer, was übersetzt »schneller Hirsch« bedeutete.
Auch der Hirsch hielt inne und blickte erhaben und majestätisch in Richtung des wartenden heiligen Mannes.
Beide Geschöpfe prüften sich nun gegenseitig auf ihre Wesensart.
Nach langer Zeit wandte sich der Hirsch im Geiste an Quick Deer:
»Folge mir Bruder«, und mit diesen Worten galoppierte er mit hoher Geschwindigkeit davon.
Quick Deer war in seinem Traumkörper ebenso schnell und heftete sich, ohne nach links und rechts zu sehen, dem imposanten Tier an die Fersen.
Sie liefen so schnell wie auf den Flügeln des Windes.
Plötzlich wurde der Hirsch langsamer und blieb dann ganz abrupt stehen.
Sein Kopf deutete auf eine nahe Lichtung.
Quick Deer gefror bei dem Anblick das Blut in den Adern.
Der Hirsch nickte ihm bedächtig und traurig, aber völlig gefasst zu.
Quick Deer Pix Hunter orderte sofort alle Druiden, mit der Bitte, ganz vorsichtig und leise zu sein, im Geiste an diesen Ort.
Der Hirsch nickte Pix Hunter nochmals zu und dann hörte er in seinem Geiste eine letzte Botschaft des edlen Tieres.
»Ich opfere mich für unsere gemeinsame Mutter - die Erde…«
Dann galoppierte das Tier mitten in die Lichtung, wo gerade jeweils drei der Albino-Spinnen, die Gefangenen, die noch

immer betäubt waren, hektisch und gierig aus dem Kokon auswickelten, um sie anschließend endlich zu fressen.
Als der Hirsch in die Menge preschte, ließen sie alle augenblicklich von den Gefangenen ab, denn ihr Jagdinstinkt war durch das prächtige Tier geweckt worden.
Der Hirsch lockte die gefräßigen Tiere mit Absicht von ihren bisherigen Opfern fort.
Sofort stürzten sich die, inzwischen eingetroffenen, Druiden in großer Überzahl auf die gelähmten Freunde, um diese zu retten.
Je ein Druidenfreund machte sich auf der Stelle mit je einem Gefangenen in einer Tandemreise auf den Weg zum sicheren Stützpunkt der Kameraden.
Die restlichen Druiden und Quick Deer eilten nun den bösartigen Spinnen hinterher.
Diese waren noch ganz in der Nähe und völlig abgelenkt durch die schmackhafte Beute, die sie gerade erlegt hatten.
Der aufrechte Hirsch hatte sich offenbar bewusst noch ganz in der Nähe fangen lassen, damit die Kämpfer die Spinnen alsbald finden konnten.
Von allen Seiten warfen die Krieger des Lichts sich nun auf die Ungeheuer und konnten diese auf Grund des Überraschungseffektes mit Leichtigkeit und auf der Stelle töten.
Für den guten Hirsch kam jedoch alle Hilfe zu spät.
Von ihm war inzwischen kaum mehr übrig als die Knochen und sein mächtiges Geweih.
Quick Deer kniete nieder und sang eine indianische Weise zu Ehren dieses mutigen Tieres.
»Pilamayay he, Pilamaya he, Ate Wanka Tranka Pilamaya he…«
Weit erschallte die wohlklingende Stimme des weisen Mannes, der sich mit dem uralten Lakota-Lied bei dem Geist des Hirschen für dessen selbstloses Opfer bedankte.
Augenblicklich trat im Wald eine allumfassende Stille ein.
Während dieser feierlichen Ruhe ehrte nun jedes Wesen ebenfalls den uneigennützigen Einsatz dieses fantastischen Tieres auf seine ureigene Art.

Sobald das Lied beendet war, ertönten kurz darauf überall im Wald Tierstimmen, aus denen die Trauer und die Achtung über diese aufopferungsvolle Tat deutlich zu hören war.
Als die letzten Laute verklungen waren, nahm sich Quick Deer die Geweihenden des Hirsches und schwor sich innerlich, diese in Zukunft stets in Ehren zu halten.
Dann aber blieb keine Zeit mehr.
Alle reisten zurück zum Hauptstützpunkt, um nach dem Befinden der Befreiten zu sehen.
Als Quick Deer in der Höhle ankam, hatten die Heiler der Druiden inzwischen beste Arbeit geleistet.
Alle der kleinen Schar hatten bereits die Augen wieder geöffnet.
Soholit sah Quick Deer intensiv an und fühlte plötzlich eine unaufschiebbare Eile, sofort nach Tanja zu schauen.
Daraufhin machten sich er, Querin und Pix Hunter auf den Weg ins Kinderheim.
Sie kamen keine Sekunde zu früh…

Befreiung aus der Hölle

Auf dem Dach tastete ich mich mit meinen nackten Füßen noch einen letzten Schritt weiter bis ganz an den Rand nach vorne.
Es war kalt und ich fror jämmerlich in meinem dünnen Nachthemdchen.
Endlich fühlte ich, dass ich am Ziel angelangt war und holte noch ein abschließendes Mal tief Luft.
Mein Herz hämmerte wie verrückt.
Bei drei dachte ich mir: »Eins, zwei…«
Dann geschah etwas Wunderbares.
Als ich gerade springen wollte, fassten mich zwei unsichtbare Wesen links und rechts an den Händen und sprachen mich über meinen Kopf, so wie Susi es früher immer getan hatte, sehr freundlich an.
»Du bist ein wunderschönes und tolles Mädchen.
Das darfst Du niemals anzweifeln.
Es ist absolut nicht Dein Fehler, was an Schlimmem mit Dir und um Dich herum geschieht.
Verzage nicht, denn Du wirst mehr geliebt, als Du Dir das jemals vorstellen kannst.
Du hast eine wundervolle Familie und viele gute Freunde, die immer an Dich denken, aber gerade nicht zu Dir kommen oder sich Dir zeigen können.
Es tut uns unendlich leid, dass wir Dich nicht vor allem bewahren konnten. Wir taten unser Bestes.
Es ist hier bald vorbei, nur noch wenige Stunden und du wirst aus dem Heim abgeholt werden.
So etwas wie in den letzten beiden Jahren wird Dir niemals wieder passieren, das versprechen wir Dir.
Vergiss nie, dass wir stets bei Dir sind.
Du wirst von nun an keinen Augenblick mehr allein sein.
Wir werden uns auch um den kleinen, dreijährigen Jungen Maik hier im Heim, um den Du Dich so sehr sorgst, kümmern.
Er wird ebenfalls sehr bald heil aus dem Kinderheim herauskommen und eine neue, gute Familie finden.

Komm jetzt bitte mit uns zurück ins Haus, liebe Tanja.
Dir wird dort nichts passieren, das garantieren wir Dir.«
Sanft, aber doch unnachgiebig und sicher, führten mich die unsichtbaren Helfer zu meiner kleinen Pritsche im großen Schlafsaal, wo etwa 50 andere Kinder gerade noch dicht an dicht schliefen, zurück.
Ich spürte, dass sie bei mir blieben, um mich zu bewachen und irgendwann schlief auch ich erschöpft ein.
Sie hatten Recht, am nächsten Tag kam tatsächlich mein Vater und holte mich aus dieser Hölle heraus.
Er fragte mich nicht, wie es mir ergangen war und ich ersparte ihm meine Geschichte, denn ich wollte ihn nicht unnötig traurig machen.
Dann ging's zur Omi. Warum nur weinte sie die ganze Zeit? Mein Vater hatte mir doch gesagt, dass wir für immer in die DDR ausreisen würden.
Ich jedenfalls freute mich darauf.
Erstens war ich froh, dieses Mal mit meinem Vater mitzudürfen und zweitens war alles besser, als von wo ich gerade kam.
Ich war guter Dinge und zutiefst entschlossen, meinem Vater von jetzt an ganz genau die Tochter zu sein, die er sich wünschte.
Ich nahm mir fest vor, ihm in Zukunft eine große Stütze und keinesfalls mehr eine Last zu sein, damit er nicht wieder dazu gezwungen würde, mich wegzugeben.
Ich wollte ihm auch absolut keinen Grund mehr liefern, mich jemals auf irgendeine Art bestrafen zu müssen.
Ich liebte meinem Vater sehr, war er doch der einzige Elternteil, den ich noch hatte, und vor allem der einzige Verwandte, den ich später in der DDR noch haben würde.
Niemals hätte ich es damals zugelassen, dass ihm auch nur die kleinste Schuld an meinem Schicksal zugeschrieben würde.
Ich drückte meine liebe, liebe Omi zum Abschied ganz lange und ich sehe sie heute noch manchmal in Gedanken vor mir, wie sie uns, mit tränenüberströmtem Gesicht, auf der Straße stehend, mitten in der Nacht nach gewunken hat.

In der DDR

Kurz nachdem wir von meiner Omi in Richtung DDR losgefahren waren, hielt mein Vater unterwegs auf einem Markt an.
»Ich will gerade noch ein paar Dinge besorgen gehen«, sagte er mit einem komischen Grinsen.
Ganz natürlich nahm ich an, dass er mir ein Geschenk aussuchen wollte.
Er kaufte Ohrringe, einen Ring und eine Kette.
Ich freute mich sehr, als ich die Dinge in seiner Hand betrachtete.
Er sah mich verwundert an und sagte mir, dass das Präsente für seine neue Frau seien und erzählte mir sehr ausführlich von ihr.
Ich war entsetzt, dass sie nur so wenige Jahre älter war als ich und außerdem hatten wir doch uns.
Was brauchten wir da noch eine Frau dabei?
Ich war schrecklich eifersüchtig und enttäuscht.
Ich glaube, von dem Moment an konnte ich Siena, so hieß sie, schon nicht mehr leiden.
Während wir weiterfuhren, lag ich auf dem Rücksitz und sah viele Lichter, die immer wieder aus der Dunkelheit auftauchten, an mir vorbeiziehen und darüber schlief ich im Auto ein.
Als ich erwachte, waren wir hinter der Grenze von Westdeutschland zur DDR angekommen.
Dort gab es ein sogenanntes Aufnahmeheim für Menschen, die vom Westen in den Osten ausreisen wollten.
Dass wir dort ein ganzes Jahr bleiben würden, ahnten wir zu dem Zeitpunkt noch nicht.
Ich habe nie verstanden, was später für ein Tamtam um den Aufenthalt dort gemacht wurde.
Es war praktisch ein Klacks gegenüber dem, was ich vorher erlebt hatte.
Zuerst kamen wir in Quarantäne.
Ich glaube, das dauerte vier Tage.
Wir lebten diese vier Tage in einem Raum ohne Fenster, aus dem wir nicht herausdurften und zu niemandem Kontakt

hatten.
Aber es gab elektrisches Licht, es gab zu essen, keiner tat mir etwas, mein Papa war, wenn er nicht gerade zu einem Verhör gerufen wurde, auch immer bei mir.
Was wollte man denn mehr?
Am fünften Tag kamen wir in ein Haus, in dem wir sogar herumlaufen durften und auch auf ein kleines, mit Stacheldraht eingezäuntes, Gelände gehen konnten.
Ich merkte schnell, dass Papa nicht wollte, dass ich nach der Mama oder meiner Schwester fragte.
Über die Mama und vor allem ihren Bildungsgrad äußerte er sich stets sehr abfällig. Die Existenz meine Schwester ignorierte er einfach.
Er wollte auch nicht, dass ich zu anderen davon sprach.
Vielleicht hatte er Angst, sie würden ihn nicht einreisen lassen, wenn nicht alles in seiner Vergangenheit Tipp top geregelt wäre.
Um meinen Plan, ihm die vorbildlichste Tochter aller Zeiten zu sein, umsetzen zu können, schloss ich also diese Erinnerungen an Mutter und Schwester ebenfalls in einer ganz, ganz tiefen Ecke in mir weg.
Dort waren auch schon die anderen schrecklichen Erlebnisse von vorher tief vergraben.
Nach und nach baute ich eine feste Wand um meine Erinnerungen, durch die niemand mehr eindringen konnte.
Und das galt auch für mich selbst.
Erst viel, viel später, als ich in eine familiär ähnliche Situation kam, brach der Damm und die Geschehnisse von damals holten mich wieder ein.
Wir hatten inzwischen im Aufnahmeheim ein eigenes Zimmer bekommen.
Soweit ich mich erinnern konnte, standen darin einige wenige Möbel und ein Ehebett.
Ich wollte, so oft es ging, mit meinem Papa kuscheln.
Ich war niemals satt zu bekommen, immer wollte ich in seinem Arm liegen.
Er war in der Zeit recht nett zu mir, schließlich hatte er hier ja auch nur mich.
Ich war glücklich in jenen Tagen.

Wenn er wollte, konnte mein Vater sehr lieb sein und auch tolle Geschichten erzählen.
Immerhin war er der Sohn meiner Omi.
Mein Papa arbeitete bald als Heizer in dem Aufnahmeheim.
Ich war von da an den ganzen Tag mir selbst überlassen.
Das war ich ja gewohnt.
Mir reichte es, draußen allein auf der kleinen Wiese, die von hohem Stacheldraht umgeben war, sitzen zu können.
Ich beobachtete stundenlang die winzige Welt unten in dem Gras.
Da waren Ameisen, Käfer und vieles mehr.
Ein richtiges Universum für sich.
Ich hatte immer das Gefühl, als ob ich mit ihnen kommunizieren könnte und ich passte auf, möglichst niemand auf dem Boden zu verletztten.
Ich liebte jedes Tier, so klein es auch sein mochte und auch die Pflanzen, vor allem die Bäume, waren schon damals meine Freunde.
Sie alle waren mir von je her auch in dunklen Zeiten stets ein Trost gewesen.
Ich hatte nach und nach das Gefühl, also ob mir das kleine Stück Wiese, Geschichten von großer Weisheit zuflüstern würde und es fühlte sich so an, als ob die Erde meine neue Mutter wäre.
Meine aller größte Freude jedoch waren die Vögel.
Ich nahm mir immer heimlich etwas Brot aus dem Speiseraum mit und fütterte sie damit.
Weil ich so viel Zeit und Geduld aufbrachte, hatte ich auch manchmal das Glück, dass die Vögelchen mir aus der Hand fraßen.
Ich strahlte dann immer regelrecht vor Entzücken.
Auch war ich zu jener Zeit eine Meisterin im Finden von vierblättrigen Kleeblättern.
Unglaublich viele fand ich damals auf dem kleinen Areal. Wie durch Zauberei waren am nächsten Tag immer wieder neue vierblättrige Kleeblätter vorhanden.
Wie hätte ich ahnen können, dass die Kleeblätter eine Idee von Karlao waren und Lucinda sie mir stets aufs Neue besorgte.

Ich verschmolz praktisch mit dem kleinen Stück Rasen und hatte dabei das Gefühl, als wären wir alle eins und genau das war es, was mich von innen kommend total zufrieden werden ließ.
All das behielt ich aber für mich, denn das war wahrscheinlich unnormal und ich wollte meinem Vater ja eine gute Tochter sein.
Nach einem Jahr Aufenthalt in dem Aufnahmeheim gab es eine feierliche Übergabe der DDR-Staatsbürgerschaft und wir wurden von dort als offizielle DDR-Bürger entlassen.
Wir mussten nach Oranienburg in der Nähe von Berlin ziehen.
Siena arbeitet an den Ort im Krankenhaus und Papa war zunächst als Schreiner beschäftigt.
Ich war inzwischen zehn Jahre alt und kam in die 4. Klasse einer allgemeinen Oberschule.

Soholit und auch Quick Deer hatten als wichtiges Kommunikationselement zwischen der Erde und Aquarius schon längst herausgefunden, wie man auch mit anderen Wesen außer Lia und Finnbar, also solchen, die sich noch nie von Angesicht zu Angesicht gesehen hatten, kommunizieren konnte und selbst in größeren Gruppen war dies nun möglich.
Cerafine, alias Tanja, war auf der Erde inzwischen zehn Jahre alt geworden.
Auf Aquarius waren jedoch gerade erst zwanzig Tage vergangen.
»Tanja hat erst einmal das Schlimmste überstanden, liebe Saphira«, teilte Soholit Saphira während eines Gesprächs mit. »Sie ist körperlich unversehrt und ihre Seele hat durch unseren Einsatz, den geringstmöglichen Schaden genommen. Trotz aller Erlebnisse hat sie sich ein mitfühlendes Herz für alle anderen Wesen bewahrt und ist nicht auf dem Weg, selbst so ein Monster, wie die, die ihr wehgetan haben, zu werden.
Ihr stehen jetzt bessere Zeiten bevor, zwar immer noch kein wirkliches Zuckerschlecken, aber auch nicht so schlecht.
Man kann heute auch schon sagen, dass sie sich einige ihrer

früheren Eigenschaften, die sie als Cerafine bereits hatte, bewahren konnte. Sie ist immer noch sehr schnell«, an dieser Stelle lächelte Saphira still vor sich hin.
»Sie ist außerdem in der Lage, wenn sie über den Geist angesprochen wird, alles zu verstehen, nur antworten kann sie noch nicht. Sie liest fast so schnell, wie Ihr Aquarianer es könnt und das ist wirklich sehr erstaunlich für einen Menschen«, ließ Soholit noch fallen. »Ach so und sie hat schon wieder einige Kinder hinter sich geschart und exerziert im Gleichschritt und kommunistische Lieder singend, mit diesen unter ihrer Anleitung auf dem Schulhof herum.«
Saphira sah das Bild vor ihrem geistigen Auge auftauchen, als Cerafine schon mit zwei Jahren, die anderen der Gruppe hinter sich aufgestellt hatte und eine »Thai-Chi-Übung« in einer sagenhaften Geschwindigkeit anleitete, wiederum lächelte sie liebevoll. »Ich danke Euch allen von Herzen für Eure zuverlässige und mühevolle Arbeit, unser Kind so selbstlos zu behüten.
Wenn wir im Gegenzug irgendetwas für Euch tun können, so lass es uns unbedingt wissen, Soholit«, sprach Saphira.
»Ich mache mir Sorgen um Karlao«, antwortete Soholit.
»Er ist nicht mehr derselbe wie früher.
Schon seit längerem hatte er es abgelehnt, sich weiterhin an der Bewachung von Tanja zu beteiligen. Manches, was passiert ist, war einfach zu viel für ihn. Zusammen mit den Ereignissen auf der ganzen Erde, wie dem langsamen Sterben der Natur, ist er, so glaube ich, recht unglücklich hier.
Ich nehme an, er möchte zurück nach Aquarius, wagt es aber nicht, weil es beim letzten Mal auch bei ihm einen Angriff durch, die uns unbekannte, Macht gegeben hatte.
Du erinnerst Dich ja, dass wir deshalb auf die Tandem-Reise mit Lia und Finnbar auf die Erde zunächst verzichtet haben.
Karlao konnte deren Sicherheit nicht gewährleisten.
Vielleicht hast Du ja eine Idee, was wir für ihn tun könnten?«, fragte Soholit. »Ich werde das im großen Rat besprechen und gegebenenfalls die Bibliothek zu Rate ziehen. Ich hoffe, Dir schon morgen eine Antwort auf Dein Anliegen geben zu können. »Gibt es sonst noch etwas, das wir für Dich,

Lucinda, Quiskan oder Querin tun könnten«, fragte Saphira.
»Nein danke, es ist uns schon eine sehr große Hilfe, dass Lia und Finnbar so gut bei Euch versorgt sind und auch weiterhin ausgebildet werden. Ich hörte von Lia, dass sie nun tatsächlich das Fliegen erlernt haben? Das ist unglaublich für einen Menschen!« »Ja, das stimmt, wir haben uns alle sehr für sie gefreut. Die Unterweiser haben wegen dem Fehlen des gesamten Jahrgangs sehr viel Zeit und auch Pix Hunter tut das Seinige dazu. Ich werde mich morgen um die gleiche Zeit bei Dir melden und bitte grüße mir die anderen unbekannterweise ganz herzlich.« Damit verabschiedete sich Saphira von Soholit.
Sie machte sich, wie jeden Tag jetzt zur alten Grotte auf. Dort waren ständig, außer den Diensttuenden, noch andere Aquarianer, die auch die Körper der Teenager besuchten und beieinander Trost fanden. Saphira setzte sich zu Cerafine, streichelte und kuschelte sie und erzählte ihr von den Dingen des Tages oder sang ihr deren Lieblingslieder vor.
Manchmal kämmte sie ihr auch mit sehr viel Zeit und Liebe das Haar. Abermillionen Lichtjahre entfernt wurde es Tanja dann ganz warm und wohl ums Herz.
Arsentos hatte sich zu seiner kleinen Familie gesetzt und legte zärtlich seinen Arm um seine Gefährtin. Diese legte ihren Kopf an seine Schulter.
»Weißt Du, ich habe wirklich das Gefühl, dass sie mich hören und fühlen kann. Ich bin froh, dass wir diesen Ort und so viel Hilfe haben.« Dann erzählte sie von Karlao und öffnete zur gleichen Zeit auch ihren Geist für alle Mitglieder des großen Rats. Es dauerte nicht lange, bis die ersten Rückmeldungen kamen.
Es war Glen, die sich als Erste meldete.
Sie hatte die letzte Zeit eine Menge Stunden in der Bibliothek verbracht und sehr viel geforscht. Dort hatte sie nach ähnlichen Situationen im Laufe der Zeit auf allen möglichen Himmelskörpern gesucht und sie hatte sich auch intensiv mit dem Reisen von Planeten zu Planeten befasst. Dabei war sie, wie sollte es auch anders sein, auf eine große Anzahl von Kriegsbeschreibungen getroffen. Es war die Rede

von Schutzbannen um Planeten und auch von Möglichkeiten, diese auszuschalten, gewesen. Das sprach sie jetzt an.
»Diese Beschreibungen von einem Sog, wenn man sich in der Atmosphäre um die Erde befindet, erinnert mich ganz stark an einen Schutzbann. Ich hatte gelesen, dass auf einem unterentwickelten Planeten, mir fällt gerade der Name nicht mehr ein, manche Individuen entfliehen wollten und tatsächlich eine Möglichkeit gefunden hatten, den Bann auszuschalten.
Was sie getan haben, passt genau dazu, wie Karlao es möglicherweise beim ersten Mal unbewusst geschafft hatte, dort hindurchzukommen. Er hat ein unbeschwertes Gemüt, ist ganz simpel in seinen Wahrnehmungen und mit seiner hohen Anzahl an Lebensjahren nicht so leicht zu beeindrucken.
Das muss ihm geholfen haben. In den Unterlagen der Bibliothek hieß es, dass die Fliehenden sich durch lange Meditationen vorbereitet hatten. Sie waren so sehr in die allumfassende Essenz vertieft, dass sie sich von keinen äußeren Umständen mehr ablenken ließen. Das ist so ähnlich, wie Soholit und Quiskan seiner Zeit bei der Befreiung Lucindas von den Rüstungen vorgegangen waren. Es geht wohl darum, den Bann oder den Feind einfach nicht zu beachten und ganz tief in der Liebe verankert zu bleiben. Vertrauen in die Sicherheit und die Güte des Universums scheint mir der Schlüssel zu sein.« Die anderen stimmten ihr zu und Sigar schlug noch vor, dass man vor und während der Rückreise von Karlao von Aquarius aus, ein unterstützendes Feld durch gemeinschaftliche Meditation und Konzentration erschaffen und halten könnte.
Das wurde so beschlossen und Saphira plante, genau dies morgen Soholit mitzuteilen.

Die Schulzeit im Osten

Wir wohnten nun schon eine Weile in Oranienburg und ich ging dort, wie gesagt, auf eine sogenannte Oberschule.
Als ehemaliger »Wessi« war ich in der Schule und auch sonst überall wie ein bunter Hund.
»Guck mal, da is die ausm Westen«, hörte ich sie immer wieder hinter meinem Rücken tuscheln, wenn ich irgendwo vorbeikam. Ich hatte mich schon an den Quatsch gewöhnt, jedenfalls so gut es eben ging...
Es war anfangs ein ganz schöner Schock für mich gewesen, in ein so komplett anderes Gesellschaftssystem zu kommen.
Als aller Erstes fiel mir der Unterschied in den Gemüseläden auf. Hatten in Koblenz dort immer Bananenstauden von der Decke heruntergehangen und hatte es dort stets alle möglichen Sorten an Obst gegeben, so gab es in den DDR-Gemüseläden lediglich ein großes Sortiment an Äpfeln, Möhren, Weißkohl, Kartoffeln, Zwiebeln und grünen Kuba-Orangen zu kaufen.
Genauso war das auch in den Lebensmittel-Geschäften. Besonders komisch fand ich, was in meinem neuen Zuhause unter Schokolade verstanden wurde. Das waren Tafeln, die einfach nur aus Fett, Zucker und Erdnüssen bestanden, sogenannte Süßtafeln. Die einzige Gemeinsamkeit mit wirklicher Schokolade war, dass sie auch braun waren. Über Kaugummi musste ich gar nicht erst reden. Wenn man den in den Mund nahm, musste man aufpassen, dass man die, beim Kauen, sofort entstandene Flüssigkeit nicht verschluckte und später wurde er dann so hart, dass er im Mund zersplitterte. Es gab aber auch viele, viele Vorteile in der DDR, die mir erst so nach und nach auffielen. Auf alle Fälle hatte ich als Mädchen einen sehr viel besseren Stand als im Westen.
Aber zurück zur chronologischen Geschichte:
Ganz zu Anfang unserer Einreise in den Osten besaß ich noch schönere Bekleidung als die anderen Kinder.
Aber das änderte sich schnell, sobald ich aus meinen alten Sachen herausgewachsen war. Durch den unbeschreiblichen

Geiz meines Vaters bekam ich immer nur fehlerhafte Schuhe oder Kleidung, weil diese im Laden verbilligt zu haben waren. Noch dazu musste ich alles zwei Nummern zu groß kaufen, damit die Dinge ja bloß auch lange hielten.
In die Schuhe wurde vorne immer Watte hereingesteckt, damit sie hinten nicht schlappten.
Mein Vater und Siena hatten ganz schnell geheiratet.
Bald darauf war auch schon der »Stammhalter« unterwegs.
Den ganzen Tag hieß es immer nur: »Wenn Tristan Mirco«, das sollte mal wieder sein Name sein, »endlich da ist, dann tun wir dies und wir tun jenes.« Siena brachte es auch bald auf den Punkt. »Wenn Tristan Mirco dann da ist«, ich bemühte mich, währenddessen nicht auf den Teppich zu kotzen, »dann wird die Wohnung hier für uns vier doch viel zu eng. Ich habe mir deshalb gedacht, dass Tristan Mirco am besten Tanjas Zimmer bekommt und Tanja könnte ja das Zimmer oben auf dem Dachboden beziehen.« Als sie sah, dass mein Vater verärgert die Augenbrauen hochzog, denn immerhin sprach sie gerade von einer Rumpelkammer auf dem Speicher, wie sie jede Wohnung des Hauses dort oben für Sperrmüll und Gerümpel noch zusätzlich hatte, fügte sie schnell noch hinzu:
»Selbstverständlich würde Tanja einen Schlüssel zu unserer Wohnung behalten, um zum Essen herunterzukommen und von Zeit zu Zeit auch unser Bad zu benutzen.« Ich hätte sie umbringen können, wie sie da dauernd das Wort »unser« so sehr betonte.
Dann setzte sie sich mit einem Gesicht wie ein 17-jähriges Mädchen auf den Schoß meines Vaters, himmelte ihn an und legte seine Hand auf ihren Bauch.
»Hast Du bemerkt, wie Tristan gerade gestrampelt hat? Ich glaube, er versteht ganz genau, wovon wir hier reden.
Ich bin mir sicher, er hat die Intelligenz seines Vaters geerbt.«
Mein Vater schmolz dahin wie Butter in der Sonne.
»Ja gut, ich sehe mir das ähm, ich sehe mir das Zimmer morgen einmal an.«
Ich war entsetzt. Aber ich konnte nichts dagegen tun, in die besagte Rumpelkammer ausquartiert zu werden.

Letztlich war es aber dann gar nicht so schlimm, wie ich es erwartet hatte.
Mein Vater brachte alles, was überhaupt nicht mehr zu gebrauchen war, auf die Müllkippe.
Den Rest der alten Möbel aus der Rumpelkammer »schenkte« er mir und brachte es auch noch fertig, dabei ein Gesicht zu machen, als sei er der Weihnachtsmann persönlich.
Ich bekam drei alte muffige und mit kleinen, schwarzen Käfern bewohnte (Gott sei Dank waren das keine Wanzen) Matratzen, die übereinander gestapelt zu meinem neuen Bett wurden. Mein altes behielten sie geschwind unten für später, wenn dann Tristan Mirco endlich da wäre...
Es gab noch einen alten Schrank, einen Stuhl und meinen kleinen Schreibtisch aus meinem vorherigen Zimmer zum Hausaufgaben machen. Da hatte sich Papa dann gegen Siena durchgesetzt, sodass ich den behalten durfte.
Tristan würde später sowieso einen größeren benötigen.
Außerdem gab es eine gebraucht gekaufte Waschmaschine, einen versifften alten Kühlschrank und einen funktionierenden Propan-Gasherd. Mein Vater machte sich auch noch die Mühe, mir ein Waschbecken, mit fließend kaltem Wasser, einzubauen. Zum Schluss kam noch ein elektrischer Heizkörper, der aus irgendeinem verschrotteten Zug der deutschen Bahn stammte und ich war erfolgreich aus der Wohnung ausgebürgert.
Mit versteinerter Miene erklärte mir Siena die Funktionsweise der Geräte und verwies darauf, dass ich hier oben ja jetzt alles hätte, aber ruhig auch manchmal unten ins Bad dürfte.
Meine Wäsche könne ich hier oben bei mir waschen und praktischerweise gleich auf dem benachbarten Dachboden aufhängen. Dort und dort sei die Leine, die ich dafür benutzen dürfte.
Mein Vater drückte mir danach noch gönnerhaft 20 Ostmark in die Hand und meinte, ich solle davon Tapeten und Leim kaufen und mir das Zimmer nach den eigenen Wünschen noch hübsch renovieren.
Zu dem Zeitpunkt war ich gerade 12 Jahre alt geworden.

So hockte ich nun in der ehemaligen Rumpelkammer auf meinem Bett (das Bettzeug hatte ich mitnehmen dürfen, denn der »so unglaublich tolle Tristan« würde dereinst ja etwas frisch Gekauftes bekommen) und dachte über mein neues Leben nach:

1. Ich hasste Siena wie die Pest, das war klar.
Immerhin war sie in meinen Augen an absolut allem schuld, was meiner Familie und mir in der Vergangenheit alles Schlimmes geschehen war. Ach was sage ich, sie trug für mich sogar die Verantwortung für alles Elend auf der ganzen Welt.
2. Der tolle Tristan konnte an sich zwar nichts dafür, aber ich war wahnsinnig eifersüchtig auf ihn.
3. Ich war in dieser Kammer sicher. Niemand würde sich wagen, mir etwas zu tun. Dafür hatte ich gesorgt, denn gut verwahrt lag in meinem Schreibtisch ein Messer und ein halbes Pfund schwarzer Pfeffer.
4. Ich hatte hier tatsächlich alles, was es zum Leben brauchte und ich sah einem Leben in Freiheit entgegen. Das war doch eine gute Nachricht.
5. Ich hatte Gott sei Dank einen Schlüssel für die Wohnung und ich plante, mir immer, wenn die beiden zur Arbeit wären, von dort etwas zu essen zu holen.
6. Ich war eine exzellente Schülerin und würde irgendwann studieren, was mir alle Möglichkeiten eines unabhängigen Lebens als Frau in Aussicht stellte.

Ich war also soweit mit meiner Situation und den Aussichten zufrieden und erforschte nun erst einmal meine nähere Umgebung.
Der Dachboden gehörte zu zwei Häusern: Einmal natürlich zu unserem und dann auch noch zu einem Hinterhaus.
Das heißt, es gab eine zweite Treppe, die nicht an unserer Wohnung vorbeiführte, nach draußen auf die Straße.
Das war große Spitze.
Ich glaube, ich hatte noch gar nicht erwähnt, dass ich zu etwa 95 % meiner Zeit wegen irgendeinem unsinnigen Vergehen, das ich verbrochen haben sollte, Stubenarrest hatte. Ich

hockte also, außer während meiner Schulzeit seit langer Zeit nur immerzu drinnen. Damit hatte ich mich aber gut arrangiert.
Jede Woche holte ich mir aus der Oranienburger Stadtbibliothek sieben neue, schöne dicke Bücher.
Anfangs wurde ich deshalb noch schief angesehen, denn niemand wollte mir glauben, dass ich in einer Woche allein so viel lesen würde. Irgendwann hatten sie dann aber Wichtigeres zu tun, als ständig an mir herumzukritteln und ließen es gut sein. Für mich war es ganz normal, dass ich lediglich kurz auf eine Seite blicken musste und dann bereits deren Inhalt erfasst hatte. So brauchte ich für ein Buch immer nur etwa einen Tag.
Die gesamten Bücher der Bibliothek hatte ich aber nun schon mindestens drei Mal alle ganz durchgelesen und so freute ich mich, in Zukunft über die Hintertreppe verschwinden zu können und mal etwas anderes, draußen in der realen Welt erleben zu können. Dafür benötigte ich jetzt nur noch einen Dietrich (Das ist eine Art Universalschlüssel.) für die Ausgangstür des Hinterhauses.
Den besorgte ich mir schnell und noch dazu ganz viele verschiedene Schlüssel, die andere so ausrangiert hatten (Gott sei Dank gab es damals noch nicht überall Sicherheitsschlösser.). Ich wurde richtig professionell im Knacken von Schlössern und ich nehme an, jeder Dieb wäre vor Neid erblasst. Mein erster Abendausflug war in die Disco. Ich hatte mich etwas geschminkt, um sicher zu gehen, auch als 16-jährig durchzugehen und es hatte geklappt.
Das wiederholte ich von da an regelmäßig. Das Tanzen machte mir großen Spaß und hielt mich auch fit.
Ich wohnte inzwischen schon einige Monate in meiner Kammer. Eine Sache war leider nicht so aufgegangen, wie ich es mir erhofft hatte. Siena ging nämlich immer ein klein wenig später als mein Vater zur Arbeit und kam auch etwas früher wieder nach Hause. Für die Zeit, wenn sie weg war, sorgte sie dafür, dass alle guten Speisen fest verschlossen in ihrem Schlafzimmer eingeschlossen wurden. Im Kühlschrank blieben nur Margarine, eine Marmelade und manchmal ein Glas Leberwurst.

Dazu kamen im Küchenschrank noch Brot, Kochbeutelreis, Nudeln und Eierkuchen-Fertigmehl. Zu Trinken gab es Leitungswasser oder Pfefferminztee, den ich mir selbst kochen konnte. Damit wechselte ich immer ab. Reis, Nudeln, Eierkuchen, Brot. Immerhin, man konnte ja die Reihenfolge öfter einmal ändern. Die gewiefte Siena hatte leider in das Schloss zum Schlafzimmer noch so einen Steckschlosseinsatz getan, diesen konnte ich leider nicht knacken.
So doof ich sie auch fand, backen konnte sie.
Dummerweise sah ich so gut wie nie etwas von dem tollen Kuchen, weil dieser stets im Schlafzimmer deponiert war und immer, wenn ich herunterkam, schnell weggeräumt wurde. Außer wenn mein Vater dabei war, dann bot sie mir mit einem gekünstelten Lächeln etwas davon an.
Der Sommer nahte und die Geburt des legendären Tristan stand kurz bevor. Alle waren total aufgeregt.
Endlich war es so weit und Siena wurde ins Krankenhaus gebracht. Die Geburt war offenbar sehr schwer.
Und dann geschah das Unglaubliche: Der wunderbare Tristan war auch nur wieder ein Mädchen.
Gott, tat mir die Schadenfreude gut!
Mein Vater war unglaublich sauer, Siena war ganz kleinlaut und es gab zur Krönung keinen Namen für die Kleine.
Als ich dann den Namen Mascha vorschlug, wurde dieser, ohne weiter darüber zu beraten, einfach genommen.
Ich glaube, mein Papa war der einzige Vater auf der Welt, der zwei Töchter mit dem gleichen Namen hatte. Ich hatte gehofft, wenn ich der kleinen den Namen von Britta Mascha, meiner ersten geliebten Schwester geben würde, dann könnte sie mir diese ersetzen. Aber leider war die neue Mascha viel zu klein.
Wir waren ja 12 Jahre auseinander und so hatte keine von uns großartiges Interesse an der anderen.
Also kümmerte ich mich weiterhin, ohne nach links und rechts zu schauen, um meine Lebensziele.
Ich hatte derweil auch angefangen, neben der Schule alle möglichen Arbeiten anzunehmen, denn 1. hing mir der Speiseplan: Reis, Brot, Eierkuchen, Nudeln ganz schön zum Hals heraus und 2. kam ich mit der einen Mark Taschengeld

pro Woche, die mir mein Vater großzügigerweise gab, überhaupt nicht zurecht.
Meine Kammer war noch immer nicht renoviert. Die 20 Mark lagen fein säuberlich in meiner Schublade als Anfangskapital.
Dass diese aber zum Renovieren nicht reichen würden, das wusste ja schon jedes Kind. Jedenfalls arbeitete ich alles, was es so gab: Kirschen pflücken, Kartoffeln lesen, Rüben hacken, Lauch ernten und so weiter.
Irgendwann hatte Siena mir freundlicherweise einen Job bei sich im Krankenhaus besorgt. Ich musste dort die Zimmer putzen. Wenn ich fertig war, ging ich immer bei den Kranken herum und legte ihnen meine Hände auf. Das gefiel allen und manch einer nannte mich sogar einen heilenden Engel.
Das wiederum gefiel mir und so reifte in mir der Plan, später einmal Medizin zu studieren.
Ohne Rücksicht auf Verluste, war ich nun auf der Jagd nach sehr guten Noten in der Schule und war zumeist eine der Klassenbesten. Das Einzige, was ich nebenbei in der Schule noch tat, war die Umwelt-AG.
Dort ging es darum, sich um die Erde und die Natur zu kümmern. Da war ich komplett in meinem Element und fanatisch ging ich, soweit das in dem sozialistischen System der DDR möglich war, dort gegen Umweltsünder vor. Jedenfalls gegen die Kleineren, denn die Größeren, die gab es offiziell ja gar nicht.
Gerne wäre ich auch noch zum Fallschirmspringen gegangen. Dafür war ich sogar extra in die unsinnige GST (Gesellschaft für Sport und Technik) eingetreten. Als mir der Gruppenleiter jedoch sagte: »Ne, Mädchen dürfen bei uns generell nicht springen«, trat ich sofort schmollend wieder aus.
Warum ich Fallschirm springen wollte?
Ein ganz geheimer Traum, den ich von Zeit zu Zeit hatte, war das Fliegen. Ich träumte nachts beim Schlafen immer wieder, dass ich fliegen könne. Es ging ganz einfach, man musste sich nur mit den Beinen fest abstoßen und schon war man am Fliegen.
Das war das mit Abstand schönste Erlebnis, das ich je gehabt

hatte. Ich war jedes Mal total enttäuscht, wenn ich am Morgen aufwachte und bemerkte, dass das Ganze nur ein Traum gewesen war.
Einmal war die nächtliche Vision so lebensecht gewesen, dass ich es am Morgen tatsächlich ganz verstohlen probierte.
Ich sprang ein wenig hoch und versuchte mich abzustoßen.
Das Ergebnis war ja klar. Ich beschloss, mir solchen Blödsinn in Zukunft aus dem Kopf zu schlagen und mich stattdessen besser auf meine Zensuren zu konzentrieren.
Ich war inzwischen 14 Jahre alt. Meine Kammer war schon länger sehr schön renoviert und ganz neu eingerichtet.
Ich hatte mittlerweile für all meine Wünsche immer genug Geld. Ins Krankenhaus ging ich schon lange nicht mehr putzen.
Ich war stattdessen darauf gekommen, Dinge selbst herzustellen und zu verkaufen.
In der DDR gab es nämlich von allem viel zu wenig, daher konnte man auch alles Mögliche sehr leicht veräußern.
So stellte ich aus einfacher Paketschnur durch eine komplizierte Knüpftechnik Blumenampeln, Lampen oder Taschen her, färbte diese dann mit Ostereierfarbe und die Leute rissen sie mir aus den Händen. Ich war recht kreativ geworden, mit den Dingen, die ich so fertigte.
Aus Waschmaschinen-Dichtungen stellte ich zum Beispiel Ohrhänger her und aus Knöpfen, Stecknadeln und Lametta Ohrstecker.
»Nur 4 Mark das Stück, die Dame«, ich hatte nie genug Ware und war schon richtig reich dabei geworden.
Mein Sortiment reichte von Gips-Marienkäfern (gegossen in leeren Pralinenschachteln), über Schmuck, bis hin zu Lampen und Sparschweinen aus Pappmaschee.
Nächstes Jahr, wenn ich 15 Jahre alt würde, wollte ich mir einerseits ein Moped kaufen und andererseits auch hier ausziehen.
Ich sparte schon lange auf eine eigene Wohnung.
In der DDR konnte man für 50 Mark im Monat schon eine richtig ordentliche Wohnung mieten (für den Fall jedenfalls, dass man eine bekam).
Die 50 Mark monatlich waren ja ein Klacks für mich und

Möbel hatte ich auch schon.
Außerdem war nächstes Jahr auch das Jahr, wo man auf die EOS (die erweiterte Oberschule) kommen sollte, wenn man Abitur machen wollte.
Das zu erreichen, hatte ich mir ganz fest vorgenommen:
Und es klappte alles, was ich geplant hatte: Die Wohnung, die Schule und auch das Moped.
Mit 15 war ich schon selbständiger als manch einer es je werden würde.
Nun fehlte mir nur noch der richtige Studienplatz:
Als wir das erste Mal in der Schule über unsere, diesbezüglichen Wünsche sprachen, da war ich etwa 16 Jahre alt, nannte ich für mich natürlich sogleich das Medizinstudium.
Hier hatte ich allerdings die Rechnung ohne den Wirt gemacht.
Nach der Schule bat mich am selben Tag noch ein komischer, ganz in grau gekleideter und sehr dicker Mann ins Zimmer des Direktors.
Dort saßen auch noch meine Klassenlehrerin und der Vorsitzende der SED aus unserer Schule.
»Guten Tag Fräulein Jadd«, sprach mich der Direktor förmlich an.
Wir wollten gerne mit Ihnen über Ihre Berufswahl sprechen.
Es ist so, dass man Medizin nur studieren kann, wenn man auch Mitglied der SED ist.
»Kein Problem«, antwortete ich sofort.
»Selbst redend trete ich dann sofort in unsere sozialistische Partei ein.
Ich nehme an, dass der Kollege Vorsitzende deshalb heute mit hier ist?«, fragte ich.
Der Direktor war so anständig, ein wenig zu erröten und druckste nun herum.
Dann stand, der in grau gekleidete, Mann auf und sprach:
»Ich will es mal ganz direkt formulieren, Fräulein Jadd.
Für viele Berufe, sogar die meisten wichtigen Berufe, muss man Mitglied der SED sein.
In die SED kann man unter anderem nur aufgenommen werden, wenn man auch in der DDR geboren ist.

Sie, als ehemaliger Westler, kommen dafür leider nicht in Frage.
Was wir Ihnen jedoch anbieten könnten, wäre ein Studium in Maschinenbau, Anlagentechnik oder zum Beispiel auch Chemie.
Überlegen Sie es sich Fräulein Jadd, auf Wiedersehen.«
Er streckte mir seine dickfleischig feuchte Hand entgegen und damit war ich entlassen.
Auf der Straße hatte ich das Gefühl, dass sich alles um mich drehen würde. Das war seit langem wieder einmal ein Gefühl der Machtlosigkeit, nicht erreichen zu können, was ich mir vorgenommen hatte.
Ich war total verzweifelt und lief zur Arbeitsstelle meines Vaters, um ihm mein Leid zu klagen.
Der war schon lange kein Schreiner mehr.
Er hatte inzwischen ein Ingenieurstudium absolviert und arbeitete jetzt als Statiker bei einer volkseigenen Wohnungsbau-Firma.
Ich weinte ihm was vor, denn das Medizinstudium war mir sehr wichtig gewesen.
Er sagte nur: »Was Du nicht ändern kannst, mein liebes Kind, das musst Du akzeptieren.
Such Dir etwas aus, was Du doch werden kannst und mach dann einfach dort Karriere.
Es tut mir sehr leid, dass ich Dir nichts anderes sagen kann. Aber gegen die Staatssicherheit sind wir beide leider vollkommen machtlos.«
So entschied ich mich, obwohl ich ein super Abitur-Zeugnis hatte, das bei jedem anderen dicke für ein Medizinstudium gereicht hätte, für ein Chemiestudium an der Martin Luther Uni in Halle an der Saale, welches ich dort fünf Jahre lang mit Erfolg absolvierte

Eine steile Karriere-Leiter

»Hi Tanja, kommste de heute Abend mit in nen Turm? Wir spielen da, ich hätte hier ne Freikarte für Dich«, Ivor wedelte mit einer Eintrittskarte vor meinem Gesicht herum und blickte mich an wie ein Hund, der auf ein Leckerli wartet.
Er hatte mich total aus meinen mürrischen Gedankengängen gerissen.
Ich war so furchtbar unzufrieden die letzte Zeit und hatte gerade darüber nachgedacht, warum das wohl so ist.
Mir fehlte es an gar nichts.
Meine Pläne gingen alle gut auf.
Ich hatte das Chemiestudium in Halle/Saale sehr gut absolviert und im Anschluss sogar noch einen, der so begehrten Doktorandenplätze an der Uni ergattert.
Dem Frau Doktor rer. nat. Tanja Jadd stand also nichts mehr im Wege.
Eine kleine, sehr gut und komfortabel eingerichtete Wohnung mit Bad, was für die DDR ein absoluter Luxus war, hatte ich auch.
Warum um alles in der Welt also war ich denn nicht glücklich?
Vielleicht brauchte ich einfach noch eine gute Partner-Beziehung.
Etwas interessierter blickte ich zu Ivor, der immer noch seine Karte hochhielt, als hätte er eine Million Dollar zu verschenken.
Nein, der bestimmt nicht, aber vielleicht lerne ich ja heute Abend jemand anderes kennen, der mich glücklich machen könnte?
»Ja gut, gib her«, antwortete ich nun gnädig.
Er reichte mir feierlich die Karte.
»Also unten ist ein Disc-Jockey und wir spielen oben, danach steigt ne Privatparty bei mir, bist herzlich eingeladen dazu.«
»Ähm danke, schauen wir mal, wir sehen uns heute Abend, tschau.« Und damit rauschte ich davon.
Ich war schon viel zu spät dran, um noch rechtzeitig in meine Fakultät, die Technische Chemie, zu gelangen.

»Guten Morgen Fräulein Jadd«, demonstrativ schaute mein Doktorvater Dr. Speraski auf seine Armbanduhr.
»Guten Morgen«, sagte ich streng und blickte meinerseits so vorwurfsvoll und selbstbewusst wie möglich auf seine verschlissenen und ungeputzten Turnschuhe.
Er wandte sich irritiert ab.
Na geht doch, dachte ich mir, Angriff ist die beste Verteidigung, wie mein Vater stets zu sagen pflegte und grinste in mich hinein.
Ich begab mich in mein Labor und begann halbherzig mit meiner Arbeit.
Dabei dachte ich noch weiterhin über mein »Glücklich sein – Problem« nach.
Es musste wohl ein Mann sein, der mir fehlte.
Ansonsten war ja schon alles da, Erfolg, Luxus, sehr gutes Aussehen, tolle Figur.
Ja ein Mann musste her und dann würde das Glück wohl bleiben.
Oder vielleicht doch lieber eine noch größere Menge an Geld, überlegte ich noch.
Nein, ein Mann würde es fürs Erste tun.
Ich ging in den ersten Stock, um im Fotolabor einige Bilder für meine nächste Präsentation zu entwickeln.
Eine technische Assistentin, die mir unterwegs begegnete, bedachte ich mit einem hochmütigen, herablassenden kurzen Nicken, als wenn sie eine Kakerlake wäre.
Auch das hatte ich von meinem Vater gelernt.
Sie gehörte zu einem anderen Stand, die würde bestimmt nie promovieren.
Am Abend warf ich mir einige recht freakige Kleider über, das war mein damaliger Stil und machte mich auf den Weg.
Der Turm, unser Studentenclub, war recht nett.
Er war sehr rustikal, nur aus grobem Stein gehauen und war eben ein alter Turm der Moritzburg in Halle.
Ich tanzte unten eine Weile und begutachtete dabei das »Material« für mein Vorhaben.
Irgendwie kam ich mir wie die Prinzessin bei König Drosselbart vor. Es gab keinen einzigen Vertreter des männlichen Geschlechts, an dem ich nichts auszusetzen

gehabt hätte.
Ich hatte nun genug davon und begab mich in die zweite Etage, wo gerade die Band spielte, deren Lead- Sänger der besagte Ivor war.
Ich tanzte auch hier eine Weile und winkte dem grinsenden Ivor kurz zu.
In der Pause kam er gleich auf mich zu, ob ich mit auf die Party in seiner Wohnung käme.
»Mal schauen«, antwortete ich und machte dabei ein geheimnisvolles Gesicht, obwohl ich schon genau wusste, dass ich mitgehen würde.
Die Party stieg, wie gesagt, in Ivors Wohnung, einem ziemlich heruntergekommenen Platz.
Offenbar wohnte dort auch noch ein etwa 12 Jahre altes Kind, eventuell der jüngere Bruder?
Dieser rannte in einem kurzärmeligen Schlafanzug umher und trug eine Nickelbrille, die ihn wohl älter machen sollte.
Demonstrativ setzte er sich in eine Ecke und begann in einem Buch zu lesen.
Herman Hesse – Siddhartha - konnte ich von weitem auf dem Einband lesen.
Ich wurde neugierig.
»Kannst wohl nicht schlafen, weil wir so laut sind?«, sprach ich den Jungen an.
Dieser sah mich mit intellektueller Miene an.
»Nein, ich lese immer um die Zeit noch ein paar Zeilen, bevor ich schlafen gehe.«
»Bist Du Ivors kleiner Bruder?«, fragte ich weiter.
»Nein ich bin der Bassist der Band.« Jetzt war er tatsächlich rot geworden.
»Wie alt bist Du denn?«, fragte ich schonungslos.
»Ich bin 22«, antwortete er und stand auf.
Er schaffte es, tatsächlich 10 cm größer zu sein als ich.
»Ich heiße Ben«, freundlich lächelnd streckte er mir seine Hand entgegen. Er hatte eine sehr schöne Hand.
Jetzt war ich diejenige, die irritiert war.
»Oh, siehst irgendwie jünger aus, sorry«, stammelte ich.
»Macht nix, das kann ja passieren. Setz Dich, kennst Du Hermann Hesse?«

Bald waren wir in eine rege Diskussion über Buddha, Religionen und so weiter, verstrickt.
Ich vertrat die Ansicht, dass alle Dinge mit Hilfe der Wissenschaft zu erklären seien und falls heute noch nicht, dann aber schon sehr bald.
Er glaubte an mystische Verschwörungen, spirituellen Quatsch und sogar an Wunder.
»So ein Unsinn«, ereiferte ich mich. »Wenn ich einen Regenbogen sehe, dann weiß ich, dass es sich nur um gebrochenes Licht in einem Prisma handelt und so ist es mit allem anderen auch.«
Wieso um alles in der Welt fiel mir jetzt plötzlich mein alter Teddy Susi ein. Den hatte ich ja völlig vergessen.
Wo hatte ich den eigentlich hingetan?
Ich riss mich zusammen, um den Kinderkram in meinem Kopf wieder loszuwerden.
Jedenfalls fand ich, je länger wir sprachen, Ben immer interessanter und er war auch wirklich recht hübsch.
Dass genau das seine Masche bei Frauen war, denn er konnte wegen seinem jungen Aussehen nie auf den ersten Blick setzen, verstand ich erst später.
»Hast Du schon mal was von Tantra gehört?«, fragte er mich jetzt ganz beiläufig.
»Nö, was soll das denn jetzt schon wieder sein?«
Er begann mir von der meditativen Liebeskunst aus Indien zu erzählen und sprach von einem nie endenden Orgasmus.
Ich gestehe, das faszinierte mich.
»Wenn Du willst, zeige ich es Dir, ich habe kürzlich ein Buch darüber gelesen…«
Ivor kam gerade zum wiederholten Male an und versuchte mich, langsam sauer werdend, von Ben weg zu lotsen.
Immerhin war ich ja sein Gast.
»Lass mal gut sein Ivor, ich geh jetzt heim.
Ben bringt mich nach Hause«, kam ich seinem fragenden Blick zuvor.
Dieser zog sich etwas anderes, als seinen bescheuerten Schlafanzug an (er wurde nun noch hübscher), nahm meine Hand in seine (hatte ich schon erwähnt, was für wundervolle Hände er hatte?) und zog mich aus der stickigen,

verqualmten Wohnung ins Freie.
Wir schlenderte langsam Richtung Bergstraße, wo ich wohnte.
Unterwegs sprachen wir weiter über Tantra und ich ließ durchblicken, dass ich das gerne einmal probieren wollte.
Er bot sich freundlicherweise an, mich in diese hohe Kunst einzuführen.
Dass er selbst bis jetzt auch nur ein Buch darüber gelesen hatte, blendete ich praktischerweise einfach aus.
»Ich bin gleich daheim«, ich zeigte auf ein großes Eckhaus, das man schon sehen konnte.
Da oben, wo der Erker ist, ist meine Wohnung.
Kurzerhand küsste Ben mich. Es war wundervoll und binnen Minuten waren wir bei mir oben.
Wir verbrachten etwa 48 traumhafte Stunden nur im Bett, mit kleinen Ausflügen zum Kühlschrank oder dem Bad.
Es war tatsächlich anders als alles, was ich zuvor erlebt hatte.
Das Ganze mit dem Tantra war, als ob es nur um die Liebe ginge und diese alles steuern würde.
Wir ließen uns absichtslos treiben und ich empfing durch ihn das größte Glück, was ich mir vorstellen konnte.
Natürlich machte ich mir nichts vor.
Ben kam nicht als »echter Mann« für mich in Frage.
Seine Musik war eine brotlose Kunst und auch er wollte sich keinesfalls binden.
Die Grenzen waren also von uns beiden zuvor ganz genau abgesteckt. Aber in diesen 48 Stunden ließen wir uns komplett fallen.
Ich hätte noch ewig so weiter machen können, aber am Montagmorgen klingelte der Wecker und ich musste in die Uni.
Ben zog sich ebenfalls an, ein kurzer Kuss noch und dann sollte das der endgültige Abschied werden.
Das hatten wir auch noch gestern Nacht genauso besprochen.
Ich versuchte mich auf meine Arbeit zu konzentrieren, hatte aber die ganze Zeit das Gefühl, als wäre etwas von diesen zwei Tagen in mir geblieben. So, als könnte ich nicht mehr vollkommen allein sein.

»Unsinn«, sagte ich mir und versuchte mich zu konzentrieren.
Drei Wochen vergingen und ich bekam meine Menstruation nicht.
So was Blödes, an so was hatte ich noch gar nicht gedacht.
Nach weiteren zwei Wochen ging ich zum Frauenarzt.
»Sie sind schwanger«, verkündete mir eine resolute Sprechstundenhilfe das Ergebnis von meinem Test.
Sie begutachtete mich, sowie meine Unterlagen nochmals gründlich und schob dann noch nach: »Der nächste freie Termin für eine Abtreibung wäre kommenden Montag.
Bitte um 8.00 Uhr auf der gynäkologischen Station der Uniklinik sein. Bringen sie etwas Wäsche mit.
So ungefähr nach drei Tagen sind sie wieder raus und haben alles hinter sich.
Soll ich sie für das Datum eintragen?«
»Ja bitte, das ist eine gute Idee.«
Ich drehte mich um und verließ völlig durcheinander die Praxis.
Ziellos lief ich umher und fand mich dann in der Straße wieder, wo Ben und Ivor wohnten.
Von unten konnte ich sehen, dass Ben drinnen am Lesen war.
Ich klingelte, er sah mich durchs Fenster, zog schnell die Vorhänge zu und öffnete mir nicht.
»Nicht mit mir, Du blöder Idiot«, fauchte ich und hielt die Finger ununterbrochen auf die Klingel.
Dazu pochte ich auch immer wieder und wieder an die Tür.
Irgendwann kam er endlich herunter.
»Was willst Du denn hier, ich denke, es war klar, dass es keine Wiederholungen geben soll?«
»Ich bin schwanger.«
Endlich hielt er den Mund. Nach einer Weile fragte er: »Von mir?«
»Ja klar, Du Vollhonk, wäre ich sonst hier? Können wir vielleicht mal reingehen?«
Schweigend ging er vor.
»Setz Dich, bitte.« Er schob mir eine Tasse Tee zu.
»Was hast Du jetzt vor?«, fragte er und ich hörte seine Panik

ganz genau zwischen den Worten heraus:
»Ich habe für Montag früh einen Abtreibungstermin in der Uniklinik.«
»Oh gut«, ich hörte ihn aufatmen.
Es gab nichts mehr zu sagen. Ich erhob mich.
»Soll ich Dich nach Hause…«
»Ne, lass mal gut sein, ich finde den Weg allein«, sagte ich und verließ eilig die Wohnung.

Eine unglaubliche Versammlung

Derweil waren nun alle Bewohner von Aquarius so weit in der planetenübergreifenden Kommunikation fortgeschritten, dass sie über den Geist miteinander kommunizieren konnten, als ob sie alle zusammen an einem Platz stünden. Jeder konnte sich an jeden wenden, egal ob man sich vorher schon einmal gesehen hatte oder auch nicht. Das konnten auch große Menschenansammlungen sein.

Für Soholit und einige andere war dies schon seit langem eine gängige Praxis gewesen.

Alle zwei Tage fanden jetzt Besprechungen im größeren Rahmen statt, während derer man sich über die jüngsten Ereignisse rund um Cerafine ,alias Tanja, sowie die Situation auf dem jeweiligen Planeten austauschte.

Saphira und Soholit jedoch waren täglich mehrmals in Kontakt, da die Zeit auf der Erde ja sehr viel schneller verrann.

Soholit und die anderen besuchten Tanja nur noch von Zeit zu Zeit, da kein Schutz rund um die Uhr mehr nötig war. Außerdem waren sie auch schon länger intensiv damit beschäftigt, dem Geheimnis der unbekannten Macht und dem damit entstandenen Schutzwall um die Erde nachzugehen.

Etwa vor einem Monat schon war Karlao erfolgreich nach Aquarius zurückgekehrt.

Die Ratschläge von Glen, alles rund um den Schutzwall zu ignorieren, hatten gut funktioniert.

Auf der Erde waren in diesem Monat allerdings schon weitere 14 Jahre vergangen.

Lia und Finnbar waren immer noch auf Aquarius und »scharrten schon langsam recht ungeduldig mit den Hufen«, denn sie wollten endlich zurück auf die Erde, um dort ihre wichtige Mission fortzusetzen.

Karlao aber konnte man im Moment nicht um den Transport der Zwillinge bitten, denn er musste sich noch erholen. Jeder konnte sehen, wie sehr ihm der letzte Aufenthalt auf der Erde noch in den Knochen steckte.

»Wie ich schon erzählt habe«, berichtete Soholit gerade, »ist Tanja für uns schon länger völlig unerreichbar geworden.

Sie hat all ihre schlimmen Erlebnisse fest in ihrem Inneren hinter einem dicken Panzer verschlossen und lebt nun sehr zielstrebig eine sogenannte sehr gute berufliche Karriere.
Das mag ja auf der einen Seite auch gut so sein, aber dieser Panzer verhindert auf der anderen Seite auch, dass Dinge in sie hineinkommen könnten, die gut für sie wären.
Daher ist sie für jede Art von Kommunikation mit uns oder auch abweichende Informationen zu ihrem derzeitigen Weltbild völlig verschlossen. Wir können Sie leider nicht das geringste lehren.
Tanja hat sich mittlerweile eine Menge von ihrem Vater abgesehen und wenn ich nicht wüsste, dass unsere Cerafine in ihr steckt, könnte man sie wirklich als eine hochmütige Ziege bezeichnen.«
»Ich kann das nur bestätigen«, meldete sich nun Pix Hunter Quick Deer zu Wort.
»Ich habe schon ein paar Mal versucht, sie zu kontaktieren.
Es ist komplett unmöglich.
Ihre Gedanken halten keinen Moment inne.
Sie ist im Kopf immer so voll und weiß schon immer alles im Voraus, sodass kein wirkliches Wissen mehr zu ihr hineinkann. Also bisher war nicht daran zu denken, dass ich Lehrer werden könnte, um sie in das nötige Wissen einzuführen, damit sie dereinst nach Aquarius zurückkehren kann.
Neulich habe ich sogar zweimal versucht, praktisch als letzte Möglichkeit, mich ihr direkt zu zeigen.
Sie ging daraufhin mit einem Baseball-Schläger auf mich los.
Gott sei Dank war das nur mein Traumkörper und der Schläger ging durch mich hindurch wie durch Luft.
Nach dem zweiten Mal, als sie mich bei sich im Wohnzimmer erblickt hatte, wollte sie sich selbst in eine geschlossene, psychiatrische Anstalt einweisen lassen, weil sie sich lieber für verrückt erklären lassen wollte, als dem, was sie sah zu trauen.
Eine Freundin riet ihr aber, noch einige Tage damit abzuwarten.
Ich habe es natürlich nicht noch einmal versucht…«
Pix lachte kurz auf.

»Ich hatte aber das unbestimmte Gefühl, dass sich jetzt bald etwas ändern würde und blieb seitdem die ganze Zeit in meinem Traumkörper unsichtbar in ihrer Nähe.
Und jetzt kommt die große Neuigkeit aller Neuigkeiten: Tanja ist schwanger!«
Ein ungläubiges Raunen ging durch die Menge.
»Schwanger?«, fragte Saphira.
»Von wem?«, sie war sichtlich aufgeregt, immerhin war es ja ihr Kind, das jetzt ein Kind erwartete.
»Ich würde mal sagen, der Paukenschlag ist nicht, von wem ist sie schwanger, sondern mit wem.«
Selbst über den Geist, konnte man jetzt spüren, dass die Stimmung wie zum Schneiden war.
Pix aber fuhr in seiner langsamen und bedachten Art fort, weiter zu erzählen.
»Es ist auf alle Fälle ein Selkie, da bin ich mir ganz sicher und ich glaube sogar, er kommt aus Aquarius.
Sie will das Kind am Montag jedoch abtreiben lassen.«
Wieder konnte Saphira nicht umhin, kurz aufzustöhnen und »Ach Du meine Güte«, dazwischen zu rufen.
Arsentos und Amma waren ihr schnell zur Seite geeilt und hielten sie nun jeweils von rechts und links beruhigend im Arm.
»Kann jemand hier vielleicht Licht in diese Angelegenheit bringen?«, fragte Quick Deer.
»Ich werde Kedir, den „Ältesten der Selkies" kurz wegen dieser Angelegenheit zu uns bitten«, ließ Arsentos die anderen wissen und wandte sich sofort über den Geist an diesen.
Keine halbe Minute später standen Kedir, sowie auch seine Gefährtin Undine, die ganz verweinte Augen hatte, bei den anderen.
Alle warteten gespannt, was nun folgen würde.
Langsam hob Kedir an zu sprechen:
»Ihr erinnert Euch doch noch an den Unfall, den Cerafine über dem Meer hatte?«, wandte er sich fragend in Richtung der anderen.
Es folgte ein allgemeines, aber unverständiges Nicken und Soholit antwortete stellvertretend für die Gruppe auf der

Erde ebenfalls mit »Ja«.
»Mein Sohn Atlantus hatte sie damals gerettet, bevor er sie zuvor selbst absichtlich in diese Situation gebracht hatte.«
Vorsorglich hob Kedir seine Hand, um ohne Unterbrechung weitersprechen zu können.
»Ich stellte ihn zur Rede und er gestand mir, dass er sich mit Cerafine bewusst durch diese Lebensrettung fest verbunden hätte.
Sie würden sich dadurch später einmal auf der Erde im Kampf um deren Rettung, helfend gegenseitig zur Seite stehen können.
Er war nicht von dieser Idee abzubringen und daher versprach ich ihm unter der Bedingung, dass er keinem anderen Wesen bei dieser Aktion Schaden zufügen würde, vollkommenes Stillschweigen zu bewahren.
Undine und ich konnten trotz intensiver Suche in unserem Geist nichts Schlechtes an seinem Vorhaben finden und nur deshalb versprachen wir ihm unser Schweigen,« fügte Kedir noch wie zur Entschuldigung hinzu.
»Außerdem sagten wir ihm zu, uns um seinen Körper gewissenhaft zu kümmern, wenn dieser einmal ohne Lebenszeichen, aber doch nicht tot, hier zurückbleiben würde.
Genau das hatte Atlantus uns nämlich vorausgesagt, würde möglicherweise mit seinem Körper geschehen, wenn er dann auf die Erde gegangen wäre.
Er versprach, wenn er irgend könne, eines Tages in diesen Körper wieder hierher zurückzukehren.«
Jetzt übernahm Undine, unterbrochen von kleinen Schluchzern, die weitere Erzählung.
»Gestern, am späten Abend haben wir Atlantus noch gesund gesehen.
Er war wie immer, freundlich und vollkommen normal.
Als ich heute erwachte, hatte ich so ein komisches Gefühl und versuchte, ihn daraufhin zu kontaktieren.
Seither ist er aber nirgends zu finden.
Unser Volk und die anderen Bewohner des Meeres haben schon vergeblich den ganzen Ozean nach ihm abgesucht.«, weinend verstummte sie und Kedir legte ihr tröstend seinen

Arm um ihre Schultern.
»Ich habe da so eine Vermutung«, meldete sich nun Quick Deer wieder zu Wort.
»Einen Moment bitte.«
Er hatte seinen Geist offengelassen, so dass alle anderen Zeuge seiner weiteren Nachforschungen werden konnten.
Er sprach Alore, die gerade Dienst in der alten Grotte bei den Körpern, der »ausgewanderten« Teenager tat, im Geiste an.
»Guten Morgen liebe Alore, ich grüße Dich an diesem frühen Morgen.
Du sag mal, ist da vielleicht in der Grotte noch jemand dazugekommen?«
Alore stutze etwas: »Wie konntest Du das wissen?
Neben Cerafine schläft hier ein junger Mann. Er war am späten Abend mit der Aussage gekommen, dass er Cerafine gerne besuchen würde und hat dann lange neben ihrem Körper gesessen und mit ihr gesprochen.
Irgendwann scheint er dabei eingeschlafen zu sein.
Ich wollte ihn gerade wecken.
Moment, ich mache das mal sofort.«
Alle warteten gespannt.
Einige Minuten später meldete sich Alore atemlos zurück.
»Ich kann ihn nicht wecken, er ist in dem gleichen Zustand wie die anderen 12 Kinder und er liegt ganz dicht an Cerafine und hält ihre Hand.«
Undine verschwand sofort für ungefähr eine Minute.
»Es ist Atlantus«, platzte sie gleich nach ihrer Rückkehr aufgeregt heraus.
»Dann ist genau das passiert, was ich vermutet hatte«, meldete sich nun Quick Deer erneut zu Wort.
»Atlantus hat sich in Cerafine, als seiner zukünftigen Mutter auf der Erde inkarniert.
Wir müssen ganz dringend etwas unternehmen.
Wenn Tanja Atlantus am Montag, so wie sie es geplant hat, tatsächlich abtreibt, dann wird er auf immer sterben.
Als ungeborener Fötus ist er natürlich auf keinen Fall schon ausgebildet genug, um nach seinem Ableben, wieder in seinen ursprünglichen Körper auf Aquarius zurückzukommen«,

merkte Pix nun weiter mit ruhiger, aber dennoch schneidender Stimme an.
»Wir werden sofort eine Zeremonie durchführen, um die Abtreibung zu verhindern.
Es wäre uns eine große Ehre und auch eine Hilfe, wenn Du, werter Quick Deer, uns dabei unterstützen würdest«, meldete sich Kedir zu Wort, der sich zuvor mir Undine darüber verständigt hatte.
»Selbstverständlich, ich werde gerne dabei sein«, antwortete Pix und dann entfernte er sich gemeinsam mit den Selkies in Richtung des weiten Ozeans.

Wicasa Wakan

Am Wochenende packte ich meinen Krankenhaus-Koffer und konnte an kaum etwas anderes, als an den Abtreibungstermin denken.
Ich hatte auch ein wenig Angst davor.
»Reiß Dich zusammen«, sprach ich laut zu mir selbst.
»Was nötig ist, ist eben nötig«.
Ein Kind passte mir jetzt einfach überhaupt nicht.
Die Doktorarbeit war erst einmal wichtiger.
Nachwuchs wäre vielleicht um einiges später dran, und zwar mit einem »richtigen« Vater und Ehemann dazu.
Falls ich überhaupt jemals Kinder haben würde…
Ein unangenehmes Gefühl machte sich in meinem Bauch breit. Irgendwie hatte diese merkwürdige Empfindung mit meiner Kindheit, an die ich mich nur noch bruchstückhaft und als wäre alles in einen dunklen Nebel getaucht, erinnern konnte, zu tun.
Obwohl ich mich zwar auf einzelne Stationen meines Lebenslaufs entsinnen konnte, waren mir genaue Einzelheiten meiner frühen Jugend nicht mehr bewusst. Schaudernd bemerkte ich, dass ich sie auch lieber gar nicht so haarklein wissen wollte.
Eines aus meiner Kindheit jedoch war mir völlig klar: Meine Eltern waren offenbar keine wirklich fürsorglichen gewesen. Was, wenn ich auch so werden würde? Dann vielleicht besser niemals Mutter werden, dachte ich mir.
Gut, dass ich den Abtreibungs-Termin für Montag hatte. Das war sicher die beste Lösung und ich würde gründlich dafür sorgen, dass ich zukünftig nie wieder in so eine Situation geraten würde.
Sonntagabend hatte ich mir im Bad eine Kerze angezündet, legte ich mich in die Badewanne und sann über das Leben und alles Mögliche andere nach.
Plötzlich hörte ich aus dem Wasser eine klare Stimme ertönen. Diese vermittelte mir in jede Zelle meines Körpers, dass alles gut sei und dass das Kind in meinem Bauch ein Geschenk des Ozeans wäre und es unbedingt geboren

werden müsse. Alles würde gut werden.
Auf einmal wusste ich, so sicher wie das Amen in der Kirche, dass ich morgen nicht in die Klinik gehen, sondern dieses Kind zur Welt bringen würde. Das war für mich zwar nicht mit meinem naturwissenschaftlichen Verstand zu erklären, aber es gab überhaupt keinen Zweifel daran, dass genau diese Entscheidung die Richtige sein würde.
Ich kuschelte mich nach dem Bad in mein Bett in ganz, ganz viele Kissen und hatte auf einmal das starke Bedürfnis nach Susi, meinem alten Teddybären. In einer hinteren Ecke meines Kleiderschranks fand ich sie auch tatsächlich und ging dann mit ihr zurück in mein Lager.
Ich würde also mit 25 Jahren eine Mutter sein.
Das war erschreckend und faszinierend zugleich.
Nach einer Woche etwa klingelte es bei mir und Ben stand vor der Tür. »Komm rein.« Ich schloss die Tür.
»Und, wie ist es am Montag gelaufen?«, fragte er betont beiläufig. »Es ist gar nicht gelaufen, denn ich bin nicht in die Klinik gegangen.
Ich werde das Kind behalten.«
Bens Gesicht wurde erst blass, dann grau und dann grün.
»Was hast Du da gesagt?«
»Du wirst keinerlei Verpflichtungen haben, ich mache das allein.«, antwortete ich.
Ben setze sich und wirkte auf einmal um ein Vielfaches älter.
»Ich kann Dich doch damit nicht allein sitzen lassen?«
»Das kannst Du und jetzt geh mal wieder nach Hause.«
Nach zwei Tagen war er wieder da.
»Was gibt's denn nun schon wieder?«, fragte ich ein klein wenig genervt.
»Tanja, ich wollte nie eine Familie, aber ich würde es gerne zumindest einmal versuchen. Immerhin ist das genauso mein, wie auch Dein Kind.« Wir versuchten es und verbrachten am Anfang einige sehr, sehr glückliche Monate mit ganz viel Zeit im Bett. Für meine Doktorarbeit hatte ich jegliches Interesse verloren und ließ mich daher ständig krankschreiben.
Dr. Speraskis Worte: »Sie sind ein totaler Idiot und werden am Ende noch in der Gosse landen. Ein Kind, mitten in der Dissertation - Sie spinnen ja!«, waren an mir abgelaufen, wie

Wassertropfen an einem gewachsten Apfel.
Ich freute mich ganz riesig auf das Kind und hatte bereits im 6. Monat die komplette Ausstattung beisammen.
»Vorsorge ist die Mutter der Porzellankiste« und »Der frühe Vogel fängt den Wurm!«, waren hierbei meine Devise...
Ben war inzwischen sehr stolz auf meinen, immer dicker werdenden, Bauch. Irgendwann kam er jedoch mit der Neuigkeit heraus, dass genau um den Geburtstermin herum eine große, wochenlange Auslandstournee mit seiner Band geplant war. Ich war sehr sauer, aber Ben hatte sich definitiv für die Band entschieden.
Als es mit dem Baby so weit war, fuhr ich also allein mit dem Krankenwagen ins Klinikum Kröllwitz in Halle.
Alles war wie ein Traum, nichts kam mir wirklich vor, bis auf vielleicht die schrecklichen Schmerzen.
Als man mir das Kind, es war ein kleiner Junge, auf den Bauch legte, sah ich dort zunächst einen kleinen, neugeborenen Seehund liegen. Ich rieb mir verstört die Augen und dann lag da doch ein Menschenbaby, das nur wie eine waschechte Robbe dreinschaute.
Als Jungenname hatten Ben und ich »Benjamin« ausgesucht. Das gab ich auch auf der Geburtsurkunde an.
In der DDR waren die Frauen sehr emanzipiert und daher fragte mich niemand, unverheiratet, wie ich war, wer denn der Vater sei, als die Geburtsurkunde im Krankenhaus ausgestellt wurde. Nach 5 Tagen durften wir nach Hause. Ben holte uns, weil die Tournee inzwischen zu Ende war, persönlich ab. Das Baby weinte, als es zum ersten Mal nach draußen in die kalte März Luft kam.
Ich nannte den Kleinen immer nur Baby, denn der Name, Benjamin schien mir überhaupt nicht zu passen.
Eines Morgens stand ich auf und verkündete: »Ich werde den Namen ändern lassen. Der Kleine soll jetzt Atlantus Benjamin heißen.« »Was soll das denn für ein altmodischer Name sein, Atlantus? So ein Unsinn, das arme Kind, mach das ja nicht!«, echauffierte sich Ben. Ich machte es aber doch, denn ich hatte den neuen Namen für das Baby in dieser Nacht geträumt, er erschien mir vollkommen passend und außerdem hatte ich das alleinige Sorgerecht und somit auch

die Verantwortung für den Kleinen. Das blieb auch weiterhin so, selbst als Ben irgendwann offiziell die Vaterschaft für Atlantus anerkannte.
Atlantus war ein süßes und sehr unkompliziertes Baby.
Ich hätte nie gedacht, dass ich mein Kind so sehr lieben könnte und nach und nach verblassten meine anfänglichen Befürchtungen, dass ich es vielleicht nicht schaffen könnte, ihm eine gute Mutter zu sein. Ganz natürlich fühlte ich, wenn der Kleine etwas benötigte oder mich brauchte.
Er weinte fast nie und man konnte ihn sogar auch mal für eine kleine Weile allein lassen, ohne, dass ihm das etwas ausmachte. Er war fast immer guter Dinge. Es schien, als hätte er entweder unsichtbare Begleiter, die ihn unterhielten oder er bräuchte einfach keine weitere Gesellschaft. Er machte uns große Freude und war binnen kürzester Zeit mein ein und alles.
Obwohl es mir also an nichts fehlte und der Kleine mein Augenstern war, war trotzdem nach und nach meine alte Unzufriedenheit zurückgekommen. Offenbar war ein Partner auch nicht der Schlüssel für ewiges Glück gewesen. Langsam kamen mir Zweifel, ob ich überhaupt etwas finden könnte, was mir ein längeres Glücklichsein bescheren könnte. Seit längerem spürte ich auch, dass Ben unsere kleine Familie langsam zu viel wurde. Es zog ihn in die Welt hinaus, das war nicht zu übersehen.
Dann kam eines Tages noch ein großes und unvorhergesehenes Ereignis auf uns zu: »Guck mal aus dem Fenster, was ist denn da los?«, Ben trat zu mir. »Die nehmen ja lauter Leute fest und bringen die in unseren Hinterhof«. Im Erdgeschoß bei uns im Haus war nämlich ein Polizeirevier, zu dem dieser Hof gehörte.
»Los, wir machen mal den Fernseher an, vielleicht kommt da was darüber.« Wir schauten sonst nie fern und hatten auch keine Zeitung abonniert. Offenbar war in der DDR eine Art Revolution im Gange und die Polizei griff nun hart durch, wie gerade im Westfernsehen gebracht wurde.
Heimlich machte ich lauter Fotos aus unserem Fenster von den Menschen, die bei uns im Polizei-Hinterhof mit erhobenen Händen eng zusammen gepfercht dastanden. Ich

kam mir dabei wie eine echte Heldin vor und mein Herz klopfte auch dementsprechend laut. Die Revolution war also auch in Halle angekommen. Wir hätten aber niemals erwartet, dass wenige Wochen später die Mauer zwischen Ost- und West-Deutschland fallen würde.
Als Erstes besuchten wir nun im Westen meine liebe Omi und dann meine Mutter und meine Schwester. Früher wären solche Besuche wegen der strengen Grenzen zwischen Ost und West niemals möglich gewesen und ich hatte daher meine Verwandten seit unserer Abreise in die DDR niemals wieder sehen können. Meine Oma war inzwischen ziemlich alt geworden, aber die Begegnung mit ihr war sehr innig und warm, als hätte es die lange Trennung niemals gegeben.
Mit meiner Mutter konnte ich leider überhaupt nicht wirklich etwas anfangen, wir waren uns total fremd geworden.
Britta, meine geliebte kleine Schwester, hatte sich sehr verändert. Hart war sie geworden, im Inneren wie auch im Äußeren, denn auch sie hatte kein leichtes Schicksal gehabt. Ich bedauerte die gestohlenen Jahre unserer gemeinsamen Jugend von ganzem Herzen. Aber trotz alledem war zwischen ihr und mir doch noch so etwas wie eine tiefe Verbindung vorhanden, auf die wir vielleicht später wieder aufbauen könnten.
In dem ganzen Chaos des Umbaus der DDR beschloss ich, Geschäfte zu machen und Geld zu verdienen.
Mit den 100 DM Umtauschgeld, die jeder Ossi von der BRD bekam, kaufte ich zunächst im Westen 100 kg Bananen und verkaufte sie danach im Osten für 1,50 DM das Pfund (das hörte sich besser als der Kilopreis an).
Wer nur Ostmark hatte, konnte das Pfund dann für 6 Ostmark bekommen. Keine Stunde und die Bananen waren restlos verkauft. Dann die Ostmark auf dem Schwarzmarkt 1:4 gegen DM getauscht und ab in den Westen und für circa 300 DM neue Bananen gekauft. Nach einer Weile erweiterte ich mein Sortiment noch auf Tomatenmark und Linsen, alles Lebensmittel, die es in der ehemaligen DDR sehr schlecht zu kaufen gegeben hatte.
Mir wurden die Sachen morgens buchstäblich aus den Händen gerissen und langsam reichte unser kleiner

Wartburg (das ist ein Auto) nicht mehr dafür aus, um so viele Lebensmittel zu transportieren. Daher wechselte ich allmählich zu Uhren und Schmuck, die leichter heranzufahren waren und noch dazu mehr Geld einbrachten als die Bananen von zuvor.
Für den Verkauf der Uhren und den Schmuck hatte ich inzwischen mehrere mobile Stände auf dem Markt in Halle, aber auch schon in anderen Städten, wohin ich bereits expandiert war. Ich hatte eine Menge Angestellte für die grobe Arbeit und verdiente mich dabei dumm und dämlich. Irgendwann dachte ich dann so für mich, wenn ich wollte, könnte ich die ganze Straße hier kaufen.
Als dann kein Glücksgefühl in mir aufstieg, sondern ich weiterhin mürrisch und unzufrieden blieb, brach in mir eine Welt zusammen. Reich zu sein, war praktisch der letzte Punkt, den ich noch nicht ausprobiert hatte, um das große und bleibende Glück zu finden.
Dort war die dauerhafte Freude und Erfüllung also auch nicht zu bekommen. Ich war verzweifelt, wie am Boden zerstört und wusste nicht mehr weiter. Da wandte ich mich als letzte Option ans Universum und bat um Hilfe.
»Hilfe, ich brauche Hilfe, vielleicht einen Lehrer oder so etwas. Bitte!«, sprach ich gen Himmel und in meiner Verzweiflung kam ich mir dabei nicht einmal mehr komisch vor.
Dann ging alles sehr schnell und es passierten kurz aufeinander zwei merkwürdige Dinge:
Erstens ging ich in einer nahe gelegenen Klinge, das war eine Art uralte Felsschlucht, die überall mit wunderschönen Moosen bewachsen und von alten mächtigen Eichen umgeben war, mit Ben und noch einigen Freunden wandern. Da hörte ich auf einmal eine ganz laute Trommel schlagen. »Hört Ihr das?«, fragte ich die anderen: »Was meinst Du?«, fragte mich Ben. »Na die Trommel, die da schlägt, wo kommt das Geräusch her?« Niemand außer mir konnte die Trommel hören. Das war mir ganz schön unheimlich.
Wir waren gerade an einem riesengroßen, ebenfalls dicht mit Moos bewachsenen Stein angelangt. Hier herrschte eine feierliche Atmosphäre. Unwillkürlich senkten wir alle unsere

Stimmen und entschlossen uns, hier kurz zu verweilen.
Ich lehnte mich an den gigantischen Stein und fiel dann ganz plötzlich nach hinten in den Stein hinein und landete sacht in einer unterirdischen Höhle. Dort stand eine junge Frau.
Sie war in ein schlichtes weißes Gewand gekleidet und trug auf dem Kopf lauter kleine geflochtene Zöpfe.
Sie winkte mir, ihr zu folgen und ging voraus, immer tiefer in die Höhle hinein. Nach einer Weile erweiterte sich diese und ich sah von weitem, dass wir auf eine Art unterirdischen, großen Raum zuhielten. Dort in der Mitte lag eine gigantische, längliche Steinplatte auf steinernen Füßen, die offenbar als riesiger Tisch diente.
Um diesen herum saßen ganz viele Menschen, die ganz genauso in lange weiße Gewänder gekleidet waren, wie die junge Frau.
Die meisten waren aber schon älter.
Am Kopfende der Tafel saß ein alter Mann, der sich erhob, sobald ich den Raum betreten hatte.
Die schulterlangen Zöpfe, die an seinem Kopf herunterhingen, waren schon schneeweiß.
»Was führt dich zu uns, liebe Tochter?«, sprach er mich direkt an.
Nun ja, es war wirklich nicht so, als wäre ich hier mit Absicht hingekommen, dachte ich mir ganz kurz, antwortete dann aber, für mich selbst völlig unerklärlich:
»Wie müssen die Erde retten, könnt Ihr uns dabei helfen?«
Der alte Mann antwortete:
»Eichen müssen her!«, seine Stimme dröhnte jetzt regelrecht in meinen Ohren. Dann fügte er noch hinzu:
»Blätter auf Asphalt.«
Das nächste, an was ich mich danach erinnern konnte, war, dass ich wieder an den Stein vom Anfang unserer Rast angelehnt stand, als wäre nichts gewesen.
Die anderen saßen davor auf dem Boden und unterhielten sich leise. Offenbar schien keinem aufgefallen zu sein, dass ich weg gewesen war. Ich sammelte mich kurz und erzählte dann meinen Freunden von meinem Erlebnis.
Besorgt fühlte mir Ben die Stirn. »Bist Du vielleicht krank, Tanja?« Und etwas strenger fügte er noch hinzu, »oder hast

Du irgendetwas eingenommen?«
Ich war recht verwirrt. »Nicht, dass ich wüsste«, antwortete ich. »Du weißt doch, dass mir schon nach einem halben Glas Rotwein total schlecht wird. Ich würde nie eine Droge freiwillig einnehmen. Ich hasse es, einen Kontrollverlust zu erleiden.« Eine Freundin meinte dann noch dazu: »Ich habe vor einiger Zeit mal einen Indianerfilm gesehen, in dem ging es auch so los, dass einer immer eine Trommel gehört hatte, die sonst niemand anders hören konnte und dann bekam er Visionen. Vielleicht war das eben eine Vision?«
»Schon möglich, aber wieso bekomme ausgerechnet ich die? Und was soll das denn heißen, Eichen müssen her und Blätter auf Asphalt? Sehr, sehr merkwürdig«, antwortete ich.
Nachdenklich gingen wir weiter, aber bald hatten wir auch wieder andere Gesprächsthemen.
Mir aber ging die Botschaft des alten Mannes nicht mehr aus dem Kopf. Vor allem fragte ich mich, wieso ich ausgerechnet nach der Rettung der Erde gefragt hatte.
Bald darauf folgte das zweite Ereignis.
Es begann damit, dass mir ein weitläufiger Freund von Ben ein Buch von einem Lakota-Häuptling und Medizinmann namens Pix Hunter Quick Deer in die Hände drückte.
Beim Lesen bekam ich eine Gänsehaut nach der anderen – was ich dort las, sprach mich von innen heraus an, es war genau das, was ich schon immer irgendwie in mir getragen hatte. Bilder aus der Zeit des Aufnahmeheims für ausreisende Westler in den Osten stiegen in mir auf. Ich erinnerte mich, wie das Land und die Pflanzen und sogar manchmal auch die Tiere zu mir gesprochen hatten. Das war genau das Gleiche, wovon in diesem Band die Rede war.
Leider wohnte der Autor des Buches irgendwo weit weg im Norden der Vereinigten Staaten. Ich sandte ein inniges Gebet ins Universum, dass ich genauso einen Lehrer bräuchte.
Wenige Tage später fuhren wir wieder einmal raus in die Natur. Dort verirrten wir uns auf der Suche nach einem See im Wald. Und plötzlich, auf einer Lichtung, sah ich indianische Tipis stehen. Etwas schüchtern ging ich hin und fragte, was denn da los wäre.

»Wir haben hier ein Seminar mit Quick Deer«, rief jemand.
»Der wohnt doch weit weg in Amerika«, antwortete ich.
»Stimmt, aber der gibt hier trotzdem gerade ein Seminar«, erfuhr ich weiter. »Er ist ein „Wicasa Wakan“, ein „Heiliger Mann“ der Lakota«, stellte der Teilnehmer anschließend mit gesenkter Stimme und großem Stolz noch fest und fügte noch hinzu: »Früher haben die „Weißen“ das Volk auch Lakota-Indianer genannt, heute nennt man sie aber: „Die amerikanischen Ureinwohner“.« Manchmal ist es erstaunlich, wie das Leben Dinge arrangiert. Ziemlich aufgeregt bat ich, ihn zu treffen.
Man ließ mich lange warten und schickte mich dann doch fort, ohne dass ich ihn sehen konnte.
Viermal kam ich wieder und jedes Mal machten sie das genauso mit mir.
Am 4. Tag, ich hatte schon wieder 4 Stunden gewartet und mir deshalb gerade entrüstet vorgenommen, nie mehr hierherzukommen, da rief er mich endlich zu sich.
Er war ein Mann wie ein Bär, ein Vollblut-Lakota um die sechzig Jahre mit immenser Präsenz und wissenden Augen. Ich fiel sofort in Liebe.
Er lud mich für dieselbe Nacht um 4 Uhr zur Morgenschwitzhütte ein. Ich hatte keine Ahnung, was auf mich zukommen würde und ging während dieser Hütte durch einiges, aber ich hatte meinen Lehrer gefunden.
Lange wich ich ihm nicht von der Seite und versuchte jedes, für mich erreichbare, Seminar zu besuchen.
Auf den Seminaren wurden zumeist Schwitzhütten durchgeführt. Das war eine uralte indianische Tradition, um sich zu reinigen. Und zwar war hier offenbar weniger der Körper als die Seele gemeint.
In einer, aus Weiden gebauten, kleinen Hütte, die mit Decken so abgedeckt war, dass es innen stockdunkel werden konnte, saßen wir dicht an dicht, mit Nachthemd oder Shorts und T-Shirt bekleidet, um eine kleine Kuhle in der Mitte der Hütte herum, wo rotglühende Steine darin lagen. Quick Deer tat kalifornischen Salbei oder andere wohlriechende Kräuter auf die Steine und kippte auch Wasser auf sie. Durch den entstehenden Wasserdampf

wurde es sehr, sehr heiß in der kleinen engen Hütte.
Das empfand ich zunächst beim ersten Mal als fürchterlich, weil ich sofort einen echten Platzangst-Anfall bekam.
Obwohl es dunkel war, entging dies Quick Deer offenbar nicht. Bevor ich in meiner wilden Panik die ganze Hütte demolieren und für immer davonlaufen konnte, rief er »How Mitakye Oyassin«, was übersetzt »für alle meine Verwandten« bedeutete und augenblicklich öffnete von außen der sogenannte Feuermann die Eingangsluke der Schwitzhütte.
Es kamen Licht und kalte Luft hinein.
Mein Herz pochte mir zwar immer noch wie eine gigantische Maschine bis in die Ohren, aber ich fühlte, wie sich mein Blutdruck langsam wieder senkte.
Ich bemühte mich, ruhiger zu atmen und mich zu beruhigen.
Belustigt sah mich Quick Deer an.
Auf Englisch sagte er sinngemäß: »Ich brauche unbedingt eine Assistentin. Wie wäre es mit unserer Neuen?«, er sah in meine Richtung und winkte mir zu.
Ich hatte es nicht ganz genau verstanden, was er von mir wollte, aber ich bewegte mich langsam auf allen vieren im Uhrzeigersinn, an den anderen Teilnehmern vorbei, innerhalb der Hütte auf ihn zu. Er saß rechts vom Eingang der Hütte und ich nun direkt rechts neben ihm.
Er gab mir allerlei Kräutersäckchen aus Leder auf meinen Schoß und ließ mich wissen, dass ich nun für die Kräuter auf den Steinen verantwortlich wäre und wie unglaublich wichtig dies für den erfolgreichen Verlauf der Hütte sei.
Ich schwoll regelrecht an vor Stolz.
Er ließ die Türe wieder schließen und ich, »die absolut Allerwichtigste der ganzen Welt«, tat immer wieder einige Kräuter auf die glühenden Großväter, so wurden die Steine auch manchmal genannt und erfreute mich an dem wundervollen Geruch der verräuchernden Heilpflanzen.
Meine Klaustrophobie hatte ich darüber vollkommen vergessen.
Auf die Idee, dass genau das das Ziel des weisen Mannes gewesen sein könnte, kam ich erst viele Jahre später.
Nach jeweils vier Türen (wenn sich die Eingangsklappe

öffnete, war das eine sogenannte Tür) gingen wir alle aus der Hütte heraus.
Manchmal war die Zeremonie dann zu Ende, das war dann eine Reinigungshütte und wenn es nochmal weiterging, wurde diese dann zu einer Heilungs-Schwitzhütte.
Nach so einer Schwitzhütte fühlte ich mich immer wie neu geboren, innerlich sehr geklärt und rundum glücklich und zufrieden.
Außerdem wurden auf den Seminaren auch Visionssuchen durchgeführt. Hier ging der Suchende ganz allein für 4 Tage und Nächte in den Wald, um dort fastend in innerer Einkehr bestimmte Antworten, nach denen er suchte, zu erhalten. Dafür begann ich mich aber erst nach einigen Jahren zu interessieren.
Am Abend saßen wir stets im Haus oder am Lagerfeuer beisammen und Pix Hunter erzählte uns von den Traditionen seines Volkes oder aber über unsere Mutter Erde.
Er sprach darüber, dass wir als Menschen nur ein winziger, recht unwichtiger Teil der Schöpfung seien und dass wir total von der Erde, den Pflanzen und den Tieren abhängig wären. Aber diese wiederum bräuchten uns überhaupt nicht zum Leben und deshalb sollten wir uns auch ein wenig demütiger benehmen und nicht wie die Elefanten in der Porzellankiste alles auf der Welt kaputtmachen oder verschmutzen.
Außerdem sollten wir Pflanzen, Tiere und auch andere Menschen als unsere Brüder und Schwestern erkennen und auch so behandeln.
Ich lauschte ihm gerne, auch wenn ich wegen der fremden Sprache nur die Hälfte davon verstand, was er sagte. Allein die Schwingung, die durch seine Worte im Raum verteilt wurde, reichte schon aus, um mich zu beruhigen und mich gut fühlen zu lassen. Mir dämmerte es nach und nach, dass es vielleicht eine Möglichkeit für ewiges Glücklichsein geben könnte, die nichts mit den äußeren Umständen, wie Partnerschaft, Besitz oder sonst etwas zu tun haben würde, sondern einfach dann auftauchte, wenn man ganz in seiner inneren Mitte ruhte.
Quick Deer sprach auch immer davon, dass wer sich nicht beim „Großen Geist“ (damit meinte er so etwas, wie die

Stille oder das große Geheimnis) auftankte, immer leer ausginge und stets unzufrieden bliebe, egal wieviel er auch besitzen mochte. Die einzige Nahrung, um wirklich satt, glücklich und zufrieden zu sein, wäre die Stille, wurde er nicht müde, zu wiederholen. Das bestätigte meine Ahnung noch weiter.

In den ersten Jahren sprach Pix nur in englischer Sprache während seiner Seminare.

Als inzwischen echter, ehemaliger Ossi konnte ich zwar perfekt Russisch sprechen, aber mein Französisch oder Englisch taugte kaum für umgangssprachliche Angelegenheiten, geschweige denn für spirituelle Themen. So verstand ich oft gar nichts oder auch nur Unsinn, wie das folgende, lustige Beispiel zeigte:

An einem Tag sprach Pix eine ganze Menge über »The Power of Eagle-Feathers«, das hörte sich laut ausgesprochen wie »Igel-Father« an.

Ich verstand demnach »die Kraft der Igel-Väter«.

Eine ganze Stunde hörte ich dann mit Staunen, wie wichtig die Väter von kleinen Igeln sind und dass man sie ja nur nicht auf den Boden fallen lassen solle (Wer würde so etwas denn auch machen, dachte ich noch so für mich?).

Dann erfuhr ich noch, dass eine Frau, die ihre Menstruation hat, die Väter von Igeln keinesfalls berühren solle (Was es alles für komische Regeln gibt, stellte ich weiter für mich fest).

Ja und sehr heilig wären sie, man könnte mit ihnen heilen und noch vieles mehr.

Ich hatte vor kurzem erst einen Igel bei uns zu Hause im Garten gesehen (wir hatten uns inzwischen in Halle ein eigenes Haus mit Garten gekauft, wo wir lebten). Wenn ich Glück hätte, wäre dieser Igel männlich gewesen und hätte auch schon Kinder gehabt, überlegte ich mir.

Ob ich ihm wohl ein schönes Gehege bauen lassen sollte, damit er sich vielleicht überreden ließe, mir beim Heilen lernen zu helfen?

Denn eines wusste ich, ich wollte jetzt von ganzem Herzen eine Heilerin werden.

Als Quick Deer dann noch davon sprach, dass sein

verstorbener Großvater immer den Kranken beim Heilen mit den Igel-Vätern den Rauch des kalifornischen Salbeis zugefächelt hatte, wurde ich langsam stutzig.
Seit wann gab es in Amerika Igel oder gab es die dort vielleicht doch? Und konnte es gesund für einen kleinen Igel sein, wenn man diesen zum Räuchern benutzte?
Schüchtern hob ich meine Hand und stellte, bebend vor Ehrfurcht, meine, so wie ich dachte, durchaus berechtigte Frage.
Quick Deer hat mich später mit der Sache noch jahrelang aufgezogen und konnte an jenem Tag ewig nicht mehr damit aufhören, über mich zu lachen.
Hochrot erfuhr ich, dass das Thema des heutigen Tages »Die Kraft der Adler-Federn« und nicht die der »Igel-Väter« gewesen sei...
Ich liebte Pix, wie man nur einen Lehrer lieben kann.
Es hatte nichts mit der Liebe von Menschen zueinander zu tun.
Es war eher wie die Liebe zu etwas Göttlichem oder so ähnlich. Ich hatte den Eindruck, dass Pix mich auch mochte. Trotzdem wurde ich das Gefühl nicht los, dass er mich ständig beobachtete, als würde er auf etwas Bestimmtes warten.
Die Seminare und die Schwitzhütten taten mir total gut. Ich fühlte mich danach vollkommen zufrieden und ausgeglichen. Man könnte fast sagen, ich fühlte mich glücklich, obwohl es im Außen dafür überhaupt keinen wirklichen Grund zu geben schien. Irgendwo tief in mir begriff ich langsam, dass wahres Glück nichts mit äußerem Besitz oder mit überhaupt etwas in unserer materiellen Welt zu tun hat. Es war eher so, als ob ich nur richtig glücklich werden konnte, wenn ich, zumindest innerlich, von all diesen äußeren Dingen ablassen würde. Glück wurde einem offenbar immer dann geschenkt, wenn man einfach nur ohne Wünsche und Begierden still im Moment verweilte. Die Schwitzhütte als Ritual half mir dabei, das geschehen zu lassen, aber auch allein die Stimme von Quick Deer hatte schon diese Wirkung auf mich.
Ich war gerade wieder auf einem Seminar bei ihm, Atlantus war jetzt schon 5 Jahre alt, da sprach er mich, mit einem

Blick auf Atlantus, direkt an:
»Ich glaube, er vermisst seinen Papa sehr.«
Ich war ein wenig verärgert, denn ich wollte immer eine gute Mutter sein. Aber, dass Ben jetzt weg war, war nicht in meiner Macht gewesen. Er war einfach nicht für eine Familie gemacht und wir hatten uns deshalb ganz einvernehmlich getrennt.
Ich war mit dem Kleinen in dem Haus in Halle, das ich inzwischen, wie gesagt, gekauft hatte, geblieben und Ben war nach Australien gegangen.
Es war offen, ob und wann er wiederkommen würde.
Dass Atlantus darüber sehr traurig sein könnte, war mir sträflicherweise noch gar nicht in den Sinn gekommen oder hatte ich es einfach verdrängt?
»Er ist jetzt in einem tollen Alter, wo man ihm die ganzen Geheimnisse der Natur erklären kann«, fuhr Pix fort.
»Wenn Du möchtest, gebe ich ihm einen indianischen Namen.« Quick Deer wartete geduldig auf meine Antwort.
»Das wäre schön«, antwortete ich und dann fing ich bitterlich an zu weinen.
»Ich wollte nicht, dass Atlantus ohne seinen Vater aufwachsen muss, aber es war einfach nicht in meiner Macht. Ich habe alles versucht, was ich konnte. Die Beziehung war wohl von vornherein schon dazu verdammt, zu scheitern. Ben ist und bleibt nun einmal kein Familienmensch und letztlich hat er nicht so viel zu geben.«
»Man kann niemandem sein Schicksal abnehmen, liebe Tanja. Es reicht, wenn Du Dein Bestes tust.« Quick Deer lächelte mich freundlich an. »Ich werde ihn „Der aus dem Wasser kommt" nennen, gefällt Dir das?«
Ich war wie vom Donner gerührt. »Woher weißt Du das?«, fragte ich Pix.
»Das werde ich Dir gerne erzählen, wenn Du so weit bist. Wie wäre es denn, wenn Du Dir derweil einen neuen Mann suchst und für Atlantus noch ein Geschwisterchen dazu käme?«, fragte Pix mich so ganz nebenbei. Mir stand vor Überraschung kurz der Mund offen und Pix kicherte still vor sich hin, während er gemächlich davonging.
Da hatte er eine Saat in mich gesetzt, die sich mit großem

Überlebenswillen daran machte, tiefe Wurzeln in mir zu bilden.
Ein neuer Mann -, pah, woher nehmen, wenn nicht stehlen? Die wachsen ja nicht gerade auf den Bäumen. Es war, als hörte ich eine längst vergessene Stimme in meinem Kopf: »Geh dahin, wo die Prinzen sind.« »Oh Mann, und wo bitte schön sollen denn diese wunderbaren Prinzen sein, Du Klugscheißer?«, fauchte ich ärgerlich zurück.
Als keine weitere Antwort mehr kam, fing ich an zu grübeln und zu grübeln.
... wo die Prinzen sind, was sollte denn das bloß wieder heißen? Aber das Ganze ließ mich nicht mehr los.
Also fing ich an, nach dem sogenannten Prinzen zu suchen, zuerst auf den Quick Deer-Seminaren – Fehlanzeige, alle zu grob oder schon vergeben.
Atlantus, der jetzt gerade 6 Jahre alt war, kam natürlich überall hin mit. Manchmal, bei den Seminaren zum Beispiel, nahm ich auch die neue Mascha (meine 2. kleine Schwester) mit, die dort auf den Kleinen aufpasste, wenn ich es gerade nicht konnte.
Ich klapperte auch alle möglichen Gemeinschaften ab.
Ich war unter anderem in der Kreuzgemeinschaft in La Gomera, im Lebensgarten Steyerberg, im Zegg bei Berlin (hier war Atlantus ganz furchtbar entrüstet, weil ich mich kurz mit einem Mann dort eingelassen hatte –an diesem Ort herrschte nämlich freie Liebe- anyway, der war eh nix, viel zu unreif) und noch an einigen anderen Plätzen.
Danach noch die Teilnahme an allen möglichen und unmöglichen esoterischen Seminaren. Am schlimmsten waren das Unterwasser-Atemseminar (hatte ich schon erwähnt, dass ich unter Klaustrophobie litt?) und dann der Floating Tank (besonders eng und dunkel, furchtbar). Die übertrafen sogar noch die Fastengruppe oder die Primärarbeit-Komplex-Seminare, die ich auch noch belegt hatte.
Die Prinzessin von König Drosselbart konnte, wie immer, nirgendwo einen geeigneten Gemahl finden.
Als mir diese ganzen Kurse aber zu nah an meinen inneren Panzer, der all meine schlimmen Erlebnisse von früher fein

verschlossen hielt, kamen, ließ ich das erst mal schnell wieder sein. Allerdings begann ich irgendwann dann doch noch eine Ausbildung zur Atemtherapeutin.
In dem Seminarhaus, wo die Kurse stattfanden, arbeitete ein Koch, der war ein ehemaliger Sannyasin (das waren offenbar die einstigen Schüler von Osho, der wohl vor seinem Tod im Jahr 1990 in Indien als eine Art Guru gewirkt haben sollte).
Dieser Koch war wirklich auffällig nett zu Atlantus, spielte mit ihm, passte auf ihn auf und hatte sogar selbst Spaß daran. Als er ihn einmal knapp, durch sehr gute instinktive Reflexe, vor einem kleinen Unfall auf dem Spielplatz bewahrte, stellte ich mein inneres Objektiv scharf. Ich hatte bei meiner Partnersuche immer nur auf die Teilnehmer der Seminare geschielt, das Personal hatte ich bisher gar nicht bedacht. Das eröffnete mir jetzt ganz neue Möglichkeiten.
Ich fing an den Koch, er hieß Prem Adita, was übersetzt »der Erste« bedeutete und ein Sanyas-Name, von diesem Osho war, näher ins Visier zu nehmen. Er kam gerade mit dem strahlenden Atlantus an der Hand in meine Richtung.
Plötzlich konnte ich nicht mehr aufhören an »Prem Kokus« zu denken. Das passte jetzt aber gar nicht, »Prem Kokus, Prem Kokus«, erschallte es wie zum Trotz in meinem Hirn.
Ich musste krampfhaft ein Grinsen unterdrücken. Dieser Prem Kokus war nämlich eine Figur aus einem meiner Lieblings-Kinderbücher von Alexander Wolkow, dem »Zauberer der Smaragdenstadt«. Er war dort der Oberste und Älteste von einem besonderen Volk, den sogenannten Käuern. Diese kauten in einem fort (tolle Geschichte, es gab da 7 verschiedene Bände davon, was mir damals eine ganze Woche Lesen beschert hatte, zumindest die ersten 5 Bände sind wirklich sehr zu empfehlen!).
Jedenfalls als Atlantus mit Prem Kokus, Quatsch natürlich mit Prem Adita näherkam, war dieser auch noch irgendetwas am Kauen. Ich presste mir schnell ein Taschentuch vor den Mund und gab vor, meine Schuhe neu zu binden.
Ich hoffte inständig, meinen Lachanfall ganz schnell unter Kontrolle bringen zu können.
»Hi, Tanja, ich bringe Dir Deinen Sohn zurück.
Er ist wirklich ein bezauberndes Kind.« (Wo er Recht hat,

hat er Recht, dachte ich mir selbstgefällig.)
»Ich hatte eine tolle Zeit mit ihm. Wir waren…«.
Während er erzählte, holte ich in Gedanken schnell meine innere Checkliste heraus und ging die wichtigsten Punkte in aller Eile durch:
1. Ist er kinderlieb? positiv
2. Sind sich Atlantus und er sympathisch? positiv
3. Ist er vertrauenswürdig? (ich blickte kurz näher zu ihm hin) ja positiv
4. Bildungsgrad und Intelligenz gut genug? (er hatte mir mal erzählt, dass er das jahrgangsbeste Abi gehabt hatte, aber wegen seiner spirituellen Kariere nicht studieren wolle. Das ließ ich durchgehen, also auch positiv.
5. Ist er fleißig? (das war mir seit Ben plötzlich ziemlich wichtig), auf alle Fälle positiv

Ich schaute interessiert auf, so weit war ich in meiner Liste noch nie gekommen.
Er war noch immer munter am Weitererzählen, also ging ich noch ein paar weitere Punkte durch:
6. Riecht er gut? Positiv
7. Ist er hübsch? Eindeutig positiv
8. Ist er groß genug. auch positiv

Den Rest und auch, ob das Leben uns ermöglichen würde, uns richtig ineinander zu verlieben zu können, beschloss ich, schnellstmöglich herauszufinden.
Adita war auch gerade am Schluss seines Berichtes angekommen. »Mensch, das hört sich ja richtig toll, an. Danke schön. Darf ich Dich heute Abend vielleicht auf eine Tasse Tee im Dorf einladen?«, fragte ich ihn.
»Ja sehr gerne«, Adita schien erfreut. Dann bis später.
Ich übernahm Atlantus und ging zurück auf unser Zimmer, wo die kleine Mascha (obwohl, die war jetzt auch schon über 20 Jahre alt- mein Gott, wie die Zeit vergeht) am Lesen war.
Am Abend fragte ich Adita in dem kleinen Dorf-Café so gut aus, wie ich nur konnte. Er besaß eine Wohnung, von deren Mieteinnahmen er zusammen mit dem Kochgehalt lebte.
Er war einer späteren Familie mit eigenen Kindern gegenüber nicht abgeneigt (sehr gut, ich wünschte mir für Atlantus ja noch ein Geschwisterchen und ich wollte dieses Mal einen

richtigen Familienvater bekommen). Sein Sternzeichen war der Krebs, mehr als positiv, denn Krebs und Fisch (was ich bin) passen sehr gut zusammen. Ich kam in eine euphorische Stimmung und wollte es jetzt aber ganz genau wissen und ließ es darauf ankommen. Wir landeten daraufhin in seinem Bett. Das war auch positiv, immerhin war er ein Schüler von Osho, welcher auch ein Tantra-Lehrer gewesen sein sollte. Allerdings war mir Adita ein wenig zu stürmisch, was wohl auf seinen Sternzeichen-Aszendenten Löwe zurückzuführen war. Damit konnte ich aber leben, dachte ich mir und startete sofort meine Aktion »neue Familie gründen«.
Ich schleppte ihn noch zu Quick Deer, um ihn begutachten zu lassen und als dieser heimlich den Daumen nach oben hielt, gab ich richtig Gas. Das Leben tat uns auch den Gefallen, dass wir uns wirklich bis über beide Ohren ineinander verlieben konnten und es passierte, dass mich Adita nach bereits 6 Monaten bat, ihn zu heiraten. Ich willigte ein und bereits nach einem weiteren Monat war ich dann schon schwanger. Ich wollte ja schließlich den kleinstmöglichen Altersabstand zu Atlantus erreichen und traute mich ohne Skrupel dabei so sehr Gas geben, weil ich mir jetzt von meiner Seite aus recht sicher war, dass ich eine gute Mutter sein konnte. Daher hatte ich nicht mehr solche großen Ängste zu versagen, wie anfangs bei Atlantus. Ich hatte unser Haus in Halle verkauft und wir waren jetzt auf der Suche nach einer neuen Bleibe. Bis dahin lebten wir vorübergehend in einem Campingbus und tingelten in diesem durch Deutschland, um einen geeigneten neuen Lebensraum für unsere neue Familie zu finden. Ich wollte unbedingt mitten im Wald leben, Adita aber lieber in einer großen Stadt. Das war ein Problem, dass ich vorher nicht in meiner Checkliste abgefragt hatte…

Derweil auf Aquarius…
Quick Deer, der, wie er es angekündigt hatte, schon seit längerem wieder in seinem normalen, menschlichen Körper auf der Erde lebte, war gerade in seinem Traumkörper mit Saphira auf einem gemeinsamen Spaziergang unterwegs.
Sie unterhielten sich angeregt über Tanja.

»Sie ist wieder schwanger und verheiratet auch, sagst Du?«, Saphira schüttelte ungläubig den Kopf.
»Cerafine, wie sie leibt und lebt. Sie ist eben ziemlich schnell«, antwortete Pix.
»Ich bin ganz froh darüber, denn ich nehme an, dass durch die Schwangerschaft ihr dicker, innerer Schutzpanzer ins Wanken geraten wird. Bevor sie das nicht gelöst hat, kann ich sie nicht richtig unterrichten. Sie muss durchlässiger und offener sein als jetzt. Solange sie mauert, gelange ich nicht an ihren Kern. Das ist aber wichtig, damit sie es schafft, später in ihren alten Körper nach Aquarius zurückkehren zu können. Mir bleiben nur noch wenige Jahre. Wenn mein Lebenskreis sich hier schließen wird, dann muss ich die Erde wieder verlassen.
Wollen wir hoffen, dass die Zeit reicht.«
»Das hoffe ich auch, mehr als Du Dir vorstellen kannst«, erwiderte Saphira und schüttelte ihre schlechten Vorahnungen ab.

Waldhaus

Ich war jetzt im dritten Monat schwanger und langsam aber sicher, wurde mir jeden Morgen schlecht.
Ich konnte deshalb nicht mehr in dem Campingbus bleiben und daher mieteten wir uns im Schwabenland, unweit von Stuttgart, eine kleine Ferienwohnung.
Adita schielte ganz erfreut in Richtung Stuttgart und bat mir als Kompromiss an, dass wir uns ja auch dort am Stadtrand eine Mietwohnung suchen könnten.
Ich wollte aber 1. keine Wohnung, sondern ein eigenes Haus mit großem Garten und 2. auch überhaupt nicht an einen Stadtrand.
Ich wollte in eine Einzellage im Wald und ich war nicht bereit, auch nur einen Zentimeter in dieser Angelegenheit nachzugeben.
Wir stritten uns ganz gewaltig über das Thema und kamen zu keinem befriedigenden Ergebnis.
Wäre ich nicht verheiratet und schwanger gewesen, hätte ich mir Atlantus geschnappt und wäre wegen dieser, praktisch unüberbrückbaren, Ansichten still und heimlich verschwunden.
Aber so, wie die Dinge nun lagen, ging das jetzt halt nicht mehr.
Ich fühlte mich von Tag zu Tag schlechter.
Irgendwie hatte ich den Eindruck, keinen Platz mehr in meinem eigenen Körper zu haben.
Es war, als würde mir die Schwangerschaft die Luft zum Atmen nehmen.
So einfach bei Atlantus die Schwangerschaft, die Geburt und das erste Jahr waren, so schwer sollte all das bei dem zweiten Kind werden.
Die Ferienwohnung befand sich in einem kleinen Ort mit circa 2600 Einwohnern in einer Durchgangsstraße.
Allein die wenigen Menschen, die dort wohnten, waren mir auf einmal schon zu viel.
Ich musste unbedingt raus, und zwar schnell.
Ich konnte kaum mehr aufhören, mich zu erbrechen und trug daher ständig Plastiktüten für diesen Zweck bei mir.

Leider ging es mir nach dem Erbrechen keineswegs besser, so wie man das beispielsweise von Magen-Darm-Infekten kennt. Mir blieb es blöderweise immer gleich schlecht. Manchmal musste ich mich vierzig Mal am Tag übergeben.
Ich nahm Atlantus beiseite und erklärte ihm, dass ich dringend in den Wald müsste, denn hier in der Wohnung könnte ich es nicht mehr länger aushalten.
Ich schärfte ihm mehrmals ein, wie lieb ich ihn hätte und dass er mich jederzeit besuchen kommen könnte und dass es bestimmt bald alles wieder besser werden würde.
Nur Atlantus wusste, wo genau ich mich versteckt halten würde. Ich ließ ihn auch wissen, wie sehr mich seine zukünftigen Besuche freuen würden.
Für Adita, der gerade um die Ecke einkaufen gegangen war, legte ich einen kurzen Brief auf den Tisch, in welchem ich ihm alles erklärte, um Verständnis für meinen Waldaufenthalt bat und dass ich nicht von ihm dort aufgesucht werden wollte. Außerdem sollte er bitte keinesfalls Atlantus ausfragen, wo genau ich wäre.
Danach schnappte ich mir ein Zelt, Schlafsack, Isomatte, Essen und Trinken und einige kleine Geschenke für die zukünftigen Besuche von Atlantus. Dann verschwand ich ohne ein weiteres Wort.
Im Wald kam ich langsam etwas zur Ruhe.
Ich roch nicht mehr den, für mich fürchterlichen, Gestank von Fleischereien, die ich durch die Schwangerschaft über mehrere Straßen hinweg gerochen hatte und hörte auch nicht mehr den Autolärm.
Regelmäßig kam Atlantus zu Besuch. Wir kuschelten ausgiebig in meinem Zelt und tauschten uns über die Dinge des Tages aus. Dann ging er, zumeist mit einem kleinen Geschenk von mir (manchmal bastelte ich ihm auch etwas aus den Dingen des Waldes), wieder in die Ferienwohnung zurück. Ich spürte dabei immer, wie sehr lieb ich meinen Sohn hatte und plötzlich bekam ich große Angst, das neue Kind, das gerade in mir heranwuchs, vielleicht gar nicht genauso lieben zu können. Mein Herz war doch schon ganz voll von der Liebe zu Atlantus. Das machte mir mächtig zu schaffen.

Manchmal hörte ich Adita, obwohl ich ihn gebeten hatte, genau dies nicht zu tun, im Wald nach mir rufen. Ich war aber nicht in der Lage, mich ihm zu zeigen oder zu antworten, denn ich konnte außer Atlantus einfach niemanden in meiner Nähe ertragen. Ich war fest entschlossen, weiterhin allein im Wald zu bleiben und hier auch notfalls zu sterben.
Nachts träumte ich immer wieder von einer weißen Wölfin und daher war ich mir sehr sicher, dass ich ein Mädchen gebären würde.
Ab und zu fuhr ich mit meinem Auto, das ich sorgfältig im Laufabstand von meinem Lager versteckt hatte, heimlich neue Lebensmittel einkaufen. Vanillepudding war echt toll. Wenn man den dann später wieder erbrechen musste, war das nicht so unangenehm.
Was ich ganz furchtbar fand, waren die Alpträume, die mit meiner frühen Kindheit zu tun hatten.
Zwar war vieles noch wie im Nebel, aber ich war über einiges, was mir an schlimmen Szenen plötzlich wieder einfiel sehr, sehr traurig und konnte mich kaum noch beruhigen.
So etwa nach 4 Wochen wurde es draußen wärmer und das war ganz schlecht für mich, denn ich fing an, durch das Schwitzen langsam, aber sicher auszutrocknen.
Ich konnte nicht genug Wasser bei mir behalten, um dem entgegenzuwirken. Mein Kreislauf brach zusammen und ich hatte es gerade noch geschafft, mich direkt auf den Waldboden zu legen, mein Gesicht auf den wundervoll duftenden Boden gepresst und dachte, dass ich nun sterben würde.
Immer wieder sah ich im Geiste diese weiße Wölfin, aber es mischten sich auch andere Fetzen von Geschichten dazwischen, die ich überhaupt nicht einordnen konnte.
So fand mich, wie durch ein Wunder, Adita und rief sofort einen Krankenwagen. Im Krankenhaus musste man mir alles über Infusionen direkt in den Blutkreislauf verabreichen, denn ich konnte weder Nahrung noch Wasser bei mir behalten:
Ich war inzwischen etwa im 5. Monat. Adita und Atlantus kamen mich täglich besuchen. Es tat mir so leid, dass der

Kleine mich so sehen musste und ich war Adita auch sehr dankbar, dass er so hartnäckig weiterhin nach mir gesucht hatte. Er hatte mir dadurch definitiv das Leben gerettet.
Eines Tages fragte er mich: »Was brauchst Du, um gesund zu werden?« Ich antwortete ganz spontan, »ich kann nur in einer Einzellage in einem eigenen Haus im Wald leben.«
»Also gut, ich bin einverstanden und mache mich ab morgen auf die Suche.«
Augenblicklich kehrte Leben in meine Augen zurück.
Am übernächsten Tag brachte er schon einige Zeitungsausschnitte mit. Es gab alte Mühlen, Burgen, Bauernhöfe oder Anwesen, die alle ganz allein lagen.
Ich war begeistert und dachte nicht einen Moment daran, was das für Adita bedeutete.
Schließlich hatte er sich ein Leben in der Stadt gewünscht. Er war es gewöhnt, in Osho-Centers, die es nur in großen Städten gab, herumzuhängen oder monatelang in Indien oder sonst wo auf der Welt unterwegs zu sein.
Ich zwang den Nomaden nun, sesshaft irgendwo am Ende der Welt, sein Leben zu verbringen. Das wurde mir aber erst viel später klar.
Für jetzt nahm ich all meinen Lebenswillen zusammen und versuchte, wieder selbst zu essen und zu trinken.
Das gelang mir und ich wollte danach gleich die ganzen Anwesen besichtigen gehen.
Einige Mühlen waren selbst mir zu weit ab von jeglicher Zivilisation. Aber dann kamen wir nach Waldhaus.
Eine sehr, sehr alte Dame mit leuchtend blauen und sehr lebendigen Augen bot dieses Anwesen zum Verkauf.
Es lag nur 2 Kilometer außerhalb der nächsten, sehr kleinen Ortschaft, aber ganz allein mitten in einem Eichenwald.
Im Waldhaus gab es sogar eine komplett eigene Wasserversorgung, die aus einer Quelle, welche versteckt und ganz idyllisch auf dem großen, dazu gehörenden Grundstück lag, gespeist wurde.
Genauso hatte ich mir das vorgestellt. Nach 14 Tagen war das Haus unser. Als Erstes baute ich einen Spielplatz für die Kinder und dann erneuerte ich den bestehenden und baufälligen 700 Meter langen und zwei Meter hohen Zaun

weiträumig um das Haus. Das brauchte ich als Grenze und zum Schutz.
Den Rest des Waldes und der Wiesen, die noch dazu gehörten, ließ ich offen für die ursprünglichen Bewohner dieses Platzes.
Kaum waren wir eingezogen, war ich erstaunlicherweise komplett geheilt.
Wir hatten eine Hausgeburt.
Sie war das Schwerste, was ich je durchmachen musste.
Adita war dieses Mal der Erste, der den Kleinen sah und ich glaube, er war sehr beeindruckt von der Präsenz dieses neuen Erdenbürgers.
Es war wieder ein Junge.
Komisch, ich hätte schwören können, dass ich ein Mädchen bekommen würde.
Der Kleine war sehr tapfer, denn auch für ihn waren weder die Schwangerschaft noch die Geburt leicht gewesen.
Noch dazu weinte er im ersten Jahr andauernd.
Er hatte ständig Bauchweh und wir konnten ihm nicht helfen.
Wir trugen das weinende Baby abwechselnd umher und waren sehr bald allesamt mit den Nerven völlig am Ende.
Ich hatte das Gefühl, dass der Kleine sehr darum kämpfen musste, sich in diesem kleinen Körper zu inkarnieren.
Deshalb erschien mir sein Name vollkommen angemessen.
Wir hatten ihn »Akira«, was »der Krieger« bedeutet, genannt.
Atlantus war begeistert, dass er nun ein Brüderchen hatte und wollte mitten im Winter sofort mit ihm draußen allein übernachten.
Aber damit musste er leider noch einige Jahre warten.
Meine Befürchtungen, ich könnte Akira nicht genauso lieben, wie Atlantus, waren im Übrigen völlig unbegründet gewesen.
Kaum hatte ich mein neues Baby zum ersten Mal erblickt und in den Armen gehalten, vergrößerte sich mein Herz wie durch Zauberei scheinbar auf das Doppelte und ich konnte beide Jungen gleichermaßen bis ins Unermessliche lieben.

Zu viele Abschiede

Atlantus war von früh bis spät im Wald unterwegs und kam am Abend stets mit irgendetwas, das er dort gefunden hatte, nach Hause.
Er hatte bereits eine riesige Sammlung von Geweihen und anderen Tiersachen zusammengetragen.
Er konnte auch wahnsinnig gut mit lebenden Tieren umgehen und brachte immer wieder Wildtiere mit zu uns, die friedlich auf seiner Schulter saßen oder ihm einfach hinterherliefen.
Ich ließ die Kinder alles tun, wozu sie Lust hatten, es sei denn, es hätte sie selbst oder jemand anderen gefährdet.
Sie verlebten, glaube ich, eine freie frühe Kindheit in der Natur rund um das Waldhaus.
Adita und ich waren Pazifisten, Kriegsspielzeug oder Waffen kamen daher für die Kinder nicht in Frage.
Deshalb waren wir mit den Wünschen von Akira recht überfordert.
Ständig wollte er ein Messer, ein Beil, ein Schwert oder Pfeil und Bogen haben.
Als er all das nicht bekam, schnitt er sich selbst aus Papier und Pappe lauter Schwerter aus oder baute sie sich aus Ästen und Steinen zusammen.
Das mit den Waffen war ihm einfach nicht auszutreiben.
So gaben wir irgendwann nach und er bekam als Erstes einen eigenen Bogen. Darüber freute er sich wie ein Schneekönig.
Später sammelte er im Übrigen kofferweise verschiedene Messer, Spielzeugpistolen und andere, für uns schier unmögliche Dinge.
Nachdem der kleine Akira erst einmal in seinem Körper angekommen war, startete er richtig durch.
Er war extrem kriegerisch, auf seine Art sehr weise, unglaublich sozial und ein stets lachender unglaublich flinker Energiewirbel voller überschäumender Lebenslust.
Er erinnerte mich immer ein wenig an die kleine Britta, meine erste Schwester.
So wie sie, war auch Akira extrem sportlich.
Er konnte so schnell und ausdauernd rennen, dass er mit 6 Jahren bei einem Marathon mit 5000, zumeist erwachsenen

Teilnehmern den 5. Platz belegte.
Als er in die Schule kam, erzählte er uns im ersten Jahr täglich nur davon, mit wem er sich dort heute wieder alles geprügelt hatte.
Er hielt das Ganze nämlich zunächst für eine Art Kampfausbildung.
Sobald er aber begriffen hatte, dass es sich in der Schule hauptsächlich ums Lernen drehte, ging er auch damit wie eine Rakete durch die Decke.
Alles, was Akira anpackte, musste perfekt sein, egal, wie hart er auch dafür arbeiten musste.
All das kam offenbar ganz allein aus ihm heraus.
Wir versuchten ihn eher zu überreden, mal ein bisschen weniger zu tun.
Niemals musste er zu den Hausaufgaben aufgefordert werden.
Diese beiden Wesen, Atlantus und Akira, das waren schon zwei sehr spezielle Kinder, die da bei uns lebten.
Atlantus nahm Akira inzwischen mit auf seine täglichen Waldstreifzüge. Die Kinder nahmen oft einen großen Müllsack mit und reinigten den Wald, wo immer sie dort Müll fanden.
Ich unterstützte dies sehr, war ziemlich stolz auf sie und zeigte ihnen das auch.
Was am aller merkwürdigsten war, war das Verhältnis von Atlantus zum Wasser.
Einmal fuhren wir mit der ganzen Familie zu einem Seminar von Pix Hunter Quick Deer.
Dort gab es circa einen Kilometer entfernt einen Teich.
Die Kinder aller Teilnehmer spielten dort, leichtsinnigerweise ganz allein und ohne Aufsicht.
Ein kleiner, etwa zweijähriger Junge fiel dabei ins Wasser und war dem Ertrinken nahe.
Keines der anderen Kinder konnte schon schwimmen und sie standen alle hilf- und ratlos am Ufer herum.
Atlantus ergriff dann die Initiative und sandte Akira aus, um Hilfe zu holen.
Dieser rannte schnell wie der Blitz los, um einen Erwachsenen aufzutreiben.

Währenddessen konzentrierte sich Atlantus auf die Teichoberfläche und sorgte vom Ufer aus dafür, es ist mir unerklärlich, wie er das konnte, dass der kleine Junge immer wieder mit seinem Kopf über Wasser kam und dadurch hin und wieder atmen konnte.
Später hat er mir erzählt, dass nicht er das vollbracht hatte, sondern die Fische des Teiches, hätten dies auf seine Bitte hin, getan.
Das war für mich genauso rätselhaft.
Der zweijährige Junge hatte die ganze Aktion vollkommen unbeschadet überlebt.
Ein andermal waren wir am Meer spazieren.
Für alle überraschend kam, wie aus dem Nichts, eine riesige Welle und riss uns am Strand Atlantus buchstäblich aus den Händen.
Er war mehrere Sekunden gar nicht mehr zu sehen und wir waren vor Angst wie erstarrt.
Im nächsten Moment brachte eine andere Welle ihn, zu unserem Erstaunen, sanft zu uns zurück, genau dahin, wo wir vorher gestanden hatten.
Atlantus wirkte danach kein bisschen besorgt.
So ähnliche Vorkommnisse gab es immer mal wieder und es sah so aus, als ob Atlantus jedenfalls vom Wasser nichts zu befürchten hätte.
Pix Hunter war immer wieder ein sehr geachteter Gast bei uns zu Hause. Er mochte die Kinder beide sehr gerne und beobachtete sie genauso aufmerksam, wie er es auch von Zeit zu Zeit bei mir tat.
Er hatte, nachdem die Kinder erst einmal aus dem Gröbsten heraus waren, angefangen, mich intensiver zu unterrichten.
Ich konnte nun Schwitzhütten selbst leiten, wusste über Visionssuchen Bescheid und hatte von ihm auch eine heilige indianische Pfeife bekommen.
Seit kurzem aber erschien er mir des Öfteren im Traum und wollte mich dazu bewegen, mit ihm zu gehen.
Ich traute mich aber nicht.
Eines Morgens überwand ich mich und wandte mich fragend an Pix.
»Darf ich Dich mal etwas fragen?« Ich tat mich schon seit

Tagen mit diesem Anliegen schwer.
Pix blickte nur kurz auf und wartete.
»Machst Du das eigentlich absichtlich in den Träumen oder bilde ich mir das alles nur ein?«
»Es freut mich, dass Du fragst«, antwortete er mir.
»Ich möchte Dich das Traumwandeln lehren.«
Ich machte nicht gerade ein sehr verständiges Gesicht.
»Beim Traumwandeln kann man seinen Körper verlassen und in einem Traumkörper andere Menschen, die auch sehr weit entfernt sein können, aufsuchen.
Das ist ein gute weitere Methode zum Heilen«, fügte er noch hinzu und war sich jetzt meiner vollen Aufmerksamkeit sicher.
»Ok, was muss ich machen?«
Pix lachte.
»Zuerst musst Du lernen, aktiv zu träumen, wenn Du träumst, also selbst zu bestimmen, was in Deinem Traum vorkommt.
Wenn Du das steuern kannst, dann kannst Du Dir auch vorstellen, mit Deinem Körper irgendwohin zu reisen.
Wenn Du also bemerkst, dass ich Dich abholen komme, so schließe Dich mir bitte das nächste Mal an.«
»Was, wenn man nicht mehr zu seinem Körper zurückfindet?«, fragte ich ein klein wenig ängstlich.
»Das ist wieder eine sehr gute Frage. Ehrlich gesagt, wäre das fatal und deshalb übst Du besser anfangs nur mit mir zusammen.
Wir machen jetzt erst mal unsere geplante Heilungs-Schwitzhütte.
Das ist eine sehr gute Vorbereitung für unsere spätere Mission.«
Es wurde mit 24 Türen die längste und intensivste Schwitzhütte, die ich jemals besucht hatte. (eine Tür bedeutet, dass die Klappe der Hütte für eine kurze Pause geöffnet wird, damit der heiße Wasserdampf, der durch die glühenden Steine und das Wasser in der Mitte der Hütte entsteht, entweichen kann).
Als wir am Abend wieder herauskamen, war ich wie seelisch durchgeweicht.

»Wir sehen uns heute Nacht.«
Quick Deer zwinkerte mir zu und verließ in aller Seelenruhe den Schwitzhüttenplatz.
Es war eine total schräge Erfahrung.
Als ich eingeschlafen war, holte mich Quick Deer tatsächlich im Traum ab.
Ich erhob mich einfach aus meinem Körper, der friedlich im Bett weiterschlief und folgte meinem Lehrer.
Wir gingen an zwei gewaltigen rundlichen Felsen vorbei in Richtung eines alten und verwilderten Waldes.
In der Nähe war ein Fluss.
Es roch nach feuchter, dunstiger Waldluft.
Vor uns lag ein Weg, der kreisförmig war.
Es war überhaupt nicht wichtig, wohin er führen würde.
Dort verwandelte sich Quick Deer plötzlich in einen riesigen braunen Bären und kurz darauf passierte mit mir genau das Gleiche.
Das war so was von abgefahren.
Mein Geruchssinn war phänomenal, ich ging auf vier Beinen, war bärenstark und ich suchte etwas.
Der Pix Hunter Bär lief sehr schnell voraus und ich wusste, dass er mir zeigen würde, wonach es mich so sehr verlangte.
Wir rannten den runden Weg, der sich jetzt als spiralförmig entpuppte, bergauf durch einen dichten Dschungel.
Dann kamen wir auf einer Lichtung an.
Am Himmel hing ganz tief der volle Mond.
Dann fing der andere Bär mit seiner linken Pranke an zu graben.
Ich trat zu ihm und tat es ihm gleich.
Tief in der, so himmlisch duftenden, braunen Erde legten wir eine weiße, lange Pfahlwurzel frei.
Ich wusste, das war meine Medizin, grub die Wurzel ganz aus und nahm sie in mein Maul.
Ich fing an, auf ihr herumzukauen. Sie war ziemlich bitter.
Ich schluckte und fühlte unversehens, wie meine Gestalt sich wiederum veränderte.
Ich wurde zu einem Adler, der majestätisch durch die Weite des Himmels flog und meine Augen waren so scharf, dass ich noch aus höchster Höhe, die kleinsten Bewegungen am

Boden ausmachen konnte.
Ich würde fortan nie mehr vergessen, was wirklich scharfe Augen sind.
Auch das Fliegen an sich, faszinierte mich ungemein.
Ich genoss es ungeheuer.
Von hier oben hatte ich den totalen Überblick.
Auch das war eine sehr lehrreiche Erfahrung.
Am Boden sah ich eine Schlange, die sich um das Loch kringelte, wo wir soeben die Wurzel ausgegraben hatten.
Als ich näher hinsah, bemerkte ich mich selbst als Mensch, ebenfalls um das Loch gewunden, mit der Wurzel in der Hand liegen.
Die Schlange kam mir immer näher.
Im Steilflug hielt ich auf die Schlange zu.
Kurz bevor ich sie ergreifen konnte, wurde ich selbst zur Schlange und schlängelte mich zunächst freundlich um mein menschliches Selbst herum.
Danach machte ich mich auf in Richtung des Flusses.
Im Körper der Schlange fühlte ich eine große Weisheit und konnte alles hören und verstehen, was um mich geschah.
Es war auch ein wunderbares Gefühl, sich ganz ohne Gliedmaßen fortzubewegen.
In der Nähe sah ich einen Frosch sitzen.
Bevor ich diesen jedoch erbeuten konnte, wurde ich selbst zum Frosch und sprang auf dem Erdboden herum.
Ich konnte in dieser Form mühelos ganz hochspringen.
Aber noch eindrucksvoller fand ich, dass ich auch in den Fluss hüpfen konnte und dann dort ein hervorragender Schwimmer war.
Ich wusste, dass ich einst als Kaulquappe wie ein kleiner Fisch gelebt und mich später komplett und erfolgreich verändert hatte, um auch an Land leben zu können.
Diese Erfahrung, mich wandeln zu können, war sehr wertvoll für mich.
Dann stand unverhofft Pix in seiner normalen Gestalt wieder vor mir und sofort kehrte auch ich in meine menschliche Gestalt zurück.
Er führte mich nun auf einem anderen Weg zurück.
Unterwegs sah ich Menschen, die dringend Heilung

benötigten und wenn ich diese betrachtete, so konnte ich mir nun aussuchen, ob ich ein Bär sein wollte, der mit Kräutern heilte oder ein Adler, der mit scharfen Augen die Ursachen und den Ausweg aus der jeweiligen Krankheit erkannte, eine Schlange, die durch Weisheit eine Lösung fand oder aber ein Frosch, der durch einfache Metamorphosen dieser Menschen deren Krankheiten unnötig werden ließ.
Ich war unendlich dankbar für diese wertvollen Instrumente zum Heilen, die ich soeben erhalten hatte.
Ich sah aber auf der Reise später auch noch den ganzen, so wundervollen blauen Planeten, auf dem wir lebten, vor mir liegen und spürte instinktiv, dass auch hier dringend Heilung von Nöten war.
Diese Aufgabe fühlte sich aber viel größer an, als dass ich sie irgendwie hätte vollbringen können.
Freundlich und verständnisvoll führte mich Pix von diesem Ort weg und dann war ich wieder in meinem Körper zurück und schlief bis zum Morgen.
Als ich aufwachte, erfuhr ich, dass dummerweise Pix gestern Abend schon abgereist war.
Ich wollte doch unbedingt sofort mit ihm über meine nächtlichen Erlebnisse sprechen.
Ich war recht verärgert darüber.
Andauernd verschwand Quick Deer, ohne sich jemals zu verabschieden und tauchte dann nach Belieben irgendwann wie aus dem Nichts wieder auf.
»So was Unzuverlässiges«, meckerte ich vor mich hin.
Damit ich bis zu seiner Rückkehr nichts vergessen würde, schrieb ich die gesamten Erlebnisse fein säuberlich auf.
Darüber sprechen wollte ich allerdings nur mit meinem Lehrer.
Somit kochte die ganze Sache in mir so vor sich hin und tatsächlich, nach einigen Tagen tauchte Pix unverhofft wieder auf, grinste und fragte:
»Na, wie ist es mit dem Traumwandeln gelaufen?«
»Wo warst Du denn?«, fragte ich vorwurfsvoll.
Er tat, als habe er die Frage nicht gehört und sah mich wartend an.
Ich erzählte ihm alles ganz genau und platze am Ende heraus:

»Kennst Du diese Wurzel, ich brauche sie unbedingt, damit ich anderen Menschen helfen kann.«
»Was, wenn die Wurzel, sie heißt übrigens Pischuta sca oder auf Englisch White Herb, was also, wenn diese dafür gedacht ist, Dich selbst zu heilen?«
Das hörte ich gar nicht so gerne und wollte gerade eine empörte Antwort geben, da sprach Pix weiter.
»Ich weiß, wieviel seelische Verletzung und wieviel damit verbundener Schmerz tief in Dir verborgen liegt.
Das muss ans Licht, damit es heilt.
Das bissige und tief verletzte Wolfskind, das in Dir lebt, muss seine eiternden Wunden der Sonne und dem Wind aussetzen, damit sie wieder zu gesunder Haut werden können.
Aber dafür muss es zuerst aus seiner Höhle herauskommen und vorher den festen Damm, den es sich zum Schutz vor seinem Höhlen-Eingang gebaut hat, einreißen.«
Ich schwieg, damit hatte ich nicht gerechnet.
Tränen rannen meine Wangen hinunter.
»Ich kann das nicht, Pix.
Ich würde daran zerbrechen«, antwortete ich leise.
»Sag niemals nie«, antwortete Quick Deer.
»Es wird die Zeit kommen, dann wirst Du dafür bereit sein.
Erst dann kannst Du eine wirkliche Heilerin werden.
Verwundete und kranke Heiler haben wir schon genug.«
Tröstend legte er mir seine Pranke von Hand auf meine Schulter und ich spürte, wie eine mächtige Kraft von ihm in mich hineinfloss.‘
»Dir ist schon klar, dass alle Heilkunst nichts ausrichten kann, wenn die Wurzel von uns allen, die Mutter Erde krank ist, oder?«
So hatte ich das noch gar nicht gesehen und nickte nachdenklich.
»Und überhaupt sollte Dir auch klar sein, dass selbst der beste Heiler immer nur etwas mehr Zeit für seinen Patienten gewinnen kann. Letztendlich wird und muss die äußere Form doch früher oder später wieder vergehen.«
Jetzt, wo er es sagte, leuchtete mir das auch ein, aber auch darüber hatte ich mir noch nicht wirklich Gedanken

gemacht.
»Ich möchte Dich noch einiges Lehren.
Vor allem das Reisen wird für Dich in Zukunft sehr wichtig sein. Das spezielle Reisen meine ich hier, nicht die normalen Urlaubsreisen oder so«, er lachte kurz auf.
»Das Traumwandeln, das Du schon kennen gelernt hast, werden wir deshalb noch weiter vertiefen.
Bedenke bitte, dass dies immer nur gelingen kann, wenn der Große Geist - Wakan Tranka -, es will.
Und denke auch daran, dass man durch Gebete Unglaubliches erreichen kann. Das gilt natürlich auch generell für das Reisen.
Wie sieht es eigentlich mit Deiner Pfeife aus, betest Du damit regelmäßig?«
Ich errötete leicht und senkte meinen Kopf.
Die Pfeife lag fein säuberlich in einem Hirschlederbeutel in einer Reisetasche in einer Ecke meines Kleiderschrankes, und zwar schon ganz schön lange.
»Die heilige Pfeife ist kein Gegenstand, sie ist eine Aufgabe, die man trägt. Du musst Dich dieser Aufgabe würdig erweisen.
Ich möchte, dass Du von nun an, morgens und abends mit der Pfeife in den Wald gehst und mit ihr betest.
Bedanke Dich für alles, was Dir und uns gegeben wurde, bitte um Entschuldigung für all das, was Du hättest besser machen können und bitte für alle anderen, die Tiere, die Pflanzen, die Menschen und natürlich für die Mutter Erde.
Ganz am Schluss darfst Du auch ab und zu für Dich einen Wunsch aussprechen«, er sah mich prüfend an.
»Ich verspreche es«, antwortete ich schlicht.
»Gut, außer dem Traumwandeln gibt es auch noch das schamanische Reisen.
Hier hast Du die Möglichkeit, gleichzeitig in dieser Alltagswelt und in der Anderswelt zu sein.
In der Anderswelt gibt es keine Zeit, so wie hier.
Alles kann jeden Moment erreicht werden, alles läuft dort gleichzeitig ab.
In dieser Welt kann man Antworten finden, wenn man sie dringend benötigt.

Die Anderswelt ist auch ein Ort, wo man Wesen treffen kann, die ihren Körper auf der Erde schon längst verlassen haben oder dort nie einen hatten.
Auch diese Wesen können helfen, wenn es große Herausforderungen zu lösen gibt.
Wir werden das schamanische Reisen ab sofort tagsüber und das Traumwandeln in der Nacht üben.
Es gibt auch noch andere Möglichkeiten des Reisens, zum Beispiel das astrale Reisen.
Ich nehme an, dass ich dafür leider keine Zeit mehr haben werde.«
Sein kurzes Zögern fiel mir gar nicht auf, ich war nämlich ein klein wenig erschlagen von dem Programm, was nun neben den Kindern, der Familie und meiner Arbeit noch auf mich zukommen sollte.
»Ach ja, eins noch liebe Tanja, denke immer daran, dass es wichtig ist, zuerst an der Wurzel zu beginnen, wenn Du wirklich heilen willst.
Die Mutter Erde ist der Ast, auf dem wir alle sitzen.
Sollte der abgesägt werden, dann erübrigt sich jegliches Heilen ganz von selbst.
Konzentriere Dich also immer auch auf die Heilung der Erde.
Wir sehen uns heute Nacht, bis später.« und damit betrachtete er unsere Unterhaltung als beendet.
Vor dem Einschlafen fokussierte ich mich ganz fest darauf, heute Nacht noch andere Tools zum Heilen zu erhalten.
Tatsächlich konnte ich mich, als Quick Deer in meinen Träumen erschien, noch daran erinnern und ich hielt so krampfhaft an dieser Idee fest, wie eine Mutter an ihrem erstgeborenen Sohn.
Ich folgte Quick Deer, der leise in sich hineinlachte.
Heute waren wir in einer ganz anderen, mehr kargen Landschaft unterwegs.
Ich murmelte beständig vor mich hin, »Neue Tools zum Heilen, neue Tools zum Heilen.«
Pix blieb abrupt stehen.
Drei ganz alte Frauen, ich ahnte sie mehr, als dass ich sie sah, standen an einem verfallenen Brunnen und winkten mir, näher zu kommen.

Sie schienen blind zu sein.
Ganz plötzlich wusste ich, dass es die Nornen waren, die hier vor mir standen und dass wir am Brunnen des Schicksals oder auch der Zeit waren.
Ich sollte hineinsehen.
Mit Vorfreude auf meine neuen Heiler-Tools schaute ich auf die Wasseroberfläche, welche sich erst langsam und dann immer schneller zu kräuseln begann.
Ich sah unsere Planeten, wie er immer heißer wurde, wie alle Pflanzen und Tiere ausstarben (der Mensch kam gar nicht erst vor) und wie sich dann aus allen erdenklichen Löchern heiße Lava auf die Erde ergoss und alles Leben, was vielleicht noch übrig gewesen war, tödlich unter sich begrub.
Ich wollte davon laufen, aber meine Beine waren wie in Beton gegossen. Ich konnte mir auch nicht die Augen zu halten oder diese schließen, sondern musste weiterhin, wie gebannt auf das schreckliche Schauspiel sehen, das sich mir in dem Brunnen bot.
Langsam erkaltete die Lava wieder und der Wind verwehte die Asche.
Irgendwann fiel ein heilender Regen und dann wuchsen nach und nach viele Löwenzahn-Pflanzen, die später auch erblühten.
Damit verblassten die Bilder und ich war wieder die Herrin über meinen eigenen Körper.
Mir war schlecht und ich wollte nur ganz schnell nach Hause.
Genau das passierte dann auch augenblicklich.
Als ich früh morgens aufstand, war Pix schon im Wohnzimmer und reichte mir schweigend eine Tasse Tee.
Er selbst bevorzugte die »schwarze Medizin«, wie er den Kaffee zu nennen pflegte und bevor er den ersten Schluck nahm, kippte er immer ein wenig draußen auf die Erde. Das sei für die Spirits, wie er sagte.
»Setz Dich Tanja«. Tausende Fragen gingen mir durch den Kopf.
Immer wieder schrie es in mir: »Wann, wann wird das sein?«
Pix hatte schon immer auf wundersame Weise meine Gedanken lesen können und antwortete mir umgehend.
»In circa 200 Jahren oder erst viel später, wenn wir Glück

haben.« »Aber«, er hob seine Hand, um mich zum Schweigen zu bringen.
»Wir waren am Brunnen der Zeit, gehütet von den alten, blinden Nornen.
Man findet ihn in der Anderswelt.
Aber bedenke, die Zukunft, die man dort sieht, ist nicht unabänderlich.
Deshalb musst Du alle Kraft dafür einsetzen, dass dieses Ereignis nicht eintritt!
Ich weiß, das kannst Du unmöglich allein schaffen, Ihr müsst viele werden und das wird auch schon bald geschehen.
Finde Deinen Weg, wie Du an der Rettung der Erde einen Anteil haben kannst und vergiss nie, der Schlüssel liegt zu allererst in Deiner eigenen Heilung.
Dann besprach er mit mir noch einige praktische Dinge, den Schwitzhüttenplatz in Waldhaus betreffend und machte sich daraufhin eilig auf den Weg.
Am nächsten Morgen war er wieder da und übte mit mir ausgiebig einige Wochen lang das harte Pensum durch, das er mir schon angekündigt hatte.
Als er mit mir zufrieden war, ging er, wie immer ohne ein Wort des Abschieds, seiner Wege.
Wir hatten Quick Deer nun schon einige Monate nicht mehr gesehen, aber das war schon öfter vorgekommen und wir machten uns daher keine Sorgen.
Für mich war es ein ganz besonders verrücktes Jahr. Es gab verschiedene Kriege auf der Welt und kleinere und größere Katastrophen.
Ich konnte so etwas, nachdem ich in den Brunnen der Zeit gesehen hatte, überhaupt nicht mehr verstehen oder sagen wir mal so, das hatte ich noch nie verstehen können, aber nun war das erst recht so.
Dann kam der 11. September 2001, an dem Terroristen tausende Menschen töteten, als sie mit voll bemannten Passagierflugzeugen in große Gebäude in den USA geflogen waren. Die ganze Welt war paralysiert und wir auch.
Nachdem wir 2 Monate später noch immer nichts von Pix gehört hatten, forschten wir nach und erfuhren, dass er sich schon vor Monaten auf eine unendlich lange Visionssuche in

den Wald aufgemacht und seine Rückkehr erst für in etwa einem halben Jahr angekündigt hatte. Obwohl mir Quick Deer inzwischen ganz schön fehlte, war ich alles in allem sehr glücklich im Waldhaus mit all seiner wunderschönen Natur ringsum und bemerkte dabei nicht, dass Adita still vor sich hin litt. Er ging inzwischen in bestimmte Seminarhäuser und kochte dort, so ähnlich wie in jenem, wo wir uns damals kennengelernt hatten, für die Seminarteilnehmer.
Dort blühte er richtig auf. Theoretisch konnte ich gut verstehen, dass ihm oder mir, auch mal andere Menschen anziehend erschienen. Praktisch war es aber so, dass es für mich ganz normal war, denn das hatte ich ja in der Hand. Wenn aber Adita das Gleiche tat, machte ich ihm schlimme Szenen und Vorwürfe. Ich war sehr, sehr eifersüchtig. Außerdem passierte dies bei ihm auch wirklich alle Nase lang.
Ich hatte in meiner Checkliste damals vergessen, nachzuschauen, wie er zur körperlichen Treue stand.
Da er einen Lehrer gehabt hatte, der die freie, echte Liebe propagierte, sah er vieles dabei ganz anders als ich.
Ich konnte es beim besten Willen aber damals nicht besser für ihn machen. So zerrütteten wir nach und nach unsere Ehe.
Am Ende hatte es Adita wirklich übertrieben.
Er wollte sich tatsächlich wegen einer anderen, sehr jungen Frau von mir endgültig trennen und die Familie verlassen.
Ich war daraufhin völlig außer mir und geschockt.
In der vorigen Nacht hatte ich endlich einmal wieder von Quick Deer geträumt.
Er stand auf einer Blumenwiese in einem sehr viel jüngeren Körper, als er ihn heute hatte und ging langsam und glückselig lächelnd rückwärts. Dabei sprach er mehrmals: »Be happy, Be happy, Be Happy« und dann löste er sich in Luft auf.
Was das wohl schon wieder zu bedeuten hatte?
Am Morgen überlegte ich auch noch, wieso mir der junge Quick Deer so bekannt vorgekommen war.
Beschämt erinnerte ich mich ganz plötzlich daran, dass ich vor langer Zeit auf genau diesen Mann in Halle/Saale in

meiner früheren Wohnung mit einem Baseballschläger losgegangen war.
Am selben Tag, es war Anfang Februar im Jahr 2002, erreichte uns am Vormittag völlig überraschend die Nachricht, dass Pix Hunter bei sich zu Hause in Amerika, kurz nach der Wiederkehr aus dem Wald, offenbar an einem Herzinfarkt, verstorben war.
Diese Nachricht, zusammen mit der Aussicht auf die Trennung von meinem Ehemann, das war mir alles zu viel. Und dann kam der Dammbruch. Ich konnte mich plötzlich wieder an alles ganz genau erinnern, was im Kinderheim und bei den Pflegeeltern passiert war. Aber ich konnte nicht verstehen, dass wir jetzt nicht die gleiche Situation hatten. Ich nehme an, dass das innere Kind in mir glaubte, wenn ein Familienvater, also jetzt Adita, die Familie allein ließe, dass ich dann wieder in ein Heim müsste. Ich begriff nicht, dass ich jetzt erwachsen und in Sicherheit war. Nochmal in ein Heim zu gehen, dazu war ich absolut nicht bereit und so entschloss ich mich, wahrscheinlich ganz tief in mir, dass ich in so einem Falle, den Planeten lieber verlassen, also sterben würde.
Als Atlantus kurz darauf eine Grippe bekam und ich ihn pflegte, steckte ich mich bei ihm an und wurde danach so sehr krank, dass ich ins Krankenhaus musste. Ich hatte der Krankheit keinen Lebenswillen mehr entgegenzusetzen und daher konnten die Viren in aller Ruhe auch mein Herz angreifen und so sehr schädigen, dass es dann einfach aufhörte zu schlagen.

Eine weitere Reise

Auf Aquarius war ein kleiner Tumult ausgebrochen.
Man hatte sich auf dem Platz der Begegnung versammelt, wohin Pix Hunter, der erst vor Kurzem wieder endgültig von der Erde zurückgekommen war, die Aquarianer soeben eilig gebeten hatte.
Soholit nebst Freunden waren ebenfalls über den Geist dabei. Es gab eine sehr schwere Krise.
Cerafine, alias Tanja, lag im Sterben. Ihr Herz hatte soeben aufgehört zu schlagen und sie hatte noch nicht gelernt, wie sie in ihren ursprünglichen Körper nach Aquarius zurückkehren konnte.
Pix, der sie viel regelmäßiger unsichtbar im Traumkörper besuchte, als es Soholit und die anderen derzeit noch taten, hatte es gerade erst bemerkt.
Atemlos und händeringend wandte sich Saphira an ihn:
»Gibt es irgendetwas, dass Du oder wir noch tun könnten?«
»Ich habe mir auch schon den Kopf zerbrochen, aber ich kann in meinem materiellen Leib nicht mehr zur Erde zurück.
Ich werde mich jedoch sogleich in meinem Traumkörper auf die Reise begeben und versuchen, sie noch aufzuhalten.
Ich kann aber nichts versprechen.
Sollte es erfolgreich sein, werde ich danach probieren, in einem Tierkörper noch eine Weile bei ihr zu bleiben.
Ich weiß aber nicht, ob mir das gelingen kann.
Ich bitte diejenigen, die momentan auf der Erde sind, sofort wieder mit einem 24-Stundendienst bei Tanja zu beginnen.
Außerdem müssen wir uns unbedingt um die Kinder Atlantus und Akira kümmern. Sie werden möglicherweise einen Schock haben.
Nun ja, es wäre auch gut, wenn Adita aus seinem derzeitigen „Verliebtsein-Traum“ zu seiner Familie komplett zurückgeholt würde. So oder so wird er dort momentan mehr als dringend benötigt.
Die Bewohner von Aquarius sollten uns gute Energie senden, damit wir bestmöglich unterstützt werden.
Ich gehe auf der Stelle los.« Und damit war Pix auch schon

unterwegs.
Die Eltern aller Teenager eilten zur Grotte, um dort an der Seite ihrer Kinder mit einer Zeremonie zur Unterstützung zu beginnen.
Saphira stellte verzweifelt fest, dass Cerafines Körper schon ganz kalt geworden war.
Sie legte sich sehr dicht daneben und breitete eine Decke um sie beide, um so ihr Kind zu wärmen.
Saphira konzentrierte sich mit aller Kraft aus der Liebe darauf, Cerafine am Leben zu erhalten.

Es war ein wunderschönes Gefühl, als ich meinen Körper verließ.
Sofort breitete sich ein tiefes Wissen in mir aus, dass alles in Ordnung ist und dass ich und auch alle anderen Wesen, immer total in Sicherheit sind.
Alles fühlte sich voll von Liebe und hellem, freundlichem Licht an.
Ich schwebte an die Zimmerdecke und sah im Krankenzimmer meinen leblosen Körper im Bett liegen. Es war in Ordnung.
Ich war unendlich frei in Zeit, Raum und Ort.
Sofort begab ich mich zu meinen Kindern.
Sie spielten bedrückt vor dem Haus.
Adita saß dabei und machte ein sehr trauriges Gesicht.
Ich wusste ganz genau, dass die Zeit all ihre Wunden heilen würde und für meine Familie bestens gesorgt sei.
Ich sandte ihnen ein herzliches Lebewohl zu und verließ den Ort ohne Groll und Trauer.
Ich konnte auf der Stelle überall hin, egal wo, egal wann.
Ich war grenzen- und schwerelos, ich war körperlos frei.
Ich ließ mich einfach durch die Zeit und den Raum treiben und entfernte mich dabei immer weiter von meinem Körper und der Erde.
Alles, was ich sah, war mehr und mehr ohne Farben, sondern immer in das gleiche liebevolle goldene Licht getaucht.
Es sah fast so aus, als wäre dieses Licht das Einzige, was eigentlich zu existieren schien.
Als wäre dies der Stoff, aus dem alles gemacht wäre und als ob dieser Stoff ganz aus Liebe bestünde.

Ich sah kurze Fetzen von anderen Wesen und Orten.
Eine alte Grotte war auch dabei, sie zog mich unbeschreiblich an.
Viele Wesen waren dort, manche schienen zu schlafen und andere waren wach.
Eine Frau lag mit einem Mädchen unter einer Decke.
Ich fühlte mich sehr wohl bei dem Anblick.
Doch verweilen wollte ich auch hier nicht, denn ich unterschied nicht mehr zwischen Trauer und Glück oder Freude und Leid.
Alles war irgendwie gleich schön und durchflossen von demselben friedvollen Licht.
Auf einmal nahm ich in der Ferne mehrere fast weiße Wesen mit Flügeln wahr, die am Tanzen waren.
Von dort fühlte ich mich wie magisch angezogen.
Um zu ihnen zu gelangen, musste ich durch ein großes, helles Tor gehen.
Aber davor stand jemand mit ausgebreiteten Armen und verweigerte mir den Zutritt.
Es war Quick Deer.
Er sprach zu mir von Geist zu Geist:
»Deine Zeit ist noch nicht gekommen.
Du musst wieder zurückgehen, denn Dein Schicksal hat sich noch nicht erfüllt.
Dereinst wirst Du hier Einlass bekommen, heute jedoch noch nicht.«
Kaum hatte ich diese Worte vernommen, fühlte ich einen enormen Sog zurück zu meinem Körper.
In einem Bruchteil einer Sekunde kam ich dort wieder an und ich war entsetzt.
Wie hatte ich es nur bisher in so einem kleinen Gefängnis ausgehalten?
Es war eng und es war schwer.
Ich fühlte mich in meinem Körper, wie ein Vogel in einem zu kleinen Käfig.
Ringsum wurde hektisch hantiert.
Ein helles Licht blendete mich.
Ich hörte einen Knall und fühlte einen großen Schmerz.
Mein Körper flog ein Stück nach oben.

Ich dachte nur, hört auf, hört bitte, bitte auf.
Ich holte tief Luft und mein Herz begann wieder zu schlagen.
Einer rief: »Wir haben sie wieder.«
Ich war sehr traurig und verstand jetzt ganz genau, wie der kleine Akira sich wohl nach der Geburt gefühlt haben musste, als er vor der riesengroßen Aufgabe stand, sich in seinem, kleinen neuen Körper wieder zurechtzufinden.
Der Körper war mir eine Last, er tat weh und er war dazu verdammt, in diesem Zimmer mit den vielen Leuten, einfach, hilflos liegenzubleiben.
Außer dem Klinikpersonal waren auch noch andere Wesen im Raum.
Ich sah einen Mann mit vielen, kleinen Zöpfen, der mir freundlich zunickte (wo hatte ich das mit den Zöpfen nur schon einmal gesehen?).
Dann waren dort auch noch drei ganz kleine Wesen.
Sie sahen so aus, wie man sich Zwerge vorstellen würde.
Es waren zwei Männer, einer alt, einer jünger und eine junge Frau.
Auch diese blickten liebevoll zu mir und die Frau winkte mir auch, während sie sich verstohlen eine Träne aus dem Auge wischte.
Die anderen vom Krankenhaus schienen diese Leute gar nicht zu bemerken.
Dann wurde es noch hektischer.
Offenbar hatte man Adita benachrichtigt.
Mit tränenüberströmten Gesicht stürmte er zu meinem Bett und warf sich über mich.
»Bitte, bitte geh nicht fort, wir brauchen Dich.
Ich werde immer bei Dir bleiben, Du musst Dich nicht mehr sorgen.
Es tut mir mehr leid, als ich es sagen kann.«
Und dann weinte er hemmungslos.
Gotts sei Dank kamen die Kinder nicht auch noch.
Mir wurde das alles total zu viel.
Jemand gab mir eine Spritze und ich sank in einen tiefen Schlaf.
Als ich wieder erwachte, war es draußen dunkel.
An meinem Bett saß nur doch der Mann mit den Zöpfen, der

mich aufmerksam betrachtete.
Seine Anwesenheit war mir angenehm.
Er ließ uns eine Weile Zeit, uns aufeinander einzustimmen und dann sprach er mich mit einer sanften Stimme an.
»Guten Tag, liebe Tanja.«
Ich kannte die Stimme und ich kannte den Mann.
Die Stimme hatte mich einmal von einem Dach geholt, von dem ich dereinst in großer Verzweiflung hatte springen wollen.
Der Mann war auch der, der in der unterirdischen Höhle zu mir von den Eichen gesprochen hatte.
Ach ja und er musste wohl auch meiner lieben Omi damals den Rucksack für Susi auf dem Flohmarkt verkauft haben.
»Mein Name ist Soholit, ich bin ein Druide, das ist eine Art Gelehrter der Erde.«
Ich verstand, was er sagen wollte.
Immer noch sah ich überall das goldene Licht, nahm aber auch gleichzeitig einige Farbunterschiede wahr.
»Wenn Du bereit bist, möchte ich Dir eine Geschichte erzählen«, er sah mich fragend an.
Ich nickte ihm freundlich zu.
Soholit erzählte mir alles von Anfang bis zum Ende.
Es war eine sagenhafte Geschichte, die ich ihm gestern noch nicht geglaubt hätte.
Aber heute war alles anders.
Irgendwie wusste ich jetzt.
Was genau mein Wissen eigentlich war, das konnte ich nicht sagen, eher wusste ich auch gar nichts.
Jedoch die Geschichte, die ich eben gehört hatte, die war wahr.
Ich hatte es noch schwer, mich an mein früheres Leben als Cerafine zu erinnern, aber ich erfasste sofort, dass ich mich und meine Mutter in der alten Grotte gesehen haben musste.
»Wie soll es nun weiter gehen?«, flüsterte ich leise.
»Zuerst einmal musst Du wieder gesund werden.«
»Ist das möglich?«, fragte ich ohne Emotionen.
»Du wirst nicht mehr so werden, wie Du einmal warst«, ich nickte verstehend.

»Du wirst ab sofort immer gut auf Deinen Körper achten müssen, aber Du kannst noch ein langes Leben hier auf der Erde führen.
Wir brauchen Dich auch für unsere Mission, die Erde zu retten und Deine Eltern auf Aquarius möchten ihr 13-jähriges Kind irgendwann wieder gesund in ihre Arme schließen, liebe Tanja oder soll ich Dich nun Cerafine nennen?«
»Bitte nenne mich weiterhin Tanja, auf der Erde ist das mein neues Leben und dieses will ich komplett ausfüllen.
Was kann ich denn mit so einem schwachen Körper noch tun, sodass Ihr mich bei der Rettungsaktion überhaupt gebrauchen könnt?«, fragte ich noch.
»Du wirst noch mehr Kräfte erlangen, als Du sie gerade hast. Körperliche Kräfte sind nicht alles.«
Wieder nickte ich.
Weil ich müde war, schlief ich erneut ein.
Beim Erwachen saß die junge, kleine Frau an meinem Bett und freute sich sehr, als ich meine Augen aufschlug.
Obwohl ich ihre Ungeduld spürte, wartete auch sie, bis sie den Eindruck hatte, dass ich für ein Gespräch bereit sei.
Nach einer Weile lächelte ich ihr zu, was sie als ein Zeichen deutete, sprechen zu können.
»Mein Name ist Lucinda.
Ich soll Dir ganz liebe Grüße und gute Besserung von Pix bestellen, sowie auch von Deiner Mutter Saphira und Deinem Vater Arsentos.«
Ich schwieg.
Draußen war es jetzt hell und ich erkannte, dass Lucinda grüne Kleidung und einen kecken grünen Hut anhatte.
Mir gefiel die Farbe.
Draußen sah ich Bäume, die waren braun.
Es war Anfang März, sie hatten noch keine Blätter.
Auf meinem Nachtschrank stand ein bunter Blumenstrauß.
Fasziniert betrachtete ich diesen.
Wenn ich mehr unfokussiert hinschaute, dann war er golden und wenn ich genau schaute, dann war er bunt. Komisch.
Ich war unglaublich froh, mit meinen irdischen Augen, wieder Farben sehen zu können.

Lucinda und ich schwiegen uns an und das war sehr wohltuend.
Dann kam eine Schwester, Blutdruck, Fieber messen und so weiter und danach gab es Frühstück.
Natürlich konnte sie Lucinda nicht sehen.
Ich hatte wirklich Hunger.
Ich aß ein Brötchen.
Langsam und mit viel Genuss kaute ich es und war hingerissen, dass ich schmecken konnte. Wahnsinn.
Das war mir früher immer vollkommen selbstverständlich vorgekommen.
Langsam freute ich mich richtig, noch am Leben zu sein.
Lucinda lächelte mich verständnisvoll an.
Plötzlich wurde die Tür aufgerissen, Akira kam hereingestürmt und warf sich mir an den Hals. Er sah sehr besorgt aus.
»Mama, wann kommst Du wieder nach Hause?«
»Bestimmt schon bald«, antwortete ich und drückte den kleinen, von mir über alles geliebten, Menschen ganz fest an mich.
Er roch so wunderbar.
Und er pulsierte nur so von Leben.
Ich genoss seine Nähe sehr.
Kurz darauf kamen Atlantus, der ein wenig blass um die Nase war und Adita mit einem riesigen Blumenstrauß in der Hand.
Ich freute mich ungeheuerlich und versuchte, mich ein wenig aufzusetzen.
Mein Gott, ich war noch ganz schön schwach.
Plötzlich überrollte mich eine riesige Welle von grenzenloser Liebe zu meiner kleinen Familie.
Tränen der Freude traten mir in die Augen, als ich meine beiden Söhne links und rechts im Arm hatte.
Um nichts in der Welt würde ich diese zwei verlassen wollen. Ich konnte mir gar nicht mehr vorstellen, dass ich gestern Abend so ohne Emotionen einfach weitergezogen war. Das mussten wohl jetzt die fleischlichen Bande sein, die man nur fühlen konnte, wenn man fest in einem menschlichen Körper steckte.
Die Kinder hatten draußen ein Eichhörnchen entdeckt und

waren über die Terassentür ins Freie gelaufen.
Adita hatte sich zu mir ans Bett gesetzt und sprach:
»Es tut mir leid, ich war wie von Sinnen.
Verliebt sein, ist manchmal wie eine Krankheit, die einen befällt und man kann gar nichts dagegen machen.
Ich habe das mit der anderen Frau aber nun guten Gewissens beendet. Ich bin jetzt weiterhin ein fester Bestandteil dieser wunderbaren Familie hier. Du kannst Dich auf mich verlassen.« Ich freute mich, dies zu hören und ich fühlte auch keinerlei Groll. Hatte ich doch nun endlich bemerkt, wie schwer alles für Adita gewesen sein musste.
Daher war mir auch klar, dass das heute nur ein Versprechen auf Zeit gewesen sein konnte, wenn Adita nicht vollkommen unehrlich zu sich selbst sein wollte.
Und eins wusste ich sicher - das war er nicht!
Aber für jetzt war es ok, denn wir brauchten einander noch.
Liebevoll nahm ich seine Hand.
»Habe ich dir schon einmal gesagt, wie dankbar ich für unsere gemeinsame Zeit, Dein Opfer, dass wir im Waldhaus leben können, den wundervollen Sohn Akira, der uns beiden geschenkt wurde und vor allem dafür, dass Du Atlantus liebst und ihn genauso wie Akira als Deinen eigenen Sohn aufziehst, bin?
Das alles ist nicht selbstverständlich und das sehe ich und anerkenne es hochachtungsvoll.«
Eines Tages, wenn die Zeit gekommen war, das wusste ich, würden wir einander loslassen müssen, denn unsere Grundbedürfnisse waren einfach viel zu verschieden.
Aber dann würde die Zeit dafür reif sein, heute war sie es noch nicht.
In einer Zimmerecke sah ich Lucinda, die natürlich für alle anderen unsichtbar war, stehen, während sie sich schon wieder gerührt eine Träne aus dem Augenwinkel strich.
Als die Kinder wieder hereingekommen waren, fingen sie an, das Zimmer zu untersuchen.
Gott sein Dank hatte ich eine Zusatzversicherung für ein Einzelzimmer im Krankenhaus, denn diese Privatsphäre brauchte ich unbedingt.
Als Atlantus in die Ecke kam, wo Lucinda stand, ließ er ganz

nebenbei fallen:
»Hi, ich bin Atlantus, wie heißt Du denn und was machst Du überhaupt hier?« Lucinda stellte sich überrascht vor und meinte, dass sie auch zu Besuch da sei.
Das nahm Atlantus ganz selbstverständlich hin und setzt seine Erforschung des Zimmers in aller Ruhe fort.
Bald langweilten sich die beiden Kinder aber und Adita hielt es für besser, wieder nach Hause zu fahren.
Es war angenehm, dass immer jemand bei mir war, obwohl ich so viel Privatsphäre benötigte. Meine vier Bewacher waren so dezent, dass sie nur in den Vordergrund traten, wenn ich dafür offen war.
So hörte ich von Soholit viele Dinge, die mit unserer guten Erde und ihrem Schicksal zusammenhingen.
Er sprach oft darüber, dass höhere Mächte daran interessiert seien, dass die Erde zerstört würde.
Staunend erfuhr ich von der Existenz des Dreigestirns und konnte dieses von nun an auch am Himmel ausmachen.
»Je mehr wir in Bewegung setzen, um den Planeten vor seinem Untergang zu bewahren, desto einfallsreicher und stärker wird auch die Macht, die das Gegenteil erreichen will«, führte Soholit weiter aus und erzählte mir dann noch von seiner und Quiskans Entführung.
Als ich von Lucindas schrecklichem Erlebnis mit den leeren Rüstungen hörte, setzte ich mich empört auf.
Oh, ich war schon um einiges stärker geworden, stellte ich gerade erleichtert fest.
»Es scheint aber auch, dass wir einen oder mehrere Verbündete mit im Boot haben, von denen wir genauso wenig wissen, wie von der zerstörenden Macht, die wahrscheinlich noch zusätzlich zum Herrn der Finsternis unseren Untergang herbeiwünscht.«
Als Beispiel dafür erzählte er mir von der wundersamen Rettung Lias und Finnbars aus dem schrecklichen Spinnennetz und wie sie danach, ohne es zu wollen, nach Aquarius unterwegs waren.
»Was ich schon immer mal wissen wollte, was genau hast Du damals in der Höhle bei unserer ersten Begegnung mit den Sprüchen: „Eichen müssen her!“ und „Blätter auf Asphalt“

eigentlich gemeint?, fragte ich eines nachmittags Soholit.
Es dauerte eine Weile, bis ich eine Antwort bekam.
Soholit sah sehr nachdenklich aus.
»Zunächst einmal solltest Du wissen, dass auch ich genauso erstaunt war von Deinem plötzlichen Auftauchen wie Du. Vor allem Deine Frage nach der Rettung der Erde kam für mich total überraschend.
Die Antwort war genauso wenig die meine, wie es zuvor Deine Frage gewesen war. Sie kam einfach durch mich hindurch. Daher kann auch ich nur mutmaßen, was damit gemeint sein könnte und ich bin ganz fest davon überzeugt, dass wir im Laufe der Zeit auf immer neue Bedeutungen dieser Aussage kommen werden. Was ich aber schon gleich sagen kann, ist, dass die Eichen die Bäume sind, von denen unser Orden der Druiden am meisten lernt. Sie sind ungeheuer weise, fast so, als ob mehr in ihnen stecken würde als in einem Baum. Darüber werden wir ein andermal noch genauer weitersprechen, wenn Du so weit bist.
Vielleicht hast Du schon diesen Anhänger hier bemerkt, den ich um den Hals trage. Das ist das Symbol unseres Druidenordens. Du siehst darauf ein Eichenblatt und dort eingearbeitet eine Rune. Es ist die vereinfachte Rune MAN. Sie steht für das Leben des Menschen. Sie sieht wie ein „Y“ aus, in dessen Mitte oben noch ein weiterer Strich ist. Der Strich symbolisiert für uns den Kopf, also den Geist des Menschen. In dem Symbol wird dieser aber direkt von dem Eichenblattstiel gebildet. Das bedeutet für mich, dass wir unsere Weisheit nicht aus den Köpfen der Menschen, sondern aus der Natur und hier speziell aus den Eichen ziehen sollen. Das Ganze ist ein weites Feld, wie Du später noch bemerken wirst. Dann habe ich auch noch festgestellt, dass die Eichen durch ihre langen Pfahlwurzeln sehr gut mit Trockenheit und den Stürmen zurechtkommen. Die Wurzeln reichen tief ins Erdreich, was ihnen einerseits einen sehr guten Halt gibt, um Stürmen, aber auch kurzen Überschwemmungen zu trotzen und andererseits bei Dürren ermöglicht, Wasser aus sehr tiefen Bodenschichten zu nutzen.
In zehn Jahren ungefähr wird der sogenannte Klimawandel

auf der Erde in aller Munde sein – das habe ich bei meinen Zeitreisen gesehen. Der Klimawandel wird mit steigenden Temperaturen, Wasserknappheit und Naturkatastrophen, dazu werden auch schwere Stürme, Überschwemmungen und lange Dürrperioden gehören, einhergehen. Ich nehme an, die Eiche wird deshalb ein Baum der Zukunft sein. Natürlich gemischt mit noch anderen geeigneten Bäumen. Eine weitere Monokultur wäre sicher auch nicht erstrebenswert. Deshalb müssen wir unbedingt neue Eichen pflanzen und heute schon, vor allem die ganz großen, die schon hunderte Jahre alt sind, ganz dringend schützen…«
Soholit verstummte abrupt, denn ich war ein wenig abgedriftet. Lange Reden strengten mich noch ein wenig an und ich war gerade dabei, wieder einzuschlafen.
Es war eine ganze Menge, was ich zu verdauen hatte, seit ich meinen Körper wieder bewohnte.
Hatte ich schon erwähnt, dass ich mich seit meinem Nahtod-Erlebnis, auch wie selbstverständlich von Geist zu Geist zumindest auf der Erde verständigen konnte?
Jedenfalls arbeiteten Soholit und ich gerade noch daran, dies bei mir so zu vervollkommnen, dass ich auch in der Lage wäre, so wie die anderen meiner neuen Freunde und Quick Deer, mich mit mehreren, mir auch unbekannten Personen, bis hin nach Aquarius oder auch anderen Planeten zu unterhalten.
Ich bekam auch jede Menge Besuch dieser Tage.
Es kamen Freunde aus dem Schwitzhüttenkreis, frühere Studienkollegen und viele mehr.
Selbst Ben stand eines Tages in meinem Zimmer und trat schüchtern von einem Fuß auf den anderen, in der Hand einen Blumenstrauß, den er wohl gerade auf einer der umliegenden Wiesen gepflückt haben musste.
Am anstrengendsten waren die Besuche meiner irdischen Eltern, Johannes und Belinda, welche natürlich jeder an einem anderen Tag hier auftauchten.
Ich nahm all meinen Mut zusammen und sagte ihnen einmal klar meine Meinung zu allem, was in meiner Kindheit, durch ihre Unachtsamkeit mit mir geschehen war.
Ich war ihnen zwar dankbar für mein Leben und für das, was

sie mir doch noch von sich mit auf die Reise gegeben hatten: Das waren zum Beispiel der Überlebenswille, die Schönheit, der Humor und in geringerem Maße auch die Frohnatur meiner Mutter, sowie die Intelligenz, das Durchhaltevermögen, den Leistungswillen, die Stärke und die Kreativität von Seiten meines Vaters. Von ihm hatte ich auch viel Liebe, die von seiner Mutters Seite her in die Familie floss, bekommen. Wenn er gerade auf dieser Seite war, konnte er sehr lieb und auch extrem hilfreich sein.
Jedoch verlassen konnte man sich darauf leider nicht, denn es war völlig willkürlich, wann er wieder, möglicherweise durch seine Krankheit, die Borderline-Störung, auf die gemeine und unberechenbare Seite wechseln würde.
Bei dieser Gelegenheit erzählte ich den beiden hier im Krankenhaus zum ersten Mal schonungslos, was mir als junges Mädchen alles passiert war und dass ich es unmöglich fand, dass sie mich und Britta damals als kleine Kinder einfach so auseinandergerissen hatten.
Völliges Unverständnis zeigte ich auch dafür, dass ich ständig, ohne Sorge darum, wie es mir dort erging, in fremde Hände gegeben wurde.
Besonders meine Mutter wollte danach alle Schuld auf meinen Vater schieben, denn nur dieser sei damals für mich verantwortlich gewesen.
Doch auch mein Vater war kein Waisenknabe darin, manche Schuld, vehement von sich zu weisen.
Ich denke jedoch, dass sie mich verstanden hatten und sie ihr Vorgehen, zumindest teilweise, nun sehr bereuten.
Trotzdem war das sehr kräftezehrend für mich gewesen…
Heute durfte ich zum ersten Mal aufstehen und draußen allein spazieren gehen. Querin war gerade im Dienst und begleitete mich unsichtbar.
Es war wie ein Wunder. Die Welt war so sehr schön.
Die Düfte überall und die Geräusche, aber erst die Farben.
Ich stand vor einigen, gerade neu gesprossenen, Grashalmen und konnte mich gar nicht wieder einkriegen vor lauter Staunen.
Das Grün! Diese Farbe der Halme war so, so schön.
Dann sah ich auch noch Schneeglöckchen und einige erste

Krokusse in Gelb und Lila.
Mein Herz tat einen freudigen Hüpfer nach dem anderen. Dafür lohnte es sich, in einem engen, kleinen menschlichen Körper zu leben. Und jetzt war ich zum ersten Mal wirklich richtig, richtig dankbar für das Geschenk, dass mir in dieser Form weitere Lebenszeit kürzlich zu Teil geworden war. Denn all dies konnte man ohne seinen Körper nicht erfahren.
Ohne den Körper mit seinen Sinnesorganen sah man keine Farben, fühlte keine weiteren Gefühle außer der unendlichen Liebe und erlebte auch sonst nichts, was man noch mit seinen Sinnesorganen hätte hören, riechen, schmecken, fühlen oder sehen können. Ich war so froh, noch eine Weile ein Mensch sein zu dürfen, auch wenn das außer Freude auch Trauer und außer dem Süßen auch bitter oder scharf bedeuten konnte. Es war eben das inkarnierte Leben in einem materiellen Leib, mit allem, was dazu gehörte und ich war bereit, all das zu schmecken, zu erfahren und zu fühlen, was dieses Leben noch für mich bereithalten würde.
Gestern, am 8.3.2002, war der Chefarzt zu mir gekommen und hatte mir die freudige Botschaft überbracht, dass ich wieder gesund werden würde. Zwar wäre ich um einiges weniger leistungsfähig und müsste mich fortan unbedingt vor jeglichen Infektionen in Acht nehmen. Aber abgesehen davon, konnte ich noch mit einem langen, weiteren Leben rechnen. Ich glaube, er war sehr froh, auch mal solch eine Botschaft überbringen zu können. Den 8.3. feierte ich in Zukunft still für mich allein immer als »Zweit-Geburtstag«.
Am 26.3. sollte ich entlassen werden. Ich freute mich einerseits und hatte andererseits auch einigen Respekt davor, ob ich meinen neuen Alltag im Waldhaus würde meistern können. Im Krankenhaus gewöhnte man sich daran, dass alle immer freundlich zu einem waren und dass man die Mahlzeiten und Ähnliches fein vor die Nase gesetzt bekam. Zu Hause würde sich das auf jeden Fall wieder ändern und ich fragte mich, ob ich das wohl könnte.

Die neue Zeit

Die Umstellung vom Krankenhaus nach zu Hause lief total reibungslos. Wieder einmal hatte ich mir ganz umsonst Sorgen gemacht:
Erst hat man Angst davor, ins Krankenhaus zu kommen, dann wieder Sorge, ob man zu Hause allein klarkommt.
Auf keinen Fall will man sterben, dann wieder will man auf gar keinen Fall wieder zurück in seinen Körper.
Mir wurde klar, dass ich als Mensch ständig unbegründete Bedenken vor Veränderungen gehabt hatte und nahm mir vor:
1. In Zukunft mehr Vertrauen ins Leben zu haben und
2. etwas besser das Loslassen zu lernen.
Das war jedenfalls mein Plan...
Schön wars zu Hause.
Die Kinder machten uns Freude, Menschen kamen an unseren Platz, um mit uns zusammen Zeremonien zu teilen und Soholit unterrichtete mich mehrmals in der Woche.
Manches eignete ich mir dabei ganz leicht an und anderes, gefühlt wohl nie.
So konnte ich zum Beispiel das astrale Reisen einfach nicht erlernen.
Außerdem wusste keiner genau, wie meine Jahrgangs-Geschwister und ich es geschafft hatten, uns in neuen Körpern auf der Erde zu inkarnieren und gleichzeitig unsere alten Körper auf Aquarius zurückzulassen.
Da das niemand wusste, gab es auch bisher keine Möglichkeit, mir zu zeigen, wie ich dereinst wieder dorthin zurückkehren könnte.
Klar war nur, ich musste mir das bis zu meinem Lebensende unbedingt antrainiert haben, denn nur beim Übergang aus dem Erdenleben sollte dies möglich sein.
Ich konnte mich immer noch nicht ganz auf mein früheres Leben auf Aquarius besinnen.
Nur ganz langsam und zumeist während der schamanischen Reisen, wenn ich dort meinen geliebten Lehrer Quick Deer traf, kamen weitere Erinnerungs-Fetzten aus jener Zeit in mein Gedächtnis zurück. Ich war übrigens mehr als froh, als

ich im Krankenhaus erfahren hatte, dass Quick Deer auf dem Planeten Aquarius weiterhin noch lebte und somit für mich noch, in gewissen Grenzen jedenfalls, da sein konnte.
Der Alltag hatte uns längst wieder eingeholt.
Die Stunden verrannen und wurden wie im Flug zu Tagen, Wochen, Monaten und Jahren.
Mein Leben war so vollgepackt mit Mutter-sein, dem Haushalt, dem Platz, an dem wir lebten, meiner Arbeit beim Schwitzhütten- und Visionssuche leiten und der eigenen weiteren Ausbildung bei meinen neuen Freunden, dass es mir fast so vorkam, als flöge die Zeit davon, wie Landschaften, die man aus einem Schnellzug-Fenster an sich vorbeiziehen sieht.
Ich brauchte dringend mal eine Auszeit, denn immerhin hatte ich nicht mehr so viel Kraft wie früher.
Also einigten Adita, dem es so ähnlich ging wie mir und ich uns, für 4 Wochen keine Arbeit mehr anzunehmen.
Meine Ausbildung bei Soholit verlief für jeden meiner Familie unbemerkt und war geheim. Das war die Vereinbarung mit Soholit gewesen. Aber ich konnte auch diese für 4 Wochen stoppen.
Während unseres Urlaubs machten wir mit den Kindern endlich wieder ausgedehntere Ausflüge und Unternehmungen, als wir es in der letzten Zeit getan hatten. Dazwischen fiel auch für uns Zeit ab, um einfach mal wieder nur die Seele baumeln zu lassen. Mir fiel dabei auf, dass ich mit meinem Leben so nicht weiter machen wollte, denn erst jetzt bemerkte ich, wie mir die Möglichkeit gefehlt hatte, still irgendwo zu sitzen und keine Aufgaben oder Verpflichtungen zu haben.
Außerdem nahm ich erstaunlicherweise erst jetzt richtig Notiz davon, dass die Kinder gar nicht mehr so klein waren. Atlantus war fast mit dem Abi fertig und Akira ging schon in die 6. Klasse. Sie wurden wie im Flug erwachsen und auch das machte mich sehr nachdenklich.
Wir hatten das Jahr 2008. Auch meine Jahrgangs-Geschwister von Aquarius waren im Jahr 2004 schon geboren worden und inzwischen bereits vier Jahre alt. Querin, Quiskan, Lucinda und Soholit hatten alle Hände voll

zu tun, reihum nach den 11 Kindern zu schauen.
Lia und Finnbar waren noch immer auf Aquarius, wobei dort bekanntlich sehr viel weniger Zeit als auf der Erde vergangen war.
Am Abend saßen Adita und ich am Lagerfeuer und schwiegen gemeinsam. Nach einer Weile wandte sich mein Ehemann an mich: »Tanja, ich habe jetzt, wo wir einmal innehalten bemerkt, dass ich hier nicht glücklich bin.«
Wir ließen die Worte eine Weile im Raum stehen.
»Ich habe Dir damals versprochen, dass ich für die Familie da sein würde und wenn Du darauf bestehst, werde ich auch bleiben, aber...«, seine Stimme brach.
Das verletzte Wolfskind tief in meinem Inneren, auf das Quick Deer mich einst aufmerksam gemacht hatte, fing an zu toben und hatte furchtbare Angst, jetzt wieder ins Kinderheim zu müssen. Ich holte einige Male ganz tief Luft, beruhigte mich und sprach lautlos zu meinem inneren Kind: »Vertraue kleine Tanja, für uns ist gesorgt. Ich bin die Erwachsene und werde dafür sorgen, dass Du in kein Heim mehr musst. Dir wird nichts Schlimmes geschehen. Dafür werde ich sorgen. Das verspreche ich Dir hoch und heilig.«
Ich entspannte mich ein wenig, wenn auch mein Herz noch immer wie wild klopfte.
»Ich möchte Dich zu nichts zwingen«, antwortete ich nun Adita. »Kein Wesen sollte irgendwo sein, wo es nicht glücklich ist, wenn es eine andere Wahl gibt. Wie aber sollen wir das organisieren, wie soll ich das alles allein ohne Dich im Waldhaus schaffen? Und wie in Gottes Namen sollen wir das Akira beibringen?«, fragte ich ihn.
Wir zogen beide instinktiv ein wenig die Köpfe ein, bei dem Gedanken daran, wie unser kleiner »Krieger« diese Nachricht wohl aufnehmen würde.
»Das sind alles Dinge, die wir vielleicht gemeinsam und ganz kreativ lösen könnten.
Ich stelle es mir folgendermaßen vor...«, antwortete Adita.
Er hatte sich tatsächlich schon im Detail Gedanken gemacht.
Er wollte sich in der nächsten größeren Stadt eine Wohnung nehmen und Akira sollte dort ein eigenes Zimmer bekommen.

Auch Atlantus sei jederzeit als Besuch dort willkommen.
Akira sollte die Hälfte der Zeit bei mir und die andere bei ihm sein.
Die Schule würde genau in der Mitte liegen, so dass dort alles beim Alten für ihn bleiben konnte.
Adita bat sich noch aus, dass er mindestens zweimal im Jahr für einige Wochen zum Beispiel nach Indien reisen könnte und ich dann Vollzeit für Akira da wäre.
Ich sollte zunächst alles im Waldhaus behalten, er wollte nur ein Auto, seine persönlichen Sachen und einige entbehrlichen Dinge aus unserem Haushalt mitnehmen.
Ich versuchte, mich wirklich erwachsen und weise zu benehmen. Das Wolfskind in mir hätte ihm aber am liebsten den Kopf dafür abgebissen, dass alles schon so bis ins Detail geplant war.
»Wann?«, fragte ich und jetzt brach meine Stimme und Tränen rannen mir über das Gesicht.
Ich konnte das schlechte Gewissen in Aditas Gesicht sehen und das machte mich nur noch wütender.
Ich versuchte mich zusammenzureißen.
»Sehr bald«, antwortete er.
»Ich habe bereits eine passende Wohnung in Aussicht.
Nur würde ich noch bis ganz zum Schluss warten, bis wir es Akira sagen, ok?«
Ich nickte bejahend, zu mehr war ich gerade nicht mehr fähig und verließ fluchtartig das Lagerfeuer.
Schnell begab ich mich ins Bett mit Susi, Wärmflasche, Rescue-Tropfen und mit allem, was mir sonst noch an hilfreichen Ressourcen einfiel.
Außerdem schrie ich im Geiste ganz jämmerlich nach Pix Hunter.
Dieser war auch sofort in meinem Geist zur Stelle.
Ich weinte innerlich und klagte ihm mein Leid.
»Es tut mir mehr leid, als ich Dir sagen kann, dass Du solche Schmerzen erleidest.
Ich bin aber auch stolz auf Dich, wie gut Du trotz allem für Dich sorgst.
Ich habe das schon länger kommen sehen und wenn Du ehrlich bist, so hast auch Du gewusst, dass dies früher oder

später passieren würde, oder?«
Ich nickte gedanklich, denn selbst im Geiste brachte ich gerade kein Wort heraus.
»Beruhige Dich liebe Tanja, wo eine Tür im Leben zu geht, da geht auch immer wieder eine neue auf.
Meistens führen die neuen Türen zu viel schöneren Orten, als die alten.
Für diesen Fall, wie er gerade eingetreten ist, habe ich schon Vorsorge getroffen.
Ich kann leider nicht nochmals in meinem alten physischen Körper zur Erde zurückkehren.
Aber ich habe mit Wanka Trankas Hilfe eine Möglichkeit gefunden, wie ich einen Tierkörper bewohnen könnte.
Von diesem aus könnten wir so kommunizieren wie jetzt.
Aber wir könnten auch körperliche Nähe haben:
Ich habe dabei vor allem an Akira gedacht.
Auch Atlantus wird Euch demnächst verlassen müssen. Er hat, wie Du sicher ahnst, seine eigene Mission auf der Erde.
Schon sehr bald wird er sich daran erinnern und aufbrechen.
Für Akira wird dieser doppelte Abschied sehr, sehr schwer werden.
Ich hätte da an einen kleinen Labrador-Welpen gedacht.
Du könntest ihm diesen schon schenken, bevor die beiden Männer euer Haus verlassen werden.
Ich könnte Euch auf diese Weise beschützen und auch Sorge dafür tragen, dass Deine und vor allem Akiras Wunden nur klein bleiben.
Adita wird nicht lange in Eurer Nähe bleiben können.
Die Dämme werden bei ihm brechen und er wird sich in die Welt aufmachen müssen. Er braucht das Umherziehen.
Da wäre ein Trostpflaster, meiner Meinung nach, für Euch mehr als wünschenswert.« Quick Deer verstummte nun abrupt.
Ich saß mit angezogenen Füßen, die Wärmflasche und gleichzeitig Susi fest an mein Herz gedrückt ein wenig trotzig in meinem Bett und schniefte vor mich hin.
»Wie schnell kann das gehen?«, fragte ich.
»Ich dachte mir, Du könntest Akira den Welpen zu seinem nächsten Geburtstag schenken.

Adita könnte parallel seinen Auszug und sein neues Leben vorbereiten.
Nach etwa zwei Monaten danach, wird Akira bereit sein, die Nachricht zu verkraften, denn er wird ja mich haben.
Bis dahin solltet ihr einfallsreich genug sein, dass er nichts von alledem mitbekommt.«
»Darf Adita davon wissen?«, fragte ich meinen Lehrer.
»Von dem Hund natürlich, aber nicht von mir.
Das muss vor allen absolut geheim gehalten werden.«
»Wie kann ich den richtigen Welpen finden?«, fragte ich weiter.
Quick Deer erklärte mir ganz genau, wo ich seine Hundemutter finden würde und wie ich ihn unter all seinen Geschwistern sicher erkennen konnte.
In 4 Wochen hatte Akira Geburtstag, die Welpen waren im Moment gerade zwei Wochen alt.
Das passte genau, Pix hatte tatsächlich an alles gedacht.
Adita war begeistert von der Idee und wir fuhren zusammen zu der Familie, die die Welpen zum Kauf anbot.
Ein Halsband mit Beschriftungsmöglichkeit hatten wir schon dabei, um unseren zukünftigen Hund, es war ein kleiner Rüde, kennzeichnen zu können.
Unserer war der süßeste von allen Welpen dort, fand ich.
Wir erkannten ihn daran, weil er sofort schwanzwedelnd, obwohl noch sehr wackelig auf seinen kleinen Beinen, zu uns gelaufen kam.
»Das ist ja ein wirklich sicheres Zeichen, dass es dieser Welpe sein soll«, sagte uns der Familienvater, dessen Hundebaby wir erwerben wollten.
»Sie können ihm einen Namen geben, wenn sie mögen, dann schreiben wir ihn gleich ins Halsband.«
Wir hatten uns auf den Namen Amarok, was übersetzt, »der Freund« bedeutet und mir mehr als passend erschien, geeinigt.
Als wir dem Winzling sein neues Halsband anlegten, hörte ich Quick Deers Stimme in meinem Ohr.
»Gut gemacht!«
Akira konnte sich gar nicht mehr beruhigen vor Freude über den kleinen Hund, den er zu seinem 13. Geburtstag erhalten

hatte.
Als er lauthals verkündete, dass er die besten Eltern der Welt hätte, versetzte mir das einen ganzen schönen Stich ins Herz und Aditas Blick, den ich auffing, sagte mir, dass es ihm genauso ergangen war.
Akira hatte in der ersten Zeit einen ziemlichen Stress mit dem kleinen Hund.
Dieser wollte nur immer bei ihm sein und akzeptierte niemand anderen.
Die einzige Ausnahme war, wenn Akira zur Schule musste, dann legte sich Amarok fein zu meinen Füßen nieder.
Nachts wollte er sogar in Akiras Bett schlafen.
Ich sprach aber ein Machtwort und »wie durch ein Wunder«, legte sich der kleine Hund danach brav neben das Bett unseres Sohnes in sein Körbchen, welches wir dort extra für ihn platziert hatten.
Nach zwei Monaten waren die zwei aber aus dem Gröbsten heraus und die anfänglichen Augenringe, die sich bei Akira wegen des ständigen Schlafmangels gebildet hatten, waren verschwunden.
Da Akira viel mit Amerok spazieren ging, waren beide gut durchtrainiert und sehr gesund.
Der Tag, an dem wir unserem Sohn von der bevorstehenden Trennung erzählen wollten, war gekommen.
Auch Quick Deer war der Meinung, dass nun die Zeit reif dafür sei.
Es war eine Katastrophe.
Akira wehrte sich mit Händen und Füßen dagegen, dass die Familie anders werden sollte, als bisher.
Es zeigte sich, dass er ein wirklicher Kämpfer war:
Er zerstörte Dinge, wollte nicht essen, schwänzte die Schule und einmal haute er auch ab.
Ich fand ihn mit Hilfe von Quick Deer, der als Amerok bei ihm war, am späten Abend auf einem, nahe gelegenen, Hochsitz, wo er sich versteckt hatte.
Der Gipfel war dann, dass er das Dach unseres Hauses erklomm und drohte sich herunterzustürzen, wenn wir uns die Trennung nicht aus dem Kopf schlagen würden.
Adita holte ihn Gott sei Dank sehr bald unbeschadet wieder

von dort herunter.
Irgendwann erkannte Akira, dass er nichts an der Situation ändern konnte.
Das war eine große Narbe, die unser kleiner Sohn durch die Trennung und die Erkenntnis, dass man manches einfach nicht ändern kann, so sehr man sich auch anstrengt, an seiner Seele davontrug und es tat mir mehr leid, als ich es sagen konnte.
»Du kannst niemandem sein Schicksal ersparen.« Diese Worte, die mir Pix einmal wegen Atlantus gesagt hatte, fielen mir wieder ein.
Ich versuchte daraufhin, das zu akzeptieren, was nicht in meiner Macht stand, es zu ändern.
Und es war wahr, was Pix Hunter gesagt hatte, Amerok war ein großer Trost für Akira und auch für mich.
Akira schöpfte auf allen Ebenen eine große Kraft aus dieser Freundschaft.
Langsam gewöhnte er sich auch daran, mal hier und mal da zu übernachten und er erkannte auch die Vorteile, die eine größere Stadt einem Heranwachsenden zu bieten hatte.
Dann nahte auch schon, der mir bereits durch Pix angekündigte, Abschied von Atlantus.
Dieser hatte ein tolles Abi hingelegt, sowie einen Studienplatz in der Fachrichtung Ethnologie ergattert.
Es freute mich sehr, dass auch er an der Martin Luther Uni in Halle an der Saale studieren wollte.
Bis zum Beginn des Studiums hatte er fast noch ein Jahr Zeit und verkündete mir eines Morgens, dass er nach Peru wolle, unter anderem, um dort einen Strandurlaub zu machen.
»Wie kommst Du denn auf Peru?, fragte ich, denn ich fand Peru nicht unbedingt das perfekte Land für einen ordentlichen Strandurlaub.
»Ich habe davon geträumt. Ich muss dort an eine bestimmet Stelle gehen. Ist ne lange Geschichte, würde Dich sicher langweilen«, antwortete er ausweichend.
»Mit wem fährst Du denn und wann?«, wollte ich weiter noch wissen.
»Ich fahre allein, und zwar übermorgen Abend.
Rechne nicht mit meiner Rückkehr vor Beginn des

Studiums.« Er hatte seinen Blick gesenkt und eine leichte Röte war ihm ins Gesicht gestiegen.
»Wenn Dir unterwegs etwas passiert, was dann?«, fragte ich ganz besorgt.
»Mama, hör auf damit. Du solltest doch wissen, dass ich gehen muss! Ich bin Dir sehr dankbar für die wunderschöne Kindheit, die Du mir ermöglicht hast.
Nun aber ist meine Zeit gekommen. Ich habe Dich sehr lieb und bitte Dich, Dir keine Sorgen zu machen, egal welche Nachrichten Dich auch erreichen werden.
Bitte versuche auch den anderen den Schmerz, der meinetwegen aufkommen könnte, zu ersparen.
Sag doch einfach, ich würde Dich hin und wieder kontaktieren.«
Ich schluckte.
»Ach ja und wo wir gerade dabei sind, bitte achte auch Du gut auf Dich und jetzt stelle mir bitte keine weiteren Fragen mehr.«
»Was für Fragen?«, kam es von Akira, der gerade überhitzt und vor Tatendrang sprühend, mit Amerok zu uns in die Küche stürmte.
»Ich mache eine große Reise vor Beginn des Studiums. Das musst Du auch unbedingt machen, wenn es bei Dir so weit ist, kleiner Bruder.
Ich habe Dich lieb und ich bringe Dir etwas Schönes aus Peru mit, ok?«, antwortete Atlantus ihm.
Akira war wie vom Donner gerührt und ließ sich, wie ins Mark getroffen, hart auf einen Stuhl fallen.
Amerok hatte sich mit seinen Vorderpfoten auf Akiras Schoß niedergelassen und versuchte ihm das Gesicht abzuschlecken.
Akira saß weiterhin wie versteinert da und brachte kein Wort heraus.
Amerok riss nun »versehentlich« die Tischdecke vom Tisch und verbrannte sich an einer der heißen Teetassen, die darauf standen.
Das riss Akira aus seiner Versteinerung und schnell kümmerte er sich um seinen, vor Schmerz jaulenden, geliebten Hund.
Er kühlte die Brandwunde stundenlang und danach hatte er

seinen Schock über die Abreise von Atlantus bereits verkraftet.
Etwa einen Monat später, Akira war gerade in der Schule, stand die Polizei bei mir vor der Tür.
»Dürfen wir mal bitte reinkommen?«, fragte eine, bekümmert dreinschauende, Polizeibeamtin.
Sie war von einem weiteren Polizisten und einem gut beleibten Mann in Zivil, der sich als Polizei-Psychologe Herr Tannenreuther vorstellte, begleitet.
»Wollen Sie sich nicht kurz hinsetzen, Frau Jadd?
So ist es gut.
Es geht um ihren Sohn Atlantus Benjamin.«
Mein Herz begann wie wild zu klopfen und in meinen Ohren rauschte es.
Wie gut, dass ich sitze, dachte ich.
»Uns liegt folgende Meldung von Kollegen aus Peru vor:« Sie zog ein mehrfach gefaltetes Blatt aus ihrer Tasche und wollte es mir vorlesen.
Herr Tannenreuther nahm ihr den Zettel aus der Hand und wandte sich nun persönlich an mich.
»Es ist so, Frau Jadd, Ihr Sohn hat in einem Küstenort in Peru ein Appartement für zwei Wochen gebucht.
Nach einer Woche ging er, wie jeden Tag zuvor, an den Strand.
Er kam von dort am Abend jedoch nicht zurück.
Am Strand fand man noch seine Sachen und alles, was er sonst noch nach Peru mitgebracht hatte, war in dem besagten Appartement zurückgeblieben.
Dieser Strand ist für seine unberechenbaren und sehr hohen Wellen bekannt und er ist unbeaufsichtigt.
Jedes Jahr kommen dort immer wieder Touristen um.
Warum er nicht schon längst gesperrt wurde, ist uns wirklich ein Rätsel.
Jedenfalls müssen wir von dem Schlimmsten ausgehen.
Die Sachen ihres, ähm möglicherweise, verstorbenen Sohns sind zu uns unterwegs und können von Ihnen auf dem Revier abgeholt werden.
Selbstverständlich können Sie auch eine Vermissten-Anzeige aufgeben, aber wir sehen da wenig Chancen.

Mein herzliches Beileid.« Er streckte mir seine fleischige Hand entgegen.
Ich saß auf dem Stuhl wie eine Marmorstatue, unfähig, mich zu regen oder etwas zu sagen.
»Frau Jadd, geht es Ihnen gut, können sie mich hören?«
Der, inzwischen stark schwitzende, Herr Tannenreuther nestelte umständlich eine kleine Taschenlampe aus seiner Jackentasche heraus und leuchtete mir in mein linkes Auge, wobei er etwas von einem Krankenwagen murmelte.
Ich versuchte mich mit aller Macht zusammenzureißen und hörte Amerok aus der, hinter mir liegenden, Zimmerecke drohend knurren.
Die Beamten, die den Hund vorher nicht bemerkt hatten, traten auf der Stelle einige Schritte zurück.
»Es ist gut, flüsterte ich. Geben Sie mir etwas Zeit.
Sie werden von mir hören. Sie können mich ruhig allein lassen.«
Amerok war an meine Seite gekommen und hatte sich ganz dicht an mich gepresst. Er knurrte nochmals leise, aber deutlich.
Das nahmen die drei Polizisten zum Anlass, das Haus fluchtartig zu verlassen.
»An solchen Tagen hasse ich meinen Beruf«, hörte ich die Polizistin noch von draußen sagen und dann waren sie weg.
Ich saß immer noch, unfähig mich zu bewegen oder einen klaren Gedanken zu fassen, auf dem Stuhl.
»Glaub nicht, was sie sagen. Atlantus hat Dir doch genau das angekündigt. Er ist ganz bestimmt nicht tot.
Er ist doch „Der, der aus dem Wasser kommt“«., wandte sich Quick Deer im Geiste an mich.
»Du musst jetzt tun, worum er Dich gebeten hat.
Sei tapfer und erspare den anderen den Schmerz.
In zwei Stunden kommt Akira von der Schule.
Er darf nichts davon bemerken, hörst Du!«
Ich nickte, wusste aber immer noch nicht, wie ich wieder Herr über mich und meine Sinne werden sollte.
»Komm wir machen einen Waldspaziergang.
Es wird Zeit, dass Du Dich an Deine eigene Mission erinnerst.

Bald wird Akira uns nicht mehr brauchen und dann wird Deine Zeit kommen. Bitte folge mir«, sprach Quick Deer eindringlich zu mir.
Schwanzwedelnd lief Amerok voraus in Richtung des Waldes. Er hielt alsbald an einem sehr alten Baum an.
»Bitte setze Dich an diese Eiche und höre, was sie Dir zu sagen hat«, hörte ich Pix in meinem Geist.
Ich tat, was er wollte.
Kaum hatte ich mich an diese Großmutter, ich wusste urplötzlich, dass dies eine war, angelehnt, hörte ich einen uralten und ganz langsamen Herzschlag, der aus dem Baum ertönte.
Ich wurde auf der Stelle ruhiger, zuversichtlicher und fühlte mich getröstet, sowie auch geborgen.
Langsam stiegen Bilder aus meinem Geist herauf.
Ich sah mich als Cerafine, solche Bilder hatte ich schon vorher bei den schamanischen Reisen gesehen.
Jetzt flog ich und man sah das Entzücken in meinem Gesicht.
Es gab einen Schnitt und ich sah, wie ich mitten aus dem Flug heraus in die tosende See herunterfiel.
Kurz darauf hielt ein junger Mann mich im Meer rettend in den Armen. Ich atmete scharf ein, denn dieser war Atlantus wie aus dem Gesicht geschnitten.
Er hielt mich über dem Wasser, während er weiterhin vollkommen mühelos in Richtung Ufer schwamm.
Dann hörte ich seine Worte, die er damals zu mir sprach:
»Hallo Cerafine, mein Name ist Atlantus.
Wir werden uns bald an einer ganz anderen Stelle in weiter Ferne wiedersehen.
Dann wird es an Dir sein, mir zu helfen.
Bis dahin achte gut auf Dich.
Gott segne Dich.«
Zum Schluss sah ich noch, wie Atlantus sich in einen Seehund verwandelte und zum Abschied mit seiner Flosse aus dem Meer winkte.
Mir fiel es wie Schuppen von den Augen.
Er war ein Selkie, deshalb hatte ich nach der Geburt kurz gedacht, auf meinem Bauch läge eine kleine Robbe.
Und deshalb hatte Atlantus ein Händchen für das Wasser

und seine Bewohner.
Er kam aus Aquarius, so wie ich und hatte sich extra mich als seine Mutter auserwählt, um sich auf der Erde inkarnieren zu können.
Jetzt war er erwachsen und wandte sich der Aufgabe zu, die ihn hierhergeführt hatte.
Ich war sicher, sie war irgendwie mit der meinen verbunden.
»Was soll ich tun, ich bin bereit«, fragte ich in Richtung Baum oder auch Pix Hunter.
»Im Moment solltest Du nach Hause gehen und noch eine Weile die Mutter für Akira sein, die er braucht.
Du wirst rechtzeitig erfahren, wenn sich das ändert.
Komm wir gehen heim.« Schon war Amerok davongelaufen und ich beeilte mich, gestärkt durch die neue Kraft, die in mir floss, ihm zu folgen.
Vorher aber verneigte ich mich tief vor dieser weisen Eiche und dankte für die, für mich so hoffnungsvollen Bilder.
Wieder ein Zeichen für die Wichtigkeit der Eichen dachte ich und schritt nun forsch in Richtung Waldhaus voran.

Krieger des Lichts

Man gewöhnt sich irgendwie an fast alles:
Akira, Amerok und ich waren nun nur noch die Einzigen, die in Waldhaus dauerhaft lebten und mein kleiner Sohn war dazu noch einige Tage in der Woche bei seinem Papa..
Wir hatten uns damit im Großen und Ganzen arrangiert und waren zufrieden mit der Situation.
Akira fragte immer seltener nach Atlantus und ich hatte für diesen Fall immer ein paar neue Nachrichten und Grüße für ihn bereit.
Akira genoss die Tage der Woche, die er bei seinem Vater in der Stadt war, sehr.
Konnte er doch dort viel besser andere Jugendliche in seinem Alter treffen, zu Fuß ins Kino gehen, Eis kaufen und vieles andere, was eben mitten im Wald nicht möglich war.
Allein, um nur einmal schnell etwas einkaufen zu gehen, musste man sich von Waldhaus aus schon 30 Minuten ins Auto setzen.
Leider bahnte sich hier im Verborgenen nun auch schon wieder eine Veränderung an.
Quick Deer hatte recht gehabt.
Adita war der Kleinstadt längst entwachsen und wollte auf Dauer lieber ins Ausland gehen.
Er hatte, bevor er uns informierte, so wie es seine Art war, schon alles im Einzelnen durchdacht gehabt und sogar schon den Flug für übernächste Woche gebucht.
Als er Akira dies ankündigte, brach bei diesem erneut eine Welt zusammen.
Auch Amerok konnte nun nicht mehr so gut helfen, denn der kleine Krieger hatte inzwischen auch andere Bedürfnisse, als nur, mit seinem Hund im Wald herumzutollen.
Wir brauchten dringend eine Lösung für Akira.
Dass ich nun auch in eine Stadt zog, war sie sicher nicht.
Dann kam unverhofft Hilfe von einer Seite, woher ich sie nicht erwartet hatte.
Eines Tages kündigte sich der Klassenlehrer, Herr Heinz, von Akira kurzfristig für den Nachmittag bei uns an.

Er erzählte mir nichts Neues, mit dem Fakt, dass Akira ein ungewöhnlich guter Schüler war.
Worauf er aber hinaus wollte war Folgendes:
»Sehen Sie Frau Jadd, Ihr Sohn langweilt sich sehr oft im Unterricht.
Er ist bei uns einfach unterfordert.
Wir haben uns im Lehrerkollegium daher überlegt, ob er nicht besser auf eine Begabtenschule gehen sollte.
In unserem Waldorfprogramm haben wir in Berlin eine solche Schule.« (Ich hatte beide Kinder in einer Waldorfschule angemeldet, denn ich konnte in Deutschland keine bessere Schule finden. Auch wenn ich nicht zu 100 % mit allem auf dieser Einrichtung einverstanden war, so war ich im Großen und Ganzen doch sehr zufrieden, wie es den Kindern dort erging.)
»In Berlin könnte er binnen eines Jahres bereits das Abitur ablegen, wofür er hier bei uns noch weitere drei Jahre benötigen würde.«, fuhr Herr Heinz weiter fort.
»Allerdings müsste er vor Ort in einem Internat unserer Einrichtung leben. Die meisten Schüler dieser Schule leben dort.
Danach könnte er sich dann für ein Studium seiner Wahl entscheiden.
Natürlich würden wir uns freuen, wenn er später auf eine unserer Hochschulen gehen würde.
Aber ihm stehen mit diesem Abitur selbstverständlich auch alle weiteren Universitäten des Landes offen, obwohl er dann noch viel jünger, als die anderen Studenten wäre«, fügte der Lehrer erklärend hinzu.
Bevor ich meinen Mund aufmachen konnte, um den finanziellen Aspekt ansprechen zu können, denn ich stellte mir das alles recht teuer vor, kam er mir schon zuvor.
»Wegen der außergewöhnlichen Leistungen von Akira haben wir diesen für ein spezielles Stipendienprogramm vorgeschlagen, so dass Ihnen für all das keine Kosten entstehen würden.«
Irgendwie schämte ich mich jetzt ein bisschen.
Aber ich hätte tatsächlich nicht gewusst, wie ich diese neuen monatlichen Belastungen hätte auffangen sollen.

»Wir haben in dieser Schule ab nächsten Montag die alljährlichen zwei Schnupperwochen.
Es wäre wünschenswert, dass Akira daran teilnimmt.
Wir haben Ihren Sohn noch nicht informiert, da wir zunächst Ihre Ansicht dazu hören wollten.
Das reguläre Schuljahr würde dann dort am 1. September beginnen.« Er verstummte jäh und sah mich erwartungsvoll an.
Ich bemühte mich nach Kräften, dass mein inneres, total aufgebrachtes Wolfskind ihm nicht an den Hals sprang und ihn ernsthaft verletzte.
Erstens, schon wieder ein Abschied, dann wäre ich ganz allein, mein Herz klopfte bei dem Gedanken heftig und zweitens, was bildeten die sich von der Waldorfschule eigentlich ein.
Musste immer alles erst auf den letzten Drücker angegangen werden? Jedes Mal war das so.
Egal ob Feste vorbereitet werden mussten, Klassenfahrten anstanden oder sonst irgendwas.
Heute war Mittwoch, der 16.06.2010 und nächsten Montag sollte Akira schon in dieses Internat gehen.
»Möchten Sie eine Tasse Tee und ein Stück selbst gebackenen Apfelkuchen aus eigenen Äpfeln und Demeter-Mehl?«, fragte ich mit größter Beherrschung und zusammen gebissenen Zähnen.
Ich musste jetzt dringend ein wenig Zeit gewinnen, um diesen kleinen weiblichen Mogli- das Wolfskind- in meinem Inneren zu beruhigen und von einem direkten Angriff zurückzuhalten.
Ich wollte erstens nicht, dass Akira keinen Klassenlehrer mehr hat, denn ich hatte noch nie gehört, dass jemand weiterleben konnte, wenn ihm der Kopf abgebissen worden war und zweitens wollte ich Akira nicht seine Chancen verbauen, wenn er denn das Angebot tatsächlich annehmen wollen würde.
Ich hantierte langsam in der Küche herum und hielt dabei streng Rücksprache mit meinem imaginären, inneren Kind.
Dieses lebte immer noch in der Wolfshöhle irgendwo in meinem Bauchraum.

Es hatte keine offenen Wunden mehr, war aber von etlichen Narben übersäht.
Seit kurzem war es auch bereit gewesen, ein Kleid zu tragen und endlich das Wolfsfell abzulegen, was sonst sein einziges Kleidungsstück gewesen war.
Es biss auch nicht mehr sofort jeden, den es für einen Angreifer hielt, aber es war immer noch um einiges schärfer als zum Beispiel Amerok.
»Hör mal«, sprach ich streng zu ihm, »hier geht es nicht um Dich und mich und darum, ob wir nun hier ganz allein sind, wenn Akira weg ist.
Hier geht es um unser Kind, kapiert, wir sind hier die Eltern, falls Du das vergessen haben solltest!
Für uns wird sich schon eine andere Lösung finden.
Wir hatten uns doch nach der Krankenhausentlassung vorgenommen, flexibler zu werden und Veränderungen vertrauensvoll anzunehmen, wenn sie kommen würden.«
Mein inneres Wolfskind war noch immer nicht besänftigt und schielte angriffslustig in die Richtung von Herrn Heinz.
Ich beschloss noch einen weiteren Trumpf aus dem Ärmel zu holen und auch noch mein inneres Team um Hilfe zu bitten.
Das hatte ich mir nämlich in meiner Vorstellung gebildet, um mich selbst zu stärken und besser mit Krisen und Entscheidungen zurechtzukommen.
Zu meinem inneren Team gehörten folgende, vorgestellte Mitglieder: mein eigenes »Ich«, als ganz alte weise Frau, mein Lehrer Pix (aber nur vorgestellt, nicht in echt), ich selbst auf der Höhe meiner Kraft, als ich noch die Geschäfte nach dem Fall der innerdeutschen Mauer getätigt hatte, mein erstes Krafttier der Bär, sowie meine liebe Omi Anna.
Das innere Wolfskind war eher unser aller Nesthäkchen und war stets nur indirekt in die Entscheidungsfindung mit einbezogen.
Wäre das anders gewesen, dann säße ich bestimmt schon mit lebenslänglich im Gefängnis, denn wie gesagt das Kind war ziemlich rigoros.
»Bitte schön Herr Heinz, lassen Sie es sich schmecken.«
Ich stellte ihm ein riesiges Stück Kuchen und eine schöne Tasse Tee vor die Nase.

»Ich bin sofort wieder für sie da, ich glaube ich habe da eben jemanden draußen an unserem Eingangstor gehört.«
Schon eilte ich ins Freie in Richtung Wald und holte tief Luft.
Richtung Wald das hieß bei uns 10 Meter vom Haus weg.
Nun hatte ich auch noch die Natur mit all ihren Wesen um mich, was eine weitere Ressource (also eine Stärkung) für mich bedeutete.
So und nun ist Teamsitzung.
»Was sagt Ihr zu der Angelegenheit?«, fragte ich in mich hinein.
Das Wolfskind drängelte sich sofort vor und verlangte, dass Herr Heinz allermindestens auf der Stelle rausgeworfen würde und dann alles bei uns zu Hause beim Alten bleiben solle.
Akira würde später einmal das Waldhaus übernehmen und uns, wenn wir alt wären, dort hervorragend bis zu unserem Ableben pflegen.
Freundlich aber bestimmt wurde das Kind beiseitegeschoben, sodass sich die Erwachsenen jetzt in Ruhe unterhalten konnten.
Ich wartete.
Mein Gott, das dauerte mir schon wieder zu lange.
Konnten die nicht sofort antworten?
Schließlich hatte ich hier nicht ewig Zeit.
Ich tippte ungeduldig mit dem Fuß auf den Boden.
Lächelnd meldete sich die alte weise Tanja zu Wort: »Es wird Zeit, dass wir unserer wirklichen Aufgabe auf der Erde nachkommen. Der Abschnitt, intensiv Mutter zu sein, ist nun früher beendet als erwartet.
Wir sollten das, was das Schicksal arrangiert hat, damit wir schneller zu unserem eigentlichen Auftrag kommen, dankend annehmen.«
Dann meldet sich mein Krafttier- der Bär - zu Wort: »Ich werde Dir den Rücken stärken und bin dafür, wenn Akira es auch will, das Angebot dieses Herrn Heinz anzunehmen.«
Bei dem Wort Herr Heinz sah ich wie die kleine Mogli die Zähne fletschte und laut grollend, ziemlich eindrucksvoll knurrte.
Mein innerer Lehrer, der Schein-Pix, war auch der Meinung,

dass ich mich nun auch um andere Dinge kümmern sollte, als um das Mutter-sein.
Daraufhin warf meine Omi noch ein, dass ich ja nicht aus der Welt sei und jederzeit wieder in meine Mutter-Rolle zurückkönnte, falls Akira das benötigte.
Die Geschäftsfrau-Tanja meinte, es wäre auch endlich mal wieder Zeit, erneut Geld zu verdienen und sich nicht nur immer darauf auszuruhen, was sie vor Jahren alles zusammen gescheffelt hatte.
Die anderen sahen sie liebevoll an und vergaben ihr den Einwurf, denn immerhin stimmte es, dass wir ohne sie heute nicht schuldenfrei in dem tollen Waldhaus sitzen würden.
Da offenbar alle dafür waren, das Angebot unter der Voraussetzung, dass Akira auch einverstanden war, anzunehmen, beugte ich mich der Mehrheit.
Vorher versprachen wir noch alle dem Wolfskind, dass es auch unter den neuen Umständen niemals allein wäre, denn wir, das innere Team, würden ja alle bei ihm bleiben und dass ganz bestimmt auch weiterhin bestens für es gesorgt sei.
Daraufhin schnappte dieses sich seinen Lieblingsknochen und zog sich befriedigt in seine Höhle zurück.
Es war jetzt also ungefährlich, zu Herrn Heinz zurück zu kehren.
»Entschuldigen Sie bitte die Unterbrechung, aber hier so allein im Wald, kann man heutzutage nicht vorsichtig genug sein.
Es war allerdings nur blinder Alarm.
Wir haben uns entschieden.«
Als ich das fragende Gesicht von Herrn Heinz wahrnahm, fiel mir ein, dass man ihm besser nichts von meinem inneren Team erzählen sollte und ich erfand einfach ganz schnell:
»Also ich habe gerade mit Akiras Papa telefoniert«, jetzt sah ich wie der Lehrer hochachtungsvoll nickte und wurde scharlachrot.
Sofort wandte ich ihm den Rücken zu und versuchte gegen das Blut anzukämpfen, das mir gerade wie verrückt in die Wangen schoss.
»Jedenfalls sind sein Vater und ich dafür, dass Akira, immer natürlich vorausgesetzt er will das auch, am Montag zu den

Schnuppertagen fahren darf.
Danach würden wir uns gerne erneut alle zusammen beraten und ich möchte mir vorher auch unbedingt noch selbst die Schule und das Internat ansehen, bevor Akira endgültig dort aufgenommen wird«, ließ ich den Lehrer wissen.
»Das halte ich für eine weise Entscheidung«. Herr Heinz, der freundliche Waldorf-Lehrer, war gerade aufgestanden.
»Vielen Dank für Speis und Trank, ach ja und hier ist noch ein Merkzettel, wo die Abfahrtszeiten und die Mitzubringen-Liste darauf stehen.
Auf Wiedersehen, hat mich wirklich sehr gefreut.«
Und damit war Herr Heinz verschwunden, ohne dass er gemerkt hatte, in welcher Lebensgefahr er sich eine Zeit lang befunden hatte.
Nur Spaß, ehrlich! Ich lächelte sardonisch vor mich hin.
Sofort griff ich zum Handy und führte ein Ferngespräch nach Thailand.
Die verschlafene Stimme von Adita fragte: »Ist was passiert, Tanja?«
Ich erzählte ihm in groben Zügen die Sachlage und war erfreut zu hören, dass er sich der Meinung von mir und meinem inneren Team (wovon natürlich außer mir und jetzt auch außer Dir, lieber Leser, niemand etwas wusste), anschloss.
Super, nun mussten wir abwarten, wie Akira reagieren würde.
Als ich ihm am nächsten Tag, nachdem er aus der Schule gekommen war, von dem gestrigen Besuch des Herrn Heinz erzählte, war Akira sofort Feuer und Flamme.
»Mensch Mama, Berlin - das ist die Hauptstadt, voll cool eh!«
Er riss mir den Merkzettel aus der Hand und stürmte in sein Zimmer, um zu packen.
Wo er das wohl her hatte, diese Schnelligkeit?
Lächelnd wandte ich mich meiner Hausarbeit zu.
Eine halbe Stunde später war Akira schon wieder in der Küche, in der Hand den Merkzettel.
Ich konnte sehen, dass er dort einiges rot unterstrichen hatte.
»Mama, diese Sachen müssen wir sofort einkaufen gehen.

Entweder ich habe die gar nicht oder die sind so alt, dass ich damit unmöglich auf eine „Begabtenschule“ gehen kann. Komm wir fahren sofort los.«
Ich bestand darauf, dass wir zuerst zu Mittagessen würden und Akira vorher noch einen Spaziergang mit Amerok machen sollte.
Aber dann saßen wir schon im Auto in Richtung nächster Stadt.
Amerok war auf dem Rücksitz und blickte unterwegs interessiert aus dem Fenster zu einer hübschen Hundedame. Auch das war bei unserer Einzellage im Wald Mangelware und er war nun einmal ein unkastrierter Rüde...
Während der Fahrt hielt ich Akira einen Vortrag, dass er bescheiden und demütig bleiben solle, denn eine Begabung würde einem vom Universum nur geliehen.
Er solle sich nichts darauf einbilden, dass er ein so guter Schüler sei, denn ohne, dass der große Geist das will, könnte er überhaupt nichts bewegen.
Akira nickte ungeduldig.
Außerdem wollte ich, dass er in der neuen Schule nicht anstreben sollte, wieder der Beste zu werden, denn das könnte zu anstrengend sein und seiner Gesundheit schaden.
Akira verdrehte genervt die Augen, denn in diesem Alter hielt man sich offenbar noch für unverwundbar.
»Ist gut jetzt Mama konzentriere Dich lieber aufs Autofahren.
Ich mache das alles schon allein!«
Zu schnell kam der Montagmorgen. Ich brachte Akira zum Abholpunkt, winkte dem Bus nach und dann war mein jüngster Sohn, mein letzter Mitbewohner in Waldhaus, auch noch weg.
Bald darauf stand ich wieder zu Hause im Hof. Es war unnatürlich still und die blanke Panik stieg in mir auf.
»Wir sind ganz allein!«, schrie mein Wolfskind und rannte wie angestochen, vollkommen verängstigt in meinem Körper umher.
Überall, wo es innen dabei aneckte, tat es mir weh.
Mir wurde ganz schwindelig.
»Ruhig Blut Brauner...«, hörte ich plötzlich Quick Deers

Stimme in meinem Geist und Amerok streifte mir geräuschvoll um die Beine.
»Es wird Zeit, dass Du die Vorstellung, dass Alleinsein etwas Schlimmes bedeutet, loslässt.
Du bist kein kleines Kind mehr, für welches Alleinsein den Tod bedeuten könnte, weil es dann keine Nahrung mehr bekommt oder Feinden schutzlos ausgeliefert ist.
Schau Dich um, jetzt ist jetzt.
Du bist erwachsen, Du kannst selbst für Dich sorgen und Du kannst Dich verteidigen.
Fühle die Erde unter Deinen Füßen, Tanja, und beruhige Dich!«
Folgsam konzentrierte ich mich auf meine Füße und fühlte den festen Boden unter mir, der mich erstaunlicherweise auch noch trug, obwohl ich jetzt allein war.
Dann schaute ich mich um.
Alles war wie immer, die Bäume standen noch, der Wind blies und die Vögel sangen.
»Jetzt ist jetzt, schau, was wirklich in diesem Moment geschieht und lass Deine alten und schrecklichen Erinnerungen aus der Kindheit gehen, sie sind Vergangenheit«, wandte sich mein Lehrer erneut an mich.
Langsam, aber sicher kam ich wieder zu mir und das innere Wolfskind hatte wieder ruhig vor seiner Höhle in mir Platz genommen.
Die Stellen, wo es vorhin in meinem Körper gegen die Wände gerannt war, pochten noch ein wenig. Der Schmerz ließ aber schon nach.
»So und vielleicht kannst Du nun auch mal genießen, dass Du nichts zu kochen brauchst und außer für Dich und natürlich für Deinen tollen Hund für nichts weiter verantwortlich bist.« Er hatte Recht, ich hielt sofort auf die Hängematte zu, in die ich mich schon immer einmal legen wollte.
»Sehr gut, liebe Tanja, das Universum wird sich heute um all Deine Probleme kümmern und Du genießt einfach mal den Tag!«, meinte Quick Deer.
Ich blickte in den Himmel und ließ mich sanft von der Hängematte hin und her schaukeln.
Ein Lächeln bildete sich in meinem Gesicht und ich dachte

mir, dass Pix tatsächlich Recht hatte.
»Wir sehen uns morgen zu einem Meeting und zwar dann, wenn Du von selbst aufgewacht und bereit dazu bist.
Ich kann mich auch einmal allein versorgen«, sprach Quick Deer und Amerok wedelte dazu vergnügt mit dem Schwanz.
Der Tag war wundervoll (wer hätte das anfangs gedacht).
Ich horchte in mich hinein und erfüllte mir jeden Wunsch.
Das ging bei der Hängematte los, über einen gemächlichen Waldspaziergang, ein schönes Bad mit totem Meersalz und am Abend eine Märchen-DVD von den alten Professor Flimmrich-Filmen aus der DDR (das war eine Kindersendung, die jeden Samstag, glaube ich, ein Defa-Märchen ausstrahlte).
Am nächsten Morgen schlief ich bis weit in den Vormittag, frühstückte und richtete mich in aller Ruhe her.
Nach dem Mittagessen war ich dann bereit, für das, was kommen wollte.
Kurz darauf bekam ich auch schon Besuch.
Soholit, Lucinda, Quiskan und Querin versammelten sich in meiner Wohnküche.
Im Geiste waren noch viele, viele andere zugegen.
Soholit übernahm den Vorsitz der Versammlung.
»Heute beginnt ein neuer Abschnitt in unserer gemeinsamen Mission.
Bislang haben wir in kleinen Gruppen, getrennt voneinander bestimmte Aufgaben erledigt.
Ich möchte, dass wir uns ab jetzt großräumig vernetzen.
Wir, das sind zum einen die Druiden, diese machen in etwa 40 Menschen aus, hinzu kommen einige vom kleinen Volk, das sind etwa 20 Personen. Dann noch Tanja, Lia, Finnbar, Quick Deer und, wenn sie dann alt genug sind, die 11 Jahrgangsgeschwister von Cerafine.
Viele Elben und weitere Menschen sind Sympathisanten.
Die Aquarianer und Karlao werden sich neutral verhalten.
Eine, uns unbekannte, Macht steht ebenfalls noch auf unserer Seite.
Ich möchte, dass wir von nun an vereint als „Die Krieger des Lichts“ unterwegs sind.
Dazu sollten wir einige Dinge festhalten, wofür wir stehen.
Ich schlage folgende Punkte vor:

1. Wir sind dafür, dass die universelle Liebe die Grundlage aller Entscheidungen sein soll.
2. Die Erde muss als wichtigstes Fundament unseres Lebens geschützt, geachtet und geheilt werden.
3. Alle Wesen, die darauf leben, müssen sich, als miteinander verwandt betrachten und sich gegenseitig beschützen und füreinander sorgen.
4. Um in der Liebe sein zu können, ist es wichtig, sich regelmäßig in dieser, beziehungsweise in der Stille zu zentrieren.
5. Alles ist ins Gleichgewicht zu bringen, das heißt sowohl Gut und Böse wie auch Licht und Schatten müssen liebevoll und neutral innerlich integriert werden.
6. Unser Ziel ist es, dass die Erde in Zukunft zu den höher entwickelten Planeten gehören kann und somit ihre Zerstörung aufgehalten wird«, erläuterte uns Soholit.

»Sind wir nicht auch gegen manche Dinge, wie zum Beispiel Kriege, Massentierhaltung, Umweltverschmutzung, Abholzung der Regenwälder, Gewalt, Gier, Klimawandel, Eichen abholzen und was es sonst noch so Schlimmes gibt?«, fragte ich in Richtung Soholit.
»Es ist schön, dass Du das fragst, Tanja.
Wenn wir gegen bestimmte Dinge sind, dann geben wir ihnen damit unsere Energie.
Selbst wenn das negative Energie, sprich Ablehnung ist, dann würden sie dadurch stärker werden.
Unsere Energie oder auch unsere Aufmerksamkeit ist wie Wasser, das alles wachsen lässt.
Daher sollten wir mit unserem Wasser, sprich unserer Energie, sprich unserer Aufmerksamkeit ganz gezielt umgehen.
Lasst uns diese Dinge, die Du eben genannt hast, einfach austrocknen, indem wir ihnen nicht das Wasser unserer Aufmerksamkeit schenken.
Außerdem verschwinden diese von selbst, wenn wir uns an die 6 Punkte, wofür wir als die Krieger des Lichts einstehen und die ich Euch gerade genannt habe, halten werden«,

antwortete Soholit.
»Ich habe noch eine wichtige Frage. Sind wir nicht viel zu wenige, um das überhaupt umsetzen zu können?
Das ist ja wie, als wenn wir allein gegen viele Windmühlen kämpfen würden?«, fragte ich.
Soholit lachte.
»Ich nehme an, es ist schwer für Dich zu verstehen, dass wir nicht „gegen" Windmühlen kämpfen, sondern „für" den Planeten sind. Aber ansonsten hast Du Recht.
Wir sind wenige.
Jedoch das heute ist immerhin ein Anfang.
Es werden nach und nach viele andere dazukommen und wir werden schon bald eine große Bewegung werden.
Das Problem an der Sache ist allerdings, desto kraftvoller wir werden, wird wegen des immerwährenden Gleichgewichts auch die Seite, die für die Zerstörung der Erde ist, immer stärker.
Wie wir das Durchbrechen können, weiß ich auch noch nicht.
Trotzdem bin ich der Meinung, dass wir einfach mal gemeinsam anfangen sollten.
Das aller Wichtigste bleibt nach wie vor die eigene Heilung und Entwicklung, damit wir als Krieger des Lichts, tatsächlich rein und aus der Liebe heraus wirklich zum Wohle aller agieren können.
Dazu kommt noch die weitere Ausbildung, die wir immer mehr vervollkommnen sollten.
Mir schwebt vor, dass wir unter anderem am Ende alle in der Lage sind, astrale Reisen durchzuführen und zwar nicht nur auf diesem Planeten, sondern auch zu anderen Himmelkörpern.
Das eröffnet uns dann ungeahnte Möglichkeiten.
Darüber hinaus schlage ich vor, dass wir eine Arbeitsteilung bei dem, was es alles zu erledigen gibt, vornehmen.
Jeder sollte möglichst das tun, was ihm am meisten liegt.
Dazu würde ich gerne eine Liste erstellen.
Außerdem sollte es auch einen Zeitplan geben.
Zum Beispiel schlage ich vor, eine Versammlung, wie diese hier, einmal im Monat durchzuführen.

Weiterhin viermal die Woche Training, gemeinsame Zeremonien, um uns zu zentrieren und regelmäßige Berichte, wie jeder mit seinem Aufgabengebiet vorankommt. Was meint Ihr dazu?«, Soholit war nun am Ende seiner Ausführungen angelangt.
Es kamen noch einige Rückfragen, aber im Großen und Ganzen wurde das Programm einstimmig angenommen.
Man einigte sich aber darauf, dass auch jederzeit noch etwas hinzugefügt oder geändert werden konnte.
Dann ging die Liste herum.
Wir, vor Ort konnten unsere Angebote direkt auf das Blatt Papier bringen und Lucinda hatte sich für diejenigen, die nur im Geist dabei waren, bereit erklärt, deren Vorschläge niederzuschreiben.
Ich meldete mich für »Schwitzhütten-Zeremonien leiten« als ein Instrument zur gemeinsamen Zentrierung an.
Außerdem wollte ich mich schriftlich an die Regierung wenden, um dafür zu sorgen, dass Eichen, die gesund waren, von nun an unter Schutz gestellt würden und dass unbedingt viele neue gepflanzt werden müssten.
Ich selbst hatte mir vorgenommen, möglichst viele der kleinen Eichenbäumchen, die gerade aus den Eicheln bei uns im Wald aufgegangen waren, hier im Wald teilweise an andere Stellen umzusetzen, wo sie gebraucht würden.
Jeder Baum musste allerdings auch noch vor Wildverbiss geschützt werden, denn sonst war er im nächsten Jahr verschwunden.
Das war ein strammes Pensum an Arbeit, was ich mir da vorgenommen hatte.
Ob das wohl die Erfüllung der Vision, »Eichen müssen her«, die ich einst bei meinem Sturz in die unterirdische Höhle erhalten hatte, war, fragte ich mich im Stillen.
Ich hätte das aber auch ohne die Vision vorgeschlagen, denn erstens mochte ich diese Bäume mehr als ich sagen konnte und zweitens hatten neueste Forschungen vor kurzem tatsächlich ergeben, dass Eichen zu den Bäumen gehörten, die mit dem Klimawandel, der inzwischen auch ab und zu schon in den Medien erwähnt wurde und der, zumindest für mich, auch durchaus bereits in der Natur sichtbar war, mit

am besten zurechtkamen.
Natürlich kam auch noch die spirituelle Bedeutung dieser Bäume dazu. Sie waren voller Weisheit und manche von ihnen gehörten noch zu den Ahnen der alten Bäume des untergegangen Planeten Platana.
Davon hatte mir Quiskan einiges erzählt.
Zu erwähnen war auch noch, dass das Waldhaus zu einer Art Zentrale unsere Vereinigung der Krieger des Lichtes gemacht wurde.
Da ich automatisch immer vor Ort war, konnte ich somit hier auch die Informationen bündeln und dann an andere weiterleiten.
Alle zukünftigen Versammlungen sollten in der Regel immer hier im Waldhaus stattfinden.
Das war eine wirklich intensive und fruchtbare Beratung gewesen und es war inzwischen schon sehr spät geworden.
Somit verabschiedeten wir uns nun alle für heute.

Vismateté

Akira kam bebend vor Aufregung von den beiden Schnupperwochen in Berlin zurück.
Es gab keinerlei Zweifel, dass er zukünftig auf diese Schule gehen wollte.
Freudig sprach er fast von nichts anderem mehr.
»Das Gute Mama ist, dass wir alle in der Klasse neu sein werden.
Das ist ein Abitur-Crash-Kurs für Begabte.«
Er machte dabei ein Gesicht, als würde er mir gerade verkünden, dass er der Kaiser von China werden würde.
»Du glaubst gar nicht, was da alles so los ist – in Berlin...«, er zwinkerte mir verschwörerisch zu.
»Anders als hier in der Provinz! In der Schule gibt es eine ganze Menge Freizeit-Angebote.
Allein schon der Sport. Die haben da Jiu-Jitsu, Aikido, Kickboxen, alles was das Herz begehrt.
Mama, ich freu mich so.«
Akira tänzelte wie wild um mich herum und fiel mir dann um den Hals.
Ganz plötzlich wurde er ernst.
»Du ich möchte mir das da auf keinen Fall verbocken.
Ich bin jetzt mit 15 Jahren erwachsen und deshalb will ich überhaupt nicht, dass Du dort am ersten Schultag oder auch sonst einfach auftauchst.
Und Du brauchst auch nicht großartig, vorher die Schule inspizieren zu gehen. Ich will das nicht!
Von jetzt an mache ich alles allein, hörst Du?«
Ich war überrascht von der Heftigkeit, mit der er dieses Anliegen vorgebracht hatte.
»Bei den anderen kommt auch keiner.«
Es war ausgesprochen dumm von mir, ihm zu glauben, dass keiner der anderen Eltern zum ersten Schultag oder auch sonst regelmäßig zu Besuch kommen würden. Ich denke, da ich etwas menschenscheu war und auch nicht gerne in großen Städten unterwegs sein wollte, willigte ich wohl viel zu schnell und auch ein wenig erleichtert in seinen Vorschlag

ein. Aber genau dadurch konnte es passieren, dass ich nicht bemerkte, dass Akira geplant hatte, so zu tun, als ob er schon völlig unabhängig von seinen Eltern wäre. Damit überforderte er sich aber noch mehr, als die Anforderungen der neuen Schule es sowieso schon taten.
Später wünschte ich, ich wäre damals aufmerksamer gewesen und hätte dann verhindern können, dass er sich schon zu früh allein mit Dingen herumschlagen musste, die normalerweise die Erwachsenen ihren Kindern noch abnehmen.
Die Schule an sich war ja schon anstrengend genug für ihn.
Jetzt jedoch willigte ich, wie gesagt, gerne in seinen Vorschlag ein.
Aber die Schule, nebst Internat vorher anzusehen, davon ließ ich mich beim besten Willen nicht abbringen.
Damit musste unser Sohn leben.
Da zu dem Zeitpunkt meines geplanten Besuches sowieso noch keine anderen Schüler seiner zukünftigen Klasse vor Ort sein würden, hörte er schließlich auch auf, mit mir weiterhin darüber zu diskutieren.
Mir gefielen bei meiner Inspektion die Schule und das Internat sehr gut und somit war die ganze Angelegenheit nun endgültig so beschlossen.
Am 30.08.2010, das war ein Montag, wurde das Internat schon für die Neuankömmlinge, die am Mittwoch, dem 1.9. mit dem Unterricht beginnen würden, geöffnet.
Ich brachte Akira zum Bahnhof in die nächste größere Stadt.
Er hatte eine ganze Menge Gepäck bei sich und stieg aufgeregt in den Zug, sobald dieser in den Bahnhof eingefahren war.
»Du kannst schon gehen Mama, es ist alles gut.
Ich mach das ab jetzt ganz allein. Tschüss.«
Ich zog ihn nochmals aus der Tür heraus und drückte ihn ganz fest an mein Herz.
»Ich wünsche Dir eine wundervolle Zeit in der neuen Schule und pass gut auf Dich auf. Ach ja und melde Dich so oft wie möglich«, ermahnte ich ihn nochmals zum Abschied.
Akira genoss meine Umarmung einen kurzen Moment, dann versteifte er sich und blickte hektisch um sich.

Offenbar passte es nicht in das Bild des frisch gebackenen Erwachsenen, öffentlich von seiner Mutter umarmt zu werden.
»Melde Dich über WhatsApp und schick mir Bilder, damit ich genau weiß, wie es Dir dort geht (seit einem Jahr gab es diesen neuen Messenger für die modernen Handys, womit man auch Bilder und Videos versenden konnte. Adita und ich hatten extra zusammengelegt, damit auch Akira ein solches Gerät bekam, von wo aus man diesen Messenger nutzen konnte.).
Unser Sohn hatte auch gleich auf seinem neuen Telefon eine Familiengruppe angelegt, damit er das alles in »einem Aufwasch«, wie er sagte, erledigen konnte.
Eines musste man ihm allerdings lassen, er meldete sich später auch tatsächlich ganz vorbildlich mindestens vier Mal pro Woche bei uns.
Ich stürzte mich zu Hause sofort Hals über Kopf in die Arbeit, sodass ich kaum bemerkte, dass nun auch Akira nicht mehr daheim war.
Ich ging stundenlang in den Wald, um neue Eichen zu setzen und die größeren zu begutachten.
Eines Morgens erwachte ich von einem lauten, erdbebenartigen Knall.
Ich hastete sofort nach draußen und hörte laute Geräusche von Motorsägen, die mir eine Gänsehaut nach der anderen bescherten.
Ich hasste dieses Geräusch.
Ich rannte sofort in den Wald, der leider nicht mehr zum Eigentum vom Waldhaus gehörte und sah schon von weitem zwei riesige Eichenbäume wie gefallene Riesen am Boden liegen.
Drei junge Waldarbeiter waren gerade mit einer dritten beschäftigt.
»Moment mal, was machen sie hier?«
Das Wolfskind in mir hatte jetzt die Herrschaft übernommen.
Ich war dieses Mal sogar dankbar dafür, denn es war mir gerade recht, dass aus meinen Augen die blanke Mordlust sprühte.

Erschrocken wichen die drei Männer in der Blüte ihrer Jahre vor mir zurück.
»Wer hat Ihnen erlaubt, hier die gesunden Eichen zu fällen?«, drohend sah ich von einem zum anderen.
Die Männer hatten sich von ihrem ersten Schreck erholt und sahen in mir inzwischen wieder nur eine »kleine Frau«, die sich vor drei starken Männern ganz allein im Wald aufgebaut hatte. Einer von ihnen antwortete daraufhin ganz gefasst.
»Machen Sie mal, dass Sie hier schnellstens wegkommen. Haben Sie nicht das Schild: „Vorsicht Waldarbeiten“ gesehen? Wir befinden uns im Gemeinde-Wald und wir haben den Auftrag, hier Holz zu schlagen. Auf Wiedersehen.«
Ich versuchte die Männer noch aufzuhalten, indem ich den Klimawandel und die Wichtigkeit der Eichen ansprach. Selbst meine Drohung, die Polizei zu rufen, perlte von den Männern einfach so ab. Ich musste mich geschlagen geben und hörte den ganzen Tag die schrecklichen Geräusche der Sägen und das endlos traurige Fallen der großen Giganten. Selbst Amerok saß den ganzen Tag mit eingezogenem Schwanz unter dem Küchentisch.
Ich war so, so zornig. Hatte ich mir doch richtig große Mühe mit dem Schreiben an unsere Bundeskanzlerin gegeben, wovon auch gleich noch eine Kopie ans Landwirtschaftsministerium gegangen war, um genau so etwas, wie heute hier mit den gesunden alten Eichen passierte, zukünftig zu verhindern.
Ganz detailliert hatte ich die Bedeutung der Eichen für unser Klima und auch die Dauer der Zeit, die es benötigte, bis eine Eiche so groß war, dass sie wirklich hilfreich sein konnte, erklärt.
Meiner Ansicht nach konnte die Antwort nur lauten:
»Natürlich Frau Jadd, Sie haben Recht.
Wir werden die Eichen sofort unter Schutz stellen.«
Das Schreiben war nun schon vor 2 Monaten abgesendet worden und ich hatte noch immer keine Antwort bekommen.
Ich sollte im Übrigen niemals eine bekommen.
Das fand ich sehr, sehr enttäuschend.

Am Abend klagte ich den anderen mein Leid und auch diese waren sehr betroffen, über den wüsten Angriff auf den friedlichen Wald.
»Wir dürfen jetzt nicht aufgeben. Lasst uns immer weitermachen, neue Bäume zu pflanzen«, forderte uns Soholit am Ende auf.
Genau das schrieb ich mir auf die Fahnen und machte mich weiterhin an die Arbeit.
Ich war im Moment in einem Waldabschnitt zu Gange, den ich insgeheim den Märchenwald nannte.
Es war ein hügeliges und steiniges Stück Land, wo es eine ganze Menge hellgrünes Moos gab. Die Eichen dort waren kleiner und gedrungener als die anderen.
Die Stämme waren, wie in sich gedreht. Sie sahen fast so aus, wie die Korkeichen, die ich vor Jahren einmal in Portugal gesehen hatte. Im Übrigen stehen diese in dem Land streng unter Schutz (man kommt mindestens einen Monat ins Gefängnis, wenn man in Portugal einfach eine Korkeiche fällt).
Aber Deutschland war in der Hinsicht ja ein totales Entwicklungsland, voll von cleveren Geschäftsleuten, die nicht weiter als bis zu ihrer eigenen Nasenspitze schauten. Clever ist nämlich ein unintelligentes Kind der Gier und führt früher oder später zum Untergang des Planeten und damit auch zu dem eigenen.
Wirklich klug ist, wer nur die Dinge tut, die für alle anderen auch gut sind.
Das mit der Gier hatte uns Soholit folgendermaßen erklärt: Er meinte, dass der Herr der Finsternis (das war der Dunkle von dem Dreigestirn), welcher den Untergang der Erde wünschte, nichts anderes zu tun brauchte, als die Gier in die Köpfe der Menschen zu setzen. Danach konnte er sich in aller Ruhe zurücklehnen und mit Genuss den Untergang des jeweiligen Planeten, so wie eine angenehme Fernseh-Show, genießen.
Es gab viele verschieden Arten von Gier: Gier nach Besitz, nach Geld, nach Macht oder auch nach Sex.
Aber zurück zu dem »Zirbeleichen-Wald«, wie ich ihn auch noch genannt hatte. Natürlich pflanzte ich dort nur deren

eigenen Nachwuchs an freien Plätzen an und hatte heute auch schon einige Eichen-Kinder in die Erde gebracht.
Es war gerade Mittagszeit. Ich hatte mir ein paar belegte Brote, sowie eine Trinkflasche mit Pfefferminztee mitgebracht.
Ich lehnte, genüsslich kauend, an einer Eiche und sah mich träumend in der Gegend um. Da fiel mir ein mittelgroßer »Zirbeleichenbaum«, (dieser Name war, wie gesagt, meine Kreation, keine Ahnung, ob man die Bäume wirklich so nannte) ins Auge. Wenn ich diesen Baum näher betrachtete, konnte ich sehen, dass sich im Stamm das Gesicht eines wirklich sehr gut aussehenden jungen Mannes befand. Er lächelte mir freundlich zu. Ich war verwirrt und blickte mich suchend nach hinten um, ob er nicht vielleicht jemand anderen als mich gemeint hätte.
Sein Grinsen wurde jetzt noch breiter.
Wenn ich ganz unfokussiert hinschaute, konnte ich mittlerweile auch sehen, dass zu dem Gesicht ebenfalls noch ein sehr schöner männlicher Körper gehörte.
Das Baumgesicht zwinkerte mir zu.
Wenn ich nicht genau gewusst hätte, dass das nicht sein könnte, hätte ich gesagt, der Baum baggert mich echt an.
Ich nickte höflichkeitshalber zurück und begab mich verwundert wieder an meine Arbeit.
Ab und zu schielte ich über meine Schulter in Richtung des besagten Baumes. Der Mann war immer noch da und ließ mich offenbar nicht aus den Augen. Konnte es sein, dass sich die Position seiner Äste gerade leicht verändert hatte?
Auf dem Baumstamm sah ich jetzt ein großes, helles und absolut deutliches »L«, gemacht aus dem Licht und dem Schattenspiel der Sonne und den Ästen, prangen.
Ich war baff.
»L», sollte das für Liebe oder Love stehen?
Ich ging etwas näher, das »L« wurde noch deutlicher.
Der Baum Mann lächelte mir überaus freundlich zu.
Jetzt hörte ich auch seine wohlklingende Stimme in meinem Geist. »Möchtest Du meine Frau werden, Tanja?«
»Wie bitte?«, mir fiel die kleine Grabschaufel aus der Hand.
»Möchtest Du meine Frau werden, Tanja?«, wiederholte der

Baum Mann nun nochmals etwas langsamer und deutlicher.
»Mein Name ist Vismateté«, fügte er noch hinzu.
»Ähm, wie stellst Du Dir das denn vor?
Ich bin ein Mensch, Du bist ein Baum, Du stehst fest mitten im Wald und überhaupt habe ich von Männern so was von die Schnauze voll…«
»Ich könnte Dir folgen«, sprach Vismateté nun.
»Lass mal gut sein, ich bin müde und gehe dann mal nach Hause.
Vielen Dank für das tolle »L«, das war wirklich sehr beeindruckend. Vielleicht sieht man sich irgendwann einmal wieder. Auf Wiedersehen.«
In aller Eile raffte ich meine Sachen zusammen, nickte dem Baum Mann nochmals freundlich zu und machte, dass ich nach Hause kam.
Das hier ging mir nun doch ein wenig zu weit.
Als ich am Morgen vom Esstisch aus dem Küchenfenster schaute, um die Vögelchen zu beobachten (genau in Sichtweite steht nämlich eine herrliche junge Eiche, wo ich zwei Vogelhäuschen aufgehängt hatte, die stets rege besucht wurden), fiel mir die Kinnlade herunter.
Aus dem Baumstamm winkte mir der Baum Mann von gestern begeistert zu.
»Ich bin umgezogen.
In Ausnahmefällen können wir das tun.
Eine Heirat gilt in jedem Fall als eine solche Ausnahme.
Jetzt kann ich immer in Deiner Nähe sein und weil Du ständig auf Deine Vogelhäuschen schaust, so wirst Du auch mich betrachten.
Ich liebe Dich, Tanja und zwar schon länger, als Du ahnst.«
Ich war total sprachlos.
Daher löffelte ich einfach mein weich gekochtes Ei weiter, das mir meine geliebten Hühner, die hier frei herumliefen und alle einen Namen hatten, geschenkt hatten und ignorierte Vismateté so gut ich konnte.
Dieser schien allerdings außerordentlich hartnäckig und auch geduldig zu sein.
An der Eiche gehe ich täglich zig Mal vorbei, denn sie steht, wie gesagt, genau vor meinem Eingang und ist von allen

möglichen Fenstern aus zu sehen.
Ich konnte keinesfalls so tun, als ob ich Vismateté nicht bemerken würde.
Auf seiner Brust leuchtete auch schon wieder mehr als deutlich das besagte »L«.
Ich glaube, dass es gerade sogar pulsiert hatte.
Mama Mia, hatte man denn nirgendwo seine Ruhe?
Irgendwann konnte ich einfach nicht mehr weiter so tun, als ob mir seine Werbungsversuche nicht auffallen würden.
»Also gut, was genau willst Du von mir?«
»Ich möchte, dass Du mich heiratest, Tanja.
In Dir steckt mehr von einem Baum als Du ahnst.«, antwortete der Baum Mann mir.
»Wieso soll in mir etwas von einem Baum stecken? Und wie sollte denn unsere Ehe Deiner Meinung nach aussehen?«
»Wegen der Geschichte mit dem Baum möchte ich Querin nicht vorgreifen, frag lieber ihn danach.
Wenn wir verheiratet sind, dann werde ich hier weiterhin stehen, Dich sehen, für Dich da sein und Dich lieben.
Es wird nur die Baumseite von Dir mit mir verheiratet sein, die menschliche Seite ist frei, sich wieder einen menschlichen Partner zu suchen.
Ich werde nicht eifersüchtig sein.
Im Gegenteil, ich wäre froh, wenn Dir jemand anders geben könnte, was ich nicht kann.«
Hier prustete ich verächtlich und murmelte leise vor mich hin: »In diesem Leben kommt mir bestimmt kein Mann mehr ins Haus…« Ich hätte selbst nicht gedacht, dass ich so enttäuscht von den Männern war…
»Sag niemals nie…«, Vismateté lächelte verschwörerisch.
»Ich überlege es mir, aber das kann lange dauern mit der Antwort«, antwortete ich.
»Ich habe ewig Zeit, warten macht mir gar nichts aus«, antwortete Vismateté und hatte es auf jeden Fall damit ganz ernst gemeint.
Er gewöhnte sich an, mich nachts in meinen Träumen zu besuchen.
Dort benötigte er keinen Baumkörper, sondern konnte sich wie ein Mensch bewegen.

Er war wirklich wunderschön.
Da ich aber schon längst Herrin über meine Träume war, ließ ich mich nicht auf ihn ein.
Meine Angst vor Verletzung war einfach viel zu groß.
Das ging nun schon eine ganze Weile so und nach und nach, begann ich Vismateté zu vertrauen.
Daher nahm ich in einem Traum endlich und ganz spontan dann doch seinen Heiratsantrag an.
Ich muss sagen, das war wirklich ein wundervolles Fest.
Nach der ergreifenden Trauungszeremonie, die von einem alten Baum-Mann durchgeführt wurde, steckte mir Vismateté einen schlichten, aber wunderschönen hölzernen Ring an meinen Finger.
Dann begann die Feier.
Es gab eine lange Tafel mit einer weißen Tischdecke, beladen mit den köstlichsten Speisen.
Und wir hatten Musik von einer Fidel, die ein Gast mit viel Enthusiasmus spielte.
Wir tanzten die ganze Nacht dazu und hatten sehr viel Spaß.
Es waren eine Unmenge weiterer Baum-Menschen zugegen, um mit uns zu feiern.
Als ich am Morgen aufwachte, war ich mir nicht mehr sicher, ob das nun ein normaler Traum oder Wirklichkeit im Traum gewesen war. Ich brauchte aber nur aus dem Fenster zu sehen und dann auf meinen Finger, wo tatsächlich ein Ring aus Holz steckte, um die Antwort zu erkennen.
Vismateté trug noch das weiße Hemd von gestern Abend und er sah sehr, sehr glücklich aus.
Also gut dachte ich, dann bin ich eben mit einem Baum verheiratet. Was solls. Wenn ich es keinem erzähle, dann laufe ich auch nicht Gefahr, in einer Zwangsjacke in eine geschlossene psychiatrische Anstalt gebracht zu werden.
Ich ging nach draußen und umarmte kurz, aber sehr liebevoll meinen neuen Ehemann.

Astrales Reisen

Als wir das nächste Mal eine Versammlung hatten, bat ich Soholit, Quiskan, Lucinda und Querin am späten Nachmittag, noch etwas länger im Waldhaus zu bleiben, da ich etwas Wichtiges mit Ihnen zu besprechen hätte.
Quick Deer war als Amerok ja sowieso stets zugegen.
Hatte ich eigentlich schon erwähnt, dass er mich seit der Heirat mit Vismateté, die ihm natürlich nicht verborgen geblieben war, von früh bis spät deswegen aufzog?
Offenbar hatte er wahnsinnigen Spaß daran, sich über seine Mitmenschen lustig zu machen.
Daher hatte ich nun einigen Respekt davor, den anderen von meiner Verbindung mit einem Baum zu berichten. Ich fand es aber durchaus angebracht, dies zu tun, da man ja vor seinen Freunden keine Geheimnisse haben sollte.
Außerdem war auch mein Hintergedanke, Querin bei dieser Gelegenheit nach der Geschichte zu befragen, warum ausgerechnet ich einen Baumanteil in mir tragen sollte.
Instinktiv hatte ich die Frage, nachdem ich zuvor alle über die neuen Tatsachen informiert hatte, jedoch zunächst einmal ganz allgemein in den Raum geworfen.
Es war Soholit, der als Erster versuchte, eine plausible Antwort zu formulieren:
»Weißt Du Tanja, die Seele eines Menschen steckt normalerweise ganz tief und fest verankert in diesem drin.
Bei einem Baum befindet sich die Seele jedoch ganz locker außen herum.
Wenn ein Mensch schwere traumatische Erlebnisse hatte, so wie es auch früher bei Dir der Fall gewesen war, dann flieht dessen Seele vor Schreck aus dem Körper und ist von da an auch nur noch locker außen um seinen Körper herum.
Die Seele kann leider nie wieder zurück, wenn sie einmal das innere des Leibs verlassen hat.
Solche Menschen ähneln dann, wenn man es von der Seele aus betrachtet, mehr einem Baum als einem Menschen.
Solche traumatischen Erlebnisse sind ein großes Opfer, was das Universum diesen Wesen abverlangt hat.

Als Ausgleich dafür bekommen sie dann aber auch große Gaben vom Schicksal zurück.«
Ich riss überrascht meine Augen auf und wartete gespannt, was das wohl für Gaben wären.
»Wenn die Seele sich mehr außen befindet«, fuhr Soholit fort, ist der jeweilige Mensch sehr viel sensibler und intuitiver, als er es normalerweise gewesen wäre.
Dieser Mensch wird dann um ein Vielfaches offener für alles, was um ihn herum geschieht, als die anderen Mitmenschen, deren Seelen noch tief und fest im Inneren verankert sind.
Er ist dann zum Beispiel auch viel empfänglicher für Botschaften aus der Anderswelt oder von den Spirits.
Man sagt, dass in jeder Sekunde, sagen wir einfach mal eine halbe Million Bit Informationen um uns herum anfallen.
Unser Gehirn kann mit der linken Gehirnhälfte, also derjenigen, die rational denkt, nur etwa 40 Bit pro Sekunde aufnehmen. Da siehst Du mal, wie beschränkt wir doch eigentlich sind...
Unsere rechte Gehirnhälfte kann viel mehr, denn sie ist im Gegensatz zur linken ein Multitasking Prozessor« (jetzt wurde es mir eigentlich langsam zu theoretisch und ich wollte schon mit meinen Gedanken abdriften).
»Tanja, bleib bitte aufmerksam«, sagte Soholit ganz sanft in meine Richtung. Sofort machte ich ein schuldbewusstes Gesicht und konzentrierte mich wieder.
»Also nochmal«, fuhr Soholit fort, »die rechte Gehirnhälfte kann also viele Dinge gleichzeitig aufnehmen.
Daher kommt sie schon auf etwa 15 Millionen Bit pro Sekunde. Allerdings denkt man mit der rechten Gehirnhälfte nur in Bildern, Worte gehören zu der „beschränkteren" linken Gehirnhälfte.
Du siehst jetzt, dass Visionen und Träume definitiv zur rechten Hälfte unseres Gehirns gehören und wie wichtig diese sind.
Ein stark traumatisierter Mensch ist so offen, dass er bis zu 250 Millionen Bit pro Sekunde aufnehmen kann, das ist die Hälfte von dem, was in Wirklichkeit geschieht und das ist das Maximum, was man als Mensch überhaupt erreichen kann.
Er bekommt also viel mehr mit von dem, was um ihn

passiert, als die sogenannten normalen Menschen.
Die Seele fungiert dann wie eine Art Antenne, die ganz weit ausgefahren wurde.
So ein Mensch bildet Eigenschaften aus, die andere nicht haben, wie zum Beispiel heilen zu können, Voraussagen zu treffen, Dinge wiederzufinden und Ähnliches.
In manchen Gegenden nannte man solche Menschen auch Schamanen.
Schamanen waren Lebewesen, die in der Lage waren, mit Leichtigkeit zwischen der normalen Welt und der Anderswelt hin und her zu reisen oder ein Vermittler zum Göttlichen zu sein und dadurch für den Stamm Probleme zu lösen, Krankheiten zu heilen, Voraussagen zu tätigen, eine erfolgreiche Jagd zu organisieren und viele, viele Dinge mehr.
Früher hat man sich dieses Wissen um die Seele aktiv zu Nutze gemacht.
Man hat deshalb manchmal Kindern absichtlich schlimme Dinge zugefügt, um dadurch auf künstliche Weise neue Hellseher, Heiler oder Visionäre zu bekommen, also Menschen mit besonderen Fähigkeiten.
Jene wurden dann in den Dienst der Mehrheit gestellt und mussten für diese alle möglichen schwierigen Aufgaben erledigen.
Ich jedenfalls finde es eine grausame Sache, Kinder absichtlich zu traumatisieren, um so etwas zu erreichen.
Ich lehne das absolut ab und meine, dass man dem Universum schon selbst überlassen soll, wen es zu seinem Diener erwählt und wen nicht.
Viele Kinder kamen nämlich bei den grausamen Ritualen ums Leben. Nur die wenigsten von ihnen überlebten und wurden dann zu dem Werkzeug, das die anderen aus ihm herstellen wollten.
Natürlich gab es auf der Welt auch immer genügend Schamanen, die tatsächlich von allein vom Universum auserwählt wurden und welche nicht durch Menschen künstlich forciert worden waren.
Bei Dir, liebe Tanja, sind einige schlimme Dinge, wie wir alle wissen, in der frühen Kindheit passiert und Deine Seele hat deshalb auch den schützenden Kern des Körpers verlassen.

Daher bist Du so empfänglich für Vieles, was andere gar nicht wahrnehmen.
Ich nehme an, dass Vismateté darauf angespielt hat, als er Dich als baumartig bezeichnet hat.«
Es trat Stille im Raum ein und ich wartete, ob Querin vielleicht von allein anfangen würde, auch etwas zu erzählen.
Nachdem aber nichts kam, sagte ich noch:
»Vismateté hat gesagt, ich solle Querin danach fragen, warum ich einen Baumanteil in mir trage.«
Erwartungsvoll sah ich zu ihm und alle im Raum taten jetzt genau das Gleiche.
Querin war ehrlich überrascht.
»Mich sollst Du fragen? Ich muss schon sagen, ich bin mehr als erstaunt darüber.
Ich meine, das kann doch nicht sein!
Sag mal Tanja, habt Ihr so etwas wie einen Familienstammbaum?«
Jetzt war auch ich verdutzt, mit so einer Frage hätte ich nicht gerechnet.
»Von der väterlichen Seite her existiert so etwas.
Ich glaube, der ist schon ziemlich alt.
Mein Papa war immer sehr stolz auf die Geschichte unserer Familie. Soll ich mal nachsehen, ob ich den noch auf dem PC habe?« »Ja bitte tu das«, antwortete Querin.
Ich wurde tatsächlich sofort in einem Familienordner auf meinem Computer fündig und druckte den Stammbaum aus.
»Was möchtest Du wissen?«, fragte ich Querin.
»Schau doch mal bitte, ob es um 1750 herum eine Anna gab, die später einen Sohn namens Querin geboren hat.«
»Ja, eine Anna hat 1748 einen Anton Jadd geheiratet und bald darauf kam ein Sohn namens Querin zur Welt:
Woher weißt du das und wie kommst Du jetzt darauf?«
»Tanja, das ist eine unglaubliche Geschichte und ich hätte nie gedacht, dass Du darin verwickelt sein könntest.
Setz Dich wieder hin, dann werde ich Euch von dieser traurigen Begebenheit, die am Ende Gott sei Dank gerade nochmal gut ausging, in Ruhe erzählen.«
Wir alle fünf hingen jetzt wie gebannt an seinen Lippen (Amerok mitgerechnet).

Eine Vorfahrin von Dir mit dem Namen Anna Maria Kräutler wurde um circa 1722 in Koblenz geboren.
Wie ihre Mutter, Großmutter und Urgroßmutter vor ihr, war auch sie sie eine begabte Kräuterheilerin.
Niemand durfte das jedoch von offizieller Seite aus wissen, denn das Mittelalter war gerade erst vorbei.
Es war nämlich sehr gefährlich, über solches Wissen, vor allem als Frau, zu verfügen.
Zu Annas Zeit gab es, wenn auch nur noch sehr selten, noch immer ab und zu die sogenannten Hexenverbrennungen.
Diese armen Frauen, die zu jener Zeit als Hexen bezeichnet und dann verurteilt wurden, waren zumeist nur einfache Kräuterkundige, so wie es Deine Ur-Urgroßmutter Anna damals auch war.
Anna konnte darüber hinaus aber auch mit den Pflanzen und vor allem mit den Bäumen kommunizieren.
Anna war als kleines Mädchen gezwungen worden, Zeuge der Verbrennung einer nahen und von ihr sehr geliebten, Verwandten sein zu müssen.
Das war so schlimm für sie gewesen, dass genau das passierte, was Soholit anfangs über die Seelen erzählt hat, die durch ein schweres Trauma den Körper verlassen und nie mehr in ihn zurück kommen können.
Sie war also sozusagen auch ein kleiner Baum geworden.
Zu der Zeit gab es noch einige mehr von den Nachfahren der alten Eichen, die wir vor Urzeiten von Platana mitgebracht hatten und welche, so wie Dein Vismateté heute, Baum-Menschen waren.
Es geschah, dass Anna und genau so eine Eiche aus Platana, die ebenfalls ein Baum-Mann war, sich verliebten.
Auch sie heirateten heimlich und es passierte das schier unvorstellbare: Anna wurde von Olidir, so hieß der Eichen-Baum-Mann, schwanger.
Das war für damalige Verhältnisse eine schlimme Katastrophe.
Entweder wäre Anna wegen eines außerehelichen Kindes verstoßen oder wegen Ketzerei (von einem Baum kann man nicht schwanger sein, das ist Teufelei) verurteilt worden.
Komplett verzweifelt und in Tränen aufgelöst, traf ich

seinerzeit Olidir und Anna, die völlig hoffnungs- und mutlos zu seinen Wurzeln lag.
Sie wollte lieber an den Wurzeln ihres Geliebten sterben, als zurück in ihre menschliche Gemeinschaft zu gehen.
Sie rührten mich sehr und daher wollte ich den zweien helfen.
Beide konnten mich sofort sehen. Anna, weil sie so offen und Olidir, weil auch er ein Wesen aus der Anderswelt war.
Ich hatte auch sogleich eine gute Idee, wie ich meine Hilfe bewerkstelligen könnte.
Einige Zeit davor hatte ich einmal einem jungen Burschen, namens Anton Jadd einen großen Dienst erwiesen.
Er war im Wald von seinem Pferd gestürzt und hatte sich dabei sein Bein sehr schlimm gebrochen.
Als ich ihn fand, war er dem Verdursten nahe und keine Hilfe war in Sicht.
Aus Mitgefühl zeigte ich mich ihm, gab ihm zu Trinken und rief dann unsere Heiler, die sein Bein auf das Beste versorgten.
Dieser Bursche war mir sehr dankbar und schwor daraufhin, dass ich jeden Wunsch der Welt bei ihm offen hätte, wenn auch ich einmal Hilfe benötigen würde.
Er verpflichtet sich ebenfalls zu absolutem Stillschweigen, was die Existenz unseres Volkes betraf.
Genau diesen Burschen holte ich nun in den Wald und wir erzählten ihm die ganze Wahrheit.
Der Mann hatte ein goldenes Herz und heiratete Anna in aller Eile. Dadurch wurde ihr die Schmach erspart, die sie unverheiratet mit einem Kind erwartet hätte.
Olidir war sehr, sehr froh darüber und blieb weiterhin Annas Baum-Mann und ein guter Freund der Familie.
Den Sohn, der bald darauf geboren wurde, nannten sie mir zu Ehren Querin.
Querin hat allerdings niemals von seinem Baum-Vater erfahren. Anna und Anton Jadd nahmen das Geheimnis mit ins Grab. Nun ja Tanja, dieser Querin ist offenbar Dein direkter Vorfahre und insofern hast Du tatsächlich noch deutlicher einen Teil von einem Baum in Dir, als Soholit es anfangs dachte.« Das war eine unglaubliche Neuigkeit, die ich

erst einmal verarbeiten musste. Es war so still in unserer Wohnküche, dass das Fallen einer Nadel auf den Boden, einem Kanonenschlag gleichgekommen wäre.
Nach einer Weile ergriff Lucinda das Wort.
»Ich frage mich?«, sie strich sich nachdenklich über ihr Kinn, »ich frage mich, ob uns diese Neuigkeit nicht irgendwie andere Möglichkeiten eröffnen könnte, Tanja das astrale Reisen zu lehren?« Ich verstand nur Bahnhof…
»Du meinst, so wie bei Lia und Finnbar, durch eine erste Tandemreise mit einem Verwandten?«, antwortete Querin und die anderen schienen jetzt auch genau zu verstehen, was sie gemeint hatte.
Da mir offenbar die Fragezeichen zur Stirn herausfielen, ließ sich Soholit kurz dazu herab, mich in ihre weisen Gedankengänge einzuweihen:
»Auch Lia und Finnbar hatten es anfangs sehr schwer, das astrale Reisen zu lernen. Daher griffen wir auf die Möglichkeit einer Tandemreise zurück.
Hierbei nimmt eine andere Person den Lernenden, wie bei einem Tandemsprung beim Fallschirmspringen (das sagte mir jetzt endlich etwas und es begann auch bei mir zu dämmern) mit auf die erste Reise.
Dadurch bekommt der Neuling ein direktes Gefühl, wie so etwas funktioniert und lernt es dann sehr viel schneller.
Voraussetzung für eine Tandemreise ist jedoch, dass der Lehrer erstens das gleiche Geschlecht hat und zweitens direkt mit dem Lernenden verwandt ist.
Einzige Ausnahme wäre eine sehr, sehr erfahrene Person als Lehrer, über die wir aber momentan leider nicht verfügen.«
»Ja gut, aber Lucinda, die als einzige weibliche Person hier anwesend ist, ist doch nicht mit mir verwandt, oder?«, fragte ich. »Das ist jetzt nicht mehr ganz auszuschließen«, antwortete Quiskan, »denn das kleine Volk hat zusammen mit den alten Eichen aus Platana einen gemeinsamen Vorfahren.
Beide Spezies sind ursprünglich aus dem sogenannten Baum-Volk, welches praktisch vor langer, langer Zeit die Ureinwohner von Platana gewesen waren, hervorgegangen.
Daher sind wir alle vom kleinen Volk mit den Eichen von

Platana verwandt.
Vismateté und im Übrigen auch Dein Vorfahre Olidir müssen das also auch sein, denn alle Baum-Männer und -Frauen der Erde tragen zumindest ein Fünkchen von den alten Eichen aus Platana in sich, denn die anderen Bäume der Erde könnten keine so direkten Gestalten annehmen.
Diese haben nur astrale und sehr feinstoffliche Körper, die mit unseren Augen nicht wahrgenommen werden können.
Deren Körper können wir nur intuitiv erahnen.
Für sehr offene Lebewesen ist es jedoch trotzdem möglich, mit diesen Bäumen zu kommunizieren.
Das ist, wie gesagt, aber eine ganz andere Sache, als zum Beispiel bei Vismateté, der sogar seinen Standort wechseln, mit Dir reden und auch noch vieles mehr tun kann.
Abschließend können wir feststellen, dass Du über Olidir ganz entfernt auch mit unserem kleinen Volk und daher auch mit Lucinda verwandt bist.«
»Ist das nicht ein ganz klein bisschen weit her geholt?«, fragte ich.
»Stimmt«, antwortete Soholit. »Aber es ist der einzige Strohhalm, den wir haben.«
Alle schwiegen wieder.
Endlich ergriff auch Pix Hunter das Wort:
»Ich bin dafür, natürlich vorausgesetzt, Tanja willigt auch ein, dass wir es versuchen. Ich habe lange Zeit mit Tanja gearbeitet. Man kann sie als sehr talentiert bezeichnen.«
Sofort schoss mir eine Röte, die ihresgleichen suchte, ins Gesicht. Das entging selbstverständlich Pix nicht, welcher sofort im Geiste anfing, laut über mich zu lachen.
Daraufhin wurde ich noch einmal röter als zuvor.
Schade, dass nicht gerade Olympiamedaillen fürs Rotwerden werden verteilt wurden.
Ich hätte mit Sicherheit Gold gewonnen.
»Ist das nicht auch gefährlich, wenn ich einfach so mit Lucinda reise«, fragte ich nun ein wenig ängstlich.
»Ja Tanja, das ist gefährlich.
Lucinda ist erstens noch recht jung, wenn sie auch für ihr Alter schon über sehr gute Kenntnisse verfügt.
Außerdem ist zweitens das astrale Reisen generell etwas

riskanter geworden, weil auf der Reise manchmal eine unbekannte Macht auflauert und großen Schaden anrichten kann.
Ich erinnere an den Überfall auf Lia und Finnbar, aber auch an die Erfahrungen, die Karlao gemacht hatte.
Andererseits weiß ich nicht, wie ich Dir das Reisen sonst beibringen soll.
Bei den Druiden dauert so ein Unterricht um die 50 Jahre und selbst dann verfügt am Ende nur ein Drittel der Schüler über die nötigen Kenntnisse.
Für Menschen ist das astrale Reisen sehr schwer zu erlernen.
Wir müssen auch bedenken, dass Du inzwischen schon 46 Jahre alt bist.
Du bist einfach schon zu alt, um noch eine Ausbildung, die 50 Jahre dauern kann, weiterzuführen«, antwortete mir Soholit.
»Danke für die Blumen«, dachte ich und hörte zu meinem Ärger auch noch das Gekicher von Quick Deer in meinem Ohr.
»Sieh mal Tanja, Du wirst viel Zeit benötigen, denn das astrale Reisen zu erlernen, ist für Dich nur der Anfang.
Danach musst Du ganz allein Wege finden, wie Du in Deinen Körper auf Aquarius zurückkehren kannst.
Dabei kann Dir von uns niemand helfen.«
Das hatte ich ganz vergessen.
Irgendwie war ich auf der Erde so sehr Tanja, dass ich gar nicht mehr an mein Leben und meine Familie auf Aquarius gedacht hatte. Ich war ratlos.
Einerseits hatte Soholit recht.
Diese komische Methode, sich vorzustellen, aus welchen kleinsten Bestandteilen man besteht und sich danach wieder genauso zusammenzusetzen war jedenfalls super, super schwer und erschien mir schier unmöglich.
In meiner Verzweiflung musste ich dabei andauernd an Pipi Langstrumpf denken, welche in einer Folge einen rostigen Nagel verspeist hatte.
Wieder erklang Gekicher in meinem Kopf.
»Kannst Du bitte mal aufhören, andauernd meine Gedanken zu lesen, Pix!«, fuhr ich meinen Lehrer ein wenig unwirsch an.

»Lachen ist gesund«, kam prompt die Antwort.
»Lachen bedeutet loslassen, sich nicht so ernst zu nehmen und Spaß zu haben, kann ich nur empfehlen«, schickte er noch hinterher.
»Ich verstehe schon wie wichtig das alles ist, aber ich bin auch die Mutter von Akira.
Ich kann nicht riskieren, nie wieder zurückzukommen.
Er geht noch auf die Schule, wie Ihr wisst und er braucht mich noch.
Ich möchte nicht, dass er ein Waisenkind wird«, leise hörte ich die kleine Mogli in mir aus ihrer Wolfshöhle knurren.
»Gut Tanja, das respektieren und verstehen wir natürlich«, antwortete Soholit, »auf ein zwei Jahre mehr kommt es nun auch nicht mehr an.
Ich meine, wenn Akira dann studiert…«
»Moment mal in zwei Jahren ist er auch erst 17, nur weil er früher als andere studiert, ist er dann noch lange nicht erwachsen.«
Dieses Mal stand mein Wolfskind kampfbereit da, um uns zu verteidigen.
Gott sei Dank verkniff sich Pix in diesem Moment das Kichern, denn ich hätte für nichts garantieren können.
»Gut, gut Tanja, so war das doch gar nicht gemeint«, Soholit versuchte mich zu beschwichtigen.
»Es ist nur so, dass ich auch mal an Dich denke und nicht so wie Du, andauernd nur an die anderen.
Und ich denke auch an Deine Mutter und Deinen Vater von Aquarius, die ihr 13-jähriges Kind vermissen und es unbedingt heil zurück möchten.
Hast Du daran auch schon einmal gedacht?«
Beschämt senkte ich mein Haupt.
Es stimmte, meine Eltern von Aquarius hatte ich bei der ganzen Angelegenheit total vergessen.
Wenn ich Akira oder Atlantus verloren hätte und würde um ihn bangen müssen, das wäre gar nicht auszudenken, wie schlimm das für mich sein würde.
»Wir werden das mit der Tandemreise nur machen, wenn Du dazu bereit bist und wenn wir ein kleinstmögliches Risiko haben.«, führte Soholit weiter aus.

»Bis dahin fahren wir mit dem normalen Unterricht fort. Es gibt noch sehr viel, was es für Dich auch noch zu lernen gibt, Verwandlung zum Beispiel oder das Manipulieren der Elemente.«

»Und ich möchte in Zukunft einen Weg finden, wie Du wieder näher mit Deiner ursprünglichen Mutter kommen kannst und außerdem finde ich es sehr wichtig, dass Du ein wenig Zeit bei Deinem alten Körper verbringst.

Deine Entscheidung, die Inkarnation auf der Erde vollkommen anzunehmen und Dich nur darauf zu konzentrieren, in allen Ehren. Aber mir scheint, dass Du beginnst, Deine Wurzeln auf Deinem Ursprungsplaneten vollkommen zu vergessen«, sagte Quick Deer mit einem Ernst in der Stimme, der mich aufhorchen ließ.

Irgendwie fühlte ich mich total zurechtgewiesen und schwieg nun leicht beleidigt.

»Ich möchte auch gerne etwas dazusagen«, meldete sich Lucinda zu Wort.

»Ich habe einen riesigen Respekt davor, die Tandemreise mit Tanja zu machen.

Selbstverständlich werde ich mich der Herausforderung stellen, aber es lastet schwer auf meinen Schultern und auch auf meinem Herz.

Wenn Tanja etwas zustoßen würde, dann hätten Akira und auch Atlantus keine Mutter mehr.

Saphira und Arsentos würden ihr Kind verlieren und wir alle eine gute Freundin. Ich wüsste gar nicht, wie ich, sollte mir dann nichts zugestoßen sein, so weiterleben könnte.«

In unserer Wohnküche herrschte auf einmal eine Stimmung wie auf einer Beerdigung.

Es war überhaupt nicht mehr auszuhalten.

»Ich möchte einen Vorschlag machen«, meldete sich nun Pix zu Wort. »Wir sind hier an einen Punkt gelangt, wo nur noch eines hilft: Lasst uns ein berauschendes Fest feiern, ausgelassen und albern.« Amerok nahm mich ganz intensiv ins Visier. »Lasst uns einfach dabei nur wir selbst ohne jegliche Verantwortung sein.

Hattest Du nicht erst kürzlich geheiratet, liebe Tanja? Also bitte lass uns diesen Anlass gehörig begehen.

Wir könnten die Party heute noch direkt bei Vismatetés Baum mit Speis und Trank und Tanz starten. Wollen wir oder wollen wir?« Ich sah sein grinsendes Gesicht regelrecht vor mir, wenn ich auch stattdessen nur Amerok erblicken konnte.
»Ja wir wollen...«, hörte ich Lucinda und Querin laut rufen.
Und so feierten wir.
Wir lachten und tanzten und dabei vergaßen wir den ganzen Schlammassel, der uns vorher noch so nach unten gezogen hatte. Auch Vismateté hatte große Freude, dass wir nun unser Bündnis auch nochmals mit meinen Freunden bekräftigten.
Am Ende dieses ungewöhnlichen Abends war ich total glücklich und komplett mit Energie erfüllt.
Meine Wangen glühten und meine Augen leuchteten.
Wahrscheinlich lag das auch ein klein wenig daran, was für liebevolle Sachen mir Vismateté andauernd in meinem Geist mitteilte. Offenbar war ich die schönste Frau der Welt.
Und dem wollte ich auch gerecht werden.
Bevor wir uns verabschiedeten saßen wir noch alle beieinander an einem Lagerfeuer, das natürlich in einem angemessenen Abstand zu Vismateté brannte. Wir schauten in die Flammen und jeder hing seinen eigenen Gedanken nach und wir beruhigten uns langsam. Mitten in das Schweigen hinein wandte sich Vismateté an uns alle zusammen im Geiste.
»Ich habe vorhin mitbekommen, dass Ihr ein Problem damit hattet, ob Tanja eine Tandemreise mit Lucinda unternehmen soll, um das astrale Reisen zu erlernen. Ich hörte auch, dass dies bestimmte Gefahren in sich birgt.
Ich wollte Euch nur sagen, dass ich eine bessere und komplett ungefährliche Lösung anzubieten hätte.«
Plötzlich waren alle wieder hellwach und mein Baum-Mann hatte die volle Aufmerksamkeit aller Anwesenden, inklusive mir.
»Jedes Kind weiß ja«, hob Vismateté an zu sprechen, »dass die Bäume unter der Erde mindestens genauso viele Wurzeln haben, wie Zweige in der Krone. Ich glaube aber, die wenigsten wissen davon, dass wir über die ganz feinen

Haarwurzeln alle miteinander verbunden sind. Wir können mit einem Baum auf der entgegengesetzten Seite der Erde binnen Sekunden ohne Weiteres über diese Wurzeln kommunizieren.
Das ist aber nicht das Einzige, was vielen unbekannt ist.
Wir Baum-Menschen können uns nämlich auch fortbewegen.
Das funktioniert so ähnlich wie das astrale Reisen.
Allerdings reisen wir an den Wurzeln unserer Brüder und Schwestern entlang, also unterirdisch. Wir könnten uns praktisch ständig von hier nach dort bewegen, wenn wir wollten. Aber das würde unserer ehernen Geheimhaltungsregel widersprechen. So gut wie niemand weiß nämlich von der Existenz der Baum-Menschen auf der Erde. Das muss auch unbedingt so bleiben.
Daher haben wir beschlossen, nicht aufzufallen und uns genau wie unsere Verwandten, die Bäume, zu benehmen.
Das bedeutet, wir bleiben wie diese, an einer Stelle stehen.
Es gibt nur wenige Ausnahmen, wie zum Beispiel bei mir, als ich Tanja für unser Bündnis folgte.
Wie Ihr gesehen habt, konnte ich für diesen Zweck sogar meinen Baum wechseln, das ist aber sehr selten.
Dass Tanja ebenfalls etwas von einem Baum-Menschen in sich trägt, habe ich schon bei unserer ersten Begegnung, die bereits viele Jahre zurückliegt, bemerkt.
Ich verliebte mich in sie und es hat eine Weile gedauert, bis ich den Zeitpunkt gekommen sah, mich ihr zu offenbaren.
Tanja hat zwar keine so sichtbaren Wurzel wie wir, aber sie besitzt die Anlage dafür in sich.
Das bedeutet, dass sie allein über ihre Vorstellung den Haarwurzeln folgen und ebenfalls an den Wurzeln der anderen Bäume entlang reisen kann. Der Vorteil dabei ist, dass die unbekannte Macht, von der ihr sprecht, unter der Erde noch von keinem von uns wahrgenommen wurde.
Sie hat ihren Fokus anscheinend nur über der Erde.
Wenn Ihr möchtet, kann ich Dich, meine geliebte und wunderschöne Tanja«, Mama Mia, jetzt wurde ich schon wieder rot, konnte man das nicht mal irgendwie abstellen?
»...in die Kunst des unterirdischen, astralen Reisens einführen.

Das geht recht schnell. Ich habe das als kleiner Jährling innerhalb weniger Wochen verstanden.« Vismateté war am Ende seiner Ausführungen und wartete auf unsere Antwort. Soholit fing an zu klatschen und bald fielen wir alle in den Applaus für meinen, so tollen Baum-Mann mit ein.

»Seht Ihr, nichts wird so heiß gegessen, wie es gekocht wird«, warf Quick Deer jetzt ein. »Eine ordentliche Party und schon sieht die Welt wieder ganz anders aus.«

Ich schnappte mir Amerok, drehte ihn auf den Rücken und kitzelte ihn am Bauch. Danach balgten wir uns wie ausgelassene Kinder

Die anderen standen lächelnd am Rand. Die Stimmung war tatsächlich eine völlig andere geworden als noch vor einigen Stunden. »Lachen ist gesund- wo er Recht hat, hat er recht«, sprach ich zu mir selbst, zwinkerte Vismateté zu (er würde sicher nachher im Traum noch bei mir erscheinen) und verabschiedete mich von den anderen, um schlafen zu gehen.

Die »Ältesten der Baum-Menschen«

Vismateté war der beste Lehrer, den ich jemals hatte.
Alles, was er tat, war mit einer freudigen Leichtigkeit behaftet.
Er bemerkte ganz genau, wann ich aufnahmefähig war und wann nicht.
Er vermittelte mir das Wissen während wir spielten und Spaß hatten.
Mir war oft gar nicht klar, dass wir uns gerade mitten im Unterricht befanden.
Und plötzlich hatte ich das astrale Reisen, ohne Mühe und fast ohne, dass es mir aufgefallen war, erlernt.
»Meine Liebste, Du hast es verstanden.
Wenn Du möchtest, dann könnten wir jetzt auch einmal etwas weiter wegreisen als immer nur hier im Garten umher.
Ich hätte dann eine Überraschung für Dich, wenn Du Lust hast?«, fragend sah mich Vismateté an.
Ich war total verdutzt.
»Ich habe das astrale Reisen erlernt? Das ist mir gar nicht aufgefallen. Das gibt's ja nicht! War gar nicht so schwer, wie ich immer dachte.«
Ein breites Lächeln überzog mein Gesicht.
»Ach so, noch eine Frage, darfst Du denn mit mir kommen, wenn wir weiter weggehen?
Ich dachte immer, Ihr dürft wegen der Geheimhaltung nur an einem Ort stehenbleiben?«
»Das ist aber lieb, dass Du daran denkst«, zärtlich sah mich mein Baum-Gefährte an.
»Ich habe die Erlaubnis von unserem Ältesten der Baum-Menschen bekommen, dass ich Dich zu Lehrzwecken begleiten kann.
Hier in dem geschützten Garten macht es außerdem sowieso nichts aus, wenn ich zeitweise einmal nicht mehr an meinem Platz bin.
Wäre ich ein Baum in einem öffentlichen Park, ginge das wohl nicht so ohne Weiteres.

Es ist uns wichtig, dass Du das astrale Reisen gut erlernst und dies später bei der Rettung unseres Planeten verwenden kannst.
Immerhin bist Du die Einzige von uns, die Reisen kann, ohne Aufsehen zu erregen.
Du bist so etwas, wie unsere einzige Kriegerin, die wir offiziell entsenden können.«
Vismateté sah mich mit so großem Stolz an, als stände neben ihm die Göttin der Bäume persönlich.
Ich war ein wenig verlegen.
»Oh, so habe ich das noch gar nicht gesehen. Ich hoffe, ich werde Euren Erwartungen gerecht«, stammelte ich mehr, als ich es vernünftig artikulieren konnte.
»Wo wolltest Du denn mit mir hinreisen und was ist die Überraschung«, fragte ich ihn noch.
»Wenn Du es möchtest, dann könnten wir Olidir besuchen gehen?«
»Olidir?«, ich verstand nicht gleich, was er meinte.
»Ja, Olidir, Deinen Baum-Mann-Vorfahre, der ehemalige Gefährte von Deiner früheren Ur-Urgroßmutter Anna.«
»Lebt der denn noch?«, wollte ich überrascht wissen.
»Liebes, wir werden sehr viel älter, als Ihr Menschen.
Deshalb sind Verbindungen zwischen Baum-Menschen und Eurer Spezies auch so selten.
Wir lassen das normalerweise nicht zu, denn wir lieben mit Herz und Seele.
Wenn dann unser Gefährte so lange vor uns sterben muss, dann sterben wir fast vor Schmerz.
Leider nur fast, denn wie Du siehst, ist Olidir noch immer am Leben.«
Vismateté sah mich in großer Trauer an und ich verstand nun zum ersten Mal, dass er Angst davor hatte, mich dereinst zu verlieren.
Mir fiel etwas ein:
»Hör mal, sei nicht traurig. Wenn ich es schaffen sollte, nach Aquarius in meinen alten Körper zurückzukehren, werde ich dort erst 13 Jahre alt sein und noch ein sehr, sehr langes Leben vor mir haben.«
Vismateté sah mich weiterhin traurig an.

»Ja, das wäre mir ein großer Trost.
Allerdings würden dann zwischen uns Abermillionen von Lichtjahren Entfernung liegen.«
»Du kommst einfach mit und fertig!«, trotzig stampfte ich mit dem Fuß auf die Erde.
»Wir werden sehen, meine Liebste, ob das möglich sein wird.
Aber, was ist nun, wollen wir Olidir besuchen gehen?
Er steht gar nicht so sehr weit von hier entfernt.«
»Ok, lass uns das machen«, antwortete ich.
Es war toll.
Genauso, wie Soholit es mir schon hunderte Male vorher erklärt hatte, zerteilte ich mich nun in meine allerkleinsten Einzelteile.
Was ich vorher nie wirklich verstanden hatte, war, dass ich eigentlich, durch die übergroßen Abstände der kleinsten Teilchen meiner Körper-Atome, so gut wie aus gar nichts bestand.
Die kleine Teilchenmasse, die es am Ende doch noch gab, hatte praktisch fast gar keine Masse, sondern bestand aus Licht, war also eine Welle.
Und so reiste ich als Bündel von gar nichts, mit etwas Licht dazwischen durch die tiefe, verwurzelte Welt unter der Erde.
Kaum, dass ich mich versehen hatte, kamen wir auch schon an und setzten uns, ohne, dass ich darüber auch nur nachdenken musste, automatisch wieder zu Tanja und Vismateté zusammen.
Mein Wangen glühten. Ich war wie berauscht von dem, was wir eben gemeinsam vollbracht hatten.
Hinter mir hörte ich ein freundliches Räuspern und ich drehte mich sofort herum.
Vor mir stand eine sehr alte Eiche, in deren Inneren sich, wie auch bei Vismateté, so etwas wie ein menschlicher Körper abzeichnete.
»Guten Tag liebe Tanja, sei herzlich willkommen, meine Name ist Olidir«.
Seine letzten Worte gingen in ein Schluchzen über.
»Entschuldige bitte, dass ich so emotional bin, aber Du bist

Deiner Vorfahrin Anna, meiner geliebten Partnerin, so überaus ähnlich.
Es tut auch nach einer so langen Zeit immer noch sehr weh.«
Instinktiv trat ich an die Eiche und umarmte sie liebevoll.
Langsam hörte das Weinen meines Vorfahren auf.
»Danke meine Kleine, schon so lange hat mich kein Mensch mehr umarmt.
Das war sehr schön.
Ich bin froh, dass von mir und Anna, etwas geblieben ist.
Das ist ein befriedigendes Gefühl.
Ich bin auch sehr stolz darauf, dass Du so viel dafür wagst, um unsere geliebte Erde zu beschützen.«
Ich blickte mich um.
Olidir stand in einem ganz versteckten und verwilderten Waldstück.
Offenbar hatte er hier die Ruhe gefunden, die er gesucht hatte.
Es sah so aus, als würde sich hierher kaum ein Mensch verirren.
Olidir schien meine Gedanken zu hören und warf ein:
»Ich bin hier von einem tiefen Moor umgeben.
Dieses wurde als Naturschutzgebiet erklärt.
Somit erschien das mir ein idealer Platz zu sein.
Das gibt mir auch die Möglichkeit, hin und wieder an den Versammlungen mit dem Rat der Ältesten, dem ich angehöre, teilzunehmen.
Hier fällt es keinem auf, wenn ich einmal weg bin.
Vismateté hat mir erzählt, dass er Dich gerne unserem Oberhaupt – Platanius -, der ältesten Eiche überhaupt, vorstellen möchte.
Er steht mit seiner Baum-Gefährtin Weidana, welche auch gleichzeitig seine Stellvertreterin ist, im heutigen Irland.
Übrigens gar nicht so weit weg von der ehemaligen Burg von Lia und Finnbar. Diese ist heute allerdings bis auf einige Ruinenstücke total verfallen.
Nichts hält ewig…«, murmelte Olidir noch vor sich hin.
»Weidana ist genauso alt wie Platanius.
Sie ist oder besser gesagt, sie lebt in einer Weide.
Beide kamen noch als Jährlinge von dem untergegangenen

Planeten Platana auf die, damals noch sehr junge Erde.
Die meisten anderen sind die Nachkommen der ersten Jährlinge.
Sie sind sehr gespannt darauf, Dich persönlich kennenzulernen.
Offenbar bist Du der einzige Spross, den unsere Spezies mit den Menschen gemeinsam hat und der heute noch lebt. Wie ich hörte, hast Du auch bereits zwei Söhne, auf die das ebenfalls zutrifft, also seid Ihr schon zu dritt.
Die Geschichte von dem anderen, uns bekannten Fall, lasst Euch von Platanius und Weidana selbst erzählen.
Die zwei haben vielleicht auch den ein oder anderen Tipp für Euch, wie man von einem Planeten auf den nächsten kommen kann.
Schließlich haben sie das dereinst selbst vollbracht.
Das könnte für Dich, liebe Tanja lebenswichtig sein.
Und für Dich Vismateté«, er blickte diesen voll von Mitleid an, »könnte das bedeuten, dass Dir das gleiche Schicksal wie mir erspart bleiben könnte.
Komm liebe Tanja, setz Dich bitte ein wenig zu mir«, wandte sich Olidir jetzt an mich.
Ich setze mich mit dem Rücken an seinen Stamm und lehnte mich bequem zurück.
Mein Baum-Vorfahre fing an, leise und ganz tief zu summen.
Mit der Zeit wurde dieser Ton immer lauter und ich hatte das Gefühl, von dieser Schwingung komplett erfasst zu werden.
Ich fiel in eine Art Trance.
Bilder zogen an mir vorbei. Als ich sie sah, wusste ich ganz genau, um welche Ereignisse oder Orte es sich handelte.
Ich sah die Anfänge von Platana, einem wunderschönen Planeten und war dann Zeuge, wie dieser langsam übervölkert und dann zerstört wurde.
Danach flog ich durchs Weltall bis ich zur Erde gelangte und sah in dieser einen Himmelskörper, der nicht minder so schön war wie die Platana von einst.
Viele Baum-Männer und Frauen waren zugegen und ich erhaschte auch hier und da einen Blick auf das kleine Volk von damals.

Die gesamte Geschichte, vom Blickpunkt der Baum-Menschen aus, zog an mir vorüber.
Es waren auch Szenen mit Anna, meiner Vorfahrin, dabei.
Olidir hatte Recht, sie sah mir tatsächlich zum Verwechseln ähnlich.
Bald waren wir in der heutigen Zeit angelangt.
Ab jetzt veränderte sich das Summen des Baum-Mannes, an dem ich lehnte.
Es wurde noch tiefer und noch langsamer.
Plötzlich hatte ich das Gefühl, Wurzeln zu bekommen und dass mir Zweige aus dem Kopf sprießen würden.
Ich hatte auf einmal eine ganz andere Wahrnehmung und fühlte außerdem, wie Kräfte in mich hineinflossen, die ich vorher nie gekannt hatte.
Es war, als würde ich selbst zu einer Baum-Frau, mit allem, was dazugehörte.
Die äußere Erscheinung, als auch die Fähigkeiten dieser fantastischen Geschöpfe schienen über das Summen meines Vorfahren in meine Seele eingeprägt zu werden.
Irgendwann schlief ich darüber ein.
Als ich wieder erwachte, Vismateté hatte mir zärtlich eine Brise Wind ins Gesicht geschickt, war ich zwar äußerlich wieder die Tanja von zuvor, aber ich fühlte, dass ich nun auch mehr bewusst den Teil der Baum-Frau, mit all deren Wissen und Magie in mir trug.
»Liebste es ist höchste Zeit, wieder nach Hause zu reisen. Bist Du bereit?«, fragte mich Vismateté.
Ich stand langsam auf, streckte mich und wandte mich dankbar an Olidir:
»Tausend Dank für das, was Du mir gerade zum Geschenk gemacht hast.
Ich werde es weise nutzen.
Wenn Du möchtest, dann kommen wir Dich in Zukunft öfter besuchen.
Und wenn es Dir recht ist und ich einmal einen Rat bräuchte, dann würde ich mich gerne auch im Geist an Dich wenden?«, fragte ich Olidir.
»Selbstverständlich meine Tochter.
Jetzt aber eilt, es wird dringend Zeit, dass Ihr nach Hause

kommt.
Auf Wiedersehen Ihr beiden.«
Binnen Sekunden waren wir wieder heil und unversehrt zurück im Garten von Waldhaus.
Ich fühlte dort jedoch auf einmal eine unmittelbare Gefahr.
Mehrere Eichelhäher krächzten laut und aufgeregt.
Aus dem Haus hörte ich Amerok wie außer sich bellen.
Hektisch blickte ich mich um.
Es roch stark nach Rauch.
»Vismatetè, ich glaube, es brennt irgendwo.«
Das Haus schien unversehrt.
Der Qualm kam aus Richtung des östlichen Eichenwaldes, wo wahrscheinlich auch das Feuer brannte.
Jetzt war Quick Deer in meinem Geist:
»Jemand hat die Hundeklappe verschlossen, komm schnell und hilf mir.«
Ich lief rasch ins Haus und öffnete Ameroks Klappe, die sich in unserer Haustür befand und normalerweise niemals verschlossen wurde, damit »der Hund« stets nach Belieben ein und aus gehen konnte.
Wir liefen sofort beide nach draußen.
»Es brennt, ich laufe zum Wald um nachzusehen, was zu tun ist.
Bitte bleib Du hier und bewache das Haus.
Ich gehe nicht so weit«, rief ich Amerok, alias Pix Hunter, schon im Laufen zu.
Dann hielt ich inne, kam doch nochmal ganz kurz zurück, nahm schnell einen Wasserschlauch, machte in aller Eile zur Sicherheit meinen Baum-Mann nass und ließ ihn dann allein stehen, um jetzt aber sofort nach der genauen Herkunft des Qualms zu suchen.
Am östlichen Waldrand angekommen, sah ich mit Entsetzen, dass es dort nicht nur brannte, sondern auch außerdem mehr als 20 der größten Eichen gefällt worden waren und ich bemerkte einen großen Baumtransporter, der bereits viele der geschlagenen Bäume geladen hatte.
Drei junge Männer waren ungeachtet des Feuers ganz in der Nähe noch weiterhin dabei, in aller Eile auch noch die restlichen Bäume aufzuladen.

Warum nur riefen sie nicht die Feuerwehr?
Ich zückte mein Handy, um den großen Transporter nebst Kennzeichen zu fotografieren.
Ich konnte von Weitem ein Nummernschild aus Bulgarien erkennen.
Einer der Männer hatte mich bemerkt und war daraufhin sogleich auf den Fahrersitz des Trucks gesprungen und machte sofort alle Scheinwerfer des gewaltigen Lasters an, die dieser hatte.
Von unten, oben und der Mitte des Trucks kam nun hellstes Licht in meine Augen, ich war wie geblendet, das Kennzeichen konnte ich deshalb nicht mehr erkennen und auch an Fotografieren war nicht mehr zu denken.
Hier war definitiv etwas faul.
Mein inneres Wolfskind war im Angriffsmodus.
Diese Männer hatten gesunde Eichen im besten Alter gefällt und das wohl auch noch ohne Genehmigung.
Ich rannte zornentbrannt den Waldweg herunter, um nah genug zu kommen, das Nummernschild zu fotografieren und diese unverschämten Burschen zur Rede zu stellen.
Inzwischen waren alle drei Männer hastig in ihr Fahrzeug eingestiegen.
Obwohl noch einige Bäume nicht aufgeladen waren, setzte sich der LKW ganz plötzlich in Bewegung.
Ich hörte den Motor aufheulen.
Aber was war das?
Der Laster hielt ganz genau auf mich zu.
Die wollen mich doch nicht überfahren?
Um Gottes Willen, genau das wollten sie.
Ich rannte jetzt so schnell ich konnte in die entgegengesetzte Richtung, den Waldweg zurück.
Der Truck kam immer näher.
Nun begann dieser auch noch laut zu hupen. Das hörte sich wie die Fanfaren des Todes an.
Ohne Gnade hielt der Fahrer weiterhin mit Vollgas auf mich zu.
Zwischen mir und dem Laster waren nur noch etwa 10 Meter.
Die Fanfaren dröhnten mir in den Ohren und der anhaltende

Lärm fing an, mich vor Angst zu lähmen.
Ich wollte nur noch aufgeben, ich konnte einfach nicht mehr weiter rennen.
Meine Lungen brannten wie verrückt.
Ich bekam keine Luft mehr, zum einen wegen dem schnellen Laufen und zum anderen wegen dem beißenden Rauch, der über dem Wald lag.
Mein Herz dröhnte mir aus den Ohren.
Ich stolperte.
Gleich würde mich der gigantische Truck mit seinen riesigen Reifen überrollen.
Da fielen mir Akira, Atlantus und Vismateté ein.
»Neiiiiiiiiiiiin!», mein Schrei übertönte scheinbar sogar die lauten Fanfaren des Fahrzeugs.
Gleichzeitig hörte ich Quick Deer in meinem Geist, wie ich ihn noch nie zuvor gehört hatte.
Seine Stimme war übermächtig und voller Autorität.
Selbst wenn ich gewollt hätte, diesem Befehl hätte ich mich niemals widersetzten können. Er lautete:
»Spring sofort nach rechts die Böschung hoch!!!!«
Mit einem riesigen Satz tat ich, ohne weiter zu überlegen, was Quick Deer mich geheißen hatte.
Ich hechtete mich mit allerletzter Kraft und jedem Fünkchen Lebenswillen, das ich noch aufbringen konnte, den Abhang nach oben.
Ich landete hart auf unserer Wiese und spürte dabei den Luftzug, des an mir vorbei donnernden Fahrzeugs, welches mich nur um Zentimeter verfehlt hatte, noch deutlich an meinen Fersen.
Der Holztransporter hatte keine 90 Gradwendung hinlegen können und rauschte daher dicht parallel an mir vorbei.
Ich sprang sofort wieder auf und lief, getrieben von Angst, quer über unsere Wiese in Richtung Eingangstor. Der Truck war noch auf dem Waldweg.
Gleich würde der Weg auf die kleine Straße einmünden.
Sobald ich durchs Tor war, wählte ich die 110.
Amerok lief mir aufgeregt um die Beine herum.
Wir hatten Freitagnachmittag. Ein Polizei-Beamter, der sich offenbar gerade auf ein gemütliches Wochenende eingestellt

hatte und keinen neuen Fall so kurz vor Feierabend eröffnen wollte, vertröstete mich auf später.
»Es reicht, wenn sie am Montag aufs Revier kommen und eine Anzeige gegen unbekannt wegen körperlicher Bedrohung stellen.
Den Holzdiebstahl kann sowieso nur der Eigentümer anzeigen und nicht sie.
Allerdings können wir ohne Autonummer wahrscheinlich nichts mehr machen, die werden sicher schon bald über die Grenze verschwunden sein.«
»Es brennt auch!«, brüllte ich den Beamten an
»In diesem Fall bitte ich Sie, umgehend die 112 anzurufen. Wenn sie das nicht bald tun, müssen wir ansonsten gegen Sie wegen unterlassener Hilfeleistung Anzeige erstatten.«
Wutentbrannt legte ich ohne ein weiteres Wort auf und wählte die 112.
Dieser Anruf war ein wesentlich angenehmeres Erlebnis.
Ich schilderte kurz den Hergang der Tatsachen und den Ort des Feuers.
Kaum eine Minute später hörte ich schon die Sirenen aus dem nahe gelegenen Ort bis zu uns ertönen.
Binnen 4 Minuten war die Feuerwehr auch schon vor Ort und nach einer weiteren halben Stunde folgten noch drei andere Feuerwehr- Fahrzeuge aus der näheren Umgebung, um zu helfen.
Nach etwa drei Stunden war das Feuer unter Kontrolle.
So etwas Ähnliches hätte ich mir eigentlich auch von der Polizei erhofft, aber was will man machen?
Die Feuerwehr teilte mir mit, dass es eindeutig Brandstiftung gewesen war.
Offenbar hatte jemand einen großen Holzstapel, der einem Bauern aus der Gegend gehörte und der ganz nahe am Eichenwald stand, absichtlich angezündet.
Von dort war das Feuer auf die angrenzenden Bäume übergesprungen.
Man konnte noch ganz deutlich die kleine Feuerstelle, die extra an einer Seite des Holzstapels angelegt worden war, als Ursache des ganzen Brandes erkennen.
Es war nicht auszuschließen, dass die Diebe der Eichen auch

für das Feuer verantwortlich waren. Dies war allerdings nun nicht mehr zu beweisen.
Die drei Männer hatten sich nach meinem Entkommen offenbar entschlossen, wie verrückt, die kleine Straße mit dem LKW entlang zu donnern und dann wahrscheinlich über die sich anschließende größere Straße zu entfliehen.
Rechts und links hatten sie auf der circa 2 km langen und sehr schmalen Straße mehrere Bäume und Büsche mit ihrem, wegen der Geschwindigkeit stark ausscherendem Anhänger, stark beschädigt.
Das Ganze war eine wirklich sehr ernste und gefährliche Sache gewesen.
Die Polizei, die von der Feuerwehr wegen der Brandstiftung benachrichtigt worden war, führte am Montag (also erst drei Tage später!) tatsächlich einige Befragungen bei uns durch, aber wie es zu erwarten war, legten sie die Angelegenheit recht bald, als unlösbar zu ihren Akten.
Mir jedenfalls zitterten gerade noch immer die Knie und es war Zeit für ein Glas Wasser mit Rescue Bachblüten-Tropfen und zwar jede Minute einen Schluck davon.
Andere hätten vielleicht einen Schnaps getrunken, aber mir wurde von so etwas immer sofort furchtbar schlecht.
Quick Deer hatte unterdessen bereits die anderen Krieger des Lichts zum Waldhaus gerufen.
Lucinda bat, mich auf ein Kissen zu setzen, dass sie für mich zu Füßen von Vismateté platziert hatte und legte mir tröstend einen Arm um meine Schultern.
Auch Vismateté umarmte mich liebevoll im Geiste.
Ich bemerkte, dass ich noch immer wie Espenlaub am Zittern war.
Das war knapp gewesen. Ich wagte nicht daran zu denken, wie ich jetzt aussehen würde, wäre ich nicht im letzten Moment den Abhang nach oben gesprungen.
Noch am selben Abend wurde eine große außerordentliche Versammlung der Krieger des Lichts wegen des Vorfalls ausgerufen.
Mir fiel auf, dass wir dieses Mal viel mehr Teilnehmer waren, als sonst immer.
Unsere Wohnküche war so voll, dass die Personen noch bis

in den Flur hinaus dicht gedrängt standen.
Nicht zu vergessen waren auch noch alle die, die nur über den Geist an der Versammlung teilnahmen.
Ich konnte in meiner Nähe sogar einige Elben, die mit Pfeil und Bogen bewaffnet waren, ausmachen.
Es herrschte eine empörte und aufgebrachte Grundstimmung.
»Ich kann in einem Hundekörper, wie Ihr gesehen habt, nicht allein für die Sicherheit von Tanja und Waldhaus sorgen.
Wir brauchen Verstärkung hier vor Ort«, brachte Pix, der die Versammlung gerade eröffnet hatte, gleich zu Anfang auf die Tagesordnung.
»Ich glaube kaum, dass ein oder zwei weitere Helfer hier hätten etwas ausrichten können«, antwortete Quiskan als Erster.
»Ich bin mir sicher, dass ganz am Anfang der Auftragskette für diese Schurkerei wieder, die uns unbekannte, Macht oder der Herr der Finsternis steht.
Das war von langer Hand geplant und offenbar auch ganz gezielt gegen das Waldhaus und Tanja persönlich gerichtet.
Wir müssen ab sofort rund um die Uhr mit vielen Personen hier Dienst tun.
Ich schlage daher vor, im Waldhaus eine größere bemannte Zweigstelle zu eröffnen.
Es reicht auf keinen Fall mehr aus, so wie bisher, dass Tanja vor Ort alle Informationen bündelt und verteilt, aber nur mit Amerok und Vismateté hier lebt.
Keiner von beiden, bei allem Respekt für deren Fähigkeiten, verfügt über ausreichende Kräfte, sie in einem direkten Kampf und vor allem allein zu verteidigen.
Mir schwebt vor, dass mein Sohn Querin, Lucinda und ich in eine ganz nahe gelegene Höhle ziehen.
Ich fände es auch gut, wenn Soholit in dem Gartenhäuschen vor Ort leben könnte.
Außerdem meine ich, dass einige der Eichen, die hier geschützt und versteckt direkt innerhalb des umzäunten Teils des Grundstücks stehen, eine sehr gute Bleibe für einige Elben bieten könnten.
Wie sehr Ihr das?«

»Das finde ich eine sehr gute und sehr notwendige Idee«, antwortete Soholit.
»Ich würde sogar gerne noch ein Stück weiter gehen. Auch ich habe die nahe Umgebung kürzlich erforscht und dabei die kleine Höhle, die Ihr, lieber Quiskan, demnächst bewohnen wollt, gesehen.
Ein kleines Stückchen weiter in Richtung Osten befindet sich eine noch etwas größere Höhle, welche tief in die Erde hineinführt und in einem geräumigen, unterirdischen Raum endet. In der Nähe fließt ein Bach.
Hierher würde ich gerne einige unsere Druiden Krieger umsiedeln.
Um die Sicherheit für alle Wesen dieser Gegend gewährleisten zu können, müssen zukünftig, meiner Ansicht nach, mindestens zweimal zwei Personen jeweils rund um die Uhr gegenläufig in einem großen Areal rund um Waldhaus Patrouille laufen.
Diese sollten alle vier Stunden abgelöst werden.
Dafür benötigen wir schon einige Krieger, würde ich sagen«, führte Soholit weiter aus.
Auf diese Weise wurde noch eine ganze Weile weiter diskutiert.
Ich war froh, dass keiner direkt bei mir im Haus wohnen wollte.
Das wäre mir nämlich entschieden zu nah und zu viel geworden.
So aber, mit dem nötigen Abstand zwischen uns, fand ich das alles eine sehr gute und wichtige Idee.
»Wie wäre es, wenn wir im Wald noch ein Dutzend Wildkameras an versteckten Plätzen aufhängen? Es ist immer noch einfach, zwischen den Wachen unbemerkt hindurchzuschlüpfen«, fragte ich nun.
»Das finde ich eine tolle Sache, liebe Tanja«, antwortete Pix.
Er wandte sich nun im Geiste an Vismateté: »Gibt es in der Nähe nicht weitere Baum-Menschen, die uns auch noch helfen könnten?
Und wie ist das, wie weit kannst Du von Deinem Standpunkt aus in Richtung Wald sehen«, fragte er ihn.
»Ganz in der Nähe gibt es meines Wissens niemand mehr

von meiner Spezies.
Tanja und ich wollten in baldiger Zukunft unsere Ältesten Weidana und Platanius aufsuchen.
Diese stehen in Irland, unweit von der ehemaligen Burg von Lia und Finnbar.
Sie wissen über jeden Standort eines Baum-Menschen Bescheid.
Ich würde sie bei dieser Gelegenheit danach fragen.
Ich selbst habe die Möglichkeit im Geist ein wenig über meine Krone hinauszuwachsen und kann von dort ein ordentliches Stück weit sehen.
Ich hatte mir schon vorgenommen, mich in regelmäßigen Abständen umzuschauen.
Was ich auch noch vorschlagen würde, wäre die Vögel mit einzubeziehen.
Ich kann mich mit diesen verständigen.
Bei mir am Baum gibt es, Dank Tanjas jahrelangen Fütterungen, inzwischen Unmengen an Vögeln der verschiedensten Arten, die täglich bei den beiden Vogelhäuschen vorbeischauen und die ich inzwischen alle persönlich kennengelernt habe.
Auch sie waren sehr traurig über den Brand und die gefällten Eichen von heute.
Ich bin mir sicher, dass sie mit Freude Botengänge, aber auch Wachdienste übernehmen würden, wenn Ihr das wünscht.«
»Das ist ja phänomenal«, rief Quick Deer aus.
»Mit so einer weiteren Verstärkung hatte ich gar nicht gerechnet.
Danke Vismateté.«
Jetzt meldeten sich Lia und Finnbar über den Geist zu Wort:
»Wie gerne würden wir dabei sein, wenn Ihr in die Nähe von Burg Eichenfels geht«, wandte sich Finnbar an Vismateté und mich.
»Wir haben so großes Heimweh.
Würdet Ihr bitte die Ältesten der Baum-Menschen fragen, ob sie einen Rat hätten, wie wir unbeschadet auf die Erde zurückkommen könnten?
Alle hier auf Aquarius sind sehr nett zu uns, aber wir wollen nicht mehr weiter nur aus der Ferne verfolgen, was auf der

Erde passiert.
Wir sind jung und voller Tatendrang!«
»Das werden wir auf alle Fälle gerne tun«, antwortete Vismateté für uns beide.
»Tanja, wie fühlst Du Dich? Geht es Dir jetzt wieder besser? Du kannst Dir nicht vorstellen, wie wir, Dein Vater und ich, uns erschrocken haben, als wir von dem gemeinen und so brutalen Mordversuch gehört haben.
Wir sind so froh, dass Du Dich in letzter Sekunde retten konntest«, meldete sich nun Saphira, meine Mutter aus Aquarius, zu Wort.
Ich war gerührt.
Noch immer war es mehr als gewöhnungsbedürftig für mich, dass Saphira meine Mutter war.
Noch dazu war sie offensichtlich die beste Mutter, die man sich wünschen könnte.
Wie gerne wäre ich jetzt in ihre Arme gelaufen und hätte mich trösten und auch ein wenig gehen lassen.
Da das aber gerade nicht möglich war antwortete ich nur: »Mama, mir geht es besser.
Ich habe ganz viele Rescue-Tropfen genommen, die schützen meine Seele vor dauernder Verletzung und helfen auch, den Schock gut zu verarbeiten.
Aber ich muss schon sagen, ein wenig steckt mir das noch immer in den Knochen.
Hoffentlich bekomme ich keine Alpträume davon.
Gerade jetzt fehlst Du mir sehr«, schickte ich noch schüchtern hinterher.
»Ich habe Dich sehr lieb«, antwortete meine Mutter »und ich behüte Dich stets aus der Ferne, so gut ich es vermag.«
»Ich habe Dich auch sehr lieb«, kam es nun noch von meinem Vater, Arsentos, hinterher.
Ich war sehr ergriffen und wischte mir verstohlen eine Träne aus dem Augenwinkel.
Für einen Moment herrschte große Stille in unserer geräumigen Wohnküche.
Dann war plötzlich ein fremdes Wesen unter uns, das wir noch niemals zuvor gesehen hatten.
Es herrschte von einem auf den anderen Moment eine

angespannte Atmosphäre und ich sah, wie die Elben bereits zu ihren Bögen gegriffen hatten.
»Ich komme in Frieden«, teilte sich das Wesen jetzt uns allen über den Geist mit.
Es hob seitlich etwas hoch, das vielleicht seine Arme hätten sein können.
Wir sahen eine weiße, durchscheinende Gestalt vor uns, die aus mehreren rechtsdrehenden Wirbeln zu bestehen schien, aber irgendwie auch wie ein Körper aussah.
»Ich bin der Geist der Quelle von Waldhaus.
Was heute geschehen ist, hat auch uns körperlose Wesen dazu bewogen, Euch unsere Hilfe anzubieten.
Ich kenne Tanja nun schon länger.
Sie hat während der Schwitzhütten immer alle Wesen des Ortes mit zum Ritual gebeten.
Die Alte und ich waren so des Öfteren mit bei den Zeremonien dabei. Ich fand es übrigens sehr schön, dass Tanja immer für das Wasser gedankt hat, das ich hüte.
Das ist wirklich bemerkenswert für einen Menschen- oder soll ich jetzt lieber einen Baum sagen?« Wir hörten ein gurgelndes Geräusch, das vielleicht ein Lachen des Wasser-Hüters darstellen sollte.
Plötzlich erkannten wir in der Mitte des Raumes auch noch eine uralte, ganz buckelige Frau, die leise vor sich hin kicherte.
»Hallo, man nennt mich „die Alte“, auch ich biete Euch meine Hilfe an.
Ich lebe für menschliche Augen unsichtbar im nördlichen Stück des eingezäunten Waldes hier auf dem Grundstück.
Dort kommt von Euch nur selten jemand hin.
Ich könnte an dieser Grenze meine Augen offenhalten.
Die drei Schurken von heute hatten sich vor circa einem Monat auf dem Waldweg hinter dem Zaun bei mir getroffen und sich dort mit einer weiteren zwielichtigen Person in bulgarischer Sprache unterhalten.
Wenn ich geahnt hätte, was sie vorhaben, so hätte ich Euch gewarnt.«
Ich war baff.
Heute passierte so viel, dass ich es kaum noch verkraften

konnte.
Ich hatte immer geahnt, dass es an der Quelle einen guten Geist geben musste und wenn ich an ihn dachte, kamen mir auch stets weiße Wirbel in den Sinn.
Aber daran denken und es dann tatsächlich sehen, das ist zweierlei.
»Wir danken Euch von ganzem Herzen, liebe Alte und lieber Geist der Quelle«, Soholit verbeugte sich ehrfürchtig in Richtung der beiden Neuen.
»Das ist eine weitere und uns sehr willkommene wundervolle Verstärkung unserer Kräfte.«
»Die werdet Ihr auch dringend brauchen«, antwortete der weiße Geist.
»Ich bin mit allen Gewässern der Erde verbunden, denn in jedem lebt ein solcher Geist, wie ich es bin. Mir sind Dinge zu Ohren gekommen, die sind mehr als schlimm.
Daher wollen wir ab sofort alle dabei sein, wenn es darum geht, den Untergang dieses wundervollen Planeten zu verhindern.
Vom Dreigestirn werden definitiv die ehernen Regeln gebrochen.
Es entsteht gerade eine große Front gegen Euch.
Ihr spürt das ja daran, dass auch Ihr jetzt so viele seid.
Das Gleichgewicht bleibt, wie Ihr wisst, immer gewahrt.
Ihr könnt also sicher sein, dass je mehr Verbündete Ihr werdet, desto stärker werden auch die Kräfte, die für den Untergang der Erde sind.
Wir müssten dringend Kontakt mit Orlana aufnehmen, denn sie allein hat Beziehungen in Richtung des Dreigestirns.
Wenn „die Eine“ dafür sorgen würde, dass die Regeln eingehalten werden, würde das ein enormer Energiegewinn für Euch sein, ohne dass die andere Seite auch weiter erstarken könnte.
Orlana ist aber nach unseren Kenntnissen schon seit Jahrhunderten verschwunden.
Wisst Ihr vielleicht wo sie ist?«
Irgendwie drehte sich das Wesen in Richtung von Quiskan, als sei ihm bekannt, dass er der Sohn von Orlana ist.
Quiskan antwortete auch sogleich:

»Meine Mutter wollte eigentlich nach Aquarius umsiedeln, hat es sich aber im letzten Moment anders überlegt.
Seither haben auch wir nichts mehr von ihr gehört und sie ist auch nicht über den Geist erreichbar.«
»Ich schlage vor«, hob der Geist der Quelle erneut an zu sprechen, »dass Lia und Finnbar sich mehrmals täglich offen darüber unterhalten, dass sie Orlana ganz dringend sprechen müssen.
Ich weiß rein zufällig, dass sie dereinst gesagt hat, dass sie, wenn sie kann, regelmäßig nach den Zwillingen sehen wird.
Vielleicht hört sie dann, was Lia und Finnbar sagen und erkennt, wie wichtig es ist, dass sie zurückkehrt.
Du fragst Dich, Tanja, wieso ich das weiß?«
Natürlich wurde ich jetzt schon wieder rot, denn genau das hatte ich gerade gedacht.
»Ich sagte vorher, dass alle Gewässer miteinander verbunden sind.
In jedem Bach, Teich, Fluss, in jeder Quelle oder jedem Meer lebt ein Geist dieses Gewässers.
Sie hören flächendeckend alles, wenn sie sich auch nicht zeigen. Nicht weit von dem ehemaligen Wohnplatz von Orlana befindet sich eine kleine Quelle.
Daher habe ich diese wichtige Botschaft, die für Erdenverhältnisse nun schon mehrere Jahrhunderte alt ist.
Wir vergessen nichts und das scheint ja jetzt auch recht nützlich zu sein.«
»Das ist eine sehr gute Idee, wir werden das mehrmals täglich tun und hoffen, damit den Kriegern des Lichts und unserer gemeinsamen Sache nützlich sein zu können.
Weißt Du, lieber Geist der Quelle von Waldhaus, zufällig auch, wie wir zur Erde zurückkommen könnten?«, fragte Lia
»Nein mein liebes Kind, das weiß ich leider nicht, aber vielleicht weiß Orlana auch dafür einen Ausweg.
Bitte versucht Euer Bestes, sie zu erreichen.
Ich möchte mich von Euch für heute verabschieden, wenn Ihr mit mir sprechen wollt, so kommt herunter zur Quelle und sprecht mich direkt an. Ich werde immer dort sein.
Sollten die Alte oder ich etwas Verdächtiges feststellen, so senden wir Euch umgehend einen Boten oder kommen auch

selbst wieder hierher.
Auf Wiedersehen.«
Die letzten beiden Worte waren von den zwei Wesen zugleich gesprochen worden.
Die Alte und der Geist waren daraufhin so urplötzlich, wie sie aufgetaucht waren, auch zusammen wieder verschwunden.
Mir war das heute einfach alles zu viel und ich wollte nur noch ins Bett.
»Ich kann nicht mehr«, sagte ich.
Sofort war Lucinda an meiner Seite und begleitete mich fürsorglich in mein Schlafzimmer.
Dankbar sah ich, dass sie mir dort schon eine Wärmflasche und meine geliebte Susi ins Bett gelegt hatte.
»Wir werden heute ausnahmsweise vor Deiner Türe abwechselnd Wache stehen.
Du wirst uns nicht bemerken. Wir werden noch leiser sein, als damals im Krankenhaus.
Falls Du Hilfe brauchst, ruf uns, wir werden sofort kommen.
Und nun schlaf schön und erhole Dich erst einmal.
Morgen ist auch noch ein Tag.«
Lucinda, die sich auf einen Stuhl neben meinem Bett gestellt hatte, deckte mich liebevoll zu und gab mir einen Kuss auf die Stirn.
Während sie herausging, hörte ich noch kurz Pix in meinem Kopf.
»Amerok wird auch vor Deiner Tür schlafen, ich werde über Deine Träume wachen. Sorge Dich nicht, es wird heute ganz sicher keine Alpträume geben. Ich bin sehr stolz auf Dich.
Gute Nacht.«
Dankbar schlief ich auf der Stelle ein.
Ich hatte tatsächlich einen langen, traumlosen Schlaf und erwachte recht erholt erst am späten Vormittag.
Es ging mir definitiv besser und ich wollte sogleich mit Vismateté zu den Ältesten reisen.
Dieser jedoch und auch Lucinda bestanden darauf, dass ich mich mindestens noch einen weiteren Tag von den Strapazen erholen sollte.
Ich fügte mich, was nicht mein Schaden war, denn ich wurde

heute wirklich von allen Seiten verwöhnt.
Am nächsten Tag war es uns erlaubt, zu Weidana und Platanius zu reisen.
Ich brannte regelrecht darauf, Ihnen unsere Fragen zu stellen.
Mein Baum-Gefährte teilte mir im Vorfeld mit, dass wir dieses Mal etwas mehr Zeit für die Reise brauchen würden.
Erstens sei die Strecke um einiges länger als beim letzten Mal, als wir nur zu Olidirs Standort unweit von hier unterwegs waren und zweitens würden wir sehr viel tiefer unter der Erde reisen, denn wir mussten, um nach Irland zu gelangen, zweimal unter dem Meeresboden hindurch.
»Muss ich mir Sorgen machen? Bist Du schon mal unter dem Meeresboden gereist?«, fragte ich Vismateté, denn mir war jetzt etwas mulmig zu Mute.
An das Meer unterwegs hatte ich noch gar nicht gedacht.
Sofort kam mir auch noch das Erlebnis von Aquarius, wo ich beinahe im Ozean ertrunken war, in den Sinn.
»Fürchte Dich nicht, meine Liebste.
Es dauert nur ein klein wenig länger, wird aber nicht gefährlicher.
Auch unter dem Meer sind Wurzeln, an denen wir entlang reisen können.
Ich bin dort selbst noch nicht gereist, aber es wurde mir genauso berichtet.«
»Wie meinst Du das, unter dem Meer sind auch Wurzeln, dort gibt es doch keine Bäume?«, fragte ich.
»Ich hatte Dir ja erzählt, dass unsere Wurzeln praktisch über den ganzen Erdball verteilt sind, das schließt auch den Meeresboden mit ein.
Wie sonst sollten wir Kontakt mit den Bäumen auf der anderen Seite der Erde halten?
Es gibt darüber hinaus auch im Wasser einige Pflanzen, die am Grund des jeweiligen Gewässers in der Erde wurzeln.
Auch dort entlang können wir reisen.
Wenn Du lieber nicht möchtest, dann können wir das Ganze auch absagen und uns mit den beiden Ältesten gerne nur über den Geist unterhalten.«
Ich war hin und hergerissen und konnte mich weder dafür, noch dagegen entscheiden.

Also holte ich mir eine Ein-Euro-Münze, das tat ich manchmal, wenn ich nicht wusste, was zu tun ist.
»Zahl ist reisen und Kopf ist hierbleiben.«
Vismateté beobachtete mich gespannt, konnte aber ein Grinsen nicht unterdrücken.
»Zahl«, verkündete ich.
»Wir werden reisen, was muss ich machen?«
»Gut, gut, Du bist mir eine…«, Vismateté lächelte mich verliebt an.
»So wie immer, zentriere Dich, fühle die Wurzeln in Dir und folge mir…«
Ich bekam kaum mit, dass wir unter dem Meer reisten und nach etwa einer Minute waren wir schon an dem Standort von Weidana und Platanius angekommen.
Mir fiel sofort auf, dass wir uns in einer viel wilderen Gegend als bei uns zu Hause befanden.
Wir waren in einem gemischten alten Wald, der offenbar vor Bewohnern nur so platzte, gelandet.
Jedenfalls war das meine erste Wahrnehmung.
»Guten Tag, liebe Großmutter und lieber Großvater.«
Vismateté verbeugte sich vor den alten Baum-Menschen und ich tat es ihm gleich.
Die Baum-Menschen waren sehr groß und sehr, sehr alt.
Überall war Moos an der Rinde und auch die Körper, die wie menschlich waren und im Stamm erschienen, gehörten zu ungeheuer hochbetagten Wesen.
Trotzdem sahen mich vier total wache Augen aufmerksam und abschätzend aus den beiden Bäumen an.
Recht bald ergriff Weidana das Wort. Ihre Stimme krächzte ein wenig. Vielleicht gebrauchte sie diese nicht mehr so häufig.
»Du bist also Tanja, Vismatetés Liebste.
Wir freuen uns, Dich endlich persönlich kennenzulernen.
Wie war denn Deine Reise unter der Erde und auch unter dem Meeresboden entlang?«
Sie konnte sich offenbar ein kleines Grinsen über meine Ängste davor nicht verkneifen.
»Wir haben schon so einiges über Dich gehört.
Bei Dir vereinigen sich eine ganze Menge Besonderheiten für

ein einziges Menschenleben.
Wobei, da haben wir auch noch ein Leben auf Aquarius und einen Anteil an einer Baum-Frau mit Wurzeln aus Platana. Dazu noch Mutter von zwei Kindern und eine große Aufgabe, den Planeten betreffend vor Dir…
Das ist wirklich einiges, was auf Deinen Schultern lastet, meine Liebe.«
So hatte ich das noch gar nicht gesehen und unwillkürlich sackte ich ein bisschen unter der scheinbaren Bürde in mich zusammen.
»Du siehst Deiner Vorfahrin Anna in der Tat sehr ähnlich«, wandte sich Platanius nun an mich.
Wie Olidir uns berichtet hat, wurdest Du auch schon in unsere alte Magie eingeführt«.
Als er mein verständnisloses Gesicht erblickte, sagte er lächelnd:
»Keine Sorge, liebe Tanja, das ist nichts, was wir dich abfragen würden oder Du bewusst nennen könntest.
Es wird eher so sein, dass Du darauf zurückgreifen kannst, wenn es nötig sein wird.
Sobald Du die Magie brauchst, wird sie sich Dir enthüllen.
Du trägst alles bereits ganz tief in Dir.
Du bist, wie Du schon gehört hast, gemeinsam mit Deinen beiden Söhnen und zum Beispiel auch Deinem irdischen Vater, eine der wenigen, noch lebenden Personen, die als Mensch einen Anteil von uns Baum-Menschen in sich tragen.
Auch, dass Du dadurch etwas von dem Planeten Platana innehast, wurde Dir schon gesagt.
Was Du wahrscheinlich noch nicht weißt, ist, dass Du Dir, für den Fall, dass Du das wünscht, einen Baum aussuchen könntest, den Du bewohnst, so wie wir es tun.
Das steht Dir jederzeit offen, sobald Du einen Baum triffst, zu dem Du Dich hingezogen fühlst und der das auch möchte.
Es ist jedoch nicht zwingend notwendig.
Wir werden bereits in unseren Bäumen geboren und wechseln diese normalerweise nie.
In seltenen Fällen, wie das bei Vismateté der Fall war, ist dies aber auch möglich.
Seine Zirbeleiche hätte bei Dir vor der Haustür keinen guten

Standort gehabt und Dein Baum-Mann wollte unbedingt in Deiner Nähe leben.
Daher hat der frühere Heimatbaum ihm aus Liebe diese Trennung möglich gemacht.
Es war ein großes Glück, dass der Eichenbaum bei Dir vor dem Haus sehr offen für seinen neuen Bewohner war.
Wenn wir reisen, dann meistens mit unserem Baum zusammen, so wie Ihr jetzt hier beide steht.
Nur beim Traumwandeln, da sind wir allein mit dem menschlichen Anteil unterwegs.
Auch das kennt Ihr ja schon«, er zwinkerte uns verschwörerisch zu.
»Ich möchte Euch gerne eine uralte Geschichte erzählen:
Wir kamen vor Äonen von Jahren, damals war Orlana noch jung und voller Tatendrang und eine Kriegerin des Lichts, wie sie im Buche steht, von der Platana auf die Erde.
Zu der Zeit waren wir noch ganz kleine Bäume, die einfach zu transportieren waren und sich leicht irgendwo neu einpflanzen ließen.
Jeder von uns nahm damals an seinen Wurzeln einen Ballen der Erde, in der wir vorher auf Platana gestanden hatten, mit sich.
Weidana und ich waren derzeit auch schon befreundet und wir entschlossen uns, genau hier unseren neuen Standort zu wählen.
Wie die Geschichte der Erde anno dazumal verlief, habt Ihr ja schon von unserem langjährigen Freund Quiskan, Orlanas Sohn, gehört.
Lange, lange bevor die direkten Vorfahren von Lia und Finnbar in diese Gegend des heutigen Irlands zogen, lebte hier in der Nähe ein wundervoller Stamm.
Das war noch bevor die Kelten im Jahr 600 vor Christi nach und nach einwanderten.
Der Stamm nannte sich selbst „Die Sonnen-Kinder" und verehrte die Sonne als ihren allmächtigen Vater und Schöpfer.
Sie sahen in ihm die Quelle allen Lebens und dankten ihm stets für das täglich Brot, das sie durch ihn erhielten.
Sie sprachen die Sonne auch manchmal mit dem Namen

„Der Flammenhüter“ an.
Männer und Frauen hatten zu der Zeit die gleichen Rechte und Pflichten und alle lebten in totalem Einklang mit der Natur und kümmerten sich um jedes Wesen in ihr.
In diesem Stamm gab es eine junge Kriegerin namens Dantara. Sie hatte es sich von klein an angewöhnt, zu unseren Füßen zu beten. All ihre Geheimnisse erzählte sie uns und sehr oft saß sie zu meinen Wurzeln.
Dantara war sehr begabt und irgendwann konnte sie uns in unserem menschlichen Anteil sehen und sich auch mit uns verständigen. Die Bitte, um absolutes Stillschweigen über unsere Existenz, nahm sie wie selbstverständlich an.
Du solltest vielleicht noch wissen, liebe Tanja, dass wir Baum-Menschen zweimal lieben können.
Wir können mit einem Baum-Menschen ein Paar sein, es ist jedoch auch möglich, so wie es bei Dir und Vismateté oder auch Olidir passiert ist, sich zusätzlich noch in einen Menschen zu verlieben.
Dies geschieht allerdings häufiger bei den Baum-Männern, denn es ist sehr selten, dass ein männlicher Mensch sensitiv genug ist, eine Baum-Frau zu erkennen.
Doch auch das hat es schon gegeben.
Mit Weidanas Einverständnis wurden Dantara und ich ein Paar. Ein Jahr später brachte Dantara unser Kind zur Welt.
Es war ein Mädchen und wir nannten sie Eichense.
Eichense war hauptsächlich Mensch, trug aber genauso wie Du den Baum-Anteil unsichtbar für andere in sich.
Wir waren sehr glücklich in diesen Tagen.
Der einzige Nachteil war, dass unsere Beziehung geheim war und Dantara daher den Vater ihres Kindes im Stamm nicht nennen konnte.
Insbesondere, weil ein junger Krieger von dort ebenfalls in Dantara verliebt war, gab dies dann gehörigen Ärger.
Im Wahn seiner Eifersucht tötete der Krieger letztendlich Dantara.
Diese hatte, die erst zweijährige, Eichense vorher in aller Eile im Wald versteckt.
Ich war wie von Sinnen vor Trauer und kurzzeitig trug ich mich auch mit Rachegedanken, den mörderischen Krieger

betreffend.
Gott sein Dank und vor allem durch Weidanas Hilfe konnte ich zurück ins Gleichgewicht kommen und mich dadurch erneut von der Liebe lenken lassen.
Der rote Nebel des Zorns senkte sich von meinen Augen und ich konnte wieder klar sehen.
Die zentrale Frage war nun, wie Eichense in Sicherheit aufgezogen werden könnte.
Wir baten Orlana um Hilfe.
Sie hatte die Idee, Eichense durch einen Pilzkreis in die Anderswelt zu ihrem Volk zu führen.
Wie Ihr vielleicht schon gehört habt, nimmt ein Mensch dann die Größe des kleinen Volkes an.
Orlana persönlich hat dann Eichense aufgezogen und kam mich öfter mit ihr besuchen, als sie noch klein war.
Das war noch lange bevor Orlana mit Quiskan selbst Mutter wurde.
Später, als sie eine Erwachsene war, kam Eichense oft allein hierher zu Besuch.
Sie fand auch einen guten Gefährten beim kleinen Volk.
Sie führten ein ausgefülltes und schönes Leben, blieben aber kinderlos.
Eichense ist vor mehr als tausend Jahren in hohem Alter verstorben.« Platanius war am Ende seiner Ausführungen angekommen und wir warteten, was nun weiter geschehen würde.
»Du bist, wie gesagt, zurzeit also zusammen mit einigen Deiner Familienmitglieder die einzige Mischlings-Nachkomme der Bäume von Platana mit den Menschen, die es auf der Erde noch gibt«, meldetet sich nun Weidana wieder zu Wort.
»Und was noch besonders ist: Du hast inzwischen selbst zwei Söhne, die, so wie Du, ebenfalls das Erbe der Bäume in sich tragen.
Zwar wird dieses von Generation zu Generation ein klein wenig geringer, denn es kommt immer mehr Mensch dazu.
Aber es ist auf jeden Fall noch da, denn unser Erbe ist sehr viel beständiger als das menschliche.«
Auch darüber hatte ich noch nicht so richtig nachgedacht.

Stimmt, ich hatte diese Gene bereits an Atlantus und Akira weitergegeben.
Auch das mit den Planeten war mir noch gar nicht so wirklich in den Sinn gekommen. Ich war als Tanja auf der Erde geboren, trug aber, als ehemalige Cerafine, noch einen Anteil aus Aquarius in mir und hatte durch den Baum-Mensch-Vorfahren Olidir auch noch Wurzeln auf der Platana. Genau das Gleiche traf auch auf Atlantus zu und eigentlich auch auf Akira, denn dieser hatte über mich auch etwas von Aquarius in sich. Wie sich das wohl auf die beiden auswirken würde, fragte ich mich im Stillen?
Was nun mich betraf: Wenn man noch bedachte, dass ich von einem indianischen Medizinmann, einem Druiden, den Baum-Menschen, dem kleinen Volk und wer weiß von wem noch alles ausgebildet worden war und noch werden würde, dann sollte das wohl heißen, dass ich schon einiges können müsste.
Meine Reaktion war jedoch, noch ein klein wenig mehr den Kopf einzuziehen, denn ich kam mir in Wirklichkeit total unfähig vor.
»Bitte erwartet nicht so viel von mir. Ich kann praktisch gar nichts Besonderes.«, sagte ich daraufhin ganz kleinlaut.
»Es wird Zeit, liebe Tanja, dass Du etwas mehr Selbstvertrauen entwickelst«, hob nun Weidana wieder an zu sprechen. »Ich finde, es würde auch nicht schaden, wenn Du Dich noch in bestimmten Nahkampf-Techniken ausbilden lassen würdest. Ich glaube, das könnte Dir dabei helfen selbstbewusster zu werden und würde auch einen weiteren Schutz für Dich und auch andere bedeuten.
Als sie daraufhin meine, leicht verächtliche, Reaktion wahrnahm, erklärte Weidana freundlich:
»Ich kann verstehen, dass Du das Kämpfen vielleicht ablehnst, weil Du es als unedel empfindest. Kämpfen sollte in einem Universum, wo alle Wesen nur von der Liebe geleitet werden, auch wirklich nicht mehr nötig sein. Ich kann Deine Gedankengänge gut nachvollziehen, glaube mir. Aber erstens sind auf der Erde leider nur wenige Wesen auf diese Art unterwegs und zweitens ist es immer gut, zu allem bereit zu sein, was die Liebe von Dir verlangen könnte. Das kann

heutzutage nämlich überall im Universum auch einmal das Kämpfen sein.« Jetzt schaute ich ganz überrascht auf. »Ja überall, Du hast richtig gehört. Auch auf Aquarius, einem hoch entwickelten Planeten, wo die Wesen, die dort leben, nur von der Liebe geleitet und die von der „Dienerin der Liebe“ beschützt werden, ist es nicht auszuschließen, dass es nicht doch einmal einen Angriff von außen geben könnte. Dann würde die Liebe sie möglicherweise zur Verteidigung aufrufen. Daher gibt es auch dort unter anderem noch meditative Kampftechniken, die gelehrt werden.
Auf der Erde, auf der fast die überwiegende Anzahl der Bewohner vom Verstand und damit häufig von der Gier angetrieben werden, liegt das doch noch mehr auf der Hand, oder? Wichtig ist jedoch beim Kämpfen, unbedingt ein Krieger des Lichts zu sein. Fanatismus, Gier, Rechthaberei oder sadistische Neigungen, haben hier überhaupt nichts zu suchen. Es bedeutet stattdessen, dass man niemals aus Zorn heraus handelt, sondern stets aus der Güte und in der Anbindung an die universelle Liebe.« Weidana war mit ihren Erläuterungen am Ende angelangt und mir dämmerte es langsam, was sie mir hatte vermitteln wollte.
»Wir jedenfalls erteilen Dir hiermit unseren Segen.
Bitte tritt näher und nimm von jedem von uns ein Stückchen Rinde und stecke diese in den kleinen Lederbeutel, den Du zu Platanius Füßen liegen siehst.
Vorher aber bitten wir Dich um einen kleinen Teil von Dir.
Bitte lege jedem von uns ein ausgerissenes Haar von Dir dicht an unsere Wurzeln und halte dann noch kurz Deine Zunge an unseren Stamm.
Wir können daraus tiefere Informationen über Dich entnehmen.
So können wir den Schutz, den wir Dir mitgeben wollen, noch etwas besser auf Dich persönlich anpassen.
Schließlich bis Du eine Abgesandte auch von unserem Volk, für die Rettung der Heimat.
Da gehört es sich, dass wir Dich ordentlich ausrüsten«, sprach Weidana.
Ich tat, wie mir geheißen und wartete dann eine Weile.
»Du kannst den Lederbeutel jetzt aufnehmen.

Sieh mal, an unserem Stamm ist jeweils ein kleines Stückchen Rinde lose.
Nimm Dir diese.
Bitte schlucke von jedem der Rindenstücke einen winzigen Bruchteil herunter und lege den Rest dann in den Beutel.
Trage das Ledersäckchen fortan Tag und Nacht wie eine Kette um den Hals.
Wenn Du in Not bist, kannst Du Deine Hand an den Beutel legen und um Hilfe bitten.
Durch die Rinde, die Du gerade verschluckt hast, kannst Du uns außerdem in Windes Eile über Deinen Geist erreichen und wir von unserer Seite aus, werden ab sofort stets wissen, wie es um Dich steht.«
Als Weidana mein entsetzter Gesichtsausdruck auffiel, lachte sie und fügte noch hinzu:
»Selbstverständlich wird Dein Privatleben unangetastet bleiben.
Dies gilt nur für Notfälle, meine Liebe…«, sie kicherte weiter vor sich hin und ich wurde wieder einmal scharlachrot.
»Wenn Ihr möchtet, könnt Ihr nun noch Eure Fragen stellen, die Ihr auch noch zu diesem Treffen mitgebracht habt«, ließ uns Platanius wissen.
Mir fielen sofort Lia und Finnbar mit ihrem Anliegen ein und ich fragte die Baum-Ältesten, ob sie einen Weg für die beiden zurück auf die Erde wüssten.
»Wir wurden damals vom kleinen Volk mitgenommen, sind also nicht selbstständig von Planeten zu Planeten gereist«, antwortete Weidana.
»Der Weg von Platana zur Erde war noch um einiges weiter als von Aquarius hierher.
Als damals die Elben von Osiria zur Erde kamen und Pix Hunter von der Erde nach Aquarius reisten, war inniges Beten, das von Richtung des Dreigestirns erhört wurde, ausschlaggebend.
Das ist ein Weg, aber er ist recht unsicher.
Eine wirklich sichere Lösung könnte, unserer Meinung nach, nur Orlana wissen.
Sie ist die Einzige vom kleinen Volk, die noch lebt und die die

bewusste Umsiedlung im All vollzogen hat.
Diese müsst Ihr fragen.«
Bevor ich meinen Mund öffnen konnte, erwähnte Weidana noch:
»Wir wissen, dass Lia und Finnbar jede Stunde laut darüber reden, dass sie Orlana dringend sprechen müssen.
Eine bessere Möglichkeit wäre jedoch, wenn sie sich beide hinten und vorne ein großes Schild umhängen würden, wo diese Bitte eindeutig formuliert ist.
So ein Schild würde ich auch nachts gut lesbar vor mein Bett stellen.
Das erhöht die Wahrscheinlichkeit, dass Orlana schnell erfährt, wie dringend sie gebraucht wird.
Eine Antwort ist nicht nur für Lia und Finnbar wichtig, sie wäre auch für Euch beide von großer und lebenswichtiger Bedeutung.
Wir werden in dieser Sache auch weiter recherchieren.
Sollten wir etwas Hilfreiches erfahren, werden wir die Informationen sofort zu Euch weitergeben.
Und nein, es gibt rund ums Waldhaus keine weiteren Baum-Menschen außer Vismateté, um Eure zweite Frage gleich auch noch zu beantworten.
Wir wissen aber davon, dass eines unserer Wesen, unbedingt dorthin übersiedeln möchte.
Dies wird aber noch einige Jahre dauern, lasst Euch überraschen.
Ihr könnt es dann nicht übersehen, wenn es so weit ist.«
Es gab einen lauten Knall und Platanius hatte mit einem seiner Baum-Arme, flinker, als ich es je für möglich gehalten hatte, ein kleines, schwarzes Ding aus Metall gefangen.
Dieses hatte offenbar einen Propeller, der sich wie wild drehte und so versuchte, dem eisernen Griff von Platanius zu entkommen.
Der Baum-Älteste hielt mir das Metall-Objekt dicht vor die Nase und fragte:
»Tanja, weißt Du, was das ist?«
Ich sah näher hin und riss die Augen weit auf.
»Leute, das ist eine Drohne.
Ich kann genau sehen, wie die Kamera mich unter die Lupe

nimmt.
Wir müssen sie sofort zerstören, sie wird bestimmt auch ein eingebautes Mikrofon haben.
Wir wurden beobachtet und belauscht.«
Ich hörte ein unangenehmes Knirschen und sah wie Platanius die Drohne gerade komplett zerquetscht hatte.
»Das ist sehr, sehr schlimm, liebe Kinder.
Ihr müsst sofort zurückreisen.
Wenn die Drohne uns schon länger belauscht hat, dann wissen ihre Besitzer auch, dass Ihr unter der Erde und speziell auch unter dem Meer gereist seid und das für den Rückweg auch wieder tun müsst.
Vielleicht haben wir Glück und sie haben in der Kürze der Zeit noch keinen Angriff auf Euch vorbereitet.
Auch wir werden schweren Herzens sofort unseren Standort wechseln müssen, um einem Racheakt zu entgehen.
Geht mit Gott, meldet Euch, wenn Ihr gut angekommen seid.
Auf Wiedersehen.«
Die beiden Baum-Ältesten waren verschwunden.
Mein Herz klopfte bis zum Hals und ich sah ängstlich zu Vismateté.
Auch dieser sah sehr besorgt aus.
»Steck die Überreste der Drohne in deine Tasche und komm, wir müssen sofort los.
Bleib ganz dicht bei mir.«
Er schlang zur Sicherheit einen seiner Zweige fest um meine Taille.
Es ging sehr schnell, zuerst ein kurzes Stück unter der Erde entlang, dann unter dem Meer und dann wieder unter der Erde.
Ich schöpfte schon Hoffnung, dass alles gut verlaufen würde, weil wir schnell genug reagiert hatten.
Als wir jedoch zum zweiten Mal unter dem Meer reisten, geschah es.
Wir sahen ein weißes grelles Licht und konnten uns von einer Sekunde auf die andere nicht mehr bewegen.
Wir waren wie eingefroren in der extremen Helligkeit.
Jegliche Bewegung war unmöglich. Das betraf auch meine Atemmuskulatur.

Ich bekam Panik, denn ich brauchte ganz dringend Sauerstoff. Auch Vismatetés Griff von seinem Zweig-Arm wurde immer schwächer.
Ich sprach innerlich ein Gebet ins Universum und schickte einen verzweifelten Schrei des Lebewohls an meine, über alles geliebten, zwei Söhne.
Danach sank ich in eine tröstende Ohnmacht.
Ich verließ meinen Körper, so wie es mir auch einst im Krankenhaus passiert war.
Ich hing mit meinem Bewusstsein über dem Wasser, unter dessen Oberfläche mein Leib und auch Vismatetés in dem Klotz aus Licht gefangen waren.
Ich sah dort eine Menge Luftblasen aufsteigen und nahm wahr, dass das Wasser genau an dieser Stelle sehr viel unruhiger, als ein wenig weiter entfernt, war.
Ab und zu sah ich Flossen aus dem Wasser aufragen und einmal erhaschte ich auch einen Blick auf einen Wal.
Gerade als ich mich in Richtung des Ortes, wo ich damals die weißen Gestalten tanzen gesehen hatte und der mich so sehr anzog, aufmachen wollte, fühlte ich wieder den altbekannten Sog zurück in meinen menschlichen Körper.
Als Nächstes schlug ich meine materiellen Augen auf und schnappte wie wild nach Luft. Ich blickte in die besorgten und voller Liebe glühenden Augen meines Sohnes Atlantus, welcher mich, wie schon einmal zuvor mit seinen Armen über Wasser hielt. Hektisch schaute ich mich nach Vismateté um. Dieser lag auf dem Rücken eines gigantischen Wals und hatte auch gerade seine Augen geöffnet.
Er lebte, Gott sei Dank.
Ich nahm ebenfalls wahr, dass wir gar nicht mehr so weit vom rettenden Strand, wohin Atlantus und der Wal gerade in aller Eile Kurs hielten, entfernt waren.
Die beiden setzten uns an Land ab.
»Schnell, reist sofort nach Waldhaus.
Sobald ich kann, komme ich dorthin nach, es ist eh bald Weihnachten, da darf ich ja nicht fehlen«, Atlantus lächelte mich liebevoll an.
»Wir müssen jetzt sofort zurück zu dem Licht-Quader.
Euer Entkommen wurde noch nicht bemerkt, wir haben

Euch gegen zwei Attrappen ausgetauscht.
Wir versuchen sie hinzuhalten, bis Ihr sicher zu Hause angekommen seid.
Eilt Euch, schnell!« Atlantus und der Wal waren bereits wieder auf dem Meer unterwegs.
Vismateté schlang mir seine Zweige erneut um den Bauch. Wir zentrierten uns und waren wenige Sekunden später unversehrt im Waldhaus an der Stelle, wo Vismatetés Baum hingehörte, gelandet. Ich schrie ganz laut um Hilfe.
»Gefahr, schnell formiert Euch an den Grenzen.
Wir wurden unterwegs angegriffen.«
Dann rief ich ins Universum den Baum-Ältesten und auch Atlantus zu, dass wir heil und unversehrt in Waldhaus angekommen waren. Pitschnass von Meerwasser sank ich anschließend völlig erschöpft zu den Füßen von meinem Baum-Gefährten nieder und wartete auf Unterstützung.
Diese kam sofort. Amerok war der Erste, der mir besorgt seine nasse Nase ins Gesicht hielt. Kurz darauf kniete Soholit an meiner Seite, hielt meine Hand und sah mir prüfend in die Augen. Ich bemerkte, wie er meine Gedanken las und mit Schaudern die Bilder des Unglücks-Hergangs wahrnahm, die noch sehr präsent in meinem Bewusstsein umherschwirrten.
So ersparte er mir fürs Erste lange Erklärungen und konnte auf der Stelle die nötigen Dinge in die Wege leiten.
Ich hörte, wie er dafür sorgte, dass die Wachen rund um Waldhaus verstärkt wurden, er weitere Unterstützung anforderte und dann meine Unterbringung in meinem Schlafzimmer organisierte.
Er kümmerte sich auch um Beistand für Vismateté, der ebenfalls sehr mitgenommen aussah.
Ich sehnte mich nach Lucinda, welche auch schon, kaum hatte ich noch an sie gedacht, sogleich an meiner Seite war.
»Komm meine Liebe, Du brauchst erst einmal trockene Kleidung und ich habe Dir auch schon einen Baldriantee mit Deinen Rescue-Tropfen ans Bett gestellt.
Zwei Angriffe in so wenigen Tagen, das ist schon allerhand.«
Allein ihre Worte und der Umstand, dass für mich gesorgt wurde, verliehen mir wieder neue Kräfte und Zuversicht.
Als ich in meinem Bett auch die obligatorische Wärmflasche

und meinen Teddy sah, kamen mir Tränen der Rührung.
»Danke Lucinda, das ist so, so lieb von Dir.«
Schnell kleidete ich mich um und fiel erschöpft in mein Bett.
»Bitte bleibt in meiner Nähe, ich verkrafte heute keinen weiteren Anschlag auf mich.«
»Sorg Dich nicht, wir sind die ganze Zeit hier im Flur, liebe Tanja«, antwortete Lucinda.
»Trink erstmal Deinen Tee, das wird Dich etwas beruhigen«, fügte sie noch hinzu.
Ich hörte ein leises Klopfen an meiner Tür und sah, wie sie sich gleich darauf langsam öffnete.
Soholit und Amerok traten ein.
»Tanja, bevor Du Dich zur Ruhe begibst, müssen wir Dir unbedingt noch einige Fragen stellen.
Bitte erzähle uns ganz detailliert, was unterwegs alles passiert ist und was genau gesagt wurde«, forderte mich Soholit auf.
Nachdem ich geendet hatte, fragte er noch:
»Hast Du mit irgendjemand außerhalb des engeren Kreises in Waldhaus darüber gesprochen, was Du und Vismateté vorhabt?«
Ich schüttelte den Kopf.
»Hast Du mal daran gedacht, dass es eventuell einen Spion unter uns gibt?
Wie um alles in der Welt wäre sonst genau an diesem Ort und zu dieser Zeit eine Drohne aufgetaucht?«
Jetzt fiel mir diese Tatsache auch wie Schuppen von den Augen.
»Kannst Du uns bitte die Überreste der Drohne aushändigen?«, fragte Amerok über den Geist.
»Sie ist in meiner Jackentasche. Diese liegt da vorne nass auf dem Boden.«
Soholit untersuchte das defekte Gerät sofort.
»Es ist ein recht modernes Modell. Es würde mich nicht wundern, wenn es vom Militär stammt.
Das erinnert mich irgendwie an die Kriegsmaschinen, die uns damals in Irland, kurz bevor der Überfall auf Lia und Finnbar passierte, angegriffen haben.
Das passt auch vom Stil her zusammen.
Wartet kurz, ich rufe noch schnell Querin und Quiskan

hinzu.« Jetzt standen sie zu viert um die Drohne herum und murmelten vor sich hin. »Was, wenn es solche Drohnen auch über Waldhaus gibt und diese die Informationen von Vismateté und Tanja belauscht haben?«, fragte Quiskan in die Runde. »Das wäre mir fast lieber, als einen Spion entlarven zu müssen«, bemerkte Soholit.
Mir, als ehemaliger Ossi (Bewohner von Ostdeutschland) fiel auch noch etwas Erhellendes ein.
»Es könnte ja auch sein, wenn wir schon von Militär reden, dass wir hier sogenannte Wanzen, das sind Abhörgeräte, im Haus oder auf dem Gelände haben.
Darüber könnten Auswärtige alles mithören und vielleicht auch sehen, was bei uns gesprochen oder getan wird.«
Ich hatte mich dabei an die Abhör-Praktiken der ehemaligen Staatssicherheit der DDR erinnert.
»Könntest Du das vielleicht erschnüffeln?«, Amerok, fragte ich Pix Hunter.
Dieser roch zuerst an der Drohne und machte sich dann auf die Suche. Aus der Wohnküche hörten wir ihn laut vor einer Steckdose, die sehr selten gebraucht wurde, bellen.
Alle rannten schnell herunter und auch mich konnte gerade nichts mehr im Bett halten.
Soholit schraubte recht umständlich die äußere Verkleidung der Steckdose ab und wir sahen in ihr eine kleine Kamera stecken. Mit einem Tuch in der Hand nahm Soholit diese vorsichtig heraus. »Das Ding scheint Life über sogenanntes W-Lan zu laufen.«
Er öffnete es, um es zunächst unschädlich zu machen.
»Amerok such bitte weiter«, forderte Soholit ihn auf.
»So was kommt doch nicht von allein in die Steckdose.
Tanja, war die letzte Zeit jemand hier, ein Monteur oder sonst eine Person?«, fragte mich Quiskan.
Ich überlegte angespannt.
»Letztens hatte der Postbote eine Nachnahme für mich.
Ich hatte ihn kurz in die Küche gebeten und bin dann Geld holen gegangen. Aber ich war keine zwei Minuten weg.
Mehr fällt mir dazu nicht ein.
Ich war allerdings nicht immer zu Hause und möchte noch an den Vorfall mit den drei Bulgaren erinnern.

Die haben ja auch die Hundeklappe in Ameroks Bereich verschlossen. Das geht nur von innen, sie müssen also vorher durch die Wohnküche gegangen sein.
Übrigens Amerok, das hättest Du doch bemerken müssen?«
»Ich hatte zu dem Zeitpunkt dummerweise ganz tief geschlafen«, bemerkte dieser recht kleinlaut in unserem Geist. »Ich bin eben kein echter Hund.«
»Das hilft uns jetzt für den Moment auch nicht weiter, bitte such noch ein wenig, Pix-Amerok«, forderte Soholit diesen lächelnd auf. »Wir könnten Vismateté bitten, die Vögel nach weiteren Drohnen auszusenden«, warf ich ein.
»Das ist eine gute Idee, kannst Du das gerade über den Geist übernehmen?«, fragte mich Soholit.
»Ich bedauere es sehr, dass die andere Seite im Moment all unsere Karten kennt und wir so gut wie nichts über sie wissen. Ich hoffe, dass wir uns ab sofort davor schützen können«, ließ er noch gedankenvoll fallen, während er in der Wohnküche alle anderen Steckdosen und Lichtschalter akribisch auf weitere »Wanzen« kontrollierte.
»Ich schlage vor, dass wir alle wichtigen Dinge zukünftig nur noch über den Geist austauschen. Dort können wir schwerer abgehört werden.
Vielleicht sollten wir der anderen Seite auch eine Falle stellen…«, schlug der Druide noch nachdenklich vor.
Es wurde bis zum Abend gesucht und weder im Haus noch im Himmel fanden sich weitere Abhörgeräte.
Die Drohne und die kleine W-Lan Kamera untersuchten wir ganz genau.
Ein Technik-Freak wäre hier sehr hilfreich gewesen, aber diesen hatten wir leider nicht in unserer Mannschaft.
Ich für meinen Teil ging jetzt endlich zur Ruhe und Lucinda übernahm die erste Wache.

Weihnachten und ein neues Mitglied

Quick Deer und ich waren, wie er es angekündigt hatte, in der letzten Zeit öfter traumwandelnd auf Aquarius gewesen. Dort besuchten wir alle Orte, an denen ich als Cerafine früher häufig gewesen war. Quick Deer hatte vorher lange zu Wanka Tranka gebetet, dass auch ich in sein Privileg von Planeten zu Planeten traumwandelnd unterwegs sein zu dürfen, mit einbezogen werden würde. Daher war ich, wenn ich bei ihm war, unterwegs ebenfalls vor Angriffen völlig sicher.

Natürlich waren wir auch mehrfach in der alten Grotte gewesen.

Wie zu erwarten war, konnte ich leider nicht in meinen alten Körper zurückkehren, indem ich einfach mit meinem Traumkörper in diesen hineinschlüpfte.

Aber einen Versuch war es zumindest wert gewesen.

Ich führte lange Gespräche mit meinen Eltern und einigen meiner ehemaligen Unterweiserinnen und Unterweiser.

Selbstverständlich spielte dabei Tante Lisa eine große Rolle. Sie schwor ständig Stein und Bein darauf, dass ich der damaligen Cerafine wie aus dem Gesicht geschnitten sei, nur eben erwachsener.

Ich glaubte ihr, denn auch bei Atlantus war mir diese Ähnlichkeit der beiden Körper aufgefallen.

Häufig traf ich mich auch mit Finnbar und Lia.

Ich musste mich sehr zusammennehmen, um nicht jedes Mal aufs Neue vor Lachen laut loszuprusten, wenn ich die beiden sah.

Es war total lustig, wie die Zwillinge als wandelnde Lithfass-Säulen, auf denen vorne und hinten in großen Buchstaben: »Liebste Orlana, wir müssen Dich ganz dringend sprechen!«, geschrieben war, herumliefen.

Ab und zu konnte ich mich aber nicht mehr zusammenreißen und lachte bis ich mir die Tränen kamen.

Die zwei nahmen es mit Humor.

Offenbar hatten sie auch schon einmal in den Spiegel geschaut...

Am meisten ergriffen war ich aber, als ich mich in unserem Wohnbaum in mein altes Bett legte und meine Mama neben mich kam.
Sie streichelte mich lange, obwohl das ein anderes Gefühl als früher für uns beide war, denn ein Traumkörper fühlt sich überhaupt nicht so fest wie ein normaler Körper an.
Aber das war die letzte Szene gewesen, die ich vor meiner langen Reise auf die Erde mit ihr erlebt hatte.
Es war auch komisch, dass ich nun schon in einem so »alten« Körper steckte.
Trotzdem konnte ich davon nicht genug bekommen und auch meiner Mama machte es Freude.
Ich sog die Mutterliebe in mich auf, wie ein komplett vertrockneter Schwamm. Langsam, aber sicher fand ich tatsächlich zu meinen Wurzeln und meinem alten Leben auf Aquarius zurück. Ich konnte, nach meinen Erfahrungen auf der Erde, jetzt erst richtig schätzen, was für eine wundervolle Lebensweise auf diesem Planeten herrschte.
Was mir früher manchmal als fade oder langweilig erschienen war, erkannte ich heute als die Grundlage eines Lebens, das wirklich zum Wohle aller, also auch des Himmelskörpers oder sogar des ganzen Universums war.
Genauso müssten wir das auch auf der Erde machen (Wir - Junge, Junge ich war doch schon ganz schön auf der Erde verankert).
Ich nahm mir vor, in Zukunft dort solche Lebensweisen bei all meinen Seminaren, die ich leitete, zu lehren, denn diese erschienen mir das absolute Fundament für die Erhaltung des Planeten Erde zu sein.
Daher ließ ich mir auch extra die »ODE der Weisheit«, die ich erst seit kurzem wirklich verstehen und schätzen konnte, in Schriftform mitgeben. Auf Aquarius ist es ein Schritt zum Erwachsen-Werden, wenn der Heranwachsende den tiefen Wert und die gewaltige Kraft der »ODE der Weisheit« erkennt. Ich wollte mir den genauen Wortlaut vergrößern und als Schild über dem Eingang des Hauses und auch des Grundstücks von Waldhaus aufhängen. Er lautete folgendermaßen:

»Ich bin...
Ich bin Bestandteil des namenlosen, heiligen Momentes der ewigen Liebe und tauche aus diesem, mal in jener und mal in einer anderen Form als Lebewesen auf und später wieder unter.
Jedes Geschöpf, das aus diesem erscheint, ist gleichwertig.
Alle Formen, die gleichzeitig auftauchen, achten und schützen einander.
Ich ehre das Dunkle genauso wie das Licht, sowie das Gute und das Böse und vereine beides wertungsfrei im Gleichgewicht in mir und verwandele sie so zu tiefer Liebe.
Ich ehre die Liebe, indem ich regelmäßig still in ihr verweile.
Und diese Liebe ist es, die mich stets lenkt und leitet.«

Ich hatte mir vorgenommen, zukünftig so oft wie möglich im Traum Zeit auf Aquarius zu verbringen, um mir deren wertvolle Lebensweise bis in jede Zelle meines Körpers, wieder zu eigen zu machen.
Nur so würde ich dieses Wissen auf der Erde auch an andere weitergeben können.
In Waldhaus hatte ich auch begonnen, so wie die »Ältesten der Baum-Menschen« es vorgeschlagen hatten, mich in Kampftechniken zu üben.
Das fiel mir überaus schwer.
Es ist nämlich so, dass ein traumatisierter Mensch schwer zu sich selbst oder anderen Grenzen ziehen oder definieren kann.
Kämpfen ist jedoch eine extreme Art, Grenzen zu schützen und beinhaltet auch das Eindringen in den Bereich von anderen Wesen. Es schließt auch ein, diesen gegebenenfalls weh zu tun.
All das war anfangs eine schier unlösbare Aufgabe für mich.
Ich brachte sie auch nur ganz schwer mit der »ODE der Weisheit« in Einklang.
Erst nach und nach, als ich langsam die Regeln der Krieger

des Lichts bewusst in mich aufnahm, erkannte ich, dass bei der Liebe nichts ausgeschlossen ist.
Auch Kämpfen war möglich.
Dies war jedoch ein letztes Mittel, um den eigenen Körper oder den eines anderen zu schützen.
Die Erde wurde hierbei auch als ein großer Körper definiert.
Ich erkannte nun ebenfalls, wie wichtig die Regel war, beim Kämpfen niemals aus Zorn, sondern immer aus Liebe heraus zu agieren.
Weidana hatte Recht damit gehabt, dass sich durch das Erlernen der Kampftechnik mein Selbstvertrauen stärkte.
Ich bekam eine ganz andere Haltung und auch meinem Körper tat die sportliche Betätigung sehr gut.
Es war eine Woche vor Weihnachten 2010.
Eines Mittags stand Atlantus vor der Tür.
»Hallo Mama, wie versprochen, - da bin ich.«
Er fiel mir in die Arme.
Ich freute mich über sein Kommen mehr, als ich es sagen konnte.
In der Wohnküche hatten wir viele, lange Gespräche zu zweit, aber auch mit allen zusammen.
Wenn wir allein waren, lachten wir sehr viel. Atlantus konnte nicht aufhören, sich über den beleibten Polizei-Psychologen, Herrn Tannenreuther, lustig zu machen.
Mir war bei seinem damaligen Auftritt in Waldhaus allerdings überhaupt nicht zum Lachen zu Mute gewesen.
Atlantus kannte sich viel besser mit moderner Technik aus, als alle anderen und gab uns noch den ein oder anderen wertvollen Hinweis, die Abhörgeräte betreffend.
Wichtige und geheime Konversation wurde, wie gesagt, sowieso nur noch direkt über den Geist betrieben.
Die Weihnachtsferien hatten begonnen und wir erwarteten für heute Abend Akira zurück.
Das würde bestimmt richtig Leben in die Bude bringen.
Atlantus und ich holten ihn gemeinsam vom Bahnhof ab.
Im ersten Moment, als ich ihn aus dem Zug aussteigen sah, dachte ich mir schon, dass irgendetwas nicht stimmen konnte.
Er war dünn geworden (oder dachten das Mütter einfach

immer?) und auch ziemlich blass.
Sein Gesicht war richtig spitz und für meine Begriffe auch ein wenig zu ernst für sein Alter.
Als er uns erblickte, kam er mit beherrschten Schritten auf uns zu (eigentlich hätte er uns stürmisch um den Hals fallen müssen).
Komisch.
Jedenfalls grinsten meine beiden Söhne über das gesamte Gesicht, als sie sich erblickten und fielen sich herzlich in die Arme.
An mich gewandt, kam nur ein kurzes »Hi Mama, was geht?«
»Ähm«, ich war ein bisschen rot geworden.
»Ich freue mich auch sehr, Dich zu sehen«, und damit zog ich meinen jüngsten Sohn rigoros für eine Umarmung an mein Herz.
Ich drückte ihn ganz fest an mich und spürte regelrecht, wie er auftaute und sein Gesicht etwas weicher wurde.
»Kommt, wir fahren heim. Amerok wird sich auch sehr freuen, Dich endlich wiederzusehen.«
Ich war gespannt, wie das in Waldhaus alles funktionieren würde.
Immerhin war Akira der Einzige, der nicht von den Kriegern des Lichts und deren Aufgaben wusste und auch zukünftig nichts darüber erfahren sollte.
Außerdem verfügte er, jedenfalls soweit ich es wusste, auch nicht über magische Fähigkeiten.
Offiziell waren wir also nur zu dritt im Waldhaus.
Nach und nach wurde Akira wieder der Alte.
Ich setzte ihm Unmengen seiner Leibspeisen vor und er aß diese mit Genuss.
Wie ich von ihm erfuhr, war die Schule in Berlin sehr viel anspruchsvoller und anstrengender als die alte.
Und Akiras Anspruch, der Beste zu sein, verlangte ihm schier Übermenschliches ab.
Alle Ratschläge, dass er ruhig auch mal ein schlechterer Schüler sein dürfte, prallten an ihm, wie Wasser von einer Wachstischdecke, ab.
Aber wir hatten eine wunderschöne Zeit, mit viel Albernheiten und Unsinn in unseren Köpfen.

Am 21.12. führten wir eine wunderschöne und feierliche Heilungs-Schwitzhütte zur Wintersonnenwende durch.
Ich war froh, dass nun bald die Tage wieder länger werden würden.
Am Heiligabend gingen wir wie immer zuerst in den Wald und bescherten dessen Bewohner mit Walnüssen, Vogelfutter und Heu. Danach wurden noch die Vögel mit allen möglichen und unmöglichen Vogelbällchen bedacht und danach waren wir an der Reihe.
Ich glaube, ich hatte es bei Akira mit allerlei Computerzubehör, wie zum Beispiel einer externen, riesigen Festplatte, einer Powerbank, sowie einem neuen Allround-Taschenmesser mit sehr viel Zubehör, richtig gemacht.
Auch Atlantus freute sich über den neuen Rucksack, gefüllt mit Dingen, die man im Wald zum Überleben benötigten könnte.
Ich glaube ich hatte an eine Menge gedacht (Klappspaten, Hängematte, Seil, Angelhaken und -Schnur, Nähzeug, Messer, Feuerzeug, ganz kleines Beil, mechanisch ladbare Taschenlampe und noch so einiges mehr).
Alles war extrem leicht, sodass der Rucksack auf dem Rücken tragbar blieb. Wir freuten uns gemeinsam an der besonderen, so stillen Weihnachtsenergie und spielten nach dem Essen noch einige Gesellschaftsspiele.
Es war ein gelungenes Fest geworden.
Abends, vor dem Schlafen, traf ich mich noch mit dem engeren Kreis der Krieger des Lichts in meinem Schlafzimmer und wir feierten dort auch noch ein wenig zusammen Weihnachten.
Am zweiten Weihnachtsfeiertag kamen meine Söhne gegen Abend auf mich zu und Atlantus sagte:
»Mama, wir haben gegoogelt, dass unweit von hier eine Ü 40 – Party steigt.
Du warst doch schon ewig nicht mehr tanzen.
Geh doch hin.
Das wäre auch für uns schön, denn wir wollen einmal nur unter uns sein.«
Bevor ich dagegen protestieren konnte, schob Akira noch hinterher:

»Wir haben Jens (das war ein entfernter Bekannter, der in der Nähe wohnte) angerufen.
Der geht auch hin und holt Dich um 19.30 Uhr hier ab.«
»Ja oder ja?«, riefen die beiden, breit grinsend, im Chor.
Also machte ich mich eilig zurecht, immerhin war es schon 18.00 Uhr. Um Punkt halb acht klingelte es und Jens kam mich abholen.
Das Ganze fand in einer umgebauten Scheune statt und diese war ziemlich rustikal.
Die Musik war gut und so tanzte ich erst ganz schüchtern und später immer ausgelassener vor mich hin.
In meiner Nähe grinste jemand sehr offensichtlich in meine Richtung.
Ich drehte mich um, um zu sehen, wen er wohl meinen könnte.
Doch wohl sicher nicht mich, dachte ich verwundert.
Ich tanzte mich in die Nähe von Jens.
»Sag mal, kennst Du den da drüben? Der grinst mich, glaube ich, die ganze Zeit an.«
»Nö, nie gesehen, vielleicht will der Dich ja kennenlernen. Für so was sind diese Art von Veranstaltungen doch gedacht, oder?«, antwortete er mir.
Ich beschloss daraufhin, die Tanzfläche zu verlassen und schlenderte in den Außenbereich, wo Essen und Trinken verkauft wurde.
Ich wollte mir ein stilles Wasser kaufen, zögerte aber, denn 4 € für eine so kleine Flasche waren mir entschieden zu teuer.
Ich überlegte kurz, ob ich nicht einfach im Damen-WC an den Wasserhahn trinken gehen sollte.
»Mama mia, Du bist schon genauso geizig wie Dein Vater Johannes«, sagte ich zu mir und grinsend kaufte ich mir dann doch die Flasche.
Plötzlich stand der Typ von der Tanzfläche neben mir.
»Hi, mein Name ist Alexander. Würdest Du später mal mit mir tanzen?«
»Ok.«, lautete meine »sehr ausführliche« Antwort.
Ich ging in Richtung Tanzfläche zurück und trank unterwegs die Miniflasche aus.

Alexander blieb mir auf den Fersen.
Ich begann zu tanzen, er tat das Gleiche mir gegenüber.
Dies hielten wir, ohne zu sprechen, mehr als eine Stunde aus.
Erst dann wagte ich mal einen Blick auf mein Gegenüber.
Sieht nett aus, dachte ich mürrisch.
Wieso nur war ich auf jemand Unbekannten schon gleich so sauer?
Vielleicht allein wegen der Tatsache, dass er ein Mann war?
Wahrscheinlich hatte das innere Wolfskind, welches Männer generell als gefährliche Feinde betrachtete, gerade das Management dieser Situation übernommen. Außerdem kam noch hinzu, dass ich mit Ben, Adita und auch schon früher recht schmerzliche Erfahrungen mit dem anderen Geschlecht gemacht hatte.
Nachdem mir das klar geworden war, entspannte ich mich ein wenig.
Dann änderte sich der Musikstil und wir tanzten etwas enger zusammen.
Dieser Alexander war kreativ, das musste man ihm lassen.
Mir gefiel, dass er genau wie ich, immer wieder etwas ganz anderes beim Tanzen ausprobierte.
Wir tanzten nochmals zwei Stunden, ich hatte inzwischen festgestellt, dass mein Gegenüber ein sehr breites Kreuz hatte.
Wie ein Bauer, dachte ich und meinte das durchaus positiv.
Irgendwann kam Jens und meinte, dass er innerhalb der nächsten Stunde gerne nach Hause wolle.
Ich nutzte die Gelegenheit für eine Pause.
Alexander und ich unterhielten uns jetzt eine Weile draußen.
Es kam heraus, dass auch er normalerweise nicht hier wäre, wenn nicht ein Freund ihn zum Mitkommen genötigt hätte.
Üblicherweise hätte er viel zu viel auf seinem Land zu tun.
Wir fachsimpelten eine Weile über Garten und so und ich gab mächtig mit meinem großen Land und dem Traktor, den ich hatte, an. Diesen wollte er unbedingt sehen und fragte mich nach meiner Adresse.
Ich gab ihm aber nur meine Handynummer, man weiß ja nie…

Als Jens uns vom Ausgang her winkte, nahm mich Alexander an die Hand und wir liefen wie zwei kleine Kinder leichtfüßig die Gittertreppen in Richtung Ausgang gemeinsam hinauf. Oben angekommen, sagte ich ganz spontan: »Wo warst Du denn so lange?«, und hatte selbst keine Ahnung, was das jetzt für ein Spruch gewesen war.
Als ich dann ins Auto von Jens gestiegen war, sah ich Alexander draußen ernst und besorgt mit seiner riesigen Hand zum Abschied winken.
»Fahrt bloß vorsichtig, es könnte glatt sein«, hörte ich ihn noch rufen und dann waren wir auch schon um die nächste Ecke gefahren.
In Waldhaus angekommen, dankte ich Jens dafür, dass er mich mitgenommen hatte und schlenderte allein in Richtung Eingang.
Lucinda saß draußen vor der Wohnküche, deute mit dem Daumen nach drinnen und verdrehte die Augen.
Ich sah durchs Fenster die beiden Jungen vor dem Fernseher sitzen und gemeinsam ein Computerspiel spielen.
»Das machen die schon durchweg seit Du losgefahren bist«, sagte mir Lucinda.
Ich atmete tief durch und ging forsch in unseren Wohnbereich, der Wohnzimmer und Küche in einem war.
»Hallo Kinder, es ist schon halb drei Uhr morgens, macht mal den Fernseher aus.«
Ich hörte etwas schlechtgelauntes wie: »Kaum bist Du zu Hause, wird einem sofort die Laune verdorben.«, aus deren Richtung kommen.
Ich fragte mich, ob es da noch etwas zu verderben gab, wenn man so lange ununterbrochen vor der Glotze hing.
»Auf, auf morgen ist auch noch ein Tag, ab ins Bett«, versuchte ich so freundlich und munter wie möglich in den Raum zu werfen.
Irgendwann bequemten sich die zwei aufzustehen und dann gingen wir alle zu Bett.
Am Morgen hatte ich schon eine SMS, in der Alexander in umständlich altmodischer, aber sehr höflicher Form, um eine Verabredung bat.
Ich beschloss, Vismateté aufzusuchen und ihm davon zu

berichten.
»Liebste, das ist total ok, ich habe dir am Anfang gesagt, dass nur Deine Baumseite mit mir zusammen ist.
Ich bin gar nicht eifersüchtig, wenn Du Dir wieder einen Mann suchst.«
»Davon sind wir mal noch meilenweit entfernt«, entgegnete ich ihm ein wenig barsch.
Ich antwortete Alexander und gab ihm dabei meine Adresse.
Als Termin schlug ich übermorgen um 15.00 Uhr vor, da wusste ich, dass meine Söhne nicht zu Hause sein würden.
Das war mir lieber so.
Dann fiel mir noch ein, Pix Hunter und Soholit über das geplante Treffen mit einem Fremden zu informieren.
Alexander kam pünktlich um 15.00 Uhr.
Ich holte ihn am Tor ab, er hielt mir einen bunten Rosenstrauß entgegen, den er aus seinem Garten mitgebracht hatte.
Wir gingen in Richtung einer Gartenbank und kamen dabei an unserem großen Lehmbackofen, den wir für Brot- oder Pizzabacken verwendeten, vorbei.
Alexander warf einen sehr ängstlichen Blick dorthin.
Ich verkniff mir ein Grinsen, hielt der mich vielleicht für die Hexe von Hänsel und Gretel?
Wir unterhielten uns eine Weile belanglos und dann wollte ich sein Sternzeichen wissen.
Er kannte es nicht, also fragte ich nach seinem Geburtsdatum.
Er nannte mir daraufhin das Datum meines eigenen Wiegenfestes.
»Schmeiß ihn sofort raus«, schrie mein Wolfskind aufgebracht in meinem Inneren.
»Das ist ja ein Freak oder ein Stalker«.
Ich machte ein strenges Gesicht und fragte nochmal nach:
»Wann bist Du geboren?«
Er gab mir wiederum mein eigenes Datum an und sah leicht verwundert aus.
»Stimmt was nicht, soll ich Dir vielleicht meinen Personalausweis zeigen?«
»Ja bitte«, antwortete ich kurz angebunden.

Er reichte mir sein Dokument.
Er hieß Alexander, hatte im Ausweis ein Passbild, worauf er gut zu erkennen war und er war doch tatsächlich am gleichen Tag wie ich geboren.
Bloß nicht in Koblenz, so wie ich, sondern etwa 20 km von dort entfernt.
Jetzt war ich baff.
Kleinlaut reichte ich ihm den Ausweis zurück.
»Weißt Du, Du bist am gleichen Tag wie ich geboren, das wollte ich dir gar nicht glauben.
Du bist übrigens ein Fisch als Sternzeichen, so wie ich«, fügte ich noch unnötigerweise hinzu.
»Das ist ja ein Ding!«, auch er schien verdutzt.
»Schau mal, Du hast ja auch die gleiche Statue wie ich in Deinem Garten«. Er zeigte in Richtung des Springbrunnens, an dem eine weibliche Skulptur aus Stein stand.
»Hast Du eigentlich gar keine eigenen Ideen?«, fragte ich schelmisch und damit war das Eis gebrochen.
Wir liefen wie die Kinder über das Gelände und fachsimpelten über Pflanzen, Blumen und das Land.
Ich ging auch an Vismateté vorbei und sagte:
»Dieser Baum ist mein Freund, er heißt Vismateté.«
Alexander nahm das wie selbstverständlich hin.
»Hi Vismateté«, sagte er nur.
»Kommst Du mich auch mal besuchen?«, fragte er.
»Ich würde Dir gerne mal mein Land zeigen.
Ich bin in dem Garten geboren und bin noch nicht groß von da rausgekommen.
Wozu auch, ich habe dort genug Arbeit.
Vor allem seit Mama und Papa tot sind, hängt alles an mir allein.«
Er sah traurig aus.
Ich verstand das nicht ganz, immerhin waren wir bereits 48 Jahre alt und da musste man doch schon einmal irgendwohin verreist sein.
Naja ich würde schon noch dahinterkommen.
Dann war es Abend und Alexander verabschiedete sich.
Wir hatten verabredet, dass ich ihn demnächst besuchen würde.

Ich befragte mein inneres Team, was sie von Alexander hielten.
Keiner wollte sich so früh schon äußern, nur meine innere Omi sagte: »Dat is enne gode Jung.«
Quick Deer fand ihn auch ok und hatte gegen meinen Besuch bei ihm nichts einzuwenden.
Alexander lebte in einem sehr schönen großen und alten Garten, der aber in einer Stadt lag.
Das Haus darin war recht verfallen und überhaupt sah man, dass er wirklich überfordert war, obwohl er von morgens bis abends am Arbeiten war.
An diesem Tag wurden wir ein richtiges Paar. Wir verbrachten einen traumhaften Tag zwischen Garten und Bett und ich verliebte mich, entgegen meinen vorherigen Plänen, erneut über beide Ohren. Auch Alex himmelte mich von nun an regelrecht an. Keiner von uns wollte mehr ohne den anderen irgendwo bleiben.
Lange Zeit besuchten wir uns immer gegenseitig und nahmen dafür einiges an Autofahrten auf uns.
Leider gab es das Problem, dass Alex (so nannte ich ihn jetzt) niemals dauerhaft aus seinem Garten, der sein ein und alles war, wegwollte und ich auf gar keinen Fall aus Waldhaus.
Dadurch war für die weitere Zukunft an einen gemeinsamen Hausstand einfach nicht zu denken.
Wenn Alex bei mir war, reparierte er immer etwas anderes.
Das fand ich ungeheuer toll.
Es gab wirklich nichts, was unter Alex goldenen Händen nicht wieder zum Laufen gebracht oder repariert werden konnte.
Die Kinder hatten ihn schon längst kennengelernt und waren froh, dass ich wieder jemanden gefunden hatte.
Beide hatten bereits Pläne, wann sie abreisen wollten.
Atlantus wollte offiziell Anfang Januar wieder nach Peru in eine Gegend, in der es keinen Handyempfang geben würde und Akira zurück nach Berlin.
Akira ging mit einem Angebot für einen zweijährigen Auslandsaufenthalt in Großbritannien schwanger.
Ich machte mir ein wenig Gedanken um ihn.
»Mama, lass das mal meine Sorge sein, ich bin wirklich alt

genug, meine eigenen Entscheidungen zu fällen.
Ich sag Dir dann Bescheid, wie ich mich entschieden habe.«
Naja, sah so aus, als würde ich gar nicht mehr gebraucht.
Es war mir auch nicht so unrecht, denn ich hatte auch sehr viele eigene Baustellen.
Als Erster verabschiedete sich Atlantus.
»Wann sehen wir uns wieder?«, fragte ich ihn.
»Ich kann es Dir nicht sagen, aber wir haben uns mit den Kriegern des Lichtes vernetzt.
Es ist wichtig, dass wir gemeinsam stark sind.
Daher wirst Du ab und zu von mir und uns hören.«
»Wer ist „uns“?«, fragte ich.
»Wir sind Bewohner des Meeres zusammen mit einigen Ureinwohnern von kleinen Küstenstaaten.
Mehr kann ich Dir nicht sagen.
Ich habe Dich lieb, pass gut auf Dich auf!
Bitte mache vorläufig keine astralen Reisen mehr, hörst Du?
Es war ein großes Glück, dass ich kürzlich in der Nähe war, als Dein innerer Hilferuf kam.
Und sorge Dich nicht um mich. Ach ja und lass Dir keinen Blödsinn von solchen Leuten, wie Herrn Tannenreuther mehr erzählen.«
Atlantus grinste, umarmte mich und machte sich auf den Weg.
Von seinem Bruder hatte er sich schon zuvor verabschiedet.
Diesen brachte ich am übernächsten Tag wieder zum Zug.
»Soll ich Dich nicht mal besuchen kommen in Berlin?«
»Nein Mama, lass mal gut sein, ich komme sehr gut ohne Dich zurecht.
Ich melde mich regelmäßig, versprochen.«
Und dann war der Kleine auch weg.
Traurig fuhr ich nach Hause zurück.
Gott sei Dank kam Alex nach der Arbeit zu mir und brachte mich auf andere Gedanken.
Er schaffte es stets, mich zum Lachen zu bringen. Das konnten normalerweise sonst nur meine Kinder.
»Lachen ist gesund!« Wer hatte das doch kürzlich noch gesagt?
In puncto Sturheit hatte ich in Alex meinen Meister

gefunden.
Er war überhaupt nicht bereit, jemals aus seinem Garten wegzugehen, um mit mir in Waldhaus zu leben.
Ich hätte ihn so gerne hier gehabt, schade, denn ich würde aus Waldhaus auch nicht wegziehen.
So lebten wir also eine lange Zeit eine sogenannte Fernbeziehung. Die Autofahrerei, die damit einherging, fanden wir ziemlich lästig. Jedoch gab es halt keine andere Lösung.
Dann aber kam plötzlich alles anders.
Alex bekam eine Grippe, verschleppte diese und wurde sehr, sehr krank.
Er wollte partout nicht in ein Krankenhaus und so behielten wir ihn bei uns in Waldfriede
Sechs Monate kämpfte er dort um sein Leben, denn die Lunge und das Herz hatten sich schwer entzündet.
Quick Deer hatte auch ihn aufhalten müssen, seinen Körper zu verlassen.
Niemand versteckte sich mehr von ihm, denn er war durch die Nahtod-Erfahrung einer von uns geworden.
Er brauchte insgesamt 18 Monate, bis er wieder halbwegs gesund war.
Während dieser Zeit hatte er sich an Waldhaus gewöhnt und war am Ende bereit zu bleiben. Darüber war ich sehr, sehr glücklich!
Sein Haus samt dem halben Garten (die andere Hälfte wollte er noch hin und wieder besuchen gehen), vermietete er.
So hatten die Krieger des Lichts in Alex ein weiteres Mitglied, der außer, dass er mich von Herzen liebte und sein Herz auf dem rechten Fleck hatte, etwas mitbrachte, was uns noch gefehlt hatte. Nämlich ein außerordentliches handwerkliches Geschick und ein ausgeprägtes technisches Verständnis.

In der Wüste

»Guten Morgen Finnbar«, Lia war ungewöhnlich früh auf den Beinen und war bereits in die Kammer des Bruders geeilt, um diesen ebenfalls zu wecken.
»Aufwachen, Finnbar!«
»Was ist denn schon so früh am Morgen los und warum hast Du die Orlana-Schilder nicht an?«, fragte dieser verschlafen zurück und versuchte verlegen, sein Eichhörnchen Theo heimlich unter der Bettdecke verschwinden zu lassen.
Lia sah es aber trotzdem und grinste übers ganze Gesicht.
»Ich hatte heute Morgen eine Eingebung.
Wir laufen nicht mehr weiter, wie bescheuert, mit den Schildern rum, sondern wir machen uns einfach allein auf die Reise in Richtung Erde.
Ich halte das hier nicht mehr aus.
Und hatte nicht Orlana einmal gesagt, dass wir, solange wir zusammenbleiben, beide unter einem besonderen Schutz stehen würden?
Ich glaube, wenn sie gekonnt hätte, dann wäre sie schon längst bei uns aufgetaucht.
Wir können mit den Schildern noch bis zum Sankt Nimmerleinstag hier herumlaufen, sie wird uns nicht kontaktieren, da bin ich mir sicher.«
Jetzt saß Finnbar kerzengerade im Bett.
»Und Du willst wirklich niemandem etwas sagen? Ist das nicht ganz schön gemein?
Die werden sich doch große Sorgen machen.«
Lia wedelte ihm ungeduldig mit einem Zettel vor der Nase herum.
»Schau, das ist unser Abschiedsbrief, hier wird alles ganz genau erklärt und ich habe mich auch in unser beider Namen für die freundliche Aufnahme auf Aquarius bedankt.
Den legen wir bei Dir auf den Tisch.
Ich schlage vor, dass wir in einer halben Stunde aufbrechen.
Dann haben wir eine Stunde Vorsprung, bevor unser Verschwinden jemandem auffällt.
Meine Sachen habe ich schon gepackt und auch wieder so

ähnlich präpariert, wie bei unserer letzten Reise.
Und hier ist ebenfalls noch unser Seil, damit binden wir uns wieder zusammen, es kann nicht reißen.«
Finnbar war schon dabei, so überlegt wie möglich, seinen Rucksack zu packen.
Das Holz-Eichhörnchen hatte er als eine der ersten Dinge in die Tasche gleiten lassen.
Er war recht schnell fertig und die Zwillinge hörten sich noch gegenseitig ab, ob sie vielleicht etwas Wichtiges vergessen haben könnten.
Sie hatten sich vorsorglich ihre Wasserflaschen gefüllt, aber Lebensmittel gab es auf diesem Planeten keine, die sie hätten mitnehmen können.
Sie hofften, falls sie nicht direkt in Waldhaus landen würden, dass die Kraft des ovalen Kristalls auch auf der Erde noch eine Zeit lang in ihnen vorhalten würde und sie nicht sofort Nahrung benötigen würden.
Lia fügte noch ein PS zu dem Brief hinzu, in dem zu lesen war: »Das ist für Karlao« und legte einige ihrer Haarspangen daneben.
Dann waren die zwei fertig und banden sich fest mit dem Seil aneinander.
Ihr Ziel war das Waldhaus im Jahr 2011.
Jetzt bereuten sie, dass sie niemals darauf bestanden hatten, auf die Erde im Traum zu wandeln
Es wäre sicher einfacher gewesen, sich Waldhaus vorzustellen, wenn sie es schon einmal Life gesehen hätten.
Das war dumm, aber nun nicht mehr zu ändern.
Sie hatten sich immer nur heimlich darüber echauffiert, dass Cerafine genau dies tun durfte, ihnen aber aus Gefahren-Gründen dringend davon abgeraten worden war.
Die Zwillinge standen Rücken an Rücken in Finnbars Kammer im Wohnbaum und blickten sich nochmals liebevoll um.
Dankbar nahmen sie Abschied von dem Baum und von Aquarius samt all seiner Einwohner.
»Auf drei?«, fragte Lia.
Finnbar nickte stumm.
»Eins, zwei, drei…«

Die Zwillinge fühlten das bekannte Ziehen und Drehen.
Sie hatten schon erwartet, dass die Reise wieder um einiges länger dauern würde, als das astrale Reisen innerhalb eines Planeten.
So war es dann auch.
Irgendwann unterwegs fühlten sie sich in ein angenehmes Licht eingehüllt.
Dies war nicht so grell wie das, das sie von dem Angriff auf sich schon kannten.
Es schien, als hätte das Licht ein Eigenleben und würde sie ganz gezielt lenken.
Weder Finnbar, noch Lia konnten plötzlich ihr ursprüngliches Ziel, das Waldhaus, noch im Gedächtnis behalten.
Stattdessen sahen sie vor ihrem inneren Auge eine Art Wüste aus rötlichem, feinem Sand.
Genau an so einem Ort landeten sie dann auch recht sanft.
»Das ist nicht Waldhaus, das ist mal sicher«, sprach Finnbar als Erster.
»Hast Du eine Ahnung, wo wir sind?«, fragte er seine Schwester.
»Ich glaube, ich war hier schon einmal, als ich mit Orlana den ersten Tandemsprung hatte. Ich wusste nie, wo das genau war.
Oh, nein, wir werden doch hoffentlich nicht noch irgendwo auf Aquarius sein? Wobei, der rote Sand war damals, so glaube ich jedenfalls, auf der Erde.«
Lia klang sehr verzweifelt und auch Finnbar wurde es schlecht.
»Was sollen wir denn nun tun?«, fragte er.
»Signal-Fähnchen stecken und Kompass raus«, antwortete Lia, »und dann loslaufen Richtung Norden, würde ich sagen.«
»Wieso das?«, fragte Finnbar.
»Das Fähnchen, damit wir erkennen, falls wir im Kreis laufen.
Wir werden ab und zu auch ein Neues stecken.
Nach Norden, weil ich hoffe, dass es dort kälter wird.
Hier ist es so schrecklich heiß.
Das ist eine Wüste«, fügte sie noch weise hinzu.
»Ach so und lass uns jeder einen kleinen Stein in den Mund

nehmen, das schützt uns vor dem Austrocknen in der Mundhöhle.«
Sie dachte dankbar an die Lektionen bei Soholit, die das Überleben in verschiedenen Klimazonen beinhaltet hatten.
»Sollten wir nicht mal probieren, ob wir irgendjemand über den Geist erreichen können oder einfach astral weiter reisen können?«, fragte Finnbar.
»Oh ja stimmt, gute Idee, mach mal, zusammengebunden sind wir ja noch«, antwortete Lia.
Sie konnten jedoch niemanden, nicht einmal sich gegenseitig, erreichen und astral zu reisen funktionierte auch nicht mehr.
Es erschien, als seien sie in eine Art »Funkloch« für magische Fähigkeiten gefallen.
»Ok, lass uns keine kostbare Zeit verlieren, unser Wasser wird nicht ewig reichen.
Los geht's«, befahl Lia und ging bereits voran.
Beide sprachen nicht und hielten den Kopf gesenkt.
Auch das gehörte zu den Überlebenstechniken in einer Wüste.
Als es noch heißer wurde, ließ Finnbar Halt machen, holte ein leichtes Baumwolltuch hervor und breitete es über sie beide, um so die schlimmste Mittagshitze ohne Sonnenstich zu überstehen.
Später setzten sie ein weiteres Fähnchen, auf das sie eine Zwei geschrieben hatten und liefen weiter in Richtung Norden.
Es änderte sich absolut nichts an der Landschaft.
Keine Vegetation, keine Hügel - gar nichts – nur roter Sand.
»Wo sind wir nur?«, fragte sich Finnbar innerlich immer wieder und langsam stieg Panik in ihm auf.
Er hatte großen Durst.
Das war ein Gefühl, welches er schon lange nicht mehr gehabt hatte.
Er war sehr froh, dass sie beide je zwei Wasserflaschen bei sich trugen.
Als es dunkel wurde, tranken sie jeweils ein wenig.
Es hatte sich unglaublich schnell abgekühlt und sie waren jetzt froh, dass sie so gute Schlafsäcke bei sich hatten.
In der Nacht hörten sie ab und zu ein Rascheln,

wahrscheinlich von kleinen Tieren, aber ansonsten blieb es ruhig.
Sobald es hell wurde, zogen sie weiter.
Die erste Wasserflasche war schon leer.
»Lia, wir müssen das Wasser ab jetzt besser einteilen.«
Lia war entsetzt, obwohl ihr Bruder natürlich recht hatte.
Sie wanderten den ganzen Tag wie zuvor und noch immer sahen sie nichts außer rotem Sand.
Tapfer hielt Finnbar den Kompass in der Hand und sie zogen Richtung Norden weiter.
Nach zwei Tagen war das Wasser zu Ende.
Sie gingen heute erstmals ohne zu trinken schlafen.
Am Morgen setzten sie das 6. Fähnchen und marschierten weiter.
Trotz des Steins, den sie stets lutschen, wurde ihre Zunge scheinbar immer dicker und es erschien, als ob alles im Mund anschwellen würde.
Das Atmen fiel immer schwerer.
Mittags machten sie Rast und dann konnte Lia nicht mehr.
Finnbar nahm sie auf seine Schultern und ging tapfer weiter.
Auch seine Kräfte schwanden mehr und mehr.
Am späten Nachmittag sah er von weitem ein Fähnchen.
Schnell ging er näher und legte Lia behutsam ab.
Es war definitiv eines von ihren Fähnchen und es trug keine Zahl.
Es musste also die Nummer eins sein.
Wie konnte das passiert sein?
Sie waren im Kreis gelaufen, obwohl der Kompass sie stets Richtung Norden geführt hatte.
Wenn er noch einen überschüssigen Tropfen Flüssigkeit im Körper gehabt hätte, so hätte er jetzt geweint.
Aber auch das war ihm nicht mehr möglich.
Er sank verzweifelt neben seiner Zwillingsschwester nieder und bedeckte sie beide mit dem Baumwolltuch.
Er konnte nicht mehr und er gab auf.
Finnbar nahm Lias Hand in seine und drückte sie leicht.
Sie gab keine Reaktion mehr.
Grenzenlose Trauer überkam ihn und er bereute es sehr, dass sie ihr schützendes neues zu Hause auf dem gastlichen

und so schönen Aquarius heimlich verlassen hatten.
Seine Augen brannten von den ungeweinten Tränen.
Langsam und ganz bewusst sank er in eine Ohnmacht und er war sich sicher, dass er davon niemals mehr erwachen würde.
Finnbar träumte noch einmal von dem wundervollen Aquarius.
Verschiedene Gesichter zogen an ihm vorbei.
Er sah den unbekümmerten Karlao, die liebevollen Eltern von Cerafine, Saphira und Arsentos und dann sah er die weise Orlana.
Diese saß auf dem großen Sessel neben ihrem Wohnplatz.
Unweit plätscherte munter eine Quelle.
Finnbar hatte großen Durst und wollte zu der Quelle laufen.
Da nahm er wahr, wie Orlana gerade Lia ein kleines Fläschchen mit einer Eichel daran, welches an einem Lederband befestigt war, um den Hals legte.
Er fühlte genau das Gleiche auch um seinen Hals hängen.
Er hörte Orlana sprechen:
»Dieser Trank ist für den Tiefpunkt Eurer Reise vorgesehen.
Trinkt ihn nur, wenn größter Kummer oder Not sich Eurer bemächtigt hat.
Die Eicheln pflanzt ein, wenn Ihr dereinst dringend Bäume benötigt.
Sie werden die Kinder dieser alten Eiche hier sein. Sie stammt noch von unserer guten alten Platana.«
Finnbar erwachte und tastete suchend an seinem Hals.
Tatsächlich hing dort das Fläschchen, an das er eben durch den Traum erinnert worden war.
Mit allerletzter Kraft löste er dieses von seinem Hals.
Es dauerte gefühlt eine Ewigkeit, bis er den kleinen Korken mit seinen Zähnen, die ihm, wie der ganze Mundraum gar nicht mehr zu gehören schienen, gelöst hatte.
Jetzt ließ er den Inhalt des Fläschchens in seinen Mund rinnen.
Dort, wo das Elixier den Mund berührte, ließ die Schwellung augenblicklich nach.
Es war erstaunlich, wie lange es dauerte, bis die kleine Flasche leer war.

Finnbar konnte mehrmals einen Mundvoll herunterschlucken.
Mit jedem Schluck wurde Finnbar klarer und stärker.
Sofort nahm er auch Lias Flasche ab und träufelte ihr die Flüssigkeit vorsichtig in den geöffneten Mund.
Es schien, als könne sie nicht mehr schlucken.
Tropfen für Tropfen, damit nichts von dem wertvollen Elixier verschwendet wurde, ließ er in ihren Mund gelangen.
Auch bei Lia ließ die innere Schwellung nach und Finnbar bemerkte, wie sie freier atmen konnte und inzwischen auch bewusst wieder schluckte.
Als der Inhalt gänzlich verbraucht war, öffnete Lia ihre Augen und setzte sich überrascht auf.
Plötzlich war ihnen, als würden sie Orlana in ihrem Geiste hören.
Es hätte aber auch sein können, dass nur der Sand zu ihnen sprach.
»Kinder, ich habe meine frühere Form aufgegeben.
Ich bin seither überall und nirgends.
Benutzt den Gegenstand, den Ihr gleich sehen werdet, wie folgt:«
Die Zwillinge hörten mehrfach einen bestimmen, lauten Trommel-Rhythmus.
Zu Lia gewandt, kam noch die Botschaft: »Erinnere Dich, erinnere Dich, erinnere Dich…«
Dann verstummte die Stimme so abrupt, wie sie begonnen hatten.
Finnbar sah zu seinen Füßen eine kleine Trommel liegen.
Schnell begann er diese, im vorgegebenen Rhythmus, so laut er es vermochte, lange und ausdauernd zu schlagen.
Nach Stunden sahen Lia und Finnbar von weitem mehrere Menschen auf sich zukommen.
Sie waren sehnig und braun.
Und dann erinnerte sich Lia.
Sie stand auf und ging der kleinen Gruppe entgegen.
»Guten Tag, ich soll Euch Grüße von Kamila ausrichten.
Wir haben uns hier verlaufen und benötigen dringend Hilfe.«
Auch Finnbar war inzwischen mit all ihrem Gepäck nachgekommen.
Einer der angekommenen Menschen antwortete den

Zwillingen im Geiste.
»Wir begrüßen Euch sehr herzlich in der steinigen Wüste von Süd-Australien.
Wir möchten mit Euch gerne mehr in den Norden in Richtung Outback reisen. Dort leben wir.
Da es sehr weit ist, würden wir gerne auf andere Weise mit Euch dorthin gelangen.
Sie gaben jedem der Geschwister ein Ende eines Seils in die Hand und bevor die Zwillinge sich wundern konnten, wieso die magischen Praktiken jetzt auf einmal wieder funktionierten, fühlten die Kinder, dass sie sich auf einer astralen Reise befanden.
Binnen weniger Sekunden materialisierten sie sich wieder.
Sie waren noch immer von rotem Sand umgeben, aber hier gab es wenigstens eine karge und flache Vegetation.
»Folgt uns bitte.«
Sie kamen an einer Höhle an. Von drinnen hörten sie Wasser plätschern.
»Tretet ein.«
Eine uralte, verschrumpelte Frau mit braunen Augen und einer sehr breiten Nase wies ihnen mit ihrer Hand den Weg ins Innere der Erde.
Drinnen gab es einen kühlen geräumigen Raum mit Steinen, auf die man sich setzen konnte.
Eine jüngere Frau reichte Lia und Finnbar jeweils ein großes, rundes Gefäß (es sah aus, wie die Blase eines Tieres) gefüllt mit köstlichen Quellwasser.
Gierig tranken die Zwillinge dieses aus.
Die alte Frau hatte ihnen gegenüber Platz genommen und viele andere hatten sich ebenfalls ringsum versammelt.
»Wir gehören zum letzten höher entwickelten Volk auf der Erde«, hob die alte Frau an zu erzählen.
»Unser Volk ist ein bestimmter Stamm der Aborigines, also von den Ureinwohnern Australiens.«
»Dann befinden wir uns also auf der Erde«, rief Lia kurz dazwischen.
»Ja, Ihr seid auf der Erde. Wo solltet Ihr denn sonst sein? Von wo kommt Ihr denn?«, fragte die Alte verwundert.
»Wir kommen von einem wundervollen, sehr hoch

entwickelten Planeten, namens Aquarius.
Dort wurden wir für eine Weile aufgenommen.
Ursprünglich kommen wir jedoch aus Irland und dem Jahr 822.«, klärte Finnbar sie kurz auf.
Eine Zeitlang sprach niemand mehr.
Dann meldete sich die Alte wieder zu Wort.
»Wir lebten schon immer in totalem Einklang mit der Natur und allen Kräften des Universums und lassen uns stets vertrauensvoll von der Liebe lenken und leiten.
Aber wir haben uns entschlossen, uns nicht mehr fortzupflanzen, sodass wir in absehbarer Zeit als Volk ausgestorben sein werden.
Hier gibt es leider keinen ausreichenden Lebensraum mehr für uns und wir sind nicht bereit, so zu leben, wie alle anderen Menschen auf diesem Planeten.
Vor vielen, vielen Jahren hatte ich als noch junge Frau eine Vision.
Sie kam von „der Einen“ persönlich.«
Die alte Frau wies mit ihrem faltigen Arm in Richtung des Dreigestirns.
»Sie prophezeite uns, dass dereinst ein Mädchen und ein Junge von einem anderen Stern kommen und unsere Hilfe benötigen würden.
Sie wären daran zu erkennen, dass sie die Trommel genau in dem Rhythmus schlagen würden, wie Ihr es heute getan habt.
Außerdem würden sie Grüße von der „Dienerin der Liebe“ als Kamila überbringen.
Es hieß, wir sollten Euch helfen, denn es ginge um den ganzen Planeten.«
Die Alte wartete.
Finnbar erzählte den Anwesenden in groben Zügen die ganze Geschichte und dass sie eigentlich nach Deutschland ins Waldhaus unterwegs gewesen waren.
Als er von Soholit und den Kriegern des Lichts berichtete, ging ein Raunen durch die Menge.
Offenbar war Soholit hier bestens bekannt.
Besonders interessiert waren die Stammes-Mitglieder an den Gepflogenheiten von Aquarius.
Sie waren sehr begeistert und immer wieder sah man, dass

sich der eine oder andere eine Träne aus den Augen wischte.
Aquarius entsprach offenbar genau dem, was sie sich immer erträumt hatten.
Die alte verschrumpelte Frau fing wieder an zu sprechen:
»"Die Eine" hatte mir während meiner Vision auch 2 kleine Pfeifchen ausgehändigt.
Eines davon sollte ich an Euch weitergeben, wenn Ihr dereinst in der Wüste auftauchen würdet.
Bis dahin sollte ich sie wie meinen Augapfel hüten.
Man hat mich seither deshalb immer „Die Hüterin" genannt.«
Die Alte reichte Finnbar feierlich die kleine, aus Holz geschnitzte, Pfeife.
»Dazu gehört ein kleiner Spruch, den ich bis heute nie richtig verstanden hatte.«
Und sie zitierte:
»Diese Pfeife blase achtsam, erfreue Dich an ihrem Ton und formuliere dabei einen persönlichen Herzenswunsch. Diesen wirst Du niemals vergessen und er wird Dir dereinst erfüllt werden«.
»Mir wurde darüber hinaus ausdrücklich übermittelt, dass der Wunsch, den man an die Pfeife richtete, ein ganz privater Wunsch sein musste und dass die Pfeife nicht dazu geeignet wäre, andere zu bekehren oder gar ganze Planeten zu erretten.
Die Pfeife sollte immer zu einer Gruppe gehören und könnte dann jedem Mitglied jeweils so einen Wunsch erfüllen.
Eine war für unser Volk und eine offenbar für Eure Gruppe.
Ich glaube, mir dämmert, was ich mir wünschen werde…«, die Alte lächelte verträumt.
»Vielen Dank für das wertvolle Geschenk«, bedankte sich Finnbar und hatte keine Ahnung, wofür die Pfeife eigentlich gut sein sollte.
»Ich würde gerne eine kurze Nachricht über Euer Ankommen an Soholit senden«, meldete sich jetzt die jüngere Aborigine-Frau zu Wort.
»Wir fänden es besser, wenn Ihr abgeholt würdet, denn das Reisen ist dieser Tage leider nicht mehr sicher.«
»Ja gerne«, antwortete Lia.

Kurze Zeit später schon standen Soholit, Quiskan, Querin und Lucinda neben den Zwillingen und alle fielen sich freudestrahlend in die Arme.
Es wurde eine richtige Formation gebildet.
Soholit war vorne. Dann folgten Lucinda, danach die Geschwister und am Schluss Quiskan und Querin.
Alle waren über ein großes Seil miteinander verbunden.
Man verabschiedete sich und bedankte sich nochmals ganz herzlich bei dem Volk der Aborigines für alles und dann ging es ab nach Waldhaus.
Die Reise verlief schnell.
Ohne Komplikationen trafen alle zusammen binnen Sekunden mit dem wertvollen Geschenk in Waldhaus ein.

Arbeit für die Rettung der Erde

Die gesunde Wiederkehr von Finnbar und Lia war ein absolut freudiges Ereignis für uns alle und wir feierten ihnen zu Ehren ein rauschendes Fest.
Finnbar überreichte mir die Pfeife und sagte mir auch den dazu gehörenden Spruch auf. Sie sah fast wie eine kleine Trillerpfeife aus. Auch ich hatte noch keine genaue Vorstellung, was genau wir mit der Pfeife tun könnten.
»Kommt Zeit, kommt Rat«, sagte ich mir.
Ich packte sie zusammen mit der heiligen indianischen Pfeife in deren Hirschlederbeutel.
Ein Blatt Papier, worauf ich den Spruch geschrieben hatte, kam noch gleich dazu.
Ich hörte die neckende Stimme von Quick Deer, der immer gegen schriftliche Aufzeichnungen gewesen war, in meinen inneren Ohren.
»..., dass Ihr Neuzeit-Menschen Euch aber auch gar nichts im Kopf merken könnt...«.
Am gleichen Abend noch kam auch der Geist der Quelle zu Besuch.
Er wusste schon von allem, denn in der Höhle der Aborigines hatte es bekanntlich ebenfalls eine Quelle gegeben...
Aber das war nicht der eigentliche Grund, warum er gekommen war.
Er hatte große und phänomenale Neuigkeiten für uns.
„Die Eine" hatte offenbar herausgefunden, dass die Gesetze von einem ihrer Söhne gebrochen worden waren und hatte dies mit einem Machtwort, zumindest für eine Weile, unterbunden.
Das bedeutete einen riesigen Gewinn für unsere Bewegung und versüßte uns die Party, die wir gerade feierten, umso mehr.
In Waldhaus gab es noch ein weiteres geräumiges Haus.
Dort wurden die beiden Geschwister untergebracht.
Die Zwillinge konnten gar nicht aufhören, sich über technische Errungenschaften, wie TV oder PC, sowie Handy

zu wundern und Finnbar holte eine ganze Menge an Essen nach, worauf er auf Aquarius so lange hatte verzichten müssen.
Wir freuten uns, dass wir es zunächst einmal »nur noch« mit der normalen Gier der Menschen zu tun hatten und hoffentlich vorläufig keine direkten Eingriffe von höheren Mächten mehr zu erwarten waren.
Wir begannen mit unserer Mission, interessierten Menschen, die Lebensweise auf einem höher entwickelten Planeten vorzustellen, um diese innere Haltung der gegenseitigen Liebe auch auf der Erde zu kultivieren.
Ich führte dazu Schwitzhütten- oder Visionssuche-Seminare in Waldhaus durch.
Lia und Finnbar reisten durch die Lande und hielten Vorträge und gaben dabei auch die Seminartermine von Waldfriede weiter.
Es wurde bei uns zwar noch Wache gehalten, aber jeder, der verfügbar war, half in den Wäldern, neue Bäume zu pflanzen und bestehende zu pflegen.
Wie das so ist, wenn viele Menschen ihre Energie in eine Sache stecken, dann beginnt diese von allein noch weiter zu wachsen.
An vielen Stellen der Welt entstanden ähnliche Projekte oder die, die es schon ganz lange vorher gegeben hatte, wurden auf einmal viel populärer.
Alex bebaute das Land in Waldhaus mit ganz viel Hingabe.
Er hatte es irgendwie geschafft, die Erde im Garten durch Kompost und den, sowieso anfallenden Hühnermist, so enorm zu verbessern, dass unser Gemüseertrag sich inzwischen vervierfacht hatte und wir fast nur noch vom eigenen Anbau leben konnten.
Er half mir auch bei den Seminaren und war überall stets zur Stelle, wenn irgendwo Hilfe gebraucht wurde.
Zu unserem Geburtstag brachte mir Alex eine große und entzückende Himalaja-Birke als Geschenk mit.
Wir pflanzten sie in Sichtweite von Vismateté, aber mit genügend Abstand zu ihm, ein.
Sie hatte eine wirklich total weiße Rinde. Ich freute mich unbändig darüber.

Alex erzählte mir, dass die Birke ihn wie magisch angezogen hätte und er sie in der Baumschule unbedingt hatte kaufen müssen.
Nach einer Woche stellte sich heraus, dass sie kein normaler Baum gewesen war.
In der Birke wohnte eine sehr schöne junge Frau, namens Annika.
Wir hatten somit nun tatsächlich einen weiteren Baum-Menschen auf dem Gelände.
Das musste das Wesen sein, das uns von den Baum-Ältesten bereits im Vorfeld angekündigt worden war.
Vismateté war sofort hin und weg.
Die beiden wurden schnell ein Paar und ich freute mich sehr, dass Vismateté auch eine weitere Partnerin gefunden hatte.
Annika und ich wurden bald die allerbesten Freundinnen.
Sie stand so, dass sie in mein Schlafzimmer schauen und ich vor dem Einschlafen außer den Eichen, die etwas weiter weg standen, auch noch Annika bewundern konnte.
Meine zwei Söhne waren nur noch sehr selten zu Hause.
Akira war tatsächlich nach Großbritannien gegangen und war dort recht zufrieden. Er studierte in London Neurowissenschaften.
Atlantus war eng vernetzt mit neuen, aufsteigenden Firmen, die sich der Rettung und vor allem dem Entmüllen der Meere verschrieben hatten und somit stets auf der ganzen Welt beschäftigt.
Meine Mit-Geschwister von Aquarius waren bereits auch schon 12 Jahre alt.
Lia und Finnbar besuchten sie des Öfteren.
Sie lebten in guten Familien in Dänemark verteilt und waren allesamt recht reif für ihr Alter.
Schon bald würden sie so weit sein, von Aquarius zu erfahren.
Wir hatten geplant, dass ich dafür mitkommen sollte.
Es war inzwischen das Jahr 2016.
Die Reise war für den Mai geplant.
Wir wollten ganz konservativ mit dem Zug unterwegs sein.
Lia, Finnbar und ich, sowie Amerok waren sichtbar unterwegs und Soholit, Quiskan, Querin und Lucinda kamen

im Verborgenen mit.
Alex wollte zu Hauses bleiben und dort den Garten und die Pflanzen hüten.
Meine Jahrgangs-Geschwister hatten alles um Welten besser gemeistert als ich.
Sie waren, wie gesagt, zur rechten Zeit am rechten Ort in guten Familien gelandet und mit einer sehr viel besseren Empfänglichkeit ausgestattet, als ich sie einst hatte, bereits in frühem Alter an ihren wahren Ursprung und ihre Mission erinnert zu werden.
Sie lebten auch gar nicht so weit voneinander entfernt in Dänemark.
Lia und Finnbar hatten von langer Hand eine Art Frühlings-Ferien-Camp, das mehrere Nachmittage hintereinander stattfinden sollte, vorbereitet, woran genau diese 11 Jungen und Mädchen teilnehmen sollten.
Das Thema war »Umweltschutz auf Land und Wasser«.
Beim ersten Termin ging es um den heimatlichen Wald.
Die Eltern brachten die Kinder um 14.00 Uhr an den vereinbarten Platz am Waldrand.
Wir alle hatten extra perfekt dänisch gelernt, um uns auch souverän verständigen zu können.
Die Eltern fragten uns aus, wie sich das gehörte und machten sich dabei ein Bild, ob sie uns wohl ihre Kinder anvertrauen könnten.
Ich musste mich die ganze Zeit unglaublich zusammenreißen, denn die Jugendlichen sahen haargenau so aus, wie ich sie in Erinnerung hatte, beziehungsweise, wie sie gerade in der alten Grotte auf Aquarius ruhten.
Die Tränen der Rührung waren bei mir also ganz dicht unter der Oberfläche versteckt.
Endlich waren auch die ängstlichsten Eltern gegangen und wir hatten jetzt einige Stunden Zeit, bis diese wiederkommen würden, um ihre Kinder abzuholen.
Wir führten zunächst einige Achtsamkeits-Spiele durch und brachten dann das Thema auf den Entwicklungsgrad von Planeten.
Die Kinder waren unglaublich verständig und jedem war gleich klar, wie unterentwickelt die Erde war.

Damit hätte man mir in dem Alter und auch noch viele Jahre später überhaupt nicht zu kommen brauchen.
Ich hatte mir viel zu viel auf meine naturwissenschaftlichen Kenntnisse und auch auf mich als Mensch eingebildet.
Ich war so stolz auf meine Mit-Geschwister, die sehr viel demütiger und bescheidener waren.
Langsam tasteten wir uns näher heran, indem wir ein Bild von einem perfekten Planeten entwarfen.
Dann erzählte ich ein »Märchen« über einen Planeten namens Aquarius und legte dafür genau die Geschichte unserer 12 köpfigen Kindergruppe zu Grunde, die sich heimlich auf die Erde aufgemacht hatten.
Das Mädchen, das einst Basilica war, hatte Tränen in den Augen und sagte:
»Genauso etwas habe ich schon ganz oft geträumt, mir ist, als wäre ich selbst ein Teil davon.
Dabei kam im Traum auch immer vor, dass ich fliegen konnte.« (Vom Fliegen war jedoch in meinem Märchen bewusst kein Wort vorgekommen.)
Alle anderen redeten nun wild durcheinander.
»Ich habe auch vom Fliegen geträumt, ich auch, ich auch…«
Das hatte ich mir schon gedacht, denn der Traum vom Fliegen war auch bei mir, obwohl ich als Heranwachsende innerlich noch meilenweit von meinem wahren Selbst entfernt gewesen war, stets ein dominanter Traum gewesen.
Ich blickte meine sichtbaren und unsichtbaren Freunde an und sah diese nicken.
Ich fasste mir ein Herz und wagte den riskanten Versuch:
»Das Märchen könnte wahr sein…
Du könntest das Mädchen Basilica sein und Du der Junge Distiros, Du Senta, Du Seline, Du Paula, Du Andaria, Du Siegmund, Du Thalion, Du Andor, Du Leander, und Du Danton.
Ich, die ich auf der Erde Tanja heiße, könnte Cerafine sein, die viel zu früh auf diesem Planeten ankam.«
Ich holte einige, auf Papier entwickelte Fotos, die ich mit meinem Handy beim Traumwandeln auf Aquarius in der Grotte von uns allen gemacht hatte und reichte diese ohne weitere Worte herum.

Danach spielte ich auf meinem Telefon noch einige Videos ab, die es von der Grotte mit den Eltern der Kinder gab und wo diese kleine Botschaften an ihre Sprösslinge aufgesprochen hatten.
Eine lange Zeit herrschte ungläubiges Staunen.
Dann ergriff Basilica das Wort:
»Wenn Du wirklich unsere Schwester Cerafine bist, dann zeige uns etwas, das uns beweist, dass Du anders als ein normaler Erdenbürger sein kannst.«
Ich nickte und ließ mich selbst vor den Augen der Kinder verschwinden und kurz danach 10 Meter weiter wieder auftauchen.
Gleichzeitig wurden auch Soholit, Lucinda, Quiskan und Querin, die alles verfolgt hatten, für alle Anwesenden sichtbar.
Ich machte auch noch den Versuch, meine Jahrgangs-Geschwister direkt über den Geist anzusprechen.
Es funktionierte.
»Es stimmt also…«
Leander war auf mich zugekommen und tastete vorsichtig und verwundert mein, im Vergleich zum Bild von der Grotte, viel älter gewordenes Gesicht ab.
»Wie Du Dich verändert hast Cerafine!
Weißt Du, wie wir wieder zurück nach Hause kommen können?«, fragte er mich und 11 Augenpaare hingen sofort wie gebannt an meinen Lippen.
»Daran arbeiten wir noch.
Ihr müsst wissen, dass ich noch gar nicht so lange weiß, wer ich bin.
Ich war erst sehr viel später als Ihr reif für diese Information.
Ich war in der letzten Zeit sehr oft mit meinem Traumkörper auf Aquarius, daher stammen auch die Fotos und Videos.
Aber nein, im Moment wissen wir noch nicht, wie wir zurückkommen könnten.
Die zweite Aufgabe, der wir uns auch noch widmen, ist die, wieso wir überhaupt hier sind, nämlich der Erde zum Status eines höher entwickelten Planeten und damit zu ihrer Rettung zu verhelfen.

Ich hatte gehofft, dass wir fortan dabei alle zusammen arbeiten könnten.
Wir brauchen so etwas wie eine Schule, auf die Ihr gemeinsam, möglichst in Deutschland, gehen könntet.
Was meint Ihr?
Ach so, selbstverständlich müssen diese Infos vor den Eltern und allen anderen Menschen geheim gehalten werden.
Niemand würde uns glauben...«
Alle waren sofort einverstanden.
Ich schwebte im siebten Himmel.
Es war so leicht gegangen.
So fühlte es sich wohl an, wenn die Zeit für etwas reif war.
Schneller war nicht immer besser..., dachte ich.
Aber trotzdem war es auch gut, dass ich schon eine Weile früher auf der Erde war.
So konnte ich alle geplant zusammenführen und hatte auch schon einen geeigneten Platz für uns parat.
Doch nicht so schlecht, schneller zu sein...
Ich lächelte versöhnt vor mich hin.
Unsere gemeinsame Arbeit zur Rettung der Erde verlief wie im Flow.
Alles, was wir anpackten, klappte wie am Schnürchen und viele Menschen wurden von unseren Ideen angesteckt.
Schon länger lebten auch meine 11 Geschwister zusammen mit Lia und Finnbar in dem kleinen Haus in Waldhaus.
Die 11 Kinder lernten ungeheuer schnell und konnten bereits das Reisen auf allen Ebenen.
Das astrale Reisen wurde aber nur innerhalb des geschützten Gartens geübt, da wir keinen Angriff riskieren wollten.
Erstaunlicherweise hatte sich das schamanische Reisen und auch das Traumwandeln inzwischen nun doch als vollkommen sicher herausgestellt.
Offenbar war der zurück bleibende Körper dabei eine Art Schutz. Allerdings musste auf diesen sehr gut geachtet werden. Wir waren daher sehr oft alle zusammen im Traum auf Aquarius und Tante Lisa konnte sich gar nicht mehr einkriegen vor Glück.
Tränen der Freude liefen ihr über die rundlichen Wangen.
Aber auch unserer Eltern waren außer sich vor Freude, uns

zumindest auf die Weise wiedersehen zu können.
Wir hatten in Waldhaus inzwischen auch einen gemeinnützigen Verein gegründet, der sich der Erhaltung des Planeten Erde und vor allem dem Schützen der so lebenswichtigen Eichen verschrieben hatte.
Täglich bekamen wir mehr Mitglieder.
Selbst in der Kommunal-Politik war man schon auf uns und unsere Arbeit aufmerksam geworden und versuchte, dies sogar für den eigenen Wahlkampf zu nutzen.
Aus Schweden kamen dann im August 2018 hervorragende Nachrichten.
Ein Mädchen, namens Greta, hatte einen Protest für die Rettung des Klimas, welches durch den Klimawandel ernstlich in Gefahr war und damit das Leben vieler Tiere, Pflanzen und auch der Menschen auf der Erde in Frage stellte, gestartet.
Jeden Freitag blieb sie dafür der Schule fern.
Unglaublich war, dass sich dieses Beispiel rasend schnell auf der ganzen Erde verbreitete.
Das Ganze war inzwischen eine gigantische Organisation geworden, die sich »Fridays for Future« nannte.
Ich war so glücklich und auch sehr, sehr stolz auf diese mutigen jungen Leute.
Es fanden jeden Freitag in allen möglichen Städten große Demos für die Erde statt, an denen schon lange nicht mehr nur Schüler, sondern jeweils zehntausende Menschen aus allen Altersklassen und Schichten teilnahmen.
Es war eine echte Massenbewegung geworden, die einer friedlichen Revolution gar nicht so unähnlich war.
Von Akira erhielt ich ein Video, wie er in England an einer solchen Demo teilnahm und »Wir sind hier, wir sind laut, weil Ihr uns die Zukunft klaut…«, laut herausbrüllte. In der Hand hielt er ein Schild auf dem stand: »Ich bin jung und brauch die Erde!«.
Ich war sehr stolz auf meinen Jüngsten.
Aber war er nicht ein wenig zu dünn und zu blass? Er sah einfach alles andere als gut genährt aus.
Ich beschloss, ihn besser nicht danach zu fragen, denn sicher würde er meine Sorgen sowieso vom Tisch fegen.

Die Politik in Berlin konnte die flächendeckenden und stetig wachsenden Demos nicht mehr länger ignorieren und reagierte plötzlich fast durch die Bank mit Programmen zum Umweltschutz und der Rettung des Klimas.
Selbst die EU in Brüssel arbeitete an einem Billionen schweren Green Deal, der den Klimawandel aufhalten sollte.
Fridays for Future wurde sehr, sehr ernst genommen und es gab kaum eine Sendung im Fernsehen, in der sie nicht präsent waren.
Wir in Waldhaus waren alle, wie man sich vorstellen kann, sehr froh über diese Entwicklung und gingen auch selbst zu den Freitags-Demos in unserer Nähe.
Ich hätte es ahnen müssen, dass eine so große Verschiebung auf die eine Seite der Kräfte für die Erde, das Wachstum auch der anderen Seite nach sich ziehen musste.
Dies war zunächst nur im Verborgenen geschehen, zeigte sich jetzt aber mehr und mehr auch im Sichtbaren.
Es gab Politiker, die Stein und Bein schworen, dass es überhaupt keinen Klimawandel gäbe und der Bewegung so viel schadeten, wie sie nur konnten.
Die USA traten in Folge sogar aus dem Pariser Klimaabkommen aus.
Wir hätten es wirklich ahnen müssen!
Jedoch selbst, wenn wir es gewusst hätten, wäre uns wahrscheinlich keine Möglichkeit geblieben, das aufzuhalten, was schon längst von höheren Mächten vorbereitet worden war...

Die Rache der unbekannten Macht

»Hört mir jetzt alle ganz aufmerksam zu, habt Ihr verstanden!«
Ein Hüne von Mann stand breitbeinig und bedrohlich vor einer riesigen Schar von frisch rekrutierten, teilweise mehr als zwielichtigen Personen aus aller Herren Länder und brüllte diese an.
Einige der Anwesenden Männer sahen auch einfach nur vollkommen verarmt und verhärmt aus.
Die meisten, der mehreren Tausend Rekruten jedoch, suchten gezielt nach einer Arbeit, bei der sie ihre sadistischen Neigungen in aller Ruhe ausleben durften.
»Wer jetzt hier bleibt, der gehört für immer dazu.
Treue, Loyalität und Gehorsam verheißen große Belohnung, Untreue bedeutet den sofortigen, grausamen und sicheren Tod.
Ihr habt eine Minute, Eure verängstigten Ärsche von hier weg zu bewegen, wenn das nichts für Euch ist«, brüllte der Hüne die Menge an.
Es kam ein wenig Bewegung in die Menschenmasse und eine Handvoll der abgehärmten und verarmten Männer verließ schleunigst und unter den verachtenden Rufen der anderen den Platz.
»Gut, jetzt ist nur noch die Elite übrig.
Merkt Euch eines!
Der Herr hat die Nase gestrichen voll.
Die Zeit des Ruhehaltens ist jetzt endgültig vorüber.
Wir lassen uns in Zukunft nicht mehr die Butter vom Brot nehmen.«
Beifälliges Gemurmel ging durch die Reihen.
»Unser Herr hat eine biologische Geheimwaffe entwickelt, die eine weltweite und bislang unbekannte Krankheit auslösen wird.
Die Waffe oder soll ich sagen das Virus, wird noch ein wenig subtil wirken, denn wir dürfen noch immer nicht zu offensichtlich vorgehen.
Aber diese Zeit wird auch noch kommen, dessen könnt Ihr

gewiss sein«, fügte er noch ein wenig leiser hinzu.
»Diese Krankheit wird daher nicht so sehr tödlich sein, wie etwa die Pest es einmal war, aber sie wird trotzdem Angst und Schrecken verbreiten und die Menschheit für mindestens zwei Jahre vollkommen lahm legen.
Ihr werdet heute noch alle vorsorglich dagegen immunisiert werden, keine Sorge.
Ich sage Euch jetzt, warum Ihr hier seid:
Von nun an, tötet und mordet, brandschatzt und zerstört alles, was Euch in der Natur unter die Finger kommt und stiftet Zwietracht, wo immer Ihr nur könnt.
Kettensägen, Bulldozer, Brandbomben, Waffen, also alles, was das Herz begehrt, werden Euch in Hülle und Fülle dafür zur Verfügung stehen.
Alles Lebende von der Erde soll ausgelöscht werden.
Ihr werdet dafür reich belohnt werden.
Auf Euch wird nach getaner Arbeit viel Geld und eine wundervolle Insel mit den schönsten jungen Frauen, die Euch zu Diensten sein werden, warten.
Diese Insel wird extra für Euch von der Vernichtungswelle verschont bleiben und Euer zukünftiger Wohnort sein.
Besonders die Wälder mit ihren vermaledeiten Eichen sind dem Herrn ein großer Dorn im Auge.
Sobald die Geheimwaffe im Einsatz ist, werden alle Menschen durch diese abgelenkt sein.
Dann möchte ich verschiedene Truppen im Urwald von Brasilien, in den Karpaten, wo immer Ihr dort an die Bäume drankommt, im Kongo, in Bolivien und auch in Australiens Busch gezielt im Einsatz sehen.
Fällt die Bäume in Massen und legt Brände, wo immer es Euch möglich ist.
Jeder zerstörte Baum und jedes getötetes Tier bedeutet eine extra Prämie für Euch.«
Lautes, freudiges Gejohle der Männer erfüllte das ganze Tal.
»Versucht so viel Wald mitsamt deren Einwohner zu vernichten, wie Ihr nur könnt.
Macht das überall, auch in Westeuropa.
Wir sind selbst in den höchsten politischen Ämtern vertreten.

Ihr werdet also vom Gesetz nichts zu befürchten haben.
Auch in der Politik werden wir Feindseligkeiten sähen und hoffen, so noch den ein oder anderen Krieg anzetteln zu können.
Dabei vernichten sich alle herrlich gegenseitig, ohne dass wir einen Finger krumm machen müssten.«
Beifälliges und fieses Gelächter war von den anwesenden Männern daraufhin zu hören.
»Seht zu, dass die Meere wieder mehr verschmutzt werden.
Haufenweise undichte Öltanker wären dafür gut…«
Der Hüne von Mann grinste verschlagen.
»Dann brauche ich noch ein ganz besonderes Spezialkommando für Deutschland.
Der Herr will, dass ein bestimmtes Anwesen mitsamt der ganzen Institution dem Erdboden gleichgemacht wird.
Es soll keine Überlebenden geben, verstanden?
Freiwillige vor!«
Es traten augenblicklich etwa 50 von den Männern nach vorne.
»Gut, hier rechts hinstellen, aber zackig!«, bellte der Hüne sie an.
»Ihr erfahrt später weitere Einzelheiten.
Alle in drei Reihen aufstellen, zack, zack!
Linken Arm frei machen!
Ihr bekommt jetzt das Medikament gegen die biologische Geheimwaffe.
Schneller! Ich habe hier nicht ewig Zeit.
Die zuerst«, rief er einem der Sanitäter, die mit Spritzenkoffern herumliefen und angefangen hatten, die neuen Rekruten zu impfen, zu und zeigte auf die abgesondert stehenden Männer, die sich für das Spezialkommando gemeldet hatten.
Darunter waren ebenfalls vier Bulgaren, die vor gar nicht allzu langer Zeit an einem Eichendiebstahl in Deutschland, Nähe Waldhaus, beteiligt gewesen waren.
Unter ihnen stand aber auch ein mutiger junger Mann, welcher sich bis zur Unkenntlichkeit zurecht gemacht hatte und der Atlantus hieß.
Jedes der gesprochenen Worte hatte er sofort im Geist an

einen Mittelsmann im Meer weiter geleitet.
Dieser informierte synchron alle Führer der Krieger des Lichts, die mit ihnen vernetzt waren, sowie über das Meer auch die Geister der Gewässer über alles, was gerade hier gesprochen und getan wurde.
»Mitkommen«, herrschte der Hüne, dessen Name Zagan und der der oberste Befehlshaber der Rekruten war, die 50 Ausgewählten, die gerade fertig geimpft waren, mürrisch an.
Er begab sich mit der Truppe an einen etwas abgelegenen Platz.
»Herhören, es geht in Eurem Auftrag um ein Anwesen namens Waldhaus.
Wie ich hörte, sind einige schon mit dem Ort vertraut und haben dort auch noch eine Rechnung offen.«
Er lachte hämisch und die vier Bulgaren taten es ihm gleich.
»Ich möchte, dass Ihr in der Nacht dort Feuer legt.
Vorher werft Ihr diese Gaspatronen in die verschiedenen Häuser, damit die Anwohner ausgeschaltet sind.
Dann nehmt Ihr Kettensägen und Bulldozer und sägt, beginnend vom Haus aus, ringsum alles ab.
Seht zu, dass Ihr möglichst weit in den Wald vorwärtskommt.
Der Herr will, dass nur noch ein wertloses, brach liegendes Stück Land übrigbleibt. Das ist ihm sehr wichtig, verstanden?
Sobald die Polizei oder Feuerwehr anrückt, verschwindet Ihr.
Für Fluchtfahrzeuge ist gesorgt.
Alles klar?«
Die Männer murmelten beifällig.
Atlantus trat vor.
»Was willst Du, Du elende Kakerlake?«, fragte Zagan, der erzürnt war, dass jemand, außer ihm selbst, sich offenbar zu Wort meldete.
»Großer Meister«, Atlantus verneigte sich fast bis auf den Boden und verharrte beim Weitersprechen dort.
»Entschuldigt, wenn ich hier so dreist vorgetreten bin«, Zagan nickte beifällig und winkte dem jungen Mann, dass er näher treten sollte.
Dieser hielt sein Haupt weiterhin gesenkt und sprach in Richtung des Bodens:

»Wenn wir die örtlichen Behörden auf unsere Seite holen könnten, so wäre es möglich, sehr viel mehr Zeit zu bekommen, bevor wir dabei unterbrochen würden, die Zerstörung komplett zu beenden.«
»Wie stellst Du Dir das vor?«, fragte der Hüne interessiert.
»Es gibt niemand, der nicht bestechlich wäre, wenn wir das Richtige anzubieten hätten.«
Gebt mir eine volle Tasche mit Impfstoffspritzen.
Sobald die Nachricht der neuen Krankheit sich verbreitet hat, werde ich dafür sorgen, dass weder von der Polizei noch von der Feuerwehr jemand zu früh auftaucht.
Sie werden alles dafür tun, um ihr Leben und das ihrer Familienmitglieder durch eine Impfung zu retten.
Impfung und Leben gegen Schweigen.
Das wird sicher funktionieren.
Das Feuer legen wir erst, wenn wir schon alles abgesägt haben, dann können wir sicher sein, dass kein Anwohner von weiter weg die Flammen sieht und zu früh Alarm schlägt.«
Atlantus war am Ende seiner Ausführungen angelangt und schwieg scheinbar unterwürfig.
»Die Idee ist gut«, bemerkte Zagan mit beifälligem Nicken.
»He Du, komm mal her, hol mir eine volle von den Impfstofftaschen, aber schnell!«
Er winkte einem Sanitäter, welcher ihm sofort, mit Schweißperlen auf der Stirn, das Gewünschte überreichte.
»Dein Name ist jetzt Nummer 1«, wandte er sich an Atlantus, »Ihr anderen, die Ihr schon mal in Waldhaus wart, seid Nummer 2-5.
Werdet den Zahlen gerecht, sonst gnade Euch Gott!
Ihr macht Euch jetzt sofort auf den Weg und bereitet die Angelegenheit vor.
In vier Wochen werden alle wissen, wie gefährlich die Krankheit sein kann, die durch die Waffe, ausgelöst wird.
In weiteren zwei Wochen wird ganz Deutschland in einem Lockdown still gelegt sein, dann schlagt Ihr zu.
Die anderen kommen Euch in vier Wochen nach.
Ich werde wissen, wo Ihr seid.
Ein falscher Schritt oder ein falsches Wort und ihr seid auf der Stelle tot, merkt Euch das!

Es reicht übrigens eine einmalige Impfung und sie ist 14 Tage nach der Gabe für zwei Jahre wirksam.
Und jetzt geht los.
Die Krankheit ist in China schon im Umlauf, wenn Europa davon erfährt, werdet Ihr schon immun sein.«
Atlantus und die vier Bulgaren machten sich auf den Weg.
Sie hatten ein Auto bekommen, mit welchem sie sich in Richtung Deutschland aufmachten.
Es waren etwa 2000 Kilometer bis dorthin zu fahren.
Die Männer wechselten sich ab und schliefen der Reihe nach einige Stunden im Auto.
»Noch 400 km bis München«, sagte Atlantus, der gerade Fahrdienst hatte.
Dort werden wir uns eine Bleibe suchen.
Er hatte die anderen in perfektem Bulgarisch angesprochen.
In einem Vorort von München angekommen, machten sie in einem schäbigen Motel Rast.
»Ich geh uns was zu essen und zu trinken besorgen«, sagte Atlantus und machte sich auf die Socken.
Er kaufte Hamburger, Wasser und zwei Flaschen Wodka und bezahlte im Anschluss daran das Motel für volle zwei Wochen.
Er ließ noch fallen, dass sie auf keinen Fall gestört werden wollten, auch nicht von einem Putzdienst.
Ohne mit der Wimper zu zucken, ließ er aus einem Ring heimlich Gift in die Flaschen rieseln.
Die Bulgaren machten sich hungrig und durstig über die Lebensmittel her.
Im Anschluss tranken sie den Wodka, als wäre er Wasser.
Atlantus gab vor, ebenfalls zu trinken, kippte sein Glas jedoch stets unauffällig aus.
Als Nummer 2-5 müde wurden, hielten sie das für normal und schmissen sich auf ihre Betten, um den scheinbaren Rausch auszuschlafen.
Atlantus hatte kein wirkliches Mitleid mit Ihnen und überließ sie nach einem kurzen Gebet für deren Seelen, ihrem letzten Schlaf.
Aus einem Koffer holte er neue Bekleidung, reinigte sich und entfernte vor allem die Aufkleber auf seinen Zähnen, die

mehrere Zahnlücken simuliert hatten.
Dann ließ er innerlich die Fassade der Nummer 1 fallen und wurde wieder zu Atlantus.
Er hoffte sehr, dass so die angedrohte ständige Beobachtung durch seine Auftraggeber zumindest für eine Weile gestört wäre.
Und er hoffte auch inständig, dass in Waldhaus alles vorbereitet war, wenn er dort eintreffen würde.

Die Pandemie

Wir saßen gerade gemütlich in der warmen Wohnküche von Waldhaus und freuten uns über die jüngsten Entwicklungen in Sachen Fridays for Future.
Es war der 24. Januar 2020.
Wir schauten die Abend-Nachrichten und waren verständlicherweise sehr aufgeregt, weil einige von uns heute bei der Freitagsdemo gefilmt worden waren.
Akira, der gerade sein Studium in Großbritannien sehr erfolgreich abgeschlossen hatte, war zurzeit im Waldhaus zu Besuch, was ich sehr genoss.
Erst in sechs Monaten wollte er wieder nach Berlin ziehen, um dort zu promovieren.
Ich liebte es, ihn mit seinem Leibspeisen zu verwöhnen und mich an seiner Nähe zu erfreuen.
Erst jetzt hatte er mir gebeichtet, dass er schon lange unter einem sehr nervösen Darm gelitten und dadurch ziemlich abgebaut hatte.
Ich machte mir innerlich die größten Vorwürfe, weil ich nicht früher auf die Idee gekommen war, dass Akira vielleicht krank sein könnte und fragte mich mehr als einmal, ob ich das nicht hätte verhindern können, wenn ich aufmerksamer gewesen und öfter einmal nach Berlin oder später nach London zu Besuch gefahren wäre. Vor allem aber hoffte ich, dass er wieder ganz der Alte werden würde.
Dafür hatte ich mir folgendes zur Aufgabe gemacht: Akira wieder aufbauen und ihm dafür alle Nährstoffe, Vitamine und Mineralstoffe zuzufügen, die er irgendwie dafür benötigen könnte. Ich ging in meinem Muttersein regelrecht auf, wobei ich teilweise ganz vergaß, dass mein jüngster Sohn inzwischen auch schon ein erwachsener Mann war.
Jedenfalls blickten wir, wie gesagt, augenblicklich alle gebannt auf den Fernseher und warteten auf die Szenen der heutigen Freitags-Demos.
Mit gezückten Handys saßen wir da, bereit, sofort zu filmen, wenn im Fernsehen jemand von uns zu entdecken wäre.
Tatsächlich waren Lia, Finnbar, sowie Basilica und Leander in den Nachrichten zu sehen.

Unter großem Hallo filmten wir und lachten darüber, was Lia für ein komisches Gesicht gemacht hatte.
Wir waren guter Dinge, denn alles lief schon seit langem in Sachen »Rettung der Erde« mehr als super.
Zwar hatten wir zwei schlimme Dürre-Perioden hinter uns. Die Sommer in 2018 und 2019 waren nämlich wirklich extrem trocken gewesen und viele Bäume waren daher jämmerlich verdurstet. Leider hatten wir nicht genug Wasser gehabt, um alle zu retten.
Aber jetzt gerade gab es einen feuchten Winter und im Moment war daher bei uns alles palletti.
Als eine weitere Meldung am Ende der Nachrichten kam, dass in China eine unbekannte Krankheit, die den SARS- oder MERS- Virus-Krankheiten, die vor Jahren in Asien auch schon einmal ausgebrochen waren, ähnelte, interessierte das keinen von uns ernstlich.
Die beiden Krankheiten waren auch schon damals für Deutschland nicht wirklich relevant gewesen.
Wir hatten gerade lachend das TV ausgeschaltet, als plötzlich und unverhofft der Geist des Wassers bei uns in der Wohnküche auftauchte.
Über den Geist informierte er uns über die sehr ernste Lage und setzte uns auch darüber in Kenntnis, dass Atlantus in Kürze bei uns eintreffen würde.
Er wiederholte dabei jedes Wort, das bei der Zusammenkunft der neu rekrutierten Männer der unbekannten Macht gesprochen worden war.
Er war sich sicher, wir wären in großer Gefahr und möglicherweise auch schon unter Beobachtung.
Wir sollten, wenn Atlantus käme, alle sofort gegen die anstehende Pandemie geimpft werden und würden dann auf der Stelle in Richtung Portugal aufbrechen müssen.
Dort würde ein Anwesen für uns vorbereitet sein und wir sollten uns da von nun an verstecken und auch wohnen.
Wir müssten uns darauf einstellen, uns in Portugal eine Weile komplett selbst zu versorgen.
Wir hätten circa zwei Stunden Zeit, all unserer Sachen zu packen.
Es dürfte nicht mehr Gepäck sein, als in die zwei Busse, die

wir für die Vortragsreisen angeschafft hatten, passen würde. Atlantus hätte allerdings in seinem Auto auch noch ein wenig Platz. Ich war wie gelähmt.
Eben war noch alles gut gewesen und jetzt hatte sich ohne jegliche Vorwarnung plötzlich alles geändert.
Waldhaus war mein zu Hause.
Ich wollte hier keinesfalls und schon gar nicht so Hals über Kopf weg.
Alles war doch gerade so supergut gelaufen.
Diese neuen Tatsachen konnte ich einfach nicht begreifen.
Vor allem Alex reagierte empört.
Er hatte sich gerade erst hier eingelebt und wollte überhaupt nicht schon wieder umziehen.
Stur und mit trotzig verschränkten Armen stand er wie ein Fels in der Wohnküche und schmollte.
Allein Akira stand da und verstand nur Bahnhof.
Er hatte die Nachricht des Geists der Quelle nicht hören können und sah diesen auch nicht.
Lia war es, die nun die Sache leitend in die Hand nahm.
»Leute, es ist Krieg und er kam für uns alle zu plötzlich.
Aber es lässt sich nun einmal nicht wegdiskutieren.
Es ist Krieg und wir müssen sofort fliehen.
Das ist eine Ausnahmesituation.
Atlantus hat sein Leben auch für uns aufs Spiel gesetzt.
Er hat uns vor einem furchtbaren Tod in der Nacht im Waldhaus und vor der schlimmen Krankheit, die viele befallen wird, gerettet.
Er wird sich dadurch in sehr großer Gefahr befinden und kann sich hier bestimmt keinesfalls lange aufhalten.
Das bedeutet, wir müssen wirklich in zwei Stunden komplett fertig sein.
Akira, bitte hilf uns beim Packen, Du musst mitkommen.
Hier ist einiges anders, als Du vielleicht immer gedacht hast.
Ich werde Dir alles unterwegs bis ins Kleinste erklären.
Aber jetzt ist dafür keine Zeit.
Bitte hilf uns, damit wir schnell aufbrechen können.
Schnell jetzt, packt Eure spirituellen Hilfsmittel, Eure Reisepässe, wichtigen Papiere, Geld und einige persönliche Sachen ein.

Nehmt Eure gesamte Notfallausrüstung, sowie Zelte, Schlafsäcke, Allwetterkleidung, etwas Wäsche etcetera mit.
Wir wissen nicht, was uns vor Ort erwarten wird.
Dazu hat jeder maximal 30 Minuten Zeit.
Danach bilden wir kleine Gruppen, um gemeinsame Dinge, die wir in Portugal für den Anfang brauchen werden, einzupacken.
Alex, wir benötigen Dein ganzes Saatgut und auch Saatkartoffeln, sowie Gartengeräte.
Du hast es gehört, wir müssen uns selbst verpflegen.
Wir brauchen dafür Deine Erfahrung.
Du solltest eine Auswahl an Werkzeug für den Anfang zusammenstellen. Wir benötigen zum Beispiel auch ein Beil, um Holz zu hacken.
Also alles, was es so für Pionierarbeit bedarf.
Finnbar, Akira und zwei weitere Jungen werden Dir dabei helfen.
Außerdem müssen die Hühner in geeignete Pappkisten gepackt werden. Wir werden sie für Eier benötigen und ich möchte sie hier auch nicht einfach zurücklassen, bis sie verhungern oder getötet werden.
Wir nehmen auch Hühnerfutter fürs Erste für sie mit.
Basilica, bitte bereite mit zwei Helfern etwas zu essen und zu trinken für den Anfang und für unterwegs vor.
Wir werden von hier bis Portugal etwa zwei volle Tage mit dem Auto fahren müssen.
Soholit, Quiskan und Querin, bitte kümmert Euch um Waffen und alles, was mit unserer Verteidigung zusammenhängen könnte.
Tanja, bitte pack Medikamente und Verbandszeug, sowie Tees und so weiter ein.
Einige Sachbücher zu medizinischen, aber auch zu anderen Fragen wären auch von Vorteil.
Die, die noch nicht eingeteilt sind, packen bitte alle lang haltbaren Lebensmittel, die wir dahaben, ein.
Alles, was an Mehl und Trockenhefe da ist, Salz, Zucker, Kaffee, Konserven…
Wir werden uns Brot backen müssen…
Ach so, wir nehmen auch Taschenlampen, ein Radio, einen

Laptop, die Küchenmaschine, die Mühle zum Kornmahlen, einen Grill, Batterien, Wasserkanister, sowie einige Lampen, Kerzen und Feuerzeuge mit.
Zögert nicht, wenn Euch noch etwas Wichtiges einfällt, dies anzusprechen oder es einfach einzupacken.
Ich werde an den Bussen den Überblick behalten«, sagte Lia sehr selbstbewusst.
»So ab jetzt 30 Minuten für die persönlichen Sachen.
Schaut mal, dass wir für den Transport fest verschließbare Metallkisten verwenden.
In Portugal ist es total feucht.
Uns wird sonst alles ganz nass und klamm.
Wir treffen uns gleich wieder in der Wohnküche.«
Nach 28 Minuten waren alle wieder da und hatten genau das getan, was Lia angeordnet hatte.
Alex hatte sich gefasst und war gerade dabei, Befehle zu erteilen.
Er hatte in aller Eile noch je einen Autoanhänger an die Busse angehängt. Das war eine sehr gute Idee, denn so hatten wir um einiges mehr Stauraum.
Er hatte auch Zaunrollen und Pfähle eingepackt, man weiß ja nie...
Vismateté und Annika wollten auch mitkommen.
Sie wollten sich nicht in Waldhaus wie Vieh abschlachten lassen.
Das bedeutet aber auch, da wir nicht alle in den Autos fahren konnten, dass eine Gruppe astral an den neuen Ort reisen musste.
Bei dieser Gruppe waren viele Druiden, die Elben und auch die beiden Baum-Menschen dabei.
Sie hatten vor, sich alle aneinander zu binden, da sich das als gute und sichere Variante des Reisens erwiesen hatte.
Jetzt mussten wir nur noch auf Atlantus warten, um die Adresse und das genaue Aussehen der Örtlichkeit zu erfahren.
Da hörten wir auch schon das Auto ankommen.
Atlantus stieg kreidebleich und völlig verstört aus.
»Mama«, er fiel mir um den Hals und fing an zu weinen.
»Ich habe vor kurzem vier Menschen getötet.

Es waren die Bulgaren, die damals bei dem Überfall mit dem Truck auf Dich dabei waren.«
Ich hielt meinen Sohn fest, bis er sich wieder gefasst hatte. Akira stand mit weit aufgerissenen Augen da und verstand immer weniger.
»Seid Ihr bereit?«, fragte Atlantus.
Wir nickten still und Lia zeigte auf die fertig gepackten Busse.
»Gut, bitte krempelt den Arm hoch, der nicht Euer Schreib-Arm ist.
Wir müssen uns schnell impfen.
Die unbekannte Macht oder sollte ich besser, „Der Herr der Finsternis" sagen, hat sich eine biologische Waffe gegen die Menschheit einfallen lassen.
Es ist ein Virus, das über Fledermäuse auf den Menschen gelangt ist.
In China wütet es schon.
Es soll sich rasend schnell über die ganze Welt verbreiten. Uns steht eine Pandemie ins Haus. Im Moment kann noch keiner sagen, wie schlimm das werden wird.
Vielleicht habt Ihr das ja bereits in den Nachrichten gehört. Momentan gibt es keine Medikamente dagegen und eine Impfung gab es nur für seine Rekruten.
Ich konnte für uns etwas abzweigen.
Lia und Mama bitte zuerst und dann helft Ihr, die anderen zu verarzten.«
Atlantus hatte 100 Impfdosen dabei und am Ende waren noch einige übrig, wovon Atlantus später zwei Stück zum Analysieren an ein Labor senden wollte. Vielleicht konnte man den Impfstoff ja nachbauen.
»Ich werde nicht mit dem Auto fahren, das ist zu gefährlich, auch wenn ich unterwegs den Wagen bereits gewechselt habe.
Ich reise mit der Gruppe, die astral unterwegs sein wird.
Ich kenne ja auch den Weg.
Das ist die genaue Adresse in Portugal und hier ist ein Bild von dem Anwesen.«
Er reichte mir die Papiere für das Auto und die Unterlagen für das neue Haus.
»Alles Weitere besprechen wir dort.

Wir werden euch hoffentlich schon in Portugal erwarten, wenn Ihr in zwei Tagen dann auch dort ankommt.«
Basilica gab der Gruppe mehrere Rucksäcke mit Proviant mit.
Atlantus schnappte sich seinen eigenen Rucksack und wurde mit den anderen zusammen angebunden.
»Mama, ich habe Dich lieb und Dich auch Akira.
Der Autoschlüssel steckt.
Hals und Beinbruch, bis in zwei Tagen.«
Dann verblassten alle und waren verschwunden.
Akira war wie vom Donner gerührt.
Schon kurz darauf erhielt ich eine kurze Nachricht von Atlantus über den Geist, dass alle gesund und unversehrt im neuen Heim angekommen waren.
Er fügte noch hinzu: »Sei froh Mama, dass wir zwei Tage vor Euch da sind.
Hier ist alles nass und feucht und überall befindet sich Schimmel.
Wenn Ihr kommt, wird das schon anders aussehen.
Wir heizen erstmal und dann geht's ans Putzen.
Es scheint fürs Erste aber hier sicher zu sein.
Wir haben alles abgecheckt und einen Schutzbann über das gesamte Gelände gelegt. Ihr seid davon ausgenommen und werdet es finden können.
Ich hoffe, es wird Euch gefallen.
Bis dann, passt unterwegs gut auf Euch auf.«
Ich schob Akira, Lia, sowie Amerok auf die hinteren Sitze von dem kleinen Auto von Atlantus.
Alex und ich nahmen vorne Platz.
Alle anderen verteilten sich in die großen Busse.
Finnbar, der gerade seinen Führerschein gemacht hatte, fuhr den einen und ein junger Druide, der sich ganz normal gekleidet hatte, fuhr den anderen Bus.
Innen hatten sich meine gerade 15-jährigen elf Jahrgangsgeschwister, sowie jeweils noch einer der Druiden, damit man sich beim Fahren abwechseln konnte, verteilt.
Alles, was in Waldhaus abschließbar war, war schon abgeschlossen.
Ein letztes Lebewohl noch an den Platz und alle seine Wesen

und dann waren wir »On the Road«.
Lia brauchte mehrere Stunden, um Akira unterwegs in alles einzuweihen.
Dieser fragte mich dann:
»Mama, stimmt das alles?«
Ich nickte stumm.
»Warum hast Du mir nie etwas davon erzählt?«, fragte er entrüstet.
»Es war geheim, ich durfte das nicht.
Außerdem solltest Du ein unbeschwertes Leben führen.
Vieles war auch gefährlich…«
Akira schwieg eine Weile nachdenklich.
»Und warum durfte Atlantus alles wissen?«, fragte er empört.
»Akira, Lia hat Dir doch erzählt, dass Atlantus extra von Aquarius gekommen ist, um der Erde zu helfen.
Er wusste es von ganz allein.
Ich habe ihm gar nichts erzählt.«
Akira schnaufte ungläubig.
»Und Amerok ist eigentlich ein Lakota-Häuptling?« Er blickte entsetzt auf den Platz neben sich, wo Amerok angestrengt sofort anfing zu hecheln und sich alle Mühe gab, genau wie ein richtiger Hund auszusehen.
»Ich bin also der Einzige, der gar nichts Besonderes kann, wie es aussieht, oder?«, fragte er dann.
»Ach Akira, sieh das bitte nicht so.
Ich werde Soholit bitten, Dich umfassend auszubilden.
In Kampfkunst und auch in anderen Bereichen, ok?«
»Oh cool, das ist gut.«
Und damit gab Akira erst einmal Ruhe.
Wir waren inzwischen schon in Frankreich.
Ich hoffte inständig, dass wir alle heil bis Portugal durchkommen würden.
Wenn wir Glück hatten, dann waren die Rekruten der unbekannten Macht noch nicht so gut organisiert, uns zu verfolgen und mit ganz viel Glück hatten sie unsere Abwesenheit in Waldhaus auch noch nicht bemerkt.
Atlantus hatte mir noch erzählt, dass ein Brief an die zuständige Polizeidienststelle unterwegs war mit einer

Erklärung, dass Unbekannte gedroht hatten, Waldhaus mitsamt dem ganzen Wald zu vernichten.
Er bat darin um Polizeischutz.
Der gleiche Brief ging noch an die Feuerwehr und an einige der umliegenden Anwohner.
Ein ehemaliger Mitschüler und guter Freund von Atlantus arbeitete auf einer höheren Polizeibehörde des zuständigen Bezirks.
Auch diesen hatte er informiert und ihm einen Universalschlüssel für das Haus, mit der Bitte ab und zu nach dem Rechten zu sehen, beigelegt.
Mehr konnten wir wirklich nicht mehr tun.
Jetzt ging es darum, sicher in unserem Exil anzukommen.
Wir waren die ganze Nacht und den folgenden Tag abwechselnd durchgefahren.
Jetzt brauchten wir unbedingt eine Rast.
Wir fuhren in Richtung eines Campingplatzes, der in Frankreich in der Nähe zur spanischen Grenze lag.
Einige Kilometer davor bat ich um eine kurze Pause auf einem Parkplatz.
»Ich möchte, dass Ihr mit den beiden Bussen allein schon mal vor fahrt.
Es ist besser, wenn unsere Gruppe nicht allzu sehr auffällt.
Ihr seid offiziell eine Jugendgruppe, die in Spanien auf einer Lehr-Tour ist (es waren gerade keine Ferien).
Wir kommen zwei Stunden später an und sind eine Familie, die in Spanien Urlaub machen will.
Diese Version halten wir so lange durch, bis wir in Portugal ankommen.
Dann behaupten wir, falls uns jemand fragt, dass die Jugend Lissabon zu Lehrzwecken besucht und wir in der Algarve, dort lag auch das Anwesen, wohin wir unterwegs waren, Urlaub machen wollen.
Wir kennen uns gegenseitig nicht.
Kommunikation nur über den Geist.«
Als ich Akiras schmollendes Gesicht sah, fügte ich noch hinzu:
»Lia, ich möchte, dass Du ab sofort schon anfängst, Akira in der Sprache über den Geist zu unterrichten.

Ich bin mal gespannt, ob er das schneller lernen kann, als wir anderen«.
Ich drehte mich schnell um, damit Akira mein Lächeln nicht sehen konnte.
Sein Gesicht hatte sich bei der Aussicht auf eine neue Herausforderung sofort und für alle gut sichtbar aufgehellt.
Die Busse fuhren ab und wir machten uns noch ein Weilchen zu einem Spaziergang auf, denn wir wollten zwei Stunden warten, bis auch wir losfuhren.
Das war auch eine gute Thrombose-Prophylaxe.
Immerhin tat so langes Sitzen im Auto, vor allem mir und Alex mit unseren 56 Lebensjahren, überhaupt nicht so gut.
Danach aßen und tranken wir noch gemütlich.
Es war fast, als wären wir wirklich nur auf einer Urlaubsreise.
Finnbar hatte uns schon mitgeteilt, dass sie bereits eingecheckt hatten und zwar im nördlichen Teil des Campingplatzes.
Er empfahl uns, den westlichen Teil zu buchen, da wir dann nicht ganz so weit, aber auch nicht sehr nah voneinander untergebracht sein würden.
Genau das taten wir auch.
Als Erstes gingen wir duschen und dann kaufte ich uns in dem Restaurant vegetarische Hamburger, Pommes und Salat.
Alex und Akira waren begeistert.
So etwas gab es bei uns zu Hause normalerweise nicht so oft zu essen und außerdem sahen wir offenbar einer langen kargen kulinarischen Kost in Portugal entgegen.
Akira verschlang gleich vier Hamburger, dicht gefolgt von Alex mit dreien (dieser hatte aber zusätzlich noch zwei weitere Portionen mit Pommes gegessen…).
Ich kaufte noch einige Flaschen stilles Wasser für unterwegs und dann bauten wir unsere Zelte auf.
Eines für Akira und Lia (irgendwie hatten mir die Blicke, die mein Sohn ihr neuerdings zuwarf, ein leicht mulmiges Gefühl beschert) und eines für mich, Alex und Amerok.
Die Nacht war ruhig.
Ein Stück weiter schliefen die anderen jungen Leute unserer Gruppe.
Wir hatten vereinbart, dass wir am Morgen früher aufstehen

und nach dem Frühstück zwei Stunden vor den anderen Richtung Spanien abreisen würden.
Akira und Alex verdrückten am Morgen mehrere Omeletts und Brötchen und Akira bestand darauf, dass ich für unterwegs 10 vegetarische Hamburger, sowie Unmengen von belegten Brötchen mitnehmen sollte.
Alex zwinkerte ihm verschwörerisch zu und ich war mir sicher, dass diese Bestellung nicht allein auf seinem Mist gewachsen war.
Alex deckte sich zusätzlich noch reichlich mit Kaffee ein.
Amerok verlangte vehement über den Geist echte Hamburger aus Fleisch und zwar viele.
Er könne das vermaledeite Hunde-Trockenfutter überhaupt nicht mehr sehen.
Irgendwann gab ich mich geschlagen und kaufte sie ihm auch.
Ich konnte ein Lachen kaum unterdrücken, wenn ich an die Fresslust meiner Mitstreiter dachte.
Im Übrigen hörte ich später, dass unsere Bestellung gegenüber der, die Finnbar für sich und die anderen Jugendlichen für unterwegs geordert hatte, noch total mickrig war.
Guter Dinge machten wir uns nach dem Essen auf den Weg.
Wir kamen bald in Spanien an und hatten vor einer halben Stunde gehört, dass auch die anderen schon wieder unterwegs waren.
Alex fuhr gerade das Auto.
»Hört mal, hinter uns der der komische blaue Volvo, der ist schon die ganze Zeit dort und überholt einfach nicht, obwohl der sehr viel schneller ist, als unser kleiner Polo«, warf Alex ein wenig besorgt nach einer Weile ein.
»Nicht alle zusammen umdrehen«, rief er schnell aus, als er sah, dass meiner und Lias Kopf sofort nach hinten schauten.
»Ich mache mal eine Probe.«
Alex fuhr etwas langsamer, gerade so, dass es noch nicht auffällig wurde.
Es überholten uns noch mehr Autos als zuvor.
Der Volvo blieb beständig hinter uns.
Dessen Fahrer achtete auch darauf, dass er kein weiteres Auto zwischen sich und uns bekam und überholte ein

solches Auto immer sofort.
Uns jedoch überholte er nie.
Das war eindeutig.
»Was machen wir jetzt, wir können die doch nicht direkt zu unserem neuen Lager führen?«, fragte ich in die Runde.
»Ich schlage vor, wir fahren die nächste Ausfahrt von der Autobahn runter und dann sehen wir, was weiter geschieht. Informiert bitte die anderen darüber«, antwortete Alex.
Die nächste Abfahrt hieß Saragossa.
Das war gar nicht so weit weg von den Pyrenäen und wir kamen daher bald in eine recht enge Straße.
Der große blaue Volvo war uns dicht auf den Fersen.
Wir konnten jetzt ganz genau erkennen, dass darin zwei exotisch anmutende Personen, gekleidet in elegante und hochmoderne dunkelgraue Anzüge, saßen.
»Was machen wir jetzt?«, meine Stimme ließ deutlich Panik erkennen.
»Kopf runter Mama«, schrie von hinten Akira.
Wir alle duckten uns und im gleichen Moment war rechts außen im Seitenspiegel eine Kugel eingeschlagen.
»Das gibt's doch nicht«, schrie Alex und ging mit aller Macht aufs Gas.
Der Motor heulte auf und wir wurden augenblicklich sehr viel schneller.
Gegen den Volvo hatten wir aber keine Chance.
Ich fühlte, wie dieser uns von hinten grob rammte.
Unser Wagen bekam mächtig Schlagseite.
Jetzt profitierten wir davon, dass Alex ein unglaublich guter und erfahrener Fahrer war, weil er früher immer mit dem Auto auf einem vereisten Parkplatz geübt hatte.
Er behielt tapfer die Macht über unser Gefährt.
Ich fiel nach vorne, der Volvo hatte uns schon wieder gerammt und im nächsten Moment splitterten die Scheiben.
Aus dem Volvo wurde wieder auf uns geschossen.
Mehrere Kugeln waren durch die Heckschutzscheibe eingetreten und durch die Frontscheibe wieder heraus geflogen.
»Sind alle ok?«, rief ich panisch und hielt mich im vorderen Fußraum geduckt.

Alex nickte und raste tapfer weiter. Gott sei Dank konnte er durch die Scheibe noch etwas sehen.
Als niemand von hinten antwortete, musste ich mich umdrehen und nachschauen, ob jemand verletzt war.
Es bot sich mir folgendes Bild:
Lia kauerte zusammen mit Amerok im Fußraum der Rückbank auf dem Boden und Akira, der offenbar plötzlich aus dem Nirgendwo eine Pistole hergezaubert hatte, öffnete sein Seitenfenster, beugte sich ohne Rücksicht auf die eigene Sicherheit heraus und schoss mehrmals auf die beiden Vorderreifen des Volvos.
Dieser hatte ebenfalls schon mächtig an Geschwindigkeit gewonnen und wurde durch die schlagartig platten Reifen seitlich weggerissen.
Ich konnte gerade noch erkennen, dass der Volvo sich mehrfach überschlug und anschließend am Fahrbahnrand an der Seite in einem Gebüsch relativ unbeschädigt, aber auf dem Dach liegend, hängengeblieben war.
Alex fuhr wie der Teufel weiter und folgte den Schildern, die wieder zurück zur Autobahn, welche uns in Richtung Portugal bringen sollte, führten.
Wir hatten bereits die Insassen der Busse und auch Atlantus über den Geist von dem Vorfall unterrichtet.
»Ihr müsst sofort das Auto wechseln.
Fahrt die nächste Raststätte raus.
Ich organisiere augenblicklich, dass Euch jemand mit einem neuen Wagen samt Papieren dort erwarten wird.
Bitte vernichtet die Blätter, wo die Adresse und die Bilder des neuen Anwesens drauf sind.
Am besten kontrolliert anzünden.
Es reicht, wenn Ihr die Daten auf dem Handy habt.
Das ist doch Passwort-geschützt, oder?«, fragte Atlantus noch.
Es waren noch 50 km bis zur nächsten Raststätte.
Ich nahm den Aschenbecher, den es im Auto gab, kurbelte das Fenster ein wenig herunter und verbrannte, nachdem ich sie fotografiert und Akira den Inhalt auch auswendig gelernt hatte, die Haus-Papiere.
Ich wunderte mich, dass Atlantus über so ein breites Netz

von Helfern verfügte.
Dabei fiel mir Akira und die Pistole wieder ein.
»Akira, warum hast Du eigentlich eine Pistole?«, fragte ich nach hinten.
»Ähm, Du weißt ja, dass ich Waffen sammele, Mama«, stammelte er.
Ich wartete, denn früher als Kind hatte er mit Sicherheit keine echten Pistolen besessen.
»Ich habe in England einen Waffenschein gemacht und mir dann ganz legal diese Pistole zugelegt.
Als wir abgereist sind, hielt ich es für besser, diese mitsamt Munition und auch noch einige andere Dinge, die uns nützlich sein könnten, einzupacken.«
Akira schwieg und wartete nun seinerseits.
»Das hast Du gut gemacht Akira.
Ich danke Dir herzlich für Deinen so mutigen Einsatz.
Du hast uns allen gerade das Leben gerettet.«
Weiter verloren wir kein Wort mehr über diese Angelegenheit, aber ich sah, dass sich Akira über mein Lob, noch dazu in Anwesenheit von Lia, sehr gefreut hatte.
An der Raststätte tauschten wir den ziemlich zu Grunde gerichteten Polo gegen einen staubigen Astra und fuhren sofort weiter.
Wir hatten auch unser eigenes Outfit verändert und hofften nun, nicht so schnell wiedererkannt zu werden.
Die beiden Busse hatten uns inzwischen auch eingeholt und wir beschlossen, in Zukunft näher zusammen zu bleiben.
Wir kamen ohne Weiteres am späten Abend an der portugiesischen Grenze an und entschlossen uns, direkt durchzufahren, also keine weitere Rast mehr einzulegen.
Uns saß der Schreck mit dem Volvo noch zu sehr in den Knochen.
Nach etwa acht Stunden waren wir ganz in der Nähe des Anwesens, zu dem wir unterwegs waren, angelangt.
Atlantus und einer der Druiden holten uns an einer nahe gelegenen Weg-Kreuzung ab.
Das war auch absolut vernünftig, denn das neue Heim lag vollkommen in der Mitte von Nirgendwo, inmitten eines verwilderten Kork-Eichenwaldes, mit einigen

Eukalyptusbäumen dazwischen.
Es gab nicht mal eine Schotterpiste dorthin, sondern nur einen schmalen unzugänglichen Weg, durch den unsere Autos gerade so durchpassten.
Atlantus Auto hatte Allrad und er musste uns mit diesem sogar einmal aus einem tiefen Schlagloch, aus dem wir von allein kaum herausgekommen wären, ziehen.
Das Anwesen war ein Mini-Dorf, das schon vor etwa 20 Jahren von den früheren Bewohnern verlassen worden war.
So weit ab wollte in der heutigen Zeit wohl niemand mehr wohnen.
Uns kam die Landflucht in Portugal gerade recht.
Atlantus hatte offenbar das gesamte Dorf gekauft und man hatte es schon vor längerer Zeit, angefangen zu renovieren.
Ich sah Solarpanelen auf einigen Dächern und eine Biogasanlage.
Es gab offenbar auch eine Heizmöglichkeit. Das war toll!
Für portugiesische Verhältnisse von vor 20 Jahren wäre das undenkbar gewesen.
Die Winter, und wir hatten bekanntlich gerade Januar, waren auch in Portugal oft mit unter null Grad ziemlich kalt für die Menschen, vor allem früher, als es noch keine Heizmöglichkeiten in den Häusern gab.
Das Dorf lag ganz versteckt in einem Tal, das ringsum weiträumig von Bergen umgeben war.
Hinter den Häusern sah ich in einem schattigen Bereich eine Quelle, deren Wasser in mehrere, terrassenförmig angeordneten Becken floss.
Dort standen auch, direkt an der Quelle und gut geschützt vor der, im Sommer sicher ungnädigen Sonne, auch schon Vismateté und Annika.
Vismateté hatte sich schützend noch vor Annika platziert, denn so eine zarte Birke hatte es in einem südlichen Gebiet im Sommer sicher sehr, sehr schwer.
Es gab etwa 12 Häuser, manche größer und manche kleiner.
Ich konnte sogar eine Höhle am Hang ausmachen, die sicher von den Leuten des kleinen Volkes bewohnt wurde.
In der Mitte stand etwas, das einer übergroßen Jurte ähnlich sah und wo oben einerseits das Wort »Tempel« und weiter

unten ein großes Schild mit der »ODE der Weisheit« von Aquarius zu lesen war.
Mir stiegen Tränen in die Augen.
Hier steckte eine Menge Arbeit und fürsorgliche Vorbereitung darin.
Atlantus bat uns in ein zentral gelegenes großes Haus.
Das ganze Erdgeschoß war eine riesengroße Wohnküche, ähnlich der, die wir auch in Waldhaus gehabt hatten, nur viel größer.
Wir nahmen Platz und Atlantus führte uns ein.
»Willkommen im „Portugiesischen Bruchtal"«, er lächelte mich an.
»Ich habe den Namen aus einem meiner Lieblingsbücher von J. R. R. Tolkien, dem „Der Herr der Ringe" übernommen und ich finde ihn mehr als passend.
Der Ort hier soll ein Rückzugsort für diejenigen sein, die sich teilweise mit ihrem Leben für die Rettung der Mutter Erde einsetzen.
Er ist ein Platz für alle Wesen, die auf unserer Seite stehen und reinen Herzens sind.
Das hier ist übrigens das Versammlungshaus.
Unten sprechen wir und oben können wir gemeinsam essen.
Dann gibt es noch verschiedene andere Häuser für alle möglichen Bedürfnisse der Unterbringung.
Im Tempel können wir uns zentrieren und im ewigen Moment der Liebe verweilen. Das ist sehr wichtig, um einen klaren Kopf und ein reines Herz zu behalten.
Wir haben auch einen Kampfsportplatz und viele Felder warten auf Deine erfahrene Hand, lieber Alex.
Selbstverständlich wirst Du alle Hilfe bekommen, die Du dazu brauchst.
Es wäre schön, wenn Du, liebe Mama für mehr Blumen hier sorgen könntest.
Wir bauen auch gerade einen Zaun rings um das, für alle Fremden vollkommen unauffindbare Gelände und ich wünsche mir, dass Du dort hübsch drinbleibst, damit Du gut geschützt bist.
Für Akira gibt es eine kleine wissenschaftliche Bibliothek zum Studieren.

Selbstverständlich kannst Du in den Pausen auch auf dem Kampfsportplatz trainieren.
Am Rande von Bruchtal sind drei Häuser, die sind tabu. Dort gehen Menschen ein und aus, die in direkte Kampfhandlungen eingebunden sind und die absolut unerkannt bleiben müssen.
Ich habe an der Quelle eine große Osmoseanlage einbauen lassen, das Wasser, das aus den Wasserhähnen fließt, kann man also trinken.
Ach ja, wir können auch deutsches und internationales Fernsehen empfangen. Der Strom von der Sonne reicht meistens aus.
Für Dich Akira gibt es auch ein Computer-Spiel.«
Langsam hatte ich den Eindruck, dass Atlantus alles tat, damit wir, als seine Familienmitglieder, hier drinnen gut beschäftigt waren, unbedingt in Sicherheit blieben und uns dadurch nichts passieren könnte.
Ich konnte ihn verstehen.
Er trug so viel, da konnte und wollte er sich nicht auch noch mit der Angst um seine Liebsten belasten.
Gott sei Dank war Akira bisher davon nichts aufgefallen.
Er war sehr damit beschäftigt, von Lia zu lernen und diese auch mit seinen Augen regelrecht zu verschlingen.
Ich hätte wetten können, dass er sich in Lia verliebt hatte.
Nun gut, Lia war ein gutes Mädchen…
Laut sagte ich:
»Vielen Dank lieber Atlantus, auch im Namen aller Krieger des Lichts, die aus Waldhaus mitgekommen sind.
Ihr habt hier einen wundervollen Ort erschaffen.
Und vollkommen autark!. Toll!«
Ich sah, wie sich die Wangen meines ältesten Sohnes vor Stolz röteten.
»An wirklich alles habt Ihr gedacht.
Ihr seid eine super Gemeinschaft. Gut gemacht, Atlantus.«
»Dann zeige ich Euch mal Eure Unterkünfte«, sagte daraufhin Atlantus.
»Du und Alex, sowie Amerok könnt in dieses kleine Haus hier ziehen.« Er wies mit der Hand nach links, in die Nähe von Vismatieté und Annika.

»Da vorne, also gleich hier nebenan, ist ein großes Gebäude. Das ist für alle jungen Leute reserviert.«
Er zwinkerte Akira zu.
Danach machten wir uns in unsere Unterkünfte auf und richteten uns dort ein.
Ich nahm Atlantus zuvor noch kurz am Arm: »Kommst Du nachher nochmal auf ein Wort zu uns?«
Er nickte mir bejahend zu.

Das portugiesische Bruchtal

Wir hatten uns in dem Häuschen schon ein wenig häuslich eingerichtet.
Es war schön warm, denn jemand hatte bereits den Ofen für uns im Vorfeld angezündet.
Ich schaute mich um.
Es war alles sehr viel luxuriöser, als ich es erwartet hatte.
Wir hatten sogar ein eigenes Bad, ein kleines Schlafzimmer, sowie eine große Wohnküche.
Wir konnten also auch mal selbst kochen, wenn wir für uns bleiben wollten. Das fand ich toll.
Im Kühlschrank befanden sich einige unserer Lieblings-Lebensmittel.
Ameroks Hunde-Körbchen hatte auch schon jemand in der Nähe des Ofens postiert, denn Quick Deers Leihkörper war schon alt geworden und brauchte sehr viel Wärme.
Ich war tief gerührt von der ganzen Aufmerksamkeit, die Atlantus noch aufbrachte, obwohl er sich selbst in höchster Lebensgefahr befand.
Mein Sohn gab sehr viel.
Ich beschloss ihm, so gut ich konnte, zumindest die Sorge um uns von den Schultern zu nehmen, indem ich seinen Wünschen, im Gelände zu bleiben und ganz vorsichtig zu sein, konsequent nachkam.
Am späten Abend klopfte es und Atlantus trat, wie zuvor besprochen, ein.
Alex schlief schon tief und fest.
Ich drückte Atlantus eine Tasse mit »Guten Abend Tee« in die Hand.
»Kann ich mit dir über Deine Arbeit sprechen?«, fragte ich.
»In gewissen Grenzen ja«, antwortete er vorsichtig.
»Ich verstehe, dass ich besser keine Einzelheiten wissen sollte.
Aber der Geist der Quelle von Waldhaus hatte uns am Abend der überstürzten Abreise von dort den gesamten Wortlaut, von der Situation, wo ihr rekrutiert wurdet und Du inkognito als Spion bei den Schergen Zagans warst,

mitgeteilt.
Das hörte sich für mich sehr bedrohlich an.
Wie groß ist die Gefahr, in der Du Dich befindest?
Was dieser schreckliche Anführer für einen Verrat in Aussicht gestellt hat, war ja ziemlich eindeutig.« Ich schwieg und wartete.
Atlantus drehte seine Teetasse in den Händen herum.
»Ich möchte ehrlich zu Dir sein, Mama.
Ich befürchte, dass ich mich nicht ewig vor Zagan und seinem so mächtigen Herrn verstecken kann. Ich tue natürlich mein Bestes, nicht gefasst zu werden. Aber wir müssen damit rechnen, dass eine hohe Wahrscheinlichkeit besteht, dass sie mich eines Tages erwischen und Rache an mir üben werden.«
Ich schluckte.
»Atlantus, hast Du schon herausgefunden, wie Du in Deinen Körper auf Aquarius nach Deinem Tod auf der Erde zurückkehren kannst?«, fragte ich ihn ganz direkt.
»Im Meer gibt es viele sehr alte und weise Kreaturen.
Diese habe ich danach gefragt«, antwortete Atlantus.
»Sie haben mir davon berichtet, dass die Seele, wenn sie den Körper verlässt, ganz ungeheuer von einem bestimmten Ort angezogen wird. Man erkennt ihn daran, dass dort hinter einem großen Tor weiße und geflügelte Wesen tanzen.
Dieser Ort ist anscheinend mehr als wunderschön.
Die einzige Möglichkeit, in seinen Körper auf Aquarius zurückzukehren soll sein, dass man die immense Kraft aufbringt, von dort, nachdem man eingetreten ist, genau in jene Richtung weiterzugehen. Also man muss praktisch die Stärke aufbringen, diesen so wundervollen Ort wieder zu verlassen. Wenn man jedoch einmal durch das Eingangstor gegangen ist, dann ist der Weg zurück zum alten, irdischen Körper auf jeden Fall für immer und ewig verbaut. Der alleinige Ausweg wäre ein neuer Ort, wie zum Beispiel Aquarius. Mir konnte jedoch keiner berichten, dass jemals jemand die Kraft aufgebracht hätte, den Platz aus eigenem Willen wieder zu verlassen. Warum sollte dies auch irgendwer tun, denn offenbar soll das der wunderschönste aller Orte des Universums sein.

Von einer anderen Möglichkeit weiß ich leider nichts.
Und Du Mama, weißt Du, wie Du dereinst nach Aquarius zurückkommen kannst?«
»Ich weiß es auch nicht sicher, mein Sohn.
Es ist ungewöhnlich, was mit uns passiert ist und es scheint keine ausgetretenen Pfade zu geben, denen wir folgen könnten.
Wir müssen anscheinend selbst neue Wege finden.
Aber das, was Du gerade berichtet hast, das mit dem Ort, wo die weißen Wesen tanzen, kann ich auf jeden Fall bestätigen.
Ich hatte schon zweimal ein Nahtod-Erlebnis.
In beiden Fällen fühlte ich mich wie magisch von dort angezogen.
Beim ersten Mal, als ich im Krankenhaus lag, hatte mir Quick Deer den Weg dorthin vor dem Eingangstor versperrt und ich kehrte daraufhin sofort in meinen Erdenkörper zurück.
Beim zweiten Mal, als Vismateté und ich im Meer getötet werden sollten, warst Du schneller.
Ich sah den Ort nur von Weitem und kam dann in Deinen Armen in meinem irdischen Körper wieder zu mir.
Ich kann mir gut vorstellen, dass man von diesem Platz niemals wieder wegwill.
Aber vielleicht weiß ich eine Lösung.«
Ich holte meinen Pfeifenbeutel für die indianische Pfeife und nahm das kleine Pfeifchen der Hüterin der Aborigines heraus.
»Diese Pfeife soll von „Der Einen" des Dreigestirns sein.
Es heißt, dass man hineinpusten kann und dann einen wichtigen Wunsch, der unbedingt nur für einen selbst sein muss, frei hat.
Diesen Wunsch vergisst man niemals und er wird wahrscheinlich auch erfüllt werden.
Das könnte eine Chance sein, oder?«
Ich reichte meinem Sohn den kleinen, so wertvollen Gegenstand.
Er drehte und wendete ihn, roch daran und hielt sie dann ganz nah an sein Herz.
»Ich spüre eine Menge alter Magie darin.

Ich werde es versuchen.«
Er schloss seine Augen, zentrierte sich eine Zeitlang und pustete dann ziemlich zärtlich in die kleinen Pfeife.
Danach formulierte er ganz privat für sich seinen sehnlichen Wunsch.
»Danke Mama, vielleicht hilft es ja.«
Er reichte mir die Pfeife zurück.
»Ich würde mich um einiges besser fühlen, wenn auch Du und Deine 11 Jahrgangsgeschwister recht zeitnah die Pfeife benutzen würdet.
Du hast erst neulich ja gesehen, wie schnell sich von einem Moment auf den anderen alles total verändern kann.
Ich wäre froh, wenn Eure Wünsche dann schon formuliert wären.
Und es kann auch nicht schaden, wenn alle anderen der Gruppe sie benutzen würden«, sagte Atlantus.
»Ich verspreche Dir, dass ich das für morgen schon in Angriff nehmen werde.«
Ich sah, wie Atlantus aufatmete.
»Du Mama?« »Hm ja, was denn?«, fragte ich zurück.
»Ob das sehr wehtut, wenn ich sterben muss?
Zagans Männer werden das sicher nicht vorsichtig tun.
Ich habe in deren Augen mehrfach schwerstens gesündigt und Zagan dadurch vor seinem Herrn immens gedemütigt.«
Ich konnte mir vorstellen, was er meinte und versuchte tapfer zu sein, um ihm nicht auch noch meinen eigenen Schmerz aufzubürden.
»Ich habe einmal von Finnbar gehört«, antwortete ich, »der seinerzeit von einem furchteinflößenden Drachen auf grausame Weise und auch verhältnismäßig langsam getötet wurde, dass dieser recht bald das Bewusstsein verloren hatte und von da an gar nichts mehr gespürt hat.
Wie er mir erzählte, wurde er erst wieder wach, als er von dem magischen Eichhörnchen Theo erneut zum Leben erweckt worden war und konnte sich dann an gar nichts erinnern, was während der Bewusstlosigkeit mit ihm geschehen war.
Und dann kann ich Dir noch aus eigener Erfahrung sagen, dass es ein wundervolles Erlebnis war, als ich mit meiner

Seele, die meinen Körper bei dem Nahtod-Erlebnis verlassen hatte, frei von allem Materiellen unterwegs sein konnte.
Da gab es nur liebevolles, gütiges Licht und ich war damit sehr glücklich.
Als ich dann in meinen Körper zurückkam, weil die Zeit fürs Sterben für mich offenbar doch noch nicht gekommen war, war dieser mir zuerst viel zu eng und zu schwer.
Er erschien mir wie ein Gefängnis gegenüber der vorherigen Freiheit der Seele.
Aber schon bald konnte ich die Vorzüge des materiellen Körpers mit all seinen Sinnesorganen, die der Seele ja vollkommen fehlen, auch wieder schätzen und war sehr dankbar, nochmals ein Leben in diesem führen zu dürfen.
Ich finde übrigens, dass Du ungeheuer tapfer bist, mein Sohn.
Alles wird gut werden, da bin ich mir absolut sicher.«
Ich legte in diesen Satz alle Zuversicht, die ich irgendwo in mir finden konnte und Atlantus nahm sie mir ab.
»Danke Mama, Du hast mir sehr geholfen.
Ich habe Dich sehr lieb.
Bitte pass gut auf Dich auf und ich verbiete dir, Dein Leben aufs Spiel zu setzen, um mich eventuell zu retten oder so, sondern ich will, dass du immer zuerst Dich selbst in Sicherheit bringst.
Ich möchte nicht, dass Du auch nur einmal an irgendwelchen direkten Kampfhandlungen teilnimmst! Versprich mir das!«
Er hatte mit einer großen, fast fanatischen Kraft gesprochen.
»Du verlangst viel, mein Sohn.
Aber gut, ich verspreche es Dir.«
Dann gingen wir beide schlafen.
Am nächsten Morgen schon verabredete ich mich, wie ich es Atlantus versprochen hatte, mit meinen 11 Jahrgangs-Geschwistern, um die Angelegenheit mit der Pfeife und dem Platz, wo die weißen Wesen tanzen, zu besprechen.
Jede und jeder von Ihnen blies daraufhin in die Pfeife und formulierte seinen eigenen Wunsch.
Schon am Nachmittag bat ich Akira, Finnbar und Lia ebenfalls zu mir, um auch ihnen davon zu berichten.
Ich schlug vor, da sie ja alle nicht ursprünglich von Aquarius gekommen waren, dass sie sich einige Tage Bedenkzeit

bezüglich ihres Wunsches nehmen sollten.
Genauso ging ich mit allen anderen Anwesenden in Bruchtal vor.
Am Abend saß ich auch mit Alex zusammen, um auch mit ihm über das Pfeifchen zu sprechen.
Er fragte mich: »Du hoffst, wenn Du dann auf der Erde sterben musst, dass Du durch die Pfeife in Deinen Körper auf Aquarius vielleicht zurückkehren kannst?«
Ich nickte nur stumm.
»Und Du wirst dort wieder erst 13 Jahre alt sein?«, fragte Alex mich weiter.
»Ich glaube schon«, antwortete ich ihm.
»Weißt Du, ich habe mir nie mehr als ein einziges Leben auf der Erde erhofft.
Ich wüsste gar nicht, was ich mir für mich wünschen sollte.
Stell Dir vor, wir wären beide auf Aquarius, ich als Opa und Du als 13– Jährige.« Er schaute, verlegen grinsend, auf seine riesigen, von der steten Feldarbeit, schwieligen Hände.
»Du kannst Dir genügend Zeit nehmen, um genau zu überlegen, was Du Dir für Dich selbst wünschen möchtest.
Die Zeit drängt ja nicht. Sag mir einfach Bescheid, wenn Du so weit bist, ok?« Alex nickte und wir ließen es erst einmal dabei.
Alle anderen kamen nach und nach auf mich zu und machten ihre Wünsche still für sich mit der Pfeife aus.
Auch ich hatte lange überlegt und es schon getan.
Der Einzige, der jetzt noch fehlte, war Alex.
Alex und mein Geburtstag 2020 war gekommen und wir feierten dazu im portugiesischen Bruchtal ein kleines Fest.
Es war toll, auch einmal wieder ausgiebig zu tanzen und dabei auf andere Gedanken zu kommen.
Wir hatten alles ganz schön geschmückt und ein richtiges kleines Programm für den Tag erstellt.
Auch Atlantus und seine engsten Kampfgefährten waren anwesend und ließen für kurze Zeit ihre Rollen, die sie, in dem Krieg, den sie führen mussten innehatten, gehen.
Ich sah manch einen von ihnen tanzen und auch mit einem Mädchen zusammen sein.
Lia und Akira waren tatsächlich ein Paar geworden und ich

gab ihnen innerlich meinen Segen.
Eine bessere Schwiegertochter hätte ich mir gar nicht wünschen können.
Ich freute mich sehr über deren frisches Glück in so unsicheren und unschönen Zeiten.
Die zwei, zusammen mit Finnbar, waren eine richtige verschworene, kleine Gemeinschaft geworden.
Atlantus stand meistens am Rande und wenn er tanzte, dann immer nur allein.
Sein Weg war ein einsamer.
Sehnsüchtige Blicke von manchen Frauen aus seiner Kriegerschar ignorierte er stets.
In seinem Leben war kein Platz für eine Frau.
Es reichte ihm schon, dass er mich und Akira hatte, die ihm so nahestanden und um die er sich sorgen musste.
Seine Mission war die Rettung der Mutter Erde und vor allem deren Meere.
Das allein war seine einzige Geliebte und nur dafür lebte er.
Ich machte mir indessen auch immer wieder Sorgen um unsere Erde und um deren Klima.
Obwohl es zum Beispiel schon lange eine Menge Patente für umweltfreundlichere Fortbewegungsmittel gab, wurden diese nicht in die Praxis umgesetzt. Weiterhin wurden auch hemmungslos in Industrie, der Energieversorgung und in Privathaushalten CO2 oder andere schädliche Gase emittiert, so als würde das überhaupt nichts ausmachen. Alle Warnungen der Wissenschaftler, den Klimawandel betreffend, wurden einfach so in den Wind geschlagen. Auch die Proteste der jungen Leute hatten bisher nicht wirklich etwas Dauerhaftes bewirkt. Ich ärgerte mich darüber sehr, fühlte mich dem gegenüber aber vollkommen machtlos.
Ab März 2020 hörte man in den Nachrichten, dass sich die mysteriöse Krankheit, die man inzwischen auf Covid19, hervorgerufen durch den sogenannten Corona-Virus, getauft hatte, auch schon in Europa und dort speziell in Italien stark ausgebreitet hatte.
Dass vernünftige und tiefgreifende Schutzmaßnahmen, wie sofortige Einreisestopps oder die Beschaffung von genügend Schutzausrüstung, ergriffen würden, hörte man leider nicht.

Menschen konnten immer noch ohne Weiteres aus China oder anderen Infektionsgebieten fast in jedes Land der Welt einreisen.
So verbreitete sich das Virus munter weiter auf dem ganzen Erdball. Die beiden Impfstoffproben, die Atlantus im Januar an ein Labor in Deutschland gesendet hatte, waren dort so lange unbeachtet liegen geblieben, bis sie verdorben waren. Offenbar hatte man auch in diesem Institut die neue Erkrankung zu Beginn vollkommen unterschätzt.
Die Bilder im Fernsehen aus China, insbesondere der Stadt Wuhan, im ersten Quartal 2020 waren verheerend.
Überall sah man Tote, die einfach nur noch in Plastiksäcke gesteckt wurden, weil es offenbar an Särgen mangelte.
Die chinesischen Krankenhäuser waren anfangs mit der neuartigen Krankheit total überlastet und es waren erschreckende Videos über die Zustände dort im Umlauf.
Ich beobachtete die Infektionszahlen genau und stellte fest, dass offenbar etwa 3,5 % der bekannten Infizierten an der Erkrankung starben. Die Älteren und Vorerkrankten traf es dabei in erster Linie.
Es wunderte mich ein wenig, dass der Herr der Finsternis nur eine, im Vergleich mit zum Beispiel den schwarzen Pocken oder der Pest, so wenig tödliche Pandemie auf die Menschheit losgelassen hatte.
Hoffentlich wird das am Ende nicht noch schlimmer, dachte ich mir. In Erinnerung an die diesbezüglichen Worte Zagans, begann ich innerlich stark zu frösteln.
Dieses Corona wurde nach und nach jedenfalls das vorherrschende Thema in der ganzen Gesellschaft.
Im März 2020 wurde von der WHO eine Pandemie ausgerufen, was bedeutete, dass sich die Krankheit bereits auf der ganzen Welt stark ausgebreitet hatte.
Es gab dann kurz darauf sogenannte Lockdowns in vielen Ländern und auch bei uns in Deutschland (das hieß: alle sollten möglichst in den eigenen vier Wänden bleiben).
Dadurch waren auch unter anderem keinerlei Demos von Fridays for Future mehr möglich. Die jungen Leute, die kurz vorher noch in aller Munde gewesen waren, wurden, so kam es mir jedenfalls vor, wegen der Pandemie nach und nach mit

ihrem Anliegen, dass die Erde und vor allem deren Klima in großer Gefahr ist, einfach wieder vergessen.
Auch die schrecklichen Nachrichten von Umweltorganisationen über bestimmte Umweltsünden bekamen nur noch wenig oder gar keine Sendezeiten im TV mehr. Trotzdem erfuhren wir in kleineren Berichten von den schrecklichen Taten, die vor allem die Männer von Zagan mit Hilfe von willigen und habgierigen Menschen rund um den Erdball beflissen verübten.
Zum Beispiel sahen wir eine Sendung über die furchtbaren Buschbrände in Australien, wie es sie zuvor noch niemals gegeben und die riesige Areale von Wald mitsamt deren Bewohnern vernichtet hatten.
Die Mitleid erregenden Bilder von einem schlimm verletzten Koalabär aus dem australischen Busch, der durch das verheerende Feuer über und über mit Brandwunden übersäht war, wurde ich lange nicht mehr los.
Ich musste auch an die Hüterin und deren edles Volk denken, die ja auch in Australien lebten und fragte mich mehr als einmal, wie es ihnen inzwischen wohl ergangen war.
Satellitenaufnahmen des Urwalds von Brasilien zeigten, dass der Urwald dort in diesem Jahr mehr als jemals zuvor geschrumpft war. Die brasilianische Regierung unterstützte sogar ganz offiziell das Brandroden dort unter dem Vorwand, dass die Landwirtschaft dringend mehr Platz benötigte.
Eine herzzerreißende Dokumentation über die Ureinwohner in Brasilien, die heldenhaft, aber ohne andauernden Erfolg versucht hatten, die alten Bäume in dem Urwald, in dem sie seit Urzeiten lebten, zu beschützen, trieb uns allen die Tränen in die Augen.
Atlantus lief daraufhin in der Wohnküche wie ein eingesperrter Panter hin und her.
Brasilien war einfach zu weit weg. Dorthin waren unsere Krieger des Lichts kaum oder noch gar nicht vernetzt.
Es schmerzte ihn gewaltig, den Eingeborenen nicht helfen zu können.
Aber auch in anderen Ländern schwanden die Wälder mehr und mehr. Was nicht abgesägt wurde, wurde verbrannt oder sonst wie zerstört.

Viele Bäume fielen auch anhaltenden Dürren oder Schädlingen zum Opfer.
In der westlichen Welt hatte derweil ein sogenannter Boom der Wegwerfmöbel begonnen.
Diese Industrie war ein sehr guter Abnehmer für das viele Holz, das durch die weitflächigen Abholzungen nun anfiel. Einige Wenige verdienten sich dumm und dämlich daran, dass Menschen nach kurzer Zeit ihre Möbel unnötigerweise schon auf den Sperrmüll brachten, nur um sich dann, ziemlich kostengünstig, neue kaufen zu können. Die Müllberge wuchsen auch dadurch immer höher.
Auch fiel durch den Lockdown, in dem ja die meisten Geschäfte geschlossen waren und alle zu Hause bleiben sollten, sehr viel mehr Verpackungsmaterial an als früher. Alle bestellten, das was sie benötigten, hauptsächlich nur noch online. Für die, nun horrenden Mengen, der für den Online-Handel benötigten Kartonagen wurden die armen Bäume ebenfalls mehr und mehr gefällt.
Dann spielte auch noch der steigende Bedarf an Kaffee, Tee, Sojaprodukten oder Palmöl, vor allem in Westeuropa, den Brand-Rodern weltweit in die Hände.
Immer mehr Urwald mitsamt seiner ganzen Bewohner musste dafür neuen landwirtschaftlichen Flächen weichen.
Später, im Laufe des Jahres, hörte man noch, dass ausgerechnet die Ureinwohner der verschiedensten Ländern ganz besonders von dem neuartigen Corona-Virus dahingerafft wurden. Zagan und sein schrecklicher, mächtiger Herr hatten tatsächlich Nägel mit Köpfen gemacht.
Da das Virus sich aber von Fledermäusen auf die Menschen übertragen hatte und dies nur möglich gewesen war, weil eben die Lebensräume der wilden Tiere und auch aller anderen Wesen immer schlechter geworden waren, vermutete kaum jemand hinter dem Ausbruch irgendeine Absicht.
Genau dies hatte der »Herr der Finsternis« wahrscheinlich auch beabsichtigt, denn er musste sehr vorsichtig vorgehen, um seine Mutter, »Die Dienerin der Liebe«, nicht wieder auf den Plan zu rufen.
Vielleicht hatte er, damit er nicht so viel Aufmerksamkeit auf

die Angelegenheit zog, die Erkrankung noch vergleichsweise wenig tödlich gehalten
Im Fernsehen wurde zu 90 % nur noch von der Pandemie berichtet. Unmengen an Geld wurden nun, wie gesagt, anstatt, wie ursprünglich geplant, in Umweltschutz-Aktionen, jetzt in teilweise sinnlose Pandemie-Bekämpfungs-Programme gesteckt, die niemandem wirklich und vor allem auf Dauer halfen.
Eigentlich war, zumindest am Anfang der Pandemie, das einzige, wirkliche Gegenmittel zu der ansteckenden Krankheit, dass jeder zu Hause bleiben sollte, um sich nicht anstecken zu können. Ich verstand nicht, wieso nicht absolut alles darangesetzt wurde, schnell und sehr viel Impfstoff für alle in der Welt herzustellen. Oder auch Tests oder Schutzbekleidung…
Nichts anderes sollte doch jetzt wichtig sein.
Stattdessen flossen Milliarden in Hilfsprogramme, die wegen der anhaltenden Lockdowns weltweit, besonders für große Unternehmen, aber auch für die einzelnen Menschen nötig geworden waren. Am schlimmsten waren wohl die Kinder und Jugendlichen dran, denn sie hatten keine Lobby, die ihnen zu Vergünstigungen verhalf. Ständig waren ihre Schulen, Kindergärten und Universitäten geschlossen und viele wurde richtig gehend depressiv dabei. In ärmeren Gebieten der Erde fielen wegen der Pandemie sogar die Hilfsgüter aus. Dadurch mussten Menschen, darunter ebenfalls viele Kinder, Hunger leiden.
Auch die Tatsache, dass wir die Bäume und Pflanzen unbedingt für unser Überleben als menschliche Spezies auf der Erde benötigen, wurde meiner Ansicht nach, gemeinsam mit der Tatsache, dass unsere Emissionen ganz unbedingt und sofort sehr stark verringert werden müssten, aus vielen Köpfen durch die neue Story der Pandemie und die damit verbundenen Ängste vollkommen verdrängt.
Dass der Sauerstoff, den wir dringend zum Atmen brauchten, allein von den Bäumen hergestellt wird und auch der Umstand, dass wir ihnen dafür total dankbar sein und sie deshalb allermindestens beschützen sollten, schien ebenfalls kaum noch eine Rolle zu spielen. Und dass bei der

Produktion des Sauerstoffs unsere Verbündeten, die Bäume, auch noch das Kohlendioxid, welches schädlich für uns und das Klima ist, verbrauchten, interessierte offenbar auch niemanden mehr.
Vor allem die Eichen sollten, so fand ich, dringend unter Schutz gestellt werden, weil diese durch ihre langen Pfahlwurzeln viel besser mit der Trockenheit und den Stürmen des Klimawandels zurechtkamen, als andere und außerdem waren sie auch viel widerstandsfähiger gegen Schädlingsbefall.
An den Waldrändern, als eine Art Palisade gepflanzt, schützten sie auch im inneren des Waldes die anderen Bäume vor Stürmen. Der Umstand, dass eine Eiche hunderte Jahre brauchte, um eine gute Größe zu erreichen, machte es mir unverständlich, dass es noch immer erlaubt war, solche alten Bäume in gesundem Zustand einfach so zu fällen.
Ich war alles in allem so was von enttäuscht und sauer und sprach daher darüber mit jedem, der mir noch sein Ohr dafür schenken wollte. Irgendwie regte mich das Ganze doch viel mehr auf, als es eigentlich sollte und ich konnte inzwischen kaum noch an etwas anderes denken. Als ich dann noch einmal mit dem Auto in unserer Gegend mit Atlantus unterwegs gewesen war und sah, dass sogar bei uns in der näheren Umgebung ganze Waldstücke, von denen ich genau wusste, dass dort vorher überwiegend gesunde Bäume gestanden hatten, gefällt worden waren, schwoll mir vor Zorn der Kamm.
»Die denken wohl, nur weil alle zu Hause sind und nicht mehr direkt bemerken, was geschieht, dass sie sich nun alles erlauben können!!« Mit Tränen in den Augen brüllte ich das ganze Lager zusammen.
Quick Deer war es, der mich endlich aus dieser negativen und damit kontraproduktiven Lebensphase herausholte.
»Es reicht jetzt aber mit Deinem ewigen Gejammer, Gemecker und dem ständigen Pessimismus!«, sagte er mir recht ungnädig im Geiste. »Wenn Du andauernd nur auf das schaust, was nicht gut ist, dann nährst Du genau das mit Deiner Aufmerksamkeit. Du ziehst damit regelrecht mehr schlechte Dinge, so wie ein Magnet an. Außerdem steckst Du

auch noch viele andere Wesen in Deiner Umgebung mit dieser negativen Energie an. Schau auf das Gute und vermehre dieses. Hilf selbst und freue Dich an den Ergebnissen und echauffiere Dich nicht darüber, wie andere falsch oder gar nicht helfen.
Hast Du denn alles vergessen, was ich Dich über die kosmischen Gesetze gelehrt habe! Aus einem Gedanken folgt das Wort, dann die Tat und dann daraus die Materie?
Du hast, weil Du nur noch auf die negativen Dinge schaust und ständig darüber sprichst, selbst einen Anteil daran, was gerade überall geschieht. Du erschaffst diese Dinge ja geradezu durch Deine stetige Aufmerksamkeit in diese Richtung!
Was glaubst Du, warum Du so unzufrieden bist? Es ist nicht etwa, weil im Außen zum Beispiel Umweltzerstörung passiert, sondern, weil Du komplett unterernährt bist. Wann hast Du das letzte Mal meditiert oder Dich in der Liebe zentriert? Wer nicht in die Stille geht, der geht leer aus und der ist dann auch nicht ernährt und daher unglücklich. Auch uns fällt genau das auf, was Du alles so beklagst. Aber wir lassen uns nicht aus der Liebe herauslocken. Nur mit Hilfe der Liebe und dem inneren Gleichgewicht können wir wirklich etwas Gutes auf Dauer bewegen und Dinge dauerhaft verbessern.«
Er hatte Recht und ich schämte mich in Grund und Boden.
»Besser spät als nie«, dachte ich laut und brachte mich von nun an mit allem, was ich konnte, positiv in Bruchtal ein.
Alex hatte auf den Äckern inzwischen schon wieder wahre Wunder gewirkt. Dort wuchsen bereits Salat und Gemüse in Hülle und Fülle. Er hatte eine komplizierte Bewässerungstechnik erdacht, die tatsächlich für alle gut war. Die Hühner hatten schon einen schönen Stall und einen weitläufigen Auslauf bekommen und schienen sich an dem neuen Platz genauso wohlzufühlen, wie zuvor in Waldhaus. Von ganz früh morgens bis zu dem Zeitpunkt, wenn die letzten Sonnenstrahlen den Tag beendeten, war Alex am Schaffen und Wirken. Er war wie ein Fels in der Brandung und beschäftigte sich mit der Erde in Bruchtal, als gäbe es sonst nichts in der Welt zu tun. Und damit hatte er auch

irgendwie recht, jeder brachte sich am besten, mit dem ein, was er sehr gut konnte.
Wie Atlantus es sich gewünscht hatte, begann ich daraufhin, mich um Blumen zu kümmern. Ich pflanzte Oleanderbüsche, die wunderschön blühende Heilpflanze, namens Zistrose und viele andere einheimische Blühgehölze ein und kam nach und nach über den Erdkontakt wieder in meine Mitte. Täglich besuchte ich den Tempel, um mich zu zentrieren und letztlich begann ich auch wieder mit dem Kampfsport. Das tat mir alles in allem sehr gut, denn das Disziplinieren im Außen zieht zumeist auch eine Entwicklung im Inneren nach sich. Schließlich wünschte ich mir doch auch, dass die Erde zu einem höher entwickelten Planeten würde und damit unter die Fittiche »Der Dienerin der Liebe« käme. Da musste ich ja wohl mit einem guten Beispiel vorangehen. Ständig meckernde Pessimisten hatten in einer höher entwickelten Zivilisation mit Sicherheit keinen Platz.
Akira war ebenfalls sehr oft auf dem Kampfsportplatz und es war unglaublich, wie er sich gemausert hatte. Er war ein hervorragender Kämpfer geworden. Er hatte uns alle vollkommen in den Schatten gestellt mit der hohen Geschwindigkeit, mit der er als Mensch (mal von dem Baum-Menschanteil in ihm abgesehen) das astrale Reisen und das Verständigen über den Geist gelernt hatte.
Er blühte auch durch seine neue Partnerschaft mit Lia total auf.
Gepaart mit der ständigen körperlichen Ertüchtigung, sah er inzwischen wieder mehr als gesund aus. Man konnte, das was mit ihm passiert war, auch bedenkenlos »vor Kraft nur so strotzend«, nennen. Atlantus war sehr oft über mehrere Tage verschwunden. Er äußerte sich nur recht einsilbig darüber, wo er gewesen war. Ich glaubte, dass er so eine Art Robin Hood-Rolle der Meere übernommen hatte.
Ich schaute noch immer die Nachrichten sehr aufmerksam. Aber, obwohl Zagan das Auslaufen von Öl-Tankern im Meer und dessen weitere Verschmutzung seinen Mannen aufgetragen hatte, passierte dies so gut wie nie.
Nachdem aber alles andere, das er damals seinen bösartigen Schergen befohlen hatte, sehr wohl geschah, nahm ich an,

dass Atlantus das Meer und die Küsten gemeinsam mit seinen zahlreichen Helfern sehr genau überwachte. Wahrscheinlich vereitelte er den Rekruten des Bösen unzählige Versuche in diese Richtung. Das war sicher sehr gefährlich.
Jedoch war das ja genau das, wofür er auf diesen Planeten gekommen war. Ich beschloss, mir Atlantus nochmals auf ein Gespräch zur Seite zu nehmen.
Wir saßen mit einer Tasse heißem Kakao aus Mandelmilch in unserem Häuschen gemütlich beisammen auf dem kuscheligen Sofa. Da sprach ich zu meinem ältesten Sohn:
»Naja, ursprünglich bist Du ein Selkie aus Aquarius, dann hast Du Dich in mir, als Deiner neuen Erdenmutter inkarniert. Das ist klar, oder?« Atlantus nickte bejahend.
Ich erzählte ihm nun auch noch von dem Baum-Mann namens Olidir, der mit unserer irdischen Vorfahrin Anna circa 1750 den Sohn Querin, von dem wir abstammten, bekommen hatte.
»Die Baum-Menschen tragen alle einen Teil des Planeten Platana in sich, denn sie sind die Nachfahren der Jährlinge, die von dort vor langer Zeit vom kleinen Volk mit auf die Erde gebracht worden waren. Du bist also nicht nur ein Selkie, sondern auch ein Baum.« Lachend warf ich ihm ein Kissen an den Kopf. »Fehlte jetzt nur noch, dass Du um den Tisch herumflatterst und behauptest, auch ein Vogel aus Osiria zu sein«, neckte ich ihn und duckte mich schnell vor seinem Revanche-Kissen, das gerade in Richtung meines Kopfes flog, weg. Wir kabbelten uns noch eine Weile und ich freute mich, Atlantus mal wieder unbeschwert lachen zu sehen.
Bald wurde er wieder ernst und sprach zu mir:
»Mama, mein Gefühl sagt mir, dass ich möglicherweise nicht mehr allzu lange leben werde. Ich habe daher einige Bitten an Dich: Sag meinem Papa Ben bitte, dass ich ihn sehr liebhabe und finde, dass er ein ganz toller Musiker ist. Sag ihm danke für mein Leben. Auch Adita möchte ich für die Jahre, in denen er mich wie seinen eigenen Sohn aufgezogen hat, von Herzen danken. Bitte richte ihm dies von mir aus.
Mit meinen Eltern von Aquarius, Kedir und Undine habe ich

schon selbst über den Geist gesprochen.
Dann möchte ich noch, dass Du, solange Du kannst, diese Organisation der Krieger des Lichts hier weiterführst, wenn ich es nicht mehr könnte. Akira kann gerne, wenn es mal wieder ungefährlicher wird, was ich sehr, sehr hoffe, dies von Dir übernehmen.
Ich bin sehr froh, Mama, dass Du mir und Akira je einen Bruder geschenkt hast und ich danke auch Dir sehr herzlich für mein Leben.«
Ich war sehr ergriffen, aber auch ein wenig betroffen.
»Ist es so gefährlich, was Du tust?«, fragte ich ihn.
»Ja, mehr als Du Dir vorstellen kannst. Aber ich werde nicht damit aufhören, solange noch ein Herz in meiner Brust schlägt.«
Ich versuchte, das zu akzeptieren.
Für eine Mutter jedoch war das keinesfalls leicht.

Der Gefangene

Es war Hochsommer geworden und in Portugal war es deshalb jetzt ziemlich heiß.
Vismateté und besonders Annika litten sehr unter der starken Sonne.
Daher hatte Alex den beiden einen tollen Sonnenschutz, sowie einen kleinen Springbrunnen zu ihren Füßen gebaut.
Da das ein sehr schönes Mikroklima ergab, baten wir ihn, dort auch noch eine Sitzecke aus Holz für uns Menschen zu bauen.
Nun bekamen die beiden Baum-Menschen auch wieder öfter Besuch.
Ich beobachtete, dass einmal Atlantus längere Zeit, sich angeregt mit den beiden unterhaltend, dort verbrachte.
Ich fragte später meinen Baum-Gefährten danach.
Dieser antwortete recht ausweichend.
Das war ich von ihm gar nicht gewohnt.
»Ich möchte es Dir nicht sagen, meine Liebste.
Es wäre zu schmerzhaft für Dich, wenn ich es Dir erzählen würde.«
Mir wurde ganz mulmig im Bauch, aber ich konnte mir schon vorstellen, dass Atlantus vielleicht Vismateté gebeten hatte, in Zukunft, wenn er selbst nicht mehr unter uns sein würde, gut auf mich zu achten.
Ein Gutes aber hatte die Sonne, sie lockte nämlich die Blüten aus all den Sträuchern, die ich gepflanzt hatte.
Bruchtal machte langsam seinem Namen alle Ehre.
An vielen verschiedenen und energetisch jeweilig unterschiedlichsten Stellen, hatte ich auch Sitzecken oder Aufenthaltsbereiche erschaffen.
Dabei war Alex mir stets eine helfende Kraft.
Ich konnte nämlich sehr gut organisieren, planen und vielleicht auch Gartenarbeit verrichten, hatte aber ansonsten kaum handwerkliches Geschick.
In der Mitte, gar nicht weit vom Tempel, gab es auch einen sehr großen Springbrunnen, der zu einem allgemein beliebten Treffpunkt geworden war.
Wir hatten dieser Tage, wenn man sich von den Nachrichten

und den Informationen über die gefährlichen Aktionen von Atlantus fernhielt, ein recht gutes Leben.
Es fehlte uns an nichts.
Bruchtal war eine richtige und tolle Oase geworden.
Vor kurzem hatten wir begonnen, gemeinsam draußen an einer langen Tafel zu essen und Lia und Finnbar schwärmten mehr als einmal davon, dass das sie stark an die Essenstafel bei den Elben im Jahr 822 in Irland erinnerte.
Lia meinte, es würde sie nicht wundern, wenn gleich Karlao mit irgendeinem gerade »gefundenen« Gegenstand lachend um die Ecke käme.
Karlao, der des Öfteren über den Geist zu Besuch war, freute sich sehr darüber.
Gerade beschrieb er ganz verschmitzt »seinen« kleinen, neuen Lederbeutel, gefüllt mit Beifuß, den Soholit offenbar schon eine ganze Weile am Suchen war.
Wie der Osiriat sogar einem Traumwandelnden etwas hatte entwenden können, blieb sein gut gehütetes Geheimnis.
Da Traumwandeln sehr sicher war, denn mein Körper war in Bruchtal gut geschützt, begab ich mich wieder einmal auf Aquarius.
Dabei führte ich auch ein langes Gespräch mit Kedir und Undine, die ja praktisch für mich so etwas wie die Miteltern von Atlantus waren.
Auch sie machten sich große Sorgen um ihren Sohn.
Uns war aber allen klar, dass wir Atlantus sein Schicksal nicht ersparen konnten und wir versuchten daher, auf das Gute im Leben zu vertrauen.
Es war September 2020 und meine Mitgeschwister waren kürzlich 16 Jahre alt geworden.
Ich hatte das Gefühl, dass sie langsam unzufrieden damit wurden, dass sie auf Grund ihres Alters niemals mit nach draußen konnten.
Atlantus ließ auch bei ihnen nicht zu, dass sie an Kampfhandlungen teilnehmen durften.
Ich verstand Atlantus, denn er wollte nicht für den Tod eines so jungen Menschen verantwortlich sein.
Aber ich hatte auch ein Ohr für meine Geschwister, die immer lauter murrten, dass sie bestimmt nicht extra auf die

Erde gekommen seien, um die ganze Zeit in einem Garten zu helfen oder Hausarbeit zu verrichten.
Die ganze Ausbildung sei ja gut und schön, aber diese hätten sie auch auf Aquarius erhalten können.
Hier konnte man ja nicht einmal fliegen!
Die Unlust der 11 war inzwischen schon für alle spürbar geworden.
Im Herbst, wir saßen alle gerade draußen, geschah es, dass die Truppe von Atlantus völlig verschwitzt ankam und nach Hilfe rief.
Ganz in der Nähe hatte es einen Waldbrand gegeben.
Dieser musste unbedingt eingedämmt werden, denn viele der wertvollen und uralten Korkeichen waren in Gefahr.
Wenn der Wind sich drehen würde, wäre es auch nicht auszuschließen, dass Bruchtal ihm zum Opfer fallen könnte.
Dies würde wirklich sehr schlimm für uns alle sein. Denn selbst, wenn die Feuerwehr diesen Ort retten würde, wäre er für uns als Zufluchtsort verloren gewesen, denn niemand durfte von dessen Existenz erfahren.
Im September, vor allem wenn der Sommer davor sehr heiß und trocken war, waren die Waldbrände in Portugal immer am gefährlichsten.
Sofort machte sich alles auf den Weg, was Beine hatte.
Als auch ich los wollte, kam mir Atlantus zuvor und bat mich, Alex, Akira, sowie Lia und Finnbar, hier die Stellung zu halten, denn das sei genauso wichtig.
Hinter unserem Rücken ließ er aber dennoch 10 Krieger zu unserem Schutz in Bruchtal zurück.
Aber er erlaubte meinen 11 Mit-Geschwistern, erstmalig mitzukommen.
Diese waren sofort von der Gelegenheit hellauf begeistert.
Obwohl Portugal kein so reiches Land ist, haben sie dort eine super organisierte und gut trainierte Feuerwehr.
Alle paar Kilometer gibt es einen sogenannten Löschteich, wo sie mit Hubschraubern Wasser holen können, um Brände schnell unter Kontrolle zu bekommen.
Dieser Brand war aber anders.
Kaum hatten sie ihn an einer Stelle gelöscht, so breitete er sich an anderer Stelle erneut und dort dann sogar noch

heftiger wieder aus.
Es war, als würde das Feuer künstlich immer wieder aufs Neue entfacht.
Und so war es auch.
Man hatte sich in kleinere Gruppen zu je 10 Personen aufgeteilt, um an den Rändern des Feuers zu helfen und auch, um zu sehen, ob wirklich jemand das Feuer stets aus Neue künstlich entzündete.
Die 11 Teenager blieben zusammen und wurden von Atlantus und einem bewaffneten Elben-Krieger begleitet.
In dieser Gruppe hörte man von Weitem aufgeregte und rüde Männerstimmen erschallen.
Der Elben-Krieger pirschte sich vorsichtig nach vorne, um die Lage auszukundschaften.
Ein lauter, gequälter Schrei ertönte und dann trat Stille ein.
Plötzlich waren die Jugendlichen und Atlantus von ungefähr 50, der zwielichtigen Männer von Zagan umstellt.
Fies grinsend schnappten sich zwei von ihnen sofort Andaria und Basilica, die die bestaussehenden Mädchen der Gruppe waren.
Es war ganz offensichtlich, was sie mit ihnen vorhatten.
Jeweils 5 Männer entfernten sich bereits mit je einer, der sich wie wild wehrenden, Mädchen.
Atlantus zischte den Teenagern leise zu:
»Sobald die Mädchen frei sind, verschwindet Ihr auf der Stelle via astralem Reisen nach Bruchtal. Ich werde für mich improvisieren, macht Euch keine Sorgen.«
Siegmund nickte still anstelle der ganzen Gruppe.
Laut rief Atlantus: »Was würde wohl Zagan sagen, wenn Ihr wegen zwei jungen Weibern, die so sehr gesuchte Nummer 1 entkommen lassen würdet.
Ich wäre nicht so dumm, mir diese Belohnung durch die Lappen gehen zu lassen.
Bringt die beiden Mädchen zurück zu den anderen und ich werde freiwillig mit Euch gehen.«
Über den Geist hatte er zuvor schon nach Verstärkung gerufen.
Jetzt hielt Atlantus mit der Hand sein Haar so, wie er es damals am Abend der Rekrutierung der Männer getragen

hatte.
»Das ist er wirklich«, rief einer der Männer, dem drei Zähne im Oberkiefer fehlten.
Die anderen hielten inne.
Unmutig, denn ihr Blut war schon sehr in Wallung geraten, stießen die Männer die zwei Mädchen zu den anderen der Gruppe, sicher jedoch mit dem Hintergedanken, nach Atlantus´ Festnahme mit dem schaurigen Tun fortzufahren.
Zwei von ihnen hatten Atlantus inzwischen grob von hinten in Gewahrsam genommen.
»Jetzt«, schrie Atlantus laut.
Siegmund nahm Andaria und Basilica an die Hand und dann verblasste die ganze Gruppe von Teenagern vor den Augen der fassungslosen Männer.
Voller Enttäuschung schlugen sie Atlantus brutal bewusstlos und zogen mit ihm, einer der Männer hatte sich ihn wie einen nassen Sack über seine Schultern geworfen, eilig in Richtung ihres Lagers davon.
Sie lebten auf einem alten Öltanker, der unweit in einer Bucht vor Anker lag.
Unter Deck gab es einen kleinen Kerker.
Dort hinein warfen sie ihren Gefangenen, den sie zuvor auch noch gründlich gefesselt hatten.
Dieser war noch immer bewusstlos.
Dann berieten sie sich.
Zagan war momentan auf einer geheimen Mission unterwegs und war deshalb schon seit Tagen für niemanden erreichbar.
Er hatte klargemacht, dass keiner ihn suchen solle, bevor er sich nicht von selbst wieder zeigen würde.
Was geschah, wenn man sich seinen Befehlen widersetzte, hatten alle an Bord schon das ein oder andere Mal miterlebt und sie würden dies auf keinen Fall riskieren wollen.
Er hatte in dieser Mannschaft den, verschlagen dreinblickenden, Mersch zum Obmann ernannt.
Mersch verfügte über eine gewisse Bauernschläue, wenn er auch ansonsten vollkommen ungebildet war.
Als ihm die Männer vom plötzlichen Verschwinden der jungen Leute berichteten, ordnete er sofort an, nochmals zu kontrollieren, ob der Gefangene auch richtig gefesselt

worden war, damit er sich nicht auch in Luft auflösen würde.

Meine Mitgeschwister waren inzwischen unversehrt in Bruchtal zurück und erzählten unter ständigen Schluchzern, was geschehen war.
Mir gefror das Blut in den Adern und mein Herz klopfte wie wild. Meine Ohren rauschten und alles um mich drehte sich. Schnell schob mir der besorgte Alex einen Stuhl hin und setzte mich darauf.
Sollte dies das schreckliche Ende von meinem Sohn Atlantus sein?
Gerade hatte sich auch schon eine weitere Gruppe unserer Krieger gemeldet, die durch Atlantus Ruf über den Geist bereits am Schauplatz des Geschehens angelangt war.
Sie berichteten uns von dem Tod des Elben und setzten uns darüber in Kenntnis, dass sie den Spuren der Entführer bereits auf den Fersen waren.
Sie orderten weitere Verstärkung.
Sehr bald erfuhren wir, dass Atlantus auf einem alten Ölfrachter in einer der Nachbarbuchten, unweit von derer, wo wir immer baden gingen, gefangen gehalten wurde.
Offenbar hatten unsere Krieger mehr als 50 Männer an Bord gezählt.
Ein direkter Angriff konnte zum Tod von Atlantus führen.
Daher wollte man zunächst also lieber noch abwarten.
Für den Fall, dass das Schiff ablegen würde, hatten die Krieger des Lichts bereits ebenfalls, ein sehr viel schnelleres Boot, in der Nähe gut versteckt.
Wir waren alle sehr besorgt, weil Atlantus nicht über den Geist erreichbar war und hofften inständig, dass dies »nur« an einer Ohnmacht liegen würde.
Mersch überlegte, was er nun tun sollte.
Langsam bewegten sich die hölzernen Zahnräder in dem Teil seines Kopfes, das normalerweise Gehirn genannt wurde.
Zagan zu suchen war verboten.
Ihn in diesem Fall nicht zu suchen, war auch nicht gut.
Ratlos und ein wenig einfältig blickte Mersch mit dumpfen Augen um sich.
Dann beschäftigte er sich weiter mit diesem, für ihn, schier

unlösbaren Problem.
Immer öfter mischten sich nun in seine Gedanken auch Bilder, wo er sich selbst mit einem Orden an der Brust und als Stellvertreter neben Zagan sah.
Er grinste verträumt.
Was, wenn er anstatt nur mit dem wichtigen Gefangenen, der als Nummer 1 überall intensiv gesucht wurde, aufwarten, sondern auch noch mit detaillierten Angaben über dessen, offenbar gut organisierte Helfer, glänzen konnte?
Das erschien ihm eine tadellose Idee.
Er würde schon eine Folter finden, wie er dem Gefangenen, die so wichtigen Informationen entlocken konnte.
Plötzlich erschreckte er sich.
Was, wenn der Gefangene inzwischen schon gestorben war?
Er hatte gar nicht gut ausgesehen, als sie ihn vorhin in den Kerker geworfen hatten.
Zagan wäre bestimmt sehr wütend, wenn er ihn nur noch tot übergeben könnte.
Eilig rief er einen Sanitäter.
»Herkommen, sofort!«, bellte er diesen an.
»Schau nach dem Gefangenen im Kerker, aber schnell.
Ich brauche ihn unbedingt am Leben.
Wehe Dir, wenn er stirbt, hast Du verstanden?«
Verängstigt nickte der Sanitäter und machte sich sofort in Richtung Unterdeck und dem dortigen kleinen Kerker auf.
Atlantus lag noch genauso auf dem Boden, wie sie ihn vor zwei Stunden dorthin geworfen hatten.
Es war gut, dass der Sanitäter nach ihm schaute, denn seine Zunge rutsche mehr und mehr nach hinten und bald wäre Atlantus an ihr erstickt gewesen.
Der erfahrene Sanitäter legte den Gefangenen, nachdem er dessen Lebenszeichen, also die Atmung und den Puls überprüft hatte, in die stabile Seitenlage.
Ansprechbar war er nicht.
Er löste noch den Klebestreifen um dessen Mund und war der Ansicht, dass er nun genug getan hatte.
Er verließ schleunigst den Ort, um seinem Obmann, Bericht zu erstatten.
Dieser wartete schon ungeduldig.

»Und? Ich höre!«
»Er lebt und er wird auch nicht so bald sterben, wenn wir nicht dafür sorgen.
Ich würde sagen, dass er demnächst wieder zu sich kommen wird, Sir«, fügte der Sanitäter noch unterwürfig hinzu.
Die Anrede ging Mersch runter wie Öl und er straffte sich ein klein wenig.
»Du kannst wegtreten, danke«, ließ er den Sanitäter gnädig wissen.
Er hatte eine Idee, wie er die Informationen aus Atlantus herauspressen wollte und begann auf der Stelle mit den Vorbereitungen.
In Bruchtal waren wir alle äußerst besorgt, denn wir konnten Atlantus noch immer nicht erreichen.
Es wurde heftig diskutiert, ob man nun den Tanker angreifen oder noch abwarten sollte.
Von den Tätigkeiten rund um den Waldbrand, hatte man sich indes zurückgezogen, denn es war deutlich, dass die Feuerwehr, nachdem die Brandstifter sich zurückgezogen hatten, inzwischen alles im Griff hatte.
Wir kamen überein, dass wir noch bis morgen früh abwarten wollten und sollten wir nichts bis gegen acht Uhr gehört haben, dann würde um diese Zeit der Angriff auf den Tanker gestartet werden.
Die Vorbereitungen dazu liefen bereits in allen Richtungen.
Dann endlich meldete sich plötzlich Atlantus über den Geist.
Er erschien uns ziemlich mitgenommen, wollte aber von einem Angriff überhaupt nichts wissen.
Natürlich wollte er keine zusätzlichen Opfer haben, das sah ihm mal wieder ähnlich.
Er versprach, mit uns in Kontakt zu bleiben und uns sofort zu informieren, wenn er Neuigkeiten hätte.
Leider war er komplett gefesselt und konnte daher nicht astral von dort entfliehen.
Mersch ging mit forschen Schritten sein Schiff ab.
Er hatte sich an alte Seefahrer-Filme erinnert.
Kielholen, das hatte ihn schon immer enorm fasziniert.
Genau das würde er mit Nummer 1 tun.
Danach würde dieser so geschafft sein, dass er ihm alles

erzählen würde, nur damit er die Prozedur mit ihm nicht noch einmal wiederholte.
Aber er musste sicher gehen, dass dieser das Ganze auch überleben würde.
In den Filmen waren die Männer manchmal unterwegs erstickt oder von Haien abgefressen worden.
Gut, Haie waren hier als Gefahr auszuschließen, aber wie schnell wäre es möglich, einen Mann unter dem Schiff an einem Tau der Länge nach hindurchzuziehen?
Er musste das unbedingt vorher mit jemand Unwichtigem testen.
Er ging in die Küche, schob unauffällig einige Kartoffelschalen vom Tisch auf den Boden und trat an einen Hilfsarbeiter dort heran.
»Hast Du hier gerade die ganzen Kartoffelschalen auf den Boden geschmissen, Du Schwein?
Wie oft soll ich noch sagen, dass ich in der Küche Ordnung und Sauberkeit haben will?«
Er schlug den ahnungslosen Küchenjungen mit voller Wucht ins Gesicht.
»Mitkommen, ich werde dem ein für alle Mal ein Ende bereiten.
Danach wirst Du Dir überlegen, ob Du das noch einmal machen wirst.«
Er zerrte den fassungslosen Jungen an Deck.
»Steuermann, herkommen!
Fertigmachen zum Kielholen, aber schnell!«
Ein ungläubiges Raunen ging durch die ganze Meute.
»Wenn noch einer will, dann raus mit der Sprache, ich lasse gerne auch mehrere Männer kielholen, wenn es sein muss.«
Die Männer beeilten sich, dem Wunsch ihres Obmanns eilig nachzukommen.
Sie banden dem Jungen die Hände hinter dem Rücken und die Füße fest zusammen.
Dann schlangen sie ihm noch ein starkes Tau um den Bauch.
Dieses war zuvor unter dem Schiff entlang gezogen worden.
Mersch persönlich gab dem Jungen einen Stoß, sodass dieser ins Wasser fiel.
Fünf weitere Männer zogen mit aller Kraft das dicke Tau mit

dem gefesselten Jungen daran, unter dem Boot entlang.
Von ihrer Geschwindigkeit würde es abhängen, ob der Junge überleben oder ersticken würde.
Mersch hatte heimlich eine kleine Stoppuhr am Laufen.
Es dürfte keinesfalls länger als 2 Minuten dauern, ansonsten wäre das Ganze zu riskant für den wertvollen Gefangenen Nummer 1.
Seine Untergebenen zogen und zogen.
1,5 Minuten schon.
»Jetzt zieht doch verdammt nochmal schneller, Ihr Idioten«, fuhr er die schwitzenden Männer an.
Es sprangen noch weitere Helfer hinzu und in einer Minute und 50 Sekunden zogen sie den ohnmächtigen Jungen wieder an Deck.
Mersch gab ihm eine saftige Ohrfeige, wodurch dieser augenblicklich wieder zu sich kam.
»Ab mit Dir in die Küche und keine Sauerei mehr in Zukunft dort, verstanden?«
»Aye, Aye Sir«, stammelte der Junge, dem inzwischen die Tränen über das geschwollene Gesicht liefen.
Mersch rieb sich die Hände.
Wenn er gleich zu Anfang noch ein paar mehr Männer zum Ziehen verpflichten würde, wäre es eine sichere Sache.
Zuvor wollte er aber noch mit dem Gefangenen reden.
Er öffnete die Klappe und rief in Richtung des Kerkers.
»Ich will wissen, wo Du und Deine ganze Brut Euer Lager habt.
Wenn Du es mir sagt, lasse ich Dich am Leben.
Wenn nicht, dann werde ich Dich morgen so oft kielholen lassen, bis Du ersoffen bist oder es mir verrätst.
Was sagst Du dazu?«
»Ich werde meine Freunde nicht verraten, eher sterbe ich«, antwortete Atlantus.
»Das werden wir ja sehen.
Morgen früh um Punkt acht Uhr wird Dein letztes Stündlein schlagen, Du wirst mich noch darum anflehen, dass Du mir verraten darfst, wo Euer Hauptquartier ist.«
Damit schlug er die Klappe nach Unterdeck zu und war mehr als zufrieden mit sich selbst.

Sich die Hände reibend, verschwand er in seiner Kajüte und genehmigte sich dort einen ordentlichen Schluck Rum.
»Auf Dein Wohl, stellvertretender Heerführer«, sprach er grinsend zu sich selbst.
Auch Atlantus hatte die alten Seefahrer-Filme, in denen das Kielholen vorkam, gesehen.
Für einen Menschen war das eine gefährliche Sache.
Im Geiste wandte er sich sofort an seine engsten Kampfgefährten und beorderte ein schnelles Schiff in die nächste Bucht.
Zufrieden hörte er, dass dies schon veranlasst worden war.
»Haltet Euch morgen früh nach acht Uhr bereit, mich dort aufzunehmen und sogleich und schnell zu fliehen«, sprach er.
Die Krieger des Lichtes bereiteten alles, wie er gewünscht hatte, auf der Stelle bis ins kleinste Detail, vor.
Am Morgen ließ Mersch Atlantus an Deck holen.
Die ganze Mannschaft war dort versammelt.
»Wirst Du uns Informationen über Dein Hauptquartier geben?«
Atlantus schüttelte den Kopf.
Mersch schlug auch ihn ins Gesicht und schrie laut:
»Kielholen, sofort.«
Alles war schon vorbereitet und durch das Beispiel von gestern, lief es nun auf dem Schiff wie am Schnürchen.
Der gefesselte Atlantus wurde ins Meer gestoßen und die Männer zogen nach Kräften.
Mersch blickte nervös auf seine Stoppuhr.
Nach einer Weile konnten die Männer nicht mehr ziehen.
Es war, als hätte sich das Seil verhakt.
Mersch selbst legte mit Hand an.
Es stimmte, das verfluchte Tau, gab keinen Zentimeter mehr nach.
Verdammt schon 1,5 Minuten.
»Los springt ins Meer und schneidet ihn frei.
Das ist ein wertvoller Gefangener, ich brauche ihn unbedingt lebend.«
Mehrere Männer sprangen mit einem Messer zwischen den Zähnen ins Wasser.
Nach einer weiteren Minute tauchten sie prustend wieder

auf.
»Er ist nicht mehr da und das Tau hat sich am Schiffsboden verhakt.
Es sieht aus, als ob das Tau abgebissen wurde.«
Mersch brach der Schweiß aus allen Poren aus.
Sofort sprang er selbst über Bord, um die Meldung seines Untergebenen zu überprüfen.
Es war genauso, wie seine Männer es beobachtet hatten, das verdammte Tau gab keinen Zentimeter mehr nach.
Es musste ein Hai gewesen sein, anders konnte er sich das Ganze nicht erklären.
Er dachte panisch an Flucht, denn er war sich der gnadenlosen Rache von Zagan sofort bewusst.
»Lasst ein Beiboot nach unten«, befahl er deshalb in barschem Ton.
Doch da ertönte vom Ufer eine wohlbekannte und von allen gefürchtete Stimme.
»Wo ist sie, die Nummer 1?«
Von einem auf den anderen Moment war Zagan auf dem Schiff.
»Du hast was?
Kielholen sagst Du und er ist weg?
Du dämlicher blöder Idiot«, er schlug Mersch mehrmals fest ins Gesicht.
»Auspeitschen aber sofort und dann ab zum dauerhaften Putzdienst an Deck.
Kielholen! Dass ich nicht lache.
Du geistloser, blöder Vollidiot. Nummer 1 ist ein Selkie!«

Atlantus war eigentlich froh gewesen, als er vom Kielholen hörte.
Für jeden Menschen wäre das die Hölle gewesen.
Jedoch nicht für ihn. Nicht für einen Selkie.
Als er ins Wasser fiel, verwandelte er sich auf der Stelle in einen Seehund.
Dadurch, dass sein Körper jetzt viel dünner war, schlüpfte er ohne Weiteres aus dem Seil, womit er zuvor als Mensch gefesselt gewesen war.
Dann biss er das Tau durch, verwandelte sich wieder in

einen Menschen, band das dicke Seil fest unter dem Boot an einer Ausbuchtung fest und schwamm dann eilends, wieder als Seehund, zu dem rettenden Boot in der nächsten Bucht. Seine Männer zogen ihn hastig ins Schiff und flohen mit ihm sofort zum heimatlichen Strand. Atlantus ging an Land und alle reisten astral binnen Sekunden zurück nach Bruchtal. Das Schiff wurde schnell wieder in sein altes, so gut wie unauffindbares, Versteck gebracht.
Ängstlich stürmte ich zum Quartier von Atlantus.
Er sah sehr mitgenommen aus.
»Mama, ich möchte nicht, dass Du mich so siehst.
Komm bitte in einigen Tagen nochmal wieder.
Es ist nichts, es geht mir gut!«
Ich hielt es für das Beste, zu tun, was er wollte.
»Ich habe Dich lieb«, sagte ich noch.
»Ich Dich auch«, hörte ich seine leise Antwort zum Abschied.
Bei meinen Jahrgangs-Geschwistern herrschte eine sehr bedrückte Stimmung.
Sie fühlten sich mit schuldig an dem Tod des Elben und der Gefangennahme von Atlantus.
Sie würden bestimmt nicht so schnell wieder verlangen, mit nach draußen zu können und versprachen, bevor sie 18 Jahre alt sein würden, nie wieder auch nur zu fragen, ob sie an den Kampfhandlungen teilnehmen dürften.
Nach einigen Tagen zeigte sich Atlantus wieder und man konnte so gut wie keine Verletzungen mehr an ihm ausmachen.
Ich glaube, dass er sofort seine Arbeit wieder aufnahm, denn er verschwand, so wie früher auch immer, wieder regelmäßig für einige Tage.
Ich versuchte, damit zurecht zu kommen und ließ mir meine Sorgen nicht anmerken.
Stattdessen tat ich nützliche Dinge und beschäftigte mich mit der weiteren Verschönerung von Bruchtal.
Eines Tages sprach mich Atlantus nochmals an.
»Hallo Mama, wir sind demnächst etwas länger weg.
Du brauchst Dir aber keine Soge zu machen.
Dieses Mal geht es nicht um einen direkten Kampf mit den

Männern der unbekannten Macht.
Wir werden in Malaysia sein und dort beim Bau einer modernen Müllverbrennungsanlage helfen.
Diese soll besondere Filter für die Abgase und eine Möglichkeit, aus der Anlage auch noch Energie zu gewinnen, bekommen.
Stell Dir vor die ganze Welt und besonders auch Deutschland!« (er betonte das letzte Wort ganz besonders), »exportieren einen großen Teil ihres Plastikmülls, also der gelben Säcke, einfach nach Malaysia.
Das ärmere Land bekommt dafür Geld, dass es für die reichen Länder den Müll entsorgt.
Und weißt Du, wie das dort gemacht wird?«
Ich sah, wie Atlantus vor Entrüstung bebte.
»Sie nehmen den Müll und werfen ihn einfach ins Meer und fertig.
Du kannst Dir gar nicht vorstellen, wie schlimm das für die Bewohner des Ozeans besonders in dieser Gegend ist.
Sie fressen den Müll aus Versehen und viele von ihnen verwickeln sich in Plastiktüten oder Apfelsinen-Netzen und sterben daran einen quälenden Tod.
Es ist einfach nur unglaublich«, regte sich mein Sohn mit Recht auf.
Auch ich war fassungslos.
»Das gibt's doch nicht! Ich habe immer gedacht, wenn ich schön alle Verpackungen in den gelben Sack tue, dann werden diese wieder recycelt?«
»Pah«, Atlantus schnaubte.
»Nur bei wenigen Prozent des Mülls geschieht das, der Rest landet jedoch im Meer und zum Beispiel das feine Deutschland macht sich nicht einmal dabei direkt die Hände schmutzig.«
»Das ist ja eine riesige Sauerei«, warf ich ein.
»Wie gut, dass Ihr dabei helft, dass das aufhört.
Ich bin sehr stolz auf Dich mein Sohn.«
»Es gibt auch ein paar junge Leute dort, die Schiffe entwickelt haben, um den Plastikmüll wieder aus den Meeren herauszuholen.
Darüber bin ich sehr froh«, ließ Atlantus noch fallen.

»Jedenfalls wollte ich nur, dass Du Dir keine Sorgen machst, dass wir länger als gewöhnlich weg sein werden.
Zumindest bei der Sache hat, nach meiner Information dieser Zagan nicht direkt die Finger im Spiel.
Daher ist das fast so eine Art Urlaub für uns.
Wir brechen morgen sehr früh auf, habt eine gute Zeit bis wir wieder da sind.
Tschüss Mama.«
Er gab mir einen Kuss auf die Stirn, (mein Gott, wie groß er geworden war), nahm mich noch kurz in den Arm und verschwand alsdann in Richtung des Hauses, wo er mit seinen Männern untergebracht war.

Die Falle

Wir hatten jetzt April 2021.
Atlantus war schon vor Wochen sehr zufrieden aus Malaysia zurückgekehrt, denn es war durch die moderne Müllverbrennungsanlage und die Schiffe, die den Müll auf dem Meer einsammelten, eine wirkliche Verbesserung der Lebensverhältnisse der dortigen Meeresbewohner eingetreten.
Atlantus erzählte mir viel von einer uralten Schildkröte, die sie von zahlreichen Zitronennetzen befreit hatten und die ihnen allen, im Namen aller Meereswesen und als Älteste der dortigen Bewohner herzlich gedankt hatte.
Ich konnte in den Augen meines Sohnes richtige Freude erkennen, dass er bei der Angelegenheit eine Rolle hatte spielen dürfen.
In Deutschland war schon längst von einigen klugen Köpfen ein wirksamer Impfstoff gegen Corona entwickelt und im Dezember des vergangenen Jahres auch schon zugelassen worden.
Die Impfungen gegen die Pandemie hatten daher schon begonnen.
Leider war sich der politische Wasserkopf der Bürokratie überall selbst im Weg und die Impfungen verliefen sehr viel langsamer, als es hätte sein müssen.
Trotz alledem konnte man hoffen, dass die Krankheit bald besiegt werden würde.
Vielleicht könnte ja bereits zeitnah alles wieder so werden, wie es früher einmal war.
Atlantus hatte nun schon zum wiederholten Male die Mannschaften kleinerer Öltanker, die offenbar durch die Bank mit Schergen des Anführers Zagan besetzt gewesen waren, überwältigt und dadurch viele kleinere Ölkatastrophen auf dem Meer verhindert.
Es erschienen jedoch immer wieder neue Tanker an den Küsten von Portugal und hielten Atlantus und seine Spezialeinheit ständig in Atem.
Jedes Mal war es ein leichtes für die Krieger des Lichts gewesen, die Tanker zu erobern.

Daran hätten wir vielleicht schon erkennen können, dass das Ganze nicht mit rechten Dingen zuging.
Atlantus und seine Kameraden fühlten sich durch die stetigen Erfolge immer sicherer.
Als dann genau in der bezaubernden Bucht, wo wir manchmal zum Baden hingingen, durch einen der Späher an einem der beiden Bootstege, die es dort gab, ein verdächtiger, sehr kleiner Tanker gesichtet wurde, schickte sich Atlantus mit nur 20 seiner besten Männer an, dort nach dem Rechten zu sehen.
Atlantus und ich hatten zuvor eigentlich ausgemacht, heute dort zu zweit baden zu gehen, denn diese Bucht lag gar nicht so weit von Bruchtal entfernt.
Ich hatte mich sehr auf diesen gemeinsamen Nachmittag gefreut und bat ihn daher:
»Könnt Ihr das mit dem Tanker nicht regeln und wir gehen danach gleich dort baden?«
»Mama, so was ist nie ein Spaziergang.
Es sterben jedes Mal Männer dabei.
Ich will nicht, dass Du so etwas mit ansiehst.
Bitte bleibe hier in Bruchtal und wir gehen eine anders Mal Schwimmen.«
Als dann der Späher meinte, der Tanker sei nur mit etwa vier Männern besetzt, hakte ich nochmals nach.
»Ich würde einfach so lange in dem angrenzenden Wald bleiben, überhaupt nicht hinschauen und auf Dich warten bis Ihr fertig seid.
Dann bräuchten wir unsere Verabredung nicht abzusagen.
Du hast doch so selten Zeit.« Ich klang ziemlich enttäuscht.
»Aber Du bleibst weit weg vom Strand, bis ich Dich holen komme und Du hältst Dich raus, egal, was passiert, klar?«
»Klar«, antwortete ich und nahm erleichtert meine Badetasche, die schon fertig gepackt war, wieder auf.
Wir reisten astral und waren daher ziemlich sofort in der besagten Bucht.
Ich ging, wie verabredet, in den Wald und setzte mich an den Stamm eines schönen großen Baumes, von wo aus ich, wie versprochen, den Strand nicht einsehen konnte und wartete.
Atlantus und seine 20 Männer machten sich sofort in

Richtung des besagten kleinen Öltankers auf den Weg.
Ich machte mir keine Sorgen, auch nicht als ich laute Schreie hörte, denn ich nahm an, dass diese von den vier Männern der Besatzung stammten.
Als es aber immer turbulenter wurde und ich auch noch Maschinengeräusche hörte, wagte ich doch einen kurzen Blick in Richtung Strand.
Ich sah als Erstes, wie viele, mir unbekannte und bewaffnete Männer, die sehr feindlich aussahen, genau in meine Richtung liefen.
Ich versuchte nicht in Panik zu geraten und suchte nach einem Versteck.
Hektisch sah ich mich um.
Außer den Bäumen gab es keinerlei Deckung in der Nähe.
Langsam begann die Angst mich zu lähmen.
In meinem Kopf ertönte plötzlich eine uralte Stimme, ähnlich derer von Weidana, der Baum-Ältesten: »Werde zu dem Baum, schnell!
Halte Deine Hand an den Rindenbeutel, den wir dir einst mitgegeben hatten und denke nur daran, der Baum zu werden.«
Ich lenkte all meine Konzentration darauf, in den Baum, an dem ich gerade gelehnt hatte, zu schlüpfen.
Zuvor hatte ich noch die Badetasche unsichtbar gemacht, indem ich sie eilig in eine benachbarte Baumhöhle gestopft, und zur Sicherheit noch dem Aussehen von Luft angepasst hatte.
Wie gut, dass wir all diese Dinge bei Soholit gelernt hatten.
Ich wurde tatsächlich kurz darauf zu einer Baum-Frau und war nun für die gefährlichen Männer, die sich mir in dem Augenblick direkt näherten, vollkommen unsichtbar.
Im nächsten Moment liefen diese auch ganz dicht an mir vorbei und suchten augenfällig nach weiteren Kriegern des Lichts.
Der Baum, in dem ich war, hatte eine recht hohe Krone.
Ich dehnte mich über diese ein wenig hinaus und hatte nun einen sehr guten Blick auf die Bucht.
Mir stockte der Atem.
Von links und rechts waren offenbar noch vier weitere, sehr

viel größere Öltanker, die mit unzähligen feindlichen Männern besetzt waren, angekommen und waren gerade dabei, ebenfalls an den beiden Stegen festzumachen.
Auf dem kleinen Tanker, der als Erstes dagewesen war, bot sich mir folgendes schreckliches Bild:
Ich wusste nicht woher sie alle gekommen waren, möglicherweise waren sie zuvor unter Deck versteckt gewesen.
Auf jeden Fall waren dort nun auch etwa 100 gegnerische Männer zugegen.
Alle Krieger des Lichts waren inzwischen gefangen worden und die meisten von ihnen lagen bereits zu Tode getroffen auf Deck.
Atlantus war gerade über Bord gesprungen und hatte sich im Wasser in einen Seehund verwandelt.
Aber das Ganze war anscheinend eine ganz genau ausgeklügelte Falle, denn Atlantus landete in einem, offenbar eigens für diesen Fall rings um das Schiff ausgelegten Netz.
Eilig zogen die gemeinen Schergen das Netz mitsamt dem Seehund in die Höhe.
Daraufhin verwandelte sich dieser wieder zurück in Atlantus.
Weit über die Bucht hörte ich eine überlaute Stimme erschallen:
»Nummer 1, für Deinen Verrat an uns und der Sache unseres Herrn wirst Du nun eines qualvollen Todes sterben. Wir dulden keine Abtrünnigen!«
Zagan, der schaurige Anführer der feindlichen Schergen hatte gesprochen.
Mehrmals ließ er das Netz mit dem mutigen Selkie darin über dem Schiff kreisen und labte sich an dem Anblick des Gefangenen, wie eine Spinne, die ihr Opfer sicher in ihrem Netz gefangen hat.
Ich hoffte auf ein Wunder, war aber ansonsten nicht in der Lage, auch nur irgendeinen klaren Gedanken zu fassen.
Ich hatte versprochen, mich keinesfalls einzumischen und das hielt ich auch ein, denn was hätte es, außer meinem sofortigen Tod schon gebracht, wenn ich mich auf die Übermacht der Feinde gestürzt hätte?
Wahrscheinlich hätten sie mich nur dazu benutzt, um

Atlantus noch weiter zu quälen, bevor auch ihn, sein unausweichliches Ende ereilen würde.
Also stand ich da, weinte tausend innere Tränen und wurde Zeuge des grausamen Endes meines geliebten Kindes.
Eigenhändig nahm Zagan nun einen Speer und stach mit diesem auf meinen geliebten Sohn Atlantus ein.
Er achtete darauf, den tödlichen Stoß noch nicht gleich zu setzen.
Ich schrie aus voller Kraft, denn es war, als würde der Speerstich mich selbst treffen.
Aber es kam dennoch kein Laut über meine Lippen, vielleicht war das das Werk der Baum-Menschen, die mich dadurch am Leben erhielten.
Nur mein Versprechen, dass ich Atlantus gegeben hatte, hielt mich jetzt noch davor zurück, mich trotz der Sinnlosigkeit meines Tuns, doch noch auf dem Tanker einzumischen.
Was aber hätte ich auch ausrichten können?
Es waren nun etwa vierhundert Männer der feindlichen Truppen in der Bucht zu sehen.
Ich betete inständig, dass Atlantus schon in eine gnädige Ohnmacht geglitten sein möge.
Ich sah aber verzweifelt, dass er immer noch lebte.
Meine Baum-Frau Augen waren sehr viel schärfer, als mir lieb war und ich konnte so das Entsetzten in den Augen von Atlantus erkennen und auch sein vor Schmerz verzogenes Gesicht.
Unter großem Gegröle nahmen nun auch die anderen Männer Anteil am Abschlachten dieses mutigen Selkies.
Gott sei Dank schien er das nach einer Weile nicht mehr zu bemerken, denn ich sah keine Regung mehr in seinem Gesicht.
Sie zogen ihn im Netz an Deck und gaben ihm dort den Rest.
Am heftigsten beteiligte sich dabei der ehemalige Obmann Mersch, auf dessen Rücken sich viele, noch ganz frische Narben von den Peitschenhieben, die er seinerzeit wegen Atlantus` Flucht bekommen hatte, befanden.
Diese Peitschenhiebe und auch, dass er degradiert worden war, hatte er Atlantus zu verdanken und dafür nahm er nun, mit vor Bösartigkeit verzerrtem Gesicht, bittere Rache an

seinem einstigen Rivalen.
Danach warfen sie die Leiche von Atlantus unter unmenschlich verachtenden Ausrufen ins Meer.
Dann herrschte Stille, die kurz darauf in großem Jubel endete.
In meinem umnebelten Kopf hörte ich nun eine leise, aber sehr deutliche Stimme.
Sie stammte dieses Mal von Platanius, dem Gefährten von Weidana.
»Fasse Dich, Kriegerin, komm zu Dir.
Deinem Sohn kann jetzt niemand mehr helfen.
Bitte denke aber auch an alle anderen Wesen der Erde.
Diesem Treiben muss unbedingt ein Ende bereitet werden!
Fasse Dich!«
Neue Kraft und Klarheit flossen augenblicklich in mich ein.
Der rote Nebel des Zornes und der grenzenlosen Verzweiflung senkte sich von meinen Augen und ich versuchte, mir von meinem Standort aus, ein genaues Bild der Lage zu machen.

Der letzte Kampf

Von den fünf Öltankern, die jetzt allesamt an den Bootsstegen festgemacht hatten, hörte ich die randalierenden Schergen von Zagan und ihrem abwesenden großen Herren siegessicher johlen.
Einige machten sich noch an den armen und geschundenen, jedoch bereits verstorbenen, Kampfgefährten von Atlantus zu schaffen.
Sie stachen wie von Sinnen auf diese ein und warfen sie dann ebenfalls, laut lachend, über die Reling.
Ich fühlte keinen Zorn und auch keine Trauer mehr, sondern war einfach nur unendlich fest entschlossen, dem endlich ein Ende zu setzten.
Aus vollem Bewusstsein rief ich im Geiste alle Krieger des Lichts sofort zum Kampf an den Strand des Meeres.
Aus meinen Gedanken hatten sie schon die schrecklichen Bilder von Atlantus` Tod und der furchtbaren Niederlage seiner Gefährten übernommen.
Als Erster rannte Akira, fanatisch brüllend, mit nacktem Oberkörper und bis an die Zähne bewaffnet auf die grölende Meute der Männer von Zagan zu.
Er musste von meinem Schlachtruf wohl auf dem Kampfsportplatz überrascht worden sein.
Sein Gesicht war so Furcht einflößend, dass ich mich nicht gewundert hätte, wenn sein Blick allein schon tödlich gewesen wäre.
Eine Sekunde später tauchten von allen Seiten mehr als 200 weitere Krieger des Lichts auf.
Ich sah die Druiden, bewaffnet mit magischen Eichenstäben und das kleine Volk mit mächtigen Äxten, den Tod in die grimmigen Gesichter geschrieben.
Alex hatte mein Ruf mitten bei der Feldarbeit erreicht und er lief, zu allem entschlossen und nur mit einer Mistgabel bewaffnet, in Richtung der angelegten Schiffe.
Seine übermenschlichen körperlichen Kräfte würden die Qualität seiner Waffe auf jeden Fall wett machen.
Quiskan war mit seinem magischen Hammer gekommen.

Lia und Finnbar hatten moderne Waffen und ihre präparierte kugelsichere Bekleidung an.
Ich bemerkte, wie Lia von Weitem Akira mit einem lässigen Schlenker ihrer Hand, während alle noch zu den Tankern rannten, ihm und auch anderen einen unsichtbaren Gesamtkörperschutz überwarf.
Dieser kam bei Akira keine Sekunde zu früh, denn im nächsten Moment prallten die Kugeln, der hämisch grölenden Gegner, auch schon davon ab.
Die ersten Pfeile der Elben gingen jetzt auf die Schiffe der feindlichen Männer nieder.
Die Reihen der gegnerischen Rekruten lichteten sich sofort und es wurde hektischer unter ihnen.
Mit Rache und Tod in den Augen, aber vollkommen zentriert, erreichte Akira als Erster ein Schiff.
Jeder Schlag von ihm war ein toter Feind.
Lia und Finnbar waren sogleich neben ihm und sie kämpfen weiter in Dreiecksformation.
Eine größere Anzahl der zwielichtigen Gestalten hatte sich bereits unter Deck geflüchtet.
Lia sandte einen mächtigen magischen Spruch nach unten, welcher diesen sofort und schmerzfrei den Tod brachte.
Sie verschloss danach die Luke nach Unterdeck.
Mit Tränen in den Augen sprach sie ein kurzes Gebet für die nun sterbenden Männer, während sie konzentriert weiter kämpfte.
Es war wichtig, dass die fünf Schiffe keinesfalls beschädigt wurden oder in Brand gerieten, denn alle wussten, dass sie Öl geladen hatten.
Dieses durfte um keinen Preis, so wie die Insassen der Tanker es geplant hatten, in den Ozean gelangen.
Es blieb keine Zeit, großartig über irgendetwas nachzudenken, denn der verbissene Kampf um Leben und Tod ging ohne Gnade weiter.
Zagan, der mächtige Anführer, welcher sich ebenfalls auf diesem Schiff befand, hatte gerade seine gewaltige Streitaxt gehoben, um Lia von hinten den Kopf zu spalten.
Akira und Finnbar warfen sich sofort dazwischen, sodass Lia vor diesem entsetzlichen Tod bewahrt wurde.

Lia sah nun heftigen Zorn in den Augen von Akira aufblitzen.
Im Geist befahl sie ihm: »Zentriere Dich sofort!
Zorn bedeutet den sicheren Tod.«
Akira tat wie ihm geheißen und erkannte im gleichen Moment, dass er in einem direkten Zweikampf gegen Zagan, der so groß und stark, wie ein wild gewordener Stier war, keine Chance gehabt hätte.
Lia, Finnbar und Akira kämpften nun gemeinsam gegen diesen übermächtigen Feind und hatten für nichts sonst Augen.
Mit meinen scharfen Blick der Bäume sah ich, wie sich von der Seite eine weitere Gruppe der feindlichen Schergen unbemerkt genähert hatte.
Blitzschnell hielt einer von hinten Akira ein Messer an die Kehle.
»Waffen runter«, brüllte er.
Wie gelähmt vor Schmerz und Schreck ließ Lia sofort willenlos ihre Waffen sinken und Finnbar tat es ihr auf der Stelle gleich.
Ich hatte Atlantus seinerzeit versprochen, mich aus jeglichen Kampfhandlungen herauszuhalten.
Aber manchmal kommt auch die Zeit, seine Versprechen zu brechen.
»Nicht noch ein Sohn, ihr gemeiner Abschaum«, dachte ich laut und fühlte, wie die Kraft aller Baum-Menschen in ihre einzige Kriegerin floss.
Ich hielt meine Hand zum Zentrieren an den Lederbeutel, der die Rinde der beiden Baum-Ältesten enthielt und aus diesem schob sich auf magische Weise jetzt ein mächtiges Schwert in meine Hand.
Binnen einem Bruchteil einer Sekunde landete ich auf Zagans Schiff genau auf dem Kopf des Kerls, der Akira, meinem zweiten, geliebten Sohn, gerade das Messer an die Kehle hielt. Das Schwert der Bäume zerteilte dem heimtückischen Mann von oben ohne Gnade den Kopf.
Ich drehte mich blitzschnell um und der Rest der Gruppe der Männer blickte in mir dem sicheren Tod entgegen.
Mein Schwert machte sie alle nieder.
Ich wartete mit ungeahnten Kräften auf, die mit Sicherheit nicht die meinen waren.

Aber das spielte keine Rolle.
Nun stand ich Auge in Auge Zagan gegenüber.
Die anderen drei Kämpfer, Akira, Lia und Finnbar waren an meiner Seite.
Das war ein Kampf auf Leben und Tod, dessen Ausgang noch völlig offen war.
Auf den anderen vier Schiffen spielten sich ähnliche Szenen ab.
Ein Schiff wurde von den Kämpfern des kleinen Volkes, unterstützt durch einige Elben, gekapert.
Quiskans Hammer war unerbittlich und von diesem Schiff kam als Erstes die Nachricht, dass es komplett erobert worden war.
Die Kämpfer kamen nun dem Schiff zu Hilfe, wo die Druiden und Alex, der sich inzwischen von gefallenen Kameraden eine geeignetere Waffe, als seine Mistgabel besorgt hatte, am Kämpfen waren.
Viele der eigenen Krieger lagen bereits tot auf dem Schiffsboden.
Die Schergen, die dieses Schiff verteidigten, wurden aber von der neuen Übermacht so überrascht, dass sie binnen kürzester Zeit komplett besiegt werden konnten.
Auch von einem dritten Schiff, das allein von Elben und menschlichen Kriegern des Lichts angegriffen worden war, kam nun das Signal, dass keiner der Feinde mehr am Leben war.
Nur auf zwei Schiffen tobte nun noch ein unerbittlicher Kampf.
Auf dem zweitgrößten Schiff, das mit etwa zweihundert Rekruten des Bösen besetzt war, kämpfte Soholit gerade um sein Leben.
Er drehte sich wie wild um sich selbst und hielt sich die gegnerischen Männer allein mit seinem magischen Eichenstab vom Leibe.
Aber er konnte sich gar nicht so schnell drehen, wie immer neue Feinde von allen Seiten auf ihn einströmten.
Unweit, an der Seite, lag auch der blutüberströmte und bewusstlose, tapfere Amerok.
Soholits Fallen war nur noch ein Frage der Zeit, denn er war

bereits ermüdet und total überfordert.
Ein Feind hieb ihm seinen Arm, der so tapfer den magischen Stab hielt, jetzt einfach ab und dann stürzten sich die restlichen Männer, wie eine wild gewordene Horde von Jagdhunden auf ihn, um ihn zu töten.
Ich hörte ein schreckliches Geräusch, das mir das Blut in den Adern gefrieren ließ.
Quiskan war augenblicklich, wild brüllend auf Deck dieses Schiffes gesprungen, den Tod bringenden Hammer mit eiserner Hand schwingend.
Wo immer dieser auf einen Feind traf, trat dessen Tod augenblicklich ein.
Auch die anderen vom kleinen Volk, viele Elben und Menschen kamen ihnen zu Hilfe und alsbald waren nur noch wenige Überlebende der gegnerischen Schergen am Leben.
Quiskan nahm sich daraufhin aus dem Kampfgeschehen heraus und begab sich zu dem, im Sterben liegenden, Soholit.
Die Kampfgefährten hielten den Raum um die beiden sicher und legten auch den schwer verletzten Amerok in deren Nähe. Quiskan hatte in dem ganzen Durcheinander von Blut und getöteten Leibern, tatsächlich zuvor noch den abgetrennten Arm des Druiden entdeckt.
Der Arm hielt treu noch immer den magischen Stab fest umklammert. Quiskan legte den Arm an die Stelle, wo er bei Soholit hingehörte und dann den magischen Hammer ebenfalls an diesen Platz.
Binnen kurzer Zeit wurde der Arm wieder ein Teil von Soholit.
Auf diese Weise heilte Quiskan auch alle anderen, der zahlreichen und fürchterlichen Wunden, die Soholit von den gemeinen Schergen zugefügt worden waren.
Kurze Zeit später öffnete dieser wieder die Augen.
Danach kümmerte Quiskan sich um Amerok und auch jener wurde durch den wundersamen und mächtigen Hammer alsbald geheilt.
In dem Moment waren auch die letzten der feindlichen Truppen gefallen und das vierte Schiff fiel jetzt ebenfalls in die Hände der Krieger des Lichts.
Nun tobte nur noch der Kampf auf dem größten der Schiffe,

dessen Kommando Zagan, der direkte Diener seines mächtigen Herrn, persönlich innehatte.
Dieser stand mit Finnbar, Lia, Akira und mir vier entschlossenen Gegnern gegenüber.
Alle anderen Krieger des Lichts hatten auch noch genug mit den restlichen, feindlichen Kämpfern des letzten Tankers zu tun, denn dieses Schiff war das am stärksten bemannte der feindlichen Flotte.
Aus allen Ecken waren nach und nach immer neue Feinde, die sich vorher, offenbar auf Befehl von Zagan, noch versteckt gehalten hatten, herausgekommen.
Schnell eilten die Krieger des Lichts, die noch kämpfen konnten und auf den anderen Schiffen bereits siegreich gewesen waren, zu dem letzten Frachter.
Ich hörte, wie Zagan laut »Feuer legen« brüllte.
Er wollte den Ölfrachter beschädigen, um so doch noch den wundervollen Ozean an Portugals Küste zu zerstören.
Mehrere seiner Männer warfen daraufhin brennende Fackeln in die Nähe der Öltanks.
Ich ließ sofort einen starken Platzregen vom Himmel fallen, der die Fackeln auf der Stelle laut zischend wieder verlöschen ließ.
Zagan stürzte sich daraufhin mit großer Wut auf mich.
Ich sah unbändigen Zorn in seinem, zu einer wilden Grimasse verzogenen, Gesicht.
Ich atmete tief ein und aus und wartete konzentriert.
Ich hielt das Schwert genau in Richtung seines Herzens, sodass er sich praktisch selbst, geblendet durch seine blinde Wut, in sein Verderben stürzte.
Von hinten und von beiden Seiten gaben ihm Akira, Lia und Finnbar noch den Rest und Zagan war gefallen.
Die restlichen der gegnerischen Männer waren inzwischen ebenfalls von unseren anderen Kämpfern besiegt worden.
Dann ging alles blitzschnell.
Es gab keine Möglichkeit mehr, sich des gerade errungenen Sieges noch richtig bewusst zu werden und sich darüber zu freuen, denn nun kam »Er«.
Wir hörten zuerst einen, durch Mark und Bein gehenden, fürchterlichen und zornigen Schrei, der aus dem Himmel zu

kommen schien.
Alle erwarteten, dass wir es nun mit dem »Herrn der Finsternis« zu tun hätten. Aber- er war es nicht!
Es wurde augenblicklich unendlich hell. Wir waren komplett geblendet von der immensen Helligkeit und wir konnten uns auf der Stelle nicht mehr bewegen.
»Da staunt Ihr«, dröhnte es von überall ringsum ganz laut in unseren Ohren. »Den „Herrn der Finsternis" habt Ihr erwartet, Ihr dummen Wichte. Aber ich bin es, der „Herr des Lichts".
Ich wollte nicht abwarten, bis mein dummer und geduldiger Bruder mit seinem langsamen Werk der Zerstörung auf der Erde fertig ist.
Ich brauche den Planeten schneller, um dort endlich mit meiner Arbeit des Wiederaufbaus beginnen zu können.
Also half ich hier und da ein wenig nach. Dachtet Ihr etwa, Ihr könntet mich! - den „Herrn des Lichts" - besiegen?
Nur, weil Ihr meine Männer überwältigt habt, ist meine Mission noch lange nicht am Ende.
Niemand wird mich mehr aufhalten können, den Planeten Erde nun endgültig zu vernichten.
Ich pfeife ab sofort auf die Gesetze des Universums und kümmere mich jetzt persönlich um diese Angelegenheit.
Wenn das im Dreigestirn bemerkt wird, dann habe ich bereits irreversible Tatsachen auf der Erde geschaffen.
Einige von Euch kennen ja schon das Gefühl, wenn mein Licht alles in Euch lähmt, sodass Ihr nicht mehr atmen könnt und jämmerlich ersticken müsst.
Dieses Schicksal wird Euch allen gleich bevorstehen und zusammen mit Euch wird dieser ganze, erbärmliche Planet von jeglichem Leben auf ihm gesäubert werden. Das Ganze wird nur einige Minuten dauern. Danach beginne ich gleich mit meiner wundervollen Arbeit des Neuaufbaus.
Denn ich allein bin der Schöpfer und der Herr über Leben und Tod. Jetzt wird es beginnen.«
Ich sah mit Entsetzen, wie sich das helle Licht in alle Richtungen des Raumes ausdehnte und seine mörderische Aufgabe begann.
Aus dem Augenwinkel heraus, ich konnte meinen Kopf

schon nicht mehr drehen, nahm ich Lia wahr, an deren beiden Seiten Akira und ihr Zwilling Finnbar standen, jeweils eine ihrer Hände haltend. Ich sehnte mich nach Alex, konnte ihn aber nicht mehr entdecken oder nach ihm rufen.
Ich war verzweifelt und endlos bekümmert über das Schicksal, das uns und alle Wesen dieses Planeten nun erwartete.
Dann erdröhnte das schaurige Lachen des »Herrn des Lichts« noch viel lauter in meinen Ohren und ich merkte, wie ich vollkommen gelähmt wurde. Meine gesamte Muskulatur funktionierte nun nicht mehr und ich konnte daher auch nicht mehr atmen.
Ich machte mich bereit, mit großer Trauer um die wunderschöne Erde im Herzen, langsam und demütig zu sterben.
Wir hatten verloren und in dem »Herrn des Lichts« unseren Meister gefunden. Es war wieder das gleiche Gefühl der Panik wie damals, als mein Körper innerlich nach Sauerstoff schrie und ich ihm keinen geben konnte. Es war gruselig und grausam, gleichzeitig noch das schaurige und gemeine Lachen des »Herrn des Lichts« so dröhnend und laut in sich zu hören.
Plötzlich jedoch änderte sich das Gelächter und ich meinte, tatsächlich so etwas wie Angst herauszuhören.
Eine noch viel mächtigere Stimme erschallte:
»DU! Was hast Du nur getan?
Du missbrauchst Deine Macht und verstößt gegen die ehernen Gesetze des Universums, und zwar schon zum wiederholten Male! Ich werde das nicht mehr dulden!
Es wird Dir auch nichts mehr nutzen, dass Du mein Sohn bist.
Ich werde Dir Deine Macht, die Du so niederträchtig missbraucht hast, für immer nehmen.«
Ich merkte, wie von einem Moment auf den anderen die eiserne Klammer des hellen Lichts ihre Gewalt über mich verlor. Hektisch holte ich mehrmals Luft und sank erschöpft auf den Boden vor mir nieder.
Überall war nun ein freundliches, goldenes Licht zu sehen, das das Grelle langsam, aber sicher in sich verschlang.

Der »Herr des Lichts« löste sich in seiner eigenen Mutter- »Der Einen« -, - »Der Dienerin der Liebe« - nach und nach auf und dann war nichts mehr von ihm übrig.
»Es tut mir sehr leid, meine lieben Kinder, dass Ihr das erdulden musstet«, wandte sich »Die Eine« danach an uns. »All die schrecklichen Verluste, die Ihr hattet, tun mir im Herzen weh.«
Ich hatte den Eindruck, als ob »Die Eine« gerade für mich im Besonderen gesprochen hatte. Es fielen mir die furchtbaren Bilder von Atlantus, meinem geliebten ältesten Sohn und tapferen Selkie, jetzt mit Macht wieder ein und eine Träne schlich sich aus meinem Augenwinkel.
»Wie gut nur, dass Orlana, die hier zu meiner Seite steht, mich einstmals um den Schutz ihrer Enkelin Lia gebeten hatte«, fuhr »Die Eine« weiter fort. »So wurde ich gerufen, als diese in tödlicher Gefahr war und konnte noch rechtzeitig eingreifen, bevor mein unwürdiger Sohn sein Werk der Zerstörung vollenden konnte. Ich habe ihn ausgelöscht und das sollte Abschreckung genug sein, dass sich so etwas nie wieder wiederholt, sprach sie auch in Richtung des Dreigestirns, von wo ihr zweiter Sohn, der »Der Herr Finsternis« gerade alles aufmerksam verfolgte.
»Ab sofort wird es keinen »Herrn des Lichts« mehr geben. Ich möchte Euch heute stattdessen die neue »Herrin des Lichts«, die ehemalige Anführerin des kleinen Volkes – die weise Orlana vorstellen. Ich bin sicher, dass Ihr und die Erde und auch sonst niemand, in Zukunft etwas von ihr zu befürchten hat.
Die Erde steht jedoch noch immer unter der Herrschaft des »Herrn der Finsternis«, auch wenn ich wünschte, es könnte anders sein.
Solltet Ihr je so weit sein, dann nähme ich diesen Planeten gerne unter meine Fittiche als Herrin über die höher entwickelten Planeten.
Davon ist dieser Himmelskörper aber noch sehr weit entfernt.
So setzt sich momentan noch der Prozess, den der »Herr der Finsternis« gemäß der bestehenden Gesetze, völlig legitim in Gang gesetzt hat, fort.

Es ist aber noch genug Zeit für Euch, diesen umzukehren.
Das jedoch ist und bleibt Euer freier Wille.
Niemand wird Euch diesen Willen mehr nehmen, denn meinen abtrünnigen Sohn gibt es nicht mehr.
Nutzt die Zeit, die Euch verbleibt, weise.
Geht wieder nach Hause und führt den Prozess, den Ihr schon in Gang gesetzt habt, weiter fort.
Das war der richtige Weg.
Die Pandemie ist so gut wie vorüber.
Seht zu, dass die Lebensbedingungen der Pflanzen- und Tierwelt viel besser werden, dann können sich auch keine solchen neuen Krankheiten mehr bilden.
Haltet Eure Herzen rein, indem Ihr Euch regelmäßig im heiligen Moment zentriert, dann wird in diesen auch kein Platz für Verrat, Gier oder Gräueltaten sein.
Die Habgier ist die Wurzel von vielen der Übel, an denen Ihr und Euer Planet derzeit leidet.
Vergesst nie, dass Ihr ohne Euren Planeten niemand seid und nach dessen Untergang kein Heim mehr haben werdet.
Wir, im Himmel, werden nicht zulassen, dass sich von hier auch nur ein Wesen auf den Weg zu einem anderen Planeten aufmacht, das nicht vollkommen reinen Herzens ist.
Kein Mensch wird noch einen weiteren Himmelskörper zerstören dürfen.
Ich jedenfalls wünsche Euch alles Glück der Welt.
Keiner von uns wird sich fortan in Eure Geschicke mehr einmischen.
Es liegt ganz allein in Eurer Hand, vergesst das nicht!
Ihr Krieger des Lichts habt mir mit Eurem Handeln große Freude bereitet.
Seht zu, dass Ihr die anderen Menschen mit Euren Ideen und Eurer Lebensart durch Euer Vorbild begeistern könnt, damit bald alle so leben werden wie Ihr. Jedoch hütet Euch vor Fanatismus und lasst Euch stets nur von der Liebe leiten!
Dann könnte auch die Erde das Paradies sein, wofür sie einst erschaffen wurde und unter meiner Herrschaft mit all ihren Bewohnern für noch sehr, sehr lange Zeit in Frieden weiterleben.
Für heute sind wir jedoch am Ende unseres Treffens

angelangt.
Auf Wiedersehen und alles erdenklich Gute für Euch, meine lieben Kinder.« Es war mir, als würde mir ein zarter, liebevoller Kuss auf die Stirn gedrückt und dann waren wir wieder allein.
Ich ging zu Akira und umarmte ihn und wir ließen unsere bitteren Tränen über den Tod von Atlantus freien Lauf.
Nach und nach lagen wir uns alle in den Armen und schauten, wer noch alles am Leben war.
Alex weinte an meiner Schulter wie ein kleines Kind und dann wusch er sich im Meer mit großer Abscheu das Blut, welches zumeist von seinen besiegten Gegnern stammte, von seinen Armen und Händen.
»Wenn wir wieder zu Hause sind, dann möchte auch ich die kleine Pfeife der weisen Hüterin benutzen«, sagte er mir unter Tränen. »Jetzt weiß ich endlich, was ich mir wünschen soll!«
Einige der Krieger des Lichts kümmerten sich gleich darum, dass die Öltanker in Sicherheit weggebracht wurden, damit es nicht zum Schluss doch noch zu einer Naturkatastrophe kam.
Andere holten unsere Toten von den Schiffen, für die auch die magischen Kräfte von Quiskans Hammer nun nicht mehr ausreichen würden. Der Hammer konnte nur heilen, wenn er ganz zeitnah angewandt wurde.
Wir beschlossen, die Gefallenen unweit von dem schönen Strand, gemeinsam zu bestatten.
Atlantus´ Körper trieb, zusammen mit denen seiner Kameraden, im offenen Meer und da dieses für ihn als Selkie auch einst sein zu Hause gewesen war, hofften wir, dass diese Bestattung für ihn eine Angemessene sei.
Wir veranstalteten am Strand eine sehr feierliche und ans Herz gehende Trauer-Zeremonie für Atlantus, den tapferen Selkie und all seine mutigen Kameraden.
Danach ließen wir viele Blumenkränze in den Ozean gleiten und verabschiedeten uns auf diese Weise.
Wir standen noch lange reglos am Strand und ehrten damit das Werk und das Opfer, welches Atlantus für seine Mit-Wesen erbracht hatte.

Weit draußen in der See konnten wir nun eine große Ansammlung von Walen und Delfinen ausmachen.
Wie auf Kommando pusteten alle Wale gleichzeitig und mehrmals hintereinander eine hohe Wasserfontäne in die Luft und die Delfine sprangen kreuz und quer dazwischen hin und her. Das ungewöhnliche Schauspiel sah wie ein gigantisches und wunderschönes Wasser-Feuerwerk aus.
Das war der Abschied, den die Wasserwesen, ihrem so geliebten, Verbündeten und Mitstreiter zuteilwerden ließen.
Die Heilung der großen und noch so frischen Wunden, die der tragische Verlust unseres so mutigen Sohnes, Bruders und Freundes, sowie der Tod aller anderen Kameraden uns in die Herzen gerissen hatte, begann und würde noch sehr lange dauern.
Das portugiesische Bruchtal – eines der Vermächtnisse von Atlantus - blieb jedoch die Hauptzentrale der Krieger des Lichts, die es inzwischen sowieso schon längst geworden war.
Die Geheimhaltung des traumhaften Ortes wurde aber aufgehoben und fortan fanden dort unter anderem Seminare über eine nachhaltige Lebensweise, sowie der Reinhaltung der Herzen statt. Akira wollte mit Lia und Finnbar in Bruchtal bleiben und ihren Anteil an den großen Herausforderungen, die uns nun bevorstanden, von dort aus leisten.
Alex, Lucinda, Querin, Quiskan, einige Elben und die meisten der Druiden, sowie meine 11 jugendlichen Jahrgangs-Geschwister, die nun nach Abschluss der Kampfhandlungen auch an den Strand gekommen waren, sowie auch ich, wollten alle gerne zurück nach Waldhaus. Alle anderen blieben in Bruchtal oder an den anderen Zweigstellen der Krieger des Lichts, die es auf der ganzen Welt verteilt, ebenfalls noch gab.
Unseren Auszug zurück nach Waldhaus gingen wir sehr viel langsamer an als seinerzeit den Einzug, denn es gab keinen Grund mehr zur Eile.

Wieder daheim

Akira hatte darauf bestanden, als Erster zusammen mit Lia und Finnbar astral nach Waldfriede zu reisen und dort zunächst nach dem Rechten zu sehen, bevor wir ebenfalls dorthin aufbrechen würden.
Er hatte wohl Angst, dass es dort fürchterlich aussehen könnte und wollte mir diesen Schmerz unbedingt ersparen.
Die drei waren schon bald zurück und sahen ein wenig erleichtert aus.
»Mama, die Häuser sind alle unversehrt und nur ein wenig staubig.
Innerhalb des Zauns sind auch so gut wie alle Pflanzen noch am Leben.
Vismatetés und Annikas Platz warten auf sie unangetastet.
Die Quelle samt Geist sind unversehrt und noch intakt.
Allerdings der Eichenwald…«
Akira senkte betreten sein Haupt.
»Dort und in der ganzen weiteren Umgebung wurde leider ziemlich gewütet, Mama.
Aber Lia und Finnbar haben noch die beiden Eicheln, die sie einst von der weisen Orlana, gemeinsam mit dem Elixier, das ihnen in der Wüste von Australien das Leben gerettet hatte, bekamen.
Sie würden Dir diese gerne als Geschenk mitgeben.
Wenn Du sie dort einpflanzt, dann wäre das bestimmt ein Segen und ein sehr schöner Neuanfang auch für den Wald.«
»Das ist sehr lieb von Euch, meine Kinder.«
Ich war wirklich gerührt.
Alex und ich hatten uns noch nicht entschieden, ob wir mit dem Auto oder aber astral nach Waldhaus reisen sollten.
Es gab so viele Dinge wieder mitzunehmen und das war astral gar nicht so einfach.
Akira bestand darauf, dass wir nicht mit dem Auto fahren würden.
Ich nahm an, ihm steckte der Vorfall mit dem blauen Volvo noch in den Knochen und er wollte absolut sicher gehen, dass uns unterwegs, wenn wir nicht »seinen Schutz« hätten, nichts passierte.

Also wurde beschlossen, dass alle, die auch noch nach Waldhaus mitkommen wollten und das waren recht viele, mehrfach jeweils mit etwas Gepäck bei sich hin und herreisen sollten.
Das stieß nicht auf die volle Gegenliebe bei meinen Mit-Geschwistern, weil diese wenigstens einen der Busse und Anhänger bei sich brauchten, um die früheren Vortragsreisen quer durch Europa wieder zu beginnen.
Am Ende einigten wir uns, dass ein Bus plus Anhänger, auf dem das sperrige Gepäck aufgeladen werden sollte, normal über Land zurückfahren würde.
Und der Rest der Menschen, bei denen auf jeden Fall Alex und ich dabei wären, sollte astral nach Waldhaus zurückkehren.
Ich blieb so lange in Bruchtal bis wirklich alles, was wir mitnehmen wollten, wieder in Richtung Waldhaus unterwegs war.
Dann machten auch wir uns, gemeinsam mit Amerok, der noch gebrechlicher geworden war, wieder auf die Heimreise.
Als Akira, der nun in Bruchtal in die Fußstapfen seines Bruders treten würde und ich kurz davor ein wenig melancholisch wurden, sagte Alex:
»Du meine Güte, Ihr seid doch so besondere Leute.
Ihr könnt Euch binnen Sekunden mehrfach täglich gegenseitig besuchen gehen.
Also macht mal jetzt nicht solche Gesichter.
Ich werde auf jeden Fall häufig kontrollieren, ob meine Felder auch gut gepflegt werden«, fügte er ein wenig barsch hinzu.
Aber jeder wusste, wie er es gemeint hatte.
Ich freute mich, als wir wieder vor dem Haus ankamen.
Vismateté und Annika standen ebenfalls schon glücklich und zufrieden an ihren alten Plätzen.
Unsere älteren Hühner waren bereits vor uns angekommen und befanden sich sicher im alten Gehege.
Zwei Hühner hatten auf Bruchtal gebrütet und wir hatten ihre Nachkommen dort gelassen, sodass es auch in Bruchtal zukünftig noch eigene Eier geben würde.
Der Eichenwald sah wirklich schlimm aus, aber es gab schon einige junge Bäume, die inzwischen bereits am Nachkommen

waren.
Ruckzuck war das Haus sauber und wir lagen am Abend in unseren alten Betten.
Das war komischerweise ein Gefühl, als wären wir dort nur Gäste. Offenbar waren unsere Seelen noch in Bruchtal und brauchten noch etwas Zeit, bis auch sie wieder in Waldhaus angekommen wären.
Vor dem Einschlafen kam mir, wie so häufig, Atlantus, mein geliebter Sohn, der so früh von uns gegangen war und der nun nie wieder mit uns hier in Waldhaus sein würde, in den Sinn. Der Gedanke ließ mein Herz unbändig schmerzen.
So viele Wunden mussten heilen und mit der Zeit würden sie das wohl auch.
Aber um die Narben würden wir nicht drumherum kommen.
Da war ich mir sicher.
»Ich glaube, die Arbeit fängt gerade erst richtig an, Alex«, sagte ich.
Er hatte mich nicht gehört, denn er war schon fest eingeschlafen.
Nun gut, morgen war auch noch ein Tag.
Ich jedenfalls würde ihn nutzen...

Ende von Teil 1

Fortsetzung folgt in Teil 2:

»Eichen müssen her! Die Kinder von Platana«

Personenverzeichnis:

Lia und Finnbar: Die Zwillinge leben auf der Burg Eichenfels in Irland 822, ihr Bruder: Angus, deren Vater: Ronan, Mutter: Aoife, Amme: Anne, Köchin: Herta, Großmutter von der Seite der Mutter: Katharina, Burgverwalter: Gilian, ein Bote: Silvio

Das kleine Volk: Ältester: Quiskan, sein Sohn: Querin, dessen Frau: Lucinda, ehemalige Älteste des kleinen Volkes und Mutter von Quiskan: die weise Orlana, ein Schachspieler auf Aquarius: Startan

Die Elben: Selba und Angar, die Kampfpartner der Zwillinge bei den Elben: Jeora und Mandavar, Patra: eine Bekannte von Karlao

Osiria: Karlao, ein lustiger Osiriat, seine Großtante Giseao

Das Dreigestirn: Die Herrscherin: Kamila, auch die »Dienerin der Liebe« oder »die Eine« genannt, deren Zwillingssöhne: der »Herr der Finsternis« und der »Herr des Lichts«

Auf Aquarius: Hauptfigur Cerafine, deren Eltern: Vater, Arsentos, Mutter, Saphira, Cerafines Großeltern von Saphiras Seite: Amma und Artasan, ihr Teddybär Susana
Der große Rat von Aquarius: Saphira, Arsentos, Stella und Perfod, Hermentus und Glen, Sigar und Alore,
Unterweiser: Fliegen Brenda, Naturgesetze Sadara, Körperkunde und anderes: Tante Lisa
Die Jahrgangsgeschwister der dreizehnjährigen Teenager: Cerafine, Basilica, Senta, Seline, Paula, Andaria, Siegmund, Thalion, Andor, Leander, Danton, Distiros
Ältester der Selkies auf Aquarius: Kedir, seine Frau: Undine, deren Sohn : Atlantus
Der ovale Kristall: ernährt alle Wesen auf Aquarius mit seinem Licht

Die Druiden: der Älteste: Soholit, sein Stellvertreter: Kelo

Pix Hunter Quick Deer: ein Medizinmann der Lakota, jetzt auf Aquarius lebend, aber ursprünglich von der Erde kommend

Auf der Erde: Tanja Jadd, als neue Inkarnation von Cerafine, deren Vater: Johannes, Mutter: Belinda, Stiefmutter: Siena, Omi: Anna, Teddy: Susi, 1. Schwester: Britta Mascha, 2. Schwester: Mascha
Dr. Speraski: Doktorvater von Tanja
Tanjas Söhne: Atlantus und Akira, Vater von Atlantus: Ben, Vater von Akira: Prem Adita, Akiras Lehrer: Herr Heinz, ein Sänger: Ivor
ein Polizeipsychologe: Herr Tannenreuther,
letzter Gefährte von Tanja: Alexander/Alex,
Jens: ein entfernter Bekannter von Tanja
Waldhaus: Ort, an dem Tanja und Familie, sowie die Krieger des Lichts leben.
Der Geist der Quelle von Waldhaus speist alle dort mit Wasser
Die Alte: ein freundlicher Geist aus Waldhaus
Das portugiesische Bruchtal, dort leben alle später

Baum-Menschen: Tanjas Baum-Gefährte: Vismateté, dessen Baum-Gefährtin: Annika, die Ältesten der Baum-Menschen: Platanius und Weidana, Platanius Menschengefährtin: Dantara, deren Tochter: Eichense, der Baum-Menschvorfahre von Tanja: Olidir, dessen Menschengefährtin: Anna Maria Kräutler und deren Sohn: Querin (der Mensch)

Handlanger des Bösen: Patros und dessen Diener Shay, Heerführer der bösen Kräfte: Zagan, sein Obmann: Mersch
Planeten: 1. Die unterentwickelten: Erde, Platana, Osiria,
2. Die höherentwickelten: Aquarius

Die »ODE der Weisheit«:

Die Leitlinien eines höher entwickelten Planeten und ein Versprechen an die Liebe

»Ich bin…

Ich bin Bestandteil des namenlosen, heiligen Momentes der ewigen Liebe und tauche aus diesem, mal in jener und mal in einer anderen Form als Lebewesen auf und später wieder unter.
Jedes Geschöpf, das aus diesem erscheint, ist gleichwertig.
Alle Formen, die gleichzeitig auftauchen, achten und schützen einander.
Ich ehre das Dunkle genauso wie das Licht, sowie das Gute und das Böse und vereine beides wertungsfrei im Gleichgewicht in mir und verwandele sie so zu tiefer Liebe.
Ich ehre die Liebe, indem ich regelmäßig still in ihr verweile.
Und diese Liebe ist es, die mich stets lenkt und leitet.«